2025

가천대 논술고사

핵심이론 + 실전문제

인문+자연

가천대 논술고사

핵심이론+실전문제
[인문+자연]

인쇄일 2024년 8월 1일 3판 1쇄 인쇄
발행일 2024년 8월 5일 3판 1쇄 발행
등 록 제17-269호
판 권 시스컴 2024

발행처 시스컴 출판사
발행인 송인식
지은이 타임논술연구소

ISBN 979-11-6941-390-9 13800
정 가 23,000원

주소 서울시 금천구 가산디지털1로 225, 514호(가산포휴) | 홈페이지 www.siscom.co.kr
E-mail siscombooks@naver.com | 전화 02)866-9311 | Fax 02)866-9312

발간 이후 발견된 정오 사항은 나두공 홈페이지 도서 정오표에서 알려드립니다(나두공 홈페이지→자격증→도서정오표).

그동안 내신 모의고사 3등급 이하의 학생들이 대학에 입학하기 위한 도구로써 활용했던 대입적성검사가 폐지되고 가칭 약술형 논술고사가 새로운 대안으로 떠올랐다. 약술형 논술고사는 400~1,000자의 서술을 요구하는 상위권 대학의 작문형 논술고사가 아니라, 한두 어절이나 30~40자 이내의 한 문장 또는 빈칸 채우기 등의 단답형 논술고사이다.

약술형 논술고사는 학생들의 시험 준비부담을 덜기 위해 고교 교과과정 내에서 또는 EBS 수능연계 교재를 중심으로 출제되므로, 학생들은 별도의 사교육 부담 없이 학교 수업과 정기고사의 단답형 주관식 시험을 충실하게 준비하고, 아울러 EBS 연계 교재를 꼼꼼히 학습한다면 좋은 성과를 얻을 수 있다.

본 도서는 약술형 논술고사를 통해 대학 입학의 관문을 두드리는 학생들에게 각 대학에서 시행하는 약술형 논술고사의 출제경향과 문제흐름을 익힐 수 있도록 다음과 같은 특징들을 갖고 출간되었다.

시험장에서 바로 볼 수 있는 핵심이론

실전문제를 풀기에 앞서 각 과목별 핵심이 되는 기본 이론이나 공식들만 간추려 수록함으로써, 시험장에서 꼭 필요한 필수 이론과 공식을 암기할 수 있도록 하였다.

해당 단원을 총괄하는 대표문제

해당 단원을 가장 대표하는 예시문제를 엄선하여 모범답안, 바른해설, 채점기준에서부터 예상 소요 시간과 배점에 이르기까지 해당 대표문제에 대한 총괄적인 문항 내용을 직관적으로 파악할 수 있게 하였다.

기출유형과 100% 똑 닮은 실전문제

각 대학별 약술형 논술 유형을 철저히 분석하여 실제 시험과 문제 스타일이나 출제방식이 똑 닮은 싱크로율 100%의 실전문제를 수록하였다.

실제 시험 유형을 대비한 최신 기출문제

각 대학에서 시행한 최신 기출문제를 수록하여 학생들이 각 대학들의 논술시험 특징을 파악하고 엉뚱한 시험 범위와 잘못된 공부 방법으로 시간을 낭비하지 않도록 유도하였다.

부디 이 책이 학생들의 대학 진학에 조금이나마 도움이 되길 바라며, 아울러 수험생들의 충실한 길잡이가 되기를 기원한다.

● ● 2025학년도 약술형 논술대학

※ 전형일정 및 입시요강 등은 학교 측의 입장에 따라 변경 가능하므로, 추후 공지되는 변경사항을 각 대학교 홈페이지에서 반드시 확인하시기 바랍니다.

[전형기초]

대학	계열	선발인원	전형방법	문항수			출제범위							고사시간	수능최저
							국어					수학			
				국어	수학	합계	독서	문학	화작	문법	기타	수학 I	수학 II		
가천대	인문	286	논술 100%	9	6	15	○	○	○	○	국어	○	○	80분	○
	자연	686		6	9										
고려대(세종)	자연	193	논술 100%		±6	6	X	X	X	X		○	○	90분	○
삼육대	인문	40	논술 70% 교과 30%	9	6	15	○	○	○	○		○	○	80분	○
	자연	87		6	9										
상명대	인문	54	논술 90% 교과10%	8	2	10	○	○	○	○	국어	○	○	60분	X
	자연	47		2	8										
서경대	공통	216	논술 90% 교과 10%	4	4	8	○	○	X	X		○	○	60분	X
수원대	인문	135	논술 60% 교과 40%	10	5	15	○	○	X	X		○	○	80분	X
	자연	320		5	10										
신한대	인문	75	논술 90% 교과 10%	9	6	15	○	○	X	X		○	○	80분	○
	자연	49		6	9										
을지대	공통	219	논술 70% 교과 30%	7	7	14	○	○	X	○		○	○	70분	X
한국공학대	공통	290	논술 80% 교과 20%		9	9	X	X	X	X		○	○	80분	X
한국기술교대	인문	26	논술 100%	±12		12	X	X	X	X	국어 사회	○	○	80분	X
	자연	144			±10	10									
한국외대(글로벌)	자연	66	논술 100%		7	7	X	X	X	X		○	○	90분	○
한신대	인문	108	논술 60% 교과 40%	9	6	15	○	○	X	X		○	○	80분	X
	자연	157		6	9										
홍익대(세종)	자연	122	논술 90% 교과 10%		7	7	X	X	X	X		○	○	70분	○

● ● 2025학년도 가천대 논술전형

[전형일정]

<table>
<tr><th colspan="2">구분</th><th>일시</th><th>비고</th></tr>
<tr><td colspan="2">원서접수</td><td>2024. 9. 9(월) ~ 13(금) 18:00</td><td>본 대학 입학처 홈페이지</td></tr>
<tr><td colspan="2">서류제출마감</td><td>2024. 09. 14(토) 13:00까지</td><td>원서접수 사이트에서 제출</td></tr>
<tr><td colspan="2">고사장 확인</td><td>2024. 11. 12(화)</td><td rowspan="4">• 본 대학 입학처 홈페이지에서 논술 일정을 반드시 확인
• 고사일은 원서접수 마감 후 지원자 수에 의해 변경 가능
• 세부 일정은 개별통지를 하지 않으므로 지원자가 반드시 확인
• 논술 시 본인임을 확인할 수 있는 신분증(주민등록증, 운전면허증, 여권 등) 및 수험표 지참</td></tr>
<tr><td rowspan="2">시험일</td><td>인문계열, 컴퓨터공학과, 간호학과, 클라우드공학과, 바이오로직스학과</td><td>2024. 11. 25(월)</td></tr>
<tr><td>자연계열</td><td>2024. 11. 26(화)</td></tr>
<tr><td colspan="2">합격자 발표</td><td>2024. 12. 13(금)</td></tr>
</table>

[지원자격]

고교졸업(예정)자 또는 법령에 따라 이와 같은 수준 이상의 학력이 있다고 인정되는 사람

[선발원칙]

1. 논술고사 성적(80%)과 학생부교과 성적(20%)을 합산하여 총점 순으로 선발합니다(수능최저학력기준을 충족한 자).
2. 학생부 성적 반영방법은 '학교생활기록부 반영방법'을 참고하시기 바랍니다.
3. 학생부교과 성적이 없는 지원자(검정고시, 외국고)의 경우, 논술고사 성적으로 비교내신을 적용합니다.

[수능최저학력기준]

모집단위	반영영역	최저학력기준
인문계열, 자연계열	국어, 수학, 영어, 사회/과학탐구(1과목)	1개 영역 3등급 이내
바이오로직스학과	국어, 수학, 영어, 사회/과학탐구(1과목)	2개 영역 등급 합 5 이내
클라우드공학과	국어, 수학(기하, 미적분), 영어, 과학탐구(2과목)	2개 영역 등급 합 4 이내 (과학탐구 적용 시 2과목 평균, 소수점 절사)

[원서접수 방법]

1. 원서접수 사이트 접속
가천대학교 입학처 홈페이지 접속 → 입학원서 접수 대행기관

▼

2. 회원가입 및 로그인
본인 명의로 회원가입

▼

3. 유의사항 확인
유의사항을 반드시 확인하여야 하며, 미확인으로 인한 책임은 지원자에게 있음

▼

4. 원서작성
① 모집요강을 참고하여 전형유형, 지원학과/전공 등을 선택하여 입력
② 모든 사항을 빠짐없이 정확하게 입력 및 확인(학생부 온라인 제공 동의)

▼

5. 전형료 결제
전형료 결제 후에는 입학원서 기재 사항을 수정하거나 원서접수를 취소할 수 없으며, 전형료는 반환하지 않음

▼

6. 수험표 확인
접수가 완료된 것을 원서와 수험표를 통해 직접 확인

▼

7. 서류 제출(해당자만)
온라인 원서접수 사이트를 통해 제출
각각의 제출 서류를 저용량 PDF로 합본하여 한 개의 문서로 제출해야 합니다.

1. 원서 및 서류제출은 온라인으로 접수합니다.
2. 본 대학에 원서를 접수하면 해당 전형과 관련된 학교생활기록부 및 수능성적 자료 온라인 제공에 동의하는 것으로 간주합니다.
3. 장애인복지법 제32조에 의하여 장애인등록을 필하고, 각종 장애 또는 지체로 인하여 입학전형 진행과정에서 지원이 필요한 경우 사전 요청바랍니다.
4. 장애학생의 지원 및 선발에 대한 차별은 없으며, 입학 시 본교의 장애학생지원에 관한 규정을 적용합니다.

※ 본 대학교는 원서접수 대행기관을 통해 원서접수를 위탁 처리하고, 수집한 개인정보(성명, 주민등록번호, 이메일 주소, 계좌번호, 평가자료 등)를 입학전형 목적 이외의 용도로 사용하지 않습니다. (단, 최종합격자의 개인정보는 본 대학교의 학적부 생성, 학생증 발급 등을 위한 자료로 활용하므로 원서접수 시 개인정보의 수집, 이용에 대한 지원자의 동의가 필요합니다.)

[시험개요]

특징	가천대학교 논술고사는 본교에 지원한 수험생들이 고등학교 교육과정을 통하여, 대학교육에 필요한 수학능력을 갖추었는지 평가합니다. 그러므로 평소 학교 교육과 대학수학능력시험을 성실하게 공부한 학생이라면 별도의 준비가 없어도 가천대학교 논술 전형에 대비할 수 있습니다.
출제방향	학생들의 수험준비 부담 완화를 위하여 EBS 수능연계 교재를 중심으로 고등학교 정기고사 서술 · 논술형 문항의 난이도로 출제할 예정입니다.
준비방법	사교육의 도움을 받기보다는 학교 수업과 정기고사의 서술 · 논술형을 충실하게 준비하는 것이 좋으며, EBS연계 교재를 꼼꼼하게 공부한다면 좋은 성과를 얻을 수 있을 것입니다.

[평가방법]

계열	문항수		배점	총점	고사시간	답안지 형식
	국어	수학				
인문	9	6	각 문항 10점	150점 + 850점(기본점수)	80분	노트 형식의 답안지 작성
자연	6	9				

※ 논술고사는 대학수학능력시험 이후에 실시합니다.

[출제범위 및 평가기준]

구분	출제범위	비고
국어	1학년 국어 문학, 독서, 화법, 작문, 문법 영역	• 문항에서 요구하는 조건에 충실한 답안 • 제시문의 핵심 내용을 정확하게 표현한 답안
수학	수학I 수학II	• 문제에 필요한 개념과 원리에 대한 정확한 서술 • 정확한 용어, 기호를 사용한 표현

[모집단위 및 모집인원]

계열	모집단위		모집인원
인문	경영학부		50
인문	회계세무학전공		16
인문	관광경영학과		11
인문	의료산업경영학과		12
자연	금융 · 빅데이터학부		26
인문	미디어커뮤니케이션학과		12
인문	경제학과		15
인문	응용통계학과		11
인문	사회복지학과		12
인문	유아교육학과		15
인문	심리학과		10
인문	패션산업학과		7
인문	한국어문학과	AI인문대학	71
인문	영미어문학과	AI인문대학	
인문	중국어문학과	AI인문대학	
인문	일본어문학과	AI인문대학	
인문	유럽어문학과	AI인문대학	
인문	법학과	법과대학	44
인문	경찰행정학과	법과대학	
인문	행정학과	법과대학	
자연	도시계획 · 조경학부		21
자연	건축학부		33
자연	화공생명베터리공학부		58
자연	기계공학부		51
자연	스마트팩토리전공		16
자연	토목환경공학과		13

계열	모집단위		모집인원
자연	신소재공학과		13
자연	바이오나노학과		13
자연	식품생명공학과		13
자연	식품영양학과		13
자연	생명과학과		13
자연	반도체물리학과		12
자연	화학과		12
자연	전자공학과	반도체대학	61
자연	반도체공학과	반도체대학	
자연	시스템반도체학과		16
자연	클라우드공학과		7
자연	인공지능학과		40
자연	컴퓨터공학과		40
자연	스마트보안학과		17
자연	전기공학과		20
자연	스마트시티학과		13
자연	의공학과		13
자연	간호학과		83
자연	치위생학과		9
자연	응급구조학과		6
자연	물리치료학과		8
자연	방사선학과		8
자연	운동재활학과		10
자연	바이오로직스학과		28
합계			972

[학생부 반영방법]

<table>
<tr><th>구분</th><th>반영교과</th><th>반영학기</th><th>반영과목</th><th>활용지표</th></tr>
<tr><td>인문계열</td><td>국어, 수학,
영어, 사회</td><td rowspan="3">우수한
4개 학기</td><td rowspan="3">• 학기별 성적을 산출하여 우수한 4개 학기 순으로 40%, 30%, 20%, 10% 반영함
• 학기별 성적 산출 시에는 진로선택과목을 제외한 반영교과 전 과목을 산출하여 반영비율을 정함
• 학기별 반영비율을 결정한 다음 진로선택과목의 성취도를 변환하여 반영함

| 성취도 | A | B | C |
| 반영등급 | 1등급 | 2등급 | 5등급 |</td><td rowspan="3">석차등급
및
성취도</td></tr>
<tr><td>자연계열</td><td>국어, 수학,
영어, 과학</td></tr>
<tr><td>자유
전공학부</td><td>국어, 수학,
영어, 사회
또는 과학</td></tr>
</table>

[학생부 등급별 배점]

<table>
<tr><th>등급</th><th>1등급</th><th>2등급</th><th>3등급</th><th>4등급</th><th>5등급</th><th>6등급</th><th>7등급</th><th>8등급</th><th>9등급</th></tr>
<tr><td rowspan="2">배점</td><td>96점 이상</td><td>89점 이상</td><td>77점 이상</td><td>60점 이상</td><td>40점 이상</td><td>23점 이상</td><td>11점 이상</td><td>4점 이상</td><td>4점 미만</td></tr>
<tr><td>100</td><td>98.75</td><td>97.50</td><td>96.25</td><td>95.00</td><td>93.75</td><td>90.00</td><td>70.00</td><td>60.00</td></tr>
</table>

[제출서류]

구분	제출서류
국내 고교 졸업(예정)자	제출서류 없음 (단, 학생부 온라인 제공 비동의자는 학교생활기록부 제출)
검정고시 합격자	제출서류 없음 (단, 온라인 제공 비동의자는 검정고시 합격증명서 및 성적증명서 제출)
외국 고교 졸업자	외국 고등학교 졸업증명서 및 성적증명서 제출 (아포스티유 확인 또는 고등학교 소재국의 한국 영사관에서 영사확인을 받은 후 제출)

가. 제출방법

1. 인터넷 원서접수 사이트에서 제출
2. 각각의 제출서류를 저용량 PDF문서로 합본하여 하나의 문서로 제출

※ 업로드 방법 예시(파일명은 자유롭게 작성 가능)

- 원본 서류를 사진으로 찍은 후 PDF로 만들어 업로드
- 원본 서류를 스캔하여 PDF로 만들어 업로드
- 원본 서류를 PDF로 받아 업로드(암호화된 경우 암호 해제 후 업로드)

나. 유의사항

1. 학생부 온라인 정보이용에 동의한 경우 학교생활기록부는 제출하지 않아도 됩니다. (단, 온라인 비동의자는 반드시 학교생활기록부를 제출해야 합니다)
2. 제출서류는 원본문서를 스캔 등의 방법으로 PDF문서로 작성해야 하며, 사본을 PDF문서로 만드는 경우 발급 관공서장 또는 재학(졸업) 고등학교장의 원본대조필 후 제출해야 합니다.
3. 모집요강에 위배된 입학원서와 지원자격이 미달된 입학원서는 무효로 처리하며, 제출된 서류와 전형료는 일절 반환하지 않습니다.
4. 제출된 자기소개서는 유사도 검색시스템을 통하여 표절 여부를 확인할 예정이고, 표절, 대리 작성, 허위사실 기재, 기타 부정한 사실 등이 의심되거나 확인되는 경우에 불이익을 받을 수 있으며, 합격 이후라도 합격이 취소될 수 있습니다.
5. 최종등록자 중 온라인 서류제출 해당자는 서류의 원본을 지정된 기일까지 입학원서와 함께 제출해야 합니다.

[우편번호 (13120) 경기도 성남시 수정구 성남대로 1342 가천대학교 입학처]

※ 농어촌(교과), 농어촌(종합) 전형의 최종등록자는 고등학교 졸업 이후 발급받은 서류의 원본 제출

[동점자 처리기준]

1. 논술 성적 우수자
   ① 인문: 국어 성적 우수자 / 자연: 수학 성적 우수자
   ② 논술 문항별 만점이 많은 자
   ③ 논술 문항별 0점이 적은 자
2. 수능 영역별 등급 합 우수자
3. 교과 성적 우수자(학생부우수자 전형 기준)

2025 올풀 가천대 논술고사를 효율적으로 학습하기 위한

Study plan

영역				날짜	시간
PART 1 국어 영역	Ⅰ. 문학		핵심이론		
			실전문제		
	Ⅱ. 독서		핵심이론		
			실전문제		
	Ⅲ. 화법과 작문		핵심이론		
			실전문제		
	Ⅳ. 문법		핵심이론		
			실전문제		
PART 2 수학 영역	수학 Ⅰ	Ⅰ. 지수함수와 로그함수	핵심이론		
			실전문제		
		Ⅱ. 삼각함수	핵심이론		
			실전문제		
		Ⅲ. 수열	핵심이론		
			실전문제		
	수학 Ⅱ	Ⅳ. 함수의 극한과 연속	핵심이론		
			실전문제		
		Ⅴ. 다항함수의 미분법	핵심이론		
			실전문제		
		Ⅵ. 다항함수의 적분법	핵심이론		
			실전문제		

구성과 특징

핵심 이론

시험장에서 바로 볼 수 있는 핵심이론

실전문제를 풀기에 앞서 각 과목별 핵심이 되는 기본 이론이나 공식들만 간추려 수록함으로써, 시험장에서 꼭 필요한 필수 이론과 공식을 암기할 수 있도록 하였다.

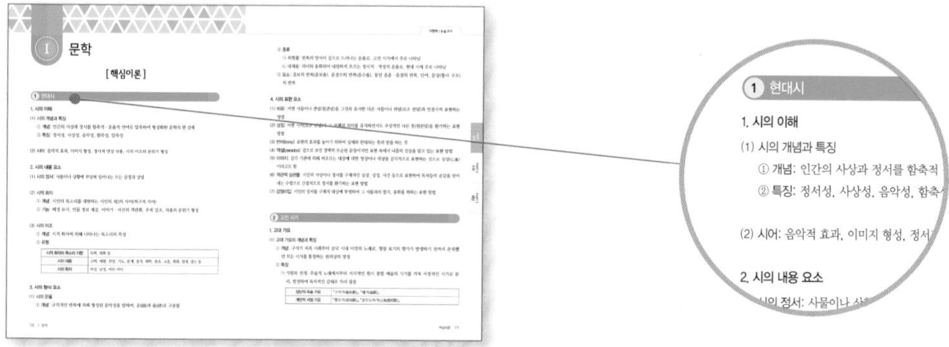

실전문제

기출유형과 100% 똑 닮은 실전문제

각 대학별 약술형 논술 유형을 철저히 분석하여 실제 시험과 문제 스타일이나 출제방식이 똑 닮은 싱크로율 100%의 실전문제를 수록하였다.

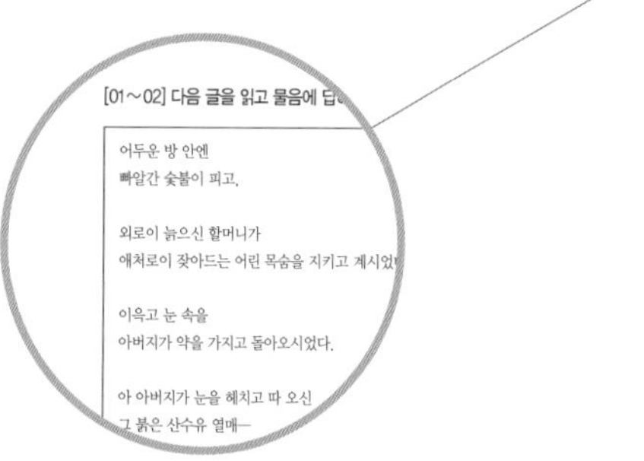

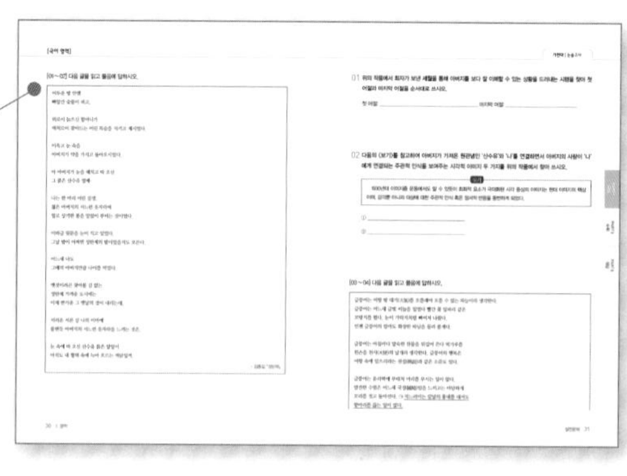

대표문제

해당 단원을 총괄하는 대표문제

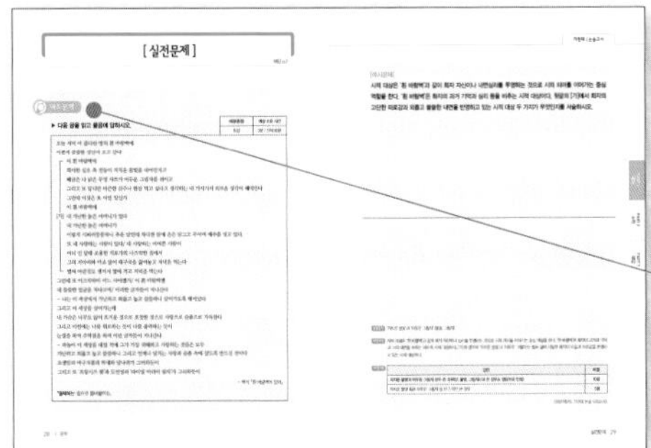

해당 단원을 가장 대표하는 예시문제를 엄선하여 모범답안, 바른해설, 채점기준에서부터 예상 소요 시간과 배점에 이르기까지 해당 대표문제에 대한 총괄적인 문항 내용을 직관적으로 파악할 수 있게 하였다.

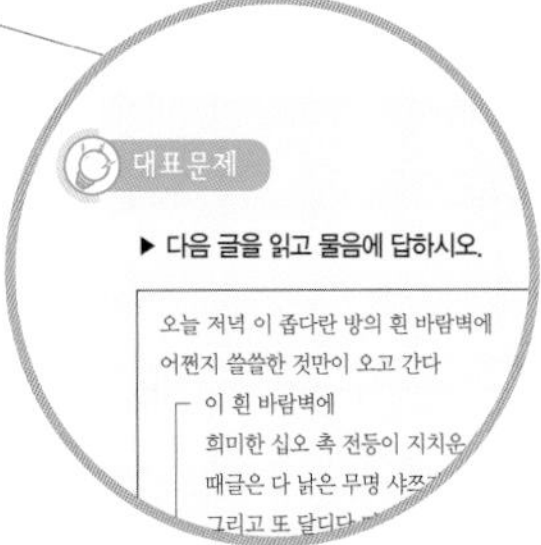

기출문제

실제 시험 유형을 대비한 모의 또는 기출문제

각 대학에서 시행한 모의 또는 기출문제를 수록하여 학생들이 각 대학들의 논술시험 특징을 파악하고 엉뚱한 시험범위와 잘못된 공부 방법으로 시간을 낭비하지 않도록 유도하였다.

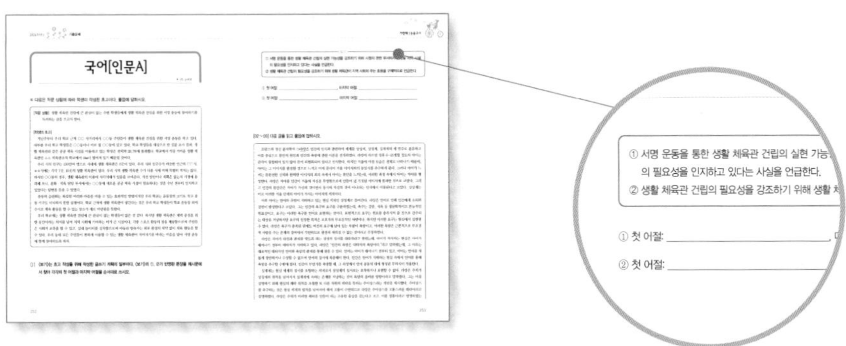

합격을
기원합니다

CONTENTS

시스컴은
여러분을
응원합니다

PART 1

국어

Ⅰ. 문학

Ⅱ. 독서

Ⅲ. 화법과 작문

Ⅳ. 문법

문학

[핵심이론]

1 현대시

1. 시의 이해

(1) 시의 개념과 특징

① **개념**: 인간의 사상과 정서를 함축적 · 운율적 언어로 압축하여 형상화한 문학의 한 갈래

② **특징**: 정서성, 사상성, 음악성, 함축성, 압축성

(2) **시어**: 음악적 효과, 이미지 형성, 정서적 연상 작용, 시의 어조와 분위기 형성

2. 시의 내용 요소

(1) **시의 정서**: 사물이나 상황에 부딪혀 일어나는 모든 감정과 상념

(2) 시적 화자

① **개념**: 시인의 목소리를 대변하는 시인의 제2의 자아(허구적 자아)

② **기능**: 배경 묘사, 인물 정보 제공, 이야기 · 사건의 객관화, 주제 강조, 작품의 분위기 형성

(3) 시의 어조

① **개념**: 시적 화자에 의해 나타나는 목소리의 특성

② **유형**

시적 화자의 목소리 지향	독백, 대화 등
시의 내용	고백, 애원, 찬양, 기도, 분개, 풍자, 해학, 관조, 교훈, 회화, 염세, 냉소 등
시의 화자	여성, 남성, 어린 아이

3. 시의 형식 요소

(1) 시의 운율

① **개념**: 규칙적인 반복에 의해 형성된 음악성을 말하며, 운(韻)과 율(律)로 구분됨

② 종류

㉠ 외형률: 반복의 양식이 겉으로 드러나는 운율로, 고전 시가에서 주로 나타남

㉡ 내재율: 의미와 융화되어 내밀하게 흐르는 정서적 · 개성적 운율로, 현대 시에 주로 나타남

③ 요소: 음보의 반복(음보율), 음절수의 반복(음수율), 동일 음운 · 음절의 반복, 단어, 문장(통사 구조)의 반복

4. 시의 표현 요소

(1) 비유: 어떤 사물이나 관념(원관념)을 그것과 유사한 다른 사물이나 관념(보조 관념)과 연결시켜 표현하는 방법

(2) 상징: 어떤 시어(보조 관념)가 그 자체의 의미를 유지하면서도 추상적인 다른 뜻(원관념)을 환기하는 표현 방법

(3) 반어(irony): 표현의 효과를 높이기 위하여 실제와 반대되는 뜻의 말을 하는 것

(4) 역설(paradox): 겉으로 보면 명백히 모순된 문장이지만 표현 속에서 나름의 진실을 담고 있는 표현 방법

(5) 이미지: 감각 기관에 의해 떠오르는 대상에 대한 영상이나 대상을 감각적으로 표현하는 것으로 심상(心象)이라고도 함

(6) 객관적 상관물: 시인의 사상이나 정서를 구체적인 심상, 상징, 사건 등으로 표현하여 독자들의 공감을 얻어내는 수법으로 간접적으로 정서를 환기하는 표현 방법

(7) 감정이입: 시인의 정서를 구체적 대상에 투영하여 그 사물과의 합치, 융화를 꾀하는 표현 방법

2 고전 시가

1. 고대 가요

(1) 고대 가요의 개념과 특징

① 개념: 구석기 씨족 사회부터 삼국 시대 이전의 노래로, 향찰 표기의 향가가 발생하기 전까지 존재했던 모든 시가를 통칭하는 편의상의 명칭

② 특징

㉠ 기원과 전개: 주술적 노래에서부터 서사적인 원시 종합 예술의 시기를 거쳐 서정적인 시가로 분리, 발전하여 독자적인 갈래로 자리 잡음

집단적 주술 가요	「구지가(龜旨歌)」, 「해가(海歌)」
개인적 서정 가요	「황조가(黃鳥歌)」, 「공무도하가(公無渡河歌)」

ⓑ 문자 없이 구전되다가 한자의 습득과 더불어 한역으로 전해짐

ⓒ 배경 설화와 함께 전해짐

(2) **주요 작품**: 공무도하가(公無渡河歌), 구지가(龜旨歌), 황조가(黃鳥歌), 정읍사(井邑詞)

2. 향가

(1) 향가의 개념과 특징

① **개념**: 신라 때부터 고려 초기까지 존재했던 정형시가를 의미하며, 넓은 의미로는 중국 한시에 대한 우리나라의 노래를 의미함

② **특징**

ⓐ 표기: 한자의 음과 뜻을 빌려 순 우리말을 국어의 어순대로 적은 향찰(鄕札)로 표기

ⓑ 형식: 4구체, 8구체, 10구체

(2) 주요 작품

4구체	「서동요(書童謠)」, 「풍요(風謠)」, 「헌화가(獻花歌)」, 「도솔가(兜率歌)」
8구체	「모죽지랑가(慕竹旨郎歌)」, 「처용가(處容歌)」
10구체	「혜성가(彗星歌)」, 「원왕생가(願往生歌)」, 「원가(怨歌)」, 「제망매가(祭亡妹歌)」, 「안민가(安民歌)」, 「찬기파랑가(讚耆婆郎歌)」

3. 고려 가요

(1) 고려 가요의 개념과 특징

① **개념**: 고려 때 서민, 평민들이 부르던 민요를 궁중에서 일부 개편하여 궁중 속악으로 부른 노래가사로, 경기체가를 제외한 고려 가요를 말하는데, 향가계 가요까지도 포함된다.

② **특징**

ⓐ 형식

구조	분절체(=분연체, 연장체) 구조가 많음
후렴구	각 연마다 후렴구가 붙음(후렴구는 일정하지 않음)
운율	3 · 3 · 2조 또는 3 · 3 · 4조의 3음보 운율을 지님

ⓑ 내용: 남녀 간의 애정, 자연에 대한 예찬, 이별에 대한 아쉬움 등

(2) **주요 작품**: 동동(動動), 정석가(鄭石歌), 처용가(處容歌), 청산별곡(靑山別曲), 서경별곡(西京別曲), 가시리, 쌍화점(雙花店), 만전춘(滿殿春), 사모곡(思母曲), 상저가(相杵歌), 유구곡(維鳩曲)

4. 경기체가

(1) 개념: 고려 중엽 이후 대두되기 시작한 신흥 사대부에 의해 향유된 시가로, 노래 말미에 반드시 '위~경긔 엇더하나잇고'라는 후렴구가 붙음

(2) 특징

① 형식

형식	몇 개의 연이 중첩되어 한 작품을 이루는 연장(聯章) 형식
구조	분절 구조로 각 장은 4구의 전대절(前大節)과 2구의 후소절(後小節)로 나누어짐
운율	전 3구는 3 · 3 · 4조, 4 · 4 · 4조 등으로 이루어진 3음보이며, 후 3구는 4 · 4 · 4 · 4조로 4음보인 경우가 많음

② 내용: 귀족들의 멋과 풍류, 사물이나 경치, 학식과 체험 등을 주로 노래하였으며, 고답적 · 퇴폐적 · 도피적 성격의 내용이 대부분임

(3) 주요 작품: 한림별곡(翰林別曲), 관동별곡(關東別曲), 죽계별곡(竹溪別曲)

5. 시조

(1) 시조의 개념과 형식

① 개념: 고려 말에서 조선 초에 이르는 기간에 정제되어, 조선 시대와 개화기를 거쳐 현재에 이르기까지 생명력을 유지해 온 서정 시가

② 형식

평시조	3장 6구 45자 내외의 기본 형태를 가진 시조
엇시조	초장 또는 종장 중 어느 한 장이 긴 중형 시조
사설시조	3장의 의미 단락만 유지되고, 3장 중 2장 이상이 길어져 파격을 이룬 시조
연시조	2수 이상의 시조를 거듭하여 한 편의 작품을 이룬 시조

(2) 주요 작품

① 조선 전기: 맹사성 「강호사시사」, 이현보 「어부사」 · 「농암가」, 이황 「도산십이곡」, 이이 「고산구곡가」, 정철 「훈민가」 · 「장진주사」 등

② 조선 후기: 박인로 「오륜가」 · 「조홍시가」, 윤선도 「견회요」 · 「어부사시사」, 안민영 「오륜가」, 작자미상 「창 내고쟈 창 내고쟈」 · 「귀또리 져 귀또리」 등

6. 가사

(1) 가사의 개념과 특징

① **개념**: 고려 말에 경기체가가 쇠퇴하면서 나타난 시가 문학으로, 조선조(朝鮮朝)에 들어와 본격적으로 전개되면서 사대부들에게 널리 향유되었던 4음보의 운문 장르

② **특징**

㉠ 형식: 보통 3 · 4조, 4 · 4조의 4음보 연속체로 구성(한 행의 길이는 제한이 없음)

㉡ 내용: 강호한정, 연주충군, 사대부 여인의 신세 한탄 등

(2) **주요 작품**: 「누항사(陋巷詞)」, 「속미인곡(續美人曲)」, 「일동장유가(日東壯遊歌)」, 「농가월령가(農家月令歌)」, 「규원가(閨怨歌)」

3 소설

1. 소설의 이해

(1) 소설의 개념과 특징

① **개념**: 현실 세계에 있을 법한 일을 작가의 상상력에 의해 창조해 낸 허구의 이야기로, 인물이나 사건의 전개를 통일성 있게 구성하여 인생의 진리를 표현하려는 산문 문학

현실 세계 ⇨ 모방(창조) ⇨ 허구의 세계

② **특징**: 허구성, 개연성, 진실성, 모방성, 서사성, 산문성

(2) 소설의 요소

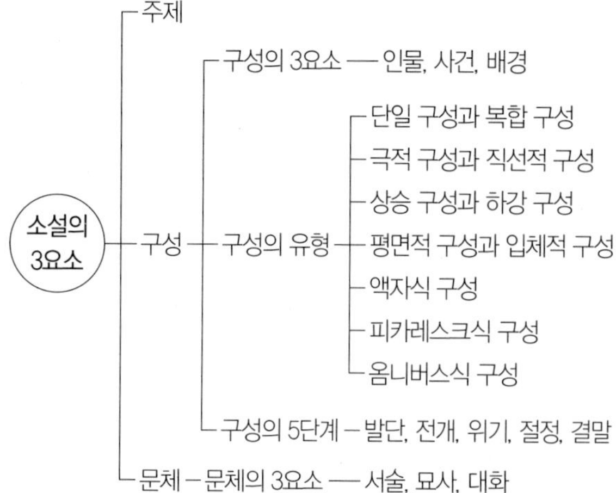

2. 주제

(1) 개념: 작가가 작품을 통해서 전달하고자 하는 말(작품 속 중심 사상)

(2) 표현 방법

① 작품 속에서 직접 제시 ㉡고전 소설, 신경향파 소설, 카프 소설
② 갈등 구조와 해소를 통해 제시 ㉡하근찬 「수난 이대」, 윤흥길 「장마」
③ 상징적 사물에 의해 제시 ㉡이상 「날개」, 이범선 「오발탄」
④ 작중 인물의 대화를 통해 제시 ㉡김승옥 「서울, 1964년 겨울」, 이태준 「해방전후」

3. 구성

(1) 개념: 주제를 효과적으로 표현하기 위해 일정한 형식과 작가의 미적 안목에 의해 통일성 있게 구성하는 것

(2) 구성의 단계

발단	이야기가 시작되는 부분으로 인물과 배경이 처음으로 제시되고, 주제와 사건의 실마리가 암시되는 단계
전개	사건이 구체적으로 전개되면서 갈등이 표면화되는 단계
위기	새로운 사건이 발생하기도 하고, 갈등이 고조되고 심화되는 단계
절정	갈등이 최고조에 이르고, 사건 해결의 분기점이 되는 단계
결말	갈등과 위기가 해소되고, 등장인물의 운명이 분명해지는 단계

4. 인물

(1) 개념: 소설에서 행위나 사건을 수행하는 주체

(2) 인물의 성격 제시 방법

직접적 제시(분석적, 논평적 제시)	간접적 제시(극적, 장면적 제시)
말하기(telling), 설명적	보여주기(showing), 묘사적
인물의 성격이나 특성을 서사, 서술을 사용하여 설명함	인물의 성격이나 특성을 행동, 대화, 장면의 묘사를 통해 보여줌
서술이 간단하고 시간이 절약됨	구체적이고 감각적인 묘사로 독자의 상상적 참여가 가능함
구체성을 잃고 추상적 설명으로 흐르기 쉬운 단점이 있음	표현상의 제약이 있음

PART 1 국어
PART 2 수학
PART 3 해답

5. 갈등(사건)

(1) **개념**: 등장인물이 겪게 되는 대립적 관계로서, 한 인물의 내부적 혼란이나 그를 둘러싼 외적인 요소 간의 대립

(2) 갈등의 양상

내적 갈등	개인 내부의 심리적 모순에 의한 내적 갈등	
외적 갈등	개인과 개인	주인공과 그와 대립하는 인물 간의 갈등
	개인과 사회	개인과 개인이 속해 있는 사회적 환경과의 갈등
	개인과 운명	개인과 인간의 조건과의 대결에서 오는 갈등

6. 시점과 거리

(1) **시점의 개념**: 서술의 진행 양상을 바라보는 서술자의 각도와 위치를 말하며, 서술자의 위치나 태도에 따라 시점은 달라짐

(2) 시점의 종류

① **1인칭 주인공 시점**: 주인공이 자기 자신의 이야기를 하는 시점

② **1인칭 관찰자 시점**: '나'가 관찰자의 입장에서 주인공에 대해 이야기하는 시점

③ **전지적 작가 시점**: 작가(서술자)가 전지전능한 위치에서 인물의 심리나 행동을 분석하여 서술하는 시점

④ **작가 관찰자 시점**: 서술자가 외부 관찰자의 입장에서 이야기를 서술하는 시점

4 기타 문학의 갈래

1. 수필

(1) **수필의 개념** : 인생이나 자연의 모든 사물에서 보고, 듣고, 느낀 것이나 경험한 것을 형식과 내용상의 제한을 받지 않고 붓 가는 대로 쓴 글

(2) 수필의 종류

① **경수필** : 일정한 격식 없이 개인적 체험과 감상을 자유롭게 표현한 수필로 주관적, 정서적, 자기 고백적이며 신변잡기적인 성격이 담김

② **중수필** : 일정한 격식과 목적, 주제 등을 구비하고 어떠한 현상을 표현한 수필로 형식적이고 객관적

이며 내용이 무겁고, 논증, 설명 등의 서술 방식을 사용

③ **서정적 수필** : 일상생활이나 자연에서 느낀 정서나 감정을 솔직하게 주관적으로 표현한 수필

④ **교훈적 수필** : 인생이나 자연에 대한 지은이의 체험이나 사색을 담은 교훈적 내용의 수필

2. 희곡

(1) 희곡의 정의와 특성

① **희곡의 정의** : 희곡은 공연을 목적으로 하는 연극의 대본, 등장인물들의 행동이나 대화를 기본 수단으로 하여 관객들을 대상으로 표현하는 예술 작품

② **희곡의 특성**

㉠ 무대 상연을 전제로 한 문학 : 공연을 목적으로 창작되었기 때문에 여러 가지 제약(시간, 장소, 등장인물의 수)이 따름

㉡ 대립과 갈등의 문학 : 희곡은 인물의 성격과 의지가 빚어내는 극적 대립과 갈등을 주된 내용으로 함

㉢ 현재형의 문학 : 모든 사건을 무대 위에서 배우의 행동을 통해 지금 눈앞에 일어나는 사건으로 현재화하여 표현함

(2) 희곡의 구성 요소와 단계

① **희곡의 구성 요소**

㉠ 해설 : 막이 오르기 전에 필요한 무대 장치, 인물, 배경(때, 곳) 등을 설명한 글로, '전치 지시문'이라고도 함

㉡ 대사 : 등장인물이 하는 말로, 인물의 생각, 성격, 사건의 상황을 드러냄

㉢ 지문 : 배경, 효과, 등장인물의 행동(동작이나 표정, 심리) 등을 지시하고 설명하는 글로, '바탕글'이라고도 함

㉣ 인물 : 희곡 속의 인물은 의지적, 개성적, 전형적 성격을 나타내며 주동 인물과 반동 인물의 갈등이 명확히 부각됨

② **희곡의 구성 단계**

㉠ 발단 : 시간적, 공간적 배경과 인물이 제시되고 극적 행동이 시작됨

㉡ 전개 : 주동 인물과 반동 인물 사이의 갈등과 대결이 점차 격렬해지며, 중심 사건과 부수적 사건이 교차되어 흥분과 긴장이 고조

㉢ 절정 : 주동 세력과 반동 세력 간의 대결이 최고조에 이름

㉣ 반전 : 서로 대결하던 두 세력 중 뜻하지 않은 쪽으로 대세가 기울어지는 단계로, 결말을 향하여 급속히 치닫는 부분

㉤ 대단원 : 사건과 갈등의 종결이 이루어져 사건 전체의 해결을 매듭짓는 단계

TIP

〈희곡의 구성단위〉

- 막(幕, act) : 휘장을 올리고 내리는 데서 유래된 것으로, 극의 길이와 행위를 구분
- 장(場, scene) : 배경이 바뀌면서, 등장인물이 입장하고 퇴장하는 것으로 구분되는 단위

(3) 희곡의 갈래

① 희극(喜劇) : 명랑하고 경쾌한 분위기 속에 인간성의 결점이나 사회적 병폐를 드러내어 비판하며, 주인공의 행복이나 성공을 주요 내용으로 삼는 것으로, 대개 행복한 결말로 끝남

② 비극(悲劇) : 주인공이 실패와 좌절을 겪고 불행한 상태로 타락하는 결말을 보여 주는 극

③ 희비극(喜悲劇) : 비극과 희극이 혼합된 형태의 극으로 불행한 사건이 전개되다가 나중에는 상황이 전환되어 행복한 결말을 얻게 되는 구성 방식

④ 단막극 : 한 개의 막으로 이루어진 극

(4) 희곡의 제약

① 희곡은 무대 상연을 전제로 하기 때문에 시간적, 공간적 제약을 받음

② 등장인물 수가 한정

③ 인물의 직접적 제시가 불가능, 대사와 행동만으로 인물의 삶을 드러냄

④ 장면 전환의 제약을 받음

⑤ 서술자의 개입 불가능, 직접적인 묘사나 해설, 인물 제시가 어려움

⑥ 내면 심리의 묘사나 정신적 측면의 전달이 어려움

3. 시나리오(Scenario)

(1) 시나리오의 정의와 특징

① 시나리오의 정의 : 영화나 드라마 촬영을 위해 쓴 글(대본)을 말하며, 장면의 순서, 배우의 대사와 동작 등을 전문 용어를 사용하여 기록

② 시나리오의 특징

㉠ 등장인물의 행동과 장면의 제약 : 예정된 시간에 상영될 수 있도록 해야 함

㉡ 장면 변화와 다양성 : 장면이 시간이나 공간의 제약 없이 자유자재로 설정

㉢ 영화의 기술에 의한 문학 : 배우의 연기를 촬영해야 하므로, 영화와 관련된 기술 및 지식을 염두에 두고 써야 함

(2) 시나리오의 갈래

① 창작(original) 시나리오 : 처음부터 영화 촬영을 목적으로 쓴 시나리오

② 각색(脚色) 시나리오 : 소설, 희곡, 수필 등을 시나리오로 바꾸어 쓴 것

③ 레제(lese) 시나리오 : 상영이 목적이 아닌 읽기 위한 시나리오

(3) 시나리오와 희곡의 공통점

① 극적인 사건을 대사와 지문으로 제시

② 종합 예술의 대본, 즉 다른 예술을 전제로 함

③ 문학 작품으로 작품의 길이에 어느 정도 제한을 받음

④ 직접적인 심리 묘사가 불가능

[실전문제]

해답 p.346

▶ **다음 글을 읽고 물음에 답하시오.**

배점(총점)	예상 소요 시간
10점	3분 / 전체 80분

오늘 저녁 이 좁다란 방의 흰 바람벽에
어쩐지 쓸쓸한 것만이 오고 간다
이 흰 바람벽에
희미한 십오 촉 전등이 지치운 불빛을 내어던지고
때글은 다 낡은 무명 샤쯔가 어두운 그림자를 쉬이고
그리고 또 달디단 따끈한 감주나 한잔 먹고 싶다고 생각하는 내 가지가지 외로운 생각이 헤매인다
그런데 이것은 또 어인 일인가
이 흰 바람벽에
[가] 내 가난한 늙은 어머니가 있다
내 가난한 늙은 어머니가
이렇게 시퍼러둥둥하니 추운 날인데 차디찬 물에 손은 담그고 무이며 배추를 씻고 있다.
또 내 사랑하는 사람이 있다/ 내 사랑하는 어여쁜 사람이
어늬 먼 앞대 조용한 개포가의 나즈막한 집에서
그의 지아비와 마조 앉어 대구국을 끓여놓고 저녁을 먹는다
벌써 어린것도 생겨서 옆에 끼고 저녁을 먹는다
그런데 또 이즈막하야 어느 사이엔가/ 이 흰 바람벽엔
내 쓸쓸한 얼굴을 쳐다보며/ 이러한 글자들이 지나간다
– 나는 이 세상에서 가난하고 외롭고 높고 쓸쓸하니 살어가도록 태어났다
그리고 이 세상을 살어가는데
내 가슴은 너무도 많이 뜨거운 것으로 호젓한 것으로 사랑으로 슬픔으로 가득찬다
그리고 이번에는 나를 위로하는 듯이 나를 울력하는 듯이
눈질을 하며 주먹질을 하며 이런 글자들이 지나간다
– 하늘이 이 세상을 내일 적에 그가 가장 귀해하고 사랑하는 것들은 모두
가난하고 외롭고 높고 쓸쓸하니 그리고 언제나 넘치는 사랑과 슬픔 속에 살도록 만드신 것이다
초생달과 바구지꽃과 짝새와 당나귀가 그러하듯이
그리고 또 '프랑시쓰 잼'과 도연명과 '라이넬 마리아 릴케'가 그러하듯이

– 백석, 「흰 바람벽이 있어」

***울력하는**: 힘으로 몰아붙이는.

[예시문제]

시적 대상은 '흰 바람벽'과 같이 화자 자신이나 내면심리를 투영하는 것으로 시의 의미를 이어가는 중심 역할을 한다. '흰 바람벽'은 화자의 과거 기억과 심리 등을 비추는 시적 대상이다. 윗글의 [가]에서 화자의 고단한 피로감과 외롭고 쓸쓸한 내면을 반영하고 있는 시적 대상 두 가지를 찾아 각각 2어절로 쓰시오.

모범답안 '지치운 불빛', '어두운 그림자'

바른해설 시적 대상은 '흰 바람벽'과 같이 화자 자신이나 심리를 투영하는 것으로 시의 의미를 이어가는 중심 역할을 한다. '흰 바람벽'은 화자의 과거와 기억과 그의 내면을 비추는 의미의 시적 대상이다. [가]의 경우에 '지치운 불빛'과 '어두운 그림자'는 힘든 삶에 시달린 화자의 모습과 피로감을 반영하고 있는 시적 대상이다.

채점기준

답안	배점
지치운 불빛과 어두운 그림자 모두 쓴 경우	10점
지치운 불빛 혹은 어두운 그림자 중 한 가지만 쓴 경우	5점

〈2022학년도 가천대 논술 모의고사〉

[01~02] 다음 글을 읽고 물음에 답하시오.

어두운 방 안엔
빠알간 숯불이 피고,

외로이 늙으신 할머니가
애처로이 잦아드는 어린 목숨을 지키고 계시었다.

이윽고 눈 속을
아버지가 약을 가지고 돌아오시었다.

아 아버지가 눈을 헤치고 따 오신
그 붉은 산수유 열매—

나는 한 마리 어린 짐생,
젊은 아버지의 서느런 옷자락에
열로 상기한 볼을 말없이 부비는 것이었다.

이따금 뒷문을 눈이 치고 있었다.
그날 밤이 어쩌면 성탄제의 밤이었을지도 모른다.

어느새 나도
그때의 아버지만큼 나이를 먹었다.

옛것이라곤 찾아볼 길 없는
성탄제 가까운 도시에는
이제 반가운 그 옛날의 것이 내리는데,

서러운 서른 살 나의 이마에
불현듯 아버지의 서느런 옷자락을 느끼는 것은,

눈 속에 따 오신 산수유 붉은 알알이
아직도 내 혈액 속에 녹아 흐르는 까닭일까.

– 김종길, 「성탄제」

01 **위의 작품에서 화자가 보낸 세월을 통해 아버지를 보다 잘 이해할 수 있는 상황을 드러내는 시행을 찾아 첫 어절과 마지막 어절을 순서대로 쓰시오.**

첫 어절: ______________________, 마지막 어절: ______________________

02 **다음의 〈보기〉를 참고하여 아버지가 가져온 원관념인 '산수유'와 '나'를 연결하면서 아버지의 사랑이 '나'에게 연결되는 주관적 인식을 보여주는 시각적 이미지 두 가지를 위의 작품에서 찾아 쓰시오.**

보기

1930년대 이미지즘 운동에서도 알 수 있듯이 회화적 요소가 극대화된 시각 중심의 이미지는 현대 이미지의 핵심이며, 감각뿐 아니라 대상에 대한 주관적 인식 혹은 정서적 반응을 동반하게 되었다.

① ______________________

② ______________________

[03～04] 다음 글을 읽고 물음에 답하시오.

금붕어는 어항 밖 대기(大氣)를 오를래야 오를 수 없는 하늘이라 생각한다.
금붕어는 어느새 금빛 비눌을 입었다 빨간 꽃 잎파리 같은
꼬랑지를 폈다. 눈이 가락지처럼 삐여저 나왔다.
인젠 금붕어의 엄마도 화장한 따님을 몰라 볼게다.

금붕어는 아침마다 말숙한 찬물을 뒤집어 쓴다 떡가루를
힌손을 천사(天使)의 날개라 생각한다. 금붕어의 행복은
어항 속에 있으리라는 전설(傳說)과 같은 소문도 있다.

금붕어는 유리벽에 부대처 머리를 부시는 일이 없다.
얌전한 수염은 어느새 국경(國境)임을 느끼고는 아담하게
꼬리를 젓고 돌아선다. ㉠ <u>지느러미는 칼날의 흉내를 내서도
항아리를 끊는 일이 없다.</u>

아침에 책상우에 옮겨 놓으면 창문으로 비스듬이 햇볕을 녹이는
붉은 바다를 흘겨본다. 꿈이라 가르쳐진
그 바다는 넓기도 하다고 생각한다.

금붕어는 아롱진 거리를 지나 어항 밖 대기(大氣)를 건너서 지나해(支那海)*의
한류(寒流)를 끊고 헤엄처 가고 싶다. 쓴 매개를 와락와락
삼키고 싶다. 옥도(沃度)빛 해초(海草)의 산림속을 검푸른 비늘을 입고
상어(鰷漁)에게 쪼겨댕겨 보고도 싶다.

금붕어는 그러나 작은 입으로 하늘보다도 더 큰 꿈을 오므려
죽여버려야 한다. 배설물(排泄物)의 침전(沈澱)처럼 어항 밑에는
금붕어의 연령(年齡)만 쌓여간다.
금붕어는 오를래야 오를 수 없는 하늘보다도 더 먼 바다를
자꾸만 돌아가야만 할 고향(故鄕)이라 생각한다.

– 김기림, 「금붕어」

***지나해:** 일본에서 말레이반도 남단에 이르는 태평양 해역

03 **다음의 〈보기〉는 ㉠을 통해 금붕어가 처한 현실에 대한 태도를 서술한 것이다. 빈칸에 들어갈 적절한 단어를 쓰시오.**

보기

'지느러미를 이용해 항아리를 끊는 일이 없다'는 것은 금붕어가 자신이 처한 현실에 (①)하지 않고 (②)하는 태도를 드러낸 것이다.

04 **인간이 아닌 금붕어가 등장하여 인간이 처한 현실을 우회적으로 드러내는 모더니즘시의 형상화 방법을 〈보기〉에서 찾아 쓰시오.**

보기

모더니즘시는 의도적으로 현실과 거리를 두며 객관적인 시각으로 현실을 형상화하려는 태도를 보인다. 그리고 그 태도 안에는 대체로 현대 문명에 대한 비판이 전제되어 있기에, 이를 파악하면 시에 담긴 의미들을 탐색해 갈 수 있다. 예를 들어 모더니즘시에 드러나는 거리 두기와 같은 형상화 방법은 인간이 아닌 특정 대상을 활용하여 현실을 우회적으로 표현한다. 즉 시적 화자가 특정 대상이 처한 현실과 거리를 두고 그 대상을 관찰함으로써 특정 대상이 처한 현실을 우회적으로 드러낸다는 것이다.

[05～06] 다음 글을 읽고 물음에 답하시오.

딩아 돌하 당금(當今)에 계샹이다
딩아 돌하 당금(當今)에 계샹이다
션왕셩ᄃᆡ(先王聖代)예 노니ᄋᆞ와지이다

삭삭기 셰몰애 별헤 나ᄂᆞᆫ
삭삭기 셰몰애 별헤 나ᄂᆞᆫ
구은 밤 닷 되를 심고이다
그 바미 우미 도다 삭 나거시아
그 바미 우미 도다 삭 나거시아
유덕(有德)ᄒᆞ신 님믈 여ᄒᆡᄋᆞ와지이다

옥(玉)으로 련(蓮)ㅅ고즐 사교이다
옥(玉)으로 련(蓮)ㅅ고즐 사교이다
바회 우희 접듀(接柱)ᄒᆞ요이다
그 고지 삼동(三同)이 퓌거시아
그 고지 삼동(三同)이 퓌거시아
유덕(有德)ᄒᆞ신 님 여ᄒᆡᄋᆞ와지이다

므쇠로 텰릭을 ᄆᆞᆯ아 나ᄂᆞᆫ
므쇠로 텰릭을 ᄆᆞᆯ아 나ᄂᆞᆫ
텰ᄉᆞ(鐵絲)로 주롬 바고이다
그 오시 다 헐어시아
그 오시 다 헐어시아
유덕(有德)ᄒᆞ신 님 여ᄒᆡᄋᆞ와지이다

므쇠로 한쇼를 디여다가
므쇠로 한쇼를 디어다가
텰슈산(鐵樹山)애 노호이다
그 쇠 텰초(鐵草)를 머거아
그 쇠 텰초(鐵草)를 머거아
유덕(有德)ᄒᆞ신 님 여ᄒᆡᄋᆞ와지이다

구스리 바회예 디신ᄃᆞᆯ
구스리 바회예 디신ᄃᆞᆯ
긴힛ᄃᆞᆫ 그츠리잇가
즈믄 ᄒᆡᄅᆞᆯ 외오곰 녀신ᄃᆞᆯ

즈믄 히롤 외오곰 녀신둘
신(信)잇둔 그츠리잇가

– 작자 미상, 「정석가(鄭石歌)」

05 위의 작품은 불가능한 상황을 전제하는 역설적 표현으로 임과의 영원한 사랑을 다짐하고 있다. 그러한 불가능한 상황을 가정하기 위해 이 작품에서 사용한 소재들을 모두 찾아 쓰시오.

① ______________________

② ______________________

③ ______________________

④ ______________________

06 위의 작품에서 당대의 민요가 궁중 음악으로 재편된 근거로 볼 수 있는 연을 찾아 첫 어절과 마지막 어절을 순서대로 쓰시오.

[07～08] 다음 글을 읽고 물음에 답하시오.

"야 인마, 너 정말 목수한테 가긴 갔었어?"
선생님은 저녁 해가 떨어지자 역정을 내시더군요.
"아 그럼요. 제가 선생님한테 거짓말을 하겠어요."
"그럼 왜 아직 안 와!"
"글쎄 꼭 오라고 부탁을 했다니까요."
"그런데 아직 안 오지 않아."
"헤 참, 선생님도 급하시긴. 전에는 며칠씩도 문밖에 안 나오시곤 했으면서 뭘 그러셔요."

나는 화실 ㉠ 창문 밖 등나무 밑에 쭈그리고 앉아서 쇠창살 안의 선생님 말동무를 해 주며 그렇게 웃었죠. 그랬더니 창턱에 걸터앉은 선생님은 곰방대를 빼끔빼끔 빨면서,

"이 녀석 봐라! 그거야 내가 나가고 싶지 않아서 안 나간 거구 지금은 내가 안 나가는 게 아니라 못 나가는 거 아냐."

하며 웃더군요.

"마찬가지죠 뭘. 안 나가나 못 나가나 화실 안에 있는 건 같지 않아요. 뭘 심부름시킬 일 있으면 시키셔요. 제가 다 해 드릴게요."

"일은 무슨 일이 있어, 이 녀석아."

"그럼 됐죠 뭐."

"허 녀석. 정말 바보 같은 녀석이구나, 넌."

"어디 제 말이 틀렸어요. 뭐 불편하신 게 있어요, 서울 가실 일이라도 있다면 모르지만요."

"듣기 싫다, 이 녀석아. 너하고 이야길 하느니 차라리 우리 안의 돼지하고 하겠다."

"헤 참, 선생님도. 이제 목수 아저씨가 올 겁니다. 조금만 더 기다려 보시죠. 그동안 선생님 저녁이나 드셔요. 전 식은 밥이라도 한술 먹어야겠어요."

난 일어나 별채로 나왔어요. 선생님은 화실에 전등을 켤 생각도 않고 그대로 창턱에 걸터앉아 있더군요.

그런데 기다려도 목수 아저씨는 오지 않았습니다.

(중략)

"야 인마! 가면 어떡해! 어서 목수 못 불러 와!"

선생님은 창문으로 달려와 쇠창살을 두 손으로 꽉 쥐고 마구 흔들어 대며 소리소리 지르지 뭡니까. 그건 언제나 인자하시던 그 선생님이 아니었어요. 무서웠어요. 난 전엔 그런 선생님의 무서운 얼굴을 본 일이 없었거든요. 아마 창에 쇠창살이 없었더라면 뛰어넘어 나와서 날 박살을 냈을 겁니다. 정말 겁났어요. 이마엔 핏줄이 서고 입은 꽉 다물고. 선생님은 자기 성질을 못 이겨서 두 손으로 그 긴 머리카락을 마구 쥐어뜯더군요.

"야! 빨리 문 열어!"

갑자기 선생님이 미친 것이나 아닌가 했다니까요.

"예, 목수 아저씨한테 또 갔다 올게요, 선생님!"

나는 겁이 나서 그렇게 말하고는 돌아서서 읍내로 달렸습니다. 그땐 벌써 밤이 꽤 깊었죠. 캄캄한 길을 나는 거의 단숨에 읍내에 까지 달렸어요. 그런데 뭡니까. 목수 아저씨는 잔뜩 술에 취해서 자고 있지 뭡니까.

"아저씨, 빨리 좀 일어나세요. 문을 좀 열어 주어야 해요."

"음, 문……? 문을 열면 되지 뭘 그래."

목수 아저씨는 눈도 안 뜨고 그렇게 중얼거릴 뿐이었습니다.

"아저씨, 좀 일어나요. 우리 선생님 지금 잔뜩 화났단 말예요!"

"화가 나……? 왜 화가 나……."

목수 아저씨는 여전히 눈을 감은 채였습니다. 그러니까 그건 취해서 아무렇게나 지껄이는 말이죠.

"문이 고장이 나서 안 열린단 말예요!"

"문이…… 고장이 났다!" / "예, 그래요."

"인마, 문이 무슨 고장이 나고 말고가 있어…… 열면 되지…… 문이란 인마, 열리게 돼 있는 거지, 인마."

목수 아저씨는 그렇게 중얼거리며 쓱 몸을 돌려 벽을 향해 돌아누워 버렸어요.

"그게 아냐요. 아저씨가 달아 준 저의 선생님 화실 문 알잖아요."

"에이, 시끄럽다! 걷어차라 걷어차! 그럼 제가 열리지 안 열려! 열리지 않는 문이 어디 있어, 인마."

목수 아저씬 잔뜩 몸을 꼬부리며 좀처럼 깨어 일어날 것 같지도 않았어요.
"총각, 웬만하면 낼 아침 일찍 고치지. 저렇게 취했으니 뭐가 되겠어 어디."
목수네 아주머니가 말했어요.
"글쎄 그런데 그게 안 그렇단 말입니다. 우리 선생님 지금 미칠 지경이거든요."
"미쳐? 아니 문이 안 열린다고 미칠 거야 뭐 있어?"
"글쎄나 말이죠. 내 생각도 그런데 우리 선생님은 안 그런 걸 어떡해요."
"왜, 뒷간에라도 가고 싶은가?"
"뒷간엔요! 그런 건 다 안에 있죠."
"그럼 배가 고픈가?"
"허 참, 아주머니도. 먹을 건 얼마든지 안에 다 있다구요!"
"그런데 왜 그래. 먹을 것 있구 뒤볼 데 있으면 됐지, 그런데 미치긴 왜 미쳐? 오, 바람이 안 통해서 숨이 답답한가 보구먼 그래."
"허 참, 그런 게 아니라니까요. 바람이 왜 안 통해요. 스무 평 방의 사방이 창문인데!"
"그럼 뭐야, 알다가도 모를 일이네. 더구나 지금 밤인데, 열어 놓았던 문도 걸어 잠그고 잘 시간인데 ㉡ 문이 열리지 않는다고 발광이야 그래! 원 참 별난 양반 다 보겠네."

– 이범선, 「고장 난 문」

07 위의 작품에서 ㉠의 서술상 기능을 다음의 〈보기〉에서 찾아 한 단어로 제시하시오.

보기

「고장 난 문」은 외적 요소에 의해 자유가 억압당하는 인간의 모습을 그리고 있다. 이 작품에서 '열리지 않는 문'은 개인의 자유를 억압하는 사회 현실, 권력 등의 외적 요소를 상징하며, 작품 속 화가는 고장 난 문으로 인해 외부 세계와 단절된 상황에 처하게 된다. 고립된 상황에 놓인 화가는 자유를 억압하는 외적 요소에 적극적으로 저항한다. 하지만 문제를 인식하지 못해 해결을 위한 소통에 적극적으로 참여하지 않는 주변 인물들로 인해 결국 파멸에 이르게 된다. 이 작품은 자유가 억압당하던 당대 사회의 부조리와 현실의 모순을 폭로함과 동시에 이를 인식하지 못하고 진정한 소통이 이루어지지 않는 당대 소시민들의 형태를 비판하고 있다.

08 글쓴이가 등장인물의 대사를 통해 부각하려는 위 작품의 주제가 다음과 같다면, 목수의 아내가 말한 ㉡을 통해 유추해 볼 수 있는 빈칸의 내용을 서술하시오. (띄어쓰기 제외, 20자 내외)

주제	개인의 자유를 억압하는 사회와 (　　　　　　　　　　　　　　　　　　　　　　　) 에 대한 비판

[09～10] 다음 글을 읽고 물음에 답하시오.

시원한 여름 저녁이었다.

바람이 불고 시커먼 구름 떼가 서편으로 몰려 달리고 있었다. 그 구름이 몰려 쌓이는 먼 서편 하늘 끝에선 이따금 칼날 같은 번갯불이 번쩍이곤 했다. 이편 하늘의 별들은 구름 사이사이에서 이상스레 파릇파릇 빛났다. 달은 구름 더미를 요리조리 헤치고 빠져나왔다가는, 새로 몰려오는 구름 더미에 애처롭게도 휘감기곤 했다. 집집의 지붕들은 깊숙하고도 싸늘한 빛으로 물들고, 대기에는 차가운 물기가 돌았다.

땅 위엔 무언지 불길한 느낌이 들도록 차단한 정적이 흘렀다.

철과 나는 베란다 위에 앉아 있었다. 막연한 원시적인 공포감 같은 소심한 느낌에 사로잡혀 무한정 묵묵히 앉아 있었다. 철은 먼 하늘가에 시선을 준 채 연방 담배를 피웠다. 이렇게 한동안 말없이 앉았다가 철은 문득 다음과 같은 얘기를 들려주었다.

형은 스물일곱 살이었고 동생은 스물두 살이었다.

형은 둔감했고 위태위태하도록 솔직했고, 결국 조금 모자란 사람이었다.

해방 이듬해 삼팔선을 넘어올 때 모두 긴장해서 숨도 제대로 쉬지 못하는 판에 큰 소리로,

"야하, 이기 바루 그 삼팔선이구나이, 야하."

이래 놔서 일행 모두의 간담을 서늘하게 한 일이 있었다. 아버지는 그때도 형을 쥐어박았고, 형은 엉엉 울었고, 어머니도 찔끔찔끔 울었다. 아버지는 애초부터 이 형을 단념하고 있었고, 어머니는 불쌍해서 이따금씩 찔끔거리곤 했다.

물론 평소에 동생에 대한 형으로서의 체모나 위신 같은 것도 전혀 신경을 쓰지 않아서, 이미 철들자부터 형을 대하는 동생의 눈언저리와 입가엔 늘 쓴웃음같은 것이 어리어 있었으니, 하얀 살갗의 여윈 얼굴에 이 쓴웃음은 동생의 오연한 성미와 잘 어울려 있었다.

어머니는 형에 대한 아버지의 단념이나 동생의 이런 투가 더 서러웠는지도 몰랐다. 그러나 형은 아버지나 어머니나 동생의 표정에 구애 없이 하루하루가 그저 천하태평이었다.

사변이 일어나자 형제가 다 군인의 몸이 됐다.

1951년 가을, 제각기 북의 포로로 잡혀 북쪽 후방으로 인계돼 가다가 둘은 더럭 만났다. 해가 질 무렵, 무너진 통천(通川)읍 거리에서였다.

형은 대뜸, 울음보를 터뜨렸다. 펄렁한 야전잠바에 맨머리 바람이었고, 털럭털럭한 군화를 끌고 있었다.

동생도 한순간은 흠칫했으나, 형이 울음을 터뜨리자 난처한 듯 살그머니 외면을 했다. 형에 비해선 주제가 조금 깔끔

해서 산뜻한 초록색 군 작업복 차림이었다.

시월달 밤이라 꽤 선들선들했다.

멀리 초이레 달 밑에 태백산 줄기가 싸늘히 뻗어 있었다.

형은 동생 곁에 누워 자꾸 쿨쩍거리기만 했다.

일행 모두가 잠들었을 무렵, 경비병들도 사그라진 불 곁에 둘러앉아 잠이 들었다. 하늘 한복판으로 이따금 끼룩끼룩 밤기러기가 울며 지나갔다.

– 이호철, 「나상」

09 다음의 〈보기〉는 윗글의 서사 구조를 나타낸 것이다. 이를 바탕으로 윗글의 [외부 이야기]와 [내부 이야기]의 서술 시점을 쓰시오.

보기

[외부 이야기]

'나'와 '철'의 대화

[내부 이야기]

전쟁에서 형과 동생이 북한군의 포로가 되어 겪은 이야기

• 외부 이야기 : ①

• 내부 이야기 : ②

10 윗글의 제목인 '나상(裸像)'은 무엇에도 감추어지지 않은 벌거벗은 순수한 인간 본연의 모습을 의미하는 데, 이에 비추어 볼 때 이 제목과 관련된 인물을 작품 속에서 찾으시오.

[11～12] 다음 글을 읽고 물음에 답하시오.

[앞부분의 줄거리]
범이 사람을 잡아먹으면 첫 번째 사람은 굴각이라는 귀신이 되어 겨드랑이에 붙어 있고, 두 번째 사람은 이올이라는 귀신이 되어 볼에 붙어 다니며, 세 번째 사람은 육혼이 되어 턱에 붙어 다닌다고 한다. 어느 날 밤 범이 먹을 것을 구하려는데 마땅한 것이 없어, 굴각, 이올, 육혼 세 귀신에게 묻는다. 세 귀신의 말을 듣고 범은 의원을 잡아먹자니 의심이 나고 무당의 고기는 불결하게 느껴졌다. 그래서 비록 탐탁지 않았으나 큰 덕망을 지닌 유학자의 고기를 먹기로 한다.

정나라 어느 고을에 벼슬을 좋아하지 않는 척하는 선비가 하나 있었으니, '북곽 선생(北郭先生)'이라 불리는 이였다. 나이 마흔에 손수 교감(校勘)한 책이 1만 권이요, 또 구경(九經)의 뜻을 풀이해서 책으로 엮은 것이 1만 5천 권이었다. 천자(天子)가 그 뜻을 가상히 여기시고, 제후(諸侯)들은 그 이름을 흠모하였다.

같은 고을 동쪽에는 젊은 나이에 남편을 잃은 아리따운 과부 한 명이 살고 있었는데, 그 이름을 '동리자(東里子)'라 하였다. 천자는 동리자의 절개를 갸륵히 여기시고 제후들은 어진 덕을 칭송하여 그 고을 사방 몇 리의 땅을 봉하고는 '동리과부지려(東里寡婦之閭)'라고 이름 붙였다.

이렇듯 동리자는 수절하는 과부였음에도 불구하고 그의 아들 다섯은 모두 성(姓)이 달랐다.

하루는 그 다섯 아들들이 한밤에 모여 "강 북쪽엔 닭이 울고 강 남쪽엔 별이 반짝이는 이 깊은 밤에 방 안에서 들리는 소리가 어찌 이리 북곽 선생과 비슷한가."하고는 서로 번갈아 가며 문틈으로 엿보았다. 동리자가 북곽 선생에게 부탁하였다.

"오랫동안 선생님의 덕을 흠모하여 왔습니다. 원컨대 오늘 밤 선생님의 글 읽는 소리를 듣고자 합니다."

북곽 선생은 옷깃을 여미고 꿇어앉아서 시 한 장(章)을 읊는다.

"병풍에는 원앙새요, 반딧불은 반짝반짝, 가마솥과 세발솥, 무얼 본떠 만들었나. 흥이라."

다섯 아들이 서로 말했다.

"『예기(禮記)』에 '과부댁 문에는 함부로 들어서지 않는다.'고 했는데 북곽 선생은 현자이시니, 저 사람은 북곽 선생은 아닐 테고."

"내 듣기로, 정나라 성문이 헐어 여우 구멍이 생겼다던데."

"여우가 천 년을 묵으면 요술을 부려 사람 모양으로 변할 수 있다고 들었단 말이지. 저놈은 필시 여우가 북곽 선생으로 둔갑한 것일 게야."

"여우의 갓을 얻는 이는 천만금을 지닌 부자가 되고, 여우의 신을 얻는 이는 대낮에도 그림자를 감출 수 있다지. 그리고 여우 꼬리를 얻는 자는 남을 잘 꼬드겨 자신을 좋아하게 만든다고 하던데. 우리 저 여우 놈을 잡아 죽여서 나눠 갖는 게 어떨까?"

이에 다섯 아이들이 함께 어미의 방을 에워싸고는 안으로 들이닥쳤다. 북곽 선생은 깜짝 놀라 부리나케 내빼면서 그 와중에도 행여 남들이 자신을 알아볼까 겁이 나 한 다리를 들어 목에다 얹고는 귀신마냥 춤추고 웃으며 문을 빠져나왔다. 그러고는 그렇게 달아나다가 벌판에 파 놓은 똥구덩이에 빠지고 말았다. 똥이 가득 찬 구덩이 속에서 버둥거리며 무언가를 붙잡고 간신히 올라가 목을 내밀어 살펴보니, 범 한 마리가 길을 막고 있었다. 범이 이맛살을 찌푸리고 구역질을 하며 코를 막은 채 얼굴을 외면하고 말한다.

"아이구! 그 선비, 냄새가 참 구리기도 하구나."

– 박지원, 「호질」

PART 1 국어
PART 2 수학
PART 3 해답

11 위의 작품에 등장하는 '북곽 선생'과 '동리자'에 어울리는 속담을 다음의 〈보기〉를 참고하여 서술하시오.

> **보기**
> 겉으로는 점잖고 의젓하나 남이 보지 않는 곳에서는 엉뚱한 짓을 하는 경우를 비유적으로 이른다.

속담 : ______________________________

12 동리자는 절개를 지킨 열녀로 칭송받았으나 세간의 평과 맞지 않게 겉과 속이 다른 부도덕한 인물이다. 이를 알 수 있는 문장을 본문에서 찾아 15자 이내로 서술하시오.

[13～14] 다음 글을 읽고 물음에 답하시오.

> 이다음에 나는 고양이로 태어나리라.
> 윤기 잘잘 흐르는 까망 얼룩 고양이로
> 태어나리라.
> 사뿐사뿐 뛸 때면 커다란 까치 같고
> 공처럼 둥굴릴 줄도 아는
> 작은 고양이로 태어나리라.
> 나는 툇마루에서 졸지 않으리라.
> 사기그릇의 우유도 핥지 않으리라.
> 가시덤불 속을 누벼 누벼
> 너른 벌판으로 나가리라.
> 거기서 들쥐와 뛰어놀리라.
> 배가 고프면 살금살금
> 참새 떼를 덮치리라.
> 그들은 놀라 후다닥 달아나겠지.
> 아하하하
> 폴짝폴짝 뒤따르리라.
> 꼬마 참새는 잡지 않으리라.

할딱거리는 고놈을 앞발로 톡 건드려
놀래 주기만 하리라.
그리고 곧장 내달아
제일 큰 참새를 잡으리라.

이윽고 해는 기울어
바람은 스산해지겠지.
들쥐도 참새도 가 버리고
어두운 벌판에 홀로 남겠지.
나는 돌아가지 않으리라.
어둠을 핥으며 낟가리를 찾으리라.
그 속은 아늑하고 짚단 냄새 훈훈하겠지.
훌쩍 뛰어올라 깊이 웅크리리라.
내 잠자리는 달빛을 받아
은은히 빛나겠지.
혹은 거센 바람과 함께 찬비가
빈 벌판을 쏘다닐지도 모르지.
그래도 난 ⓐ<u>털끝 하나 적시지 않을걸</u>.
나는 꿈을 꾸리라.
놓친 참새를 쫓아
밝은 들판을 내닫는 꿈을.

– 황인숙, 「나는 고양이로 태어나리라」

13 위의 작품에서 '인간의 보살핌'을 대표하는 공간과 '고양이의 야생적인 삶'을 대표하는 공간을 각각 찾아 쓰시오.

- '인간의 보살핌'을 대표하는 공간 ⇒ [①]
- '고양이의 야생적인 삶'을 대표하는 공간 ⇒ [②]

14 위의 작품에서 ⓐ의 '털끝 하나 적시지 않을걸.'이 의미하는 바가 무엇인지 4어절로 쓰시오.

[15～16] 다음 글을 읽고 물음에 답하시오.

무는 실내 공간의 거의 대부분을 채우고 있는 이젤들을 손가락질했다.

"저기 봐, 먹구살라구 애들 가르치는데 내 그림 그릴 공간이 없어졌어. 그래서 안쪽으로 옮겼더니 자리가 없어져 버렸네."

"어디, 요새 뭘 하구 있나 봐두 돼?"

정수가 슬슬 일어나니까 의외로 무는 선선히 말했다.

"가서 보구 얘기나 좀 해 주라."

화실에서 벽에 세워져 있던 그림들에서 대강 눈치는 챘는데 무가 그리던 것은 추상 표현주의 계통이었다.

방 안에는 프레임에 짜 넣지 않은 캔버스가 바닥에 그냥 펼쳐져 있었고 물감이 사방에 튀거나 흘린 자국투성이였다. 비싼 유화 물감 절약하느라고 그랬는지 색감이 좋아서였는지 안료를 개다 만 함석판이나 베니어판들이 널려 있었다. 그야말로 잠자리는 자취하는 학생들에게 애용되던 군용 목침대가 창가 아래 바짝 붙어 있었다. 우리는 무의 그림을 내려다보았다. 붉은색이 용암처럼 흘러내려 간 틈틈이 푸른 바탕이 엿보이고 그 위에 누각의 현판 글씨처럼 꿈틀거리면서 검은 붓자국이 몇 차례 지나갔다. 물감이 방울방울 떨어진 흔적이며 뿌린 것처럼 무수한 점들이 퍼져 나간 부분도 보였다.

우리가 화실로 돌아가니 무는 웃통을 벗고는 창문을 활짝 열고 바람을 즐기는 중이었다. 그가 쾌활한 목소리로 정수에게 물었다.

"어때, 말 좀 해 봐라."

정수가 잠깐 생각해 보는 척하다가 말을 꺼냈다. 나는 그가 무슨 얘기를 꺼낼지 이미 짐작했다.

"신나게 그렸더군. 액션이잖아?"

"한번 해 봤어. 곧 변할 거야."

무는 대수롭지 않게 내뱉고는 다시 덧붙였다.

"고등학교 때는 뷔페 흉내를 냈지. 나이프를 많이 썼거든."

"뷔페에서 폴록으루 뛰는 거냐?"

무는 정수의 말에 기분이 상한 것 같지는 않았지만 맥이 빠지는 것 같은 표정이 되었다.

"니가 보기에 그러냐? 나는 다만, 음울한 데서 신나는 쪽으루 이동하고 싶었어."

"그러면 교통사고를 기다려야겠네."

"기분에 따라서니까 그 말두 맞다. 나는 밑그림이 싫어."

무의 말에 정수가 한마디로 잘라 말했다.

"밑그림이 싫으면 네모난 프레임도 평면도 소용없지."

두 사람의 핑퐁이 지루하게 계속될 것이 염려되었던지 인호가 색에 넣어 왔던 정수의 그림을 꺼냈다. 그 때문에 정수는 그날 오후 내내 인호에게 투덜거렸다.

"여기 정수 그림이 있는데, 한마디 해 주지."

무가 두 손으로 받쳐 들고 들여다보는 동안 정수는 불만스레 중얼거렸다.

"아직 더 손대야 돼."

무가 씩 웃더니 말했다.

"분위기 좋은데. 근데 말야, 문학적이다. 니가 애들하구 놀아서 그런가?"

인호가 주둥이를 쑥 내밀고 앉았다가 한마디 했다.

– 황석영, 「개밥바라기 별」

15 위의 작품에서 무가 그린 그림이 추상화임을 알 수 있는 묘사 부분을 찾아 첫 문장의 첫 어절과 마지막 문장의 마지막 어절을 쓰시오.

16 위의 작품은 인터넷을 통해 연재되면서 많은 누리꾼들의 호응을 받은 인터넷 연재소설이다. 다음의 〈보기〉를 바탕으로 문학을 향유하는 공간으로서 인터넷 연재소설의 특징에 대해 서술하시오. (띄어쓰기 제외, 30자 내외)

보기

블로그 소설은 작가 중심의 일방적 글쓰기가 아니라 인터넷 글쓰기의 상호 작용 속성을 반영하면서 나온 것으로, 이른바 댓글 문화와 함께 탄생한 문화적 장르다. 누리꾼들은 단순히 작품을 내려 읽는 데 그치지 않고, 작가의 블로그를 하나의 광장, 문학적 광정으로 이용했다. 「개밥바라기 별」을 연재한 황석영의 블로그는 누리꾼 사이에서 '별 광장'이라고 불렸다. 작가도 직접 댓글 대열에 동참하여 독자와 한데 어울려 인터넷 광장의 시민이 되었다.

[17~18] 다음 글을 읽고 물음에 답하시오.

〈나〉는 관모가 나타날 때까지 동굴을 들락날락하고만 있다. 드디어 관모가 동굴까지 올라왔다. 그 얼굴이 어둠 속에서 땀에 번들거렸다. 그는 대뜸 〈동강 난 팔 핑계를 하고 드러누워 처먹고만 있을 테냐〉며, 〈오늘은 네놈도 같이 겨울 준비를 해야겠다〉고 김 일병을 일으켜 끌고 동굴을 나간다. 〈내〉가 불현 듯 관모의 팔을 붙잡는다. 관모가 독살스러운 눈으로 〈나〉를 쏘아본다. 〈나〉는 아무 말도 못 하고 고개를 떨어뜨린다. 〈넌 구경이나 하고 있어……〉 타이르듯 낮게 말하고 관모가 김 일병을 앞세우고 산을 내려간다. 말끝에서 나는 '이 참새가슴아.'라고 말하고 싶어 하는 관모의 소리를 들은 듯싶었다. 뜻밖의 기동으로 침착하게 발길을 내려 걷고 있는 김 일병은 단 한 번 길을 내려가면서 〈나〉를 돌아본다. 그러나 그 눈에는 아무 것도 찾아볼 수가 없다. 둘은 눈길에 검은 발자국을 내며 골짜기로 내려갔다. 그리고 그들이 골짜기의 잣나무 숲으로 아물아물 숨어 들어가 버릴 때까지 〈나〉는 거기에 못 박힌 듯 붙어 서 있기만 했다. 어느덧 눈은 그치고 눈 위를 스쳐 온 바람이 관목 사이로 기분 나쁜 소리를 내며 빠져나갔다. 드문드문 뚫린 구름장 사이로는 바쁜 별들이 서쪽으로 서쪽으로 흐르고 있었다. 조금 뒤에 골짜기에서는 한 발의 총소리가 적막을 깼다. 그 소리는 골짜기를 한 바퀴 돌고 난 다음 남쪽 산등성이로 긴 꼬리를 끌며 사라져 갔다. 〈나〉는 비로소 잠에서 깨어난 듯 깜짝 놀란다.

〈그 총소리는 나의 가슴속 깊이 어느 구석엔가 숨어서 그 전쟁터의 수많은 총소리에도 지워지지 않고 남아 있었던 선명한 기억 속의 것이었다. 어린 시절, 노루 사냥을 갔을 때에 설원에 메아리치던 그 비정과 살의를 담은 싸늘한 음향이었다.〉

[A] 그러자 〈나〉의 눈앞에는 그 설원에 끝없이 번져 가는 핏자국이 떠올랐다. 그때 또 한 발의 총소리가 메아리쳐 올랐다. 〈나〉는 몸을 부르르 떨고 나서 동굴 구석에 남은 한 자루의 총을 걸어 메고 그 〈핏자국〉을 따라 산을 내려갔다. 〈오늘은 그 노루를 보고 말겠다. 피를 토하고 쓰러진 노루를〉, 〈날더러는 구경만 하라고? 그렇지. 잔치는 언제나 너희들뿐이었지.〉 이런 말들이 〈내〉가 그 〈핏자국〉을 따라가는 동안에 수없이 되풀이되고 있었다.

〈그 핏자국은 끝날 것 같지 않았다. 끝없이 눈 위로 계속되었다. 나는 뛰었다. 그 핏자국은 관모들이 눈을 헤치고 간 발자국이었다는 것을 안 것은 내가 가시나무에 이마를 할퀴고 정신을 다시 차렸을 때였다. 이마에 섬뜩한 촉감을 느끼고 발을 멈추어 섰을 때 나의 뒤에서는 가시나무가 배를 움켜쥐며 웃고 있는 것처럼 커다란 키를 흔들고 있었다. 나는 잣나무 숲속으로 들어서 있었다. 이마에 손을 대어 보니 미끄럽고 검은 것이 묻어났다. 손가락을 뿌리고 다시 발자국을 따라 몸을 움직이려고 했을 때였다.

"어딜 가는 거야!"

송곳 같은 소리가 귀에 와 들어박혔다. 나는 흠칫 놀라 발을 멈추고 주위를 둘러보았다. 발자국이 사라진 쪽과는 반대편 언덕 아래서 관모가 총을 내 쪽으로 받쳐 들고 서 있었다. 어둠 속에 허연 이를 드러내 놓고 있었다. 웃고 있는 것 같았다. 내가 발을 멈추자 그는 총을 내리고 나에게로 다가왔다.〉

– 이청준, 「병신과 머저리」

17 위의 작품에서 관모에게 끌려가는 김 일병의 체념적 심정을 엿 볼 수 있는 대목을 찾아 한 문장으로 서술하시오.

18 김 일병을 지켜 주지 못한 것에 대해 형의 죄책감을 불러일으킨 과거의 노루 사냥 경험과 현재 사건을 연결하는 매개체를 [A]에서 찾아 한 단어로 쓰시오.

[19~20] 다음 글을 읽고 물음에 답하시오.

한참 속도를 내고 있는데 삽 끝에 딱딱한 게 또 걸렸다. 시간은 촉박하고 마음은 급한데 발로 눌러도 삽날이 더 이상 들어가지 않았다. 남자는 일 미터쯤 떨어진 곳에 다시 삽을 꽂았다. 한 삽 떠내고 나자 또 삽이 들어가지 않았다. 생활 정보지 함이나 자전거가 쓰러진 게 아니라 공룡이라도 묻혀 있는 것 같았다. 하는 수 없이 방향을 옆으로 틀어서 팠다. 그때 어디선가 메아리처럼 음악 소리가 들려왔다. 가느다란 목소리의 여자가 부르는 곡인데 멜로디가 익숙했다. 남자는 잠시 손을 멈추고 그 소리에 귀를 기울였다. 비록 벨 소리이긴 하지만 그날 처음으로 듣는 음악이었다. 주머니 속에서 휴대 전화의 진동이 울렸지만 남자는 무시해 버렸다. 음악 소리는 멈추었다가 눈을 퍼내자 다시 시작되었다. 아까와 같은 멜로디였고 눈을 퍼낼수록 소리가 점점 커졌다. 남자는 길이 아니라 소리를 찾아서 삽을 움직였다. 손으로 눈을 쓸어 낸 뒤에야 소리의 진원지를 찾아낼 수 있었다. 그것은 눈 속에 파묻힌 누군가의 휴대 전화였고 공교롭게도 빳빳하게 언 양복바지 안에 들어 있었다.

남자는 무릎을 꿇고 앉아서 삽과 손으로 눈을 파냈다. 판박이 스티커를 천천히 벗겨낼 때처럼 눈 속에서 검은색 구두와 발, 모직으로 된 양복바지가 차례대로 모습을 드러냈다. 남자는 코를 훌쩍거리면서 언 손으로 조심스럽게 눈을 파헤쳤다. 입에서는 입김이 쉴 새 없이 쏟아져 나왔다. 양복 차림의 사람은 눈의 중간쯤에서 화석처럼 묻혀 있었다. 양복 웃옷과 와이셔츠는 주름을 그대로 간직한 채 얼어붙었고 검붉은색의 실크 넥타이는 오래 전에 흘린 피처럼 굳어 있었다. 양손 다 눈을 그러쥐고 있어서 손가락은 보이지 않았다. 전체적으로 몸을 둥글게 말고 있는 모습이지만 상반신 일부는 아직도 눈 속에 묻혀 있었다. 쌓인 눈의 두께로 봐서는 그가 쓰러진 뒤에도 눈이 계속 내렸다는 걸 알 수 있었다.

해가 빠르게 기울고 있었다. 몸은 추운데 남자의 얼굴은 땀범벅이 되었다. 흘러내리는 땀을 닦으며 남자는 조심스럽게 눈을 치웠다. 고대 유물을 발굴하는 고고학자처럼 손이 떨렸다. 눈을 쓸어 내자 어깨와 목, 안경을 쓴 얼굴이 차례로 나타났다. 혹시라도 맥박이 뛰는지 확인하려던 남자가 바닥에 그대로 주저앉았다. 눈 속에서 화석이 된 사람은 집에도 없고 전화도 받지 않던 유 대리였다. 이봐, 남자는 유 대리의 몸을 흔들었다. 턱에서 땀이 툭 떨어졌다. 일어나. 휴대 전화에서 다시 익숙한 멜로디의 노래가 흘러나왔다. ⓐ"이봐!" 유 대리를 부르는 남자의 목소리가 떨렸다. 유 대리의 전화기를 주워 귀에 댔지만 남자는 아무 말도 하지 못했다. '여기, 눈 속에, 유 대리가 있어요.' 하지만 그 말은 입 밖으로 나오지 않고 남자의 입 안에서 딱딱하게 굳었다.

해가 기울고 주위는 어느새 어둑어둑해졌다. 이대로 한 시간 정도만 파고 가면 회사에 도착할 수 있을 것 같은데. 남자는 회사 쪽을 쳐다보았다. 그리고 자신이 파고 온 길을 돌아보았다. 앞으로 나아가기에도 다시 돌아가기에도 만만치 않은 거리였다. 게다가 남자는 너무 지쳐 있었다. 그는 유 대리의 옆에 쪼그리고 앉아서 숨을 골랐다. 졸음이 밀려왔지만 졸지 않으려고 눈을 부릅떴다. 눈 더미는 딱딱하거나 차갑게 느껴지지 않고 그저 공원에 있는 나무 벤치 같았다. 시야가 구겨진 종이처럼 뭉개지고 있었다.

– 서유미, 「스노우맨」

19 **다음의 〈보기〉를 참고하여 위 작품의 주제 의식을 드러낸 현대 사회의 부정적 모습을 서술하시오. (띄어쓰기 제외, 25자 내외)**

보기

'디스토피아(dystopia)'란 현대 사회의 부정적인 모습을 허구로 그려 냄으로써 현실을 날카롭게 비판하는 문학 작품 또는 그 사상을 말하며, '역(逆)유토피아'라고도 한다.

20 글의 문맥상 ⓐ는 위 작품의 등장인물 중 누구의 목소리인지 쓰시오.

[21～22] 다음 글을 읽고 물음에 답하시오.

순원(淳園)의 꽃 중에는 이름이 없는 것이 많다. 대개 사물은 스스로 이름을 붙일 수 없고, 사람이 그 이름을 붙인다. 꽃이 아직 이름이 없다면 내가 이름을 붙이는 것이 좋을 수도 있지만 또 어찌 꼭 이름을 붙여야만 하겠는가?

사람이 사물을 대함에 있어 그 이름만을 좋아하는 것은 아니다. 좋아하는 것은 ⓐ이름 너머에 있다. 사람이 음식을 좋아하지만 어찌 음식의 이름 때문에 좋아하겠는가? 사람이 옷을 좋아하지만 어찌 옷의 이름 때문에 좋아하겠는가? 여기에 맛난 회와 구이가 있다면 그저 먹기만 하면 된다. 먹어 배가 부르면 그뿐, 무슨 생선의 살인지 모른다 하여 문제가 있겠는가? 여기 가벼운 가죽옷이 있다면 입기만 하면 된다. 입어 따뜻하면 그뿐, 무슨 짐승의 가죽인지 모른다 하여 문제가 있겠는가? 내가 좋아할 만한 꽃을 구하였다면 꽃의 이름을 알지 못한다 하여 무슨 문제가 있겠는가? 정말 좋아할 만한 것이 없다면 굳이 이름을 붙일 이유가 없고, 좋아할 만한 것이 있어 정말 그것을 구하였다면 또 꼭 이름을 붙일 필요는 없다.

이름은 구별하고자 하는 데서 나오는 것이다. 구별하고자 한다면 이름이 없을 수 없다. 형체를 가지고 본다면 '장(長)·단(短)·대(大)·소(小)'라는 말을 이름이 아니라 할 수 없으며, 색깔을 가지고 본다면 '청(靑)·황(黃)·적(赤)·백(白)'이라는 말도 이름이 아니라 할 수 없다. 땅을 가지고 본다면 '동(東)·서(西)·남(南)·북(北)'이라는 말도 이름이 아니라 할 수 없다. 가까이 있으면 '여기'라 하는데 이 역시 이름이라 할 수 있고, 멀리 있으면 '저기'라고 하는데 그 또한 이름이라 할 수 있다. 이름이 없어서 '무명(無名)'이라 한다면 '무명' 역시 이름이다. 어찌 다시 이름을 지어다 붙여서 아름답게 치장하려고 하겠는가?

[A] 예전 초나라에 어부가 있었는데 초나라 사람이 그를 사랑하여 사당을 짓고 대부 굴원(屈原)과 함께 배향하였다. 어부의 이름은 과연 무엇이었던가? 대부 굴원은 『초사(楚辭)』를 지어 스스로 제 이름을 찬양하여 정칙(正則)이니 영균(靈均)이니 하였으니, 이로서 대부 굴원의 이름이 정말 아름답게 되었다. 그러나 어부는 이름이 없고 단지 고기 잡는 사람이라 어부라고만 하였으니 이는 천한 명칭이다. 그런대도 대부 굴원의 이름과 나란하게 백대의 먼 후세까지 전해지게 되었으니, 이것이 어찌 그 이름 때문이겠는가? 이름은 정말 아름답게 붙이는 것이 좋겠지만 천하게 붙여도 무방하다. 있어도 되고 없어도 된다. 아름답게 해 주어도 되고 천하게 해 주어도 된다. 아름다워도 되고 천해도 된다면 꼭 아름답기를 생각할 필요가 있겠는가? 있어도 되고 없어도 된다면 없는 것도 정말 괜찮은 것이다.

어떤 이가 말하였다.

"꽃은 애초에 이름이 없었던 적이 없는데 당신이 유독 모른다고 하여 이름이 없다고 하면 되겠는가?"

내가 말하였다.

"없어서 없는 것도 없는 것이요, 몰라서 없는 것 역시 없는 것이다. 어부가 또한 평소 이름이 없었던 것은 아니요, 어부가 초나라 사람이니 초나라 사람이라면 그 이름을 당연히 알고 있었을 것이다. 그런데도 초나라 사람들이 어부를 좋아함이 이름에 있지 않았기에 그 좋아할 만한 것만 전하고 그 이름은 전하지 않은 것이다. 이름을 정말 알고 있는 데도 오히려 마음에 두지 않는데, 하물며 모르는 것에 꼭 이름을 붙이려고 할 필요가 있겠는가?

– 신경준, 「이름 없는 꽃」

21 다음의 〈보기〉는 윗글에 대한 평가의 글이다. ⓐ의 '이름 너머'가 의미하는 어구를 〈보기〉에서 찾아 쓰시오.

보기

조선 시대에 사대부들은 사물의 실질보다는 관념적인 명분을 중요하게 여겼다. 그런데 조선 후기가 되면서 명분과 같은 허울에만 빠지지 말고 사물의 실질을 주목하고 실생활의 가치에 더 힘써야 한다는 주장이 제기되기 시작했다. 이것이 바로 실학의 근간이 되는 사고이다. 이름보다는 실질을 주목하라는 이 글은 그런 점에서 실학적 사고를 잘 담아낸 글이라고 할 수 있다.

22 다음 〈보기〉의 시가 '이름'을 '존재의 본질'에 의미를 부여하는 것으로 본다면, 윗글의 [A]는 '이름'과 '존재의 본질'을 어떻게 보고 있는지 한 문장으로 서술하시오. (띄어쓰기 제외, 20자 내외)

보기

내가 그의 이름을 불러 주기 전에는
그는 다만
하나의 몸짓에 지나지 않았다.

내가 그의 이름을 불러 주었을 때
그는 나에게로 와서
꽃이 되었다.

내가 그의 이름을 불러 준 것처럼
나의 이 빛깔과 향기에 알맞은
누가 나의 이름을 불러다오.
그에게로 가서 나도
그의 꽃이 되고 싶다.

우리들은 모두
무엇이 되고 싶다.
너는 나에게 나는 너에게
잊혀지지 않는 하나의 눈짓이 되고 싶다.

– 김춘추, 「꽃」

[23～25] 다음 글을 읽고 물음에 답하시오.

생선은 비린 만큼 교만하다. 비린 생선들은 비린 그의 개성을 우선 존중해 주지 않으면 우리가 의도하는 맛을 내주지 않는다. 그러나 ㉠ 명태는 맛에 대한 자기주장을 관철하려 들지 않는다. 줏대도 없는 놈이라고 할지 모르지만, 그건 줏대가 없는 것이 아니고 줏대 없는 그의 본성 자체가 그의 줏대인 것이다.

나는 여태껏 썩은 명태를 보지 못했다. 오늘날의 명태 말고, 냉동 산업과 운송 여건이 불비한 시절, 동해안에서 태산준령을 넘어 충청도 산읍 5일장의 어물전까지 실려 온 명태를 두고 하는 말이다. 당연하다. 명태는 썩지 않는 철에만 잡히기 때문이다. 명태는 바닷물이 섭씨 1도에서 5도가 되어야 산란을 하러 북태평양에서 동해로 떼 지어 내려오는데, 그때가 명태의 어획기다. 부패의 철을 비켜서 어획기를 설정한 주체는 어부가 아니라 명태이다. 가급적 주검을 부패시키지 않으려는 명태의 의지가 진화된 결과로 보고 싶다. 어차피 그물코에 걸리 수밖에 없는 회유성(回遊性)이 운명일 바에는 주검을 부패시켜 가지고 혐오스러워하는 사람의 손실에 뒤채이며 어물전의 천덕꾸러기가 될 필요는 없다는 게 명태의 결론이었을지 모른다. 얼마나 생선다운 고결한 결론인가.

"썩어도 준치"란 말이 있다. 참 가소롭기 그지없는 말이다. 명태가 들으면 "무슨 소리야, 썩으면 썩은 것이지—" 하고 실소를 금치 못할 것이다. 부패 직전의 살코기에서는 글리코겐이 분해되며 젖산을 발생시켜서 구수하고 단맛을 낸다는 요리학적 설명이 있긴 하지만, 그건 숙성을 뜻하는 것이지 부패를 이른 말이 아니다. 자연에서 생선의 숙성은 순식간에 지나가는 과정에 불과하다. 숙성을 보전하는 것은 기술이고 부가가치를 창출하는 것으로 요리사의 몫이지 준치의 몫이 아니다.

'썩어도 준치'란 말은 꼭 청문회장에 나온 사람의 뻔뻔스러운 변명 같아서 부패한 냄새가 코를 찌른다. 준치는 4월에서 7월까지 부패가 촉진되는 철에 잡힌다. 제 주검의 선도(鮮度)에 대한 대책도 없는 주제에 '썩어도 준치'라니, 명태에 비하면 비천하기 이를 데 없는 본성이다.

보릿고개가 준치의 어획기다. 배가 고픈 백성들은 준치의 어획을 고마워하며 먹었으리라. 어쩌다 숙성된 준치를 먹었을지 모르지만 대개 썩은 준치를 먹고 삶의 비애를 개탄하는 마음으로 짐짓 '썩어도 준치'라고 역설적인 감탄을 했을지 모른다. 얼마나 우리들의 슬픈 시대를 단적으로 대변하는 감탄구인가.

[A] 명태는 무욕으로 일관한 제 생의 담백한 육질을 신선하게 보전해서 사람들에게 보시(布施)*했다. 명태는 제 속을 비워 창난젓과 명란젓을 담게 주고 몸뚱이만 바닷가의 덕장에서 바닷바람에 말라 북어가 되고, 대관령 너머 눈벌판의 덕장에서 눈바람에 말라 더덕북어가 되었는데, 알다시피 제상의 좌포(左脯)로 진설되거나, 고사상 떡시루 위에 실타래를 감고 누워 사람들의 국궁 재배*를 받는 귀물(貴物)로 받들어졌다.

명태를 생각하면 언뜻 늦가을 텃밭의 황토 흙에 하반신을 묻고 상반신을 햇살에 파랗게 드러낸 채 서 있던 청정한 조선무가 떠오른다. 그 순박 무구하고 건강하기가 과년한 산골 큰아기 같은 조선무가 없으면 명태의 담백한 맛을 살려내기 힘들었을지 모른다. 산골 동네 텃밭에서 그 청정한 무가 가으내 담백한 맛의 진수를 보여 주려고 뼈 무르면서 명태를 기다렸다. 순박한 무와 담백한 생선의 만남, 그야말로 산해(山海)가 진미로 만나는 것이다.

– 목성균, 「명태에 관한 추억」

*보시: 자비심으로 남에게 재물이나 불법을 베풂.

*국궁 재배: 허리를 굽혀 두 번 절함.

23 윗글에서 명태가 다른 생선과 달리 비릿한 맛을 지니지 않는 것을 긍정적으로 표현한 문장을 찾아 쓰시오.

____

24 윗글에서 명태와의 비교를 통해, 명태가 지닌 가치를 부각하기 위해 사용된 소재를 찾아 한 단어로 쓰시오.

25 [A]에서 연상을 통해 대상과 어울리는 다른 소재를 소개하고 있는 문장을 찾아 첫 어절과 마지막 어절을 차례대로 쓰시오.

첫 어절: ______________________, 마지막 어절: ______________________

[26～27] 다음 글을 읽고 물음에 답하시오.

S# 84. 북측 초소 – 수혁, 경필의 회상(밤)

최 상위 어깨 너머로 보이는 성식, 카세트 앞 서류를 뒤지다가 고개를 돌려 기겁하는 우진. 무심코 돌아보다 놀라는 경필의 경악한 표정. 우진의 어깨 너머로, 실내로 한 발을 이미 내딛은 채 얼어붙은 최 상위와 나머지 세 병사의 모습이 보인다. 최 상위, 총을 뽑는다. 겁에 질린 성식이 놀라 얼굴이 하얘지며 무너지듯 주저앉으면 보이는 수혁, 역시 어느새 총을 뽑아 들고 겨누고 있다. 실내로 들어서는 최, 자기 우측으로 게걸음 치면서 움직인다. 수혁도 최에게 접근함과 동시에 자기 우측으로 옆걸음. 경필, 둘의 가운데로 와서 선다.

경필: 조장님! 진정하십쇼. 제가 다 설명…….

최 상위, 왼손을 들어 권총을 두 손으로 움켜쥔다.

최 상위: (말을 끊으며) 닥치라우!
경필: 총 거두시라니까요! 수혁이 너두!

ⓐ말없이 겨누고 있는 수혁. 그 뒤로 성식이 숨다. 최 상위, 바닥을 흘낏 내려다보면 바닥에 널린 술과 안주들, 시선 들어 경필을 보는 최상위.

최 상위: ⓑ이 새끼, 보초 세워 노니까 적군하구 노닥거려? 어서 이 새끼들 체포해!

최 상위, 오른 손등으로 경필을 강타하자 코피가 흐른다.

경필: 얘들 지금 월북하겠다구 상의하러 온 거예요. 제가 다 알아서 처리하겠습니다.
최상위: ⓒ(우진을 돌아보며) 명령이다. 이 새끼들은 적이야. 빨리 무장 해제시켜! (최 상위를 보는 우진) 쏴 버려!

도와달라는 눈빛으로 경필을 돌아보는 우진.

경필: (싸늘하게) 내가 책임진다……. 하지 마.
최 상위: 너 이 새끼 완전히 미쳤구나? (우진에게) 지금이라도 내 말을 들으면 이제까지 반역 행위는 없던걸루 해 준다. 자, 어서!
우진: (경필에게 기어들어 가는 소리로) 중사님, 죄송합니다.

엉거주춤한 자세로 총을 뽑아 들고 수혁을 겨누는 우진. 경악하는 수혁과 성식. 안도의 한숨을 쉬는 최, 체념하는 경필.

경필: (잠시 생각에 잠겼다가) …… 수혁아, 총 내려놔라. 이제 어쩔 수 없다.
수혁: 싫어!

경필: 내가 잘 말해 줄 테니까……. 자진 월북한 걸루 하구 북에서 살자, 응? (최 상위를 돌아보며) 그렇죠?
최 상위: (조금 물러서는 태도로) 먼저 총 내리면 얘기해 보자.
수혁: (버티며) 저 새끼 말 못 믿는 거 형이 더 잘 알잖아? 형두 그랬잖아. 공 세울려구 혈안이 된 놈이라구. 우리 부대서두 그런 놈 많이 봤어. 우리 둘 다 죽여 놓구, 잠입한 놈들 사살했다구 구라칠 게 뻔해.
경필: 내가 있잖아. 내가 책임지구 너의 살려 준다. 이 형 못 믿니? (시선을 돌려) 성식아, 넌 믿지? 니가 좀 말해 봐.
성식: (덜덜 떨면서 수혁에게 귀엣말로) …… 저거…… 다 짜구 하는 거 아닐까요?
우진: (총 쥔 손을 덜덜 떨면서 애원하듯) 수혁이 형, 중사님이 지뢰 끊어 준 거 기억하죠? 제발 총 내려요. 무서워 죽겠어요.

– 박상연 원작, 박찬욱 외 각색, 「공동 경비 구역 JSA」

26 다음의 〈보기〉는 위 작품 속에 등장하는 인물들의 사건 전개에 대한 설명이다. 빈 칸에 들어갈 인물들을 차례대로 쓰시오.

보기

(가) 경필은 최 상위에게 (①)와/과 (②)이/가 월북을 상의하러 왔다고 이야기했다.
(나) (①)은/는 (②)의 만류에도 불구하고 수혁을 향해 총을 겨누고 있다.
(다) (①)은/는 (②)에게 최 상위에 관한 부정적인 반응을 보인 적이 있다.

(가): ① ____________________, ② ____________________

(나): ① ____________________, ② ____________________

(다): ① ____________________, ② ____________________

27 위 작품은 희곡을 각색한 시나리오로, 희곡의 3가지 구성 요소를 따르고 있다. 본문에서 ⓐ~ⓒ에 해당하는 각 구성 요소를 차례대로 쓰시오.

ⓐ ____________________

ⓑ ____________________

ⓒ ____________________

Ⅱ 독서

[핵심이론]

1 독서의 본질

1. 독서의 준비

(1) 독서의 목적에 따라 글을 선택하는 방법

목적	글의 선택 방법
학업 독서	나에게 필요한 분야의 지식을 잘 정리한 책을 찾아서 정독함
교양 독서	나에게 필요한 교양이 무엇인지 생각하고 나서 읽을 만한 책을 찾음
문제 해결 독서	당면한 문제에 대해 분석하고 해결책을 제시한 책을 찾음
여가 독서	나의 흥미와 관심을 생각하여 책을 찾음
타인과의 관계 유지를 위한 독서	사람들의 공통적인 관심사를 생각하여 책을 찾음.

(2) 독서 수준에 맞는 글을 선택하는 방법

① 표지를 통해 책의 성격에 대한 단서 찾기

② 목차와 서문을 통해 책에서 다룬 내용의 범위 확인하기

③ 본문을 보고 나의 지식이나 어휘력으로 이해할 수 있을지 짐작하기

(3) 가치 있는 글을 선택하는 방법

① 다른 사람이 쓴 서평 등을 참고하여 책 선택하기

② 여러 세대를 거치면서 검증되어 '고전'으로 인정된 책 선택하기

③ 권장 도서나 추천 도서로 선정된 책 선택하기

2. 주제 통합적 읽기

(1) 개념: 같은 화제를 다룬 여러 글을 읽고 비판적 · 통합적으로 이해하여 의미를 재구성하는 활동

(2) 필요성

① 다양하고 폭넓은 관점으로 주제를 바라볼 수 있음

② 주관적이고 비판적인 시각으로 다른 사람의 글을 읽을 수 있음
③ 인간과 세계를 폭넓게 이해하는 능력을 기를 수 있음
④ 문제 상황을 창의적으로 해결할 수 있는 능력을 기를 수 있음

(3) 과정

읽기의 목적 구체화하기
⇩
읽기 목적에 맞는 글 찾기
⇩
글의 분야, 글쓴이의 관점, 형식이 다른 글을 서로 비교하며 읽기
⇩
글의 주장을 비판적으로 검토하고 유용한 정보 추려 내기
⇩
자신의 관점에 따라 정보를 가려내어 화제에 대한 자신의 견해 정리하기(재구성하기)

2 독서의 방법

1. 사실적 읽기

(1) 개념: 글에 드러난 정보를 확인하면서 읽는 활동으로, 글을 이해하기 위한 가장 기본적인 읽기 방법

(2) 방법
① 제목을 주의 깊게 살펴보고 내용을 요약하기
② 글의 종류와 그에 따른 글 전체의 논리를 살펴 글의 구조를 파악하기
③ 글의 화제나 내용, 글의 전개 방식을 알려 주는 담화 표지 등을 살펴 글의 전개 방식을 파악하기

2. 추론적 읽기

(1) 개념: 글에 드러난 내용 이외의 것들을 추측하며 읽는 활동

(2) 방법
① 배경지식, 담화 표지, 글의 문맥 등을 종합적으로 활용하여 생략되거나 암시된 정보를 추론하기

② 글의 종류, 글 전체의 내용과 글의 맥락을 고려하여 글쓴이의 의도나 목적을 추론하기
③ 글쓴이의 입장, 글의 예상 독자, 글의 화제나 대상을 대하는 글쓴이의 태도 등을 종합하여 숨겨진 주제를 추론하기

3. 비판적 읽기

(1) **개념**: 글의 내용과 표현 방법, 글쓴이의 관점, 글의 배경이 되는 사회 · 문화적 이념 들을 판단하며 읽는 활동

(2) **방법**

① 글쓴이의 관점이 타당한지, 내용이 논리적으로 타당한지, 정확하고 믿을 만한지, 공정한지, 자료가 적합한지 등을 판단하기
② 글에 쓰인 표현 방법이 적절하고 효과적인지 판단하기
③ 글에 숨겨진 의도, 글에 전제되거나 글쓴이가 의도적으로 반영한 사회 · 문화적 이념을 판단하기

4. 감상적 읽기

(1) **개념**: 글에 대해 정서적으로 반응하며 읽는 활동

(2) **방법**

① 공감하거나 감동을 느낀 부분의 의미를 생각하기
② 글에서 깨달음과 즐거움을 얻기
③ 글의 내용을 자신에게 맞게 수용하기

5. 창의적 읽기

(1) **개념**: 글의 내용과 글쓴이의 생각에 독자 자신의 지식과 경험을 더해 새로운 의미를 만들어 내는 활동

(2) **방법**

① 문제 해결에 도움이 되는 글을 찾아 읽기
② 문제와 관련된 글쓴이의 생각을 평가하고 이에 대한 대안을 찾으며 능동적으로 읽기

3 독서의 분야

1. 인문 · 예술 분야의 글 읽기

(1) 글의 특성

① **인문 분야**: 인간 존재에 대해 철학적으로 탐구하고, 인간의 삶을 기록하기 위한 인간의 지적 활동이 축적된 글

예 문학, 역사, 철학, 언어, 종교, 심리 등에 관한 글

② **예술 분야**: 인간의 상상력과 기술을 발휘해 아름다움을 표현하려는 활동 및 그 결과로 만들어진 작품에 대한 설명, 예술이 탄생한 배경과 창작된 과정 등을 다룬 글

예 예술 철학, 미학 등 예술론 일반에 대한 글, 작품론, 작가론, 음악, 미술, 연극, 영화, 무용, 건축, 사진, 공예 등

(2) 글을 읽는 방법

① 인문 분야와 예술 분야에 대한 배경지식을 활용하며 읽기

② 인문학적 세계관과 인간에 대한 글쓴이의 성찰을 비판적으로 이해하며 읽기

③ 예술과 삶의 문제를 대하는 인간의 태도를 비판적 시각에서 읽기

2. 사회 · 문화 분야의 글 읽기

(1) 글의 특성

① **사회 분야**: 정치, 경제, 언론, 법률, 국제 관계, 교육 분야를 다룬 글

② **문화 분야**: 의식주, 언어, 풍습, 종교, 학문 분야를 다룬 글

(2) 글을 읽는 방법

① 글에 담긴 사회적 요구와 신념을 비판적으로 파악하며 읽기

② 사회적 현상의 특성을 이해하며 읽기

③ 역사적 인물과 사건의 사회 · 문화적 맥락을 비판적으로 이해하며 읽기

3. 과학 · 기술 분야의 글 읽기

(1) 글의 특성

① 과학 분야

㉠ 자연 현상이나 물리적 세계를 대상으로 하며, 대상의 구조나 변화의 원리를 보편적 인과 법칙에 의해 서술함

ⓛ 객관적 자료에 근거한 과학적 사실이나 법칙을 제시함

ⓒ 자연 과학에 관한 글뿐 아니라 과학에 관한 일반적인 글도 포함함

② 기술 분야

㉠ 과학 이론을 실제로 적용하여 자연과 사물 등을 인간 생활에 유용하도록 가공한 다양한 기술에 관해 서술함

ⓛ 기술 공학적 원리나 법칙을 탐구하고 설명함

(2) 글을 읽는 방법

① 과학 용어나 개념을 명확하게 이해하며 읽기

② 지식과 정보의 객관성을 파악하며 읽기

③ 논거의 입증 과정을 파악하고 논거의 타당성을 판단하며 읽기

④ 과학적 원리의 응용과 한계를 파악하며 읽기

4. 시대의 특성을 고려한 글 읽기

(1) 글쓰기 관습의 변화

① 세로쓰기 → 가로쓰기

② 한문 또는 한문과 한글의 병기 → 한글 표기

(2) 글 읽기 방법

① 글이 생산된 당대의 글쓰기 관습이나 독서 문화를 고려하며 읽기

② 글쓴이의 상황이나 당시의 사회 · 문화적 맥락을 고려하며 읽기

③ 자신의 필요나 상황에 맞추어 글의 의미를 재구성하며 읽기

5. 지역의 특성을 고려한 글 읽기

(1) 필요성

① 인간과 세계의 다양성에 대한 이해의 폭을 넓힐 수 있다.

② 다른 지역의 사회 · 문화가 갖는 특수성을 알 수 있다.

③ 다른 지역과 비교하여 우리 사회와 문화의 고유한 가치, 한 인간으로서 자신에 대한 이해를 높일 수 있다.

(2) 글 읽기 방법

① 글이 쓰인 당시 그 지역을 지배한 가치관과 문화를 고려하며 읽기

② 글이 지역의 가치관이나 문화에 끼친 영향을 생각하며 읽기
③ 지역적으로 편중되지 않도록 세계와 국내 여러 지역의 문화를 다룬 글을 두루 읽기
④ 각 지역의 문화적 특성을 존중하는 문화 상대주의적 관점을 지니고 읽기

6. 매체의 특성을 이용한 글 읽기

(1) 독서 환경의 변화

① 정보 통신 기술의 발달로 다양한 읽기 매체(스마트폰, 태블릿 컴퓨터, 전자책 단말기 등)가 생겨남
② 인터넷을 통해 사람들이 지식과 정보의 구성에 직접 참여하고, 손쉽게 자료를 복제하고 전송할 수 있게 됨

(2) 글 읽기 방법

① 매체의 유형과 특성을 고려하여 매체 자료를 읽기
② 매체 자료의 타당성, 신뢰성, 공정성 등을 평가하며 비판적으로 읽기
③ 다양한 매체에서 필요한 정보를 수집하여 활용할 수 있도록 능동적이고 주체적으로 읽기

4 독서의 태도

1. 지속적인 독서 활동

(1) 효과

① 지식과 정보를 얻어 시대의 변화에 대응할 수 있음
② 자기 분야의 전문가로 성장할 수 있음
㉢ 독서 문화를 향유하고 건전한 독서 문화 형성에 이바지할 수 있음

(2) 실천

① 독서에 대한 흥미와 관심을 유지함
② 자발적인 독서 태도를 지님
③ 자신의 독서 이력을 관리함

2. 독서를 통해 타인과 교류하는 방법

① 자신의 관심사에 맞는 다양한 독서 활동 찾기
② 독서 활동에 능동적으로 참여하기
③ 독서 활동의 경험을 공유하고 확산하기

PART 1 국어
PART 2 수학
PART 3 해답

[실전문제]

해답 p.353

대표문제

▶ 다음 글을 읽고 물음에 답하시오.

배점(총점)	예상 소요 시간
10점	3분 / 전체 80분

최근에는 동일한 기능과 용도를 가진 제품들이 시장에 많기 때문에 소비자들은 차별화된 디자인에 주목하여 상품을 고르는 경우가 많다. 그에 따라 상품의 디자인이 중요한 요소로 부각되고 있다. 이러한 상품의 디자인을 보호하고 관련 산업을 발전시키기 위해 우리나라에서는 디자인 보호법을 제정하여 디자인권을 보호하고 있다. 디자인권을 획득하기 위해서는 누구든지 디자인의 성립 요건과 등록 요건을 갖추어서 특허청에 디자인 등록을 출원하여* 심사를 받아야 한다. 디자인 보호법 제2조에서는 디자인을 '물품의 형상 · 모양 · 색채 또는 이들을 결합한 것으로서 시각을 통하여 미감(美感)을 일으키게 하는 것'으로 규정하고 있다. 이에 따라 법률상 디자인으로 성립하기 위해서는 물품성, 형태성, 시각성, 심미성의 요건을 갖추어야 한다.

디자인의 물품성은 유체성, 동산성, 정형성, 독립성의 네 가지 요건을 갖추어야 한다. 물품은 원칙적으로 유형적 존재를 갖는 유체물에 한정되고, 빛, 열, 전기, 기체, 액체 등과 같이 형태가 고정되어 있지 않은 것은 물품에 해당하지 않는다. 그리고 물품은 유체물 중에서도 동산(動産)에 한정되고 토지와 그 위의 정착물인 건축물이나 건조물 등의 부동산(不動産)은 원칙적으로 물품으로 인정되지 않는다. 다만 이동식 어린이 놀이방, 방갈로 등과 같이 부동산이라도 공업적으로 양산(量産) 가능하고 이동이 가능한 대상은 물품으로 인정된다. 또한 동산이라도 육안으로 식별이 가능하고 일정한 형태를 가져 디자인이 특정될 수 있는 정형성을 갖추어야만 물품으로 인정되기 때문에 가루나 알갱이 형태의 설탕, 시멘트와 같이 정형화되지 않은 동산은 물품으로 인정받을 수 없다. 그러나 만일 이들이 정형성을 갖게 된다면 예외적으로 물품으로 인정받기도 한다. 그 외에도 손수건을 접어서 만든 꽃 모양과 같이 물품 자체의 형태가 아닌 것 역시 물품으로 볼 수 없다. 마지막으로 물품은 경제적으로 독립하여 거래의 대상이 되는 것이어야 하므로 병의 주둥이와 같은 물품의 일부분도 물품에서 제외된다. 이와 함께 물품으로 구현되지 않은 아이디어 자체는 디자인 보호법상의 보호 대상이 되지 않는다.

디자인의 형태성은 물품의 형상에 모양이나 색채가 결합한 형태를 말한다. 여기서 형상은 물품이 공간을 점하고 있는 윤곽을 의미하고, 모양은 물품의 외관에 나타나는 선으로 그린 도형, 색 구분 등을 의미하여, 색채는 물품에 채색된 빛깔을 의미한다. 디자인이 형태성을 갖추기 위해서는 형상이 반드시 있어야 하므로 형상 없이 모양이나 색채만으로 된 것은 형태성을 인정받지 못한다. 형태성은 물품성을 불가분적 전제로 하며, 외부에서 보이는 것이어야 하므로 분해하거나 파괴해야만 볼 수 있는 것은 시각성의 조건을 만족하지 못해 디자인에서 제외된다. 다만 뚜껑을 여는 것과 같은 구조로 된 것은 그 내부도 디자인의 대상이 된다. 디자인의 심미성은 제품이 아름다움을 느낄 수 있도록 처리가 되어 있는 것으로 사람마다 느끼는 정도가 다르기 때문에 그 의미에 대해서는 다양한 입장이 존재한다.

이와 같은 디자인의 성립 요건을 갖추었다고 하더라도 디자인 등록을 위해서는 신규성, 창작성, 양산성 등의 요건을 충족해야 한다. 신규성은 디자인을 출원하기 전에 그 디자인이 국내외 웹사이트, 전시, 간행물, 카탈로그 등을 통해 일반 대중에게 공개되지 않아야 함을 의미한다. 다만 출원인의 권리를 보호하기 위해 일정한 경우에는 자신의 디자인이 일반 대중에게 공개된 날로부터 12개월 이내에 그 디자인을 출원하면 예외적으로 신규성을 인정받을 수 있다. 창작성은 그 디자인이 속하는 분야에서 통상적인 지식을 가진 사람이 기존 디자인을 쉽게 변형하여 만들 수 있는 것이 아니어야만, 즉 용이(容易) 창작이 아니어야만 인정받을 수 있다. 예를 들어 원 모양의 시계는 일반적인 형태이기 때문에 이는 용이 창작에 해당될 가능성이 높지만, 개미 모양의 시계는 그렇지 않기 때문에 창작성을 인정받을 가능성이 높다. 마지막으로 양산성은 동일한 제품을 반복적으로 계속 생산해야 하는 것으로, 수석이나 꽃꽂이와 같이 자연물을 사용한 물품으로 다량 생산할 수 없는 것과 미술 작품의 원본은 양산성이 없기 때문에 디자인으로 등록될 수 없다. 그런데 앞에 언급한 디자인 등록 요건을 갖추었다 하더라도 동일하거나 유사한 디자인을 제3자가 먼저 등록 출원하게 되면 디자인을 등록할 수 없다. 하지만 창작자가 아닌 제3자가 창작자의 권리를 침해하여 디자인을 먼저 등록 출원할 경우, 특허청은 창작자의 권리 보호를 위해 제3자의 디자인 등록을 거부할 수 있다.

*출원하여: 청원이나 원서를 내어.

[예시문제]

〈보기〉의 빈칸에 들어갈 적절한 내용을 윗글에서 찾아 서술하시오.

보기

디자인 등록을 위해서는 몇 가지 요건이 필요하다. 동일한 제품을 반복적으로 계속 생산할 수 있는 (①) 요건이 있어야 하고, 디자인 출원 전에 일반 대중에게 공개된 적이 없는 (②) 요건이 있어야 한다.

모범답안 ① 양산성 / ② 신규성

바른해설 디자인의 성립 요건을 갖추었다고 하더라도 디자인 등록을 위해서는 몇 가지 요건이 필요하다. 양산성은 동일한 제품을 반복적으로 계속 생산해야 하는 것으로, 수석이나 꽃꽂이와 같이 자연물을 사용한 물품으로 다량 생산할 수 없는 것과 미술 작품의 원본은 양산성이 없기 때문에 디자인으로 등록될 수 없다. 신규성은 디자인을 출원하기 전에 그 디자인이 국내외 웹사이트, 전시, 간행물, 카탈로그 등을 통해 일반 대중에게 공개되지 않아야 함을 의미한다.

채점기준

답안	배점
① '양산성'과 ② '신규성'을 순서에 맞게 모두 쓴 경우	10점
① '양산성'과 ② '신규성'을 순서에 맞게 한 가지만 쓴 경우	5점
답안의 순서가 바뀐 경우 0점 처리함	0점

〈2022학년도 가천대 논술 모의고사〉

[01～02] 다음 글을 읽고 물음에 답하시오.

문해력의 영어 표현인 리터리시(literacy)의 어원인 라틴어 'litteratus'는 로마 시대에는 '지적 능력', 중세 초기에는 '라틴어를 읽을 수 있는 능력', 종교 개혁 이후에는 '모어(母語)로 읽고 쓸 줄 아는 능력'이라는 의미로 사용되었다. 이는 문자 언어로 의사소통할 수 있는 능력을 의미하는 것으로, 읽기 · 쓰기에 대한 전통적 관점과 일맥상통한다. 읽기 · 쓰기에 대한 전통적 관점에서 텍스트를 문자 사용법에 따라 문자 그대로 해독하는 능력을 갖춘 후 이를 활용하여 문자로 유창하게 표현하는 능력을 중시한다. 이러한 문자의 사용 능력은 지적 생활을 영위하는 데 기본이 되는 능력이기 때문에 '기초적 문해력'이라고 한다.

읽기를 단순한 해독이 아닌, 텍스트와의 상호 작용을 통해 의미를 구성하는 행위로 간주하는 관점이 등장하면서 문해력의 개념도 변화하였다. 의미 구성의 주체인 개인의 인지적, 정의적 능력에 관심을 두기 시작하면서 대두된 개념이 '기능적 문해력'이다. 기능적 문해력은 이전 문해력의 개념에 정보의 비판적 해석과 재구성 능력이 더해진 것이다. 기능적 문해력은 사회적 맥락 속에서 생각하고, 공동체의 발전을 고려할 수 있는 능력이 있어야 하기 때문에 개인의 자아실현, 직업 수행, 공동체의 구성원들과의 협력 등을 효율적으로 수행하는 데 필수적인 능력이 되고 있다. 확장된 문해력의 개념은 영화, 정치, 환경 등 사회적 대상들도 텍스트로 두고 의미를 구성하는 영화 문해력, 정치 문해력, 환경 문해력 등으로 나타나며 그 분야는 계속 확장되고 있다. 영화와 정치, 환경은 텍스트의 성격이 다르기 때문에 세부적으로 필요한 핵심 능력이 다를 수 있지만, 모두 사회적 맥락에서 텍스트를 해석하고 의미를 재구성한다는 점에서 유사한 면이 있다.

확장된 의미의 문해력은 학생뿐만 아니라 사회 구성원 누구에게나 필요한 능력이지만, 특히 성인들의 직무 수행에 필요한 능력을 '직업 문해력'이라고도 한다. 직업 실무에서 요구되는 문제 해결, 의사 결정, 창의성, 리더십, 협상 등과 같은 핵심 역량의 기본 토대가 바로 문해력이기 때문이다. 정보 통신 기술의 융합이 중심이 되는 4차 산업 혁명 시대에는 기술을 습득하고 데이터를 해석하고 가공하는 능력이 직무를 수행하는 데 필수적인, 이러한 능력에도 문해력이 핵심이 된다.

01 윗글의 내용을 다음과 같이 이해할 때 빈칸에 들어갈 말을 제시문에서 찾아 차례대로 쓰시오.

(ⓑ)은/는 지적 생활을 영위하는 데 기본이 되는 능력인 (ⓐ)에 정보의 비판적 해석과 재구성 능력이 더해진 것이며, (ⓒ)은/는 (ⓑ) 중 성인의 직무 수행에 필요한 능력이다.

ⓐ ____________________

ⓑ ____________________

ⓒ ____________________

02 〈보기 2〉는 윗글의 내용을 바탕으로 〈보기 1〉에 대해 보인 반응을 서술한 것이다. 〈보기 2〉의 빈칸에 들어갈 말을 〈보기 1〉에서 찾아 차례대로 쓰시오.

보기 1

르니 홉스는 디지털 기기와 네트워크를 통해 대량으로 정보가 유통되는 매체 환경에서 정보의 구성 주체로서 개인이 가져야 할 필수적인 능력으로 '디지털 매체 문해력'을 제시했다. 그는 디지털 매체 문해력이 하나의 능력을 가리키는 것이 아니라 다양한 차원의 능력들로 이루어져 있다고 보았다. 먼저 '접근'은 디지털 매체의 사용법을 알고 이를 다룰 수 있는 능력이다. '분석 및 평가'는 디지털 매체의 메시지를 대상으로 메시지의 신뢰성과 사회적 영향 등을 비판적으로 분석하는 것이다. '창조'는 목적, 수용자의 능력 등을 고려하여 콘텐츠를 생성하는 것이며, '성찰'은 자신의 디지털 매체 사용이 사회적 책임과 윤리에 맞는지를 살펴보는 것이다. '행동'은 공동체의 발전이나 문제 해결을 위해 참여하는 것이다.

보기 2

'디지털 매체 문해력'의 능력 중 '(㉠)'과 '(㉡)'은 사회적 개념과 윤리를 고려하고 공동체의 문제를 해결하려 한다는 점에서 확장된 문해력 개념의 특징을 보여준다.

㉠ ______________________

㉡ ______________________

[03~04] 다음 글을 읽고 물음에 답하시오.

[A] '아는 것이 힘이다'라는 말이 있다. 반면에 '아는 것이 병이다'라는 말도 있다. 이것은 같은 대상이 이익도 되고 손해도 되는 모순된 상황을 이야기하는 것은 아니다. '아는 것'에는 바르게 아는 것(바른 지식)도 있지만, 부분적으로 아는 것(부분 지식), 잘못 아는 것(오류 지식)도 있으며, 자신의 지식이 불완전하다는 것을 아는 것(비판 지식)도 있다. 그런 점을 생각하면 힘이 되는 '아는 것'과 병이 되는 '아는 것'은 다른 종류의 지식이라고 할 수 있다.

인간이 수천 년 동안 지식을 쌓아 올려 행성의 운동을 설명할 수 있었던 것은 (ⓐ) 지식을 얻는 과정을 보여 준다. 인간은 무지에서 시작하여 사고와 탐구를 통해 (ⓑ) 지식을 쌓는다. 지식을 쌓는 과정에 논리적 결함이 있거나 부분 지식을 전체로 단정할 때 (ⓒ) 지식에 빠질 수도 있지만, (ⓓ) 지식을 통해 오류들을 제거해 나가면 바른 지식을 향해 나갈 수 있다. 따라서 바른 지식으로 나아가기 위해서는 먼저 내가 어디쯤 있는가를 아는 것이 중요한데, 이때 결정적인 역할을 하는 것이 독서이다. 독서를 통해 우리는 앞선 사람들이 이루어 놓은 지식을 얻는 동시에 자신이 무지한 상태이거나 부분 지식, 오류 지식을 지니고 있다는 것을 깨달을 수 있기 때문이다. 그렇다면 바른 지식을 향해 가는 독서는 어떻게 해야 하는 것일까?

우선 다양한 분야의 책을 읽어야 한다. 무지를 깨닫고 벗어나기 위해서는 깊지 않아도 다양한 지식을 갖추어야 한다. 이를 위해서는 어느 특정 분야에 얽매이지 말고 여러 분야의 책을 골고루 읽어야 한다. 교양이 어느 정도 쌓였을 때는 한 분야의 책을 깊이 읽어야 한다. 한 분야의 책을 집중적으로 읽다 보면 해당 분야의 전문가가 될 수 있고, 부분 지식이 다른 부분 지식들과 결합해 나갈 경우 바른 지식으로 나아갈 수도 있다. 그와 함께 비판적인 책을 읽어야 한다. 이는 오류 지식을 해결하려는 것으로, 타당한 관점이나 방법론을 바탕으로 기존 지식에 대해 비판적 안목을 가지게 하는 책은 우리의 지식이 바른 방향으로 갈 수 있도록 해 준다. 독서를 통해 바른 지식으로 나아갈 수 있다면 '아는 것'이 인생을 살아가는 데 큰 힘이 될지언정 병이 될 일은 없을 것이다.

–「바른 지식을 위한 독서」

03 [A]에서 설명한 지식의 종류를 토대로, 제시문의 ⓐ~ⓓ 들어갈 지식의 종류를 차례대로 쓰시오.

ⓐ ____________________

ⓑ ____________________

ⓒ ____________________

ⓓ ____________________

04 〈보기 2〉는 위의 제시문을 바탕으로 〈보기 1〉의 내용을 이해한 것이다. 〈보기 2〉의 빈칸에 들어갈 지식의 종류를 제시문에서 찾아 쓰시오.

보기 1

옛날 인도의 어떤 왕이 앞을 보지 못하는 사람들을 불러 손으로 코끼리를 만져 보고 각자 코끼리에 대해 말해 보도록 했다. 배를 만진 이는 장독, 등을 만진 이는 평상, 다리를 만진 이는 절구와 같다고 제각기 다른 말을 했다. 이들의 말이 틀린 것은 아니었지만 이들이 서로 자기가 코끼리를 만져 알게 된 것만이 옳다고 싸우자 왕은 "보아라. 코끼리는 하나이거늘 제각기 자기가 알고 있는 것만을 코끼리로 알고 있구나. 진리를 아는 것도 또한 이와 같은 것이니라."라고 했다.

보기 2

앞을 보지 못하는 사람들이 코끼리를 만진 후 제각기 다른 말을 한 것은 (①) 지식을 가졌기 때문이고, 앞을 보지 못하는 사람들이 자기가 만진 것이 옳다고 싸우는 것은 (②) 지식에 빠졌기 때문이다.

[05～06] 다음 글을 읽고 물음에 답하시오.

독일의 철학자 칸트는 『순수 이성 비판』에서 철학이 제기하는 가장 중요한 질문이 '우리는 무엇을 알 수 있는가?', '우리는 무엇을 해야 하는가?' 그리고 '우리가 무엇을 바랄 수 있는가?'의 세 가지라 하였다. 그러나 그 이후 『논리학 강의』에서는 위의 세 가지 질문이 모두 '인간이란 무엇인가?'라는 질문으로 귀결된다고 하였다.

한편 그리스의 철학자 소크라테스는 철학의 궁극적인 목적이 '너 자신을 알라.'라는 것이라고 하였다. 어떻게 보면 인간이 무엇인지 알면 자신이 누구인지도 알 수 있을 것 같지만 반드시 그런 것은 아니다. 인간과 자신은 어느 정도 연관은 있지만 근본적으로 다른 차원에 있다. 어떤 의미에서 '나'는 인간보다 한 단계 더 깊은 곳에 있다고 할 수 있다.

아득한 옛날, 사람들은 자신보다는 자신을 둘러싼 자연 현상이나 우주, 인간과 자연의 모든 것을 지배하는 신들에 주로 관심을 기울였다. 학문의 발전 과정을 보아도 '나'에 대해 연구하는 학문보다는 나에게서 멀리 떨어진 대상을 탐구하는 학문들이 먼저 발전하였다. 고대 그리스 철학에서는 기원전 6세기에 자연 철학자들이 처음으로 우주와 자연에 대해 의문을 품기 시작하면서 철학다운 철학을 하기 시작한 것으로 보인다. 탈레스란 철학자가 천체를 연구한다고 별을 쳐다보다가 우물에 빠졌다는 이야기가 있을 정도로, 학자들은 주로 '천체는 어떻게 운행하는가?', '우주 혹은 자연이란 무엇인가?', '신은 어떻게 행동하는가?' 등에 대한 연구를 선행하였다. 약 1세기가 지나고 기원전 5세기 무렵이 되어서야 철학자들은 인간의 문제에 대해 관심을 갖기 시작했다. 그러나 그것조차도 궤변론자에 의한, 지극히 초보적인 단계에 그쳤다고 할 수 있다.

생각해 보면 우리가 "자연, 우주, 신 등에 대해 안다."라고 하는 것은 어디까지나 우리의 생각을 거쳐야 가능하며, '나'를 통해야만 의미가 있다. '나'가 무의미하다면 우주가 아무리 의미 있고 아름다운들 그것의 가치를 어떻게 이해할 수 있겠는가? 따라서 인간이란 무엇이며 인간이 알고 있는 지식이 어떤 것인지 아는 것도 매우 중요하지만, '나'가 누구인지 아는 것은 한층 더 중요하다. 하지만 그것이 무엇인지에 대한 수수께끼는 예나 지금이나, 물리학적으로나 철학적으로도 어떻게 설명할 수 있는지 분명하게 밝혀지지 않았다.

[A] 논리학적으로 따져 본다면 가장 기본적인 것을 가장 먼저 알아야 하는데, 인류가 왜 가장 먼 것부터 먼저 탐구하기 시작했는지는 쉽게 설명이 되지 않는다. 사실 '나'는 온전히 사적인 것이다. 다시 말하면, '나'는 누구든지 관찰하고 연구할 수 있는 대상이 아니라는 의미이다. 또한 '나'는 잡히지 않는 대상이다. '나'가 나의 몸 어디에 존재한다고 꼭 집어낼 수 없기 때문이다. 따라서 '나'를 알고, '나'를 탐구하기란 쉬운 일이 아니다.

그래서 옛날부터 학자들은 자신을 알 수 있는 길은 내성(內省) 즉, 마음의 눈으로 자신을 들여다보는 방법이 유일하다고 여겼다. 하지만 철학자들은 내성에도 많은 어려움이 있다는 것을 깨달았다. 영국의 철학자 흄은 내성을 통해 자신을 들여다보면 '나'가 아닌, 이제까지 내가 경험한 것들만 나타난다고 하였고, 프랑스의 철학자 사르트르도 의식의 옹달샘 속에 들어 있는 '나'란 조약돌을 찾을 수 없다고 반박하였다. 즉 내성의 방법으로는 '나'의 의식 속에 들어 있는 그 수많은 경험들을 '나'의 경험으로 만드는, 바로 그 본질로서의 '나'를 찾을 수 없다는 것이다. ㉠<u>달리는 기차 안에서 아무리 마룻바닥을 내려다본다 한들 기차가 달리는지 정지해 있는지 알 수 없고, 기차의 속도가 어느 정도 되는지도 알 수 없다.</u> 그와 비슷하게 우리가 우리 자신만 들여다보아서는 스스로를 정확하게 알 수 없는 것이다.

– 손봉호, 「나는 누구인가」

05 제시문의 [A]에서 〈보기〉의 내용을 의미하는 '나'에 대한 문장을 찾아 쓰시오.

> 보기
>
> '나'는 구체적인 실체가 없는 대상이어서, 우리는 '나'가 어디에 존재하는지도 정확하게 알 수 없다.

06 제시문의 ㉠은 내성(內省)의 한계를 '달리는 기차'에 빗대어 비유적으로 설명한 것이다. 철학자들의 말을 인용하여 빈칸에 들어갈 말을 차례대로 쓰시오.

> 보기
>
> '달리는 기차 안'은 사르트르가 이야기한 '(　　ⓐ　　)'와/과 같은 의미이고, '기차가 달리는지 정지해 있는지'를 안다는 것은 흄이 이야기한 '내가 경험한 것들'이 아니라 '(　　ⓑ　　)'을/를 찾는 것을 의미한다.

[07~09] 다음 글을 읽고 물음에 답하시오.

> 국제 통화 기금(IMF)은 국가 간 거래가 늘어나는 상황에서 국제 통화 및 금융 제도의 안정을 도모하기 위한 국제 금융 기구로서, 2023년 현재 190개국이 가입해 있다. IMF는 가입 희망국의 자격에 관하여 특별한 제한을 하고 있지 않으며, 질서 있고 안정적인 환율 제도 운용을 통해 국제 통화 문제에 협력할 의사가 있는 모든 나라에 대해 가입을 허용하고 있다. IMF 가입을 희망하는 나라가 가입 신청서를 제출하면 IMF는 신청국의 경제 규모나 교역량 등에 따라 출자 할당액인 쿼터(quota)와 납입 방법을 결정하고 이사회의 승인을 거쳐 총회에 회부한다. 가입을 위해서는 총투표권의 2/3 이상을 보유하는 과반수 회원국이 참가하여 이들이 행사한 투표권의 과반수가 찬성을 얻어야 한다. 회원국으로 가입한 국가는 쿼터 지분만큼의 투표권을 가지게 된다.
>
> IMF에서는 국제 금융 위기 예방을 위한 감시 활동 등을 하고 있지만, 가장 중요한 기능은 금융 위기 국가에 대해 금융 지원을 하는 것이다. IMF의 금융 지원은 주로 쿼터 납입금을 활용하며 필요할 경우 회원국 또는 비회원국 및 민간으로부터 재원을 차입하기도 한다. 쿼터 납입금은 IMF의 가장 기본적인 융자 재원이며, IMF의 재원 중 90% 정도를 차지하는데, 쿼터 납입금으로 가맹국은 할당액의 25%를 금으로, 나머지 75%를 자국 통화로 납입해야 했다. 금으로 납입한 부분은 '골드 트랑슈'라고 하여 납입한 회원국이 특별한 조건 없이 인출할 수 있었지만, 신용도가 떨어지는 회원국의 통화는 융자 재원으로 사용하기는 어려웠다. 국제 거래에 사용되기 위해서는 금이나 달러화와 교환해야 했는데, 금의 경우 한정된 수량으로 인해 충분히 공급되기 어려웠으며, 달러화의 공급에는 한계가 있었다. 달러화가 전 세계에 공급되기 위해서는 미국의 국제 수지가 계속 적자 상태가 되어야 하며, 그럴 경우 달러화의 신용도가 떨어지는 문제가 있었다.

이러한 문제를 해결하기 위해 1970년에 채택된 것이 특별 인출권(SDR)이다. SDR은 IMF 회원국들이 담보 없이 외화를 인출할 수 있는 권리로, 금과 달러에 이은 제3의 국제 통화로 간주되고 있다. SDR은 추가 출자 없이 회원국의 합의에 의해 발행 총액이 결정되며, 회원국의 쿼터에 비례하여 배정된다. 자국의 국제 수지가 악화돼 외화가 부족할 때 SDR을 외화와 교환하고, 대신 외화를 제공한 회원국에게 이자를 지급하는 방식으로 사용된다. 과거 금으로 채웠던 골드 트랑슈는 금 본위제가 해체된 이후에는 금이나 달러화 외에 SDR로도 채울 수 있게 되면서 '리저브 트랑슈'로 불리게 되었다. SDR의 가치는 처음에는 달러화와 등가(等價)로 정해졌지만 주요 선진국들이 변동 환율제를 도입하면서 달러 가치의 변동성이 커지게 되었다. 이에 따라 1974년에는 SDR의 가치를 세계 교역에서 1% 이상 차지하는 상위 16개국의 통화 시세에 가중치를 곱하여 산정하는 ㉠ 통화 바스켓 방식이 도입되었다. 이렇게 하면 통화 바스켓 통화 중 어느 한 통화의 상대적 가치가 저하되어도 다른 통화의 상대적 가치가 상승하면 영향이 상쇄되기 때문에 안정적으로 가치를 유지할 수 있다는 장점이 있다. 하지만 구성 통화가 많아 계산이 복잡했기 때문에 1980년 IMF 총회에서는 통화 바스켓을 미국 · 영국 · 프랑스 · 독일 · 일본 5개국의 통화로 구성된 표준 통화 바스켓으로 재편하였다. 이후 1999년 유로화가 도입되고, 2016년 중국의 위안화가 표준 통화 바스켓에 ㉡ 들어오면서 현재는 달러화, 유로화, 위안화, 엔화, 파운드화 순의 비율로 구성되어 있다.

IMF로부터 융자를 받은 회원국은 기본 수수료, 약정 수수료, 인출 수수료를 내야 한다. 그리고 IMF와 정책 프로그램을 약속하고 이를 이행해야 하는데, 이를 신용 공여 조건이라고 한다. 신용 공여 조건은 IMF의 융자금이 수혜국의 문제 해결을 위해 제대로 쓰이고 있는지와 정책 프로그램이 효과적으로 작동하는지를 모니터링하기 위한 것이다. 신용 공여 조건을 두는 이유는 IMF 입장에서는 융자 수혜국의 경제가 하루빨리 회복되어야 융자금을 회수할 수 있으며, 융자 수혜국은 IMF와 정책 프로그램을 약속하는 것 자체만으로도 시장의 신뢰를 어느 정도 회복할 수 있기 때문이다. 그러나 신용 공여 조건이 각국의 경제적 기초 여건을 고려하지 않는 문제들로 인해 2008년 글로벌 금융 위기 이후에 이에 대한 개선이 논의되었다. 그 결과 경제적 기초 여건이 견실한 회원국에 대해서는 신용 공여 조건을 갖추었다고 간주하고 즉각 지원을 해 주는 '사전적 신용 공여 조건'이 도입되었다.

07 윗글에서 ㉠을 도입함으로써 얻을 수 있는 장점을 제시문에서 찾아 한 문장으로 서술하시오. (띄어쓰기 제외, 20자 내외)

08 윗글을 바탕으로 다음의 〈보기〉를 이해할 때 밑줄 친 ⓐ에 해당하는 것을 제시문에서 찾아 쓰시오.

보기

1990년대에는 금융 자유화와 금융 시장 개방 등으로 인해 아시아로 유입된 외국 자본이 빠르게 늘어났다. 국내 금융 기업들은 금리가 낮은 해외의 단기 자금을 끌어와 높은 금리로 동남아 국가들에 장기로 빌려주면서 이자 차익을 보았다. 1997년 미국의 금리 인상으로 해외 투자자들이 아시아 시장에서 자본을 회수하기 시작하면서 우리나라는 외화가 부족하여 환율이 급등하고, 단기 자금을 갚지 못해 국가 부도의 상황까지 가게 되었다. 우리 정부는 회원국으로 있던 IMF에 구제 금융을 신청하면서 ⓐ 구조 조정과 공기업의 민영화, 자본 시장의 추가 개방 등의 IMF가 내건 조건을 수락했다. 국민들의 금 모으기 운동과 고금리 정책 등으로 IMF의 융자금을 조기 상환하였지만, 구조 조정으로 인해 많은 기업이 파산하고 실업자가 증가하는 후유증도 있었다.

09 ⓒ의 의미가 문맥상 다음과 같을 때, 밑줄 친 '들어왔다'를 비슷한 말로 바꾸어 쓰시오. (4음절 기본형)

그 기업은 올해부터 대기업 집단에 들어왔다.

[10~11] 다음 글을 읽고 물음에 답하시오.

우리가 마시는 커피와 생물학적 커피는 엄연히 구분된다. 우리가 만나는 인간과 생물학적 인간이 전혀 별개인 것과 마찬가지다. 생물학적 커피는 커피나무에 매달린 체리(커피 열매)의 씨앗, 즉 생두를 의미한다. 그러나 갓 수확한 생두는 옅은 회색을 띤 흰색에 향도 거의 없이 쓰기만 하다. 꽃향기에서 풀 냄새, 초콜릿에 이르는 풍부한 향을 포괄하고, 시고 쓰고 떫은맛을 아우르며, 황토색에서 검은색에 가까운 짙은 갈색까지 다양한 갈색의 스펙트럼을 아우르는 커피는 말리고 볶는 가공 과정을 통해 탄생한다.

커피를 가공하는 방식은 크게 건식법과 습식법으로 나눌 수 있다. 자연식이라고도 불리는 건식법은 가장 단순하고 오래되었을 뿐 아니라 기계를 가장 적게 사용하는 방식이다. 건식법의 첫 단계는 빨갛게 익은 커피 열매, 즉 체리를 수확하는 것이다. 수확하는 방법은 커피 농장의 규모, 시설물, 위치, 재배하는 커피의 품질에 따라 다양하다. 수확한 체리는 세척 과정을 거쳐 키질을 통해 잘 익은 것과 덜 익은 것, 손상된 것으로 선별한다. 먼지, 흙, 나뭇가지 등 이물질은 바람에 날려 제거한다.

이렇게 선별한 체리는 커다란 콘크리트 블록, 벽돌 파티오 또는 돗자리를 펼쳐 놓고 햇볕을 받도록 한다. 이는 한국에서 가을에 고추를 말리는 광경과 흡사하다. 체리는 꾸준히 갈퀴나 손으로 섞고 뒤집어 주면서 골고루 마르도록 한다. 체리가 최적 상태인 12.5퍼센트의 수분을 머금을 때까지 2~3주간 말린다. 햇볕이 약하거나 습도가 높은 지역에서는 4주까지 말리기도 한다. 규모가 큰 농장에서는 더운 바람이 나오는 드라이어를 사용하여 말리는 기간을 단축하기도 한다.

건조 작업은 커피의 품질을 결정하는 가장 중요한 단계이다. 체리가 너무 마르면 부서지기 쉬워 운송하는 동안 손상될 위험이 커진다. 그렇다고 덜 말리면 체리에 곰팡이가 피거나 썩어 품질이 떨어진다. 따라서 너무 마르지도, 너무 습하지도 않은 12.5퍼센트의 수분을 유지하는 것이 중요하다. 말린 체리는 공장에서 껍질을 벗길 때가지 특별히 고안된 '사일로'에 보관한다. 공장에서는 기계를 사용하여 생두를 체리에서 분리해 낸 후에 이를 선별하고 등급을 매겨 포대에 담는다. 값싼 로부스타 커피는 대부분 비용이 덜 들고 손이 덜 가는 건식법을 통해 가공된다. 브라질에서 생산하는 아라비카 커피의 95퍼센트, 에티오피아 · 아이티 · 파라과이산 아라비카의 대부분, 일부 인도 · 에콰도르산 아라비카도 건식법을 거친다.

습식법은 특별히 고안된 기계와 많은 양의 물을 사용하기 때문에 상대적으로 비용이 많이 들지만, 건식법보다 커피 본래의 맛과 향을 더 훌륭하게 보존할 수 있을 뿐만 아니라 훼손도 적다. 따라서 습식법은 주로 고급 아라비카 커피 원두를 가공하는 데 이용된다.

– 김성윤, 「커피 이야기」

10 다음은 건식법으로 커피를 가공할 때 이루어지는 과정을 위의 제시문을 바탕으로 정리한 것이다. 빈칸에 들어갈 말을 제시문에서 찾아 쓰시오.

체리 (①) ⇨ 체리 (②) ⇨ 체리 (③) ⇨ 생두 (④)

11 고급 아라비카 커피 원두를 가공하는 데 건식법보다 습식법을 이용하는 두 가지 이유를 제시문에서 찾아 서술하시오.

① ______________________________

② ______________________________

[12~13] 다음 글을 읽고 물음에 답하시오.

풍력 발전기는 바람 에너지를 날개에 부딪히게 하여 날개의 회전 운동으로 변환한 후, 이를 다시 전기 에너지로 변환하는 장치이다. 풍력 발전기는 날개의 회전축이 불어오는 바람의 방향과 평행한 것은 수평축형, 수직인 것은 수직축형으로 구분한다. 수평축형에서 바람은 날개와 나셀, 그리고 타워를 순서대로 통과한다. 나셀은 회전 운동을 전기로 변환하는 데 필요한 장치들을 모아 둔 상자이고, 타워는 날개와 나셀을 높은 곳에 위치시켜 주는 구조물이다.

〈그림〉은 수평축형의 날개 중 한 개의 단면을 나타낸 것이다. 유선형*의 날개에 부딪힌 바람은 날개의 곡면과 평탄한 면으로 나뉘어 흐른다. 곡면을 따라 흐르는 바람은 평탄한 면을 따라 흐르는 바람보다 속력이 빠르다. 그 결과 곡면 주변은 평탄한 면의 주변보다 압력이 낮아져, 압력이 높은 곳에서 낮은 곳으로 들어 올리는 힘인 양력이 발생하게 되어 날개는 양력 방향으로 회전하게 된다. 이때 풍속이 증가하면 양력도 증가한다. 한편 불어오는 바람의 방향과 날개의 시위선*이 이루는 각을 받음각이라 하며, 일반적으로 받음각이 클수록 동일한 풍속에서 발생하는 양력도 커진다. 수평축형의 날개는 10도 정도의 받음각을 이루고 있어서, 풍속으로 인하여 발생하는 양력에 받음각으로 인하여 발생하는 양력을 합한 힘으로 날개를 회전시킨다. 이때 날개를 회전시킬 수 있는 풍속은 3m/s 이상이어야 한다.

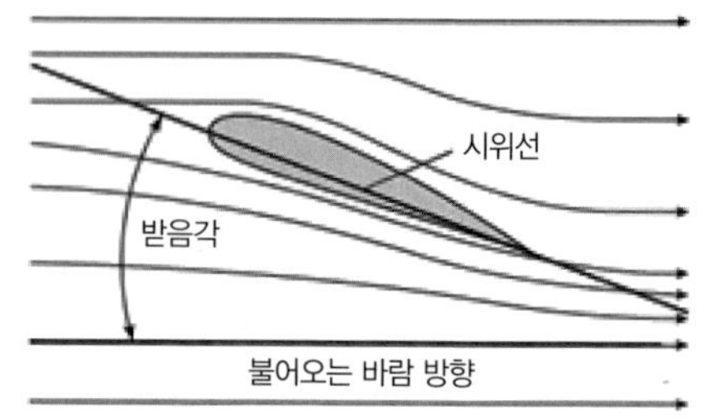

나셀 내부에는 증속기, 제너레이터, 제어기가 들어 있다. 날개의 회전축은 증속기를 거쳐 제너레이터 축과 연결되어 있고, 제너레이터는 제너레이터 축의 회전을 전기로 변환하여 출력한다. 이때 증속기는 날개의 회전축의 회전 속력보다 제너레이터 축의 회전 속력을 더 증가시켜 준다. 제너레이터에서 출력되는 전기의 양을 전기의 출력량이라 하며, 과도한 고속 회전은 제너레이터를 손상시키므로 제너레이터의 내구성을 고려해 정해 둔 전기의 출력량의 최댓값을 정격 출력이라 한다. 정격 출력을 얻기 위해서는 풍속이 15m/s에 도달해야 한다.

수평축형 풍력 발전기의 효율과 안정성을 위한 장치인 제어기에는 요잉 장치와 피치 장치, 브레이크 장치가 있다. 불어오는 바람이 모든 날개에 고르게 닿아야 발전 효율이 높아진다. 그래서 요잉 장치는 바람의 방향에 대응해 나셀을 움직여서, 회전축을 바람의 방향에 평행하도록 이동시킨다. 피치 장치는 고속 회전으로 인한 부품들의 손상을 막기 위해 날개를 움직여 받음각을 조절한다. 그래서 풍속 15m/s부터 25m/s까지는 정격 출력보다 더 많은 출력이 가능하나 정격 출력을 넘지 않게 하기 위해, 피치 장치는 풍속에 의해 양력이 증가하는 만큼 받음각을 조절하여 날개의 회전 속력을 일정하게 만든다. 풍속이 25m/s를 초과하면 부품들을 보호하기 위해 받음각을 0도로 만들고 추가적으로 브레이크 장치가 작동되어 날개 회전을 중단한다. 이후 풍속이 줄어들면 브레이크 장치의 작동은 해제되고 피치 장치는 받음각을 복원한다.

발전 효율이란 투입한 바람 에너지에 대한 출력되는 전기 에너지의 비율이다. 독일의 물리학자인 베츠에 의해 풍력 발전기의 발전 효율은 59.4%를 넘을 수 없음이 증명되었고, 상용되고 있는 풍력 발전기는 이 값보다 더 낮다. 수평축형의 발전 효율이 수직축형보다 더 높은데, 수직축형은 한쪽 날개에 바람이 닿는 동안 반대쪽 날개에는 바람이 닿지 않기 때문이다. 하지만 수직축형은 여러 방향의 바람에도 날개 회전이 가능해서 요잉 장치가 필요 없으므로 수평축형에 비해 제어기의 구조가 간단하다.

***유선형**: 물이나 공기의 저항을 최소한으로 하기 위하여 앞부분을 곡선으로 만들고 뒤쪽으로 갈수록 뾰족하게 한 형태.

***시위선**: 날개의 앞 꼭짓점과 뒤 꼭짓점을 직선으로 연결한 가상의 선.

12 다음의 〈보기〉는 윗글을 바탕으로 준비한 학생의 발표이다. ㉠과 ㉡에 들어갈 내용을 제시문의 내용을 토대로 차례대로 서술하시오.

보기

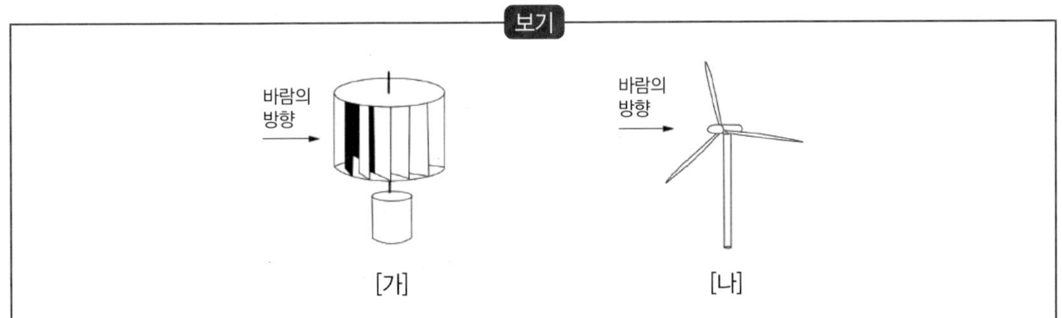

위 두 그림은 형태가 다른 풍력 발전기로, [가]는 수직축형이고 [나]는 수평축형입니다. 이러한 구분은 불어오는 바람의 방향과 (　　　㉠　　　)이 이루는 각을 기준으로 삼은 것입니다. 또한 이 둘은 바람이 날개에 닿는 방식에도 차이가 있는데요, 이러한 차이로 인해 바람 에너지를 동일하게 투입했을 때 전기의 출력량은 [가]와 [나] 중 (　㉡　)가 더 많다.

㉠ ______________________ (2어절)

㉡ ______________________ [가]와 [나] 중 선택하기

13 다음의 〈보기 1〉은 '수평축형 풍력 발전기'가 설치된 장소에서 하루 동안의 시간대별 풍속을 기록한 것이다. 윗글을 바탕으로 T1 ~ T5 시간대에 따른 발전기의 작동을 이해할 때, 〈보기 2〉의 빈칸에 들어갈 T1 ~ T5 시간대를 차례대로 쓰시오.

보기 1

구분	시간대	풍속
T1	오전 9시 ~ 오전 10시	2m/s에서 1m/s로 점차 감소
T2	오전 11시 ~ 정오	4m/s에서 7m/s로 점차 증가
T3	오후 1시 ~ 오후 2시	8m/s에서 13m/s로 점차 증가
T4	오후 3시 ~ 오후 4시	16m/s에서 23m/s로 점차 증가
T5	오후 5시 ~ 오후 6시	28m/s에서 26m/s로 점차 감소

보기 2

날개가 회전하여 발전기에서 전기가 처음 출력되기 시작하는 시간대는 (ⓐ)이며, 풍속의 증가로 날개의 회전수가 점차 증가하여 정격 출력을 내기 시작하는 시간대는 (ⓑ)이다. 또한 브레이크가 작동되어 날개의 회전이 중단되는 시간대는 (ⓒ)이다.

[14~15] 다음 글을 읽고 물음에 답하시오.

정보 기술은 정보의 처리뿐만 아니라 그 수집과 저장도 용이하게 했다. 미국의 경우 1971년에 미국 연방 수사국(FBI)의 국가 범죄 정보 센터가 250만 명의 범죄자에 대한 신상 정보를 만들면서 출범했는데 지금은 수천만 명에 대한 신상 정보를 축적하고 있다. 이 데이터베이스의 초기 목적은 보석(保釋)과 같은 사법적인 절차를 용이하게 하는 것이었지만, 지금은 사람을 고용하거나 자격증을 줄 때 그 사람의 과거를 조회하는 용도로 더 많이 쓰이고 있다. 또 인터넷은 정보를 찾는 것을 도와주는 한편, 쿠키 등을 통해 아이피(IP) 주소나 전자 우편과 같은 사용자 신상 정보를 기업에 제공함으로써 기업이 소비자 정보를 얻는 것을 가능케 한다. 직장에서의 컴퓨터는 정보 처리를 통해 업무를 도와주지만 동시에 작업자의 업무 시간과 작업의 진행 과정, 심지어는 그의 행동까지 낱낱이 기록해서 상관에게 전달하기도 한다. 컴퓨터 데이터베이스는 '데이터 감시'라는 새로운 유형의 감시를 낳았다. 1995년부터 한국에서 추진되었다가 여론의 반대에 부딪혀 무산된 전자 주민 카드에는 원래 주민 등록증, 주민 등록 등본과 초본, 인감, 지문, 운전 면허증, 의료 보험증, 국민연금 등 7개 증명 41개 항목이 통합되어 포함될 예정이었다.

감시는 데이터베이스에만 국한되지 않는다. 폐회로 텔레비전과 같은 전자 기기를 통한 감시, 전자 지문 · 홍채 · 얼굴 모양 · 정맥 등 생체 인식을 통한 감시, 인공위성과 연결된 위치 확인 시스템(GPS)을 통한 감시, 휴대 전화를 통한 위치 추적, 기업에서의 소비자 정보의 수집, 국가 기관에 의한 감시, 사설 기관에 의한 감시가 우리 주변에 널려 있다.

이러한 새로운 감시는 '전자 패놉티콘'이라고 명명되었다. '패놉티콘'에서는 시선이 규율과 통제의 기제라면, '전자 패놉티콘'에서는 정보가 규율과 통제의 기제로 작동한다. 일단 이 둘은 '불확실성'에 피상적인 공통점이 있다. 감시를 당하는 사람은 자신의 정보가 국가나 직장의 상관에게 언제든 열람될 수 있음을 인지하고 있기 때문에 자신의 행동이나 작업에 주의를 기울이지 않을 수 없다. 그렇지만 이 둘에는 두드러진 차이점도 존재한다. 무엇보다 시선에는 한계가 있지만 컴퓨터를 통한 정보의 수집은 국가적이고 전 지구적일 수 있다.

물론 역감시의 기능을 하는 것도 있다. 의회와 언론이 그러하다. 그렇지만 지금 사회에서는 의회와 언론이 비대해지면서 스스로가 권력화하는 경향을 보인다. 이런 상황에서 정부와 행정 기관은 물론 의회와 언론을 포함해서 사회의 권력 집단을 감시하고 대안적인 정책을 제시하기 위해 등장한 것이 다양한 시민운동이다. 우리나라의 시민운동은 정치권의 부패, 권력의 남용, 선거, 대기업, 언론에 대한 감시를 유지해 왔는데, 이러한 시민운동에 필수 불가결한 것이 권력 단체에 대한 정보 공개이다. 강력한 정보 공개법은 국민의 역감시의 권리를 적극 보장하고 행정의 투명성을 감시하는 중요한 법률적 장치이며, 정보 공개를 통한 역감시는 투명한 사회를 향한 첫발이다. 또 시민운동은 신문, 라디오, 텔레비전과 같은 기존의 언론은 물론, 인터넷을 통해서 자신의 활동을 알리고 성과를 공유하며 연대를 강화하고 있다. 특히 인터넷과 같은 쌍방향의 분산된 통신망은 "빅 브라더가 당신을 감시하고 있다."라는 전통적인 감시를 "당신이 바로 감시하는 빅 브라더이다."라는 역감시의 기제로 바꾸기 용이하다.

– 홍성욱, 「감시와 역감시의 역사」

14 다음 〈보기〉의 사례에 해당하는 기능을 위의 제시문에서 찾아 한 단어로 쓰시오.

보기

개인 정보의 침해 가능성이 있다고 판단되는 기관 · 업체 등에 마크를 부여하여 국민들이 알게 하였다.

15 위의 제시문에서 규율과 통제의 기제로 작동하는 '패놉티콘'과 '전자 패놉티콘'의 두드러진 차이점을 대표하는 단어를 각각 찾아 쓰시오.

- 패놉티콘 ⇒ ①
- 전자 패놉티콘 ⇒ ②

[16～17] 다음 글을 읽고 물음에 답하시오.

미세 먼지는 크게 PM-10과 PM-2.5로 나눌 수 있습니다. PM-10은 입자 지름이 약 10㎛ 이하인 먼지를 말합니다. 사람의 머리카락 단면 지름이 80~100㎛이니 그보다 10배 정도 작은 것입니다. PM-2.5는 입자 크기가 2.5㎛ 이하인 초미세 먼지로, 최근에 미세 먼지보다 인체에 훨씬 유해하다는 연구 결과가 나오고 있습니다. 서울에서 관측된 초미세 먼지의 10년간 농도 변화를 보면, 농도가 조금씩 감소하고 있지만 미세 먼지보다는 감속 폭이 조금 덜합니다.

출처: 서울특별시 대기 환경 정보(2015)

그렇다면, PM-10에 해당하는 미세 먼지에는 어떤 것들이 있을까요? 우선 먼지가 있습니다. 봄철 중국에서 우리나라로 오는 황사가 가장 대표적이죠. 다음으로 해염 입자가 있는데, 바다에서 파도가 칠 때 물거품이 공기 중에 부서져 조그만 알갱이로 남는 걸 말합니다. 꽃가루도 일종의 미세 먼지입니다.

이 세 종류의 미세 먼지는 자연적으로 생성되는 '자연 미세 먼지'입니다. 이렇게 자연적으로 생성되는 미세 먼지들은 모두 크기가 크기 때문에 대부분 초미세 먼지의 범주에 들어가지 않습니다.

미세 먼지 중에서도 크기가 작은 미세 먼지의 예로는 버스나 트럭의 배기가스에서 나오는 검댕이 대표적입니다. 이 까만 미세 먼지는 크기가 엄청 작은 초미세 먼지입니다. 요즘에는 자동차의 배기구에 여과 장치를 달아서 이전보다 배기가스의 양이 많이 줄어들기는 했죠. 검댕 외에도 대기 중에 쌓여 있다가 산성비를 내리게 하는 황산과 황산 암모늄이나 해양 유기물 등은 각기 화학종이 다른 초미세 먼지들입니다.

자연 미세 먼지는 땅이나 바다에 있다가 바람이 불면 대기로 올라갑니다. 자동차가 길거리를 지나갈 때 흙먼지가 일어 하늘로 올라가는 것을 볼 수 있는데, 이 흙먼지를 '비산 먼지'라고 합니다. 이것도 미세 먼지 농도를 높이는 중요한 원인 중 하나이죠. 황사도 이와 같은 원리로 발생합니다. 흙이 많은 동아시아의 아주 건조한 땅에 강한 바람이 불면 흙먼지가 하늘로 떠오르고 그것이 우리나라까지 날아오는 게 바로 황사이죠.

초미세 먼지의 생성 원리는 조금 다릅니다. 더운 여름날 냉장고에 있던 음료를 냉장고에 넣었다 꺼내면 표면에 물방울이 생기죠? 그리고 추운 날 아침에는 밖에 안개가 끼고요. 이는 공기 중의 수증기가 서로 달라붙는 응결 현상이 일어났기 때문입니다. 초미세 먼지도 이와 같은 응결 현상에 의해 생성됩니다. 단, 물방울은 수증기가 재료라 인체에 무해하지만 초미세 먼지의 재료는 그렇지 않습니다.

초미세 먼지를 생성하는 대표적인 물질은 이산화 황, 질소 화합물, 암모니아, 유기 기체 이렇게 네 가지입니다. 이 물질들은 어떻게 초미세 먼지를 생성해 낼까요?

우선 이산화 황은 화력 발전소에서 전기를 만들 때 발생합니다. 이 이산화 황 여러 개가 서로 달라붙으면 '황산'이나 '황산염'이라는 초미세 먼지가 생깁니다. 기체에서 생성된 미세 먼지라 크기가 훨씬 작죠. 자동차에서 배출되는 질소 화합물은 대기 중에서 서로 달라붙어 '질산염'이라는 초미세 먼지를 만들어 냅니다. 소나 돼지, 인간에게서 나오는 암모니아에서 만들어지는 초미세 먼지 '암모늄'도 있습니다. 화학적 용매를 쓸 때나 나무에서 자연적으로 발생하는 유기 기체도 대기 중에서 산화 과정을 통해 서로 달라붙으면 '유기 탄소'라는 초미세 먼지를 만들어 냅니다.

– 박록진, 「미세 먼지의 실체」

16 **제시문에 따르면 미세 먼지는 그 크기에 따라 PM-10에 해당하는 미세 먼지와 PM-2.5에 해당하는 초미세 먼지로 구분할 수 있다. 다음의 〈보기〉에서 미세 먼지와 초미세 먼지에 해당하는 것을 각각 골라 쓰시오.**

보기

황사	해염 입자	꽃가루	검댕

ⓐ 미세 먼지: ____________________

ⓑ 초미세 먼지: ____________________

17 다음은 제시문의 내용을 바탕으로 초미세 먼지의 발생 원인과 그로 인해 발생하는 초미세 먼지의 종류를 분류한 것이다. 빈칸에 들어갈 물질을 쓰시오.

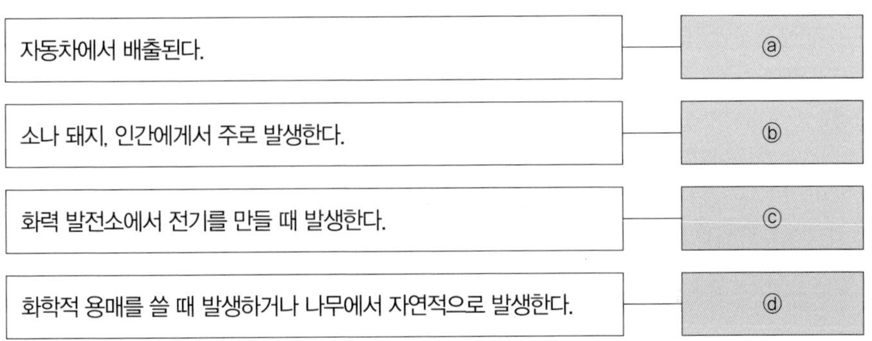

[18～19] 다음 글을 읽고 물음에 답하시오.

'육지의 쓰레기는 육지로, 바다의 쓰레기는 바다로' 버리는 게 원칙이다. 우리나라도 이 원칙을 적용하고 있다. 그래서 수산물 가공 공장에서 나오는 생선 기름이나 생선 찌꺼기들은 바다에 버려도 된다. 수산물 시장에서 나오는 조개 껍데기나 수산물 폐수도 마찬가지다.

하지만 여전히 원칙이 적용되지 않는 것들이 있다. 소나 돼지 등의 축사에서 나오는 가축 분뇨와 일반 가정에서 나오는 음식물 쓰레기다. 이것들은 불과 2012년까지도 합법적으로 바다에 버려졌다. 우리가 남은 음식물을 음식물 쓰레기통에 버리면, 지방 자치 단체의 수거 차량이 '음식물 자원화 시설'로 가져간다. 음식물 자원화 시설은 이것을 가지고 가축의 사료나 농경지의 퇴비로 만든다. 하지만 거기서 자원화되지 않고 남는 것들이 있다. 이 쓰레기들이 폐기물 운반선을 타고 바다로 가서 버려지는 것이다.

그렇다면 아무 데나 버리는 걸까? 그렇지 않다. 정부는 1993년부터 동·서해 연안에서 멀리 떨어진 바다 3개 구역을 '바다의 쓰레기장'으로 선정해 운영하고 있다. '서해 병', '동해 병', '동해 정' 구역이 그것이다. 서해 병 구역은 군산 서쪽 200킬로미터 지점에 있는 지역으로 수심은 80미터다. 동해 병 구역은 포항에서 동쪽으로 125킬로미터 떨어진 수심 200~2,000미터 지역이다. 동해 정 구역은 울산에서 남동쪽으로 불과 65킬로미터밖에 떨어지지 않았다. 수심은 약 150미터 정도다. 동해 병 구역은 전체 폐기물의 60퍼센트 가량을 담당하는 우리나라 최대의 바다 쓰레기장이고, 서해 병 구역과 동해 정 구역은 각각 전체 폐기물의 27퍼센트와 1.3퍼센트를 담당한다.

이렇게 많은 쓰레기가 바다에 버려진 것은 음식물 쓰레기의 육상 매립이 금지된 이후다. 이에 따라 음식물 자원화 시설에서 최대한 많은 양을 사료나 퇴비로 재활용해야 하는데, 기술 부족 등의 이유로 성공하지 못하고 바다로 버려진다. 또한, 축사에서 나오는 분뇨를 깨끗하게 만드는 정화 시설도 많이 짓지 못했다. 힘이 들더라도 환경 정화를 위해 새로운 기술을 개발하고 투자하는 대신, 바다에 버리는 손쉬운 방법을 택한 우리에게 잘못이 있다.

그런데 비상이 걸렸다. 우리나라도 런던 의정서에 따라 해양 투기를 전면 중단해야 하는 상황에 이른 것이다. 우리나라는 국제 사회에 2012년부터 가축 분뇨의 해양 배출을 중단하겠다고 약속했고, 이어 2013년에는 음식물 쓰레기도 모두 육상에서 처리하겠다고 공언했다. 결국, 2013년부터 해양 투기가 전면 금지됐다. 이에 따라 정부는 1억 2,000만 톤의 쓰레기를 육상에서 처리하기 위해 동분서주하고 있다.

바다가 오염되면 어떻게 될까? 결국 바다 생태계의 건강이 악화되고 생선과 해초를 먹는 우리의 건강도 위협받게 된다. 중금속으로 오염된 바다에 사는 생선을 먹으면 우리 인체에도 같은 중금속이 농축된다. 이 때문에 정부는 2006년부터 세 구역의 일부에 휴식년제를 설정하여 해양 배출을 금지했다. 휴신년제 덕분에 오염 물질이 줄어들긴 했지만, 아직도 납이나 카드뮴 등의 중금속 농도가 미국 해양 대기 관리처의 기준을 초과하고 있다는 게 정부의 설명이다.

물론 지구에는 자정 능력이 있다. 거대한 쓰레기 섬도 수백년 동안 파도에 부딪히고 자외선에 노출되면 조금씩 분해된다. 음식물 쓰레기가 만든 바다의 오염 지대도 해류를 타고 퍼지면 점차 오염 물질의 농도가 낮아진다. 하지만 언젠가 지구의 자정 능력이 작동하지 못하는 순간이 찾아올 수 있다. 그러므로 우리는 물건을 아끼고 쓰레기를 줄여야 한다. 국가적 차원에서 환경 정화를 위해 새로운 기술을 개발하고 투자하는 데 힘을 아끼지 않아야 한다. 지구는 결코 우리를 기다려 주지 않기 때문이다.

– 남종영, 「육지의 배설물은 바다에 쌓인다」

18 다음의 〈보기〉는 위의 제시문을 바탕으로 2012년까지 우리나라에서 음식물 쓰레기를 처리한 과정을 도식화한 것이다. A와 B에 들어갈 시설 또는 장소를 제시문에서 찾아 쓰시오.

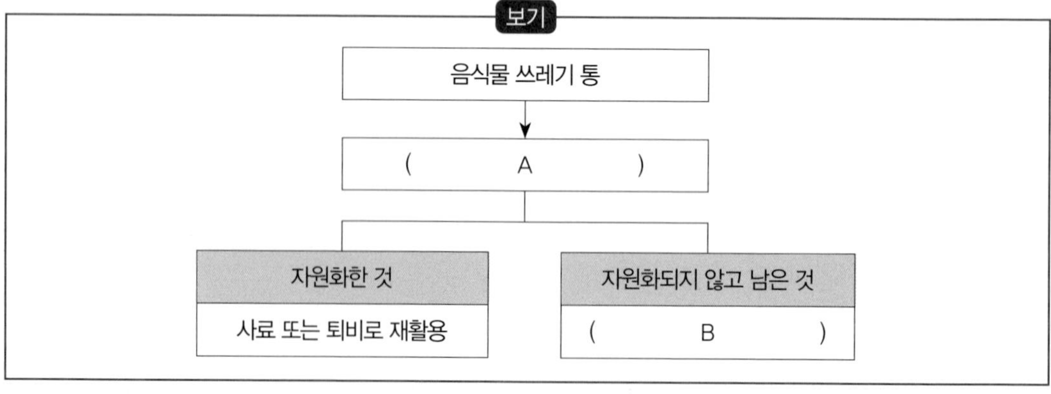

19 제시문에 따르면 정부는 1993년부터 동 · 서해 연안에서 멀리 떨어진 바다 3개 구역을 '바다의 쓰레기장'으로 선정해 운영하고 있다. 위의 제시문을 바탕으로 다음 〈보기〉의 질문에 해당하는 구역을 차례대로 쓰시오.

보기

㉠ 바다 쓰레기장 중 육지에서 가장 멀리 떨어진 구역은 어디입니까?
㉡ 바다 쓰레기장 중 수심이 가장 깊은 구역은 어디입니까?
㉢ 바다 쓰레기장 중 폐기물을 가장 적게 처리하는 구역은 어디입니까?

[20～21] 다음 글을 읽고 물음에 답하시오.

인상주의자들은 대상에 대해 시각적으로 느낀 인상에 충실하고자 했으며 기하학적 원근법이나 명암법과 같은 전통적인 규칙에 구애되지 않으려 했다. 특히 그들은 빛이 변화함에 따라 그 빛을 받는 자연 속 대상들의 표면에서 일어나는 색 변화를 화폭에 나타내고자 하였다. 이에 따라 인상주의자들은 윤곽선이나 형태 및 입체감보다는 색채의 효과를 중시했으며, 외부에서 관찰한 자연의 순간순간의 모습과 그것에 대한 시각적 인상을 현장에서 화폭에 담아냈다. 인상주의의 대표적인 화가인 모네가 '잡을 수 없는 신비한 자연'에 대한 한탄을 유언으로 남기고 죽은 것은 이 때문이다. 그런데 세잔은 모네의 이 말에 회의를 느끼고, 인상주의자들이 추구했던 '눈으로만 파악한 감각 세계'의 혼란스러운 모습에 정신적인 구성과 지적인 질서를 부여하고자 했다.

세잔은 대상 표면의 색이 변한다 하더라도 입체적인 구조는 변하지 않는다는 생각에서 감각적 경험과 지적 원리가 결합된 미술을 만들어 냄으로써 견고하고 영구적인 모습으로 물체들을 나타내고자 하였다. 그림이란 선 · 면 · 색의 구성으로 이루어진 조형 세계라는 관점에서 지적이며 합리주의적인 세계를 만들어 내려 한 것이다. 이런 관점에서 세잔은 "모든 자연 속의 대상은 원통, 원뿔, 구로 환원하여 나타내야 한다."라는 유명한 말을 남겼으며, 그 나름대로의 독특한 공간 구성법을 실현하였다.

그의 그림 「사과와 오렌지가 있는 정물」은 인상주의 그림들에 비해 무겁고 단단해 보인다. 인상주의 화가들이 사용하던 잘게 쪼갠 색 점들이 아닌, 넓게 바른 색 면들로 입체적인 형태를 나타냈기 때문이다. 또한 전체적으로 안정감이 있고 화면이 꽉 찬 느낌을 준다. 그것은 세잔이 사과, 오렌지, 꽃병, 식탁보 등의 물체를 원통, 원뿔, 구 같은 기하학적 형태를 염두에 두고 그리면서 공간을 구성했기 때문이다. 한편 ⓐ<u>그림 안에서 이상하게 왜곡된 표현들도 많이 발견할 수 있다.</u> 꽃병은 살짝 기울어져 있고, 꽃병 왼쪽의 오렌지를 담은 접시는 꽃병이나 식탁보와의 관계에서 볼 때 홀로 떠 있는 듯이 보인다. 그 밑에 있는 사과를 담은 접시는 비스듬히 세워져 있어 금방이라도 사과들이 굴러떨어질 것만 같다. 그리고 식탁보 밑 왼쪽 탁자 면과 오른쪽 탁자 면의 높이가 맞지 않아 마치 두 개의 탁자가 있는 것처럼 보이기도 한다. 이러한 이상한 점들은 모두 종전의 원근법적 그림들이 지켜 온 규칙으로부터 벗어났기 때문이다. 세잔은 원근법적 그림에서처럼 어떤 하나의 대상에 중심을 두고 다른 대상들을 통일하여 나타내지 않았다. 대신 각각의 물체를 충실하게 묘사해서 전체적으로 견고하고 안정감 있으며 꽉 찬 느낌을 주었다. 그렇기 때문에 이 그림에서는 어떤 하나의 물체가 두드러지지 않는다. 원근법이 우리의 시점과 시선을 중심으로 화면 안의 통일성을 나타내는 방법이라면, 세잔의 그림은 대상이 되는 물체를 중심으로 공간을 구성하는 방법을 사용했다. 세잔은 르네상스 이래 400년 이상 지켜 온 인간 시점 중심의 원근법적 조형 세계에 의문을 가졌고, 그것을 대상 물체 중심의 조형 세계로 변화시킨 것이다.

– 박일호, 「세잔과 입체파」

20 다음의 〈보기〉는 인상주의자와 세잔의 작품 경향을 비교하여 설명한 것이다. 빈칸에 들어갈 말을 제시문에서 찾아 차례대로 서술하시오.

보기

인상주의자들은 윤곽선이나 형태 및 입체감보다는 (　　ⓐ　　)을/를 중시한 반면에, 세잔은 감각적 경험과 더불어 (　　ⓑ　　)을/를 중요시 하였다.

21 ⓐ는 세잔이 그린 「사과와 오렌지가 있는 정물」의 특징 중 하나이다. ⓐ의 이유가 무엇인지 제시문에서 찾아 한 문장으로 서술하시오. (띄어쓰기 제외, 30자 내외)

[22～23] 다음 글을 읽고 물음에 답하시오.

한 사회의 정치 · 경제와 관련된 문제는 정치적으로 접근하느냐 경제적으로 접근하느냐에 따라 보는 시각이 달라진다. 정치 논리에서는 (ⓐ)을 중시하고 경제 논리에서는 (ⓑ)을 중시하는데, 두 기준 가운데 어느 것을 중요시하느냐에 따라 문제 인식과 해법이 크게 달라진다.

정치 논리는 '누구에게 얼마를'이라는 식의 자원 배분의 논리로서 주로 분배 측면을 중시한다. 반면에 경제 논리는 효율성 혹은 '최소의 비용으로 최대의 효과'를 얻고자 하는 경제 원칙에 입각한 자원 배분의 논리이다.

정치 논리와 경제 논리는 일반적으로 정치인과 경제인에게서 잘 드러난다. 여기서 정치인은 사회적 의사 결정에 합법적인 권한을 갖고 있는 공직자를 말하고, 경제인은 공공 정책의 분석 · 진단 · 수립 및 평가 등을 담당하는 경제 전문가를 의미한다. 물론 사회적 쟁점에 대한 모든 정치인이 정치 논리만을 주장하거나 모든 경제인이 경제 논리만을 주장하는 것은 아니며, 경제 논리를 내세우는 정치인이나 정치 논리에 좌우되는 경제인도 있을 수 있다. 그러나 여기서는 정치인과 경제인의 일반적 속성에 비추어 그들이 각각 정치 논리와 경제 논리에 기초한다고 본다. 이를 통해 정치인과 경제인의 기본 발상과 환경 속성을 비교해 본다면 그들의 주장에 담긴 정치 논리와 경제 논리의 차이점을 살펴볼 수 있을 것이다.

정치인은 선거를 통해 국민에게 권력을 위임받은 사람들이다. 이러한 의미에서 이들은 자연인이라기보다 권력 기관들이다. 그리고 국민 투표 사안을 제외한 모든 사회적 의사 결정에서 주권자를 대신할 권한을 지닌다. 반면에 경제인은 주권자를 대신해 사회적 의사 결정을 할 권한도 없고 합법성도 없다. 그렇지만 경제인은 시장 경제 체제에서 인간 활동의 동기가 되는 경제 행위에 관한 전문 지식과 분석 기술을 보유하고 있어, 정치인의 결정에 도움이 되는 대안을 제시할 수 있다. 이들은 정책을 결정하는 당사자가 아니므로 대안 선정에 따른 궁극적인 책임을지지 않는다.

정치인은 정책을 투입의 관점에서 보는 반면, 경제인은 효과의 측면에서 본다. 경제인은 효율성 원칙에 따라 여러 가지 정책을 수립하고 예상되는 정책 효과를 기준으로 하여 그 정책의 우선순위를 정한다. 그러나 정치인의 입장에서 보자면 정책이 미래에 가져올 효과는 정확히 측정하기 어려운 반면, 어느 지역에 어떤 정책을 시행했고 어느 정도의 자원(예산)을 투입했는지는 정확히 파악할 수 있다. 따라서 정치인은 유권자에게 제시하기 쉬운 투입을 기준으로 하여 정책을 결정하는 경향이 있다.

– 김승욱, 「정치 논리와 경제 논리」

22 〈보기 2〉는 〈보기 1〉의 '방역 방법'에 대한 정치인과 경제인의 반응을 예측하여 말한 내용이다. 제시문의 내용을 바탕으로 '정치인'과 '경제인' 중 하나를 골라 차례대로 쓰시오.

보기 1

A지역에서는 질병 예방을 위한 방역 정책을 수립하고 있다. 방역 방법을 선택하기 위해 다음과 같은 연구 결과가 활용되었다.

(총주민: 1,000가구, 총예산: 1,000만 원)

	가두당 비용	방역 성공 확률	예산 투입 대상 (수혜 가구)	정책의 효과 (방역 성공 가구 수)
〈방법 1〉	50,000원	80%	200호	160호
〈방법 2〉	25,000원	50%	400호	200호
〈방법 3〉	10,000원	10%	1000호	100호

보기 2

〈방법 1〉에 대해 (①)은 투입 대상이 가장 적다는 사실에 주목할 것이다.
〈방법 2〉에 대해 (②)은 정책의 효과가 가장 크다는 것에 주목하여 찬성할 것이다.
〈방법 3〉에 대해 (③)은 방역에 성공하는 가구 수가 가장 적다는 사실을 보고 반대할 것이다.

PART 1 국어

PART 2 수학

PART 3 해답

23 정책의 방향을 결정하는데 있어 '정치 논리'와 '경제 논리'가 중요시 하는 관점에 대해 ⓐ와 ⓑ에 들어갈 성향을 주어진 뜻풀이를 참고하여 차례대로 쓰시오.

ⓐ ______________________ (어느 쪽으로도 치우치지 않는 고른 성향)

ⓑ ______________________ (들인 노력과 얻은 결과의 비율이 높은 성향)

[24～25] 다음 글을 읽고 물음에 답하시오.

개발 도상국에서는 정수된 물을 구하는 것이 매우 어렵습니다. 물을 정수하는 것과 정수된 물을 가정에 보내기 위해 상하수도 시설을 설치하는 데 드는 비용이 매우 바싸기 때문입니다. 그 결과 더러운 물을 마신 사람들이 각종 질병으로 사망하는 일이 빈번하게 일어나고 있습니다.

부족한 것은 전기와 정수된 물뿐만이 아닙니다. 그 외에도 여러 기술을 사용할 수 없는데요, 돈이 없어 불편함을 겪거나 죽을 수밖에 없는 그들에게 현대의 최첨단 과학이란 참 부질없어 보이기까지 합니다.

그렇다면, 그들은 가난하다는 이유로 불편함과 죽음의 공포 속에서 사는 것을 당연히 여겨야 할까요? 아닙니다. 기술의 혜택을 상대적으로 많이 누리는 우리가 그들을 도와주어야 합니다. 그래서 빈곤층도 기술의 혜택을 받을 수 있도록 하자는 취지에서 생겨난 기술이 바로 '적정 기술'입니다.

적정 기술 운동은 마하트마 간디가 맨 처음 시작했습니다. 그는 지역을 중심으로 하는 작은 기술을 개발하려고 노력했습니다. 인도의 각 마을이 독립적으로 경제 활동을 할 수 있게 하기 위해서였습니다. 그는 이윤 증대를 위한 대량 생산 기술, 그리고 소수의 사람만 이익을 볼 수 있는 기술을 싫어했습니다.

간디의 이러한 운동에 영향을 받은 경제학자 에른스트 슈마허는 《작은 것이 아름답다》라는 책에서 '중간 기술'을 강조했습니다. 최소의 비용으로, 현지의 재료를 사용하여 현지 사람들이 직접 사용할 수 있는 기술을 중간 기술이라고 합니다. 전 세계 상위 10퍼센트를 위한 첨단 기술이 아니라 90퍼센트를 위한, 인간의 얼굴을 한 기술이지요. 이 기술은 개발 도상국의 토착 기술보다 훨씬 우수하지만 선진국의 기술에 비해서는 매우 값이 싸고 소박합니다.

현재는 중간 기술이라는 이름이 열등한 기술인 것처럼 오해받을 수 있어서 대안으로 '적정 기술'이란 단어를 사용합니다. 적정 기술이 되기 위해서는 몇 가지 조건을 만족해야 합니다.

1. 적은 비용으로 활용한다.
2. 가능하면 현지에서 나는 재료를 사용한다.
3. 현지의 기술과 노동력을 활용하여 일자리를 창출한다.
4. 제품의 크기는 적당해야 하고 사용 방법은 간단해야 한다.
5. 특정 분야의 지식이 없어도 이용할 수 있어야 한다.
6. 지역 주민 스스로 만들 수 있어야 한다.
7. 사람들의 협업을 끌어내 지역 사회 발전에 공헌해야 한다.
8. 분산된 재생 가능한 에너지 자원을 사용한다.
9. 사용하는 사람들이 해당 기술을 이해할 수 있어야 한다.
10. 상황에 맞게 변화할 수 있어야 한다.

[A]

지금부터 적정 기술의 예와 그 속에 담긴 과학 원리를 살펴보겠습니다. 읽으면서 느끼겠지만, 적정 기술은 어떻게 보면 다소 불편한 기술입니다. 하지만 전기가 없어 언제나 어둡게 살아가는 사람들이나 오염된 물을 마시며 살아가는 사람들처럼 열악한 환경에서 살아가는 이들에게는 꼭 필요한 기술입니다.

– 지은지, 「'우리'를 위한 기술, 적정 기술」

24 다음의 〈보기〉는 윗글의 내용을 바탕으로 '적정 기술'이라는 개념의 발전 과정을 정리한 것이다. 빈칸에 들어갈 말을 차례대로 서술하시오.

보기

간디	⇨	슈마허	⇨	현재
ⓐ		ⓑ		ⓒ

25 다음의 〈보기〉는 '적정 기술'에 해당하는 사례이다. 〈보기〉의 사례가 적정 기술이 되기 위해 만족된 조건 세 가지를 제시문의 [A]에서 찾아 서술하시오.

보기

몽골은 겨울 기온이 최고 영하 50도까지 떨어져 연료를 사는 데 많은 돈을 지출한다. 난방비조차 없는 빈곤층의 경우 중앙난방 배관이 매립된 맨홀에서 생활하기도 한다. 특히 약 120만 명이 거주하고 있는 몽골의 수도 울란바토르 시에는 유연탄, 나무 등에 의한 매연 발생으로 대기 오염이 심각한 상태다. 몽골 국립 과학 기술대 김만갑 교수는 기존 난로보다 높은 열효율을 보이는 '지세이버' 모델을 개발했다. 이 모델은 몽골에서 쉽게 구할 수 있는 돌인 맥반석을 활용하였다. 장작을 땔 때 맥반석을 뜨겁게 달군 뒤, 지세이버에 넣어 열기를 오랫동안 담아 두는 원리이다. 그 결과 연료 사용량이 40퍼센트 감소하였다. 지세이버를 사용하면 가구당 평균 하루에 한화 1,850원, 연간 40만 원의 난방비 절감 효과가 있다. 또한 연료비로 절약된 비용이 아이들의 교육에 재투자되고 있다.

① ______________________________

② ______________________________

③ ______________________________

[26～27] 다음 글을 읽고 물음에 답하시오.

포드주의는 테일러주의라는 노동 재편 양식의 완성으로서 20세기에 도입된 기술적 패러다임이다. '과학적 관리'로 일컬어진 테일러주의는 노동 활동을 구상과 실행으로 분리함으로써, 노동 과정에서 노동자 집단의 숙련을 박탈하고자 했다. 그 결과 숙련공과 비숙련공의 구분은 구상을 담당하는 기술자와 실행에 종사하는 단순 기능공의 구분으로 전환되었다. 이에 더해 포드주의는 기술자와 단순 기능공을 자동 기계 시스템에 통합시킨 일관 생산 체제*를 구성함으로써 테일러주의를 완성했다. 즉 노동의 전 과정이 컨베이어 장치와 공작 기계에 통합되고, 노동자의 배치는 기계 시스템의 성격에 의해 결정되었다. 이러한 변화는 엄청난 생산성의 향상을 불러왔다. 대표적으로 자동차 산업에서의 생산성은 11배 상승했으며, 이는 철강, 유리, 고무 산업 등 관련 산업 부문들로도 확산되었다.

[A] 그러나 포드주의적 생산 방식에서는 기계 시스템의 획일적 작동이 전체 집단의 작업 리듬을 결정하기 때문에, 노동자의 작업에 대한 통제권이 상실되었다. 노동자의 직무 자율성을 박탈하여 개별적 태업을 불가능하게 했던 것이다. 그 결과 노동자들은 작업장에서 빼앗긴 권력을 노동자들 간의 연대를 통해 작업장 밖에서 찾아야 하는 상황으로 내몰렸다. 또 다른 문제는 생산 방식의 변화가 가져온 엄청난 생산성의 상승이 공급은 지속적으로 팽창시킨 반면, 수요는 상대적으로 정체되어 있었다는 것이다. 특히 노동자의 실질 임금이 정체된 상황에서 생산성 상승은 과잉 생산의 문제를 낳았고, 공급과 수요 간의 거대한 간극은 세계 대공황 그리고 제2차 세계 대전이라는 파국의 한 원인이 되었다.

하지만 제2차 세계 대전 종전 이후 선진 자본주의 국가들은 1970년대 중반까지 포드주의적 생산 방식에 힘입어 괄목할 만한 경제 성장을 누릴 수 있었는데, 이 시기를 자본주의 황금시대라고 일컫는다. 또한 이 시기는 자본주의 대 공산주의 진영 간의 냉전이라는 국제 질서에 의해 뒷받침되었다. 전쟁은 초강대국 사이에 핵전쟁을 촉발할지도 모른다는 우려에 의해 억제되었고, 얼어붙은 국제 상황은 역설적으로 지속적인 국제 평화를 가능하게 했다.

그렇다면 포드주의적 생산 방식이 전쟁 이전과 달리 어떻게 자본주의 황금시대의 원동력으로 작용할 수 있었을까? 문제의 해답은 파국의 원인에 대한 반성에서 나왔다. 반(反)파시즘과 평화라는 광범위한 사회적 합의가 형성되는 과정에서 반(反)자본주의적 요소들이 자본주의에 삽입된 복지 국가 모델이 등장한 것이다. 요컨대 자유주의적 시장 논리에 의존해서는 공급과 수요의 격차를 해결할 수 없었기 때문에, 국가가 자본의 이윤을 제한하고 시장에 개입해야 한다는 생각이 종전 이후 받아들여졌다. 이러한 국가의 시장 개입은 자본가와 노동자 사이의 계급 타협에 기초했다. 고용주는 생산성 상승에 상응한 실질 임금 상승에 동의했고, 노동자 조직들은 자본 투자를 유인할 정도의 이윤 확보에 합의한 것이다. 이에 따라 국가는 실질 임금 상승률이 하락하는 것을 막기 위한 다양한 노동권적 규제와 사회 보장 체계를 도입하고, 전국 단위로 조직된 노동조합의 강력한 협상력을 인정했다. 포드주의적 생산 방식이 가져온 대량 생산의 문제를 국가의 정책적 개입을 통해 해결하려했던 것이다.

–「자본주의 황금시대와 포드주의」

***일관 생산 체제:** 제품의 개발 설계부터 제조, 검품, 출하까지 각 공정이 유기적으로 연결된 생산 체제

26 다음의 〈보기〉는 포드주의 생산 방식의 특징을 한 문장으로 서술한 것이다. 위의 제시문의 내용을 바탕으로 빈칸에 알맞은 말을 넣어 문장을 완성하시오.

> **보기**
>
> 포드주의는 [ⓐ]의 과학적 노동 관리 방식에 [ⓑ]이/가 결합되어 완성된 생산 방식을 의미한다.

27 제시문의 [A]에서 포드주의적 생산 방식이 가져온 부작용을 주워진 원인에 따라 각각 한 문장으로 서술하시오.

① 포드주의적 생산 방식은 기계 시스템의 획일적 작동이 전체 집단의 작업 리듬을 결정한다.

⇒ ______________________________

② 포드주의적 생산 방식은 실질 임금이 정체된 상황에서 엄청난 생산성의 상승을 가져왔다.

⇒ ______________________________

화법과 작문

[핵심이론]

1 화법과 작문의 본질

1. 화법과 작문의 특성

(1) 개념

① 화법: 말을 통해 생각이나 느낌을 나누는 사회적 의사소통 행위

② 작문: 글을 통해 생각이나 느낌을 나누는 사회적 의사소통 행위

(2) 특성

① 화법: 화자와 청자가 직접 대면하여 언어적, 준언어적, 비언어적 표현을 사용해 의사소통을 함

② 작문: 필자가 독자 등의 작문 맥락을 바탕으로 글을 쓰고, 그 글에 대해 독자가 반응하며 상호 작용함

2. 화법과 작문의 기능

	개인의 내적 의사소통	개인 간 의사소통
개인	자아 성장 및 긍정적 자기 정체성 확립	개인 간의 문제와 갈등을 해소하고 인간적인 유대감 형성
공동체	공동체 안에서 갈등 발생 ⇨ 의사소통을 통한 공동체의 문제 해결 ⇨ 공동체의 발전	

3. 화법과 작문의 맥락

(1) 맥락의 개념과 중요성

① 개념: 사물이나 사건 등의 요소가 서로 이어져 있는 관계

② 중요성: 글자 그대로의 의미가 다른 요소와 결합될 경우 그 의미가 다르게 해석될 수 있으므로 맥락은 말과 글의 의미를 이해하는 데 큰 영향을 미침

(2) 맥락의 유형

유형	개념	요소
언어적 맥락	어떤 언어적 표현에서 그 표현의 앞부분과 뒷부분의 뜻이나 내용이 그 표현과 서로 이어져 있는 관계나 흐름	지시어, 연결어, 대용 표현, 통일성, 응집성 등
상황 맥락	의사소통에 직접적으로 관련되면서 영향을 미치는 맥락	언어 행위의 주체(화자, 필자, 청자, 독자), 상황(주제, 의도, 목적, 시간, 공간 등)
사회 · 문화적 맥락	의사소통을 하는 데 거시적이고 간접적으로 작용하는 맥락	역사적 · 사회적 상황, 이념, 공동체의 가치와 신념

2 화법의 원리와 실제

1. 상황에 맞는 말하기

(1) 부탁할 때의 말하기

개념	어떤 일을 해 달라고 청하거나 맡기는 것
방법	• 미안함을 드러내며 완곡하고 정중하게 말하기 • 강요하거나 명령하듯 말하지 않기

(2) 요청할 때의 말하기

개념	필요한 어떤 일이나 행동을 청하는 것
방법	• 요청하게 된 이유를 충분히 설명하기 • 위협하듯이 말하지 않기 • 요청하는 행동과 이유를 정중하게 전달하기

(3) 거절할 때의 말하기

개념	상대편의 요구, 제안, 선물, 부탁 따위를 받아들이지 않고 물리치는 것
방법	• 미안함을 드러내며 정중하게 말하기 • 거절하는 이유를 충분히 설명하기 • 자신에게 중요하지 않은 요청은 간단명료하게 거절하기 • 바로 거절하기 어려운 상황이라면 결정을 보류하는 말을 하고 나중에 거절하기

(4) 사과할 때의 말하기

개념	자기의 잘못을 인정하고 용서를 비는 것
방법	• 잘못을 정당화하려고 변명하지 말고 자신의 잘못을 인정하기 • 진심을 담아 정중하고 공손하게 말하기 • 미안함을 드러내며 앞으로 어떻게 행동할 것인지 표현하기

(5) 감사할 때의 말하기

개념	고마운 마음을 나타내는 인사
방법	• 상대방의 배려나 호의를 감사하게 생각하고 있다는 말을 직접 하기 • 상대방의 행동이 자신에게 어떤 도움이 되었는지 구체적으로 말하기

2. 대화와 면접

(1) 대화

<table>
<tr><td>개념</td><td colspan="2">둘 이상의 참여자가 감정, 의견, 정보 등을 주고받으며 의사소통하는 행위</td></tr>
<tr><td>영향</td><td colspan="2">사람은 타인과 의사소통하며 자아 개념을 형성하게 되고, 이렇게 형성된 자아 개념은 그 사람의 의사소통 방식에 영향을 미침</td></tr>
<tr><td>방법</td><td colspan="2">• 적절한 자아 개념 형성하기
• 상대방과의 관계에 따라 자기를 표현하기
• 상대방의 입장에서 공감하며 듣기</td></tr>
<tr><td rowspan="3">나-전달법</td><td colspan="2">문제 상황에서 다른 사람을 평가하고 해석하는 대신 자신이 느끼는 감정과 바람에 집중하여 표현하는 의사소통 방법</td></tr>
<tr><td>방법</td><td>자신이 느끼는 감정과 경험을 표현하며, '사건-감정-기대'의 순서로 메시지를 구성하여 전달함</td></tr>
<tr><td>효과</td><td>• 갈등이 증폭되지 않고 자신의 감정을 상대방이 이해할 수 있게 함
• 문제 상황에서 비난하지 않고 상대방에게 기대하는 바를 말하게 되므로 갈등 해결에 효과적임</td></tr>
</table>

(2) 면접

개념	면접 대상자의 지식, 기능, 성품, 잠재력 등을 파악하여 평가하기 위한 공적 대화
특징	공적 대화이므로 면접자와 면접 대상자 모두 격식을 갖춘 표현을 사용해야 함

<table>
<tr><td rowspan="10">답변 전략</td><td rowspan="3">질문 내용별 전략</td><td>약점을 묻거나 지적하는 질문</td></tr>
<tr><td>역량이나 전문성을 묻는 질문</td></tr>
<tr><td>문제 상황을 제시하고 해결 방법을 묻는 질문</td></tr>
<tr><td rowspan="2">답변 내용별 전략</td><td>답변 내용이 사실에 관한 것일 때</td></tr>
<tr><td>답변 내용이 의견에 관한 것일 때</td></tr>
<tr><td rowspan="2">형식 측면의 전략</td><td>결론부터 말하기</td></tr>
<tr><td>사례를 제시하며 말하기</td></tr>
<tr><td rowspan="3">표현 측면의 전략</td><td>언어적 표현</td></tr>
<tr><td>준언어적 표현</td></tr>
<tr><td>비언어적 표현</td></tr>
</table>

3. 발표와 연설

(1) 발표

개념	여러 사람 앞에서 자신의 생각이나 의견 또는 어떤 사실에 대하여 진술하는 의사소통 행위
목적	• **정보 전달**: 청자에게 특정 주제에 대한 정보를 전달함 • **설득**: 청자가 자신의 주장을 수용하도록 함
방법	발표는 청자 지향적 행위이므로 화자는 청자의 특성을 분석하여 발표의 내용을 구성하고 전달해야 함
구성	• 내용에 대한 흥미와 이해정도 • 주제에 대한 태도 • 주제와 관련한 세부 관심사 • 정서적 상태

(2) 연설

<table>
<tr><td>개념</td><td colspan="2">공식적 상황에서 화자가 청중에게 자신의 주장이나 의견을 전달하는 의사소통 행위</td></tr>
<tr><td>특징</td><td colspan="2">• 화자의 공신력을 높임으로써 연설의 설득력을 높일 수 있음
• 인성적 · 이성적 · 감성적 설득 전략을 사용하여 화자의 의도대로 청중을 설득할 수 있음</td></tr>
<tr><td rowspan="5">공신력</td><td>전문성</td><td>화자가 화제에 대한 지식이나 경험을 충분히 갖추고 있는지의 여부</td></tr>
<tr><td>신뢰성</td><td>화자의 성품이 믿음직한지, 주변의 평판은 어떠한지에 대한 것</td></tr>
<tr><td>침착성</td><td>화자가 위기나 돌발 상황에서 당황하지 않고 침착하게 대처하는 태도</td></tr>
<tr><td>외향성</td><td>화자가 역동적인 어조, 몸짓으로 신념과 열정 등을 표현하는 정도에 대한 것</td></tr>
<tr><td>사회성</td><td>화자가 친근감을 주는 정도</td></tr>
</table>

<table>
<tr><td rowspan="3">설득 전략</td><td>인성적 설득 전략</td><td>연설의 내용과 표현에서 화자가 믿을 만한 사람임을 드러내어 청중이 화자의 말을 수용하게 하는 전략</td></tr>
<tr><td>이성적 설득 전략</td><td>화자가 자신의 주장을 타당한 근거를 들어 논리적으로 표현함으로써 청중이 자신의 주장을 수용하게 하는 전략</td></tr>
<tr><td>감성적 설득 전략</td><td>화자가 내용을 전달할 때 청자의 감성에 호소하여 청중이 자신의 주장을 수용하게 하는 전략</td></tr>
</table>

4. 토론과 협상

(1) 토론

<table>
<tr><td>개념</td><td colspan="2">어떤 공동의 문제에 대해 서로 다른 의견을 갖고 있는 개인이나 집단이 합리적으로 문제를 해결해 가는 의사소통 행위</td></tr>
<tr><td rowspan="4">반대 신문</td><td>개념</td><td>토론에서 상대측이 주장한 것에 논리적 문제가 있음을 질문으로 드러내는 과정으로, 교차 신문 또는 교차 조사라고도 함</td></tr>
<tr><td>특징</td><td>• 상대측 주장에 대한 반대 측의 질문과 이에 대한 상대측의 응답으로 이루어짐
• 토론의 유형에 따라 입론 단계 혹은 입론 및 반론 단계에서 이루어짐</td></tr>
<tr><td>질문방법</td><td>• 상대측이 말한 내용이 사실인지 확인하기
• 상대측 논증의 공공성, 신뢰성, 타당성 비판하기
• 폐쇄형으로 질문하기
• 정답을 아는 질문을 하기
• 한 번에 하나씩 질문하기</td></tr>
<tr><td>답변 방법</td><td>• 앞서 주장했던 내용과 일관성 유지하기
• 간단명료하게 답하기
• 정확하지 않은 내용을 즉흥적으로 답변하지 않기
• 답변하기 어려운 문제일 경우 '바로 답변 드리기 어려운 문제이다.', '~은 더 생각해 봐야 할 문제이다.' 등과 같이 적절하게 대처하기</td></tr>
</table>

(2) 협상

<table>
<tr><td rowspan="3">개념</td><td colspan="2">둘 이상의 주체들이 서로 원하는 바가 달라 갈등이 생겼을 때 이를 해결하기 위한 공동 의사 결정 과정</td></tr>
<tr><td>의제</td><td>협상에서 합의가 필요한 사안</td></tr>
<tr><td>입장</td><td>의제에 대한 협상 참여자의 태도</td></tr>
<tr><td>절차</td><td colspan="2">시작 단계: • 갈등의 원인 분석 • 문제 해결의 가능성 확인
⇨ 조정 단계: • 문제 확인 • 상대방의 처지와 관점 이해 • 제안이나 대안 상호 검토
⇨ 해결 단계: • 최선의 해결책 제시 • 합의와 문제 해결 • 합의 이행</td></tr>
</table>

전략	시작 단계	목표 수립하기(협상의 의제 확인 및 대안 마련하기)
	조정 단계	• 상대방이 정말 원하는 것 찾기 • 상대방의 표준을 파악하여 마음을 움직일 수 있게 표현하기 • 먼저 제안하기 • 여러 제한 맞교환하기 • 차선책 준비하기
	해결 단계	• 최선의 방법과 우선순위 결정하기 • 합의 사항 점검하기

3 작문의 원리와 실제

1. 정보 전달과 보고의 글

(1) 정보를 전달하는 글

개념	어떤 대상, 사실, 현상 등에 대한 새로운 정보를 알리고 설명하는 글 예 설명문, 기사문, 안내문, 공고문 등
목적	독자에게 믿을 만하고 정확한 정보를 전달하는 것
과정	다양한 자료 수집(글, 그림, 사진, 그래프, 동영상 등) ⇨ 가치 있는 정보 선별 ⇨ 정보의 속성에 따른 내용 조직

(2) 보고하는 글

개념	특정한 사안이나 현상에 대한 연구의 과정과 결과를 독자적으로 전달하기 위한 글 예 실험 보고서, 관찰 보고서, 조사 보고서, 연구 보고서 등
목적	어떤 주제에 대한 실험, 관찰, 조사, 연구 등의 과정과 결과를 독자에게 알리는 것

2. 설득 · 비평 · 건의의 글

(1) 설득하는 글

개념	필자의 주장과 주장에 따른 근거를 제시하여 다른 사람들의 생각, 태도, 행동 등을 변화시키려는 의도를 가진 글 예 논설문, 비평문, 건의문, 광고문 등

논거	독자가 필자의 주장을 납득하고 수용할 수 있게 주장을 뒷받침하는 타당하고 믿을 만한 근거	
	사실 논거	구체적이고 객관적인 사례로서의 실제적인 근거 예 통계 자료, 설문 조사 자료, 실험 결과, 역사적 사실 등
	의견 논거	권위 있는 사람이나 전문가의 의견 예 한 분야의 전문적인 지식을 가진 학자의 견해
논거 선별 방법	수집한 논거의 타당성, 공정성, 신뢰성 여부를 판단하여 주장의 설득력을 높일 수 있는 논거를 선별	
	타당성	• 주장과 관련이 있는가? • 주장을 뒷받침할 수 있는 합리성과 객관성을 갖추었는가?
	공정성	• 어느 한쪽의 입장에 치우치지는 않았는가? • 필자의 선입견이나 편견이 들어가지는 않았는가?
	신뢰성	• 출처가 분명하고 자료가 객관적인가? • 인용한 자료의 출처가 권위 있는 것인가? • 의견을 낸 화자나 필자가 전문성이 있는가?

(2) 비평하는 글

개념	어떤 사물이나 현상에 대한 옳고 그름, 아름다움과 추함 등의 가치를 논하며 필자의 의견이나 관점을 드러내는 글
종류	• 문학 작품에 대한 비평문 • 책에 대한 평가를 담은 서평 • 특정한 사람이 쓴 글에 대한 비평 글 • 특정한 인물에 대한 비평 글 • 이 외 대상의 가치에 대해 평가하는 글 등
특징	• 특정한 대상에 대한 평가를 주장으로 내세우며 근거를 제시해 이를 뒷받침함 • 설득하는 글보다 필자의 주관(해석 및 관점)이 더 뚜렷하게 드러남
평가 항목	관점과 주장의 명확성 ⇨ 관점과 주장의 일관성 ⇨ 논거의 타당성 ⇨ 주장의 공정성

(3) 건의하는 글

개념	어떤 현안을 분석하여 쟁점을 파악하고 그 현안을 해결할 방안을 담은 글
특징	설득하는 글이나 비평하는 글과 달리 글을 읽는 대상이 상당히 구체적임
방법	• 독자의 공감 유도 • 문제 해결 방안 및 요구 사항의 구체화 • 긍정적 효과 제시 • 타당한 논거 제시 • 예의 바르고 공손한 표현 사용

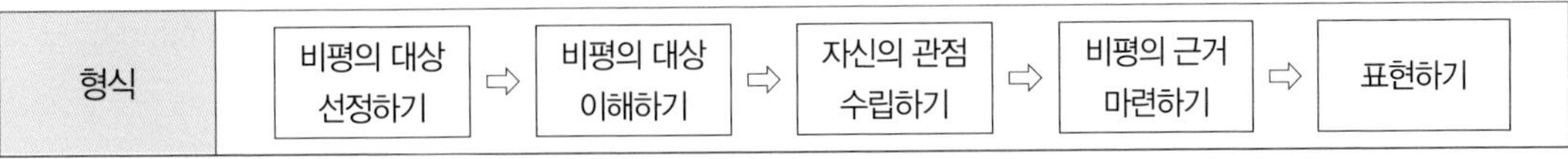

형식	비평의 대상 선정하기 ⇨ 비평의 대상 이해하기 ⇨ 자신의 관점 수립하기 ⇨ 비평의 근거 마련하기 ⇨ 표현하기

3. 소개와 친교의 글

(1) 자기를 소개하는 글

개념		자신의 이력이나 경험, 장점 등을 담아 자기를 잘 모르는 독자에게 자기에 대해 알려 진학이나 취업, 동아리 가입 등과 같은 특정한 목적을 달성하기 위한 글
맥락	목적과 독자	자기소개서를 쓰는 목적에 따라 독자가 달라지며, 독자가 요구하는 바를 고려해야 함 예 진학이 목적일 때의 독자는 '대학의 입학 사정관'이며, 취업이 목적일 때의 독자는 '기업의 인사 담당자'임
	매체	자기소개서를 쓸 때에는 매체를 고려해야 함 예 인쇄 매체인지 인터넷 매체(블로그 등)인지에 따라 활용할 수 있는 자료가 달라짐
방법		• 내용을 구체적이고 깊이 있게 써야 하며, 진솔한 내용을 써야 함 • 창의적으로 내용을 구성해야 하며, 품격 있는 표현을 사용해야 함

(2) 친교의 내용을 표현하는 글

개념		초대, 부탁, 감사 등 다양한 목적으로 다른 사람과 친밀한 관계를 맺기 위해 쓰는 글
맥락	독자	친교의 내용을 표현하는 글은 받는 사람이 정해져 있으므로 독자와 필자와의 관계, 독자의 나이와 관심사 등을 고려하여 글을 써야 함
	목적	• 친교의 내용을 표현하는 글의 목적은 초대, 위로, 축하, 사과, 소개, 요청 등 매우 다양함 • 친교의 목적을 더 잘 달성하기 위해서는 필자가 글의 목적을 확실히 정하고 글을 써야 함
과정		독자와 목적 정하기 ⇨ 내용 생성하기 ⇨ 표현하기

4. 정서 표현과 성찰의 글

(1) 정서를 표현하는 글

개념		필자의 경험에서 얻은 감정이나 필자가 어떤 대상을 살펴보고 나서의 느낌을 드러내는 글
유형	수필	필자가 자신이 보고, 듣고, 느낀 바를 자유롭게 표현한 글
	기행문	필자가 여행을 하면서 보고, 듣고, 느끼고 생각한 바를 쓴 글
	감상문	문학, 연극, 영화, 미술, 음악 등의 대상에 대한 필자의 주관적인 생각이나 느낌을 표현한 글

특성	• 진정성이 드러남 • 개성이 느껴짐 • 예상 독자에 대한 인식이 뚜렷하게 드러나지 않음
과정	일상 속에서 대상이나 사건을 관찰하기 ⇨ 대상이나 사건에 의미 부여하기 ⇨ 표현하기

(2) 자기를 성찰하는 글

개념	자신의 삶을 되돌아보는 내용을 담은 글	
유형	일기	자산의 삶의 체험을 기억하고 간직하기 위한 개인적인 기록
	자서전	필자 자신의 생에 대한 전기
	회고문	필자가 자신의 삶 가운데 독자에 전할 만한 가치가 있다고 생각되는 내용을 기록한 글
과정	가치 있는 경험 정하기 ⇨ 경험에 의미 부여하기 ⇨ 표현하기	

4 화법과 작문의 태도

1. 저작권

(1) 개념: 사람의 정신적 노력에 따른 결과물에 대해 그것을 창작한 사람에게 주는 권리

(2) 침해 사례

① 책의 일부나 전체를 복사하여 나누어 쓰는 행동

② 인터넷에 있는 자료를 베껴서 과제로 제출하는 행동

③ 기존 작가의 작품을 베껴서 자신의 이름으로 발표하는 행동

④ 다른 사람의 블로그나 누리집에 있는 글, 사진, 영상 등의 자료를 만든 사람의 허락 없이 자신의 블로그나 누리집에 옮기는 행위

2. 표절과 인용

(1) **표절**: 저작권을 지키지 않고 다른 사람의 글이나 자료, 아이디어의 일부 또는 전체를 그대로 베끼는 행위

(2) **인용**: 공표된 저작물에 한해 정당한 범위 내에서 저작자의 동의를 구하여 저작물을 사용하는 것

[실전문제]

해답 p.362

▶ **다음은 반대 신문식 토론의 일부이다. 물음에 답하시오.**

배점(총점)	예상 소요 시간
10점	2분 / 전체 80분

사회자: 지금부터 '게임 사용 장애를 질병으로 인정해야 한다'를 논제로 토론을 시작하겠습니다. 먼저 찬성 측 첫 번째 토론자의 입론이 있겠습니다.

찬성1: 대한 신경 정신 의학회를 비롯한 5개 단체가 발표한 성명에 따르면, 흔히 '게임 중독'이라는 용어로 알려져 온 '게임 사용 장애'는, 뇌 도파민 회로의 기능 이상을 동반하며 비정상적인 행동을 초래합니다. 게임에 방해가 된다는 이유로 타인에게 폭력을 휘두르거나 게임 아이템을 구입하기 위해 절도 행각을 벌인 사건과 같이 우리가 그 동안 언론을 통해 심심찮게 접해 온 사례들은 게임 사용 장애가 비정상적인 행동을 통해 타인에게 큰 피해를 입힐 수 있다는 것을 잘 보여 줍니다. 이처럼 게임 사용 장애는 심각한 문제를 일으키므로 질병으로 인정해야 합니다.

[가]

사회자: 다음은 반대 측 두 번째 토론자의 반대 신문이 있겠습니다.

반대2: 음악 감상에 방해가 된다고 해서 타인에게 폭력을 휘두르거나 유명 가수의 콘서트를 관람하기 위해 티켓 절도를 하면 법적으로 처벌을 받습니다. 그러면 이때 음악 감상이나 콘서트 관람이라는 행위 자체가 폭력이나 절도를 유발한 원인입니까?

찬성1: 그렇지 않다고 생각합니다.

반대2: 그렇다면 제가 말씀드린 사례에서 폭력이나 절도의 원인은 무엇입니까?

찬성1: 원인을 하나로 확정하기는 어렵겠지만 분노 조절 장애나 탐욕 등 다양한 복합적 원인이 있을 것으로 보입니다.

반대2: 그러면 찬성 측에서 말씀하신 폭력이나 절도 사례의 경우도 게임에 대한 지나친 몰입이 유발한 것이라고 확정할 수는 없겠군요. 부적절한 사례를 언급하신 게 아닙니까?

찬성1: 전문 단체에서 게임 사용 장애가 심각한 일상 생활 기능의 장애를 초래한다고 한 만큼, 게임 사용 장애와 폭력이나 절도를 충분히 관련지을 수 있다고 생각합니다.

–후략–

[예시문제]

다음은 윗글을 분석한 내용이다. 빈 칸에 들어갈 말을 본문의 [가]에서 찾아 완성하시오.

[가]에서 반대2는 찬성1에 대한 반대 신문 과정에서, 게임에 대한 지나친 몰입과 (   ) 사이의 확고한 인과 관계를 부정하는 전략을 사용하고 있다.

모범답안 폭력이나 절도

바른해설 찬성1은 게임에 대한 지나친 몰입이 비정상적인 행동의 원인이라는 논지에서 게임에 대한 지나친 몰입을 일종의 질병으로 간주해야 한다는 주장을 하고 있다. 이를 신문하는 과정에서 반대2는 찬성이 제시하고 있는 게임에 대한 지나친 몰입과 비정상적인 행동 사이의 확고한 인과 관계를 부정하고자 한다. 비정상적인 행동이 (A)에서는 '폭력이나 절도'로 제시되고 있다.

채점기준

답안	배점
폭력, 절도 2개 모두 쓰면	10점
폭력, 절도 가운데 1개만 쓰면	5점
답안의 순서와 무관	0점

〈2022학년도 가천대 논술 모의고사〉

[01～02] 다음은 교육 실습생(교생)과 학생들의 대화이다. 물음에 답하시오.

학생 1: 선생님, 안녕하세요.
교생: 네, 반가워요.
학생 1: 저희는 3학년인데요, ⓐ아까 저희 반에서 수업하실 때 정말 재미있게 들었어요. 정말 배운 것이 많은 수업이었어요!
교생 : ⓑ아, 그래요? 부족한 게 많은 수업이었는데 재미있었다니까 기분이 좋네요.
학생 1 : ⓒ사실은 선생님께 여쭤보고 싶은 게 있는데 잠깐 시간 좀 내 주실 수 있나요? 아주 잠깐이면 됩니다.
교생: ⓓ학생들이 원하는 일인데 당연히 시간을 내야죠. 물어보고 싶은 게 뭔가요?
학생 2: 저희는 교육 동아리 학생들인데 선생님께서는 고등학교 때 대학 진학을 어떻게 준비하셨는지 궁금해요.
교생: 그러면 둘 다 사범 대학으로 진학할 생각을 하고 있겠네요?
학생 1: 저는 초등 교사가 되고 싶어서 교육 대학 진학을 준비하고 있어요. 선생님께서는 사범 대학에 재학 중이신 거죠?
교생: 네, 맞아요. 지금 국어 교육과 4학년이고, 교육학을 함께 공부하고 있어요.
학생 2: 저도 선생님처럼 사범 대학에 진학하고 싶어서 준비하고 있는데요, 제가 잘하고 있는 건지 모르겠어요. 불안하기도 하고요. 어떻게 하면 될까요?
교생: 질문을 받고 보니, 고등학생 시절에 준비했던 것들이 기억나네요. 저도 친구들과 함께 교육 동아리 활동을 하면서 수업은 어떻게 할까, 담임 선생님이라면 어떤 학급 활동을 할까 생각했어요. 생각한 것들을 직접 실행해 보고 친구들과 잘된 점과 반성할 점에 대해 이야기를 나누었어요. 그때는 많이 불안했지만, 함께하는 친구들이 있다는 것이 큰 힘이 되었어요. 그러니 걱정하지 말고 친구들과 서로 믿고 활동하면서 준비하면 된다고 생각해요.
학생 2: 감사합니다.
학생 1: 실제로 수업해 보시니까 어떠세요?
교생: 어렵기는 해요. 아직은 대학생 신분이고 정식 교사가 아니기 때문에 현직 선생님들만큼 수업을 잘 진행하지는 못하는 것 같지만 노력 중이지요. 그런데 선배 선생님들께서 해 주시는 이야기를 들어 보면, 교직 10년이 넘어도 계속 노력하신다고 하니, 아마 교직을 그만두는 날까지 계속 노력해야 하는 것 같아요.
학생 1: 그런데 선생님, 아까 교육학을 함께 공부하신다고 하셨잖아요? 요즘 학교에서 친구들과 함께 교육 관련 책을 읽으려고 하는데요, 추천해 주실 수 있나요?
교생: 루소의 『에밀』을 안 읽어 봤다면 추천하고 싶어요. 저도 그 책을 읽고 교육의 목적과 방향에 대해 깊이 생각해 볼 수 있었고, 교육자로서 가져야 할 태도를 생각했답니다.
학생 1: 감사합니다. 친구들과 같이 읽어 봐야겠어요.
학생 2: 저는 1학년 때 읽어 보았는데 내용이 조금 어렵더라고요.
교생: 물론 내용이 어려울 수도 있겠지만, 이해할 수 있는 내용만 접하더라도 교육을 이해하는 데 도움이 될 것으로 생각해요.
학생 1: 네, 알겠습니다. 저도 교사가 되기 위해 앞으로도 계속 노력할게요. 답해 주셔서 고맙습니다.
교생: 그래요, 고마워요. 다음 시간에 교실에서 만나요.

01 **교육 실습생(교생)과 학생들의 대화 흐름을 고려할 때, 상담의 핵심 주제어를 제시문에서 찾아 한 단어로 쓰시오.**

핵심 주제어 ⇒ [　　　　] 상담

02 **다음의 〈보기〉를 참고하여 제시문의 ⓐ~ⓓ를 평가할 때, 적용된 공손성의 원리를 〈보기〉에서 찾아 차례대로 서술하시오.**

보기

공손성의 원리는 대화를 할 때 상대를 배려하고 존중하며 예절 바르게 말해야 한다는 원리이다. 공손성의 원리에는 다음과 같은 격률들이 있다.

1. 요령의 격률: 상대에게 부담이 되는 표현은 최소화하고, 이익이 되는 표현은 최대화한다.
2. 관용의 격률: 자신에게 이익이 되는 표현흔 최소화하고, 부담이 되는 표현은 최대화한다.
3. 찬동의 격률: 상대를 비난하는 표현은 최소화하고, 칭찬하는 표현은 최대화한다.
4. 겸양의 격률: 자신을 칭찬하는 표현은 최소화하고, 자신을 낮추는 표현은 최대화한다.
5. 동의의 격률: 자신의 의견과 상대의 의견 사이의 차이점은 최소화하고, 자신의 의견과 상대의 의견 사이의 일치점은 최대화한다.

ⓐ ______________________

ⓑ ______________________

ⓒ ______________________

ⓓ ______________________

[03～04] 다음은 학생이 교지에 실을 글을 쓰기 위해 수행한 면담이다. 물음에 답하시오.

학생: 선생님, 안녕하세요? 능수 고등학교 교지 편집부 기자 ○○○입니다.

교사: 안녕하세요? 한국 대학교 한국어 교육 센터 교사 △△△입니다.

학생: 미리 이메일로 말씀드렸던 것처럼 저희 교지에는 다양한 직업의 인물을 소개하는 글을 싣고 있는데, 이번에는 한국어 교사이신 선생님을 소개하는 글을 쓰기 위해 이렇게 면담을 하게 됐습니다.

교사: 그래요. 이 기회를 통해서 능수고 학생들에게 한국어 교사에 대한 정보가 잘 알려졌으면 좋겠네요.

학생: 사실 학생들이 국어 시간에 배우는 언어가 한국어잖아요. 그래서 국어 교사와 한국어 교사가 결국 같은 직업이라고 잘못 알고 있는 경우도 있는데요, 두 직업의 차이를 설명해 주시겠어요?

교사: 일반적으로 국어 교사는 초·중등 학생들에게 국어 교과를 가르치는 선생님을 뜻합니다. 이에 비해 한국어 교사는 외국어로서 한국어를 배우려는 외국인 또는 다문화 가정 구성원처럼 아직 한국어에 능숙하지 못한 사람들을 대상으로 한국어를 가르치는 선생님을 뜻합니다.

[A]

학생: 설명을 듣고 나니 이해가 확실하게 되네요. 그럼 한국어 교사가 되려면 어떻게 해야 하나요?

교사: 한국어 교육 기관에서는 국가에서 관리는 한국어 교원 자격증 소지자를 교사로 임용하는 경우가 대부분입니다. 대학이나 대학원에서 외국어로서의 한국어 교육을 전공해서 학위를 받으면 이 자격증을 받을 수 있습니다. 또 외국어로서의 한국어 교육을 전공하지 않더라도 법령으로 정해진 요건을 충족하는 한국어 교원 양성 과정에서 120시간 이상의 수업을 받은 뒤에 한국어 교육 능력 검정 시험에 합격하는 경우에도 이 자격증을 받을 수 있습니다.

학생: 저는 국어 교육과나 국어 국문학과를 나와도 한국어 교원 자격증을 받을 수 있는 줄 알았는데, 그건 아니네요?

교사: 예, 한국어 교원 자격증을 신청할 수 있는 자격은 엄격히 제한되어 있습니다. 이는 한국어 교육이 특수한 직업적 전문성을 요구하는 분야라는 인식이 반영된 결과이지요.

학생: 그럼 한국어 교사라는 직업의 전망은 어떤가요?

교사: 우리나라의 위상이 세계적으로 점점 높아지고 있어서 한국어 교사에 대한 수요는 계속 늘어나고 있습니다. 유학생 등 한국에 체류 중인 외국인이나 다문화 가정 구성원도 계속 늘어나고 있지만, 해외에서 한국어를 배우려는 사람들도 크게 증가하고 있습니다. 해외 한국어 교육 기관에서는 한국어 교원 자격증을 소지한 현지 교민이나 외국인을 교사로 뽑기도 하지만 한국에서 파견하는 교사를 받기도 합니다. 또 한국의 대중음악이나 드라마 등 문화 콘텐츠가 세계적인 인기를 얻고 있어서 한국어 교육에 대한 수요는 더욱 늘어날 것으로 기대됩니다.

학생: 그렇군요. 선생님께서 말씀해 주신 내용을 능수 고등학교 학생들은 교지에서 읽게 될 텐데요, 학생들에게 마지막으로 어떤 말씀을 남기고 싶으신가요?

교사: 무엇보다도 한국어 교사는 한국어뿐만 아니라 한국 문화를 세계에 알리는 일을 수행할 수 있는 중요한 직업이라는 걸 알아주시면 좋겠어요. 국내에서 활동할 수도 있지만 해외에서도 전문성을 발휘하며 보람 있는 삶을 살 수 있는 기회가 있다는 점에서 매력적인 직업이니 많은 관심을 가져 주시기를 바랍니다.

학생: 예, 그럼 오늘 면담은 이것으로 마무리하겠습니다. 바쁘신 중에도 시간을 할애해 주셔서 정말 고맙습니다. 나중에 교지 나오면 보내 드릴게요.

03 **면담의 화제와 관련된 오해가 있다는 점을 언급하고 이를 해소하기 위한 정보를 요구하고 있는 내용을 찾아 다음의 질문에 답하시오.**

ⓐ 면담의 화제와 관련하여 학생이 교사에게 언급한 오해의 내용은 무엇인가? (띄어쓰기 제외, 25자 내외)

____

ⓑ 그 오해를 해소하기 위해 학생이 교사에게 요구한 정보는 무엇인가? (3어절)

____

04 **한국어 교사가 되기 위한 필수 요건이 무엇인지 [A]에서 찾아 쓰시오.**

[05～06] 다음의 담화 자료를 읽고, 물음에 답하시오.

(가)

민효식: 내일이 지역 리그다. 강연두, 니는 우짜고 싶은데?

강연두: 내 솔직한 심정은 (주변을 둘러보며) 너희들이랑 다 같이 무대에 서는 거야.

최태평: 그럼 내일 같이 대회 나가자구요?

강연두: (고개를 저으며) 아니.

박다미: 네? (실망하며) 그럼 우리 대회 안 나가요? 우리 다 포기해요?

강연두: 그것도 아니야.

권수아: (답답해하며) 강연두, 그러면 어쩌자는 건데?

강연두: 내일 아침 10시 반, 대회가 시작되기 30분 전에, 나 대회장 앞에서 너희들 기다리고 있을게. (부원들을 둘러보며 진지하게) 같이 하고 싶은 사람들은 내일 아침 거기서 만나자. 물론 쉽진 않을 거야. 수업도 땡땡이쳐야 되고, 학교엔 더 찍힐지도 몰라. 그럼에도 같이 하고 싶은 사람들은 나와 줘.

김열: (웃으며) 하고 싶은 사람만 같이 하자. 뭐 그런 건가?

강연두: ⓐ어. (차분하게) 근데, 누군가 나오지 않았다고 해서 절대 그 사람을 원망하거나 그러지는 않았으면 좋겠다. 각자의 선택을 존중해 주자고.

(나)

권수아: (머뭇거리다가 조심스럽게) 내가 돌아와도 되는지 겁이 났었어. 근데 너희들이 보내 준 동영상 보고 용기를 냈고, 여기까지 올 수 있었어. 고맙고, 미안해.

민효식: (웃으며) 가시내, 알긴 아나?
권수아: 너네 얼굴 보고 직접 사과하고 싶었어. 김열, 너한테는 특히 더 미안하고, 하동재 너한테도 너무 미안하고. 내 스펙 쌓자고 너희들 치어리딩에 끌어들인 것도 너무 미안하고.
이준수: 야 됐어, 뭐가 그렇게 많아.
권수아: 강연두, 미안해. (고개를 떨구며) 내가 계단에서…….
강연두: (말을 끊으며) 그래. 너 진짜 나빴어. 너 하나 살겠다고 다른 사람 다치게 한 거, 그건 진짜 나빴다.
권수아: (고개를 끄덕이며) 알아. 미안하다는 한 마디로 용서받을 수 없다는 거.
강연두: 그리고 비겁했어. 우리가 얼마나 무서웠는지 알아?
차승우: 그래. 우리가 얼마나 많이 놀랐는지 알아?
(술렁거리는 아이들)
강연두: 그래서, 나 너 쉽게 용서 못 해. 권수아, 앞으로 한 달 동안 동아리실 청소 너 혼자 다해라. 구석구석 깨끗하게.
권수아: (안도하는 표정으로 웃으며) 어.

(다)
권수아: (강연두 옆에 와 앉으며) 뭐하니? 여기서.
강연두: 그냥, 잠이 안 와서.
권수아: 나 궁금한 게 있는데……. 너 왜 애들 설득 안 해? 지역 리그 나가고 싶잖아, 너. 원래 강연두라면 학교 몰래 나가자고 애들한테 열변을 토해 가면서 설득해야 되는 거 아니야?
강연두: 내가 그랬었나?
권수아: 어, 그랬어. 아주 시끄럽고, 매사에 자신만만하고, 공부에 방해되고.
강연두: 그럼 내가 지금 아무것도 안 하는 게 더 마음에 들겠네?
권수아: 아니, 전혀. 강연두가 조용하니까 오히려 공부가 안 된다.
강연두: (웃으며) 뭐야?
권수아: 애들 설득하는 거 힘들겠으면 나한테 말해. 나도 같이할게.
강연두: (웃으며) 고맙다, 권수아.

05 제시문의 (가)~(다)에서 각 화자의 말하기 상황을 제시된 단어에서 골라 쓰시오.

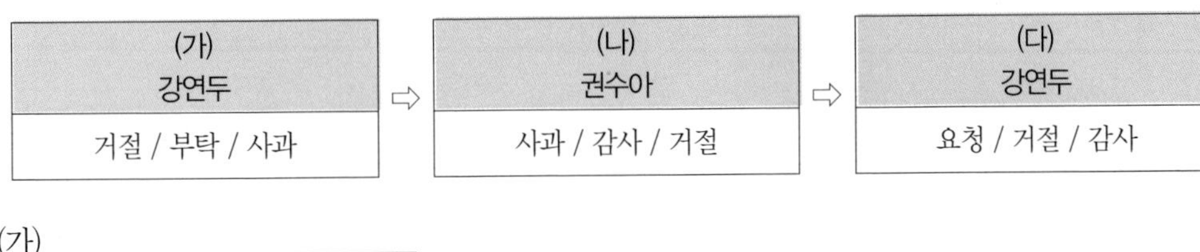

(가) 강연두	⇨	(나) 권수아	⇨	(다) 강연두
거절 / 부탁 / 사과		사과 / 감사 / 거절		요청 / 거절 / 감사

(가) 

(나) ____________________

(다) ____________________

06 (가)의 ⓐ에서 사용된 강연두의 말하기 전략에 대해 다음의 〈조건〉을 활용하여 서술하시오.

조건

- 글 (가)의 마지막 문장을 활용할 것
- '남이 시키거나 요청하지 않아도 자기 스스로 행한다.'는 의미의 형용사를 활용할 것
- 띄어쓰기를 제외한 25자 내외의 한 문장으로 쓸 것

[07~08] (가)는 강연의 일부이고, (나)는 (가)를 듣고 교지에 기고하기 위해 학생이 쓴 글의 초고이다. 물음에 답하시오.

(가)

안녕하세요? 과학 특강 시리즈 두 번째, '영화 속의 지구 과학' 강연을 맡은 천문 연구원 □□□입니다. 오늘은 두 편의 영화와 관련된 이야기를 준비했는데요, 영화 속의 내용들을 과학적 관점에서 분석해 보면 새로운 재미가 있을 겁니다.

㉠ <u>먼저 첫 번째! 영상을 먼저 보시죠.</u> (영화 장면을 보여 주며) 전지전능한 능력을 가지게 된 주인공이 데이트 분위기를 위해 달을 당겨 오는 장면입니다. 한마디로 과학과는 거리가 먼 이야기이지요. 그런데 사람이 달을 당겨 올 수는 없지만 달이 지구 가까이에 와서 평소보다 크게 보일 수는 있습니다. 바로 '슈퍼 문'입니다.

슈퍼 문이 나타나는 이유는 달이 타원 궤도로 공전하기 때문입니다. 거의 원에 가깝기는 하지만 타원 궤도라서 (사진 자료를 보여 주며) 이렇게 지구와 가까워지는 곳이 있고 멀어지는 곳이 생기는데요, 지구와 가까운 곳에 있을 때의 보름달이니까 당연히 다른 보름달보다 크게 보이는 것입니다. 올해는 10월 17일에 뜬다고 하니 기억해 두시기 바랍니다.

슈퍼 문은 우리 삶에 영향을 미치기도 합니다. 달이 지구와 가장 가까운 위치에 있을 때는 달의 인력이 커지기 때문에 조석 간만의 차가 다른 때보다 커지고 밀물 때 바닷물이 더 많이 들어온다는 점에서 저지대에서는 침수 피해를 볼 수도 있습니다. 만약 영화에서 보이는 정도로 달이 가까이 오면 달의 인력으로 인해 지구의 자전 속도가 느려지고 지각이 틀어지면서 대규모 지진과 화산 폭발이 일어날 수 있습니다. 아마 데이트 분위기가 썩 좋지는 않을 겁니다.

여기서 한 가지 더 생각해 봅시다. 지구의 자전 속도가 느려지다가 결국 자전하지 않게 된다면 어떻게 될까요? (대답을 듣고) 네, 맞습니다. 말씀처럼 일출이나 일몰이 없고, 밤 또는 낮이 계속될 겁니다. 그것도 심각한 문제이지만 더 큰 문제가 있습니다.

㉡ <u>여기서 두 번째! 영화 장면을 보고 이야기해 봅시다.</u> (영화 장면을 보여 주며) 이 영화에서는 지구가 자전하지 않으면서 지구 자기장이 사라진 상황을 보여 주고 있습니다. 새들은 방향을 잃고, 나침반이 작동하지 않지요. 지구 자기장은 새가 방향을 잡을 때도 쓰이지만 더 중요한 것은 우주에서 날아오는 방사선을 막아 주는 역할을 한다는 것입니다. 만약 지구가 자전을 멈추면 지구 자기장이 소멸해서 지구상의 생명체는 우주 방사선을 그대로 맞아야 합니다. 방사선에 노출되면 어떻게 될까요? (대답을 듣고) 맞습니다. 방사선에 피폭되면 세포가 손상되어 목숨을 잃을 수도 있게 됩니다. 그러니까 달이 너무 가까이 오거나 지구가 자전을 멈추면 안 되겠지요?

여러분, 영화 속에서 흘려보내는 장면들에도 이렇게 재미있는 과학이 숨어 있습니다. 저희 연구소 누리집을 방문하시면 오늘 강연한 내용 말고도 흥미로운 지식을 찾아볼 수 있으니, 꼭 방문해서 확인해 보시기를 바랍니다. 감사합니다.

(나)

이번 학기에 실시된 과학 특강 시리즈에서 학생들의 반응이 가장 좋았던 강연은 '영화 속의 지구 과학'이다. 강연을 맡은 천문 연구원 □□□ 박사는 두 편의 영화를 통해 영화에서처럼 달이 지구에 가까워진다면 어떤 일이 일어날지에 대해 흥미로운 이야기를 했다. 이 강연에서는 두 가지 중요한 과학적 개념을 이야기했었는데, 바로 슈퍼 문과 지구 자기장이다.

(출처: 한국 천문 연구원, 2017)

슈퍼 문은 달이 타원궤도로 공전하기 때문에 발생하는 현상으로 보름달이 지구와 가장 근접한 근지점에 있을 때 나타난다. 보통 슈퍼 문은 위의 사진에서 보이는 것처럼 가장 작게 보이는 달인 미니 문보다 약 14% 더 크다. 그리고 밝기도 약 30% 더 밝다. 지구와 달의 평균 거리는 대략 384,000km이고, 미니 문이 관찰되는 원지점은 대략 400,000km, 슈퍼 문이 관찰되는 근지점은 대략 357,000km이다. 이 거리 차이가 슈퍼 문으로 나타나는 것이다. 그런데 달이 가까워지는 것은 아니지만 주변 지형지물 때문에 달이 크게 보이는 '달 착시' 현상도 있다. 이는 우리가 착각하여 달을 크게 보는 것으로, 슈퍼 문과는 다르다.

달의 인력은 조석(潮汐) 현상의 원인이 되는데 슈퍼 문이 나타날 때는 달의 인력이 커진다. 이에 따라 조석 간만의 차이에도 영향을 미치는데 평소보다 19% 정도 차이가 커지는 것으로 알려져 있다. 이로 인해 해안가 저지대에서는 침수 피해가 일어날 수도 있다.

달이 지구에 더 가까워지면 인력이 커지면서 지구의 자전 속도가 느려지는 현상이 발생할 수 있다. 만약 지구가 자전을 멈춘다면 지구 자기장이 사라질 수도 있다. 지구 자기장은 지구의 자전으로 내부의 액체로 이루어진 코어가 회전하면서 생겨난다는 가설이 유력하다. 지구 자기장은 비를 막아 주는 우산처럼 우주 방사선으로부터 지구를 보호해 주는 역할을 한다. 만약 지구 자기장이 없어진다면 지구의 생명체들은 우주 방사선을 그대로 맞게 되기 때문에 큰 위험에 노출된다. 그리고 전파를 이용하는 모든 통신 수단이 교란되기 때문에 우리의 삶에 막대한 영향을 끼치게 된다.

우리의 삶에 많은 영향을 끼치는 지구 과학 지식은 매우 흥미로운 지식이라 할 수 있다. 삶과 관련이 있는 과학 지식을 알아보면 과학 공부가 더 즐거워질 것이다.

07 제시문의 ㉠과 ㉡에 사용된 언어적 표현을 다음의 〈보기〉 내용을 참조하여 2어절로 쓰시오.

보기

주로 구어에서 문장의 내용에 직접적인 영향을 미치지는 않지만 전체적인 분위기나 대화의 최종적인 목적을 달성하고자 문장 간의 응집성을 높이기 위해 사용한다.

PART 1 국어
PART 2 수학
PART 3 해답

08 다음의 자연 현상이 발생하는 이유나 가설을 글 (나)에서 찾아 각각 한 문장으로 서술하시오.

슈퍼 문 ⇒ ⓐ ______________________

지구 자기장 ⇒ ⓑ ______________________

[09～10] 다음 글을 읽고 물음에 답하시오.

사회자: 최근 로봇은 학습, 적응의 기능을 갖춘 인공 지능 기술과 접목되어 빠르게 진화하고 있습니다. 이미 일본에서는 안내, 요리 로봇이 보급되었고, 우리나라에도 공항에 안내, 청소 로봇이 배치되어 인간의 노동력을 대체하고 있습니다. 이런 상황을 고려해 오늘은 '로봇에 세금을 부과해야 한다.'를 논제로 학생 토론을 진행하겠습니다. 토론의 규칙을 따르고 상대방에게 예의를 지켜주시기 바랍니다. 먼저 찬성 측에서 입론해 주십시오.

찬성 1: 로봇이란 '어떤 작업이나 조작을 자동적으로 하거나 인간과 비슷한 형태를 가지고 걷거나 말할 수 있는 장치'를 뜻합니다. 이 로봇을 '전자 인간'으로 간주하고 로봇을 소유한 사람이나 기업에 세금을 부과해야 한다고 생각합니다. 그 까닭은 첫째, 로봇의 도입이 노동자의 대량 실직을 유발할 수 있기 때문입니다. 둘째, 로봇에 부과한 세금을 실직자의 직업 재교육에 사용할 수 있기 때문입니다. 영국의 로봇 권위자 윈필드 교수가 '자동화 세'를 제안한 것이나 마이크로소프트의 창업자 빌 게이츠가 '로봇 세' 부과를 주장한 것도 이러한 까닭 때문입니다. 이상으로 입론을 마치겠습니다.

사회자: 반대 측에서 반대 신문을 해 주십시오.

반대 3: ⓐ기존의 일자리가 사라지더라도 새로 창출되는 일자리가 있기 때문에 실업률이 증가하지 않을 수 있다는 점은 생각해 보셨습니까?

찬성 1: 새 일자리가 창출되어도 로봇 도입으로 많은 노동자가 실직하는 것은 사실이며, 재교육 없이 실직자들이 새 직업을 찾기는 힘들 것입니다.

사회자: 다음으로 반대 측에서 입론해 주십시오.

반대 1: 저희는 로봇에 세금을 부과하자는 주장을 다음의 까닭으로 반대합니다. 첫째, 세금을 부과하면 로봇의 도입이 늦어져 새로운 산업과 로봇 기술의 발전이 저해될 수 있기 때문입니다. 산업 혁명 시절 방적기나 증기기관에 세금을 부과했다면 산업 발달이 늦어졌을 것입니다. 둘째, 로봇만을 실직의 주범으로 몰아 과세하는 것은 형평성에 어긋나기 때문입니다. 항공기 탑승권 발급 기계나 은행 현금 인출기도 노동자들의 실직을 유발했지만, 세금을 부과하지는 않았습니다. 이상 입론을 마치겠습니다.

〈중략〉

사회자: 반대 측 반대 신문이었습니다. 다음으로 반대 측 반론이 있겠습니다.

반대2: 찬성 측은 대량 실직을 방지하고, 직업 재교육 비용을 마련할 수 있다는 점을 들어 로봇에 세금을 부과해야 한다고 주장합니다. 하지만 자동차 보급으로 주유소, 카센터, 레저 산업 등의 일자리가 생겼듯 로봇 도입은 다양한 일자리를 창출할 수 있습니다. 미국은 전체 일자리 수가 과거에 비해 증가했고 그중 절반 이상이 신기술과 관련된 것입니다. 근로자 1만 명당 로봇이 300대 이상인 독일, 일본의 실업률이 세계적으로 낮은 편이라는 사실도 이를 증명합니다. 게다가 재교육이 필요한 까닭이 로봇 도입 때문만은 아니기에 다양한 재원 마련책이 강구되어야 한다고 생각합니다.

사회자: 반대 측의 반론이었습니다. 다음으로 찬성 측 반대 신문해 주십시오.

찬성 1: ⓑ미국의 일자리 증가와 관련한 내용은 어느 자료를 인용한 것입니까?

반대 2: 유럽 경제 정책 연구 센터(CEPR)에서 2016년 인터넷 누리집에 게시한 연구 결과에 따르면 1980~2007년 미국의 전체 일자리는 17.5 퍼센트가 증가했고, 그중 8.84퍼센트 정도가 신기술과 관련한 일자리였습니다.

사회자: 이상 찬성 측의 반대 신문이었습니다. 다음으로 찬성 측과 반대 측의 최종 반론이 있겠습니다. 시간 제약이 있으니 간략히 해 주십시오.

찬성 3: 과거와 달리 현재는 산업 구조가 고도화되어 직업 재교육의 과정도 복잡해졌습니다. 영국의 경제학자 홀데인은 로봇 도입으로 미국 내 8,000만 개 일자리가 위기에 처했으며, 이 중 대부분이 상대적으로 교육을 덜 받은 저소득 단순 노동직이라고 예상했습니다. 이는 새로운 일자리가 생기더라도 실직자들이 재취업 기회를 얻기 힘들고, 빈곤층으로 전락할 수 있다는 것을 의미합니다. 로봇에 세금을 부과하면 실직한 노동자의 재교육 비용과, 빈부 격차 확대에 따른 복지 재원을 확보할 수 있을 것입니다. 따라서 저희는 로봇에 세금을 부과해야 한다고 생각합니다.

09 ⓐ와 ⓑ는 상대측의 주장을 검증하기 위한 반대 신문이다. '공정성', '신뢰성', '타당성' 중 ⓐ와 ⓑ의 반대 신문에 사용된 검증 기준을 각각 골라 쓰시오.

ⓐ ______________________

ⓑ ______________________

10 다음은 위 토론에서 '로봇에 세금을 부과해야 한다.'는 논제에 찬성 측의 입론과 그에 대한 반대 측의 반론을 정리한 것이다. 빈칸에 들어갈 말을 본문에서 찾아 각각 한 문장으로 서술하시오.

찬성 측 입론	로봇의 도입이 노동자의 대량 실직을 유발할 수 있다.	(나) (띄어쓰기 제외, 25자 이내)
	⬇	⬇
반대 측 반론	(가) (띄어쓰기 제외, 20자 이내)	재교육이 필요한 까닭이 로봇 도입 때문만은 아니기에 다양한 재원 마련책이 강구되어야 한다.

[11～12] 다음 연설을 읽고 물음에 답하시오.

세계 최고의 명문으로 꼽히는 이곳에서 여러분의 졸업식에 참석하게 된 것을 영광으로 생각합니다. 저는 대학을 졸업하지 못했습니다. 솔직히, 태어나서 대학교 졸업식을 이렇게 가까이서 보는 것은 처음이네요. 〈중략〉

[A] 저는 운이 좋았습니다. 어린 나이에 그토록 좋아하는 일을 했으니까요. 20살 때 부모님의 차고에서 워즈니악과 함께 애플 컴퓨터사를 창업했습니다. 우리는 열심히 일했고 차고에서 단 두 명으로 시작했던 애플은 10년 후 4,000명이 넘는 직원에 자산 2백억 불의 회사로 성장했습니다. 그리고 제 나이 29살에는 최고의 걸작인 매킨토시 컴퓨터를 세상에 내놓았습니다.

그러나 바로 이듬해 저는 해고를 당하고 말았습니다. 내가 세운 회사에서 내가 해고당하다니……. 〈중략〉

그때는 잘 몰랐지만, 나중에 애플에서 쫓겨난 사건이 제 인생 최고의 행운이었다는 사실을 깨닫게 되었습니다. 그 사건 덕분에 저는 반드시 성공해야 한다는 중압감에서 벗어나 아무런 부담 없는 초심자의 마음으로 되돌아갈 수 있었고, 이런 편안함 속에서 제 인생에서 가장 창의적인 시기를 맞이할 수 있게 된 것입니다. 〈중략〉

저는 이 모든 일들이 제가 만약 애플에서 해고당하지 않았다면 절대로 일어나지 않았을 것이라 확신합니다. 정말 쓰디쓴 약이었지만 아마도 저에게는 반드시 필요한 것이었나 봅니다. 인생이 당신의 뒤통수를 갈기는 일이 혹시 생기더라도 결코 자신감을 잃지 마십시오. 저는, 어려운 시기에 저를 지탱해 준 유일한 것은 다름 아닌 제가 하고 있던 일을 제가 무엇보다도 사랑하고 있었다는 것이라 확신합니다. 그러니 먼저 여러분이 사랑할 만한 대상을 찾아야 합니다. 사랑할 연인을 찾는 것처럼 일도 마찬가지입니다. 일이란 인생에서 상당한 부분을 차지하는 대단히 중요한 것입니다.

일에서 진정으로 만족할 수 있는 유일한 방법은 바로 자신이 정말 멋지다고 생각하는 일을 하는 것이며, 멋진 일이란 다름 아닌 당신이 진정으로 사랑하는 일을 하는 것입니다. 아직 그런 대상을 발견하지 못했다면, 적당히 타협하지 말고 계속해서 찾으시기 바랍니다. 성심을 다해 찾는다면 결국 찾을 수 있게 될 것입니다.

다른 관계와 마찬가지로 당신과 당신이 사랑하는 일의 관계는 세월이 흐를수록 더욱더 깊어지게 될 것입니다. 그러니 그것을 찾을 때까지 절대 안주하지 말고 계속 찾으세요.

11 다음의 〈보기〉는 연설에 사용되는 설득 전략들을 제시한 것이다. 〈보기〉의 내용을 참조하여 [A]에 사용된 설득 전략을 골라 쓰시오.

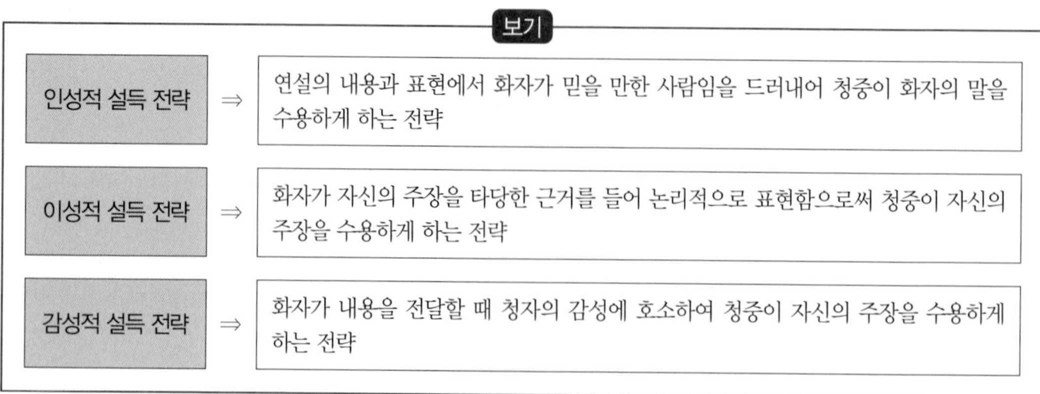

보기

인성적 설득 전략	⇒	연설의 내용과 표현에서 화자가 믿을 만한 사람임을 드러내어 청중이 화자의 말을 수용하게 하는 전략
이성적 설득 전략	⇒	화자가 자신의 주장을 타당한 근거를 들어 논리적으로 표현함으로써 청중이 자신의 주장을 수용하게 하는 전략
감성적 설득 전략	⇒	화자가 내용을 전달할 때 청자의 감성에 호소하여 청중이 자신의 주장을 수용하게 하는 전략

12 위의 연설자가 '감성적 설득 전략'을 사용하기 위해 제시한 '자신의 경험'을 서술하시오. (띄어쓰기 제외, 15자 내외)

[13~14] 다음 글을 읽고 물음에 답하시오.

〈질문 1〉 그래도 기사를 작성하려면 어느 한쪽의 의견을 지지할 수밖에 없는 상황도 발생할 텐데요. 그럴 때는 어떻게 할 건가요?

(침착한 표정으로) 아, 기사의 취지가 제 생각과 다를 경우에는 어떻게 하겠느냐는 말씀이시죠? 저는 제 의견이 절대적으로 옳다고 생각하지 않아요. 기사를 판단하는 것은 독자에게 맡기겠습니다. 어떤 기사든 일정한 관점이 있기 마련이니까 기사를 읽고 깊이 공감하는 독자가 있다면 기사 내용을 비판하거나 반박하고 싶어 하는 독자도 있겠죠. 어느 쪽으로든 독자에게 의미 있게 다가간다면 좋은 기사라고 생각합니다.

〈질문 2〉 그렇다면 신문 기자의 역할은 무엇이라고 생각하나요? 한 문장으로 정의해 보겠어요?

신문 기자는 볼록 렌즈와 같다고 생각합니다. 좋은 신문 기자는 실험실의 현미경처럼 볼록 렌즈가 되어 사회 이곳저곳을 꼼꼼히 들여다보면서 숨어 있는 진실들을 찾아내고 사람들에게 알리는 역할을 해야겠죠.

〈질문 3〉 좋은 신문 기자가 되기 위해서는 어떤 능력이 필요하다고 생각하나요?

좋은 기사를 작성하려면 좋은 기삿거리를 발견하는 안목이 필수적이라고 생각합니다. 그러려면 무엇보다 따듯한 시선으로 세상을 볼 수 있어야겠죠. 주변의 사람이나 사물에 관한 애정이 있어야 호기심도 생기고, 그런 호기심이 세심한 관찰로 이어진다고 생각합니다.

〈질문 4〉 다양한 호기심과 세심한 관찰력, 세상을 향한 애정만 있으면 좋은 신문 기자가 될 수 있을까요?

(신중한 표정으로) 음, 냉철한 시각으로 기사를 다루려면 균형감 있고 비판적인 안목도 필요할 것 같아요. 그리고 무엇보다 글쓰기를 좋아하고 즐겨야 한다고 생각합니다.

13 〈보기〉의 내용을 참고하여 위의 〈질문 1〉에 사용된 면접 방식을 쓰시오.

보기

면접 대상자에게 연속된 질문이나 의도된 스트레스 등을 가하여 극한 상황에서 임기응변과 자제력, 순발력, 상황대처능력, 문제해결능력 등을 테스트하는 면접 방식이다. 군대, 정보기관, 영업직, 극도로 위험한 물건을 취급하는 기관에서 주로 실시하며 보통 정답이 없는 질문을 하는 경우가 많다.

14 면접 대상자가 '좋은 신문 기자가 되기 위해 필요한 능력'이라고 생각한 답변 내용 네 가지를 위의 제시문에서 찾아 쓰시오.

① ________________

② ________________

③ ________________

④ ________________

[15~16] 다음 글을 읽고 물음에 답하시오.

조선 시대의 최고 과학자 장영실은 오늘날까지 존경받는 위인으로 손꼽힌다. 동래현 관노에서 종3품까지 오른 장영실이지만 이후의 행적에 대해 알려진 것은 많지 않다. 장영실에 대한 마지막 기록은 의외로 처벌에 관한 것이다. 새로 만든 세종의 가마가 시험 운행 중 부서지자 장영실이 책임을 지게 된 것이다. 『세종실록』에는 장영실이 곤장 80대를 맞고 파면됐다고 기록되어 있다. 그 후의 행적은 찾아볼 수 없다.

장영실이 파면된 해에서 약 600년이 지나 4차 산업 혁명이 화두가 되고 있는 지금까지도 우리 사회는 실패를 허(許)하지 않는 분위기이다. 실패를 용납하지 않는 문화는 국가의 발전과 성장에 걸림돌이 된다. 혁신은 수많은 시행착오를 바탕으로 이루어지는데 시도 자체를 원천 봉쇄한 셈이기 때문이다. 지난해 국가 연구 개발 성공률은 96퍼센트라고 한다. 얼핏 좋게 들릴 수 있지만 실상은 매우 좋지 않은 신호이다 정작 사업화 성공률은 20퍼센트에 그쳐 70퍼센트에 근접한 미국이나 영국과 비교했을 때 턱없이 낮은 수준이기 때문이다. 연구 가치나 사업화 가능성에 대한 고민보다 성공 가능성이 높고 안전한 목표만을 추구하는 것은 아닌지 돌아볼 대목이다. 도전하라고 하면서 실패했을 때 책임을 묻는다면 혁신을 위한 도전에 나서는 이는 아무도 없을 것이다.

이제 우리도 바뀌어야 한다. 4차 산업 혁명 시대를 눈앞에 둔 지금 우리는 '따라가는 사람(fast follower)'이 아니라 '선도자(first mover)'로 국제 사회와 경쟁해야 한다. ㉠<u>지금까지 경험하지 못한 새로운 분야에 남보다 먼저 뛰어들지 않으면 안 된다.</u> 위험을 무릅쓴 도전을 존중해야 한다. 실패를 딛고 일어설 수 있는 체계를 만들어야 한다. 실패로 얻은 기술과 경험을 자산으로 만들 수 있다면 더할 나위 없다. 미국 실리콘 밸리의 사업 성공률은 10퍼센트에 불과하다. 그럼에도 세계를 선도하는 최고 혁신 기업 대부분이 실리콘 밸리에서 태어난 것은 실패를 허하는 문화에서 비롯되었다.

역사에서 가정은 무의미하지만, 만약 장영실에게 실패를 허락했다면 어땠을까. 부서진 가마가 자동차로 태어나지 않았을지, 조선형 소총이 개발되어 임진왜란의 고초가 없지는 않았을지, 더 나아가 이 땅 위에 혁신의 꽃이 무수히 피어나지는 않았을지……. 지나간 역사는 바꿀 수 없지만 미래는 얼마든지 바꿀 수 있다. 4차 산업 혁명을 앞에 둔 지금 도전하고 또 도전해 보자. 실수해도 괜찮다. ㉡<u>실패의 쓴맛은 성공의 확률을 그만큼 더 높여 주는 법이다.</u>

15 제시문의 ㉠에 사용된 표현 전략과 그 전략이 반영된 문장을 완성하시오.

ⓐ 표현 전략: ______________________

ⓑ 반영 문장: ____

(띄어쓰기 제외, 25자 이내의 명령문)

16 제시문의 ㉡와 관련하여 주제를 함축적으로 표현한 3어절의 격언을 쓰시오.

[17～18] 다음 글을 읽고 물음에 답하시오.

한 젊은 남성이 안경을 건네받고서 아들의 그림을 보고는 눈물을 흘린다. 남성은 "이렇게 다양한 색이 있는 줄 몰랐다."라며 멋진 그림이라고 감동을 전한다. 이것은 적록 색맹을 위해 색 보정 안경을 개발한 회사의 광고다. 많은 사람이 당연하게 누리는 색의 향연이 색각 이상자에게는 감동으로 다가간다. 온전히 색을 본다는 것은 인간에게 어떤 의미일까?

색에 대한 인식은 망막에 있는 원추 세포가 결정한다. 원추 세포는 약 700만 개인데 (　　)색과 (　　)색, (　　)색 중 어떤 가시광선을 인식하는지에 따라 크게 세 종류로 나뉜다. 세 종류의 원추 세포는 마치 삼원색처럼 색을 배합하고, 그 배합 비율에 따라 다양한 색을 인식한다.

[A] 인간이 눈으로 식별할 수 있는 색의 전부 또는 일부를 인식하지 못하거나 구분하지 못하는 것을 '색각 이상'이라고 한다. 색각 이상은 원추 세포에 이상이 있을 때 나타난다. 색을 식별하는 기능이 약하면 색약, 특정한 원추 세포가 없으면 색맹이라고 한다. 녹색을 인식하지 못하는 녹색맹, 적색과 녹색을 구분하지 못하는 적록 색맹이 대표적이다. 적색을 구분하지 못하는 적색맹과 청색 원추 세포 이상으로 청색과 황색을 구분하지 못하는 청황 색맹도 있다. 적색과 녹색 원추 세포에 이상이 생겨 청색약(보라색약)이 나타나는 때도 드물게 있다. 또 원추 세포 세 종류에 모두 문제가 발생해 색 자체를 인식하지 못하는 전(全) 색각 이상도 있다.

색각 이상의 세상은 어떤 색일까? 녹색맹은 신호등에서 빨간불과 노란불을 거의 비슷하게 인식하고 녹색불을 흰색으로 인식한다. 적색맹은 빨간불의 붉은색은 인식하지 못하지만 빨간불과 노란불, 초록불의 색이 다르다는 점은 인식한다. 전 색각 이상은 흑백과 백색, 회색을 본다.

색각 이상은 선천적이고 유전적인 경우가 많고, 동양인보다 서양인에게 많다. 우리나라에서는 남성의 약 6퍼센트, 여성의 약 0.4퍼센트가 색각 이상자로 추정된다. 남성 비율이 더 높은 까닭은 색을 인식하는 원추 세포 유전자가 엑스(X) 염색체상에 존재하기 때문이다.

17 [A]에서 전달하는 '원추 세포'와 '색각 이상'의 관계를 이해할 때, 위의 제시문의 (　　)에 들어갈 색상 3가지를 쓰시오.

18 다음의 〈보기〉는 윗글에서 알 수 있는 '색각 이상'과 관련된 정보들을 나타낸 것이다. 빈칸에 들어갈 말을 차례대로 쓰시오.

> **보기**
>
> • 색각 이상은 (　　ⓐ　　)의 상태에 따라서 그 종류를 구분할 수 있다.
> • (　　ⓑ　　)은/는 빨간불과 노란불을 거의 비슷하게 인식하지만, (　　ⓒ　　)은/는 빨간불과 노란불이 다르다는 점은 인식한다.
> • (　　ⓒ　　) 은/는 색 자체를 인식하지 못하지만 흑색, 백색, 회색은 볼 수 있다.

[19～20] 다음의 협상을 보고 물음에 답하시오.

> 벽화 반대 주민 대표: 저희는 마을의 모습을 예전으로 되돌리기를 원합니다. 주말이면 관광객들이 하루 종일 찾아와 시끄럽게 하는 바람에 도저히 정상적인 생활을 할 수가 없습니다. 무더운 여름날에도 창문 하나 제대로 열지 못하고 지내고 있습니다. 이대로는 도저히 살 수가 없습니다.
>
> 벽화 찬성 주민 대표: 네, 저희도 그 마음은 이해합니다. 하지만 이미 우리 마을 곳곳에 아름다운 벽화가 그려져 있고, 수많은 관광객이 이 벽화를 보기 위해 우리 마을을 찾고 있습니다. 그동안 낙후되어 있던 마을의 경기도 되살아났고, 많은 주민들이 관광객을 대상으로 장사를 하여 생계를 유지해 가고 있습니다. 무조건 벽화를 없애는 것만이 능사는 아니라고 생각합니다.
>
> 벽화 반대 주민 대표: 네, 저희도 관광객을 대상으로 하는 장사가 주된 수입원이 되고 있다는 점을 잘 알고 있습니다. 그래서 마을의 모든 벽화를 다 없앨 수는 없다고 생각합니다. 하지만 벽화에 반대하는 사람들의 집에 그려진 벽화만큼은 지워 주셨으면 합니다. 그러면 소음이나 엿보기 같은 사생활 침해에서 벗어날 수 있을 테니까요.
>
> 벽화 찬성 주민 대표: 그렇군요. 그럼 저희가 준비한 안을 말씀드리겠습니다. 우선 현재 벽에 써 있는 조용히 해 달라는 문구를 지워 주시기를 바랍니다. 그 문구가 관광객들에게 큰 혐오감을 불러일으켜 장사에 큰 방해가 되고 있습니다. 그 문구를 지워 주신다면 모든 벽화는 아니더라도 일부 벽화는 지울 생각입니다.
>
> 벽화 반대 주민 대표: 음, 벽화를 모두 지우겠다는 것은 아니군요. 벽에 쓰인 문구를 지우는 것은 받아들일 수 있지만, 벽화에 반대하는 사람들의 집에 그려진 벽화를 모두 지우지는 않겠다는 그 제안은 선뜻 받아들이기 어렵네요.

벽화 찬성 주민 대표: 벽화에 반대하는 분들이 진정 원하는 것이 사생활 침해에서 해방되는 것이라는 건 잘 알고 있습니다. 그런데 벽화에 반대하는 분들의 집에 그려진 벽화 중에 인기 있는 벽화들이 많습니다. 그것들을 모두 지우면 관광객 수가 급감하게 됩니다. 또한 우리 마을의 벽화는 관광객의 이동 경로에 따라 하나의 이야기가 되도록 구성되어 있어, 중간에 그려져 있는 벽화가 지워지면 관광객들이 크게 실망할 것입니다. 그러니 전체가 아닌 일부만 지우는 것은 어떨까요? 그리고 특히 인기가 많은 몇 개 벽화는 위치를 옮겨서 사생활 침해를 최대한 줄이도록 노력하겠습니다.

[A] 벽화 반대 주민 대표: 좋습니다. 벽에 쓰인 문구도 지우고, 벽화도 전체가 아닌 일부만 지우는 것을 받아들이겠습니다. 그러면 관광객 수 회복에 도움이 되겠죠. 벽화에 찬성하시는 분들은 관광객 수가 예전처럼 회복되는 것을 원할 테니까요. 그런데 우리가 한 마을의 주민으로서 공동체를 형성하고 있다면, 이익을 나눠야 하지 않을까요? 누구는 이익을 보고 누구는 피해만 보는 것은 부당한 일입니다. 공동체라면 기쁨도 슬픔도 함께 나누어야 한다고 생각합니다.

벽화 찬성 주민 대표: 생각해 보니 그러네요. 공동체의 모든 사람들이 관광객들의 소음으로 피해를 보는데 그 이익은 일부만 얻고 있었네요. 미처 그 생각을 못 했습니다. 공동체라면 이익을 함께 나누어야 한다는 것에 동의합니다. 우리가 열심히 장사해 이익을 얻고 있다 하더라도 그 과정에서 다른 주민들에게 피해를 주어서는 안 되니까요. 다만 그 이익을 어떻게 나누어야 하는지에 대해서는 주민들과 이야기를 나누어 보아야 할 것 같습니다. 저희들만으로 결정할 문제는 아니니까요. 각자 주민들과 협의할 시간이 필요할 것 같은데, 이익 분배 문제는 2차 협상에서 진행하는 것이 어떨까요?

벽화 반대 주민 대표: 네, 좋습니다. 2차 협상에서 이익 분배에 대해 다시 논의해 보죠. 그럼, 다음에 뵙겠습니다.

19 다음의 〈보기〉는 벽화 찬성 주민 대표와 벽화 반대 주민 대표의 합의 내용을 정리한 것이다. 빈칸에 공통으로 들어갈 내용을 서술하시오.

보기

	양보한 것	얻은 것
벽화 찬성 주민 대표	( )	벽에 쓰인 문구를 지우는 것
벽화 반대 주민 대표	벽에 쓰인 문구를 지우는 것	( )

20 다음의 〈보기〉는 조정 단계에서 사용되는 협상 전략들이다. 〈보기〉를 참고할 때 벽화 반대 주민 대표가 [A]에서 사용한 협상 전략을 골라 쓰시오.

보기

- 상대방이 정말 원하는 것 찾기
- 상대방의 표준을 파악하여 마음을 움직일 수 있게 표현하기
- 먼저 제안하기
- 여러 제한 맞교환하기
- 차선책 준비하기

[21～22] 다음 글을 읽고 물음에 답하시오.

2012년, ○○ 대공원에서 인기를 끌었던 돌고래 쇼가 폐지되었다. 동물 보호 단체는 국내의 한 동물원이 동물들에게 행한 학대 행위를 고발하기도 했다. 2015년에는 국내 큰 규모의 수족관에서 북극 돌고래 벨루가 폐사했다. 잊힐 만하면 동물 학대 소식이 들려오는 것 같다. 이렇듯 동물원 운영의 부작용이 지속적으로 제기되니 '동물원은 꼭 필요한가?'라는 논쟁이 따라온다.

현대로 넘어오면서 동물원은 여러 사회적 역할을 부여받았다. 첫 번째는 교육 기능이다. 동물원은 박물관의 일종이기도 하다. 나라마다 차이가 있지만 교육 프로그램도 다양하다. 동물원에서 동물들에 관한 생태 지식을 얻고 생명 존중 정신을 배울 수도 있다.

다음은 동물 보호 및 연구 기능이다. 유럽 들소, 프르제발스키 말, 하와이 기러기 등은 동물원의 노력으로 멸종 직전에서 가까스로 벗어난 동물들이다. 중국이 원서식지인 사불상은 중국 내에서 멸종됐지만 영국 베드퍼드 공작령에서 번식에 성공했다. 이후 세계 각국의 동물원에 보내져 1,000여 마리가 사육되고 있다.

마지막으로 유희적 기능이다. 한 사람을 위해 만들어진 쇤부른 동물원의 유희적 기능이 대중에게 풀린 셈이다. 동물원을 찾은 사람들은 스트레스가 높은 도시 문명 속에서 자연과 유사한 환경을 마주해 심신의 안정을 찾을 수 있다. 많은 사람이 어릴 적 찾은 동물원에서의 추억을 갖고 있을 것이다. 인터넷에서 동물원 방문기를 찾아보면 '즐거웠다.'라는 반응이 대다수다.

동물원의 긍정적인 기능에도 '동물원을 폐지해야 한다.'라는 목소리는 줄지 않고 있다. 그 중심에 동물원의 상업화가 있다. 동물원을 유지하려면 이윤이 필요한데, 이윤을 높이기 위해 선택한 통상적인 방법이 바로 '동물 쇼'와 같은 재미를 갖춘 공연이었던 것이다. 그러나 널리 알려졌듯 동물 쇼는 동물을 비윤리적으로 착취하는 형태이다. 자연적으로라면 동물에게서 기대하기 어려운 동작들을 반강제적인 조련으로 만들어 낸 것이기 때문이다. 쇼의 영향으로 동물들은 여러 질병에 시달린다. 국내에서는 임신 10개월인 돌고래가 쇼에 지속적으로 출현한 사실이 알려져 논란이 되기도 했다. 이러한 비윤리적인 처사에 동물원들은 상업적이라는 비난을 피할 수 없게 됐다.

21 윗글에서 설명한 현대 동물원의 기능 중 '동물원을 폐지해야 한다.'는 비판을 받는 가장 큰 부작용을 낳은 기능을 쓰시오.

22 다음의 〈보기 1〉은 윗글을 비평한 글이다. 비평하는 글에 대한 〈보기 2〉의 평가 항목을 고려할 때 빈칸에 알맞은 평가 항목을 골라 쓰시오.

보기 1

윗글의 필자는 동물원을 폐지하자는 주장을 드러내고 있지만, 현대 동물원의 긍정적 기능들을 언급함으로써 (   )을/를 갖추었다는 인상을 주고 있다.

보기 2

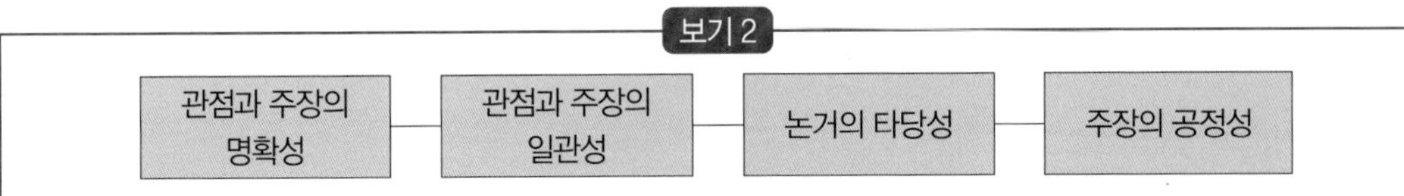

[23～24] 다음은 작문 상황과 이를 바탕으로 학생이 작성한 초고이다. 물음에 답하시오.

[작문 상황]
- 글의 목적: 새로운 산업으로 주목받는 스마트 팜을 설명하는 글을 씀.
- 예상 독자: 스마트 팜에 대해 잘 모르는 우리 학교 학생들

[초고]

최근 스마트 팜이 새로운 산업으로 각광을 받고 있다. 스마트 팜은 다양한 정보 통신 기술을 접목하여 원격 또는 자동으로 작물과 가축의 생육 환경을 적정하게 유지 · 관리하는 농장을 의미한다. 스마트 팜에서는 컴퓨터 또는 모바일을 통해 농장의 온도, 이산화 탄소 등을 모니터링하고 창문 개폐, 영양분 공급 등을 원격 또는 자동으로 제어한다. 또한 영상 장비를 통해 시각적으로 농장의 상태를 확인하고, 다양한 센서를 농장의 내부와 외부에 설치하여 실시간으로 생육 환경을 점검하며, 환기나 난방 등을 통제하며 농장을 유지한다.

스마트 팜은 정보 통신 기술을 적용하기 쉬운 비닐하우스나 유리 온실과 같은 시설 원예 농가만을 생각하기 쉽지만, 노지 작물이나 축사에도 활용이 된다. 스마트 노지 작물 농가는 스마트 팜 시스템을 통해 물 공급과 병해충 예방 관리를 집중적으로 이행하고 있으며, 스마트 축사 농가는 가축에게 제공하는 물과 사료를 원격으로 조절하거나 자동으로 조절

하고 있다. 스마트 팜을 지원하는 정부 기관의 발표에 따르면 2023년 8월 현재, 스마트 시설 원예 농가 700여 가구, 스마트 노지 작물 농가 400여 가구, 스마트 축사 농가 500여 가구가 참여하고 있으며, 노지 작물 품목 중에서는 포도가, 시설 원예 품목 중에서는 딸기가 가장 많이 재배되며, 축산 품목 중에서는 한우가 가장 많다. 이렇게 스마트 팜은 최근 연평균 성장률이 15.5% 정도로 꾸준히 성장하고 있는 모습을 보여 주고 있다.

스마트 팜이 지금보다 널리 보급되어야 하는 이유는 여러 장점이 존재하기 때문이다. 관련 기관의 스마트 팜 지원 결과 분석 보고서에 따르면, 스마트 팜의 도입으로 나타난 가장 큰 변화는 노동력 절감과 생산성 증대이다. 기존 방식의 농업과 축산업에서는 노동력 부족이 문제로 나타나고 있는데, 스마트 팜에서는 적은 노동력으로도 생산성을 높일 수 있다. 아울러 스마트 팜을 이용하면서 작물 등을 재배할 때 드는 에너지를 절감할 수 있으며, 배출되는 온실가스도 감소하는 효과가 나타나는 등 스마트 팜은 기존 농업 방식에 비해 환경 측면에서도 우위에 있다.

이렇게 여러 장점이 있는 스마트 팜이지만 구축과 운영 과정에서 겪는 문제는 무엇일까? 실제로 스마트 팜을 운영하는 많은 농민들은 스마트 팜 설치 비용이 부담이 된다고 하였으며, 기술적 이해 부족으로 인한 잦은 고장 문제를 이야기한 농민들도 많았다. 따라서 미래의 노동력 부족 현상이나 환경적 측면에서 여러 효과가 있는 스마트 팜을 확대 적용하기 위해서는 스마트 팜 관련 시설의 설치 비용을 낮추는 방안을 찾는 일과 장비 운용에 대한 이해도를 높이는 일 등이 무엇보다 시급하다고 할 수 있다.

23 다음의 〈보기〉는 초고의 내용을 보강하기 위해 찾은 스마트 팜 개요도이다. 초고의 내용을 이해할 때, 〈보기〉의 스마트 팜 개요도에서 여러 형태의 스마트 팜에 필수적인 장비라고 볼 수 없는 것을 골라 한 가지만 쓰시오.

보기

[스마트 팜 개요도]

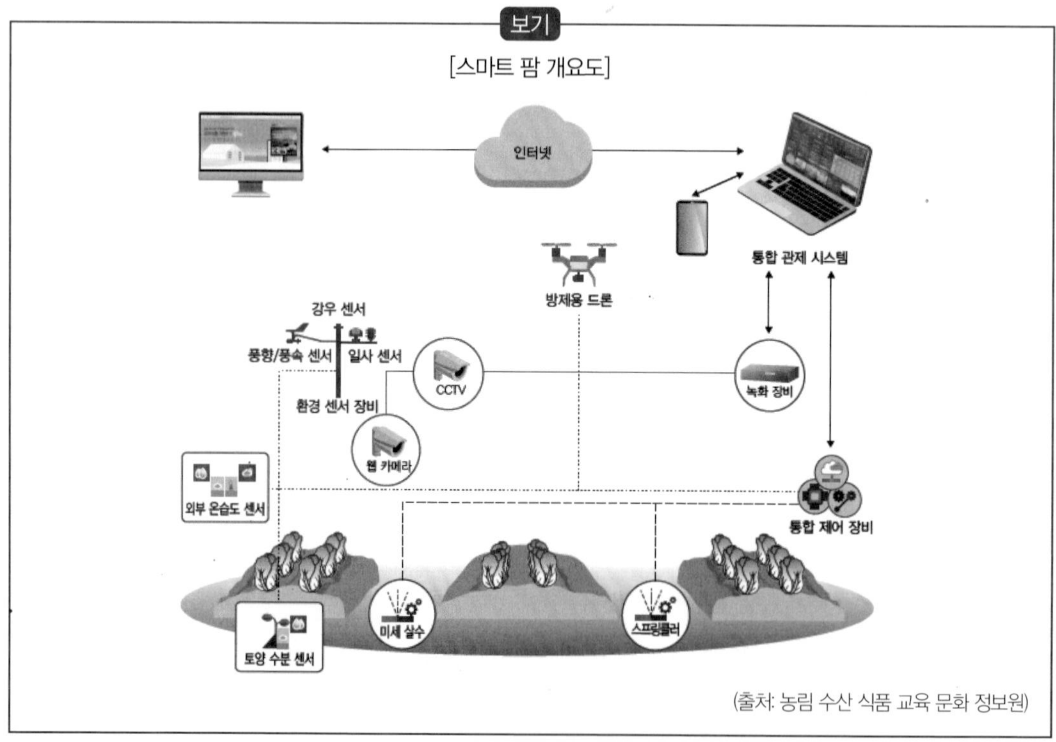

(출처: 농림 수산 식품 교육 문화 정보원)

24 다음의 〈보기〉는 스마트 팜 운영 농민을 대상으로 한 '스마트 팜 구축 운영 과정에서 겪는 어려움'에 대한 설문 조사 결과이다. 초고의 내용을 토대로 스마트 팜의 구축과 운영 과정에서 겪는 문제점과 이를 뒷받침 할 수 있는 비율이 가장 높은 스마트 팜 운영 농가를 〈보기〉에서 찾아 차례대로 대응하시오.

보기 1

(단위: %)

문제점 / 운영 농가	스마트 팜 설치 비용 부담	스마트 팜 기술 및 장비에 대한 낮은 이해도	스마트 팜 설치를 위한 기존 보유 시설의 한계	인터넷 등 추가 기반 구축의 어려움	설치 업체와의 커뮤니케이션	기타
시설 원예	32.2	26.9	14.2	13.7	11.4	1.6
노지 과수	19.1	45.7	9.6	17.7	7.9	–
노지 채소	5.8	35.9	4.3	16.3	37.7	–
축산	65.6	19.4	4.3	–	4.1	6.6

※ '기타' 응답에는 '입지 조건의 어려움', '설치 업체의 IT 기반이 약해서' 등이 있음.

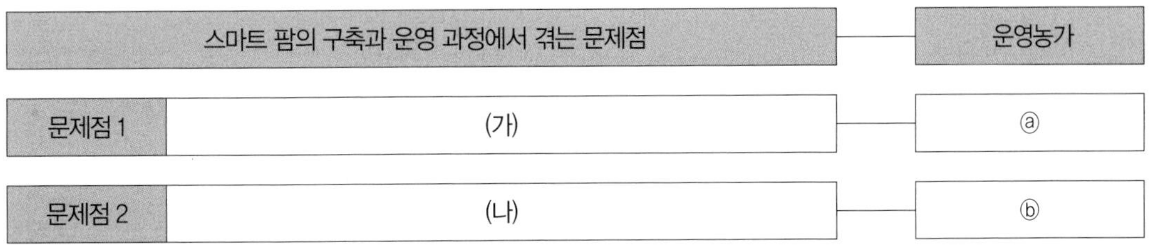

[25～26] (가)는 글을 쓰기 전에 떠올린 학생의 생각이고, (나)는 학생의 초고이다. 물음에 답하시오.

(가) 글을 쓰기 전에 떠올린 학생의 생각

- 친구들에게 일상생활의 상식을 알려 주는 글을 써야겠어.
- 일상생활에서 접할 수 있는 화폐의 기능을 언급하며 글을 시작해야겠어.
- 화폐가 처음에 생겨난 이유를 제시해야겠어.
- 기술의 발전에 따라 화폐가 어떻게 달라졌는지 제시해야겠어.
- 상품 화폐와 신용 화폐의 차이를 설명해야겠어.
- 미래의 화폐가 어떻게 변화할 것인지에 대한 전망을 글의 마지막에 언급해야겠어.

(나) 학생의 초고

아침 등굣길에 문구점에서 구입한 볼펜 한 자루는 천 원, 매점에서 사 먹은 간식은 오천 원이다. 볼펜을 다섯 자루 살 수 있는 돈으로 간식을 사 먹은 것이다. 이렇게 물건의 가치를 쉽게 가늠할 수 있는 이유는 무엇일까? 화폐가 있기 때문이다. 우리는 화폐에 나타나 있는 숫자로 물건의 가치를 가늠할 수 있다. 천 원으로는 천 원의 가치가 있는 물건을, 오천 원으로는 오천 원의 가치가 있는 물건을 구매할 수 있다. 이렇게 물건과 동일한 가치를 가지며, 상품과 교환할 수 있는 것을 '화폐'라고 한다.

화폐가 생겨난 이유는 무엇일까? 일반적으로 화폐는 인류가 분업화된 노동을 하며 잉여 생산물을 얻기 시작하면서 생겨났다고 보고 있다. 아주 오랜 옛날, 사람들은 각자가 기른 것을 먹거나 물물 교환을 하는 방식으로 부족한 것을 얻어 가며 생활을 했다. 그러나 언젠가부터 교환의 불균형이 나타나기 시작했을 것이다. 예컨대 쌀을 가진 사람은 물고기가 필요하지만, 물고기를 가진 사람이 아직 쌀이 많이 남았다며 쌀과 물고기를 바꾸려고 하지 않는 경우가 생겼을 것이다. 이렇듯 많은 생산물을 가지고 있음에도 불구하고 원하는 물건을 얻지 못하는 일이 발생하기 시작하자, 사람들은 자신의 물건을 팔 때나 다른 물건을 살 때에도 사용할 수 있는, 물건이 아닌 다른 무언가가 필요하다고 생각하게 되었다. 즉 직접적인 교환이 아닌 어떠한 매개체를 활용한 거래를 생각하게 된 것이다. 이 매개체가 바로 화폐이다.

그렇다면 초기의 화폐와 지금의 화폐가 같은 모습일까? 사람들은 처음에는 조개껍질을 화폐로 사용했다고 한다. 이렇게 물건을 화폐로 사용하는 것을 상품 화폐라고 한다. 하지만 조개는 결국 깨지게 되고, 그 가치도 일정하게 매기기 어려웠다. 사람들은 시간이 지나도 훼손되지 않고 일정한 가치를 지닌 화폐를 원했고, 금속 기술의 발달이 이것을 가능하게 했다. 청동을 가공하여 일정한 화폐를 만들기 시작하게 된 것이다. 우리가 익히 알고 있는 동그란 모양에 가운데 네모난 구멍이 뚫린 동전도 청동으로 만든 화폐이다. 그리고 다른 나라와의 교류가 시작되면서 은이나 금이 국제 통화로 등장하기도 했다. 지금은 인쇄술의 발달로 지폐가 생겨났고, 정보 통신의 발달로 만들어진 신용 카드로 대표되는 신용 화폐도 생겨나게 되었다. 상품 화폐와 달리 신용 화폐는 화폐를 실물로 들고 다니지 않아도 화폐의 가치가 보장된다.

화폐는 그 사회에서 물건의 가치를 나타내기 위한 척도이다. 화폐의 미래가 어떻게 될지 쉽게 점칠 수는 없지만, 화폐가 계속해서 변화하고 있다는 것은 분명하다. 미래의 화폐는 과연 어떤 모습일까?

25 글을 쓰기 전에 떠올린 학생의 생각(가) 중 학생의 초고(나)에 반영되지 않은 것을 골라 쓰시오.

26 **〈보기〉는 초고를 읽은 친구의 조언과 그가 수집한 자료이다. 친구의 조언에 따라 초고를 수정할 때, 친구가 수집한 자료의 내용 중 빈칸에 들어갈 화폐의 종류를 차례대로 쓰시오.**

보기

초고 잘 읽었어. 화폐의 이모저모에 대해 알 수 있어서 재미있었어. 그런데 화폐를 상품 화폐와 신용 화폐, 이렇게 둘로만 나눌 수 있는 것인지 의문이 생기더라. 동전이나 지폐 같은 것은 어디에 포함된 것인지 잘 모르겠어. 동전이나 지폐에 대한 내용을 포함해서 초고에 제시했던 화폐의 종류에 대한 설명을 다음의 자료를 참고하여 수정하면 어떨까?

[수집한 자료]

역사적으로 볼 때 화폐는 소금과 같은 (ⓐ), 동전과 같은 (ⓑ), 지폐와 같은 (ⓒ), 수표나 어음 등과 같은 (ⓓ)로 구분될 수 있다.

문법

[핵심이론]

1 음운

1. 음운의 개념과 체계

(1) **개념**: 말의 뜻을 구별해 주는 최소의 소리 단위(자음과 모음)

(2) 체계

	분류 기준	음운 체계
자음	조음 위치에 따라	입술소리, 잇몸소리, 센입천장소리, 여린입천장소리, 목청소리
	조음 방법에 따라	파열음, 마찰음, 파찰음, 유음, 비음
	소리의 세기에 따라	예사소리, 된소리, 거센소리
	목청의 떨림 여부에 따라	울림소리, 안울림소리
모음	혀의 위치에 따라	전설 모음, 후설 모음
	혀의 높낮이에 따라	고모음, 중모음, 저모음
	입술의 모양에 따라	원순 모음, 평순 모음

(3) 자음과 모음

① **자음**: 말소리를 낼 때 공기의 흐름이 발음 기관에서 장애를 받고 나오는 소리

조음 방법 \ 조음 위치		입술소리	잇몸소리	센입천장소리	여린입천장소리	목청소리
파열음	예사소리	ㅂ	ㄷ		ㄱ	
	된소리	ㅃ	ㄸ		ㄲ	
	거센소리	ㅍ	ㅌ		ㅋ	
파찰음	예사소리			ㅈ		
	된소리			ㅉ		
	거센소리			ㅊ		

조음 방법 \ 조음 위치		입술소리	잇몸소리	센입천장소리	여린입천장소리	목청소리
마찰음	예사소리		ㅅ			ㅎ
	된소리		ㅆ			
비음		ㅁ	ㄴ		ㅇ	
유음			ㄹ			

② **모음**: 말소리를 낼 때 공기의 흐름이 발음 기관에서 장애를 받지 않고 나오는 소리

혀의 높이 \ 입술 모양 \ 혀의 앞뒤 위치	전설 모음		후설 모음	
	평순	원순	평순	원순
고모음	ㅣ	ㅟ	ㅡ	ㅜ
중모음	ㅔ	ㅚ	ㅓ	ㅗ
저모음	ㅐ		ㅏ	

2. 음운의 변동

(1) 교체

음절의 끝소리 규칙	음절 끝에서 'ㄱ, ㄴ, ㄷ, ㄹ, ㅁ, ㅂ, ㅇ'만 발음되는 현상 예 부엌[부억], 빗[빋]/빛[빋]/빚[빋], 앞[압]
비음화	앞 음절의 'ㄱ, ㄷ, ㅂ'이 뒤에 오는 첫 음절 'ㄴ, ㅁ'의 영향으로 각각 [ㅇ, ㄴ, ㅁ]으로 바뀌는 현상 예 국물[궁물], 받는다[반는다], 밥물[밤물]
유음화	'ㄴ'이 유음 'ㄹ'의 앞이나 뒤에 올 때 [ㄹ]로 바뀌는 현상 예 천리[철리], 칼날[칼랄]
구개음화	끝소리가 'ㄷ, ㅌ'인 형태소가 모음 'ㅣ'나 반모음 'ㅣ'로 시작되는 형식 형태소와 만나 [ㅈ, ㅊ]으로 바뀌는 현상 예 굳이[구지], 같이[가치]
된소리되기	'ㄱ, ㄷ, ㅂ, ㅅ, ㅈ'이 앞에 오는 소리의 영향을 받아 각각 된소리 [ㄲ, ㄸ, ㅃ, ㅆ, ㅉ]으로 바뀌는 현상 예 국밥[국빱], 신고[신꼬], 갈등[갈뜽]

(2) 탈락

자음군 단순화	음절 끝에 자음군이 오면 두 자음 중 하나가 탈락하고 하나만 발음되는 현상 예 삶[삼], 맑다[막따], 읊다[읍따], 넋[넉], 값[갑], 핥다[할따]
'ㄹ' 탈락	용언이 활용할 때 어간의 끝소리 'ㄹ'이 몇몇 어미 앞에서 탈락하는 현상 예 알-+-는 → [아는], 둥글-+-ㄴ → [둥근]
'ㅎ' 탈락	용언이 활용할 때 어간의 끝소리 'ㅎ'이 모음으로 시작하는 어미나 접사 앞에서 탈락하는 현상 예 좋은[조은], 넣어[너어], 끓이다[끄리다]
'ㅡ' 탈락	용언이 활용할 때 모음 'ㅡ'로 끝나는 어간이 모음 'ㅏ/ㅓ'로 시작하는 어미 앞에서 탈락하는 현상 예 크-+-어서 → [커서], 담그-+-아도 → [담가도]

(3) 첨가

'ㄴ' 첨가	파생어나 합성에서 자음으로 끝나는 형태소 뒤에 모음 'ㅣ'나 반모음 'ㅣ'로 시작하는 형태소가 올 때 그 사이에 'ㄴ'이 첨가되는 현상 예 맨입[맨닙], 솜이불[솜니불], 두통약[두통냑]

(4) 축약

거센소리되기	예사소리 'ㄱ, ㄷ, ㅂ, ㅈ'이 'ㅎ'과 만나 각각 거센소리 [ㅋ, ㅌ, ㅍ, ㅊ]으로 바뀌는 현상 예 놓고[노코], 많다[만타], 업히다[어피다], 젖히다[저치다]

2 단어

1. 품사의 개념과 분류

(1) 개념: 단어들 가운데 공통된 성질을 가진 것들을 묶어서 분류해 놓은 갈래

(2) 품사의 분류

형태	기능	의미	예
불변어	체언	명사, 대명사, 수사	손, 서울, 학교, 것/이것, 저기, 나, 우리/하나, 첫째
	수식언	관형사, 부사	새, 헌, 이, 그, 세, 다섯/매우, 못, 다행히, 과연
	관계언	조사	이/가, 에, 와/과, 하고, 만, 도, 부터
	독립언	감탄사	앗, 네(대답)
가변어	용언	동사, 형용사	뛰다, 걷다, 먹다, 잡다/고요히, 이러하다

2. 품사의 종류와 특성

(1) 체언: 문장에서 주어, 목적어, 보어 등으로 쓰이며 주로 조사와 결합하고 형태가 불변

명사	사람이나 사물, 장소 등의 이름을 나타내는 말	보통 명사	어떤 속성을 가진 일반적인 대상을 나타내는 말
		고유 명사	특정한 하나의 대상을 나타내는 말
		자립 명사	홀로 쓰일 수 있는 명사
		의존 명사	다른 말에 기대어 쓰이는 명사 예 것, 따름
대명사	명사를 대신하여 그것을 가리키는 말	지시 대명사	사물이나 장소를 나타내는 말 예 이것, 그것, 여기, 저기
		인칭 대명사	사람을 나타내는 대명사 예 나, 너, 우리
수사	사물의 수량이나 순서를 나타내는 말	양수사	수량을 나타내는 말 예 하나, 둘
		서수사	순서를 나타내는 말 예 첫째, 둘째

(2) 용언: 문장에서 주어를 서술하는 기능

동사	사람이나 사물의 움직임을 나타내는 말 예 걷다, 부르다, 날다
형용사	사람이나 사물의 상태 또는 성질을 나타내는 말 예 빠르다, 깨끗하다

(3) 수식언: 다른 단어를 꾸며 주는 역할

관형사	체언 앞에 놓여서 체언을 꾸며 주는 역할을 하는 말 예 새, 한, 이
부사	주로 용언, 관형사, 부사, 문장 등을 꾸며 주는 역할을 하는 말 예 빨리, 저리

(4) 관계언: 문장에 쓰인 단어들의 관계를 나타내는 역할

조사	격 조사	문법적인 관계를 나타냄 예 이/가, 을/를
	보조사	앞말에 특별한 뜻을 더해 줌 예 도, 만, 까지
	접속 조사	두 단어나 구를 같은 자격으로 이어 줌 예 와/과, 랑

(5) 독립언: 문장에 쓰인 다른 말들과 관계를 맺지 않고 독립적으로 쓰이는 단어

감탄사	말하는 이의 느낌이나 부름과 응답, 특별한 의미 없이 쓰이는 입버릇이나 더듬거림 등을 나타내는 말 예 아, 여보세요, 자

3. 단어의 짜임

(1) 형태소의 개념과 종류

① 개념: 뜻을 가진 가장 작은 말의 단위

예 하늘에 비구름이 끼었다. → 하늘/에/비/구름/이/끼/었/다

② 종류

자립성 여부에 따라	자립 형태소	혼자 쓰일 수 있는 형태소 예 하늘, 비, 구름
	의존 형태소	반드시 다른 형태소와 함께 써야 하는 형태소 예 에, 이, 끼—었-, -다
의미에 따라	실질 형태소	실질적인 의미를 가진 형태소 예 하늘, 비, 구름, 끼-
	형식 형태소	문법적인 의미만을 가진 형태소 예 에, 이, -었-, -다

(2) 단어의 개념과 종류

① 개념: 자립하여 쓸 수 있는 말 또는 그 말의 뒤에 붙어서 문법적 기능을 나타내는 말

② 종류

단일어	하나의 어근으로 이루어진 단어 예 집, 바다	
복합어	합성어	어근끼리 결합하여 이루어진 단어 예 꽃잎, 비구름
	파생어	어근과 접사가 결합하여 이루어진 단어 예 향기롭다

4. 단어의 의미 관계

유의 관계	말소리는 다르지만 의미가 같거나 비슷한 단어들의 관계(유의어) 예 배우다-학습하다-익히다-수강하다-공부하다-사사하다	
반의 관계	서로 의미가 반대되거나 대립되는 단어들의 관계(반의어) 예 소년-소녀, 숙녀-신사	
상하 관계	두 개의 단어 중 한 단어의 의미가 다른 단어의 의미를 포함하거나 또는 다른 단어의 의미에 포함되는 의미 관계(상의어, 하의어) 예 동물(상의어) - 개(하의어), 개(상의어) - 진돗개(하의어)	
상하 관계	동음이의어	소리는 같지만 의미가 서로 다른 단어 예 배[腹]: 가슴과 엉덩이 사이의 부분 배[梨]: 과일의 하나 배[船]: 교통 수단

동음이의어와 다의어	다의어	여러 가지 의미를 지니고 있는 단어 예 손: 1. 사람의 팔목 끝에 달린 부분(중심적 의미) 2. 힘이나 노력(주변적 의미)

3 문장

1. 문장의 짜임

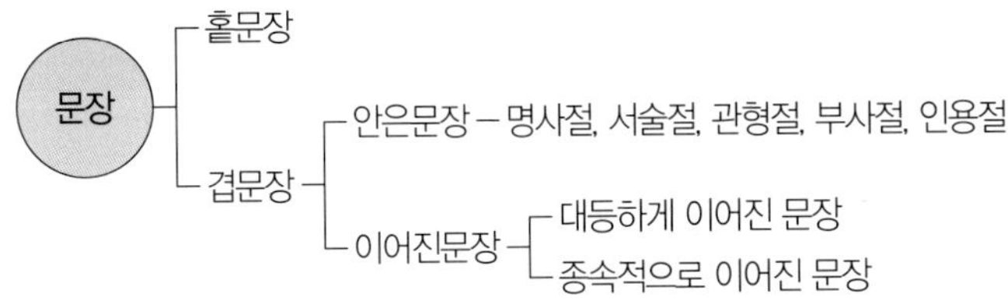

(1) **홑문장** : 주어와 서술어가 각각 하나씩 있는 문장

예 바람이 분다.

(2) **겹문장** : 한 개의 홑문장이 한 성분으로 안겨 들어가서 이루어지거나, 홑문장 여러 개가 이어져서 여러 겹으로 된 문장

예 바람이 불고 비가 온다.

① **안은문장** : 속에 다른 문장을 안고 있는 겉의 전체 문장

분류	개념
명사절을 안은문장	문장에서 주어, 목적어, 부사어 등으로 명사처럼 기능하는 절을 안은 문장
	명사형 어미 '-(으)ㅁ, -기'와 결합함 예 농부들이 비가 오기를 기다린다.
서술절을 안은문장	문장에서 절 전체가 서술어의 기능을 하는 절을 안은 문장
	절의 표지가 따로 없음 예 우리 고양이는 머리가 좋다.
관형절을 안은문장	문장에서 관형어처럼 기능을 하는 절을 안은 문장
	관형사형 어미 '-(으)ㄴ, -는, -(으)ㄹ, -던'과 결합함 예 나는 선생님이 추천한 책을 읽었다.
부사절을 안은문장	문장에서 부사어처럼 기능을 하는 절을 안은 문장
	접미사 '-이', 부사형 어미 '-게, -도록, -(아)서' 등과 결합함 예 도둑놈이 소리도 없이 들어왔다.

분류	개념
인용절을 안은문장	다른 사람의 말이나 생각을 인용한 문장을 절의 형태로 안은 문장
	인용의 부사격 조사 '고, 라고'와 결합함 예 어머니가 어디 가냐고 물었다.

② 안긴문장 : 절의 형태로 바뀌어서 전체 문장 속에 안긴문장

③ 이어진문장 : 연결어미에 의해 두 문장이 결합된 문장

분류	개념
대등하게 이어진 문장	앞뒤 절이 '나열, 대조, 선택' 등의 의미 관계를 지니는 문장
	'-고, -(으)며, -(으)나, -지만, -거나, -든지' 등의 대등적 연결 어미에 의해 이어짐 예 비가 오고 바람이 분다.
종속적으로 이어진 문장	앞 절과 뒤 절의 의미가 독립적이지 못하고 종속적인 관계에 있는 문장
	'-는데, -아서/-어서, -(으)니, -(으)면, -아야/-어야, -아도/-어도, -더라도, -(으)려고, -(으)러' 등의 종속적 연결 어미에 의해 이어짐 예 비가 오면 창문을 닫아라.

2. 문법 요소의 활용

(1) 높임 표현

① **상대 높임법**: 화자가 청자를 높이거나 낮추어 표현하는 방법

방법	• 문장의 종결 어미에 의해 실현됨 • 격식체: 하십시오체, 하오체, 하게체, 해라체 • 비격식체: 해요체, 해체
사례	예 지우야, 버스 왔어. / 할머니 버스 왔어요.

② **주체 높임법**: 주어가 가리키는 대상, 즉 서술의 주체를 높이는 방법(서술어의 주체가 나이나 사회적 지위 등이 화자 보다 높을 때 사용함)

방법	선어말 어미 '-(으)시-', 주격 조사 '께서', 특수 어휘 '계시다', '잡수시다' 등을 통해 실현함
사례	예 아버지께서 방에 들어오셨다.

③ **객체 높임법**: 주어의 행위가 미치는 대상인 목적어나 부사어, 즉 서술의 객체를 높이는 방법

방법	'드리다', '모시다', '뵈다', '여쭈다'와 같은 특수한 어휘, 부사격 조사 '께' 등을 통해 실현함
사례	예 나는 어머니께 선물을 드렸다.

(2) 시간 표현

① **현재 시제**: 사건시와 발화시가 일치하는 시제

방법	사례
선어말 어미 '–ㄴ–/–는–' 결합	예 비가 온다
형용사나 서술격 조사는 기본형으로 표현	예 꽃이 예쁘다.
동사의 관형사형은 어간에 '–는' 결합	예 자는 아기
형용사나 서술격 조사의 관형사형은 어간에 '–(으)ㄴ' 결합	예 예쁜 꽃

② **과거 시제**: 사건시가 발화시보다 앞서 있는 시제

방법	사례
선어말 어미 '–았–/–었–'이나 '–더–' 결합	예 비가 왔다.
동사의 관형사형은 어간에 '–(으)ㄴ'이나 '–던' 결합	예 먹은 사과
형용사나 서술격 조사의 관형사형은 어간에 '–던' 결합	예 예쁘던 그녀

③ **미래 시제**: 사건시가 발화시보다 나중인 시제

방법	사례
선어말 어미 '–겠–'이나 '–(으)리–'를 결합하거나, '–겠–' 대신 '–(으)ㄹ 것이–'를 사용하기도 함	예 곧 가겠다.
관형사형으로 만들 때는 '–(으)ㄹ'을 사용	예 받을 물건

(3) **사동 표현**: 주어가 남에게 동작을 하도록 시키는 것을 나타내는 표현

방법	사례
주동사의 어근에 사동 접미사 '–이–, –히–, –리–, –기–, –우–, –구–, –추–' 결합	예 울리다
명사에 사동 접미사 '–시키다' 결합	예 대피시키다
주동사의 어간에 '–게 하다' 결합	예 입게 하다

(4) **피동 표현**: 다른 주체에 의해 동작이 이루어지거나 영향을 받는 것을 나타내는 표현

방법	사례
능동사의 어근에 피동 접미사 '–이–, –히–, –리–, –기–' 결합	예 잡히다
명사에 피동 접미사 '–되다' 결합	예 가결되다
능동사의 어간에 '–아/–어지다', '–게 되다' 결합	예 풀어지다

(5) 부정 표현

길이에 따른 분류	짧은 부정문	부정 부사 '안, 못'을 사용하여 만든 부정문 예 공부를 안 했다. / 공부를 못 했다.
	긴 부정문	'-지 않다(아니하다), -지 못하다'를 사용하여 만든 부정문 예 공부를 하지 않았다. / 공부를 하지 못했다.
의미에 따른 분류	의지 부정문	단순한 부정이나 화자의 의지에 의한 부정 예 나는 석호를 안 만났다. / 나는 석호를 만나지 않았다.
	능력 부정문	능력이 부족하거나 의지와 상관없는 상황에 의한 부정 예 나는 석호를 못 만났다. / 나는 석호를 만나지 못했다.

4 담화

1. 담화의 개념과 구성요소

(1) 발화와 담화의 개념

발화	화자의 생각, 느낌 등이 의사소통 상황에서 실제 언어 표현으로 나타난 것 → 머릿속의 생각이 실제로 문장 단위로 실현된 것
담화	둘 이상의 발화가 연속해서 이루어지는 말의 단위 → 담화를 이루는 발화들이 하나의 주제 또는 내용으로 연결되어야 담화가 하나의 완결성을 지님

(2) 담화의 특성

통일성	발화들의 내용이 하나의 담화 주제 아래 유기적으로 결합되는 것
응집성	담화를 구성하는 발화들이 형식적으로 긴밀하게 연결되는 것

(3) 담화의 구성 요소

① 화자(글쓴이): 발화를 생산하고 전달하는 역할을 하는 이

② 청자(독자): 발화를 전달받고 이해하는 역할을 하는 이

③ 발화(언어): 언어로 표현된 내용

④ 맥락: 의사소통이 이루어지는 배경이나 환경(시간, 공간, 사회 · 문화적 관습 등)

2. 담화와 맥락의 유형

언어적 맥락	앞뒤 발화에 나타난 언어적 표현이나 내용의 흐름 등으로 파악할 수 있는 맥락
비언어적 맥락	• **상황 맥락**: 의사소통의 시간적 · 공간적 배경, 화자(글쓴이), 청자(독자), 주제, 목적 등 담화를 생산하고 수용하는 활동에 직접 영향을 끼치는 맥락 • **사회 · 문화적 맥락**: 역사적 · 사회적 상황, 공동체의 이념이나 가치 등 담화를 생산하고 수용하는 활동에 간접적인 영향을 끼치는 맥락

[실전문제]

해답 p.366

▶ 다음 글을 읽고 물음에 답하시오.

배점(총점)	예상 소요 시간
10점	5분 / 전체 80분

제4차 산업 혁명의 본격적인 도래와 함께 사회 변화가 가속화됨에 따라 ⓐ복잡하고 다양한 공공 문제를 해결하려는 정부의 노력도 점점 한계에 봉착하고 있다. 이는 정부의 능력 자체가 무능해졌다기보다는 문제의 성격 자체가 정부가 감당하기에는 점점 더 어려워지고 있다는 것을 의미한다. 이에 시민들은 자신들이 ⓑ직면한 문제를 정부에 의존하기보다는 스스로 해결하려는 시도를 더 많이 하고 있다. 이러한 움직임의 하나로 '시빅 테크'가 최근 부상하고 있다. 시빅 테크는 '시민' 혹은 '시민의'라는 뜻을 가진 'Civic'과 '기술'이라는 뜻을 가진 'Tech'가 결합된 말이다. 자발적으로 모인 시민이 정보 통신 기술을 활용하여 공공 문제나 사회 문제의 해결책을 직접 모색하는 시민운동 또는 시민 참여를 의미한다.

시빅 테크의 등장은 정보 통신 기술의 발전과 함께하는 디지털 환경의 형성, 행정 기관 및 공적 기관을 중심으로 한 보유 데이터(공공 데이터)의 개방 움직임을 배경으로 한다. 공공 데이터는 공공 기관에서 생성, 취득하여 관리하고 있는 정보를 전자적 방식으로 처리하여 누구나 이용할 수 있도록 제공한 것을 말한다. 정보 통신망의 구축에 따라 사회 각 부분에서 발생하는 다양한 사건 및 공공 데이터가 시민들에게 상시적으로 노출되면서 사회 문제에 대한 시민들의 관심과 문제의식이 높아지고 있다. 이러한 현상은 정부가 독점하며 진행하던 일방적 · 하향식 정책 관리 방법이 시민 주도의 자발적 · 상향식 방법으로 전환되는 것을 의미한다. 즉 시빅 테크는 '시민들이 정부가 제공하는 정보 통신 기술과 공공 데이터를 활용하여 직접 또는 주도적으로 공공 문제를 해결하려는 행위'이다.

새로운 시민 참여로서의 시빅 테크는 전통적인 시민 참여와 달리, 시민 단체 및 지역 공동체 등과 같은 전통적인 매개 집단이나 조직의 틀에 얽매이지 않는다. 대신 수많은 개인이 서로 직접 연결되어 사회 문제를 해결하기 위한 다양한 지식과 대안을 함께 만들고 공유할 수 있게 한다. 즉 시민들이 자율적으로 사회 문제를 인식하고, 참여 의제를 설정하며, 자발적으로 모여들고, 적극적으로 문제 해결을 도모함으로써 공익을 실현하고자 한다. 이 과정에서 핵심적으로 사용되는 수단이 인공 지능, 빅 데이터, IoT 등의 지능 정보 기술이다. 인공 지능 기술은 특정 분야 및 목적에 대하여 추론 능력, 인지 능력, 학습 능력 등 사람의 지능을 정보 통신 기술을 통해 일부 구현한 기술이다. 인공 지능 기술은 전문가가 아니어도 누구나 원하는 정보를 쉽게 활용할 수 있도록 데이터 및 콘텐츠를 사용자 맞춤형으로 가공하여 제공한다. 이를 통해 시민들은 시 · 공간에 구애받지 ⓒ않고 정보에 손쉽게 접근할 수 있다. 빅데이터란 기존의 데이터베이스로는 처리하기 어려울 정도로 방대한 양의 데이터로부터 가치를 추출하고 결과를 분석하는 기술이다. 이를 바탕으로 발생 가능한 문제를 사전에 파악하고 그에 대한 해결 방안을 모색해 봄으로써 선제적 대응을 통한 문제 해결이 가능하다. IoT는 사람, 사물, 서비스 등의 분산된 환경 요소가 상호 협력적으로 정보를 처리하는 사물 공간 연결 인프라로써 사람의 개입 없이 다양한 정보를 지속적으로 수집할 수 있게 한다. 이를 통해 시민들이 정보를 손쉽게 제공받음으로써, 시민들이 보다 다양한 의사결정 과정에 참여하는 것이 용이해져 커뮤니티의 확대도 촉진된다. 이처럼 지능 정보 기술은 전문 지식과 정보

접근에 대한 진입 장벽을 낮춤으로써 시민이 사회 참여를 위한 효과적 도구를 제작하고 올바른 의견을 제시하는 데 도움을 준다.

[예시문제]

제시문의 ⓐ~ⓒ에서 각각 관찰되는 음운의 변동을 〈보기〉에서 모두 찾아 쓰시오.

보기

거센소리되기, 구개음화, 된소리되기, 모음 탈락, 반모음 첨가, 비음화, 유음화

ⓐ ________________

ⓑ ________________

ⓒ ________________

모범답안 ⓐ 된소리되기, 거센소리되기

ⓑ 비음화

ⓒ 거센소리되기

바른해설 '복잡하고'는 [복짜파고]로 발음되므로, '된소리되기, 거센소리되기'를 모두 확인할 수 있다. '직면한'은 [징면한]으로 발음되므로, '비음화'를 확인할 수 있다. '않고'는 [안코]로 발음되므로 '거센소리되기'를 확인할 수 있다.

채점기준

답안	배점
ⓐ: 된소리되기, 거센소리되기	4점
ⓑ: 비음화	3점
ⓒ: 거센소리되기	3점
– ⓐ, ⓑ, ⓒ의 각 항목이 정확하게 기술된 경우에만 정답으로 처리함. – ⓐ는 순서에 상관없이 2개 모두 기술된 경우에만 정답으로 처리함. – 정답 외에 다른 답안을 추가로 기술한 경우는 오답으로 처리함.	

〈2022학년도 가천대 논술 모의고사〉

01 〈보기〉의 내용을 참고하여 제시된 단어들을 (A)와 (B)로 각각 분류하시오.

보기

국어의 음절은 크게 네 가지 유형의 구조로 실현된다.

a. 모음
b. 자음 + 모음
c. 모음 + 자음
d. 자음 + 모음 + 자음

그런데 어떤 단어에서 연음이 일어나면 앞 음절과 뒤 음절의 음절 구조 유형이 바뀐다. 음운 변동이 일어나도 음절 구조 유형이 바뀌는 경우가 있다.

(A) 음절 구조 유형이 바뀐 음절이 있는 말 ⇒ ______________________

(B) 음절 구조 유형이 바뀐 음절이 없는 말 ⇒ ______________________

잡일	축하	학대	겉늙은	많지만

※ 다음 글을 읽고 물음에 답하시오.

음운은 말소리의 가장 작은 단위를 가리킨다. 음운에는 자음, 모음, 반모음과 같은 분절 음운과 음의 길이와 같은 비분절 음운이 있다. 비분절 음운은 한글 자모로 나타낼 수 없기 때문에 긴소리의 경우 특수한 기호(:)를 사용하여 나타낸다. 음운은 단어의 의미를 구별해주는 기능을 하는데, 단 하나의 음운으로 인해서 의미가 구별되는 단어의 짝을 최소 대립쌍이라고 한다.

02 최소 대립쌍에 대한 위의 설명을 참고하여 〈보기〉에서 최소 대립쌍만을 있는 대로 골라 쓰시오.

보기

ⓐ 김[김] – 곰[곰:]
ⓑ 굴[굴] – 꿀[꿀]
ⓒ 거리[거리] – 마리[마리]
ⓓ 연(鳶)[연] – 원(圓)[원]
ⓔ 사과[사과] – 사과(謝過)[사:과]

[03~04] 다음 글을 읽고 물음에 답하시오.

[가]

말소리를 낼 때 공기의 흐름이 발음 기관에서 장애를 받지 않고 나오는 소리를 모음이라고 한다. 모음은 발음할 때 입술이나 혀가 고정되어 움직이지 않는 단모음과 입술 모양이나 혀의 위치가 달라지는 이중 모음이 있다.

모음은 혀의 높낮이, 혀의 앞뒤 위치, 입술 모양에 따라 나누어 볼 수 있다. 모음은 혀의 높낮이에 따라 고모음, 중모음, 저모음으로 나눌 수 있는데, 고모음에는 'ㅣ, ㅟ, ㅡ, ㅜ'가 있고, 중모음에는 'ㅔ, ㅚ, ㅓ, ㅗ'가 있으며, 저모음에는 'ㅐ, ㅏ'가 있다. 모음은 혀의 앞뒤 위치에 따라 전설 모음과 후설 모음으로 나눌 수도 있는데, 전설 모음에는 'ㅣ, ㅔ, ㅐ, ㅟ, ㅚ', 후설 모음에는 'ㅡ, ㅓ, ㅏ, ㅜ, ㅗ'가 있다. 또, 모음은 입술 모양에 따라 원순 모음과 평순 모음으로 나누기도 하는데, 입술을 동그랗게 오므려서 발음하는 원순 모음에는 'ㅟ, ㅚ, ㅜ, ㅗ'가 있고, 평순 모음에는 'ㅣ, ㅔ, ㅐ, ㅡ, ㅓ, ㅏ'가 있다.

[나]

음운이 의미의 차이를 구분하는 최소 단위라고 할 때, 소리의 길이도 의미 구별에 기여한다. 국어에서 긴소리는 일반적으로 단어의 첫음절에서만 나타난다. 본래 길게 발음되던 것도 둘째 음절 이하에 오면 짧은소리로 발음되는 것을 볼 수 있다.

03 글 [가]의 내용을 참고할 때 〈보기〉의 ⓐ, ⓑ, ⓒ에 들어갈 말을 차례대로 쓰시오.

보기

혀의 앞뒤 위치 / 입술 모양 / 혀의 높이	전설 모음		후설 모음	
	평순	원순	평순	원순
고모음				ⓐ
중모음		ⓑ		
저모음	ⓒ			

04 글 [나]를 바탕으로 〈보기〉를 이해했을 때, 짧게 발음해야 하는 것과 길게 발음해야 하는 것을 구분하시오.

> **보기**
>
> ⓐ눈에 함박ⓑ눈이 들어가니 ⓒ눈물이 난다. ⓓ눈이 아프니 ⓔ눈 구경은 이제 그만해야겠다.

• 짧게 발음해야 하는 것: ________________________

• 길게 발음해야 하는 것: ________________________

[05~06] 다음 글을 읽고 물음에 답하시오.

중의성은 어떤 언어 표현이 둘 이상의 의미로 해석되는 특성을 말한다. 문장에서 중의성이 생기는 원인으로 대표적인 세 가지 경우를 살펴보자.

첫째, 문장에서 동음이의어나 다의어가 사용될 때 중의성이 생길 수 있다. 예컨대 "우리 이제 이 길을 함께 걸을까요?"와 같은 문장에서 '길'은 물리적인 길을 의미할 수도 있지만 추상적으로 삶의 목적이나 방향과 같은 뜻을 지닐 수도 있기 때문에 중의적이다.

둘째, 문장의 구조가 둘 이상의 구조로 분석될 수 있을 때 중의성이 생길 수 있다. 예컨대 "씩씩한 동주와 민지가 어제 우리 집에 놀러 왔다."는 '씩씩한'이 '동주'를 꾸며 줄 수도 있고 '동주와 민지'를 꾸며 줄 수도 있기 때문에 중의적이다. 즉 '씩씩한 동주'와 '민지'가 접속되는 구조일 때와 '씩씩한'이 '동주와 민지'를 수식하는 구조일 때에 그 의미가 서로 다르다는 것이다.

셋째, 어떤 대상의 수나 양을 나타내는 말이 있을 때 그 말이 어떤 범위에 걸쳐 있는지에 따라 중의성이 생길 수 있다. 예컨대 "그 반 학생은 컴퓨터 한 대를 사용하고 있습니다."라는 문장에서 '컴퓨터 한 대'를 사용하는 사람이 '학생 개개인'이라면 학생들이 자신의 컴퓨터를 한 대씩 사용하고 있다는 뜻이 되고, '학생 전체'라면 반 학생들이 단 하나의 컴퓨터를 사용하고 있다는 뜻이 된다.

위의 대표적인 세 가지 경우 외에도 중의성이 생기는 경우는 많다. 물론 어떤 문장이 중의성이 있다고 해도 문장이 이어지는 글에서는 대개 앞뒤의 문맥이 주어지므로, 중의성이 자연스럽게 해소되어 대부분 문제가 되지 않는다. 그러나 간혹 한 문장의 중의성이 글을 원활하게 읽는 데에 방해가 될 때도 있으므로, 가급적 중의성이 없는 문장을 쓰는 것이 좋다.

[A] 중의성을 해소하기 위해서는 중의성의 원인을 제거하는 방법이 가장 좋겠지만, 그 원인을 제거하기가 어려운 경우도 있다. 적절한 문맥을 제공하거나 어순을 바꾸거나 적절한 수식어 혹은 문장 부호를 사용하거나 상세히 풀어 써 주는 등의 방법으로 중의성을 해소할 수 있다.

05 다음에 주어진 예문이 중의성이 생기는 원인을 제시문에서 찾아 한 문장으로 쓰시오.

미술관에서 학생들은 전시 작품을 모두 감상했다.

06 [A]를 바탕으로 다음에 제시된 문장들의 중의성을 괄호 안의 설명을 참고하여 해소하시오.

ⓐ 두 명의 포수가 참새 네 마리를 잡았다.

⇒ ________________________________ (두 명의 포수가 총 여덟 마리의 참새를 잡은 경우)

ⓑ 대학에 합격한 영수와 철수가 함께 찾아왔다.

⇒ ________________________________ (대학에 합격한 사람이 '영수'인 경우)

[07～08] 다음 글을 읽고 물음에 답하시오.

제가 갖고 있는 교육에 대한 재능과 열정을 확인하고 싶은 마음이 잘못된 것은 아니었다고 생각합니다. 그러나 이것을 목적으로 생각하고 아이들을 수단으로만 대한 것이 아닌지 반성하는 마음이 들었습니다. 저는 제가 가진 것을 내세우기만 하였을 ⓐ뿐 진정으로 아이들을 이해하고 무언가를 함께 배우고 익힐 생각을 하지 못했던 것입니다. 저는 한글 낱자를 읽고 쓰는 것이 중요하다고 생각해서 자음과 모음을 반복해서 쓰는 수업을 진행했는데 아이들은 이미 알고 있는 한글 낱자가 많아 제 수업을 지루하게 여기고 자꾸만 딴청을 피웠습니다. 그러다 보니 수업이 제대로 이루어지지 않았고 아이들에게도 찌푸린 얼굴로 대하게 된 것입니다.

이 점을 반성하여 저는 제가 진행하고 있는 수업에 변화가 필요하다고 생각했습니다. ⓑ자음과 모음을 반복해서 쓰는 수업은 생활 속에서 자주 접하는 낱말 속에 있는 자음과 모음을 찾기로 바꾸었고, 찾은 자음과 모음은 자신이 알고 있는 낱말을 최대한 만들어 보는 게임도 구성하였습니다. 무엇보다 아이들이 설사 틀리더라도 '할 수 없는 것'보다 '할 수 있는 것'에 초점을 맞추어 크게 칭찬해 주었습니다. 이렇게 수업을 바꾸자 아이들은 수업에 집중하며 재미있어 하는 모습을 보였습니다. 그 모습은 저에게 큰 기쁨이었습니다. 그리고 그 기쁨은 단순한 기쁨으로 끝나는 것이 아니라, 교사가 되고자 하는 저에게 진정한 교육을 실천하는 모습이 무엇인지 깨닫게 하는 계기로 발전하였습니다.

이 경험을 통해 저는 아무리 어린아이일지라도 제가 지식을 전달하는 일방적인 생각을 가지고 접근하는 것은 곤란하다는 것을 깨달았습니다. 그리고 배움을 나눈다는 것은 단순히 지식을 전달하는 것이 아니라 아이들을 이해하고 아이들과 함께하는 소통의 과정이라는 것을 알게 되었습니다.

07 다음의 〈보기〉는 ⓐ의 '뿐'과 〈예시〉 문장의 '뿐'의 품사 및 의미의 차이를 비교하여 설명한 것이다. 〈보기〉에 들어갈 품사를 차례대로 쓰시오.

예시

네가 기분 좋은 것, 그것뿐 다른 건 바라지 않아.

보기

구분	뜻풀이	품사
ⓐ의 '뿐'	(어미 '-을' 뒤에서) 다만 어떠하거나 어찌할 따름	①
〈예시〉의 '뿐'	그것만이고 더는 없음	②

08 윗글에서 ⓑ의 '자음과 모음을 반복해서 쓰는 수업은'의 문장 성분을 쓰시오.

09 〈보기〉의 ㉠에 해당하는 사례를 주어진 제시어에서 모두 찾아 쓰시오.

보기

국어에서는 음절의 종성으로 'ㄱ, ㄴ, ㄷ, ㄹ, ㅁ, ㅂ, ㅇ' 중의 하나만이 발음될 수 있다는 강력한 제약이 있다. 이 제약 때문에 이 일곱 가지 이외의 자음이 종성 자리에 오면, 이 일곱 가지 중 하나로 바뀌는 음절의 끝소리 규칙이 적용된다. 또한 두 개의 자음이 종성 자리에 올 때에도 하나만 남고 하나는 탈락하는 자음군 단순화가 적용된다. 음절의 끝소리 규칙과 자음군 단순화는 단어에 따라 ㉠하나만 적용되기도 하고, 두 가지가 모두 적용되기도 한다.

닭과　　넓고　　읊지　　굵게　　읊다　　넓다　　굵나

※ 다음은 용언의 불규칙 활용에 대한 설명이다. 물음에 답하시오.

용언을 활용할 때 어간이나 어미의 기본 형태가 달라지는 경우를 불규칙 활용이라 하고, 이러한 용언을 불규칙 용언이라고 한다. 불규칙 용언에는 어간이 바뀌는 것, 어미가 바뀌는 것, 어간과 어미가 모두 바뀌는 것이 있다.

10 〈보기〉의 각 문장들은 위의 밑줄 친 불규칙 용언 중 어느 경우에 해당하는 지 차례대로 쓰시오.

보기

- 올해 유난히 단풍잎이 ⓐ노래.
- 가을 하늘은 언제나 ⓑ푸르러서 좋아.
- 오늘은 직접 밥을 ⓒ지어 먹자.

ⓐ ______________________

ⓑ ______________________

ⓒ ______________________

PART 1 국어
PART 2 수학
PART 3 해답

※ 다음 글을 읽고 물음에 답하시오.

산 너머 고운 노을을 보려고
그네를 힘차게 차고 올라 발을 ⓐ굴렀지
노을은 끝내 어둠에게 잡아먹혔지
나를 태우고 ⓑ날아가던 그넷줄이
오랫동안 삐걱삐걱 떨고 있었어

어릴 때는 나비를 좇듯
아름다움에 취해 땅끝을 찾아갔지
그건 아마도 끝이 아니었을지 몰라
그러나 살면서 몇 번은 땅 끝에 서게도 되지
파도가 끊임없이 땅을 먹어 들어오는 막바지에서
이렇게 뒷걸음질 치면서 말야

〈중략〉

끝내 발 디디며 서 ⓒ있는 땅의 끝,
그런데 이상하기도 하지
위태로움 속에 아름다움이 스며 있다는 것이
땅끝은 늘 젖어 있다는 것이
그걸 보려고
또 몇 번은 여기에 ⓓ이르리라는 것이

– 나희덕, 「땅끝」

11 다음의 〈보기〉는 ⓐ~ⓓ의 '시제'와 이를 표현하기 위해 사용된 '어미'의 종류를 정리한 것이다. 빈 칸에 들어갈 시제와 어미를 차례대로 쓰시오.

보기

	시제	어미
ⓐ 굴렀지	(①)	선어말 어미
ⓑ 날아가던	과거 시제	(②)
ⓒ 있는	(③)	관형사형 어미
ⓓ 이르리라는	미래 시제	(④)

※ 다음의 대화를 읽고 물음에 답하시오.

선생님: 우리말의 합성어 중에는 일반적인 단어 배열 방식에 맞는 것도 있고, 그렇지 않은 것도 있어요. 그렇다면 '산나물', '작은집', '들어가다'는 우리말에서 흔히 나타나는 단어 배열법이라고 할 수 있을까요?

학생: 네. '산나물', '작은집', '들어가다'는 각각 '명사 + 명사', '용언의 관형사형 + 명사', '용언의 연결형 + 용언'으로서 우리말에서 흔히 나타나는 단어 배열법을 따른 것이라고 볼 수 있어요.

선생님: 그래요. 이렇듯 우리말의 일반적인 단어 배열 방식에 따른 합성어들을 우리는 통사적인 합성어라고 해요. 한편 ⓐ'용언의 어간 + 명사'는 우리말의 정상적인 단어 배열에 어긋나는 합성어라고 볼 수 있어요. 우리말의 정상적인 단어 배열에서는 용언의 어간과 명사, 용언의 어간과 용언 사에는 어미가 개입되어야 하고, 부사는 일반적으로는 용언이나 다른 부사를 꾸며야 하기 때문이죠. 이런 점을 감안하여 비통사적 합성어의 예를 들어 보기로 할까요?

12 다음의 〈보기〉에서 ⓐ의 구성을 보이는 비통사적 합성어를 모두 골라 쓰시오.

보기

척척박사　덮밥　접칼　검붉다　스며들다

※ 다음 글을 읽고 물음에 답하시오.

ⓐ나, 죽고싶다고
생각한 적이
몇 번이나 있었어
하지만 시를 짓기 시작하고
ⓑ많은이들의 격려를 받아
지금은
우는 소리 하지 않아
ⓒ아흔 여덟에도
사랑은 하는 거야
꿈도 많아
ⓓ구름도 타보고 싶은 걸

13 위의 작품에서 ⓐ~ⓓ의 띄어쓰기를 바르게 고쳐 쓰시오.

ⓐ ______

ⓑ ______

ⓒ ______

ⓓ ______

14 다음의 〈보기〉는 종결 표현을 학습하는 수업의 한 장면이다. 선생님의 질문에 따라 ㉠~㉢에 들어갈 '읽다'의 활용형을 차례대로 쓰시오.

보기

종결 표현은 대체로 종결 어미에 의해 결정되는데, 이때 상대 높임의 등급까지 함께 결정돼요. 문장의 종결 표현과 상대 높임의 여섯 등급을 결정하는 종결 어미들은 다음 표의 각 빈칸에 자기 자리가 있어요. 어느 자리에 어떤 종결 어미가 위치하는지는 외우는 것이 아니고 한국인으로서 우리말에 대한 직관에 따라 판단하는 것이에요. 그럼 '읽다'의 어간에 적절한 종결 어미를 붙여 ㉠~㉢에 들어갈 활용형을 말해 볼까요?

		평서문	의문문	명령문	청유문	감탄문
격식체	하십시오체	㉠				
	하오체			읽으시오		
	하게체				㉡	
	해라체					㉢
비격식체	해요체					
	해체		읽어			

㉠ ______________________

㉡ ______________________

㉢ ______________________

※ 다음 글을 읽고 물음에 답하시오.

형태소는 일정한 뜻을 가진 가장 작은 말의 단위인데, 실질형태소와 형식형태소로 나뉠 수 있다. 실질형태소는 구체적인 대상이나 동작, 상태 등 실질적 의미를 나타내며, 체언이나 용언의 어간 등이 이에 해당한다. 형식형태소는 높임, 의문, 시제, 추측, 진행상 등의 문법적 의미를 나타내며, 선어말어미나 연결어미, 종결어미 등이 이에 해당한다.

15 위의 제시문을 바탕으로 다음의 문장들을 분석했을 때 빈칸에 들어갈 형태소의 종류를 쓰시오.

- 나는 어제 스파게티를 <u>먹었다</u>. ⇒ '먹-' ⇒ [ⓐ]
- 얼마 만에 보는 맑은 <u>하늘이냐</u>? ⇒ '하늘' ⇒ [ⓑ]
- 지금은 그 행사가 이미 <u>끝났겠군</u>. ⇒ '-겠-' ⇒ [ⓒ]

- 손목시계를 보면서 교실로 향했다. ⇒ '–면서' ⇒ ⓓ
- 할머니는 연세에 비해 참 고우시다. ⇒ '–시–' ⇒ ⓔ

16 다음 〈보기〉의 예문을 참고하여 각각의 상황에 맞는 '뜨다'의 반의어를 차례대로 쓰시오.

보기

- 붉은 해가 수평선 위로 조금씩 뜨고 있다. ⇒ (ⓐ)
- 아이들은 하늘에 떠 있는 비행기를 바라보며 환호성을 질렀다. ⇒ (ⓑ)
- 물속에 가라앉아 있던 물체가 서서히 수면으로 뜨기 시작했다. ⇒ (ⓒ)

※ 다음 글을 읽고 물음에 답하시오.

풀이 눕는다.
비를 몰아오는 동풍에 나부껴
풀은 눕고
드디어 울었다.
날이 흐려서 더 울다가
다시 누웠다.
풀이 눕는다.
바람보다도 더 빨리 눕는다.
바람보다도 더 빨리 울고
바람보다 먼저 일어난다.

17 다음 〈보기〉의 설명을 바탕으로, 위의 작품에서 밑줄 친 '종속적으로 연결된 이어진문장'을 찾아 쓰시오.

보기

이어진문장은 둘 이상의 절이 연결 어미로 이어진 겹문장을 말한다. 이어진문장은 절이 이어지는 방식에 따라 대등하게 연결된 이어진문장과 종속적으로 연결된 이어진문장으로 나뉜다.

※ 다음 글을 읽고 물음에 답하시오.

조사는 다른 품사와 달리 홀로 쓰이지 못하고 앞의 말에 붙어서 그 말과 다른 말의 문법적 관계를 나타내거나 특별한 뜻을 더해주는 역할을 한다. 조사는 기능과 의미에 따라 문법적인 관계를 나타내는 ⓐ격 조사, 앞말에 특별한 뜻을 더해주는 ⓑ보조사, 두 단어나 구를 같은 자격으로 이어 주는 ⓒ접속 조사로 나눌 수 있다.

18 다음의 〈보기〉에서 ⓐ의 '격 조사', ⓑ의 '보조사' 그리고 ⓒ의 '접속 조사'에 해당하는 용례를 표시한 문장을 찾아 각각 쓰시오.

보기

- 나는 사과와 배를 먹는다.
- 우리 반에서 너까지 백점이다.
- 나는 친구에게 선물을 주었다.

ⓐ ______________________

ⓑ ______________________

ⓒ ______________________

19 다음 아래 〈보기〉의 문장에서 ⓐ, ⓑ에 해당하는 단어를 모두 찾아 쓰시오.

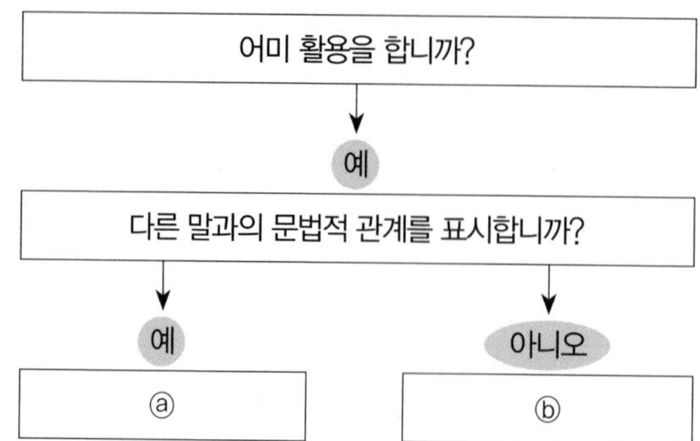

보기

경주는 옛 모습을 간직하고 있는 도시이다.

ⓐ ______________________

ⓑ ______________________

※ 다음 글을 읽고 물음에 답하시오.

지난주에 중간고사가 끝나고 잠시 여유가 생겼다. 이 시간에 봉사 활동을 하면 좋겠다는 생각이 들어 인터넷에서 이것저것 검색해 보았다. 그러다가 '낭독 봉사 활동'이라는 것을 알게 되었다. 시각 장애인들을 위해 책을 낭독하고 녹음하는 봉사 활동이었다. 관심이 생긴 나는 방과 후에 친구 둘과 함께 봉사 활동 기관을 찾았다. 표준어 및 음성 도서 제작 과정과 관련된 ⓐ다섯 번의 교육을 듣고 난 뒤 녹음을 할 수 있다고 했다. 봉사 활동 신청을 마치고 집으로 돌아오는 길에 기분이 참 ⓑ좋았다. 아, 내 목소리로 제작된 음성 도서를 누군가가 즐겁게 듣게 된다니……. 마음이 문득 뭉클해졌다.

20 ⓐ, ⓑ의 품사와 관련된 〈보기〉의 질문에 맞는 단어를 각각 골라 쓰시오.

보기

ⓐ의 품사와 같은 것?	ⓑ의 품사와 다른 것?
• 그가 갔구먼그래. • 그는 성실히 일했다. • 모든 일의 시작이 중요하다. • 첫째로 중요한 것은 건강이다. • 그리고 아무 말도 하지 않았다. ⇒ 같은 것: ①	• 푸르다 • 미루다 • 향기롭다 • 이러하다 • 삭막하다 ⇒ 다른 것: ②

[21～22] 다음 글을 읽고 물음에 답하시오.

모음은 발음하는 도중에 입술과 혀의 모양이 고정되어 달라지지 않는 단모음과 혀의 위치나 입술의 모양이 달라지는 이중 모음으로 나뉜다. 이때 이중 모음은 반모음과 단모음이 결합된 복합체로 볼 수 있다. 예를 들어 이중 모음 'ㅛ'는 반모음 'j'와 단모음 'ㅗ'가 결합된 복합체이다.

단모음이나 이중 모음과 달리, 한글 글자 가운데 반모음을 표기하기 위한 글자는 존재하지 않는다. 그러나 이중 모음을 나타내는 모음자를 보면 한글에서 반모음을 표시하는 방식을 알 수 있다. 이중 모음을 반모음과 단모음이 결합된 복합체라고 했을 때 이중 모음에서 단모음을 나타내는 부분을 제거하면 반모음의 표기를 확인할 수 있기 때문이다. 예를 들어, 반모음 'j'와 단모음 'ㅏ'로 이루어진 이중 모음 'ㅑ'에서 'ㅏ'를 제외하면 〈그림〉에서 점선 동그라미로 표시된 짧은 선만 남게 된다. 이 짧은 선이 반모음 'j'를 표시하는 것으로 볼 수 있다. 이 짧은 선은 훈민정음 창제 당시에는 점으로 표시했으므로 'ㅑ'나 'ㅛ'에서 반모음 'j'의 표시는 점으로 동일하였다.

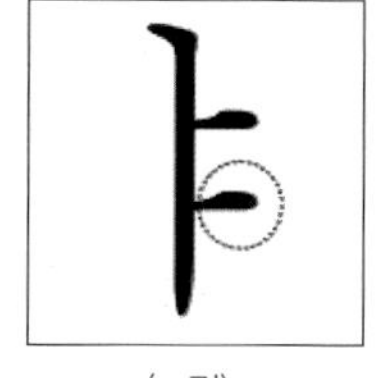
〈그림〉

이러한 한글의 반모음 'j'의 표시는 현대 국어에서 반모음 'j'와 단모음으로 이루어진 모든 이중 모음에 적용된다. 현대 국어의 이중 모음 'ㅑ, ㅕ, ㅛ, ㅠ, ㅒ, ㅖ' 등에서 현대 국어 단모음에 해당하는 'ㅏ, ㅓ, ㅗ, ㅜ, ㅐ, ㅔ'를 제외하면 반모음 'j'는 모두 짧은 선으로 표시되는 것이다.

한편 반모음 'j'가 단모음 뒤에 오는 경우를 살펴보기 위해서는 중세 국어의 이중 모음 'ㅐ, ㅔ, ㅚ, ㅟ' 등을 살펴보아야 한다. 현대 국어와 달리 중세 국어에서 'ㅐ, ㅔ, ㅚ, ㅟ' 등은 모두 반모음 'j'가 단모음 뒤에 더해진 이중 모음이었는데, 여기서도 'ㅏ, ㅓ, ㅗ, ㅜ'를 제거하면 단모음에 후행하는 'ㅣ'가 반모음 'j'를 나타내고 있음을 알 수 있다.

반모음 'w'가 단모음 앞에 오는 경우는 이중 모음 'ㅘ, ㅝ, ㅙ, ㅞ'이다. 이 글자에서 단모음을 표시하는 'ㅏ, ㅓ, ㅐ, ㅔ'를 제거하면 'w'가 단모음 앞의 'ㅗ'나 'ㅜ'로 표시됨을 알 수 있다. 여기서 반모음 'j'와 달리, 반모음 'w'는 'ㅗ,' 'ㅜ'라는 두 가지 다른 표기가 있다는 점이 주목된다. 이것은 (　　A　　)와/과 관련되는데, ⓐ <u>반모음 'w'가 양성 계열 'ㅏ, ㅐ'와 결합될 때는 양성 계열인 'ㅗ'로 표기하고, 음성 계열 'ㅓ, ㅔ'에 대해서는 음성 계열 'ㅜ'로 표기한 것이다.</u> 이를 통해 'ㅝ'나 'ㅘ'와 같은 글자는 존재하지 않는 이유를 설명할 수 있다.

21 제시문의 ⓐ를 고려할 때 빈칸 A에 들어갈 음운 현상을 쓰시오.

22 다음은 윗글을 바탕으로 'ㅢ'에 대해 이해한 내용이다. 빈칸에 들어갈 1음절의 단어를 차례대로 쓰시오.

> 'ㅢ'는 반모음 '(　　㉠　　)'(이)가 단모음 (　　㉡　　)에 오는 이중 모음이었다.

[23～24] 다음 글을 읽고 물음에 답하시오.

[가]
한 음운이 다른 음운과 결합할 때 환경에 따라 발음이 달라지는 경우가 있는데, 이러한 현상을 음운의 변동이라고 한다. 음운 변동의 유형은 교체, 탈락, 첨가, 축약으로 나눌 수 있다. 교체는 한 음운이 다른 음운으로 바뀌는 현상, 탈락은 한 음운이 없어지는 현상, 첨가는 없던 음운이 새로 생기는 현상, 축약은 두 음운이 합쳐져 하나의 새로운 음운으로 줄어드는 현상이다.

[나]
오늘 새벽 시장에서 화재가 발생했습니다. 새벽일을 나온 상인의 신고를 ⓐ받고 소방차가 바로 ⓑ출동하였으나 길가에 세워진 차량들 때문에 화재 현장에 진입하지 ⓒ못해 초기 진화가 늦어졌다고 합니다. 불은 인근 상가 ⓓ열여섯 곳을 태운 후에야 겨우 잡혔습니다. 이른 시간이라 다행히 인명 피해는 없었습니다.

23 다음의 〈보기〉에서 제시한 단어들의 음운 변동 유형을 [가]에서 찾아 차례대로 쓰시오.

보기

- 좋은 → (①)
- 많다 → (②)
- 권력 → (③)
- 맨입 → (④)

24 음운 변동에 관한 [가]의 설명을 참고하여 [나]의 ⓐ～ⓔ의 발음을 차례대로 쓰시오.

ⓐ 받고 ⇒ [ ]
ⓑ 출동 ⇒ [ ]
ⓒ 못해 ⇒ [ ]
ⓓ 열여섯 ⇒ [ ]

25 **다음은 반의 관계에 대한 설명이다. 〈보기〉의 빈칸에 들어갈 반의 관계의 유형을 쓰시오.**

반의 관계는 두 단어 사이에 중간 개념이 없이 대립하는 '모순 관계', 두 단어 사이에 중간 개념이 존재하는 '반대 관계', 두 단어 사이에서 서로 상대적 관계가 성립하는 '상대 관계'로 나뉠 수 있다.

보기

- 형 : 아우 ⇒ (ⓐ)
- 기혼 : 미혼 ⇒ (ⓑ)
- 뜨겁다 : 차갑다 ⇒ (ⓒ)

※ **다음 글을 읽고 물음에 답하시오.**

이 과장: 저희 회사 연수원에서 비치할 냉장고, 텔레비전, 전기 포트 등 생활 가전을 대량 구매하고자 하는데요, 보내 드린 목록대로 총 50대 가량을 구매하는 만큼 저희 쪽에서는 15% 정도의 할인 혜택을 얻어 보다 합리적인 가격에 구매하고자 합니다.

매장 주인: 예, 저번에 전화로 말씀하신 대로군요. 일단 저희 매장을 선택해 주신 것에 감사드립니다. 저희 브랜드의 특성을 말씀드리죠. 널리 알려져 있듯이 저희는 할인 행사를 하지 않습니다. ⓐ<u>대신 무상 에이에스(AS) 기간이 타 브랜드보다 두 배나 길지요.</u> 기업 등에서 대량 구매 시 5% 할인을 해 드리고 있으며 그 이상은 어렵다는 것이 저희 입장입니다. 따라서 5%까지만 할인해 드릴 수 있습니다.

26 **ⓐ의 발화 내용을 이해할 때, 고려해야 할 맥락의 유형을 다음의 〈보기〉를 참고하여 쓰시오.**

보기

의사소통의 시간적 · 공간적 배경, 화자(글쓴이), 청자(독자), 주제, 목적 등 담화를 생산하고 수용하는 활동에 직접 영향을 끼치는 맥락 유형이다.

- 맥락 유형: ______________________

27 **다음의 〈보기〉는 높임 표현을 잘못 쓴 문장들이다. 바르게 고쳐 쓰시오.**

보기

ⓐ 주문하신 음식 나오셨습니다.
ⓑ 그분은 세 살 된 딸이 계세요.
ⓒ 경희야, 선생님께서 지금 너 오래.
ⓓ 이 문제는 할아버지께 물어서 해결하자.
ⓔ 할머니께서는 자기가 직접 농사를 지으세요.

ⓐ ______________________________

ⓑ ______________________________

ⓒ ______________________________

ⓓ ______________________________

ⓔ ______________________________

PART 2

[수학 I]

I. 지수함수와 로그함수

II. 삼각함수

III. 수열

[수학 II]

IV. 함수의 극한과 연속

V. 다항함수의 미분법

VI. 다항함수의 적분법

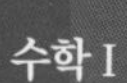

지수함수와 로그함수

[핵심이론]

1 거듭제곱근

(1) 실수인 거듭제곱근

① a가 실수이고 n이 2 이상의 자연수일 때 a의 n제곱근 중 실수인 것

	$a>0$	$a=0$	$a<0$
n이 짝수	$\sqrt[n]{a}>0,\ -\sqrt[n]{a}<0$	$\sqrt[n]{0}=0$	없다
n이 홀수	$\sqrt[n]{a}>0$	$\sqrt[n]{0}=0$	$\sqrt[n]{a}<0$

② a의 n제곱근 중 실수인 것은 방정식 $x^n=a$의 실근이므로, 함수 $y=x^n$의 그래프와 직선 $y=a$의 교점의 x좌표와 같다.

(2) 거듭제곱근의 성질

$a>0$, $b>0$이고 m, n이 2 이상의 자연수 일 때

① $(\sqrt[n]{a})^n=a$

② $\sqrt[n]{a}\sqrt[n]{b}=\sqrt[n]{ab}$

③ $\dfrac{\sqrt[n]{a}}{\sqrt[n]{b}}=\sqrt[n]{\dfrac{a}{b}}$

④ $(\sqrt[n]{a})^m=\sqrt[n]{a^m}$

⑤ $\sqrt[m]{\sqrt[n]{a}}=\sqrt[mn]{a}=\sqrt[n]{\sqrt[m]{a}}$

⑥ $\sqrt[np]{a^{mp}}=\sqrt[n]{a^m}$ (단, p는 자연수)

2 지수의 확장

(1) 지수가 정수인 경우

① $a\neq0$이고 n이 양의 정수일 때

㉠ $a^0=1$

㉡ $a^{-n}=\dfrac{1}{a^n}$

② $a\neq0$, $b\neq0$이고 m, n이 정수일 때

㉠ $a^m a^n=a^{m+n}$

㉡ $a^m\div a^n=a^{m-n}$

㉢ $(a^m)^n=a^{mn}$

㉣ $(ab)^n=a^n b^n$

(2) 지수가 유리수와 실수인 경우

① $a>0$이고 m이 정수, n이 2 이상의 정수일 때

㉠ $a^{\frac{1}{n}}=\sqrt[n]{a}$

㉡ $a^{\frac{m}{n}}=\sqrt[n]{a^m}$

② $a>0$, $b>0$이고 r, s가 유리수일 때

㉠ $a^r a^s=a^{r+s}$

㉡ $a^r \div a^s=a^{r-s}$

㉢ $(a^r)^s=a^{rs}$

㉣ $(ab)^r=a^r b^r$

③ $a>0$, $b>0$이고 x, y가 실수 일 때

㉠ $a^x a^y=a^{x+y}$

㉡ $a^x \div a^y=a^{x-y}$

㉢ $(a^x)^y=a^{xy}$

㉣ $(ab)^x=a^x b^x$

3 로그

(1) 로그의 정의와 조건

① 정의

$a>0$, $a\neq 1$, $N>0$일 때, $a^x=N \Longleftrightarrow x=\log_a N$

② 조건

$\log_a N$이 정의되려면 밑 a는 $a>0$, $a\neq 1$이고 진수 N은 $N>0$이어야 한다.

(2) 로그의 성질

$a>0$, $a\neq 1$이고 $M>0$, $N>0$일 때

① $\log_a 1=0$, $\log_a a=1$

② $\log_a MN=\log_a M+\log_a N$

③ $\log_a \frac{M}{N}=\log_a M-\log_a N$

④ $\log_a M^k=k\log_a M$ (단, k는 실수)

(3) 로그의 밑의 변환

① $a>0$, $a\neq 1$, $b>0$, $c>0$, $c\neq 1$일 때

$\log_a b=\frac{\log_c b}{\log_c a}$

② 로그 밑의 변환 활용: $a>0$, $a\neq 1$, $b>0$일 때

㉠ $\log_a b=\frac{1}{\log_b a}$ (단, $b\neq 1$)

㉡ $\log_a b\times\log_b c=\log_a c$ (단, $b\neq 1$, $c>0$)

③ $\log_{a^m} b^n = \frac{n}{m}\log_a b$ (단, m, n은 실수이고, $m \neq 0$이다.)

④ $a^{\log_b c} = c^{\log_b a}$ (단, $b \neq 1$, $c > 0$)

4 지수함수

(1) 지수함수의 뜻과 그래프

① 지수함수의 뜻

$y = a^x$ ($a > 0$, $a \neq 1$) $\Rightarrow$ a를 밑으로 하는 지수함수

② 지수함수의 그래프

㉠ $a > 1$일 때

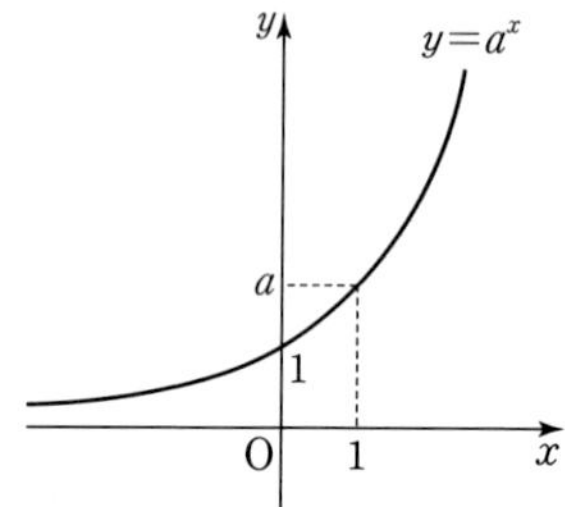

㉡ $0 < a < 1$일 때

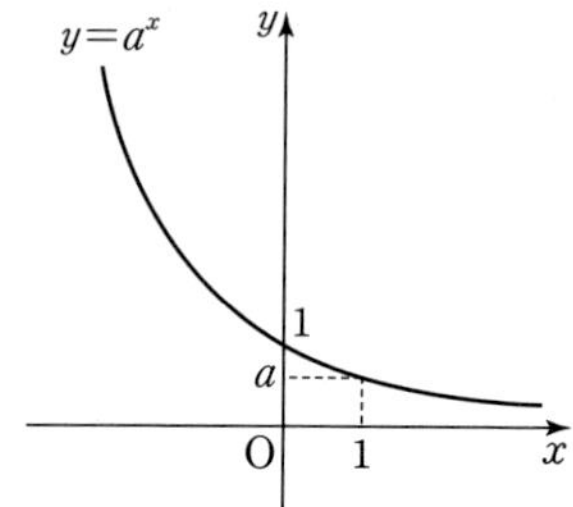

(2) 지수함수의 성질

① $a > 1$일 때 x의 값이 증가하면 y의 값도 증가하고, $0 < a < 1$일 때 x의 값이 증가하면 y의 값은 감소한다.

② 함수 $y = a^x$의 그래프는 점 $(0,\ 1)$을 지나고, 점근선은 x축(직선 $y = 0$)이다.

③ 함수 $y = a^x$의 그래프와 함수 $y = \left(\frac{1}{a}\right)^x$의 그래프는 y축에 대하여 서로 대칭이다.

④ 함수 $y = a^{x-m} + n$의 그래프는 함수 $y = a^x$의 그래프를 x축의 방향으로 m만큼, y축의 방향으로 n만큼 평행이동한 것이다.

(3) 지수함수의 활용

① $a > 0$, $a \neq 1$일 때, $a^{f(x)} = a^{g(x)} \Longleftrightarrow f(x) = g(x)$

② $a > 1$일 때, $a^{f(x)} < a^{g(x)} \Longleftrightarrow f(x) < g(x)$

③ $0 < a < 1$일 때, $a^{f(x)} < a^{g(x)} \Longleftrightarrow f(x) > g(x)$

5 로그함수

(1) 로그함수의 뜻과 그래프

① 로그함수의 뜻

$y=\log_a x$ $(a>0,\ a\neq1)$ $\Rightarrow$ a를 밑으로 하는 로그함수

② 지수함수와 로그함수의 관계

역함수 관계: $y=a^x$ $(a>0,\ a\neq1)$ $\Longleftrightarrow$ $y=\log_a x$ $(a>0,\ a\neq1)$

③ 로그함수의 그래프

㉠ $a>1$일 때

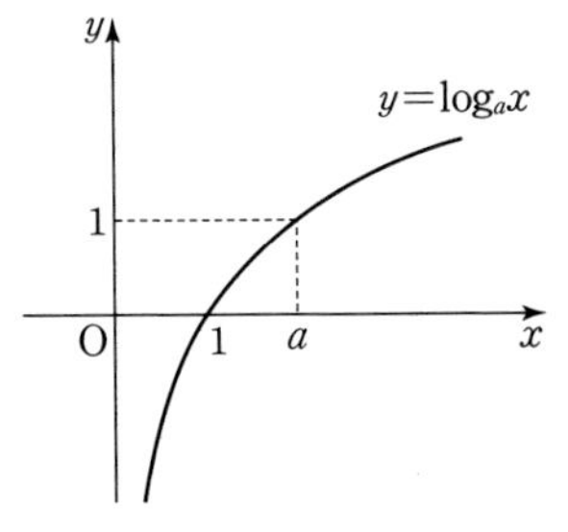

㉡ $0<a<1$일 때

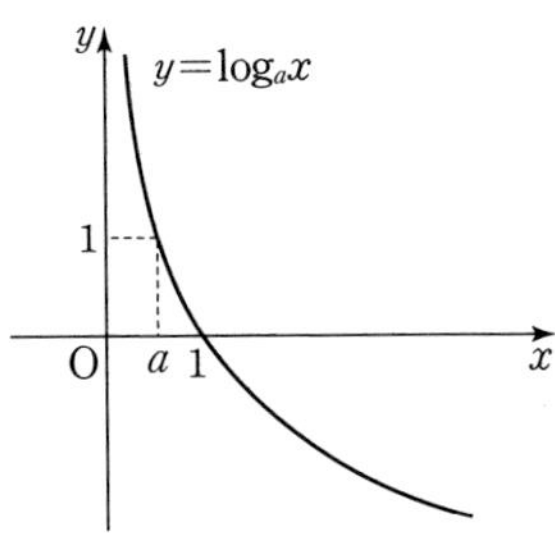

(2) 로그함수의 성질

① $a>1$일 때 x의 값이 증가하면 y의 값도 증가하고, $0<a<1$일 때 x의 값이 증가하면 y의 값은 감소한다.

② 함수 $y=\log_a x$의 그래프는 점 $(0,\ 1)$을 지나고, 점근선은 y축(직선 $x=0$)이다.

③ 함수 $y=\log_a x$의 그래프와 함수 $y=\log_{\frac{1}{a}} x$의 그래프는 x축에 대하여 대칭이다.

④ 함수 $y=\log_a(x-m)+n$의 그래프는 함수 $y=\log_a x$의 그래프를 x축의 방향으로 m만큼, y축의 방향으로 n만큼 평행이동한 것이다.

(3) 로그함수의 활용

① $a>0,\ a\neq1$일 때, $\log_a f(x)=\log_a g(x) \Longleftrightarrow f(x)=g(x),\ f(x)>0,\ g(x)>0$

② $a>1$일 때, $\log_a f(x)<\log_a g(x) \Longleftrightarrow 0<f(x)<g(x)$

③ $0<a<1$일 때, $\log_a f(x)<\log_a g(x) \Longleftrightarrow f(x)>g(x)>0$

[실전문제]

해답 p.373

배점(총점)	예상 소요 시간
10점	3분 / 전체 80분

▶ **함수 $f(x)=2^{x-1}+k$의 역함수를 $g(x)$라 하자. 함수 $y=g(x)$의 그래프가 점 $(5, 2)$을 지날 때, $g(35)$의 값을 구하는 과정을 아래 과정을 참고하여 서술하시오.**

$f(x)$의 역함수 $g(x)=$ ☐ 이다.
$g(5)=2$이므로, $k=$ ☐ 이다.
따라서, $g(35)=$ ☐ 이다.

모범답안 $f(x)$의 역함수는 $g(x)=\log_2(x-k)+1$
$g(5)=2$이므로, $k=3$
$g(35)=\log_2(35-3)+1=6$

채점기준

답안	배점
$f(x)$의 역함수는 $g(x)=\log_2(x-k)+1$	4점
$g(5)=2$이므로, $k=3$	3점
$g(35)=\log_2(35-3)+1=6$	3점

〈2022학년도 가천대 논술 모의고사〉

01 모든 실수 x에 대하여 이차부등식 $x^2+2x\log_2 a+3\log_2 a-2>0$이 성립하도록 하는 실수 a의 값의 범위를 구하는 과정을 아래 과정을 참고하여 서술하시오.

> 진수는 양수이므로 이때의 a값의 범위는
>
> [①]
>
> 주어진 부등식이 모든 실수 x에 대하여 성립하려면 이차방정식
>
> $x^2+2x\log_2 a+3\log_2 a-2=0$
>
> 의 판별식 D가 $D<0$인 조건을 만족시켜야 한다.
>
> $\frac{D}{4}=$ [②] <0
>
> $(\log_2 a)^2-3\log_2 a+2<0$
>
> $\log_2 a=A$라 하면
>
> $(\log_2 a)^2-3\log_2 a+2=A^2-3A+2$이므로
>
> $A^2-3A+2<0$
>
> $(A-1)(A-2)<0$
>
> $1<A<2$
>
> 따라서 a의 값의 범위는 [③]

02 모든 자연수 n에 대하여

$$\sqrt[2n+1]{a^2+3}+\sqrt[2n+1]{7(1-a)}=0$$

이 되도록 하는 모든 실수 a의 값의 곱을 구하는 과정을 서술하시오.

PART 1 국어

PART 2 수학

PART 3 해답

03 x에 관한 부등식
$\log_3(x+3k)>\log_3(4x-8)$를 만족시키는 모든 정수 x가 3개일 때, 자연수 k의 값을 구하는 과정을 서술하시오.

04 함수 $y=4\log_a x+b(a>1)$의 그래프와 그 역함수의 그래프가 두 점에서 만난다. 이 두 점의 x좌표가 각각 1, 5일 때, $a+b$의 값을 구하는 과정을 서술하시오. (단, b는 상수)

05 자연수 n에 대하여 집합 A_n을

$A_n=\{(a,\ b)\,|\,\log_2 a+\log_2 b=n,\ a,\ b$는 자연수$\}$

라 하자. 집합 A_n의 모든 원소 (a, b)에 대하여 $a+b>2\sqrt{2^n}$이 성립하도록 하는 10 이하의 모든 자연수 n의 합을 구하는 과정을 서술하시오.

06 함수 $y=2^{x+1}+1$의 그래프가 y축과 만나는 점을 A, 함수 $y=\log_3(x+k)-1$의 그래프가 x축과 만나는 점을 B라 할 때, 선분 AB의 길이가 5가 되도록 하는 모든 실수 k의 곱을 구하는 과정을 서술하시오.

07 함수 $y=\log_2 a(x+5)$의 그래프가 제2사분면을 지나지 않는다고 한다. 이때 a의 최댓값을 구하는 과정을 서술하시오. (단, a는 양수)

08 다음 〈보기〉의 조건을 만족시키는 정수 m에 대하여 2^m의 최댓값과 최솟값의 합이 k일 때, $\frac{5}{8}k$의 값을 구하는 과정을 서술하시오.

보기

$\log_2 a-\log_2 b+\log_2 c-\log_2 d=m$을 만족시키는 2 이상 8 이하의 서로 다른 네 자연수 a, b, c, d가 존재한다.

09 부등식
$\log_{\frac{x}{2}}(x^2+2x+1)<\log_{\frac{x}{2}}(8x-7)$을 만족시키는 모든 자연수 x의 값을 구하는 과정을 서술하시오. (단, $x\neq2$)

10 함수 $y=3^x$의 그래프 위의 서로 다른 두 점 A, B에 대하여 $\overline{AB}=\sqrt{17}$이고, 직선 AB의 기울기는 4이다. 두 점 A, B의 x좌표가 각각 a, b일 때, 3^a+3^b의 값을 구하는 과정을 서술하시오. (단, $a<b$)

11 $a^2+b^2=10ab$인 두 양수 a, b에 대하여 등식 $\frac{\log a+\log b}{2}=\log\frac{a+b}{p}$가 성립한다. 이때, p^2의 값을 구하는 과정을 서술하시오. (단, p는 실수)

12 그림과 같이 $k>1$인 상수 k에 대하여 두 함수 $f(x)=\log_4 x$, $g(x)=\log_k(-x)$가 있다. 두 곡선 $y=f(x)$, $y=g(x)$가 x축과 만나는 점을 각각 A, B라 하자. 곡선 $y=f(x)$ 위의 점 P에 대하여 직선 AP의 기울기를 m_1, 직선 BP의 기울기를 m_2, 직선 AP가 곡선 $y=g(x)$와 만나는 점을 $Q(a,b)$라 하자. $\frac{m_2}{m_1}=\frac{3}{5}$, $k^b=-\frac{9}{7}b$일 때, ab의 값을 구하는 과정을 서술하시오.
(단, 점 P는 제1사분면 위의 점이고, a, b는 상수이다.)

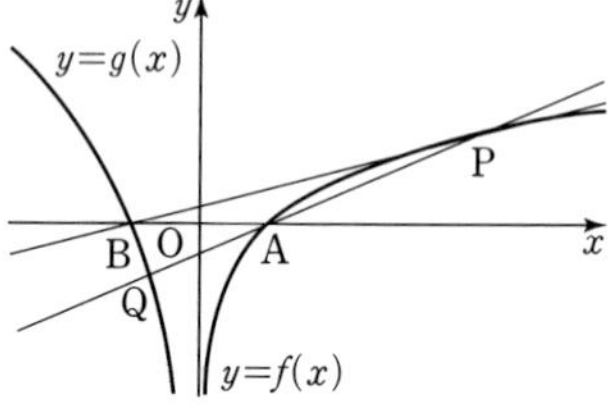

13 부등식 $2(5^{2x+1}-26\times5^{x})+10\leq0$를 만족시키는 모든 정수 x의 개수를 구하는 과정을 서술하시오.

14 서로 다른 두 양수 a, b가 $\log_a b=\log_b a$를 만족시킬 때, $(a+5)(b+4)$의 최솟값을 구하는 과정을 서술하시오. (단, $a\neq1$, $b\neq1$)

15 두 점 $A(17,\ 2)$, $B(25,\ 1)$을 좌표평면에서 이은 선분 AB와 함수 $y=\log_n x$의 그래프가 만나도록 하는 자연수 n의 최댓값과 최솟값의 차를 구하는 과정을 아래 과정을 참고하여 서술하시오.

> 좌표평면에서 주어진 조건을 만족하기 위해서는 $y=\log_n x$의 그래프가 최소한 점 A와 점 B를 지나야 한다.
>
> (i) $A(17,\ 2)$에서
>
> [①]이므로
>
> $\therefore\ n=\sqrt{17}$
>
> (ii) $B(25,\ 1)$
>
> [②]이므로
>
> $\therefore\ n=25$
>
> (i), (ii)에서 선분 AB와 함수 $y=\log_n x$의 그래프가 만나도록 하는 n의 값의 범위는 [③]이므로 자연수 n의 최댓값과 최솟값은 각각 5, 25이다.
>
> $\therefore\ 25-5=20$

16 함수 $f(x)=n^x-n^{-x}(n>0,\ n\neq1)$과 실수 t에 대하여 $f(t)=4$일 때, $f(4t)$의 값을 구하는 과정을 서술하시오.

17 두 실수 a, b가 $2^a=5^b=50$을 만족시킨다. 이때 $(a-1)(b-2)$의 값을 구하는 과정을 서술하시오.

18 방정식 $3^{2x+2}-3^{x+1}+2=0$의 두 근을 α, β라 할 때, $\dfrac{9^\alpha+9^\beta}{3^\alpha+3^\beta}$의 값을 구하는 과정을 서술하시오.

19 두 실수 a, b가 $3^{a+b}=8$, $2^{a-b}=9$를 만족할 때, $\sqrt[3]{3^{a^2-b^2}}$의 값을 구하는 과정을 서술하시오.

20 함수 $y=\left(\frac{2}{5}\right)^{2x-2}+t$의 그래프가 제3사분면을 지나지 않도록 하는 상수 t의 최솟값을 구하는 과정을 서술하시오.

21 닫힌구간 $[1, 3]$에서 정의된 두 함수

$f(x)=\left(\frac{a}{10}+\frac{3}{20}\right)^x$, $g(x)=\left(\frac{2a+4}{9}\right)^x$

에 대하여 두 함수 $f(x)$, $g(x)$의 최솟값이 각각 $f(3)$, $g(1)$이 되도록 하는 모든 자연수 a의 합을 구하는 과정을 서술하시오.

22 두 함수 $y=3^x+2$, $y=9^{x-1}+\frac{38}{9}$의 그래프가 만나는 점을 각각 A, B라고 할 때, 두 점 A, B의 x좌표의 합을 구하는 과정을 서술하시오.

23 좌표평면에서의 두 함수 $y=4^x+4$, $y=2^{x-1}-8$의 그래프와 직선 $y=8$과의 교점을 각각 A, B라고 할 때, 삼각형 OAB의 넓이를 구하는 과정을 서술하시오.

24 x에 대한 이차방정식 $(-\log k+2)x^2-2(\log k-2)x+1=0$이 허근을 갖도록 하는 실수 k값의 범위를 구하는 과정을 서술하시오.

25 어느 공장에서 상품 생산량을 n개, 상품을 한 개 생산하기 위해 필요한 재료의 개수를 k개라고 하면 $n=3200+600\log 3k(k\geq 1)$인 관계가 성립한다고 한다. 이 상품을 5000개 이상 생산하기 위해서 최소 몇 개의 재료가 필요한지를 구하는 과정을 서술하시오.

수학 I

Ⅱ 삼각함수

[핵심이론]

1 일반각과 호도법

(1) 일반각

시초선 OX와 동경 OP로 주어진 ∠XOP에 대하여 동경 OP가 나타내는 한 각의 크기를 α°라 할 때, ∠XOP의 크기를 다음과 같이 나타내고, 이것을 동경 OP가 나타내는 일반각이라고 한다.

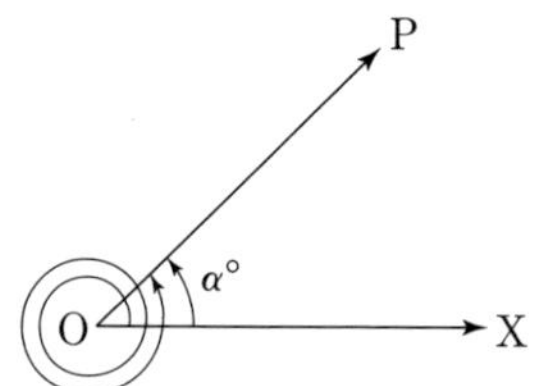

일반각: $360^\circ \times n + \alpha^\circ$ (n은 정수)

(2) 호도법

반지름의 길이와 호의 길이가 같을 때, 부채꼴의 중심각의 크기를 1라디안(rad)이라 한다.

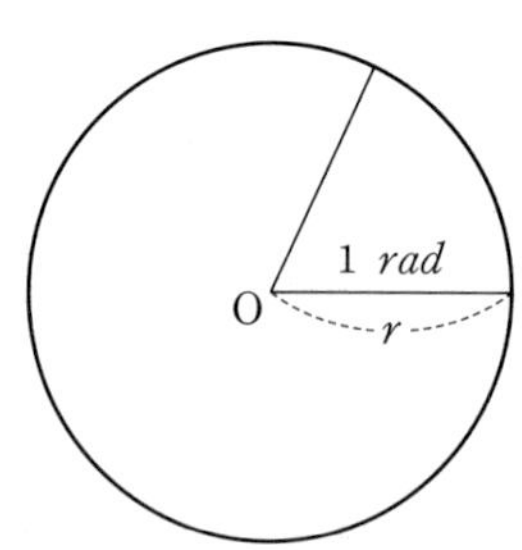

① $1(\text{라디안}) = \dfrac{180^\circ}{\pi}$

② $1^\circ = \dfrac{\pi}{180^\circ}(\text{라디안})$

(3) 부채꼴의 호의 길이와 넓이

반지름의 길이가 r, 중심각의 크기가 θ(라디안)인 부채꼴에서 호의 길이를 l, 넓이를 S라하면

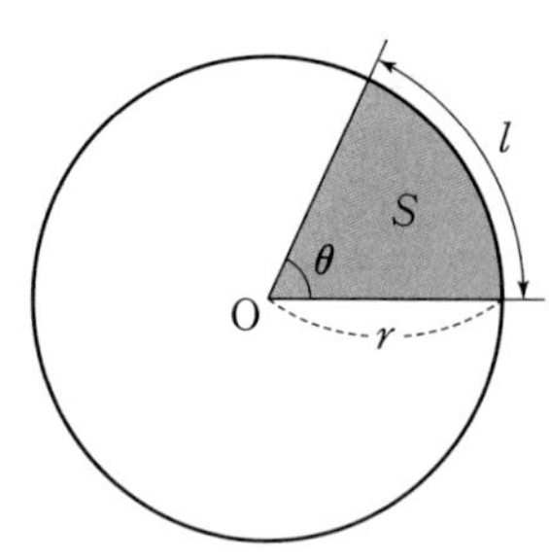

① $l = r\theta$

② $S = \dfrac{1}{2}r^2\theta = \dfrac{1}{2}rl$

2 삼각함수의 정의 및 관계

(1) 삼각함수의 정의

좌표평면에서 중심이 원점 O이고 반지름의 길이가 r인 원 위의 한 점을 $\mathrm{P}(x,\ y)$라 하고, x축의 양의 방향을 시초선으로 하는 동경 OP가 나타내는 각의 크기를 θ라 할 때, θ에 대한 삼각함수를 다음과 같이 정의한다.

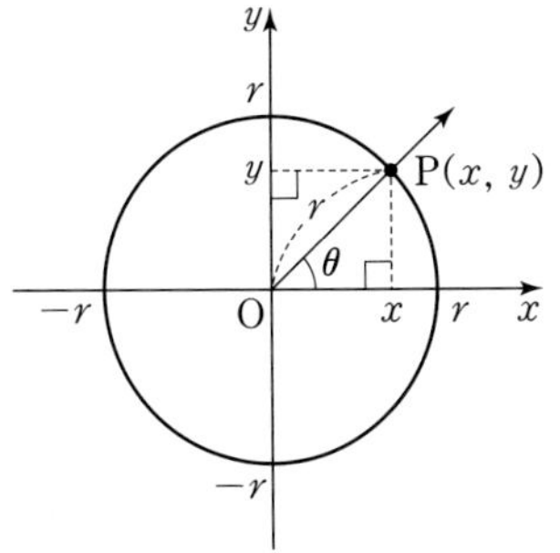

$$\sin\theta=\frac{y}{r},\ \cos\theta=\frac{x}{r},\ \tan\theta=\frac{y}{x}\ (x\neq 0)$$

(2) 삼각함수의 부호

사분면	$x,\ y$ 부호	$\sin\theta$	$\cos\theta$	$\tan\theta$
제 1 사분면	$x>0,\ y>0$	+	+	+
제 2 사분면	$x<0,\ y>0$	+	−	−
제 3 사분면	$x<0,\ y<0$	−	−	+
제 4 사분면	$x>0,\ y<0$	−	+	−

(3) 삼각함수 사이의 관계

① $\tan\theta=\dfrac{\sin\theta}{\cos\theta}$　　② $\sin^2\theta+\cos^2\theta=1$　　③ $1+\tan^2\theta=\dfrac{1}{\cos^2\theta}$

(4) 특수각의 삼각비

구분	0°	30°	45°	60°	90°
$\sin\theta$	0	$\frac{1}{2}$	$\frac{1}{\sqrt{2}}$	$\frac{\sqrt{3}}{2}$	1
$\cos\theta$	1	$\frac{\sqrt{3}}{2}$	$\frac{1}{\sqrt{2}}$	$\frac{1}{2}$	0
$\tan\theta$	0	$\frac{1}{\sqrt{3}}$	1	$\sqrt{3}$	∞

3 삼각함수의 그래프

(1) $y=\sin x$

① 정의역은 실수 전체의 집합이고, 치역은 $\{y|-1\leq y\leq 1\}$이다.

② 모든 실수 x에 대하여 $\sin(-x)=-\sin x$이다. 즉, 그래프는 원점에 대하여 대칭이다.

③ 모든 실수 x에 대하여 $\sin(2n\pi+x)=\sin x$ (n은 정수)이고, 주기가 2π인 주기함수이다.

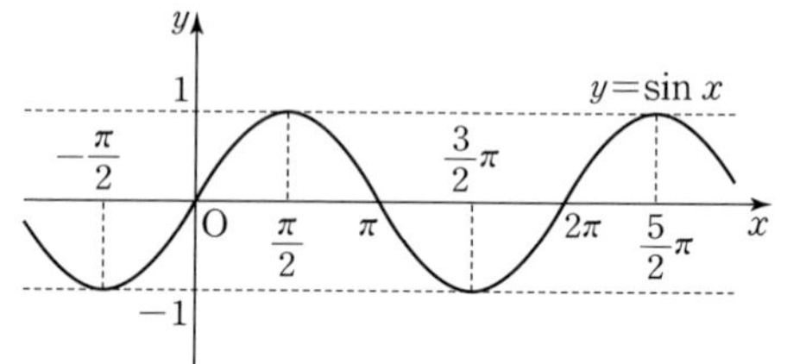

(2) $y=\cos x$

① 정의역은 실수 전체의 집합이고, 치역은 $\{y|-1\leq y\leq 1\}$이다.

② 모든 실수 x에 대하여 $\cos(-x)=\cos x$이다. 즉, 그래프는 y축에 대하여 대칭이다.

③ 모든 실수 x에 대하여 $\cos(2n\pi+x)=\cos x$ (n은 정수)이고, 주기가 2π인 주기함수이다.

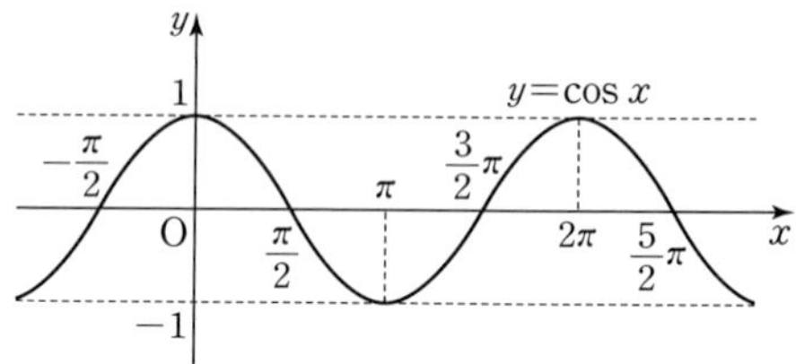

(3) $y=\tan x$

① 정의역은 $x\neq n\pi+\frac{\pi}{2}$ (n은 정수)인 실수 전체의 집합이고, 치역은 실수 전체의 집합이다.

② 정의역에 속하는 모든 실수 x에 대하여 $\tan(-x)=-\tan x$이다. 즉, 그래프는 원점에 대하여 대칭이다.

③ 모든 실수 x에 대하여 $\tan(n\pi+x)=\tan x$ (n은 정수)이고, 주기가 π인 주기함수이다.

④ 그래프의 점근선은 직선 $x=n\pi+\frac{\pi}{2}$ (n은 정수)이다.

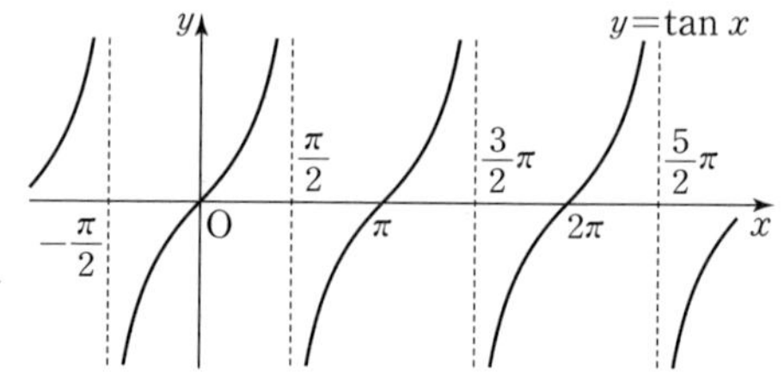

4 삼각함수의 성질 및 활용

(1) 삼각함수의 성질

① $2n\pi+\theta$의 삼각함수 (단, n은 정수)

㉠ $\sin(2n\pi+\theta)=\sin\theta$ ㉡ $\cos(2n\pi+\theta)=\cos\theta$ ㉢ $\tan(2n\pi+\theta)=\tan\theta$

② $-\theta$의 삼각함수

㉠ $\sin(-\theta)=-\sin\theta$ ㉡ $\cos(-\theta)=\cos\theta$ ㉢ $\tan(-\theta)=-\tan\theta$

③ $\pi+\theta$의 삼각함수

㉠ $\sin(\pi+\theta)=-\sin\theta$ ㉡ $\cos(\pi+\theta)=-\cos\theta$ ㉢ $\tan(\pi+\theta)=\tan\theta$

④ $\frac{\pi}{2}+\theta$의 삼각함수

㉠ $\sin\left(\frac{\pi}{2}+\theta\right)=\cos\theta$ ㉡ $\cos\left(\frac{\pi}{2}+\theta\right)=-\sin\theta$ ㉢ $\tan\left(\frac{\pi}{2}+\theta\right)=-\frac{1}{\tan\theta}$

(2) 삼각함수의 활용

① 방정식에의 활용

방정식 $2\sin x=1$, $2\cos x=-1$, $1+\tan x=0$과 같이 각의 크기가 미지수인 삼각함수를 포함한 방정식은 삼각함수의 그래프를 이용하여 다음과 같이 풀 수 있다.

㉠ 주어진 방정식을 $\sin x=k(\cos x=k,\ \tan x=k)$의 꼴로 변형

㉡ 주어진 범위에서 함수 $y=\sin x(y=\cos x,\ y=\tan x)$의 그래프와 직선 $y=k$의 교점의 x좌표를 찾아서 해를 구함

② 부등식에의 활용

부등식 $2\sin x>1$, $2\cos x<-1$, $1-\tan x>0$과 같이 각의 크기가 미지수인 삼각함수를 포함한 부등식은 삼각함수의 그래프를 이용하여 다음과 같이 풀 수 있다.

㉠ 주어진 부등식을 $\sin x>k(\cos x<k,\ \tan x<k)$의 꼴로 변형

㉡ 주어진 범위에서 함수 $y=\sin x(y=\cos x,\ y=\tan x)$의 그래프와 직선 $y=k$의 교점의 x좌표를 구함

㉢ 함수 $y=\sin x(y=\cos x,\ y=\tan x)$의 그래프가 직선 $y=k$보다 위쪽(또는 아래쪽)에 있는 x값의 범위를 찾아서 해를 구함

5 사인 및 코사인 법칙

(1) 사인법칙

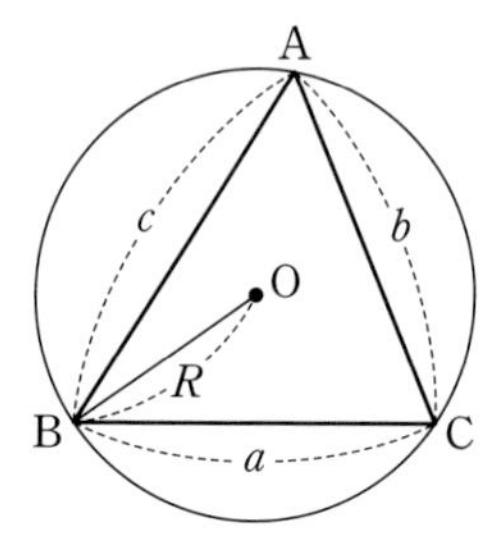

① $\triangle$ABC의 외접원의 반지름의 길이를 R이라 하면

$$\frac{a}{\sin \mathrm{A}}=\frac{b}{\sin \mathrm{B}}=\frac{c}{\sin \mathrm{C}}=2\mathrm{R}$$

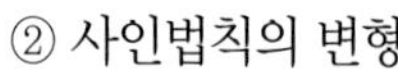

② 사인법칙의 변형

① $a=2\mathrm{R}\sin \mathrm{A}$, $b=2\mathrm{R}\sin \mathrm{B}$, $c=2\mathrm{R}\sin \mathrm{C}$

② $\sin \mathrm{B}=\frac{a}{2\mathrm{R}}$, $\sin \mathrm{B}=\frac{b}{2\mathrm{R}}$, $\sin \mathrm{C}=\frac{c}{2\mathrm{R}}$

③ $a : b : c=\sin \mathrm{A} : \sin \mathrm{B} : \sin \mathrm{C}$

(2) 코사인법칙

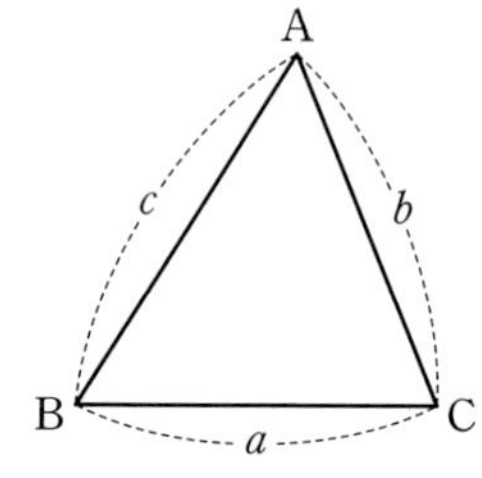

① $a^2=b^2+c^2-2bc\cos \mathrm{A} \Rightarrow \cos \mathrm{A}=\frac{b^2+c^2-a^2}{2bc}$

② $b^2=c^2+a^2-2ca\cos \mathrm{B} \Rightarrow \cos \mathrm{B}=\frac{c^2+a^2-b^2}{2ca}$

③ $c^2=a^2+b^2-2ab\cos \mathrm{C} \Rightarrow \cos \mathrm{C}=\frac{a^2+b^2-c^2}{2ab}$

6 삼각형의 넓이

(1) 두 변의 길이와 끼인각의 크기가 주어진 삼각형의 넓이

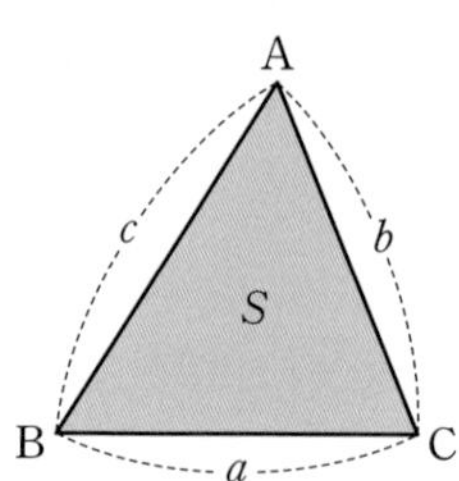

$$S=\frac{1}{2}ab\sin \mathrm{C}=\frac{1}{2}ac\sin \mathrm{B}=\frac{1}{2}bc\sin \mathrm{A}$$

(2) 내접원의 반지름의 길이(r)이 주어진 삼각형의 넓이

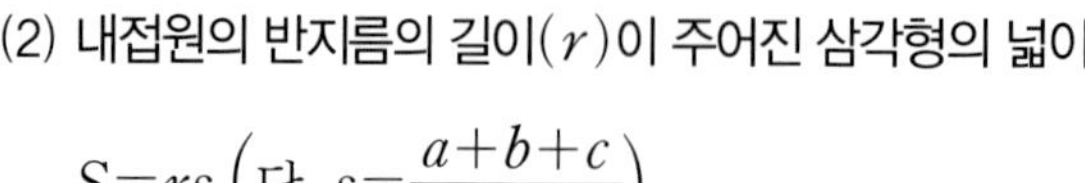

$$S=rs\left(\text{단, } s=\frac{a+b+c}{2}\right)$$

(3) 사각형의 넓이

① 평행사변형의 넓이 $S=xy\sin\theta$

② 사각형의 넓이 $S=\frac{1}{2}xy\sin\theta$

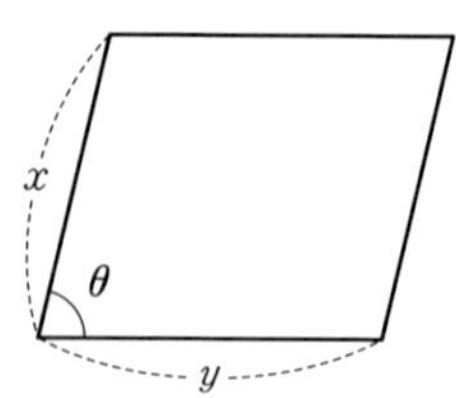

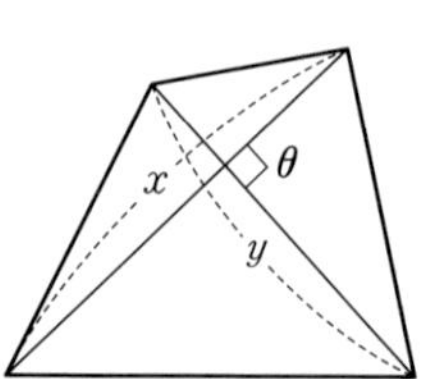

[실전문제]

해답 p.377

대표문제

배점(총점)	예상 소요 시간
10점	5분 / 전체 80분

▶ **$0 \le \theta < 2\pi$일 때, x에 대한 이차방정식 $x^2+(\sqrt{3}\sin\theta)x+\cos\theta-\frac{1}{4}=0$의 실근을 갖도록 하는 모든 θ의 값의 범위는 $\alpha \le \theta \le \beta$이다. $\tan\alpha-\tan\beta$의 값을 구하는 과정을 서술하시오.**

모범답안 실근을 갖기 위한 이차방정식의 판별식 $D \ge 0$,

따라서 $3\sin^2\theta-4\left(\cos\theta-\frac{1}{4}\right)\ge 0$

이는 $(3\cos\theta-2)(\cos\theta+2)\le 0$이고, 이를 풀면 $-2\le\cos\theta\le\frac{2}{3}$이다.

항상 $\cos\theta\ge-1$이므로, $\cos\theta\le\frac{2}{3}$

$\cos\alpha=\cos\beta=\frac{2}{3}$, α는 1사분면, β는 4사분면

$\tan\alpha=\frac{\sqrt{5}}{2}$, $\tan\beta=-\frac{\sqrt{5}}{2}$ $\quad\therefore \sqrt{5}$

채점기준

답안	배점
실근을 갖기 위한 이차방정식의 판별식 $D\ge 0$, 따라서 $3\sin^2\theta-4\left(\cos\theta-\frac{1}{4}\right)\ge 0$	3점
이는 $(3\cos\theta-2)(\cos\theta+2)\le 0$이고, 이를 풀면 $-2\le\cos\theta\le\frac{2}{3}$이다.	2점
항상 $\cos\theta\ge-1$이므로, $\cos\theta\le\frac{2}{3}$ $\cos\alpha=\cos\beta=\frac{2}{3}$, α는 1사분면, β는 4사분면	2점
$\tan\alpha=\frac{\sqrt{5}}{2}$, $\tan\beta=-\frac{\sqrt{5}}{2}$ $\therefore \sqrt{5}$	3점

〈2022학년도 가천대 논술 모의고사〉

01 $0\le x<2\pi$일 때, 방정식 $|\sin x|+\sin x=2$의 해를 구하는 과정을 아래 과정을 참고하여 서술하시오.

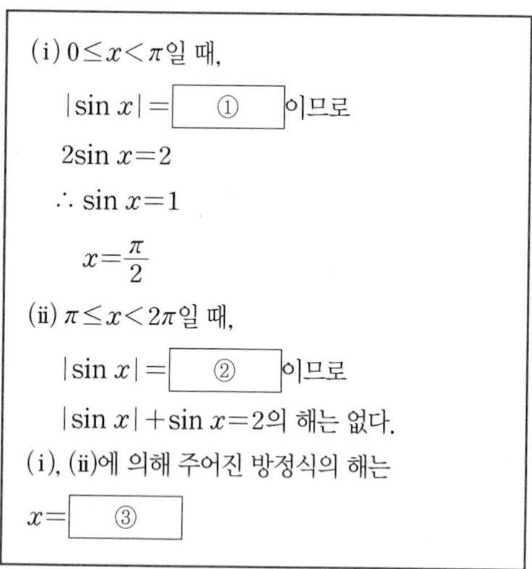

(i) $0\le x<\pi$일 때,

$|\sin x|=$ ① 이므로

$2\sin x=2$

$\therefore \sin x=1$

$x=\dfrac{\pi}{2}$

(ii) $\pi\le x<2\pi$일 때,

$|\sin x|=$ ② 이므로

$|\sin x|+\sin x=2$의 해는 없다.

(i), (ii)에 의해 주어진 방정식의 해는

$x=$ ③

02 그림과 같이 길이가 2인 선분 AB를 지름으로 하는 반원을 C_1이라 하고, 직선 AB와 점 B에서 접하고 반지름의 길이가 $\dfrac{1}{2}$인 원을 C_2라 할 때, 반원 C_1의 호 AB와 원 C_2가 만나는 점 중 B가 아닌 점을 P라 하자. 선분 AB의 중점을 O_1, 원 C_2의 중심을 O_2라 하자. 부채꼴 O_1BP의 호의 길이를 l_1, 부채꼴 O_2BP의 호의 길이를 l_2라 할 때, $2l_1+4l_2$의 값을 구하는 과정을 서술하시오.
(단, 부채꼴 O_1BP와 부채꼴 O_2BP의 중심각의 크기는 모두 π보다 작다.)

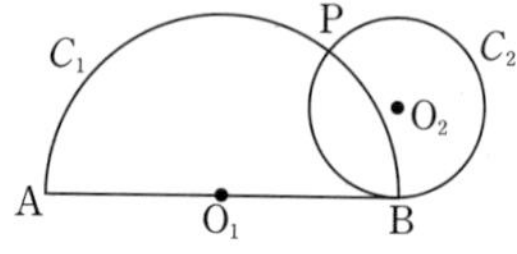

03 양수 a와 실수 b에 대하여 함수

$$f(x)=a\sin\left(ax+\frac{\pi}{6}\right)+a\cos\left(\frac{1}{3}\pi-ax\right)+b$$

의 주기가 2π이고 최솟값이 2일 때, $f\left(\frac{5}{6}\pi\right)$의 값을 구하는 과정을 서술하시오.

04 $0<\theta<\frac{\pi}{2}$인 θ에 대하여 $3\sin\theta-\sqrt{3}\cos\theta=0$일 때

$$|3\cos\theta|+\sin\theta+\sqrt{(3\cos\theta-\sin\theta)^2}$$

의 값을 구하는 과정을 서술하시오.

05 이차방정식 $x^2-4x+2=0$의 두 근을 α, $\beta(\alpha>\beta)$라 할 때, $\sin\theta-\cos\theta=\frac{\alpha-\beta}{\alpha+\beta}$를 만족시키는 θ에 대하여 $\sin\theta\cos\theta$의 값을 구하는 과정을 서술하시오.

06 x에 관한 이차방정식 $x^2-3ax+2a^2=0$의 두 근이 $\sin\theta$, $\cos\theta$일 때, 양수 a의 값을 구하는 과정을 서술하시오.

07 $\triangle \mathrm{ABC}$의 세 변의 길이가 a, b, c일 때, $(a-b)^2=c^2+(\sqrt{3}-2)ab$의 값이 성립한다. 이때 $\tan \mathrm{C}$의 값을 구하는 과정을 서술하시오.

08 함수 $y=\cos \frac{\pi}{2}x$의 그래프와 직선 $y=\frac{1}{5}x$의 교점의 개수를 구하는 과정을 서술하시오.

09 x값의 범위가 $0 \le x < 2\pi$일 때, $\sin x = \frac{2}{3}$의 두 근을 α, β라고 하자. 이때 $\sin(\alpha+\beta+\pi)$의 값을 구하는 과정을 서술하시오.

10 반지름의 길이가 4인 원에 내접하는 $\triangle ABC$가 있다. $C=75^{\circ}$이고 $2\sin(A+C) \times \sin B=1$이 성립한다고 할 때, a의 길이를 구하는 과정을 서술하시오.

11 그림은 함수 $f(x)=a\sin b\left(x+\frac{\pi}{3}\right)+c$의 그래프이다.

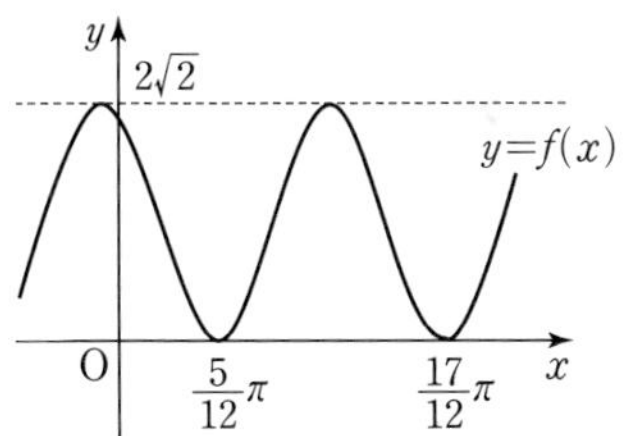

$a^2-b^2+c^2$의 값을 구하시오. (단, a, b, c는 상수이다.)

12 함수 $y=a\sin\left(2x+\frac{\pi}{6}\right)+b$의 최댓값이 2이고, $f\left(\frac{\pi}{24}\right)=\sqrt{2}$일 때, 함수 $f(x)$의 최솟값을 구하는 과정을 서술하시오.

13 $\triangle \mathrm{ABC}$에서
$\sin \mathrm{A} : \sin \mathrm{B} : \sin \mathrm{C} = 3 : 4 : 5$를 만족시킬 때, $\cos \mathrm{A}$의 값을 구하는 과정을 서술하시오.

14 모든 실수 θ에 대해 부등식
$\cos^2\theta + 2\sin\theta \le 3(a+1)$가 항상 성립하도록 하는 실수 a의 최솟값을 구하는 과정을 아래 과정을 참고하여 서술하시오.

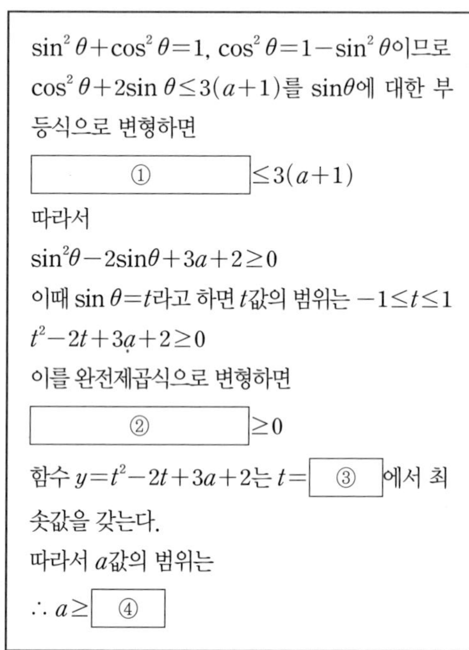

$\sin^2\theta + \cos^2\theta = 1$, $\cos^2\theta = 1 - \sin^2\theta$이므로
$\cos^2\theta + 2\sin\theta \le 3(a+1)$를 $\sin\theta$에 대한 부등식으로 변형하면
[①] $\le 3(a+1)$
따라서
$\sin^2\theta - 2\sin\theta + 3a + 2 \ge 0$
이때 $\sin\theta = t$라고 하면 t값의 범위는 $-1 \le t \le 1$
$t^2 - 2t + 3a + 2 \ge 0$
이를 완전제곱식으로 변형하면
[②] ≥ 0
함수 $y = t^2 - 2t + 3a + 2$는 $t =$ [③]에서 최솟값을 갖는다.
따라서 a값의 범위는
$\therefore a \ge$ [④]

15 함수 $y=\sin^2 x-\cos x+1$의 최댓값을 M, 최솟값을 N이라 할 때, $M+N$의 값을 구하는 과정을 서술하시오.

16 $0<t<2\pi$인 실수 t에 대하여 함수

$$f(x)=\begin{cases}\cos x-\cos t & (0\leq x\leq t)\\ \cos t-\cos x & (t<x\leq 2\pi)\end{cases}$$
의

최댓값을 $M(t)$, 최솟값을 $m(t)$라 할 때, $M(t)+m(t)=0$을 만족시키는 실수 t의 최댓값과 최솟값의 합을 구하는 과정을 서술하시오.

17 $\triangle$ABC에서 $a=3$, $c=5$, B$=120°$일 때, 이 삼각형의 외접원의 반지름의 길이를 구하는 과정을 서술하시오.

18 θ가 제2사분면의 각이고 $\tan\theta=-\frac{3}{7}$일 때, $\sin\theta+\cos\theta$의 값을 구하는 과정을 서술하시오.

19 모든 실수 x에 대하여 부등식 $x^2-2x\cos\theta+\sin^2\theta>-\sin\theta$가 항상 성립하도록 하는 θ의 값의 범위를 구하는 과정을 서술하시오. (단, $0\le\theta<2\pi$)

20 $\triangle$ABC는 반지름의 길이가 5인 원에 내접한다. $a+b+c=24$일 때, $\sin A+\sin B+\sin C$의 값을 구하는 과정을 서술하시오.

21 모든 실수 x에 대한 부등식
$\cos^2 x + 6\sin x + k < 0$이 항상 성립하도록 하는 실수 k의 값의 범위를 구하시오.

22 그림과 같이 길이가 3인 선분 AB에 대하여 중심이 A이고 반지름의 길이가 2인 원 O_1과 중심이 B이고 반지름의 길이가 1인 원 O_2가 만나는 점을 C라 하자. 원 O_1 위의 점 P를 중심으로 하고 두 점 A, C를 지나는 원 O_3이 원 O_1과 만나는 점 중 C가 아닌 점을 D라 하고, 원 O_3이 원 O_2와 만나는 점 중 C가 아닌 점을 E라 할 때, 삼각형 EDC에서 $\sin(\angle \mathrm{EDC})$의 값을 구하는 과정을 서술하시오.

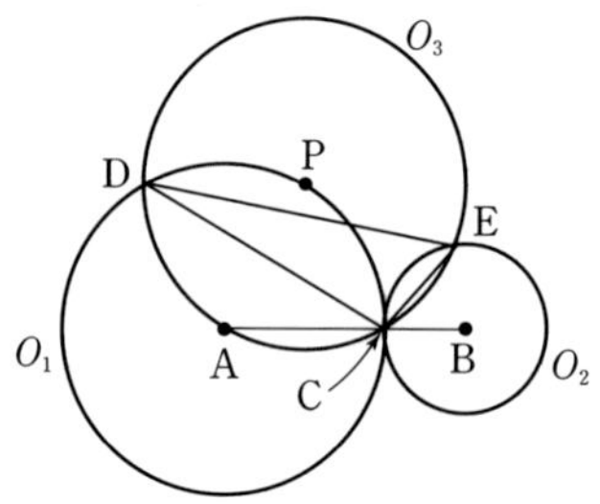

23 $\triangle ABC$의 변의 길이가 각각 $a=3$, $b=4$, $c=5$일 때, $\triangle ABC$의 넓이를 구하는 과정을 서술하시오.

24 x값의 범위가 $0 \leq x < 3\pi$일 때, 함수 $y=\cos x$의 그래프와 직선 $y=t(0<t<1)$가 만나는 교점의 x좌표를 작은 것부터 차례대로 A, B, C라고 한다. $A=\frac{1}{3}\pi$일 때 $C-B$의 값을 구하는 과정을 서술하시오.

25 x값의 범위가 $0 \leq x < 2\pi$일 때, 부등식 $2\sin x - 1 \geq 0$을 만족시키는 모든 x값의 범위가 $\alpha \leq x \leq \beta$이다. 이때 $\tan\left(\alpha + \beta - \frac{2}{3}\pi\right)$의 값을 구하는 과정을 서술하시오.

수열

[핵심이론]

1 1. 등차수열

(1) 일반항 및 등차중항

① 일반항

첫째항이 a, 공차가 d인 등차수열 $\{a_n\}$의 일반항 a_n은

$a_n=a+(n-1)d$ (단, $n=1, 2, 3, \cdots$)

② 등차중항

세수 a, b, c가 이 순서대로 등차수열을 이룰 때, b를 a와 c의 등차중항이라고 한다.

$b-a=c-b$이므로 $b=\frac{a+c}{2}$

(2) 등차수열의 합

등차수열의 첫째항부터 제n항까지의 합 S_n은 다음과 같다.

① 첫째항이 a, 제n항이 l일 때: $S_n=\frac{n(a+l)}{2}$

② 첫째항이 a, 공차가 d일 때: $S_n=\frac{n\{2a+(n-1)d\}}{2}$

2 등비수열

(1) 일반항 및 등비중항

① 일반항

첫째항이 a, 공비가 $r(r\neq0)$인 등비수열 $\{a_n\}$의 일반항 a_n은

$a_n=ar^{n-1}$ (단, $n=1, 2, 3, \cdots$)

② 등비중항

0이 아닌 세수 a, b, c가 이 순서대로 등비수열을 이룰 때, b를 a와 c의 등비중항이라고 한다.

$\frac{b}{a}=\frac{c}{b}$이므로 $b^2=ac$

(2) 등비수열의 합

첫째항이 a, 공비가 $r(r\neq0)$인 등비수열의 첫째항부터 제n항까지의 합 S_n은 다음과 같다.

① $r=1$일 때: $S_n=na$

② $r\neq1$일 때: $S_n=\dfrac{a(r^n-1)}{r-1}=\dfrac{a(1-r^n)}{1-r}$

(3) 수열의 합과 일반항 사이의 관계

수열 $\{a_n\}$의 첫째항부터 제 n항까지의 합을 S_n이라 하면

$a_1=S_1$, $a_n=S_n-S_{n-1}$ $(n\geq2)$

3 수열의 합

(1) 정의

수열 $\{a_n\}$의 첫째항부터 n번째 항까지의 합

$\sum_{k=1}^{n}a_k=S_n=a_1+a_2+a_3+\cdots+a_n$

(2) 성질

① $\sum_{k=1}^{n}(a_k+b_k)=\sum_{k=1}^{n}a_k+\sum_{k=1}^{n}b_k$

② $\sum_{k=1}^{n}(a_k-b_k)=\sum_{k=1}^{n}a_k-\sum_{k=1}^{n}b_k$

③ $\sum_{k=1}^{n}ca_k=c\sum_{k=1}^{n}a_k$ (단, c는 상수)

④ $\sum_{k=1}^{n}c=cn$ (단, c는 상수)

(3) 여러 가지 수열의 합

① 자연수의 합

㉠ $\sum_{k=1}^{n}k=1+2+3+\cdots+n=\dfrac{n(n+1)}{2}$

㉡ $\sum_{k=1}^{n}k^2=1^2+2^2+3^2+\cdots+n^2=\dfrac{n(n+1)(2n+1)}{6}$

㉢ $\sum_{k=1}^{n}k^3=1^3+2^3+3^3+\cdots+n^3=\left\{\dfrac{n(n+1)}{2}\right\}^2$

② 분수 꼴인 수열의 합

① $\sum_{k=1}^{n}\dfrac{1}{k(k+a)}=\sum_{k=1}^{n}\dfrac{1}{a}\left(\dfrac{1}{k}-\dfrac{1}{k+a}\right)$

② $\sum_{k=1}^{n}\dfrac{1}{(k+a)(k+b)}=\dfrac{1}{b-a}\sum_{k=1}^{n}\left(\dfrac{1}{k+a}-\dfrac{1}{k+b}\right)$ (단, $a\neq b$)

③ 무리식으로 나타내어진 수열의 합

㉠ $\sum_{k=1}^{n} \frac{1}{\sqrt{k+a}+\sqrt{k}} = \frac{1}{a}\sum_{k=1}^{n}(\sqrt{k+a}-\sqrt{k})$ (단, $a \neq 0$)

㉡ $\sum_{k=1}^{n} \frac{1}{\sqrt{k+a}+\sqrt{k+b}} = \frac{1}{a-b}\sum_{k=1}^{n}(\sqrt{k+a}-\sqrt{k+b})$ (단, $a \neq b$)

4 수학적 귀납법

(1) 귀납적 정의

① 수열: $\{a_n\}$을 첫째항 a_1, 서로 이웃하는 a_n과 a_{n+1} 사이의 관계식으로 정의하는 것

② 등차수열: $a_{n+1}-a_n=d$(일정), $2a_{n+1}=a_n+a_{n+2}$

③ 등비수열: $a_{n+1}\div a_n=r$(일정), $(a_{n+1})^2=a_n \times a_{n+2}$

(2) 수학적 귀납법

자연수 n과 관련된 어떤 명제 $p(n)$이 모든 자여수에 대하여 성립한다는 것을 증명하려면 다음 두 가지를 보이면 된다.

① $n=1$일 때: 명제 $p(n)$이 성립한다.

② $n=k$일 때: 명제 $p(n)$이 성립함을 가정하면, $n=k+1$일 때에도 명제 $p(n)$이 성립한다.

[실전문제]

해답 p.382

배점(총점)	예상 소요 시간
10점	3분 / 전체 80분

▶ **자연수 n에 대하여 x에 대한 이차방정식 $x^2+25x-(2n-1)(2n+1)=0$의 두 근을 α_n, β_n이라 하자. 등식 $\sum_{n=1}^{m}\left(\frac{1}{\alpha_n}+\frac{1}{\beta_n}\right)=12$를 만족시키는 자연수 m의 값을 구하는 과정을 서술하시오.**

모범답안 근과 계수와의 관계에 의해 $\alpha_n+\beta_n=-25$, $\alpha_n\beta_n=-(2n-1)(2n+1)$이고,

식에 대입하면 $\sum_{n=1}^{m}\left(\frac{1}{\alpha_n}+\frac{1}{\beta_n}\right)=\sum_{n=1}^{m}\frac{\alpha_n+\beta_n}{\alpha_n\beta_n}=\sum_{n=1}^{m}\frac{25}{(2n-1)(2n+1)}$이다.

따라서 $\sum_{n=1}^{m}\frac{25}{(2n-1)(2n+1)}=\frac{25}{2}\sum_{n=1}^{m}\left(\frac{1}{2n-1}-\frac{1}{2n+1}\right)$이고

$=\frac{25}{2}\left(1-\frac{1}{3}+\frac{1}{3}-\frac{1}{5}+\cdots-\frac{1}{2m+1}\right)=\frac{25m}{2m+1}$

$25m=12(2m+1)$이므로 $m=12$이다.

채점기준

답안	배점
근과 계수와의 관계에 의해 $\alpha_n+\beta_n=-25$, $\alpha_n\beta_n=-(2n-1)(2n+1)$	2점
$\sum_{n=1}^{m}\left(\frac{1}{\alpha_n}+\frac{1}{\beta_n}\right)=\sum_{n=1}^{m}\frac{\alpha_n+\beta_n}{\alpha_n\beta_n}=\sum_{n=1}^{m}\frac{25}{(2n-1)(2n+1)}$	2점
$\sum_{n=1}^{m}\frac{25}{(2n-1)(2n+1)}=\frac{25}{2}\sum_{n=1}^{m}\left(\frac{1}{2n-1}-\frac{1}{2n+1}\right)$ $=\frac{25}{2}\left(1-\frac{1}{3}+\frac{1}{3}-\frac{1}{5}+\cdots-\frac{1}{2m+1}\right)=\frac{25m}{2m+1}$	4점
따라서 $25m=12(2m+1)$이므로 $m=12$이다.	2점

〈2022학년도 가천대 논술 모의고사〉

01 모든 자연수 n에 대하여 x에 관한 다항식 $3x^2+(4-2n)x-3n$을 $x-n$으로 나누었을 때의 나머지를 a_n이라고 할 때, $\sum_{k=1}^{17}\frac{1}{a_k}$의 값을 구하는 과정을 아래 과정을 참고하여 서술하시오.

> 주어진 다항식 $3x^2+(4-2n)x-3n$을 $x-n$으로 나누었을 때의 나머지가 a_n임을 이용하여 $3x^2+(4-2n)x-3n=(x-n)Q(x)+a_n$의 식으로 표현할 수 있다.
> 따라서 위 식을 이용하여 a_n을 구하면,
> $a_n=$ ①
> $a_n=n^2+n$
> $\therefore \sum_{k=1}^{17}\frac{1}{a_k}=\sum_{k=1}^{17}\frac{1}{k^2+k}=\sum_{k=1}^{17}\frac{1}{k(k+1)}$
> $=$ ②
> 이므로 식을 전개하면
> $\left(\frac{1}{1}-\frac{1}{2}\right)+\left(\frac{1}{2}-\frac{1}{3}\right)+\left(\frac{1}{3}-\frac{1}{4}\right)+\cdots+\left(\frac{1}{16}-\frac{1}{17}\right)+\left(\frac{1}{17}-\frac{1}{18}\right)$
> $=$ ③

02 공차가 0이 아닌 실수인 등차수열 $\{a_n\}$에 대하여 $b_n=a_1-a_2+a_3-a_4+\cdots+(-1)^{n-1}a_n(n=1, 2, 3, \cdots)$이라 하자. $b_4=4$일 때, 수열$\{b_{2n}\}$의 첫째항부터 제11항까지의 합을 구하는 과정을 서술하시오.

PART 1 국어

PART 2 수학

PART 3 해답

03 $\sum_{n=1}^{m}\left\{\sum_{i=1}^{n}(2i+1)\right\}=26$이라고 할 때, m의 값을 구하는 과정을 서술하시오.

04 등차수열 $\{a_n\}$은 첫째항이 -6이고 모든 항이 0이 아닌 정수로 이루어져 있다. 첫째항부터 제 n항까지의 합을 S_n이라고 할 때, $S_n=0$을 만족시키는 2 이상의 자연수 k에 대하여 S_{3k}의 최솟값을 구하는 과정을 서술하시오.

05 x에 대한 이차방정식 $x^2-4kx+7k=0$의 두 근이 α_k, β_k라고 할 때, $\sum_{k=1}^{5}(\alpha_k-\beta_k)^2$의 값을 구하는 과정을 서술하시오. (단, k는 자연수)

06 공비가 r인 등비수열 $\{a_n\}$의 첫째항부터 제n항까지의 합을 S_n이라 하자.

$\frac{a_8-a_6}{S_8-S_6}=3$일 때, r의 값을 구하는 과정을 서술하시오. (단, $a_1\neq0$, $r\neq0$, $r^2\neq1$)

07 공차가 4인 등차수열 $\{a_n\}$의 첫째항부터 제 n항까지의 합을 S_n이라고 하자.
$S_n=kn^2-2n$일 때, a_8의 값을 구하는 과정을 서술하시오. (단, p는 상수)

08 임의의 수열 $\{a_n\}$에 대하여 $\sum_{k=1}^{n} a_k=3^n-1$이라고 할 때, $\frac{1}{9^9-1}\sum_{k=1}^{9} a_{2k}$의 값을 구하는 과정을 서술하시오.

09 등차수열 $\{a_n\}$에서 $a_2=-10$, $a_5=14$일 때, $|a_1|+|a_2|+|a_3|+\cdots+|a_{10}|$의 값을 구하는 과정을 서술하시오.

10 임의의 수열 $\{a_n\}$에서
$\sum_{k=1}^{20} ka_k=100$, $\sum_{k=2}^{21}(k-1)(a_k)=50$,
$a_{21}=\frac{1}{2}$일 때, $\sum_{k=1}^{20} a_k$의 값을 구하는 과정을 서술하시오.

11 등차수열 $\{a_n\}$은 첫째항이 12이고 제5항과 제9항은 절댓값이 같고 부호가 반대이다. 이때 a_{12}의 값을 구하는 과정을 서술하시오.

12 두 수열 $\{a_n\}$, $\{b_n\}$이 〈보기〉의 조건을 만족할 때, $\sum_{n=1}^{8}(a_n-b_n)$의 값을 구하는 과정을 서술하시오.

보기

(가) 모든 자연수 n에 대하여 $a_{n+4}=a_n$, $b_{n+2}=b_n$이다.

(나) $\sum_{n=1}^{4}a_n=\frac{7}{2}$, $\sum_{n=1}^{2}b_n=\frac{3}{4}$

13 n이 자연수일 때, x에 대한 이차방정식 $x^2-33x+n(n+1)=0$의 두 근을 α_n, β_n이라 하자. 이때 $\sum_{n=1}^{10}\left(\frac{1}{\alpha_n}+\frac{1}{\beta_n}\right)$의 값을 구하는 과정을 서술하시오.

14 함수 $y=\frac{x+5}{2x^2+3}$의 그래프가 직선 $y=1$과 만나는 교점의 x좌표를 각각 a, b라고 할 때, $2\sum_{k=1}^{5}(k-a)(k-b)$의 값을 구하는 과정을 아래 과정을 참고하여 서술하시오.

> 주어진 함수 $y=\frac{x+5}{2x^2+3}$가 $y=1$과 만남으로
>
> $\frac{x+5}{2x^2+3}=1$, $x+5=2x^2+3$, $2x^2-x-2=0$
>
> 이때 교점의 x좌표 a, b는 $2x^2-x-2=0$의 두 근이므로 $2x^2-x-2=$ ① 의 식으로 표현할 수 있다.
>
> 따라서
>
> $2\sum_{k=1}^{5}(k-a)(k-b)=\sum_{k=1}^{5}(2k^2-k-2)$
>
> $=$ ②
>
> $=$ ③

15 수열 $\{a_n\}$이 첫째항이 1이고 공차가 2인 등차수열일 때, $\frac{1}{\sqrt{a_1}+\sqrt{a_2}}+\frac{1}{\sqrt{a_2}+\sqrt{a_3}}+\frac{1}{\sqrt{a_3}+\sqrt{a_4}}+\cdots+\frac{1}{\sqrt{a_9}+\sqrt{a_{10}}}$의 값을 구하는 과정을 서술하시오.

16 공차가 4인 등차수열 $\{a_n\}$에서 a_3과 a_9의 등차중항이 a_k이고 a_1과 a_k의 등비중항이 a_4일 때, a_k의 값을 구하는 과정을 서술하시오.

17 첫째항이 1이고 공차가 d인 등차수열 $\{a_n\}$에 대하여 $\sum_{n=1}^{12} \frac{d}{\sqrt{a_n}+\sqrt{a_{n+1}}}$의 값이 10 이하의 자연수가 되도록 하는 모든 자연수 d의 개수를 구하는 과정을 서술하시오.

18 첫째항이 -28이고 공차가 정수인 등차수열 $\{a_n\}$에 대하여 $a_{k+1}a_{k+3}<0$을 만족시키는 자연수 k의 최솟값이 13일 때, a_4의 값을 구하는 과정을 서술하시오.

PART 1 국어
PART 2 수학
PART 3 해답

19 수열 $\{a_n\}$의 첫째항부터 제 n항까지의 합 S_n이 $S_n=2n^2-n$일 때, $\sum_{k=1}^{11} \frac{1}{a_k a_{k+1}}$의 값을 구하는 과정을 서술하시오.

20 첫째항이 32이고 공차가 -5인 등차수열 $\{a_n\}$의 첫째항부터 제 n항까지의 합을 S_n이라고 할 때, S_n의 최댓값을 구하는 과정을 서술하시오.

21 첫째항이 1인 등차수열 $\{a_n\}$에 대하여

$\sum_{n=1}^{2019} a_{2n}=4038+\sum_{n=1}^{2019} a_{2n-1}$이 성립할 때,

$\sum_{n=1}^{2019} a_n=2019^k$라고 한다.

이때 k의 값을 구하는 과정을 서술하시오.

22 자연수 k에 대하여 수열 $\{a_n\}$은 $a_1=4k-2$ 이고, 모든 자연수 n에 대하여

$$a_{n+1}=\begin{cases} |a_n-4| & \left(n\le\dfrac{a_1}{4}+1\right) \\ a_n+4 & \left(n>\dfrac{a_1}{4}+1\right) \end{cases}$$

을 만족시킨다. $a_1=a_{12}$일 때, k의 값을 구하는 과정을 서술하시오.

23 수열 $\{a_n\}$에 대하여 $\sum_{k=1}^{n} a_k = n^2 + n$일 때, $\sum_{k=1}^{12} a_{3k+2}$의 값을 구하는 과정을 서술하시오.

24 두 수 3과 24 사이에 m개의 수를 넣어 만든 수열이 차례대로 공차가 d인 등차수열을 이루고, 그 합이 243이라고 할 때, d의 값을 구하는 과정을 서술하시오.

25 **등비수열 $\{a_n\}$이 다음 조건을 모두 만족시킬 때, a_3의 값을 구하는 과정을 서술하시오.**

(가) $a_3a_4=4a_6$	(나) $\dfrac{a_5+a_7}{a_2+a_4}=27$

함수의 극한과 연속

[핵심이론]

1 함수의 극한

(1) 함수의 수렴과 발산

① 함수의 수렴

함수 $f(x)$에서 x가 a가 아닌 값이면서 a에 한없이 가까워질 때, $f(x)$의 값이 일정한 값 α에 한없이 가까워지면 함수 $f(x)$는 α에 수렴한다고 하며, α를 $x \to a$일 때의 $f(x)$의 극한이라고 한다.

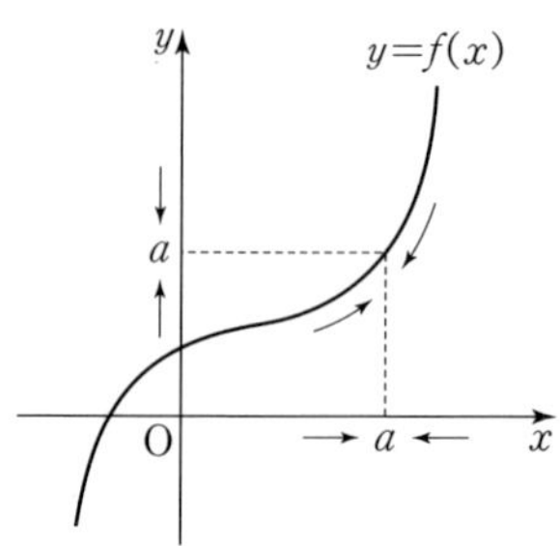

$\lim_{x \to a} f(x) = \alpha$ 또는 $x \to a$일 때, $f(x) \to \alpha$

② 함수의 발산

함수 $f(x)$에서 x가 a가 아닌 값이면서 a에 한없이 가까워질 때, $f(x)$의 값이 한없이 커지거나 작아지면 $f(x)$는 양의 무한대 또는 음의 무한대로 발산한다고 한다.

$\lim_{x \to a} f(x) = \infty(-\infty)$ 또는 $x \to a$일 때, $f(x) \to \infty(-\infty)$

(2) 함수의 좌극한과 우극한

① 함수의 좌극한

함수 $f(x)$에서 x가 a보다 작으면서 a에 한없이 가까워질 때, $f(x)$가 일정한 값 α에 한없이 가까워지면 α를 $x=a$에서 함수 $f(x)$의 좌극한값이라고 한다.

$\lim_{x \to a-} f(x) = \alpha$ 또는 $x \to a-$일 때, $f(x) \to \alpha$

② 함수의 우극한

함수 $f(x)$에서 x가 a보다 크면서 a에 한없이 가까워질 때, $f(x)$가 일정한 값 α에 한없이 가까워지면 α를 $x=a$에서 함수 $f(x)$의 우극한값이라고 한다.

$\lim_{x \to a+} f(x) = \alpha$ 또는 $x \to a+$일 때, $f(x) \to \alpha$

③ 극한값의 존재

좌극한값과 우극한값이 같을 때, 극한값이 존재한다고 한다.

$\lim_{x\to a-} f(x) = \lim_{x\to a+} f(x) = \alpha$ 일 때, $\lim_{x\to a} f(x) \to \alpha$

(3) 함수의 극한에 대한 성질

① 기본 성질

두 함수 $f(x)$, $g(x)$에 대하여 $\lim_{x\to a} f(x) = \alpha$, $\lim_{x\to a} g(x) = \beta$ (α, β는 실수)일 때

㉠ $\lim_{x\to a}\{cf(x)\} = c\lim_{x\to a} f(x) = c\alpha$ (단, c는 상수)

㉡ $\lim_{x\to a}\{f(x)+g(x)\} = \lim_{x\to a} f(x) + \lim_{x\to a} g(x) = \alpha+\beta$

㉢ $\lim_{x\to a}\{f(x)-g(x)\} = \lim_{x\to a} f(x) - \lim_{x\to a} g(x) = \alpha-\beta$

㉣ $\lim_{x\to a}\{f(x)g(x)\} = \lim_{x\to a} f(x) \times \lim_{x\to a} g(x) = \alpha\beta$

㉤ $\lim_{x\to a}\frac{f(x)}{g(x)} = \frac{\lim_{x\to a} f(x)}{\lim_{x\to a} g(x)} = \frac{\alpha}{\beta}$ (단, $\beta \neq 0$)

② 함수의 극한과 부등식

㉠ $f(x) \leq g(x)$이면 $\lim_{x\to a} f(x) \leq \lim_{x\to a} g(x)$

㉡ $f(x) \leq h(x) \leq g(x)$이고 $\lim_{x\to a} f(x) = \lim_{x\to a} g(x) = \alpha$이면 $\lim_{x\to a} h(x) = \alpha$

(4) 미정계수의 결정

두 함수 $f(x)$, $g(x)$에 대하여 다음 성질을 이용하여 미정계수를 결정할 수 있다.

① $\lim_{x\to a}\frac{f(x)}{g(x)} = \alpha$ (α는 실수)이고 $\lim_{x\to a} g(x) = 0$이면 $\lim_{x\to a} f(x) = 0$이다.

② $\lim_{x\to a}\frac{f(x)}{g(x)} = \alpha$ ($\alpha \neq 0$인 실수)이고 $\lim_{x\to a} f(x) = 0$이면 $\lim_{x\to a} g(x) = 0$이다.

2 함수의 연속

(1) 연속과 불연속

① 함수의 연속

함수 $f(x)$가 실수 a에 대하여 다음의 세 조건을 만족시킬 때, 함수 $f(x)$는 $x=a$에서 연속이라고 한다.

$$\begin{cases} \text{함수 } f(x)\text{가 } x=a\text{에서 정의되어 있다.} \\ \lim_{x\to a} f(x)\text{가 존재한다.} \\ \lim_{x\to a} f(x)=f(a)\text{이다.} \end{cases}$$

② 함수의 불연속

함수 $f(x)$가 위의 세 조건 중 하나라도 만족하지 않을 때, $f(x)$는 $x=a$에서 불연속이라고 한다.

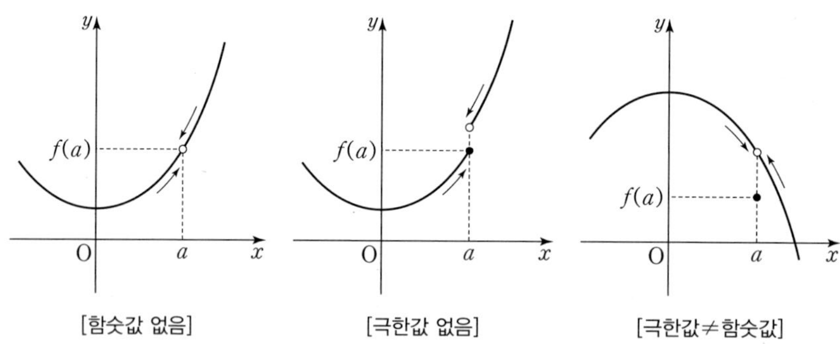

[함숫값 없음] [극한값 없음] [극한값≠함숫값]

(2) 연속함수의 성질

함수 $f(x)$, $g(x)$가 $x=a$에서 연속이면 다음 함수도 $x=a$에서 연속이다.

① $cf(x)$ (단, c는 상수)

② $f(x)\pm g(x)$

③ $f(x)g(x)$

④ $\dfrac{f(x)}{g(x)}$ (단, $g(x)\neq 0$)

(3) 최대 · 최소 정리

함수 $f(x)$가 닫힌구간 $[a, b]$에서 연속이면 함수 $f(x)$는 이 구간에서 반드시 최댓값과 최솟값을 갖는다.

(4) 사잇값 정리

① 함수 $f(x)$가 닫힌구간 $[a, b]$에서 연속이고 $f(a)\neq f(b)$이면 $f(a)$와 $f(b)$ 사이의 임의의 값 k에 대하여 $f(c)=k$가 열린구간 (a, b)에 적어도 하나 존재한다.

② 함수 $f(x)$가 닫힌구간 $[a, b]$에서 연속이고 $f(a)$와 $f(b)$의 부호가 서로 다르면 $f(c)=0$인 c가 열린구간 (a, b)에 적어도 하나 존재한다.

[실전문제]

해답 p.386

배점(총점)	예상 소요 시간
10점	5분 / 전체 80분

▶ 다항함수 $f(x)$가 있다. 이 다항함수 $f(x)$는 $\lim_{x\to\infty}\frac{f(x)}{x^2+7x+9}=1$, $\lim_{x\to 0}\frac{f(x)}{x-3}=0$을 만족한다.

이때 다항함수 $f(x)$를 구하시오.

 $\lim_{x\to\infty}\frac{f(x)}{x^2+7x+9}=1$에서 $f(x)$는 x^2에서의 계수가 1인 이차함수임을 알 수 있다.

그러므로 $f(x)=x^2+ax+b$(a, b는 상수)라고 할 수 있다.

$\lim_{x\to 0}\frac{f(x)}{x-3}=\lim_{x\to 0}\frac{x^2+ax+b}{x-3}=0$

이때 $\lim_{x\to 3}(x-3)=0$이므로 $\lim_{x\to 3}(x^2+ax+b)=0$이다.

따라서 $9+3a+b=0$이므로 $b=-3(a+3)$

$f(x)=x^2+ax+b=x^2+ax-3(a+3)=(x-3)(x+a+3)$

$\lim_{x\to 0}\frac{f(x)}{x-3}=\lim_{x\to 0}\frac{x^2+ax+b}{x-3}=\lim_{x\to 0}\frac{(x-3)(x+a+3)}{x-3}=\lim_{x\to 0}(x+a+3)=a+3=0$

$\therefore a=-3$, $b=0$, $f(x)=x^2-3x$

채점기준

답안	배점
$f(x)=x^2+ax+b$(a, b는 상수)	2점
$\lim_{x\to 0}\frac{f(x)}{x-3}=\lim_{x\to 0}\frac{x^2+ax+b}{x-3}=0$ 이때 $\lim_{x\to 3}(x-3)=0$이므로 $\lim_{x\to 3}(x^2+ax+b)=0$ 그러므로 $9+3a+b=0$이므로 $b=-3(a+3)$ $f(x)=x^2+ax+b=x^2+ax-3(a+3)=(x-3)(x+a+3)$	3점
$\lim_{x\to 0}\frac{f(x)}{x-3}=\lim_{x\to 0}\frac{x^2+ax+b}{x-3}=\lim_{x\to 0}\frac{(x-3)(x+a+3)}{x-3}=\lim_{x\to 0}(x+a+3)=a+3$	3점
$a=-3$, $b=0$, $f(x)=x^2-3x$	2점

〈2022학년도 가천대 논술 기출변형〉

01 다항함수 $f(x)$가 $\lim_{x \to 4} \frac{(x+4)f(x)}{(x-4)^2} = 16$, $\lim_{x \to \infty} \frac{f(x)}{4x^3+1} = \frac{1}{4}$을 만족한다.
이때, $f(5)$의 값을 구하는 과정을 아래 과정을 참고하여 서술하시오.

> $\lim_{x \to \infty} \frac{f(x)}{4x^3+1} = \frac{1}{4}$에서 $f(x)$는 최고차항의 계수가 1인 삼차함수이다.
>
> $\lim_{x \to 4} \frac{(x+4)f(x)}{(x-4)^2} = 16$에서 $x \to 4$일 때, (분모) $\to 0$이고 극한값이 존재한다.
> 그러므로 (분자) $\to 0$이어야 한다.
>
> 즉, $f(4) =$ [①]
>
> 삼차함수 $f(x)$는 $x-4$를 인수로 가지므로 $f(x) = (x-4)g(x)$라고 하자. (단, $g(x)$는 이차함수)
>
> $\lim_{x \to 4} \frac{(x+4)f(x)}{(x-4)^2}$
> $= \lim_{x \to 4} \frac{(x+4)(x-4)g(x)}{(x-4)^2}$
> $= \lim_{x \to 4} \frac{(x+4)g(x)}{(x-4)} = 16$에서
>
> $x \to 4$일 때 (분모) $\to 0$이고 극한값이 존재한다. 그러므로 (분자) $\to 0$이어야 한다.
>
> 즉, $g(4) =$ [②]
>
> 이차함수 $g(x)$는 $x-4$를 인수로 가지고 이차항의 계수는 1이므로
> $g(x) = (x-4)(x+k)$ (k는 상수)라 하면
> $f(x) = (x-4)^2(x+k)$
>
> 이때 $\lim_{x \to 4} \frac{(x+4)f(x)}{(x-4)^2}$
> $= \lim_{x \to 4} \frac{(x+4)(x-4)^2(x+k)}{(x-4)^2}$
> $\lim_{x \to 4} (x+4)(x+k) = 8(4+k) = 16$에서
>
> $k =$ [③]
>
> 그러므로 $f(x) =$ [④]
>
> $f(5) =$ [⑤]

02 함수 $y=f(x)$의 그래프가 그림과 같다.

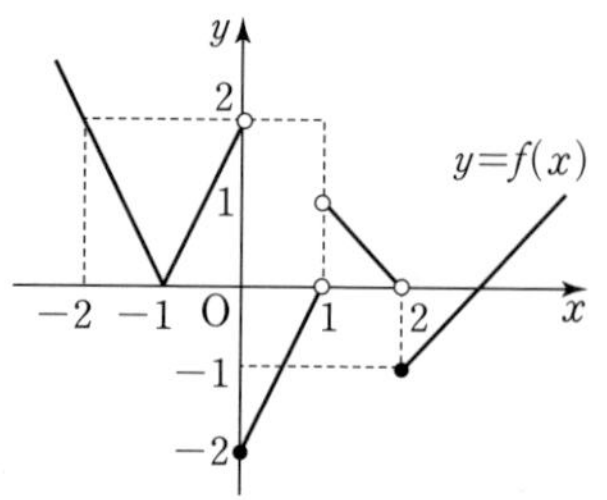

$\lim_{x \to 1-} f(x-1) + \lim_{x \to 1+} f(x+1) = \lim_{x \to k+} f(x)$
를 만족시키는 정수 k의 값을 구하는 과정을 서술하시오. (단, $-2 \le k \le 2$)

03 실수 전체의 집합에서 연속인 함수 $f(x)$가 모든 실수 x에 대하여

$$(x-3)f(x)=\frac{\sqrt{2x^2+k-1}}{x^2+7}$$

를 만족할 때, $k\times f(3)$의 값을 구하는 과정을 서술하시오.

04 닫힌구간 $[0, 4]$에서

$$f(x)=\begin{cases} m(x-2)^3+n & (0\le x\le 2) \\ x+1 & (2<x\le 4) \end{cases}$$

로 정의되고, 모든 실수 x에 대해 $f(x)$가 실수 전체의 집합에서 연속이면서 $f(x)=f(x+4)$를 만족할 때, $f(41)$의 값을 구하는 과정을 서술하시오.

05 두 함수

$$f(x)=x^4+2, g(x)=2x^2+kx+3$$

에 대하여 함수 $\frac{f(x)}{g(x)}$가 모든 실수 x에 대하여 연속이 되도록 하는 정수 k의 개수를 구하는 과정을 서술하시오.

06 두 양수 a, b에 대하여

$\lim_{x \to \infty}\{\sqrt{x^2+ax+b}-(ax+b)\}=-2$일 때, $3a-b$의 값을 구하는 과정을 서술하시오.

07 $\lim_{x \to 1} \frac{f(1-x)}{2-2x} = 3$일 때, $\lim_{x \to 0} \frac{x^2+8f(x)}{2x+f(x)}$의 값을 구하는 과정을 서술하시오.

08 함수 $f(x)$가 모든 실수 x에 대하여 $|f(x)-3x| < 4$를 만족한다.
이 때, $\lim_{x \to \infty} \frac{\{f(x)\}^2}{x^2-8x+24}$의 값을 구하는 과정을 서술하시오.

09 모든 실수 에서 연속인 함수 $f(x)$가

$(x^2-4)f(x)=x^3+3x^2-4x-12$

를 만족한다. $f(-2)f(2)$의 값을 구하는 과정을 서술하시오.

10 구간 $[a, \infty)$에서 정의된 함수

$f(x)=x^4-4x^3+5$의 역함수가 존재하도록 하는 실수 a의 최솟값을 구하는 과정을 서술하시오.

11 두 함수 $f(x), g(x)$가

$\lim_{x \to \infty} f(x) = \infty$

$\lim_{x \to \infty} f(x) + g(x) = 4$를 만족한다.

이때 극한값 $\lim_{x \to \infty} \frac{3f(x) + 7g(x)}{(-f(x)) + g(x)}$를 구하는 과정을 서술하시오.

12 점 $\mathrm{P}(t, \sqrt{t})$가 $y = \sqrt{x}$ 위를 지나고 선분 OP에 수직인 직선 l의 x절편과 y절편을 각각 $f(t), g(t)$라고 할 때, $\lim_{t \to \infty} \frac{2g(t) + f(t)}{g(t) - 2f(t)}$의 값을 구하는 과정을 서술하시오. (단, O는 원점, $t \neq 0$)

13 다항함수 $f(x)$가 $\lim_{x\to\infty}\frac{f(x)-2x^2}{x}=3$을 만족시킬 때, $\lim_{x\to0+}x^2f\left(\frac{1}{x}\right)$의 값을 구하는 과정을 아래 과정을 참고하여 서술하시오.

$\lim_{x\to\infty}\frac{f(x)-2x^2}{x}=3$이므로

$f(x)-2x^2=$ [①] $+a$(a는 상수)

따라서 $f(x)=$ [②]

$f\left(\frac{1}{x}\right)=$ [③] 이므로

$x^2f\left(\frac{1}{x}\right)=$ [④]

따라서, $\lim_{x\to0+}x^2f\left(\frac{1}{x}\right)=$ [⑤]

14 최고차항의 계수가 1인 두 이차함수 $f(x)$, $g(x)$가 다음 조건을 만족시킨다.

(가) $\lim_{x\to1}\frac{f(x)g(x)}{x-1}=0$

(나) $\lim_{x\to1}\frac{f(x)-g(x)}{x-1}=5$

$f(2)=g(3)$일 때, $f(4)+g(4)$의 값을 구하는 과정을 서술하시오.

15 다항함수 $f(x)$가

$$\lim_{x\to 0}\frac{f(x)}{x}=8,\ \lim_{x\to 4}\frac{f(x)}{(x-4)}=6,$$

$$\lim_{x\to 4+}\frac{f(f(x))}{(x+1)(x-4)}=\frac{n}{m}$$

을 만족할 때, nm의 값을 구하는 과정을 서술하시오.

16 2 이상인 자연수 n에 대하여

$$\lim_{x\to n}\frac{2[x]}{[x]^2+x}=m$$을 만족한다. 이때 $\frac{n}{m}$의 값을 구하는 과정을 서술하시오. (단 $[x]$는 x보다 크지 않은 최대의 정수)

17 $x \neq 3$일 때, $f(x)=\dfrac{x^2-9}{x-3}$로 정의되는 함수 $f(x)$가 $x=3$에서 연속이 되도록 하는 $f(3)$의 값을 구하는 과정을 서술하시오.

18 그림과 같이 양의 실수 t에 대하여 직선 $x=t$가 두 함수 $y=3x$, $y=\sqrt{x^2+3x+4}-2$의 그래프와 만나는 점을 각각 P, Q라 하자. 삼각형 OPQ의 넓이를 $S(t)$라 할 때, $\lim_{t \to 0+} \dfrac{S(t)}{t^2}$의 값을 구하는 과정을 서술하시오. (단, O는 원점이다.)

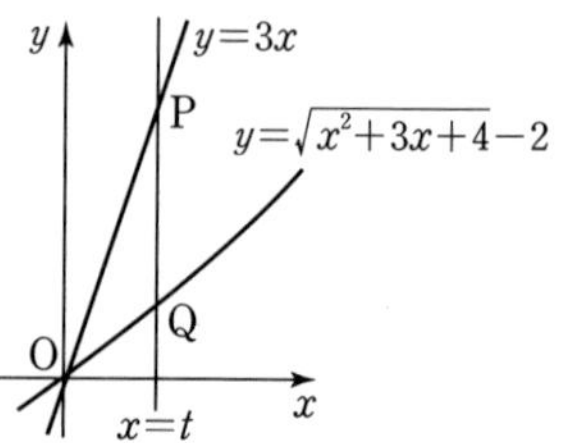

19 다음 그림과 같이 원 $x^2+y^2=1$과 직선 $y=x+t$가 만나는 점의 개수를 $f(t)$라고 하자. 함수 $f(t)$가 $t=k$에서 불연속일 때, k의 값을 모두 구하는 과정을 서술하시오.

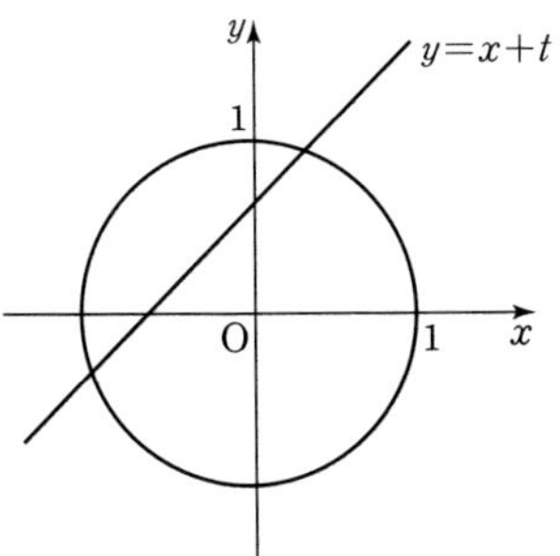

20 $\dfrac{1}{f(x)}-3x=0$의 실근이 열린구간 $(0, 4)$에 적어도 하나 이상 존재할 때,

$f(0)=\dfrac{1}{1-k}$, $f(4)=\dfrac{1}{3-k}$을 만족하는 정수 k의 개수를 구하는 과정을 서술하시오.

21 모든 실수 x에 대하여 연속인 함수 $f(x)$가 $f(-1)=k^2-2k-3, f(1)=0, f(3)=22$ 이다. $f(x)-(2x^2+3)=0$이 열린구간 $(-1, 1)$과 열린구간 $(1, 3)$에서 각각 적어도 하나의 실근을 갖도록 하는 k의 범위를 구하는 과정을 서술하시오.

22 두 함수

$$f(x)=\begin{cases} x+3 & (x<a) \\ 3x-4 & (x\geq a) \end{cases},$$

$$g(x)=x^2+ax+a-1$$

에 대하여 함수 $f(x)g(x)$가 실수 전체의 집합에서 연속이 되도록 하는 모든 실수 a의 곱을 구하는 과정을 서술하시오.

23 함수 $f(x)=\begin{cases} x^2-5x+4 & (x\le 0) \\ -3x & (x>0) \end{cases}$에 대하여 함수 $h(x)$를 $h(x)=f(f(x))$라고 할 때, $\lim_{x\to 0+} h(x)$의 값을 구하는 과정을 서술하시오.

24 다항함수 $f(x)$가 $\lim_{x\to 0+} \dfrac{2xf\left(\dfrac{1}{x}\right)-3}{3-x}=7$을 만족한다. 이때, $\lim_{x\to\infty} \dfrac{f(x)}{x}$의 값을 구하는 과정을 서술하시오.

PART 1 국어
PART 2 수학
PART 3 해답

25 다음 두 조건을 만족하는 이차함수를 $f(x)$라고 할 때, $f(1)$을 구하는 과정을 서술하시오.

$\lim_{x\to\infty}\frac{f(x)}{x^2+x+1}=1$, $\lim_{x\to 3}\frac{f(x)}{x-3}=5$

다항함수의 미분법

[핵심이론]

1 1. 평균변화율

(1) 정의

함수 $y=f(x)$에서 x의 값이 a에서 b까지 변할 때, 함수 $y=f(x)$의 평균변화율은

$$\frac{\Delta y}{\Delta x}=\frac{f(b)-f(a)}{b-a}=\frac{f(a+\Delta x)-f(a)}{\Delta x} \text{ (단, } \Delta x=b-a\text{)}$$

(2) 기하학적 의미

함수 $y=f(x)$에서 x의 값이 a에서 b까지 변할 때, 함수 $y=f(x)$의 평균변화율은 곡선 $y=f(x)$ 위의 두 점 $\mathrm{P}(a, f(a))$, $\mathrm{Q}(b, f(b))$를 지나는 곡선 PQ의 기울기를 나타낸다.

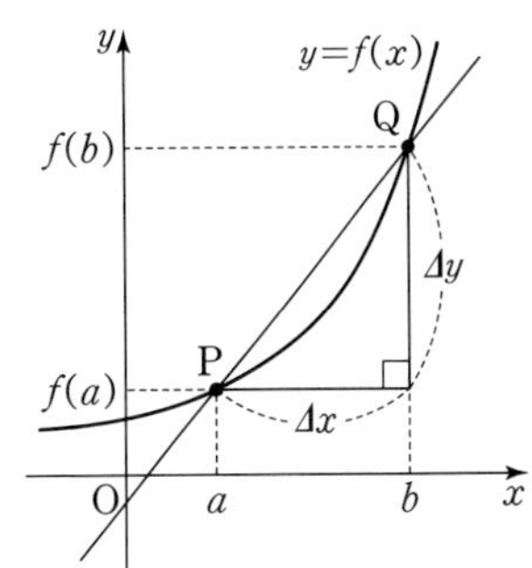

2 미분계수

(1) 정의

함수 $y=f(x)$의 $x=a$에서의 미분계수 $f'(a)$는

$$f'(a)=\lim_{\Delta x \to 0}\frac{\Delta y}{\Delta x}=\lim_{\Delta x \to 0}\frac{f(a+\Delta x)-f(a)}{\Delta x}=\lim_{x \to a}\frac{f(x)-f(a)}{x-a}$$

(2) 기하학적 의미

함수 $y=f(x)$의 $x=a$에서의 미분계수 $f'(a)$는 곡선 $y=f(x)$ 위의 점 $\mathrm{P}(a, f(a))$에서의 접선의 기울기를 나타낸다.

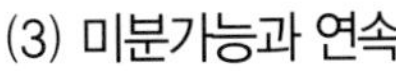

(3) 미분가능과 연속

① 함수 $f(x)$에 대하여 $x=a$에서의 미분계수 $f'(a)$가 존재할 때, 함수 $f(x)$는 $x=a$에서 미분가능하다고 한다.

② 함수 $f(x)$가 어떤 열린구간에 속하는 모든 x에서 미분가능할 때,

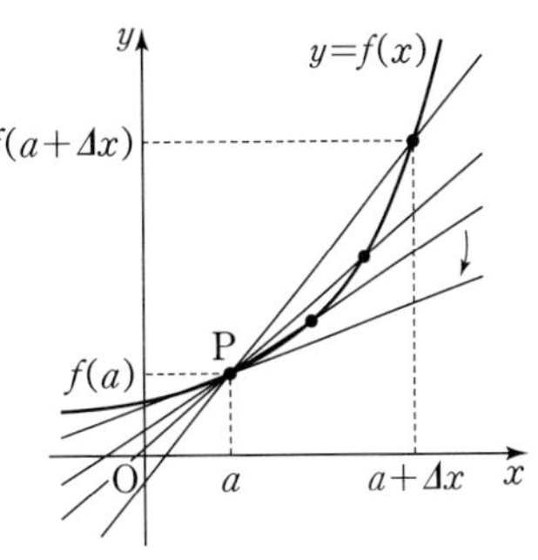

함수 $f(x)$는 그 구간에서 미분가능하다고 한다. 또한 함수 $f(x)$가 정의역에 속하는 모든 x에서 미분가능할 때, 함수 $f(x)$를 미분가능한 함수라고 한다.

③ 함수 $f(x)$가 $x=a$에서 미분가능하면 함수 $f(x)$는 $x=a$에서 연속이다. 그러나 일반적으로 그 역은 성립하지 않는다.

3 도함수

(1) 정의

함수 $y=f(x)$가 정의역 임의의 원소 x에서 미분가능할 때, 정의역 임의의 원소에 대하여 미분계수 $f'(x)$를 대응시키는 함수를 $y=f(x)$의 도함수라 하고 $f'(x)$로 나타낸다.

$$f'(x)=\lim_{\Delta x \to 0}\frac{\Delta y}{\Delta x}=\lim_{\Delta x \to 0}\frac{f(x+\Delta x)-f(x)}{\Delta x}$$

(2) 기하학적 의미

$y=f(x)$의 도함수 $f'(x)$는 함수 $y=f(x)$의 그래프 위의 임의의 점 $(x, f(x))$에서의 접선의 기울기와 같다.

(3) 미분법 공식

$f(x)$, $g(x)$가 미분가능할 때,

① $y=c$ (단, c는 상수)이면 $y'=0$

② $y=x^n$이면 $y'=nx^{n-1}$

③ $y=cf(x)$ (단, c는 상수)이면 $y'=cf'(x)$

④ $y=f(x)\pm g(x)$이면 $y'=f'(x)\pm g'(x)$

⑤ $y=f(x)\cdot g(x)$이면 $y'=f'(x)g(x)+f(x)g'(x)$

⑥ $y=\{f(x)\}^n$이면 $y'=n\{f(x)\}^{n-1}f'(x)$

4 도함수의 활용

(1) 접선의 방정식

① 접점 $(a, f(a))$에서 접선의 방정식

곡선 $y=f(x)$ 위의 점 $(a, f(a))$에서 접선의 방정식은

$y-f(a)=f'(a)(x-a)$

② 접점 $(a, f(a))$에서의 법선이 방정식

곡선 $y=f(x)$ 위의 점 $(a, f(a))$에서 접선에 수직인 법선의 방정식은

$$y-f(a)=\frac{1}{f'(a)}(x-a)$$

③ 기울기가 m인 접선의 방정식

㉠ $f'(a)=m$에서 접점의 x, y 좌표를 구한다.

㉡ $y-f(a)=m(x-a)$에 대입한다.

④ 곡선 밖의 한 점 (x_1, y_1)에서 그은 접선의 방정식

① 접점의 좌표를 $(a, f(a))$로 놓는다.

② $y-f(a)=f'(a)(x-a)$에 점 (x_1, y_1)을 대입하여 a를 구한다.

(2) 평균값의 정리

함수 $f(x)$가 닫힌구간 $[a, b]$에서 연속이고, 열린구간 (a, b)에서 미분가능하면 $\frac{f(b)-f(a)}{b-a}=f'(c)$ (단, $a<c<b$)를 만족시키는 c가 열린구간 (a, b)에 적어도 하나 존재한다.

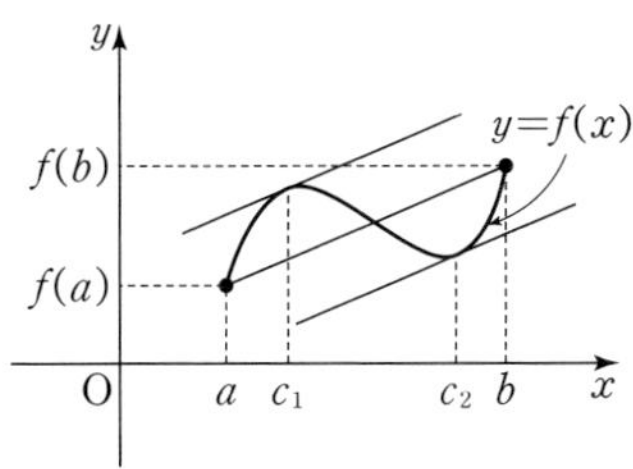

(3) 함수의 증가와 감소

① 함수 $f(x)$가 미분가능한 구간의 모든 실수 x에 대하여

㉠ $f'(x)>0$이면 $f(x)$는 이 구간에서 증가한다.

㉡ $f'(x)<0$이면 $f(x)$는 이 구간에서 감소한다.

② 함수 $f(x)$가 어떤 미분가능하고

㉠ $f(x)$가 증가하면 그 구간 모든 실수 x에 대하여 $f'(x)\geq 0$이다.

㉡ $f(x)$가 감소하면 그 구간 모든 실수 x에 대하여 $f'(x)\leq 0$이다.

(4) 함수의 극대와 극소

① 정의

함수 $y=f(x)$가 $x=a$에서 연속이고 x가 $x=a$를 지날 때

㉠ $f(x)$가 증가 상태에서 감소 상태로 변하면, $f(x)$는 $x=a$에서 극대라 하고 $f(a)$를 극댓값이라고 한다.

㉡ $f(x)$가 감소 상태에서 증가 상태로 변하면, $f(x)$는 $x=a$에서 극소라 하고 $f(a)$를 극솟값이라고 한다.

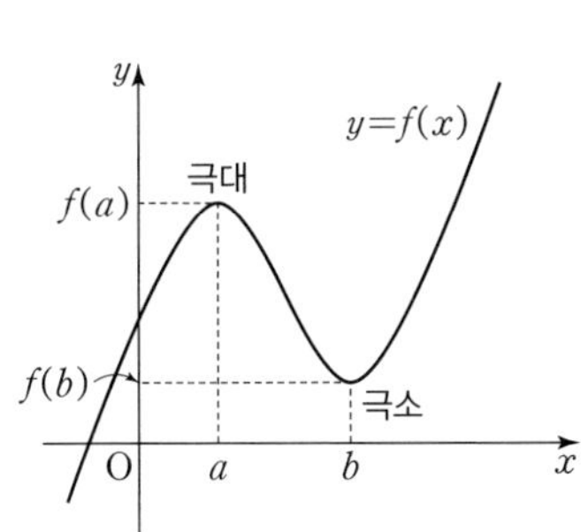

② 극값과 미분계수

$x=a$에서 미분가능한 함수 $f(x)$에 대하여

㉠ $x=a$에서 극값을 가지면 $f'(a)=0$이다.

㉡ $x=a$에서 극값 b를 가지면 $f'(a)=0$, $f(a)=b$이다.

(5) 함수의 최댓값과 최솟값

닫힌구간 $[a, b]$에서 연속인 함수 $y=f(x)$의 최댓값, 최솟값을 구할 때

① 열린구간 (a, b)에서의 모든 극값을 구한다.

② 닫힌구간 $[a, b]$의 양 끝점에서 함숫값 $f(a)$, $f(b)$를 구한다.

③ 위에서 구한 극값과 함숫값 $f(a)$, $f(b)$ 중에서 최대인 것이 최댓값, 최소인 것이 최솟값이다.

(6) 방정식의 근과 도함수

① 방정식 $f(x)=0$의 실근의 개수

함수 $y=f(x)$의 그래프와 x축과의 교점의 개수와 같다.

② $f(x)=g(x)$의 실근의 개수

함수 $y=f(x)$의 그래프와 $y=g(x)$의 그래프의 교점의 개수와 같다.

③ 삼차방정식의 실근의 개수

삼차함수 $f(x)$가 $x=\alpha$, $x=\beta$에서 극값을 가질 때, 삼차방정식 $f(x)=0$의 실근의 개수는 다음과 같다.

㉠ $f(\alpha)f(\beta)<0$이면 서로 다른 세 실근을 갖는다.

㉡ $f(\alpha)f(\beta)=0$이면 중근과 다른 한 실근을 갖는다.

㉢ $f(\alpha)f(\beta)>0$이면 한 실근과 서로 다른 두 허근을 갖는다.

(7) 속도와 가속도

수직선 위를 움직이는 점 P의 시간 t에서의 위치 x가 $x=f(t)$로 주어질 때, t에서의 속도와 가속도는 다음과 같다.

① 속도: 위치의 시간에 대한 변화율

$$v=\frac{dx}{dt}=\lim_{\Delta t\to 0}\frac{f(t+\Delta t)-f(t)}{\Delta t}=f'(t)$$

② 가속도: 속도의 시간에 대한 변화율

$$v=\frac{dv}{dt}=\lim_{\Delta t\to 0}\frac{v(t+\Delta t)-v(t)}{\Delta t}=v'(t)$$

[실전문제]

해답 p.391

대표문제

배점(총점)	예상 소요 시간
10점	3분 / 전체 80분

▶ 함수 $f(x)=2x^3+6x^2+ax+5$가 닫힌구간 $[-2, 2]$에서 증가하도록 하는 상수 a의 값의 범위를 구하는 과정을 서술하시오.

모범답안 채점기준 닫힌구간 $[-2, 2]$에서 $f(x)$가 증가하기 위해서는, $-2\le x\le 2$에서 $f'(x)\ge 0$이어야 한다.

$f'(x)=6x^2+12x+a=6(x+1)^2+a-6$

$f'(x)\ge 0$이기 위해서는 닫힌구간 $[-2, 2]$에서 $f'(x)$의 최솟값 m이 0보다 크거나 같아야 한다.

최솟값 m은 $a-6$이므로 $a-6\ge 0$을 만족하여야 하므로 $a\ge 6$이어야 한다.

답안	배점
닫힌구간 $[-2, 2]$에서 $f(x)$가 증가하기 위해서는, $-2\le x\le 2$에서 $f'(x)\ge 0$	3점
$f'(x)=6x^2+12x+a=6(x+1)^2+a-6$	3점
최솟값 m은 $a-6$이므로 $a-6\ge 0$을 만족하여야 하므로 $a\ge 6$	4점

〈2022학년도 가천대 논술 기출변형〉

PART 1 국어

PART 2 수학

PART 3 해답

01 다항함수 $f(x)$에 대하여

$\lim_{x\to3}\frac{x^2f(3)-9f(x)}{x-3}$를 $f(3)$과 $f'(3)$에 관한 식으로 나타내는 과정을 아래 과정을 참고하여 서술하시오.

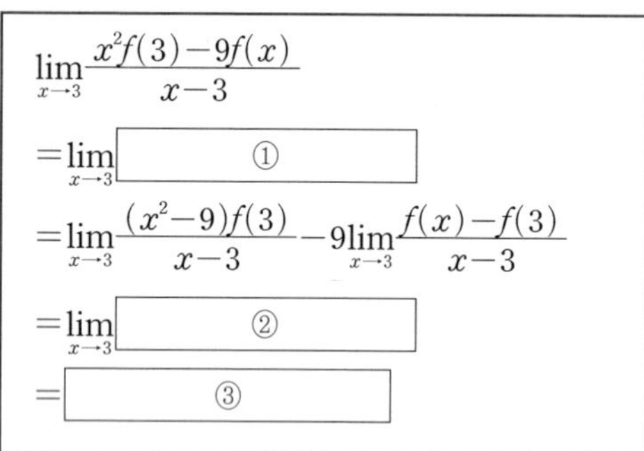

$$\lim_{x\to3}\frac{x^2f(3)-9f(x)}{x-3}$$
$$=\lim_{x\to3}\boxed{\quad ① \quad}$$
$$=\lim_{x\to3}\frac{(x^2-9)f(3)}{x-3}-9\lim_{x\to3}\frac{f(x)-f(3)}{x-3}$$
$$=\lim_{x\to3}\boxed{\quad ② \quad}$$
$$=\boxed{\quad ③ \quad}$$

02 $f(2)\neq0$인 이차함수 $f(x)$가 다음 조건을 만족시킨다.

(가) 함수 $y=f(x)$의 그래프는 y축에 대하여 대칭이다.

(나) $\lim_{x\to2}\frac{f(x)+af(-2)}{x-2}$의 값이 존재한다.

함수 $f(x)$에서 x의 값이 -2에서 a까지 변할 때의 평균변화율을 p, a에서 2까지 변할 때의 평균변화율을 q라 할 때, $\frac{p}{q}$의 값을 구하는 과정을 서술하시오. (단, a는 상수이다.)

03 다항식 $x^{15}-x^{7}+5x^{2}+1$을 $(x-1)^{2}$으로 나누었을 때의 나머지를 구하는 과정을 서술하시오.

04 최고차항의 계수가 1인 삼차함수 $f(x)$가 모든 실수 x에 대하여 $f(x)+f(-x)=0$을 만족한다. 이때, 방정식 $|f(x)|=2$이 서로 다른 네 실근을 갖도록 하는 $f(x)$를 구하는 과정을 서술하시오.

05 함수 $f(x)$는 모든 실수 x, y에 대하여 $f(x+y)=f(x)+f(y)+4xy$를 만족한다. $f'(0)=5$일 때, $f'(3)$을 구하는 과정을 서술하시오.

06 미분가능한 두 함수 $f(x)$, $g(x)$가

$$\lim_{x \to 3}\frac{f(x)-1}{x-3}=2,\ \lim_{x \to 3}\frac{g(x)-4}{x-3}=5$$

를 만족한다. 함수 $h(x)=f(x)g(x)$일 때, $h'(3)$의 값을 구하는 과정을 서술하시오.

07 최고차항의 계수가 1인 이차함수 $f(x)$에 대하여 함수 $y=f(x)$의 그래프와 직선 $y=f(2)$가 서로 다른 두 점 A, B에서 만난다. 두 점 A, B의 x좌표의 합이 3일 때, $\sum_{n=1}^{10} f'(n)$의 값을 구하는 과정을 서술하시오.

08 원점 O에서 함수 $f(x)=-x^4+3x^2-36$로 그은 두 접선과 만나는 점을 각각 P, Q라고 할 때, $\triangle$OPQ의 넓이를 구하는 과정을 서술하시오.

09 좌표평면 위의 세 점 $\mathrm{P}(0,\ 4)$, $\mathrm{Q}(4,\ 0)$, $\mathrm{R}(x,\ 4)$에서 $\overline{\mathrm{RP}}^2$와 $\overline{\mathrm{RQ}}^2$ 중 크지 않은 값을 $f(x)$라고 하자. 함수 $f(x)$가 $x=k$에서 미분가능하지 않을 때 k값을 구하는 과정을 서술하시오.

10 수직선 위를 움직이는 두 점 P, Q가 있다. 시각 $t(t>0)$에서의 위치가
각각 $(t-1)^2(t-7)^2$, k일 때 두 점 P, Q의 위치가 같은 순간이 3번 있도록 하는 k의 값의 범위를 구하는 과정을 서술하시오.

11 $f(x)=-4x^3+2kx^2-kx+1$가 열린구간 $(-\infty, \infty)$에서 감소하도록 하는 k의 최댓값을 M, 최솟값을 m이라고 하자. 이때 $M-m$의 값을 구하는 과정을 서술하시오.

12 100보다 작은 두 자연수 a, b에 대하여 함수 $f(x)=\frac{1}{a}(x^3-2bx^2+b^2x+1)$의 극댓값과 극솟값의 차가 4일 때, $a+b$의 최댓값과 최솟값을 각각 M, m이라 하자. $\mathrm{M}-2m$의 값을 구하는 과정을 서술하시오.

13 곡선 $y=-x^3+6x^2-7x$는 기울기가 2인 두 직선과 접할 때, 이 두 직선 사이의 거리를 구하는 과정을 서술하시오.

14 다항함수 $f(x)=-2x^3+3kx^2+kx+1$의 역함수가 존재하도록 하는 상수 k값의 범위를 구하는 과정을 아래 과정을 참고하여 서술하시오.

> 역함수가 존재하도록 하기 위해서는 $f(x)$는 일대일대응이어야 한다.
> 그러므로 $f'(x)\geq 0$이거나 $f'(x)\leq 0$이어야 한다.
> $f'(x)=$ [①]는 최고차항이 음수이다.
> 따라서 $f'(x)\leq 0$이어야 한다.
> 이차방정식 $f'(x)=0$의 판별식을 D라고 할 때, $f'(x)\leq 0$이려면 판별식 $D\leq 0$이어야 한다.
> $\frac{D}{4}=(3k)^2-(-6k)=9k^2+6k$
> $=$ [②] ≤ 0
> 따라서 k의 범위는 [③] 이어야 한다.

15 원기둥의 밑면의 반지름과 높이의 합이 90 cm이다. 이 원기둥의 부피가 최대일 때, 원기둥의 겉넓이를 구하는 과정을 서술하시오. (단, 원주율은 π)

16 미분가능한 두 함수 $f(x)$, $g(x)$가 있다. $f(x), g(x)$에 대하여 함수 $h(x)=\begin{cases} f(x) & (x\geq 3) \\ g(x) & (x<3) \end{cases}$는 $x=3$에서 미분가능할 때,

$$\frac{1}{h'(3)}\times\lim_{x\to 3}\frac{2f(x)+3g(x)-5g(3)}{x-3}$$

의 값을 구하는 과정을 서술하시오.

17 최고차항의 계수가 1인 삼차함수 $f(x)$가 다음 조건을 만족시킨다.

> (가) 함수 $|f(x)+kx|$는 실수 전체의 집합에서 미분 가능하다.
>
> (나) $\lim_{x\to1}\frac{f(x)-kx}{x-1}$의 값이 존재한다.

18 함수 $f(x)=x^3-3x^2+kx$가 $x=\alpha$에서 극값을 가질 때 모든 α의 값의 곱은 -3이다. 이때 $f(x)=t$가 서로 다른 세 실근을 갖도록 하는 t의 범위를 구하는 과정을 서술하시오.

19 두 함수 $f(x)=3x^3+5x^2-2x$, $g(x)=2x^3+5x^2+x+k$에 대한 방정식 $f(x)=g(x)$가 서로 다른 두 개의 양의 실근과 한 개의 음의 실근을 갖도록 하는 정수 k의 범위를 구하는 과정을 서술하시오.

20 곡선 $y=2x^2+4x-3$ 위의 점 $(-2, -3)$에서의 접선의 방정식이 $y=ax+b$일 때, $a+b$의 값을 구하는 과정을 서술하시오.

21 삼차함수 $f(x)$의 도함수 $f'(x)$의 그래프가 아래 그림과 같이 두 점 $(\alpha, 0)$, $(\beta, 0)$을 지난다. $f(\alpha)=3$, $f(\beta)=-2$일 때, 방정식 $\{f(x)^2\}+2f(x)=8$의 서로 다른 실근의 개수를 구하는 과정을 서술하시오.

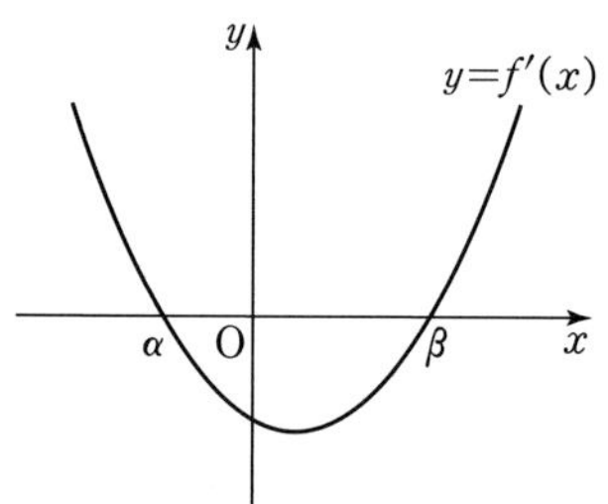

22 항상 양의 값을 갖는 미분가능한 함수 $f(x)$가 모든 실수 x, y에 대하여
$f(x+y)=3f(x)f(y)$를 만족시키고
$f'(0)=3$일 때, $\dfrac{f'(2018)}{f(2018)}$의 값을 구하는 과정을 서술하시오.

23 모든 자연수 x에 대하여 부등식

$$\frac{1}{3}x^3+\frac{1}{4}x^2-3x+a\geq 0$$

이 성립하도록 하는 실수 a의 최솟값이 $\frac{q}{p}$일 때, $q-p$의 값을 구하는 과정을 서술하시오. (단, p와 q는 서로소인 자연수이다.)

24 계수가 모두 정수인 다항함수 $f(x)$가 모든 실수 x에 대하여

$$f'(x)\{f'(x)+2\}=8f(x)+12x^2+11$$

을 만족시킬 때, $f(x)$의 식을 구하는 과정을 서술하시오.

25 직선 $y=2x-3$ 위의 점 P에서 곡선 $y=\frac{1}{2}x^2$에 그은 두 접선이 이루는 각이 직각이 될 때, 점 P의 x좌표를 구하는 과정을 서술하시오.

수학 Ⅱ

다항함수의 적분법

[핵심이론]

1 부정적분

(1) 정의와 표현

① 정의

함수 $f(x)$에 대하여 $F'(x)=f(x)$를 만족시키는 함수 $F(x)$를 $f(x)$의 부정적분이라 하고, $f(x)$의 부정적분을 구하는 것을 $f(x)$를 적분한다고 한다.

② 표현

함수 $f(x)$의 부정적분을 $F(x)$라 하면

$$\int f(x)dx=F(x)+C \text{ (단, } C\text{는 적분상수)}$$

(2) 부정적분과 미분의 관계

함수 $f(x)$의 부정적분은 미분의 역이다.

① $\int\left\{\frac{d}{dx}f(x)\right\}dx=f(x)+C$

② $\frac{d}{dx}\left\{\int f(x)dx\right\}=f(x)$

(3) 부정적분의 공식

① $\int kdx=kx+C$ (단, k는 상수)

② $\int x^n dx=\frac{1}{n+1}x^{n+1}+C$ (단, $n\neq-1$)

③ $\int kf(x)dx=k\int f(x)dx$ (단, k는 상수)

④ $\int (f(x)+g(x))dx=\int f(x)dx+\int g(x)dx$

⑤ $\int (f(x)-g(x))dx=\int f(x)dx-\int g(x)dx$

2 정적분

(1) 정의와 표현

① 정의

함수 $y=f(x)$의 닫힌구간 $[a, b]$에서 연속일 때, 함수 $y=f(x)$의 부정적분 중 하나를 $F(x)$라 하면 $F(b)-F(a)$를 구하는 것을 함수 $f(x)$를 a에서 b까지 적분한다고 한다.

② 표현

닫힌구간 $[a, b]$에서 연속인 함수 $f(x)$의 부정적분이 $F(x)$이면

$$\int_a^b f(x)dx=\left[f(x)\right]_a^b=F(b)-F(a)$$

(2) 정적분과 미분의 관계

① $\dfrac{d}{dx}\displaystyle\int_a^x f(t)dt=f(x)$

② $\dfrac{d}{dx}\displaystyle\int_x^{x+a} f(t)dt=f(x+a)-f(x)$

③ $\displaystyle\lim_{x\to a}\frac{1}{x-a}\int_a^x f(t)dt=f(a)$

④ $\displaystyle\lim_{x\to 0}\frac{1}{x}\int_x^{x+a} f(t)dt=f(a)$

(3) 정적분의 공식

① $\displaystyle\int_a^a f(x)dx=0$

② $\displaystyle\int_a^b f(x)dx=-\int_b^a f(x)dx$

③ $\displaystyle\int_a^b kf(x)dx=k\int_a^b f(x)dx$ (단, k는 상수)

④ $\displaystyle\int_a^b \{f(x)\pm g(x)\}dx=\int_a^b f(x)dx\pm\int_a^b g(x)dx$

⑤ $\displaystyle\int_a^b f(x)dx=\int_a^c f(x)dx+\int_c^b f(x)dx$

(4) 우함수와 기함수의 정적분

① 우함수의 정적분

$f(x)$가 y축에 대하여 대칭인 함수(우함수)인 경우 연속인 함수 $f(x)$가 모든 실수 x에 대하여 $f(-x)=f(x)$이면

$$\int_{-a}^a f(x)dx=2\int_0^a f(x)dx$$

② 기함수의 정적분

$f(x)$가 원점에 대하여 대칭인 함수(기함수)인 경우 연속인 함수 $f(x)$가 모든 실수 x에 대하여

$f(-x)=-f(x)$이면

$$\int_{-a}^{a} f(x)dx=0$$

3 정적분의 활용

(1) 곡선과 x축 사이의 넓이

함수 $f(x)$가 닫힌구간 $[a, b]$에서 연속일 때, 곡선 $y=f(x)$와 x축 및 두 직선 $x=a$, $x=b$로 둘러싸인 부분의 넓이 S는

$$S=\int_{a}^{b}|f(x)|dx$$

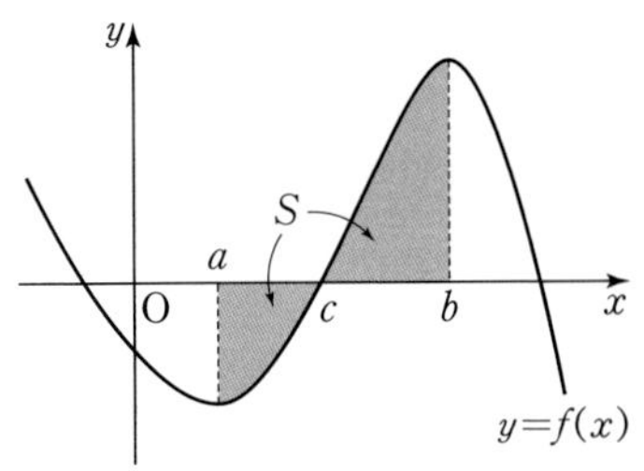

(2) 두 곡선 사이의 넓이

닫힌구간 $[a, b]$에서 연속인 두 곡선 $y=f(x)$, $y=g(x)$와 두 직선 $x=a$, $x=b$로 둘러싸인 도형의 넓이 S는

$$S=\int_{a}^{b}|f(x)-g(x)|dx$$

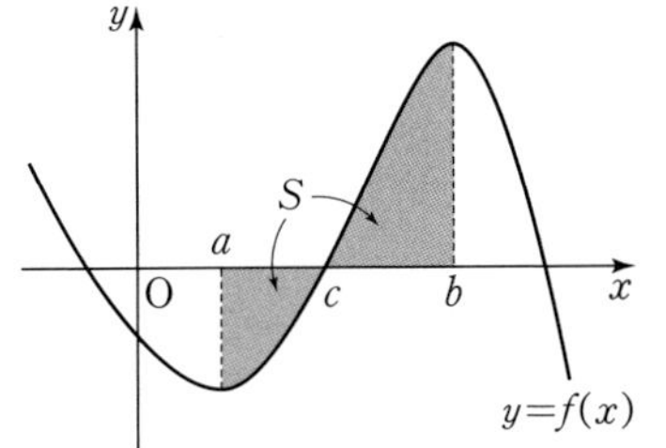

(3) 서로 역함수인 두 곡선 사이의 넓이

함수 $f(x)$, $g(x)$가 서로 역함수이고 곡선의 교점의 x좌표가 a, b일 때

$$S=\int_{a}^{b}|f(x)-g(x)|dx=2\int_{a}^{b}|f(x)-x|dx=2\int_{a}^{b}|g(x)-x|dx$$

(4) 수직선 위를 움직이는 점의 위치와 거리

① **수직선 위를 움직이는 점의 위치:** 수직선 위를 움직이는 점 P의 시각 t에서의 속도가 $v(t)$이고, 시각 t_0에서의 위치가 x_0이면

㉠ 시각 t에서의 점 P의 위치: $x_0+\int v(t)dt$

㉡ 시각 $t=a$에서 $t=b$까지 점 P의 위치 변화량: $\int_{a}^{b} v(t)dt$

② **수직선 위를 움직이는 점의 실제 이동거리:** 수직선 위를 움직이는 점 P의 시각 t에서의 속도가 $v(t)$이고 시각 $t=a$에서 $t=b$까지의 실제 이동 거리

$$\int_{a}^{b}|v(t)|dt$$

PART 1 국어
PART 2 수학
PART 3 해답

[실전문제]

해설 p.397

배점(총점)	예상 소요 시간
10점	3분 / 전체 80분

▶ **다음 조건을 만족시키는 다항함수 $f(x)$를 구하는 과정을 서술하시오.**

(가) $f'(x)=3x^2-2x+1$
(나) 곡선 $y=f(x)$ 위의 점 $(1, f(1))$에서의 접선의 x절편은 -1이다.

모범답안 (가)로부터 $f(x)=\int(f'(x))dx=\int(3x^2-2x+1)dx=x^3-x^2+x+c$

$f'(1)=2$이므로 곡선 $y=f(x)$ 위의 점 $(1, f(1))$에서의 접선의 방정식은 $y=2(x-1)+f(1)$이다.

접선의 x절편이 -1이므로 $0=2(-1-1)+(1-1+1+c)$, 따라서 $c=3$

$f(x)=x^3-x^2+x+3$

채점기준

답안	배점
(가)로부터 $f(x)=\int(f'(x))dx=\int(3x^2-2x+1)dx=x^3-x^2+x+c$	3점
$f'(1)=2$이므로 곡선 $y=f(x)$ 위의 점 $(1, f(1))$에서의 접선의 방정식은 $y=2(x-1)+f(1)$이다.	3점
접선의 x절편이 -1이므로 $0=2(-1-1)+(1-1-1-c)$, 따라서 $c=3$	2점
$f(x)=x^3-x^2+x+3$	2점

〈2022학년도 가천대 논술 기출변형〉

01 함수 $f(x)=\int(2x^2+kx-3)dx$가 $x=-1$에서 극값을 가지며 $f(0)=0$을 만족한다. 상수 k의 값과 $f(x)$의 극댓값을 구하는 과정을 아래 과정을 참고하여 서술하시오.

> $f(x)$가 $x=-1$에서 극값을 가지므로
> $f'(-1)=0$
> $f(x)=\int(2x^2+kx-3)dx$에서 양변을 미분하면
> $f'(x)=$ ①
> $f'(-1)=0$이므로 $f'(-1)=2-k-3=0$, $k=-1$
> 즉, $f'(x)=$ ②
> $f'(x)=0$일 때 $x=-1$ 또는 $x=\frac{3}{2}$
> 따라서 $f(x)$는 $x=-1$에서 극댓값을 가지며 $x=\frac{3}{2}$에서 극솟값을 가진다.
> $f(x)=\int(2x^2-x-3)dx$
> $=\frac{2}{3}x^3-\frac{1}{2}x^2-3x+C$이다.
> $f(0)=0$이므로 $C=0$
> 즉, $f(x)=$ ③
> 따라서 $f\left(\frac{3}{2}\right)=$ ④

02 함수 $f(x)$에 대하여 $f'(x)=4x^3-8x+7$이고, 곡선 $y=f(x)$ 위의 점 $(1, f(1))$에서의 접선의 y절편이 3일 때, $f(3)$의 값을 구하는 과정을 서술하시오.

PART 1 국어

PART 2 수학

PART 3 해답

03 다항함수 $f(x)$는

$f(x)=4x^3-3x^2+\int_{-1}^{1}f(t)dt$를 만족한다.

함수 $f(x)$에 대하여 곡선 $y=f(x)$와 $y=2$로 둘러싸인 도형의 넓이가 $\frac{p}{q}$(단, p, q는 서로소)일 때, $p+q$의 값을 구하는 과정을 서술하시오.

04 모든 실수 x에 대하여 연속인 함수 $f(x)$가 $f(x+3)=f(x)+2$를 만족한다.

$\int_{-2}^{1}f(x)dx=k$라고 할 때, 정적분

$\int_{-2}^{7}f(x)dx$를 k에 관한 식으로 나타내는 과정을 서술하시오.

05 두 다항함수 $f(x), g(x)$가

$\frac{d}{dx}\{f(x)g(x)\}=3x^2+4x-2$,

$\frac{d}{dx}\{f(x)-g(x)\}=2x-2$를 만족한다.

$f(0)=1, g(0)=3$일 때, 두 다항함수 $f(x)$, $g(x)$를 구하는 과정을 서술하시오.

06 미분가능한 함수 $f(x)$가

$\int_0^x (x-t)f(t)dt=x^4+3x^2+k$ (단, k는 상수)를 만족한다. 이때 $f(1)$의 값을 구하는 과정을 서술하시오.

07 함수 $f(x)=6x^2-6x-5$에 대하여

$$\int_{-1}^{0} f(x)dx=\int_{-1}^{a} f(x)dx$$

를 만족시키는 a의 모든 합을 구하는 과정을 서술하시오.

08 곡선 $y=x^2+2x+5$와 x축, 그리고 두 직선 $x=3-2h$, $x=3+2h(h>0)$로 둘러싸인 넓이를 $S(h)$라고 할 때 $\lim_{h \to 0+} \frac{S(h)}{h}$의 값을 구하는 과정을 서술하시오.

09 미분가능한 함수 $f(x)$가 임의의 실수 x, y에 대하여 $f(x+y)=f(x)+f(y)-xy$를 만족한다. $f'(1)=2$일 때, $f(x)$를 구하는 과정을 서술하시오.

10 연속함수 $f(x)$가 모든 실수 x에 대하여 y축에 대칭이고
$\int_0^5 f(x)dx=3$일 때, $\int_{-5}^5 (x^3+4)f(x)dx$
의 값을 구하는 과정을 서술하시오.

11 곡선 $y=-x^2+4$와 이 곡선 위의 임의의 점 $(k,\ -k^2+4)$이 있다.(단, $0<k<2$). 이 임의의 점에서 그은 접선 및 두 직선 $x=0$, $x=2$로 둘러싸인 도형의 넓이를 $S(k)$라고 할 때, $S(k)$의 식과 최솟값을 구하는 과정을 서술하시오.

12 다항함수 $f(x)$가 다음 조건을 만족시킬 때, $f(1)$의 값을 구하는 과정을 서술하시오.

> (가) 모든 실수 x에 대하여
> $$f(x)=x^3+4x\int_0^2 f(t)dt-\left\{\int_0^2 f(t)dt\right\}^2$$
> 을 만족시킨다.
>
> (나) 임의의 두 실수 x_1, x_2에 대하여 $x_1<x_2$이면 $f(x_1)<f(x_2)$이다.

13 함수 $f(x)=x^2(x+2)(x+k)$(단, $k>2$)와 x축으로 둘러싸인 두 도형의 넓이가 같을 때 k의 값을 구하는 과정을 서술하시오.

14 위의 두 곡선으로 둘러싸인 도형의 넓이를 S_n이라 할 때,

$$\begin{cases} y=2x^2-3 \\ y=x^2+\dfrac{1}{n} \end{cases}$$

S_n의 식과 $\lim\limits_{x\to\infty}S_n$의 값을 구하는 과정을 아래 과정을 참고하여 서술하시오.

> 두 곡선 $y=2x^2-3$과 $y=x^2+\dfrac{1}{n}$의 교점의 x 좌표는
>
> $x=$ [①]이다.
>
> 따라서 도형의 넓이 S_n은
>
> $S_n=\displaystyle\int_{-\sqrt{3+\frac{1}{n}}}^{\sqrt{3+\frac{1}{n}}}\left|\left\{(2x^2-3)-\left(x^2+\frac{1}{n}\right)\right\}\right|dx$
>
> $=$ [②]
>
> 이때 $\lim\limits_{x\to\infty}S_n=$ [③]

15 원점에서 동시에 출발하여 수직선 위를 움직이는 두 점 P, Q가 있다. 이 두 점 P, Q의 시각 t에서의 속도가 각각 $v_{\mathrm{P}}(t)=3t^2+4t-5$, $v_{\mathrm{Q}}(t)=4t+11$일 때, 두 점 P, Q가 다시 만나게 되는 시각을 구하는 과정을 서술하시오.

16 최고차항의 계수가 양수인 다항함수 $f(x)$가 다음 조건을 만족할 때 $f(x)$를 구하는 과정을 서술하시오.

> (가) $f(x)-f(-x)=0$
> (나) $f(f(x))=(4x^2-5)f(x)+5\int_0^x f'(t)dt$

17 $\lim_{x \to k} \frac{1}{x-k} \int_k^x (3t^2-10t)\,dt=-3$을 만족하는 모든 실수 k의 값의 곱을 구하는 과정을 서술하시오.

18 양수 k에 대하여 함수 $f(x)$를
$f(x)=x(x+2)(x-k)$라 하고,
함수 $g(x)$를 $g(x)=f(x)+|f(x)|$라 하자.
함수 $y=g(x)$의 그래프와 x축으로 둘러싸인 부분의 넓이가 8이 되도록 하는 k의 값을 구하는 과정을 서술하시오.

19 삼차함수 $f(x)=x^3-3x$와 최고차항의 계수가 1인 이차함수 $g(x)$가 $f(k)=g(k)$, $f'(k)=g'(k)=0$을 만족한다. (단, $k>0$) 이때 두 곡선 $y=f(x)$와 $y=g(x)$로 둘러싸인 부분의 넓이를 구하는 과정을 서술하시오.

20 그림과 같이 곡선 $y=f(x)$와 x축 및 두 직선 $x=1$, $x=3$으로 둘러싸인 부분의 넓이를 A라고 하자. 이때 $\lim_{n\to\infty}\sum_{k=1}^{n} f\left(1+\frac{2k}{n}\right)\frac{4}{n}$의 값을 A로 나타내는 과정을 서술하시오.

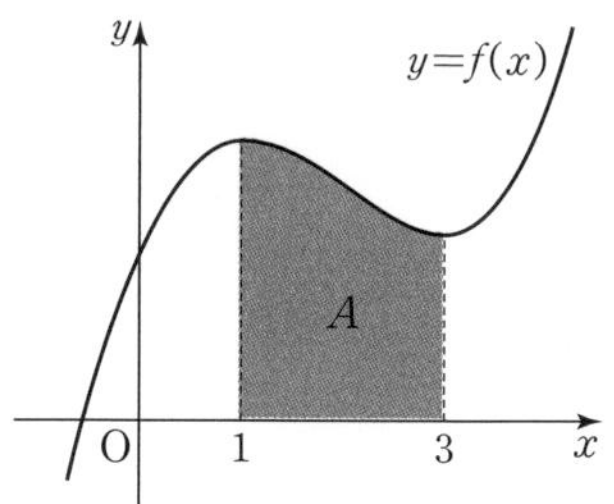

21 이차함수 $f(x)$와 그 부정적분 $F(x)$사이에 다음 관계가 성립한다.

$F(x)=xf(x)-2x^3+2x^2-1$

$f(1)=2$일 때, $f(2)$의 값을 구하는 과정을 서술하시오.

22 함수 $f(x)=\int(x^2-3x+2)dx$의 극댓값이 $\frac{4}{3}$일 때, 극솟값을 구하는 과정을 서술하시오.

23 수직선 위를 움직이는 점 P의 시각 $t(t>0)$에서의 속도 $v(t)$가 $v(t)=t^2-5t+4$이다.
점 P가 시각 $t=t_1$, $t=t_2(t_1<t_2)$일 때 움직이는 방향이 바뀌고, 시각 $t=t_1$에서의 점 P의 위치가 7일 때, 시각 $t=t_2$에서의 점 P의 위치를 구하는 과정을 서술하시오. (단, t_1, t_2는 상수이다.)

24 함수 $f(x)=x^3+x$일 때,
$\lim_{n\to\infty}\frac{1}{n}\sum_{k=1}^{n}f\left(1+\frac{2k}{n}\right)$의 값을 구하는 과정을 서술하시오.

25 $\int_{0}^{2}|x^2(x-1)|\,dx$의 값을 구하는 과정을 서술하시오.

2024학년도

가천대 논술 기출문제

인문A 인문B

자연C 자연D 자연E 자연F 자연G

국어[인문A]

▶ 해답 p.402

※ 다음은 작문 상황에 따라 학생이 작성한 초고이다. 물음에 답하시오.

[작문 상황]: 생활 체육관 건립에 큰 관심이 없는 주변 학생들에게 생활 체육관 건립을 위한 서명 운동에 참여하기를 독려하는 글을 쓰고자 한다.

[학생의 초고]

지난주부터 우리 학교 근처 ○○ 사거리에서 ○○동 주민들이 생활 체육관 건립을 위한 서명 운동을 하고 있다. 대부분 우리 학교 학생들은 ○○동이나 바로 옆 ○○동에 살고 있다. 학교 학생들을 대상으로 한 설문 조사 결과, 생활 체육관과 같은 공공 체육 시설을 이용하고 있는 학생은 전체의 28.7%에 불과했다. 학교에서 가장 가까운 생활 체육관인 △△ 체육관조차 학교에서 4㎞나 떨어져 있기 때문일 것이다.

우리 시의 인구는 100만여 명으로 시내에 생활 체육관은 8곳이 있다. 우리 시와 인구수가 비슷한 인근의 □□시, ☆☆시에는 각각 7곳, 10곳의 생활 체육관이 있다. 우리 시의 생활 체육관 수가 다른 시에 비해 특별히 적지는 않다. 하지만 ○○동의 경우, 생활 체육관의 이용에 사각지대가 있음을 보여준다. 개선 방안이나 계획은 없는지 시청에 문의해 보니, 문화 · 체육 담당 부서에서는 ○○동에 새로운 공공 체육 시설이 필요하다는 것을 수년 전부터 인지하고 있었다는 답변을 들을 수 있었다.

운동의 습관화는 복잡한 머리와 마음을 비울 수 있는 효과적인 방법이지만 우리 학교는 운동장의 크기도 작고 운동 기구도 넉넉하지 못한 실정이다. 학교 근처에 생활 체육관이 생긴다는 것은 우리 학교 학생들이 학교 운동장 외에 수시로 체육 활동을 할 수 있는 장소가 새로 마련됨을 뜻한다.

우리 학교에는 생활 체육관 건립에 큰 관심이 없는 학생들이 많은 것 같다. 하지만 생활 체육관은 체력 증진을 위한 공간이라는 의미를 넘어 지역 사회에 기여하는 바가 큰 시설이다. 각종 스포츠 활동의 장을 제공함으로써 주민들은 사회적 교류를 할 수 있고, 실내 놀이터를 설치함으로써 아동과 양육자는 외부 환경의 제약 없이 체육 활동을 할 수 있다. 우리 동네 모든 주민들이 편하게 이용할 수 있는 생활 체육관이 지어지기를 바라는 마음을 담아 서명 운동에 함께 참여하도록 하자.

01 〈보기〉는 초고 작성을 위해 작성한 글쓰기 계획의 일부이다. 〈보기〉의 ①, ②가 반영된 문장을 제시문에서 찾아 각각의 첫 어절과 마지막 어절을 순서대로 쓰시오.

〈보기〉

① 서명 운동을 통한 생활 체육관 건립의 실현 가능성을 강조하기 위해 시청의 관련 부서에서도 생활 체육 시설의 필요성을 인지하고 있다는 사실을 언급한다.
② 생활 체육관 건립의 필요성을 강조하기 위해 생활 체육관이 지역 사회에 주는 효용을 구체적으로 언급한다.

① 첫 어절: ______________________, 마지막 어절: ______________________

② 첫 어절: ______________________, 마지막 어절: ______________________

[02～03] 다음 글을 읽고 물음에 답하시오.

프랑스의 정신 분석학자 ㉠라캉은 인간의 인식과 관련하여 세계를 상상계, 상징계, 실재계의 세 범주로 분류하고 이를 중심으로 불안의 원인과 인간의 욕망에 관한 이론을 전개하였다. 라캉에 따르면 생후 6~18개월 정도의 아이는 감각이 통합되어 있지 않아 몸이 파편화되어 있다고 인식한다. 하지만 거울에 비친 모습은 전체로 나타나기 때문에, 아이는 그 이미지를 완전한 것으로 느끼고 이에 끌리어 거울 이미지와의 동일시를 추구하게 된다. 그러나 아이가 느끼는 불완전한 신체와 완벽한 이미지의 괴리 속에서 아이는 불안을 느끼는데, 이러한 과정 속에서 아이는 자아를 형성한다. 라캉은 자아를 인간이 거울에 자신을 투영함으로써 만들어 낸 거짓된 이미지에 불과한 것으로 보았다. 그리고 인간의 불안감은 자아가 자신의 것이면서 동시에 자신의 것이 아니라는 인식에서 비롯된다고 보았다. 상상계는 바로 이러한 거울 단계의 아이가 가지는 이미지의 세계이다.

이후 아이는 언어와 규범이 지배하고 있는 현실 세계인 상징계로 들어간다. 라캉은 언어로 인해 인간에게 소외와 결핍이 발생한다고 보았다. 그는 인간의 욕구와 요구를 구분하였는데, 욕구는 갈증, 식욕 등 생물학적이고 본능적인 필요성이고, 요구는 이러한 욕구를 언어로 표현하는 것이다. 표면적으로 요구는 필요를 충족시켜 줄 것으로 간주되는 대상을 겨냥하지만 요구의 진정한 목적은 보호자의 무조건적인 사랑이다. 하지만 이러한 요구는 현실에서 실현될 수 없다. 라캉은 욕구가 충족된 뒤에도 여전히 요구에 남아 있는 부분이 욕망이고, 이러한 욕망은 근본적으로 무조건적 사랑을 주는 존재의 결여에서 기인하므로 완전히 채워질 수 없는 것이라고 주장하였다.

라캉은 자아가 타인과 관계를 맺도록 하는 상징적 질서를 대타자라고 불렀는데, 아이가 의식하는 현실은 아이가 태어나기 전부터 대타자가 지배하고 있다. 라캉은 "인간의 욕망은 대타자의 욕망이다."라고 말하였는데, 그 이유는 대표적인 대타자인 언어와 욕망의 관계를 통해 찾을 수 있다. 언어는 아이가 태어나기 전부터 있고, 아이는 언어를 새롭게 창안하거나 수정할 수 없으며 언어의 질서에 복종해야 한다. 인간은 언어가 지배하는 현실 속에서 언어를 통해 욕망을 추구할 수밖에 없다. 인간이 무언가를 욕망할 때, 그 과정에서 언어 공동체 내에 형성된 무의식이 작용한다.

실재계는 현실 세계의 질서를 초월하는 세계로서 상징계의 질서로는 포착하거나 표현할 수 없다. 라캉은 주체가 상징계의 원칙을 넘어서서 실재계에 속하는 존재를 겨냥하는 것이 욕망의 올바른 방향이라고 말하였다. 그는 이를 설명하기 위해 현실의 쾌락 원칙을 초월한 또 다른 차원의 쾌락을 뜻하는 주이상스라는 개념을 제시했다. 주이상스를 추구하는 것은 현실 세계의 법칙을 넘어서야 해서 고통이 수반되므로 라캉은 주이상스를 고통스러운 쾌락이라고 설명하였다. 라캉은 주체가 이러한 쾌락을 만들어 내는 고유한 증상을 갖는다고 보고, 이를 생톰이라고 명명하였는데, 생톰은 주이상스를 추구하는 행위로 이어진다. 라캉은 예술가가 기존의 방식을 거부하고 새로운 방식으로 예술품을 만들어 내는 것처럼 주체가 생톰을 통해 상징계의 법칙 대신 자기 고유의 법칙을 생산하고 새로운 세상을 창조할 수 있다고 보았다.

02 **〈보기〉는 제시문을 바탕으로 ㉠의 생각을 정리한 것이다. 〈보기〉의 ①, ②에 들어갈 적절한 말을 제시문에서 찾아 쓰시오.**

〈보기〉

㉠에 의하면 인간은 자유롭고 이성적인 존재가 아니라 분열되고 소외된 존재이다. 상상계에서 아이는 (①)에 투영된 이미지를 통해 자신의 자아를 형성한다. 하지만 아이는 이렇게 형성된 자아에 대한 불안감에서 벗어나지 못한다. ㉠이 말한 인간의 인식과 관련한 세 가지 세계의 범주 중, (②)에서 인간은 개인이 새롭게 만들거나 수정할 수 없는 언어를 통해 욕망을 추구하기 때문에 인간의 욕망은 언어에 종속된다.

① ______________________

② ______________________

03 **〈보기1〉은 제시문을 읽고 조사한 자료이고, 〈보기2〉는 제시문을 바탕으로 〈보기1〉을 이해한 내용이다. 〈보기2〉의 ①, ②에 들어갈 적절한 말을 제시문에서 찾아 쓰시오.**

〈보기 1〉

작가 제임스 조이스는 언어 파괴, 동음이의어 사용 등의 다양한 실험적 방법을 사용하여 글을 썼는데, 이는 기존의 글쓰기 규칙을 따른 것이 아니다. 그의 언어는 '애매 폭력적 언어'라고 불리는데 이는 일상적인 언어에 폭력을 가해 기존의 단어를 파격적으로 변환한다는 의미이다. 제임스 조이스는 기존의 언어에 갇히기보다는 새로운 언어를 창조하여 새로운 규칙들을 만들어 냄으로써 자신의 독특성을 표현하였다.

〈보기 2〉

제임스 조이스가 기존의 글쓰기 규칙을 따르지 않고, 새로운 언어를 창조하려고 한 시도는 라캉의 입장에서 현실의 쾌락 원칙을 넘어서는 다른 차원의 쾌락을 의미하는 (①)에 대한 추구로 해석될 수 있다. 그리고 제임스 조이스가 애매 폭력적 언어를 사용한 것은 (②)을/를 통해 자기 고유의 법칙을 생산한 행위라고 볼 수 있다.

① ______________________

② ______________________

[04～05] 다음 글을 읽고 물음에 답하시오.

채권은 정부, 지방 자치 단체, 특수 법인 또는 주식회사와 같은 발행자가 투자자를 대상으로 자금을 조달하기 위해 미래에 일정한 이자와 원금의 지급을 약속하고 발행하는 채무 증서를 말하고, 채권 시장은 이러한 채권이 거래되는 시장을 의미한다. 소비를 목적으로 하는 일반적인 상품들은 하나의 상품 시장에서 수요와 공급의 원리에 따라 가격과 거래량이 결정되는 데 반해, 투자 자산을 거래하는 채권 시장은 신규로 발행되는 채권이 최초로 거래되는 발행 시장과 이미 발행된 채권을 대상으로 투자자들 간 매매가 이루어지는 유통 시장으로 구분된다. 채권이 최초로 발행되어 투자자에게 판매되는 발행 시장에서의 채권 물량과 가격이 결정되는 방식은 유통 시장에서의 그것과는 상이하게 이루어진다. 채권의 발행 시장과 유통 시장은 가끔 도매 시장과 소매 시장에 빗대어 설명되기도 한다. 이처럼 채권 시장을 발행 시장과 유통 시장으로 구분하는 것은 소수의 대형 투자자들이 발행 시장에 참가하여 물량을 확보한 뒤 이를 유통 시장에서 일반 투자자를 대상으로 거래하는 것이 더 효율적이라는 경험에 따른 것이다.

채권 발행 시장에서의 거래 방식은 매수인의 특성 및 자금의 규모에 따라 사모 발행과 공모 발행으로 구분된다. 사모 발행은 발행자가 ⓐ<u>특정</u> 투자자와의 사적인 교섭을 통해 채권을 매각하는 것으로, 주로 소규모의 단기 자금을 조달하는 경우에 활용된다. 반면 공모 발행은 불특정 다수의 투자자를 대상으로 거액의 자금을 조달하기 위해 채권을 발행하는 것으로, 발행자가 당초 의도한 발행 규모에 비해 시장에서 소화되어 매출되는 규모가 적어 자금 조달이 원활히 이루어지지 않을 위험이 존재한다. 따라서 공모 발행은 사모 발행에 비해서 보다 전문적인 지식과 경험이 요구된다.

한편 공모 발행은 발행 위험의 귀속 여부에 따라 직접 발행과 간접 발행으로 분류되기도 한다. 직접 발행은 채권 공모와 관련한 발행 위험을 발행자가 전적으로 부담하는 방식이고, 간접 발행은 중개 회사가 채권을 인수함으로써 발행 위험의 일부 또는 전부를 부담하는 방식이다. 간접 발행은 중개 회사가 발행 위험을 부담하는 정도에 따라 총액 인수와 잔액 인수 방식으로 다시 구분된다. 총액 인수는 중개 회사가 발행자와 약정한 가액으로 채권 발행 총액을 인수한 후 일반 투자자를 대상으로 이를 판매하는 것으로, 중개 회사의 인수 가격과 일반 투자자의 판매 가격 간의 차이는 중개 회사가 전액 부담하는 방식이다. 이에 비해 잔액 인수는 발행자와 약정한 가액으로 일차적으로 발행자의 명의로 일반 투자자에게 판매한 다음 판매되지 못한 잔여분에 한해 중개 회사가 인수하여 처리하는 방식이다. 총액 인수의 경우 중개 회사는 채권 발행 전액을 자기 명의로 구입해야 하므로 많은 자금이 필요할 뿐만 아니라 투자자들에게 판매하기까지 채권을 보유하여야 하므로 상대적으로 높은 시장 위험을 부담하는 대신 발행자로부터 잔액 인수의 경우에 비해 높은 수수료를 ⓑ<u>받는다</u>. 간접 발행의 경우 중개 회사에 대한 수수료를 지급해야 함에도 불구하고 채권 발행자는 직접 발행보다는 간접 발행을 더 선호하는데, 이는 발행 위험을 분담하는 것과 더불어 중개 회사가 가지고 있는 조직적인 판매망과 전문적인 지식을 통해 채권 판매를 촉진시킬 수 있기 때문이다. 민간이 발행하는 채권에는 채무 불이행과 같은 신용 위험이 존재한다. 따라서 채권 발행자에 대한 정보가 부족한 경우, 투자자는 발행자보다는 신용 있는 중개 회사를 더 신뢰하고 투자를 결정하기 때문에 채권 발행자는 비록 중개 수수료를 ⓒ<u>지급하더라도</u> 간접 발행을 선택하게 된다.

04 〈보기〉는 제시문의 내용을 정리한 것이다. 〈보기〉의 ①~③에 들어갈 적절한 말을 제시문에서 찾아 쓰시오.

〈보기〉

- 매수인의 특성 및 자금의 규모에 따른 채권 발행 시장의 거래 방식 중, 채권 발행자의 입장에서 채권 발행 당시 의도한 발행 규모에 비해 과소 판매가 발생할 위험이 상대적으로 더 큰 것은 (①)이다.
- 채권 발행 위험을 부담하는 정도에 따른 채권 중개 회사의 채권 인수 방식 중, 채권 중개 회사의 입장에서 상대적으로 더 큰 시장 위험을 부담하는 방식은 (②) 방식이다. 따라서 채권 중개 회사는 (②) 방식으로 채권을 인수할 때에 더 높은 (③)을/를 받는다.

① ______________________

② ______________________

③ ______________________

05 제시문의 ⓐ~ⓒ 각각에서 관찰되는 음운의 변동을 〈보기〉에서 찾아 쓰시오.

〈보기〉

구개음화, 거센소리되기, 모음 탈락, 반모음 첨가, 비음화, 유음화, 된소리되기

ⓐ ______________________

ⓑ ______________________

ⓒ ______________________

※ 다음 글을 읽고 물음에 답하시오.

선거 방송 보도의 유형과 특징을 분석하는 것은 중요하다. 그 이유는 선거 방송 보도가 불특정한 대중에게 정치적 메시지를 대량으로 전달하는 매체라는 점에서 선거 운동의 중요한 도구가 되기 때문이다. 선거 방송 보도가 선거 운동에서 중요한 위치를 차지하게 된 것은 대중에게 쉽게 선거 운동에 대한 정보를 제공할 수 있으며, 대중의 정치의식 수준이 높거나 낮은 것에 영향을 덜 받으면서 강한 영향력을 행사할 수 있기 때문이다. 가령 후보자나 정당이 선거 운동의 의제를 만드는 것이 아니라 선거 방송 보도에 따라 의제가 만들어지는 것이 있다. 이러한 선거 방송 보도에는 선거 운동 중에 특정 정치인에 대해 보도하는 것, 부정식 뉴스 보도의 증가, 본질적 이슈 보도 대신에 선거 운동에 대한 보도 증가와 같은 현상들이 나타난다. 이러한 선거 방송 보도 유형으로는 부정식 보도, 경마식 보도, 개인화 보도가 있다.

부정식 보도는 특정 정치인이나 정당, 정부 등을 부정적으로 보도하는 것이다. 이러한 보도에서는 불법 부정 선거, 흑색선전, 후보자나 정당의 비리 등을 보도하거나 폭로 · 비방 · 갈등 관계와 같은 부정적인 측면을 보도한다. 부정식 보도는 해석적 저널리즘과 결합한 형태로 나타나기도 한다. 해석적 저널리즘은 특정 사안에 대한 사실을 예시로 활용하면서 언론이 그 사안에 대해 분석하고 해석하는 것이다.

방송사의 이익을 위한 보도로 경마식 보도가 있다. 경마식 보도란 정치적 쟁점이나 후보자의 자질 · 능력 · 도덕성 등 선거에서 중요한 본질적 내용보다는 득표율 예측, 후보자들의 지지율 변화, 선거 운동 전략, 유권자들의 반응, 후보자 간의 연대 · 통합 · 갈등 등 흥미적인 요소를 집중적으로 보도하는 방식이다. 경마식 보도는 부정식 보도와 마찬가지로 해석적 저널리즘과 결합한 형태로 잘 나타난다.

개인화 보도는 정치인의 공적 영역뿐 아니라 사적 영역에 대해서도 보도하는 것을 말하는데, 이 보도에서는 정치인 개인에 대한 것은 강조하는 반면에 정당, 조직, 제도에 대한 초점은 감소한다. 개인화 보도에서는 지도적인 위치에 있는 정치인이나 정당 지도자들에 대해 초점을 둔다.

06 〈보기〉는 제시문을 바탕으로 선거 보도의 유형과 선거 방송 보도 예시를 정리한 것이다. 〈보기〉의 ①~③에 들어갈 적절한 말을 제시문에서 찾아 쓰시오.

〈보기〉

보도 유형	선거 방송 보도 예시
(①)	후보들의 지지율 양상, 선거 토론회 방송에서 표출된 후보자 간의 갈등과 함께 이에 대한 언론인 또는 뉴스 패널의 해석을 보도한다.
(②)	후보자와 후보자가 속한 정당의 정책 및 제도보다는 후보자의 사적 영역을 취재하여 이를 더 비중 있게 보도한다.
(③)	특정 후보의 비리에 대한 경쟁 후보자 또는 상대측 정당의 입장을 보도하면서 비리 내용을 분석하는 내용을 추가하여 보도한다.

① ______________ ② ______________ ③ ______________

[07～08] 다음 글을 읽고 물음에 답하시오.

(가)

나는 희망이 없는 희망을 거절한다
희망에는 희망이 없다
희망은 기쁨보다 분노에 가깝다
나는 절망을 통하여 희망을 가졌을 뿐
희망을 통하여 희망을 가져 본 적이 없다

나는 절망이 없는 희망을 거절한다
희망은 절망이 있기 때문에 희망이다
희망만 있는 희망은 희망이 없다
희망은 희망의 손을 먼저 잡는 것보다
절망의 손을 먼저 잡는 것이 중요하다

희망에는 절망이 있다
나는 희망의 절망을 먼저 원한다
희망의 절망이 절망이 될 때보다
희망의 절망이 희망이 될 때
당신을 사랑한다

– 정호승, 「나는 희망을 거절한다」

(나)

자기가 하고 싶지는 않으나 부득이 해야 하는 것은 그만둘 수 없는 일이요, 자기는 하고 싶으나 남이 알지 못하게 하기 위해 하지 않는 것은 그만둘 수 있는 일이다. 그만둘 수 없는 일은 항상 그 일을 하고는 있지만, 자기가 하고 싶지 않기 때문에 때로는 그만둔다. 하고 싶은 일은 언제나 할 수 있으나, 남이 알지 못하게 하려고 하기 때문에 또한 때로는 그만둔다. 진실로 이와 같이 된다면 천하에 도무지 일이 없을 것이다.

나의 병은 내가 잘 안다. 나는 용감하지만 지모가 없고 선(善)을 좋아하지만 가릴 줄을 모르며, 맘 내키는 대로 즉시 행하여 의심할 줄을 모르고 두려워할 줄을 모른다. 그만둘 수도 있는 일이지만 마음에 기쁘게 느껴지기만 하면 그만두지 못하고, 하고 싶지 않은 일이지만 마음이 꺼림칙하여 불쾌하게 되면 그만둘 수 없다. 그래서 어려서부터 세속 밖에 멋대로 돌아다니면서도 의심이 없었고, 이미 장성하여서는 과거 공부에 빠져 돌아설 줄 몰랐고, 나이 삼십이 되어서는 지난 일의 과오를 깊이 뉘우치면서도 두려워하지 않았다. 이 때문에 선을 끝없이 좋아하였으나, 비방은 홀로 많이 받고 있다. 아, 이것이 또한 운명이란 말인가. 이것은 나의 본성 때문이니, 내가 또 어찌 감히 운명을 말하겠는가.

내가 노자의 말을 보건대, "겨울에 시내를 건너는 것처럼 신중하게 하고(與), 사방에서 나를 엿보는 것을 두려워하듯 경계하라(猶)."라고 하였으니, 아, 이 두 마디 말은 내 병을 고치는 약이 아닌가. 대체로 겨울에 시내를 건너는 사람은 차가움이 뼈를 에듯 하므로 매우 부득이한 일이 아니면 건너지 않으며, 사방의 이웃이 엿보는 것을 두려워하는 사람은 다른 사람의 시선이 자기 몸에 이를까 염려한 때문에 매우 부득이한 경우라도 하지 않는다.

편지를 남에게 보내어 경례(經禮)의 이동(異同)*을 논하고자 하다가 이윽고 생각하니, 그렇게 하지 않더라도 해로울 것이 없었다. 하지 않더라도 해로울 것이 없는 것은 부득이한 것이 아니므로, 부득이한 것이 아닌 것은 또 그만둔다. 남을 논박하는 소(疏)를 봉(封)해 올려서 조신(朝臣)의 시비(是非)*를 말하고자 하다가 이윽고 생각하니, 이것은 남이 알지 못하게 하려는 것이었다. 남이 알지 못하게 하려는 것은 마음에 크게 두려움이 있어서이므로, 마음에 크게 두려움이 있는 것은 또 그만둔다. 진귀한 옛 기물을 널리 모으려고 하였지만 이것 또한 그만둔다. 관직에 있으면서 공금을 농간하여 그 남은 것을 훔치겠는가. 이것 또한 그만둔다. 모든 마음에서 일어나고 뜻에서 싹트는 것은 매우 부득이한 것이 아니면 그만두며, 매우 부득이한 것일지라도 남이 알지 못하게 하려는 것은 그만둔다. 진실로 이와 같이 된다면, 천하에 무슨 일이 있겠는가.

내가 이 뜻을 얻은 지 6~7년이 되는데, 이것*을 당(堂)에 편액으로 달려고 했다가, 이윽고 생각해 보고는 그만두었다. 초천(苕川)에 돌아와서야 문미(門楣)*에 써서 붙이고, 아울러 이름 붙인 까닭을 적어서 어린아이들에게 보인다.

– 정약용, 「여유당기」

*경례의 이동: 경전이나 예법 해석의 같고 다름.

*조신의 시비: 신하들이 낸 의견의 옳고 그름.

*이것: 앞에서 언급한 '여유(與猶)'라는 노자의 말을 이름.

*문미: 문 위에 가로 댄 나무.

07 **〈보기2〉는 〈보기1〉을 바탕으로 (가)와 (나)를 이해한 내용이다. 〈보기2〉의 ①, ②에 들어갈 적절한 말을 〈보기1〉에서 찾아 쓰시오.**

〈보기 1〉

의미가 서로 정반대가 되는 두 단어(또는 구)의 의미 관계를 반의 관계라고 한다. 반의 관계는 그 성격에 따라 몇 가지 유형으로 나눌 수 있는데, '죽다'와 '살다'의 관계처럼 한 영역 안에서 중간 항이 없이 상호배타적 관계에 있는 반의 관계를 상보 반의 관계라고 한다. 상보 반의 관계에 있는 두 단어는 동시에 긍정하거나 부정하는 것이 논리적으로 불가능하다. 이때 동시 긍정이나 동시 부정이 불가능한 반의어 쌍을 묶어서 함께 사용하면 역설이 발생하고, 이와 같은 역설은 문학 작품에서 새로운 깨달음을 전달하는 표현 방식으로 사용되기도 한다.

〈보기 2〉

(가)에는 '희망이 없는 희망'과 '절망이 없는 희망'이라는 표현이 있는데, 논리적으로 '절망이 없는 희망'은 성립이 가능하지만, 희망을 하는 동시에 희망이 없을 수는 없으므로 '희망이 없는 희망'은 성립이 불가능하다. 하지만 (가)는 '희망이 없는 희망'을 통해 '절망'과 연계되어 생겨난 '희망'이 진정한 희망이 될 수 있다는 깨달음을 전달하고 있다. 이런 점에서 (가)의 '희망이 없는 희망'은 〈보기1〉의 (①)에 해당하는 것으로 볼 수 있다. (나)에서는 '자기는 하고 싶'은 일과 '자기가 하고 싶지 않'은 일을 해야 하는지 그만두어야 하는지에 대한 화자의 고민이 드러난다. 이때 (나)의 화자에게 "'하다'를 선택하는 것"과 "'그만두다'를 선택하는 것"의 관계는 〈보기1〉의 (②) 관계에 해당하는 것으로 볼 수 있다.

① ______________________ ② ______________________

08 **〈보기〉는 (나)에 대한 설명의 일부이다. 〈보기〉의 ㉠과 ㉡에 해당하는 문장을 제시문에서 찾아 각각의 첫 어절과 끝 어절을 순서대로 쓰시오.**

〈보기〉

(나)는 정약용이 지은 기(記)의 하나이다. 기는 대상을 관찰하고 기록하여 영구히 기억하고자 하는 것을 목적으로 하는 한문 양식이다. 기가 다루는 대상은 특정 인물, 사건, 물품이나 풍경 등 매우 잡다하다. (나)에서 정약용은 과거에 했던 행동들을 나열하며 그것이 부득이한 일이었는지 그렇지 않은지를 따진다. 그 과정에서 우리는 정약용의 다양한 삶의 경험을 엿볼 수 있는데, 그중에는 관직자로 생활했던 정약용의 경험도 확인할 수 있다. ㉠정약용은 관직자로서 경계해야 할 그릇된 행동을 구체적으로 언급하며, 관직자가 가져야 할 마땅한 삶의 자세를 의문형 문장으로 전달하기도 한다. 또한 ㉡초천에 돌아와 살게 된 정약용은 자신이 얻은 깨달음을 잊지 않기 위해 집의 이름을 짓고 이 글을 썼음을 분명하게 드러내고 있다.

① ㉠에 해당하는 문장:

첫 어절: ______________, 마지막 어절: ______________

② ㉡에 해당하는 문장:

첫 어절: ______________, 마지막 어절: ______________

※ 다음 글을 읽고 물음에 답하시오.

(가)

인제 모든 것은 끝나는 것이다. 얼음장처럼 밑이 차다. 전신의 근육이 감각을 잃은 채 이따금 경련을 일으킨다. 발자국 소리가 난다. 말소리도. 시간이 되었나 보다. 문이 삐거덕거리며 열리고 급기야 어둠을 헤치고 흘러 들어오는 광선을 타고 사닥다리가 내려올 것이다. 숨죽인 채 기다린다. 일순간이 지났다. 조용하다. 아무런 동정도 없다. 어쩐 일일까……? 몽롱한 의식의 착오 탓인가. 확실히 구둣발 소리다. 점점 가까워 오는……정확한……그는 몸을 일으키려 애썼다. 고개를 들었다. 맑은 광선이 눈부시게 흘러 들어온다. 사닥다리다.

"뭐 하고 있어! 빨리 나와!"

착각이 아니었다. 그들은 벌써부터 빨리 나오라고 고함을 지르며 독촉하고 있었다. 한 단 한 단 정신을 가다듬고 감각을 잃은 무릎을 힘껏 고여 짚으며 기어올랐다. 입구에 다다르자 억센 손아귀가 뒷덜미를 움켜쥐고 끌어당겼다. 몸이 밖으로 나가는 순간 눈 속에 그대로 머리를 박고 쓰러졌다. 찬 눈이 얼굴 위에 스치자 정신이 돌아왔다. 일어서야만 한다. 그리고 정확히 걸음을 옮겨야 한다. 모든 것은 인제 끝나는 것이다. 끝나는 그 순간까지 정확히 나를 끝맺어야 한다.

그는 눈을 다섯 손가락으로 꽉 움켜 짚고 떨리는 다리를 바로잡아 가며 일어섰다. 그리고 한 걸음 한 걸음 정확히 걸음을 옮겼다. 눈은 의지적인 신념으로 차가이 빛나고 있었다.

본부에서 몇 마디 주고받은 다음, 준비 완료 보고와 집행 명령이 뒤이어 떨어졌다. 눈이 함빡 쌓인 흰 둑길이다. 오! 이 둑길…… 몇 사람이나 이 둑길을 걸었을 거냐. 휜칠히 트인 벌판 너머로 마주 선 언덕, 흰 눈이다. 가슴이 탁 트이는 것 같다. 똑바로 걸어가시오. 남쪽으로 내닫는 길이오. 그처럼 가고 싶어 하던 길이니 유감없을 거요. 걸음마다 흰 눈 위에 발자국이 따른다. 한 걸음 두 걸음 정확히 걸어야 한다. 사수(射手) 준비! 총탄 재는 소리가 바람처럼 차갑다. 눈 앞엔 흰 눈뿐, 아무것도 없다. 인제 모든 것은 끝난다. 끝나는 그 순간까지 정확히 끝을 맺어야 한다. 끝나는 일초, 일각까지 나를, 자기를 잊어서는 안 된다.

걸음걸이는 그의 의지처럼 또한 정확했다. 아무리 한 걸음, 한 걸음 다가가는 걸음걸이가 죽음에 접근하여 가는 마지막 길일지라도 결코 허튼, 불안한, 절망적인 것일 수는 없었다. 흰 눈, 그 속을 걷고 있다. 휜칠히 트인 벌판 너머로, 마주 선 언덕, 흰 눈이다. 연발하는 총성. 마치 외부 세계의 잡음만 같다. 아니 아무것도 아닌 것이다. 그는 흰 속을 그대로 한 걸음, 한 걸음 정확히 걸어가고 있었다. 눈 속에 부서지는 발자국 소리가 어렴풋이 들려온다. 두런두런 이야기 소리가 난다. 누가 뒤통수를 잡아 일으키는 것 같다. 뒤허리에 충격을 느꼈다. 아니, 아무것도 아니다. 아무것도 아닌 것이다.

– 오상원, 「유예」

(나)

판잣집 유리딱지에
아이들 얼굴이
불타는 해바라기마냥 걸려 있다.

내려쪼이던 햇발이 눈부시어 돌아선다.
나도 돌아선다.
울상이 된 그림자 나의 뒤를 따른다.

어느 접어든 골목에서 걸음을 멈춘다.
잿더미가 소복한 울타리에
개나리가 망울졌다.

저기 언덕을 내려 달리는
소녀의 미소엔 앞니가 빠져
죄 하나도 없다.

나는 술 취한 듯 흥그러워진다.
그림자 웃으며 앞장을 선다.

– 구상, 「초토의 시 1」

09 〈보기〉는 (가)와 (나)에 대한 해설의 일부이다. 〈보기〉의 ①, ②에 들어갈 적절한 단어를 각각 제시문의 (가)와 (나)에서 찾아 쓰시오.

〈보기〉

(가)와 (나)는 공통적으로 6 · 25 전쟁을 배경으로 한 문학 작품이다. 그러므로 이 두 작품은 주제적인 측면에서 전쟁과 무관할 수 없다. (가)와 (나)에는 전쟁이라는 극한 상황에 대한 서로 다른 인식이 작품 속 주요 소재를 통해 드러난다. 가령 (가)에서 '(①)'은/는 작품 안에서 시각적 이미지나 촉각적 이미지를 나타내는 표현과 결합하여 겨울이라는 계절적 배경을 나타낼 뿐만 아니라, 비극적이고 냉혹한 전쟁의 속성을 강조하는 데에 사용된다. 한편 (나)에서 '(②)'은/는 폐허가 된 삶의 터전과 대비를 이루면서 전쟁으로 인한 부정적 상황에서 화자의 의식이 긍정적인 방향으로 전환되게 하는 소재로서 기능을 하고 있다.

① ____________________

② ____________________

수학[인문A]

▶ 해설 p.404

10 x에 대한 부등식 $x^2-x\log_3(\sqrt[3]{9}n)+\log_3\sqrt[3]{n^2}<0$을 만족시키는 정수 x의 개수가 1이 되도록 하는 자연수 n의 개수를 구하는 과정을 서술하시오.

11 공차가 0이 아닌 등차수열 $\{a_n\}$에 대하여 $a_2-1=1-a_4$이고 $|a_4+5|=|-5-a_6|$일 때, a_7의 값을 구하는 과정을 서술하시오.

12 다음 조건을 만족시키는 모든 다항함수 $f(x)$에 대하여 $f\left(\frac{1}{2}\right)$의 최댓값을 구하는 과정을 서술하시오.

(가) 함수 $f(x)$의 모든 항의 계수가 정수이고, $f(0)=0$이다.

(나) $\lim_{x\to\infty}\frac{f(x)-2x^3}{x^2}=\lim_{x\to\frac{1}{2}}f(x)$

(다) $f(x)$가 실수 전체의 집합에서 증가한다.

13 자연수 a에 대하여 함수 $f(x)=\frac{1}{3}\log_2(x-2)$의 그래프의 점근선과 함수 $g(x)=\tan\frac{\pi x}{a}$의 그래프는 만나지 않는다. 정의역이 $\left\{x \middle| \frac{17}{8}\le x\le 6\right\}$인 합성함수 $(g\circ f)(x)$의 최댓값과 최솟값을 구하는 다음의 풀이 과정을 완성하시오. (단, a는 상수이다.)

직선 [①]가 f의 점근선이므로 $a=$[②]. 따라서 합성함수 $(g\circ f)(x)$의 최솟값은 [③]이고, 최댓값은 [④]이다.

14 다음 조건을 만족시키는 최고차항의 계수가 1인 모든 삼차함수 $f(x)$에 대하여 $\int_{-1}^{3} f(x)dx$의 최댓값과 최솟값의 합을 구하는 과정을 서술하시오.

> (가) $|f(1)|+|f(-1)|=0$
> (나) $-1 \le \int_{0}^{1} f(x)dx \le 1$

15 점 $(-2,\ a)$에서 곡선 $y=x^3-3x^2-9x+2$에 그을 수 있는 접선의 개수가 3이 되도록 하는 정수 a의 개수를 구하는 과정을 서술하시오.

국어[인문B]

▶ 해답 p.406

※ 다음은 작문 상황에 따라 학생이 작성한 초고이다. 물음에 답하시오.

[작문 상황]: '○○시 청소년 정책 제안 제도'에 참여하여 지역의 문제를 해결할 수 있는 정책을 제안하는 글을 작성하고자 함.

[학생의 초고]

○○ 시민들의 편안한 일상을 위해 노력해 주시는 ○○시에 진심으로 감사의 말씀을 드립니다. 이번 ○○시 청소년 정책 제안과 관련하여 ○○시 일부 지역에 '수요 응답형 대중교통'을 도입해 주실 것을 제안합니다. 수요 응답형 대중교통은 대중교통의 노선을 미리 정하지 않고 승객의 요청에 따라 운행 구간을 설정하고, 승객은 자신이 지정한 정류장에서 선택한 시간에 대중 교통을 이용하는 제도입니다.

우리 ○○시는 도시와 농촌이 공존하는 도농 복합시입니다. 농촌 지역의 경우 버스의 일 운행 횟수가 4회 이내인 곳이 많아 한번 버스를 놓치면 오랜 시간 기다려야 하고 당장 필요할 때 버스를 이용하기 어렵습니다. 더구나 출퇴근 시간이 아니면 버스 이용 고객이 많지 않아 운임료만으로는 버스 운행 비용을 충당하기 어려워 버스 회사에 ○○시가 매년 상당한 지원금을 제공하고 있습니다. 이러한 점을 개선하기 위해서는 농촌 지역의 현재 대중교통 체제를 전환해야 합니다.

대중교통 체제의 전환 과정에서 대중교통 사업자들과 갈등이 유발될 수도 있지만 ○○ 시청과 ○○시 농촌 지역 시민들의 이익을 위해서라도 ○○시의 농촌 지역에 수요 응답형 대중교통을 빠르게 도입해야 한다고 생각합니다. 수요 응답형 대중교통을 도입하면 필요한 시간에 필요한 곳에서 대중교통을 이용할 수 있으니 대중교통에 대한 시민들의 만족도가 높아질 것이며, ○○시는 대중교통 사업자의 적자를 보전하는 데 드는 비용을 줄일 수 있을 것입니다.

농촌 지역의 주민들에게는 더욱 편리한 대중교통 서비스를 제공할 수 있으면서도, ○○시 예산 지출도 줄일 수 있는 수요 응답형 대중교통은 현재 우리 ○○시가 실시할 수 있는 최고의 정책이 될 것입니다. 제 제안이 주민들이 더 행복한 ○○시가 되는 데에 도움이 되었으면 좋겠습니다.

01 〈보기〉는 초고 작성을 위해 작성한 글쓰기 계획의 일부이다. 〈보기〉의 ①, ②가 반영된 문장을 제시문에서 찾아 각각의 첫 어절과 마지막 어절을 순서대로 쓰시오.

〈보기〉

① 서명 운동을 통한 생활 체육관 건립의 실현 가능성을 강조하기 위해 시청의 관련 부서에서도 생활 체육 시설의 필요성을 인지하고 있다는 사실을 언급한다.

② 생활 체육관 건립의 필요성을 강조하기 위해 생활 체육관이 지역 사회에 주는 효용을 구체적으로 언급한다.

① 첫 어절: ______________________, 마지막 어절: ______________________

② 첫 어절: ______________________, 마지막 어절: ______________________

[02～03] 다음 글을 읽고 물음에 답하시오.

최근 컴퓨팅 환경은 인터넷과 결합한 가상화 기반의 클라우드 컴퓨팅 플랫폼이 일반화되고 있다. ㉠클라우드 컴퓨팅은 이용자가 언제 어디서나 필요한 만큼의 IT 시스템 자원을 필요한 시간만큼 이용할 수 있도록 인터넷을 통해 제공하는 기술을 뜻한다. 클라우드 컴퓨팅의 기반을 이루는 기술로는 가상화, 클러스터 관리, 분산 시스템 등이 있지만 가장 핵심적인 기술로는 가상화를 꼽을 수 있다. 가상화는 소프트웨어를 활용해 컴퓨터 시스템의 물리적 자원인 CPU, 메모리, 디스크 등을 논리적으로 추상화해 물리적 한계에 종속되지 않고 원하는 형태로 분리, 통합하는 기술을 통칭해서 일컫는다. 가상화를 통해 하나의 장치로 여러 동작을 하게 하거나 반대로 여러 개의 장치를 묶어 하나의 장치인 것처럼 사용자에게 제공할 수 있다. 이를 통해 컴퓨터 시스템의 물리적 자원의 효용성을 극대화할 수 있다.

하지만 하나의 장치를 논리적으로 분리한 상황에서 이를 통제하거나 관리하려면 단일 장치를 관리할 때보다 복잡하다는 문제가 있다. 이를 위해 가상화는 접근 방법 및 자원 관리를 위한 추상화된 계층의 소프트웨어를 추가하였으며, 이를 하이퍼바이저라고 부른다. 하이퍼바이저는 CPU나 메모리 같은 물리적 컴퓨팅 자원에 서로 다른 각종 운영 체제의 접근 방법을 통제하고, 다수의 운영 체제를 하나의 컴퓨터 시스템에서 가동할 수 있게 하는 소프트웨어이다. 하이퍼바이저는 하드웨어와 운영 체제 사이를 매개하는 역할을 한다. 이러한 하이퍼바이저로 인해 클라우드 컴퓨팅 사용자는 실제 하드웨어 대신 하이퍼바이저가 구축한 가상 머신을 접하게 된다. 가상머신은 실제 기반 컴퓨터 하드웨어의 단지 일부에서만 실행됨에도 불구하고, 각각의 가상 머신은 자체 운영 체제를 실행하며 독립적인 컴퓨터인 것처럼 작동한다. 이를 통해 컴퓨터 시스템의 물리적 자원인 하드웨어의 효율적인 활용이 가능하게 된다.

이러한 ㉡클라우드 컴퓨팅이 제공하는 서비스 모델에는 세 가지가 있다. 먼저 사용자에게 컴퓨터 시스템의 물리적인 자원을 직접 제공해주는 IaaS 모델이 있다. 사용자는 저장 장치, CPU, 메모리 등 원하는 컴퓨터 시스템 자원을 요청하고, 네트워크를 통해 이를 사용하게 되는 형태이다. 사용자가 직접 컴퓨터 시스템 자원을 구성하고 관리를 해야 하는 번거로움이 있지만, 사용자에 따라 다른 방법과 목적으로 사용될 수 있다는 장점이 있다. 다음은 사용자가 곧바로 소프트웨어를 개발할 수 있는 환경을 제공해 주는 PaaS 모델이 있다. PaaS 제공자는 사용자가 소프트웨어를 개발하거나 실행하는 데 기반이 되는 컴퓨터 시스템의 물리적 자원을 제공하고 관리한다. PaaS 모델을 사용하지 않는다면 사용자별로 많은 시간을 투자하여 소프트웨어 개발에 필요한 프로그램 설치, 개발 환경의 설정을 진행해야 하는 어려움이 있다. 하지만 PaaS 모델은 소프트웨어 개발에 필요한 모든 구성이 완료된 환경을 사용자에게 제공한다. 끝으로 애플리케이션을 서비스하는 SaaS 모델이 있다. 이는 클라우드 컴퓨팅 서비스 사업자가 네트워크를 통해 별도의 설치 없이 곧바로 사용할 수 있는 소프트웨어를 제공해 주거나, 사용자가 원격으로 소프트웨어를 활용할 수 있는 모델이다. 사용자는 간단한 절차만으로 서비스를 이용할 수 있으며 모든 관리 권한은 클라우드 컴퓨팅 서비스 사업자에게 있다.

02 〈보기1〉은 제시문의 ㉠에 대한 발표를 준비하는 과정에서 작성한 그림이고, 〈보기2〉는 〈보기1〉을 활용하여 ㉠을 설명하기 위해 정리한 내용이다. 〈보기2〉의 ①, ②에 들어갈 적절한 말을 〈보기1〉에서 찾아 쓰시오.

〈보기 1〉

가상 머신 1	가상 머신 2		가상 머신 N
운영 체제 (Operating System)	운영 체제 (Operating System)	…	운영 체제 (Operating System)
하이퍼바이저(Hypervisor)			
하드웨어(Hardware)			

〈보기 2〉

가상 머신은 실제 기반 컴퓨터 하드웨어의 일부에서 실행된다. 가상 머신은 물리적 하드웨어의 일부를 활용함에도 불구하고 각각의 가상 머신은 자체 (①)에 의해 독립적으로 작동된다. 그 결과 각각의 가상 머신은 물리적 하드웨어의 일부를 활용하지만 독립적인 컴퓨터처럼 작동하게 된다. 이러한 일을 가능하게 하는 역할을 하는 것이 바로 (②)이다.

① ______________________

② ______________________

03 〈보기〉는 제시문을 읽고 ㉡을 정리한 것이다. 〈보기〉의 ①~③에 들어갈 적절한 말을 제시문에서 찾아 쓰시오.

〈보기 1〉

클라우드 컴퓨팅 서비스 모델 중 (①) 모델은 다른 두 모델과 달리 사용자가 소프트웨어 개발을 위해 컴퓨터 시스템 자원을 직접 구성하고 관리해야 한다. 한편, (②) 모델은 사용자가 자신이 필요한 소프트웨어를 별도의 설치 없이 서비스 제공자로부터 직접 제공 받아 사용할 수 있다. (②) 모델과 달리, (③) 모델은 서비스 제공자가 컴퓨터 시스템 자원을 제공하고 관리해 주기 때문에 사용자는 소프트웨어 개발에 필요한 모든 구성이 완료된 환경에서 자신이 소프트웨어를 직접 개발할 수 있다.

① ______________ ② ______________ ③ ______________

※ 다음 글을 읽고 물음에 답하시오.

고전 논리에서는 어떤 진술도 참 또는 거짓이라는 두 개의 진리치만 갖는다. 참과 거짓은 모순 관계이므로 어떤 진술이 참이라면 그 진술을 부정할 경우 진리치는 거짓이 된다. 그래서 모든 진술은 참이거나 거짓이라는 배중률과, 하나의 진술이 참이면서 동시에 거짓일 수 없다는 모순율은 고전 논리에서 반드시 지켜져야 했다. 그런데 ㉠'이 문장은 거짓이다.'(L)처럼 자신이 거짓이라고 말하는 거짓말쟁이 진술은, 고전 논리에 따를 경우에는 진리치를 단정할 수 없다. 왜 그럴까?

배중률에 의해서 L은 참이거나 거짓이어야 한다. 우선 L이 참이라고 가정해 보자. 그러면 '이 문장은 거짓이다'가 참이 되어 L은 거짓이 된다. 즉 L은 참이라고 가정하는 동시에 결론은 거짓이라는 의미가 되어 모순율을 위반한다. 따라서 L이 참이라는 가정은 버려야 한다. 이번에는 반대로 L이 거짓이라고 가정해 보자. 그러면 '이 문장은 거짓이다'가 거짓이 되어 L은 참이 된다. 이 또한 모순율을 위반하므로 L이 거짓이라는 가정도 버려야 한다. 하나의 진술에서 상호 모순되는 두 개의 진술이 도출되는 것을 논리적으로 역설이라고 한다. 거짓말쟁이 진술에서는 '참이라고 가정하면 거짓'과 '거짓이라고 가정하면 참'이 도출되는데 이를 거짓말쟁이 역설이라고 한다.

자기 자신을 말하는 문장 구조가 사용된 진술을 자기 지시성이 있는 진술이라 한다. '한국의 수도는 서울이다.'는 한국의 수도가 어디인지 말할 뿐 자기 지시성은 없다. 하지만 '이 문장은 한국어 문장이다.'는 자기 자신을 가리키며 그것이 어떤 언어로 이루어져 있는지 말하고 있으므로 자기 지시성이 있다. 20세기 초 타르스키는 거짓말쟁이 진술에 사용된 자기 지시성 때문에 역설이 생긴다고 보았다. 그는 진술의 진리치에 대한 고전 논리의 가정을 고수하는 관점에서 거짓말쟁이 역설을 해결하기 위해 '언어 위계론'을 제시했다.

언어 위계론에서 '이 문장이 있다.'는 어떤 사실에 대해 말하는 진술인 대상 언어라 한다. 반면 '이 문장이 있다.'에 '거짓이다'가 덧붙여진 L은 메타언어라 한다. 메타언어란 대상 언어에 대한 참 또는 거짓을 말하는 진술로 대상 언어에 '참이다' 또는 '거짓이다'라는 진리 술어를 덧붙여 만든다. 이때 메타언어는 대상 언어보다 위계가 더 높다. 만약 메타언어 뒤에 진리 술어를 하나 덧붙여 새로운 진술을 만들면, 기존의 진술은 대상 언어가 되고 새로운 진술은 메타언어가 된다. 이러한 이론을 전제로 삼아, 그는 메타언어에 포함된 진리 술어는 자신보다 낮은 위계인 언어만 언급할 수 있다고 규정했다. 그 결과 자신에 대해서 참이나 거짓이라고 말하는 진술은 있을 수 없기에 거짓말쟁이 역설은 해소된다고 결론을 내렸다.

타르스키가 언어 위계론을 제안하자 일부 학자들은 고전 논리에 없던 또 다른 규칙을 추가한 것을 지적하면서, 이 때문에 고전 논리의 가정 안에서 역설이 해소된 것으로 보기 어렵다며 이론의 한계를 주장했다. 또한 어떤 학자들은 자기 지시성이 역설의 원인이 아니라는 반론을 제기했다. 또 다른 학자들은 자기 지시성이 없어도 역설이 발생하는 경우가 있다고 주장했다.

20세기 후반에는, 진술의 진리치에 대한 고전 논리의 가정을 포기하는 관점에서 거짓말쟁이 진술을 이해하려는 시도가 있었다. 크립키는 참도 아니고 거짓도 아닌 진리치를 가진 진술이 존재할 수 있다고 주장하며, 거짓말쟁이 진술이 그러한 사례에 해당한다고 보았다. 프리스트는 참과 거짓인 진술 이외에 '참인 동시에 거짓'인 진술이 존재할 수 있다고 주장하며, 거짓말쟁이 진술이 그러한 사례에 해당한다고 보았다.

04 〈보기〉는 제시문의 ㉠을 이해한 내용이다. 〈보기〉의 ①~③에 들어갈 적절한 말을 제시문에서 찾아 쓰시오.

〈보기〉

고전 논리에 따를 경우 ㉠은 진리치를 단정할 수 없는 역설에 해당한다. 타르스키는 고전 논리의 관점을 고수하면서도 이 역설을 해소할 수 있는 방법으로 언어 위계론을 제안했다. 타르스키에 의하면 ㉠의 진리치가 역설로 나타나는 이유는 ㉠이 '이 문장은 한국어 문장이다.'와 같은 (①)을/를 갖기 때문이다. 타르스키의 언어 위계론에서 ㉠은 '거짓이다'와 같은 진리 술어를 포함한 메타언어이며, 메타언어는 그보다 낮은 위계의 언어인 (②)을/를 언급하는 문장일 뿐 자기 자신을 언급하는 문장은 아니다. 타르스키는 이와 같은 설명을 통해 ㉠이 일으키는 역설을 해소한다. 한편 20세기 후반의 크립키는 참도 아니고 거짓도 아닌 진리치를 가진 진술이 존재할 수 있다고 주장하며, ㉠과 같은 거짓말쟁이 진술이 그러한 예가 될 수 있다고 했다. 크립키의 주장은 고전 논리에서 반드시 지켜져야 한다고 생각했던 논리 규칙 중 (③)을/를 포기한 셈이라 할 수 있다.

① ______________________

② ______________________

③ ______________________

※ 다음 글을 읽고 물음에 답하시오.

우리가 일상에서 흔히 사용하는 저울은 어떤 원리로 물건의 무게를 측정할까? 양팔저울과 대저울은 지레의 원리를 응용한다. 양팔저울은 지렛대의 중앙을 받침점으로 하고, 양쪽의 똑같은 위치에 접시를 매달거나 올려놓은 것이다. 한쪽 접시에는 측정하고자 하는 물체를 놓고, 다른 한쪽 접시에는 추를 놓아 지렛대가 수평을 이루었을 때 추의 무게가 바로 물체의 무게가 된다. 그러나 양팔저울은 지나치게 무겁거나 부피가 큰 물체의 무게를 측정하기 어렵다. 이를 보완한 것이 대저울이다. 대저울은 받침점에 가까운 곳에 측정하고자 하는 물체를 걸고 반대쪽에는 작은 추를 걸어 움직여서 지렛대가 평형을 이루는 지점을 찾는 방법으로 물체의 무게를 측정한다. '물체의 무게'×'받침점과 물체 사이의 거리' = '추의 무게'×'받침점과 추 사이의 거리'이므로 받침점으로부터 평형을 이루는 지점을 알면 물체의 무게를 계산할 수 있다.

전자저울은 스트레인을 감지하는 장치인 스트레인 게이지가 부착된 무게 측정 소자를 작동 원리로 한다. 무게 측정 소자는 금속 탄성체로 되어 있는데, 전자저울에 물체를 올려놓으면 이 금속 탄성체에는 스트레스에 따라 스트레인이 발생한다. 여기서 스트레스란 단위 면적에 작용하는 힘을 가리키는 것으로 압력과 동일하며, 스트레인이란 스트레스에 의한 길이의 변화량을 가리키는 것으로 길이의 변화량을 변화가 일어나기 전의 길이로 나눈 값이다. 스트레스에 따라 금속 탄성체는 인장 변형이 일어나고 스트레인 게이지에서는 스트레인에 따른 저항 변화가 일어난다. 스트레인은 스트레스의 크기에 비례하고 전기 저항은 그 스트레인에 비례하기 때문이다. 통상적으로 스트레인 게이지에서의 저항 변화는 매우 작기 때문에 증폭 회로를 통해 약 100~200배를 증폭시키고 전기 신호로 전환한 다음,

디지털 신호로 바꾸면 전자저울의 지시계에 물체의 무게가 나타나게 된다. 전자저울에서 금속 탄성체는 가해진 스트레스에 대해 일정한 스트레인을 발생시켜야 하는 매우 중요한 부품으로, 시간에 따라 특성이 변하지 않아야 하고 탄성의 한계점이 높아야 한다.

05 **〈보기1〉은 실험 결과이고, 〈보기2〉는 제시문을 바탕으로 〈보기1〉에 대한 탐구 활동을 실시한 것이다. 〈보기2〉의 ①, ②에 들어갈 적절한 숫자를 쓰시오.**

〈보기 1〉

- 대저울의 받침점에서 왼쪽으로 30cm 떨어진 위치에 10kg의 추를 걸어 두고, 받침점에서 오른쪽으로 20cm 떨어진 위치에 물체 ㉮를 걸었을 때, 대저울의 지렛대가 평형을 이루었다.
- 아무런 물체도 올려놓지 않은 전자저울 A의 금속 탄성체의 길이는 10cm이다. 전자저울 A에 10kg의 상자를 올렸을 때, 금속 탄성체의 길이는 2cm가 늘어났다.

〈보기 2〉

〈보기1〉에서 물체 ㉮의 무게는 (①)kg이고, 물체 ㉮를 〈보기1〉의 전자저울 A에 올려 놓으면 전자저울 A의 금속 탄성체의 전체 길이는 (②)cm가 될 것이다.

① ____________________

② ____________________

06 〈보기1〉은 수업 시간의 대화 내용이다. 〈보기1〉의 ①~③에 들어갈 적절한 말을 〈보기2〉에서 찾아 쓰시오.

〈보기 1〉

선생님: 지금까지 살펴본 것처럼 어떤 음운이 환경에 따라 다른 음운으로 변하는 음운 변동에는 비음화, 유음화, 된소리되기, 구개음화, 모음 탈락, 반모음 첨가, 거센소리되기 등이 있어요. 이제부터는 이런 음운 변동이 일어난 예를 한번 같이 찾아볼까요?

학생 1: '(①)'에서 유음화가 일어난 것을 확인할 수 있어요.

학생 2: '(②)'은/는 비음화가 일어난 예에 해당해요.

선생님: 모두 정말 잘 찾았어요. 그런데 두 개 이상의 음운 변동이 일어난 예도 있지 않을까요?

학생 3: 네, 선생님. '(③)'은/는 거센소리되기와 구개음화가 모두 일어난 예로 볼 수 있어요.

선생님: 네 맞아요. 모두 음운 변동이 일어난 예들을 잘 찾았어요.

〈보기 2〉

칼날, 국물, 집합, 닫히다, 밥상, 같이, 독서

① ____________________

② ____________________

③ ____________________

[07~08] 다음 글을 읽고 물음에 답하시오.

(가)

고산 구곡담(高山九曲潭)을 사름이 모로더니
주모 복거(誅茅卜居)*ᄒᆞ니 벗님ᄂᆡ 다 오신다
어즈버 무이(武夷)를 상상ᄒᆞ고 학주자(學朱子)를 ᄒᆞ리라 〈제1수〉

이곡(二曲)은 어ᄃᆡᄆᆡ고 화암(花巖)의 춘만(春滿)커다
벽파(碧波)의 곳츨 ᄯᅴ워 야외로 보ᄂᆡ로라
사름이 승지(勝地)를 모로니 알긔 ᄒᆞᆫ들 엇더ᄒᆞ리 〈제3수〉

오곡(五曲)은 어ᄃᆡᄆᆡ고 은병(隱屛)이 보기 조ᄒᆡ
수변 정사(水邊精舍)ᄂᆞᆫ 소쇄ᄒᆞᆷ*도 가이업다
이 중에 강학(講學)도 ᄒᆞ려니와 영월음풍(詠月吟風) ᄒᆞ리라 〈제6수〉

육곡(六曲)은 어듸미고 조협(釣峽)에 물이 넙다
나와 고기와 뉘야 더옥 즐기는고
황혼의 낙듸를 메고 대월귀(帶月歸) ᄒᆞ노라 〈제7수〉

구곡(九曲)은 어듸미고 문산(文山)의 세모(歲暮)커다
기암괴석(奇巖怪石)이 눈 속의 뭇쳐셰라
유인(遊人)은 오지 아니ᄒᆞ고 볼 것 업다 ᄒᆞ더라 〈제10수〉

– 이이, 「고산구곡가」

*주모 복거: 살 만한 터를 가려 정하고 풀을 베어 집을 짓고 살아감.
*소쇄홈: 기운이 맑고 깨끗함.

(나)
저 산 저 새 돌아와 우네
어둡고 캄캄한 저 빈 산에
저 새 돌아와 우네
가세
우리 그리움
저 산에 갇혔네
저 어두운 들을 지나
저 어두운 강 건너
저 남산 꽃산에
우우우 꽃 피러 가세
산아 산아 산아
저 어둠 태우며
타오를 산아
저 꽃산에 눈부시게 깃쳐 오를 새하얀 새여
아아, 지금은 저 어두운 빈 산에 갇혀
저 새 밤새워 울고
우리 어둠 속에
꽃같이 아픈 눈 뜨고 있네.

– 김용택, 「저 새」

07 〈보기2〉는 〈보기1〉의 자료를 바탕으로 (가)와 (나)를 이해한 것이다. 〈보기2〉의 ①, ②에 들어갈 적절한 말을 제시문에서 찾아 쓰시오.

〈보기 1〉

시적 대상이란 시인이 주제를 형상화하기 위해 제시하는 모든 소재를 지칭한다. 이러한 시적 대상에는 특정한 인물이나 자연물, 사물과 같이 구체적 형태를 지닌 것도 있지만, 특정한 관념이나 상황, 정서와 같은 무형의 것도 있다.

〈보기 2〉

(가)에서 대상을 의인화한 시어 (①)은/는 자연을 즐기는 시적 화자의 감정이 이입된 시적 대상이다. 그리고 (나)에서 색채 이미지가 활용된 시어 (②)은/는 캄캄한 어둠과 대비되어 새로운 세상이 열리기를 바라는 시적 화자의 소망을 형상화한 시적 대상이다.

① ______________________

② ______________________

08 〈보기〉는 (가)와 (나)에 대한 해설의 일부이다. 〈보기〉의 ①, ②에 들어갈 적절한 말을 제시문의 (가)와 (나)에서 찾아 쓰시오.

〈보기〉

(가)에는 학문을 깨우치는 즐거움과 자연을 즐기는 자세가 형상화되어 있는데, (가)의 '제(①)수'에서는 세상 사람들에게 강학을 하고자 하는 태도 외에도 자연에서 유유자적하고자 하는 삶의 태도가 나타나고 있다. (나)에는 암울한 시대적 상황에도 불구하고 부정적인 현실을 극복하고자 하는 의지가 형상화되어 있다. (나)의 초반부에는 부정적인 현실이 묘사되고 있으나, 시행 '(②)'에서 동경하는 세계를 형상화하는 비유적인 시어가 처음으로 등장하면서 부정적인 현실을 개선하고자 하는 화자의 바람이 나타난다.

① ______________________

② ______________________

※ 다음 글을 읽고 물음에 답하시오.

나무는 이 세상에 나올 때부터 그 본성이 곧게 마련이다. 따라서 어떻게 막을 수도 없이 생기(生氣)가 충만한 가운데 직립(直立)해서 위로 올라가는 속성으로 말하면, 어떤 나무이든 간에 모두가 그렇다고 해야 할 것이다. 그러나 하늘 높이 우뚝 솟아 고고한 자태를 과시하면서 결코 굴하지 않는 모습을 보여주는 것으로 오직 송백(松柏)을 첫손가락에 꼽아야만 할 것이다. 그렇기 때문에 많은 나무들 중에서도 송백이 유독 옛날부터 회자(膾炙)되면서 인간에 비견(比肩)되어 왔던 것이다.

어느 해이던가 내가 한양(漢陽)에 있을 적에 거처하던 집 한쪽에 소나무가 네다섯 그루가 서 있었다. 그런데 그 몸통의 높이가 대략 몇 자 정도밖에 되지 않는 상태에서, 모두가 작달막하게 뒤틀린 채 탐스러운 모습을 갖추고만 있을 뿐 더 이상 자라지 못하고 있었다. 그리고 그 나뭇가지들도 한결같이 거꾸로 드리워진 채, 긴 것은 땅에 끌리고 있었으며 짧은 것은 몸통을 가려주고 있었다. 그리하여 이리저리 구부러지고 휘감겨 서린 모습이 뱀들이 뒤엉켜서 싸우고 있는 것과도 같고 수레 위의 둥근 덮개와 일산(日傘)이 활짝 펴진 것처럼 보이기도 하였는데, 마치 여러 가닥의 수실이 엉겨 붙은 듯 들쭉날쭉하면서 아래로 늘어뜨려져 있었다.

내가 이것을 보고 깜짝 놀라 어떤 사람에게 말하기를,

"타고난 속성이 이처럼 다를 수가 있단 말인가. 어찌하여 생긴 모양이 그만 이렇게 되었단 말인가." 하니 그 사람이 대답하기를,

"이것은 그 나무의 본성이 그러해서가 아니다. 이 나무가 처음 나왔을 때에는 다른 산에 심어진 것과 비교해 보아도 다를 것이 없었다. 그런데 조금 자라났을 적에 사람이 조작(造作)할 수 없을 정도로 견고한 것들은 골라서 베어 버리고, 여려서 유연(柔軟)한 가지들만을 끌어와 결박해서 휘어지게 만들었다. 그리하여 높은 것은 끌어당겨 낮아지게 하고 위로 치솟는 것은 끈으로 묶어 아래를 향하게 하면서, 그 올곧은 속성을 동요시켜 상하로 뻗으려는 기운을 좌우로 방향을 바꾸게 하였다. 그러고는 오랜 세월 동안 그러한 상태를 지속하게 하면서 바람과 서리의 고초(苦楚)를 실컷 맛보게 한 뒤에야, 그 줄기와 가지들이 완전히 변화해 굳어져서 저토록 괴이한 모습을 보이게 된 것이다. 하지만 가지 끝에서 새로 싹이 터서 돋아나는 것들은 그래도 위로 향하려는 마음을 잊지 않고서 무성하게 곧추서곤 하는데, 그럴 때면 또 돋아나는 대로 아까 말했던 것처럼 베고 자르면서 부드럽게 휘어지게 만들곤 한다. 이렇게 해서 사람들이 보기에 참으로 아름답고 기이한 소나무가 된 것일 뿐이니, 이것이 어찌 그 나무의 본성이라고 하겠는가."

하였다. 내가 이 말을 듣고는 크게 탄식하면서 다음과 같이 말하였다.

"아, 어쩌면 그 물건이 우리 사람의 경우와 그렇게도 흡사한 점이 있단 말인가. 세상에서 일찍부터 길을 잃고 헤매는 자들을 보면, 그 용모를 예쁘게 단장하고 그 몸뚱이를 약삭빠르게 놀리면서, 세상에 보기 드문 괴팍한 행동을 하여 세상 사람들을 놀라게 하고, 아첨하는 말을 늘어놓아 세상 사람들이 칭찬해 주기를 바라고 있다.

그리하여 남의 비위를 맞추려고 애쓰면서 이를 고상하게 여기기만 할 뿐, 자신을 잃어버리는 것이 부끄러운 일인 줄은 잊고 있으니, 평이(平易)하고 정직(正直)한 그 본성에 비추어 보면 과연 어떠하다 할 것이며, 지극히 크고 지극히 강한 호기(浩氣)에 비추어 보면 또 어떠하다 할 것인가. 비곗덩어리나 무두질한 가죽처럼 아첨을 하여 요행히 이득이나 얻으려고 하면서, 그저 구차하게 외물(外物)을 따르며 남을 위하려고 하는 자들을 저 왜송(矮松)과 비교해 본다면 또 무슨 차이가 있다고 하겠는가.

(중략)

내가 일찍이 산속에서 자라나는 송백을 본 일이 있었는데, 그 나무들은 하늘을 뚫고 곧장 위로 치솟으면서 뇌우(雷雨)에도 끄떡없이 우뚝 서 있었다. 이쯤 되고 보면 사람들이 그 나무를 쳐다볼 때에도 자연히 우러러보고 엄숙하게 공경심이 우러나는 느낌만을 지니게 될 뿐, 손으로 어루만지거나 노리갯감으로 삼아야겠다는 마음은 별로 들지 않을 것이니, 이를 통해서도 사람들의 호오(好惡)에 대한 일반적인 생각을 엿볼 수 있다 하겠다.

그것은 그렇다 하더라도, 사랑이라고 하는 것은 장차 그 대상을 천하게 여기면서 모멸을 가할 수 있는 가능성이 그 속에 있는 반면에, 공경이라고 하는 것은 그 자체 내에 덕을 존경한다는 뜻이 들어 있는 개념이라 하겠다. 대저 그 본성을 해친 나머지 남에게 모멸을 받게 되는 것이야말로 남에게 잘 보이려고 한 행동의 결과라고 해야 할 것이요, 자기 본성대로 따른 결과 존경을 받게 되는 것은 바로 위기지학(爲己之學)의 효과라고 해야 할 것이다. 따라서 군자라면 이런 사례를 통해서 자기 자신을 돌이켜 보기만 하면 될 것이니, 저 왜송을 탓할 것이 또 뭐가 있다고 하겠는가."

청사(青蛇, 을사년) 납월(臘月)* 대한(大寒)에 쓰다.

– 이식, 「왜송설(矮松說)」

*납월: 음력 섣달을 달리 이르는 말.

09 〈보기〉는 제시문에 대한 해설의 일부이다. 〈보기〉의 ①, ②에 들어갈 적절한 2음절 단어를 제시문에서 찾아 쓰시오.

〈보기〉

설(說)은 독자의 태도 변화를 목적으로 하는 설득적인 성격의 글이다. 설에서 글쓴이는 주변 사물을 관찰하거나 직접 체험한 일상적 경험을 바탕으로 얻게 된 깨달음을 서술하며 현실을 비판하고 독자에게 교훈을 준다. 제시문의 글쓴이도 '소나무 네다섯 그루'에 대해 글쓴이가 '어떤 사람'과 나눈 대화를 바탕으로 얻은 깨달음을 전하고 있다. 이 글에서 글쓴이는 곧게 자라는 본성을 잃어버린 '(①)'을/를 자신의 본모습을 잃고 아첨과 이익을 일삼는 사람들과 연관 짓고, 곧게 자라는 '(②)'을/를 본성을 지키며 호연지기(浩然之氣)를 지닌 사람들에 빗대어 곡학아세(曲學阿世)하는 세태를 비판하고 본성을 지키는 일의 중요성을 강조한다.

① ______________________

② ______________________

수학[인문B]

▶ 해설 p.408

10 1이 아닌 세 양수 a, b, c에 대하여 $\dfrac{\log_a c}{\log_a b}=\dfrac{6}{7}$일 때, $\log_b c$, $64^{\log_c b}$, $c^{\log_b 128}$의 값을 각각 구하는 과정을 서술하시오.

11 $\cos\left(\dfrac{\pi}{2}+\theta\right)-\sin(\pi-\theta)=\dfrac{4}{5}$일 때, $\dfrac{\cos(-\theta)}{\sin\theta}-\dfrac{\sin(-\theta)}{1+\cos\theta}$의 값을 구하는 과정을 서술하시오.

12 실수 t에 대하여 직선 $y=t$가 $0 \le x < 2\pi$에서 함수 $f(x)=|4\cos x-2|$의 그래프와 만나는 점의 개수를 $g(t)$라 하자. 함수 $g(t)$가 $t=a$에서 불연속인 실수 a의 값을 작은 것부터 순서대로 나열한 것이 a_1, a_2, a_3이다. a_1, a_2, a_3의 값과 $f(x)=a_1$을 만족시키는 x의 값을 각각 구하는 과정을 서술하시오.

13 첫째항이 양수인 등비수열 $\{a_n\}$의 첫째항부터 제n항까지의 합을 S_n이라 하자.
$\frac{S_{10}-S_8}{S_6-S_4}=3$, $(S_3-S_2)^2=75$일 때, $a_2 \times a_8$의 값을 구하는 과정을 서술하시오.

14 실수 m에 대하여 수직선 위를 움직이는 점 P의 시각 $t(t\geq 0)$에서의 위치 $x(t)$가

$x(t)=\frac{5}{6}t^5-5t^4+4t^3+(6-m)t$이다.

점 P가 시각 $t=0$일 때 원점을 출발한 후, 운동 방향이 두 번만 바뀌도록 하는 m의 범위를 구하는 다음의 풀이 과정을 완성하시오. (단, $t=0$일 때 점 P의 속도는 $6-m$이다.)

> 점 P의 시각 $t(t>0)$에서의 속도를 $v(t)$라 하면 $v(t)=$ [①]이다.
> $v(t)$는 $t=$ [②]에서 극댓값을 갖고, $t=$ [③]에서 최솟값을 갖는다. $t>0$에서 운동 방향이 두 번만 바뀌도록 하는 m의 범위는 [④]이다.

15 삼차함수 $f(x)=x^3+ax^2+bx$가

$\lim_{x\to 2}\frac{1}{x-2}\int_1^x tf'(t)dt=20$을 만족시킬 때, $f(4)$의 값을 구하는 과정을 서술하시오. (단, a, b는 상수이다.)

국어[자연C]

▶ 해답 p.410

※ 다음은 MBTI 성격 검사 열풍을 비판하는 연설문의 초고이다. 물음에 답하시오.

최근 'MBTI 유형별 공부법', 'MBTI로 보는 연봉 순위', 'MBTI 소개팅 앱'이 등장할 정도로 우리 사회에는 지금 MBTI(Myers–Briggs Type Indicator) 열풍이 불고 있습니다. 문제는 단순한 성격 유형 검사인 MBTI에 과몰입하여 유형에 끼워 맞추어 자신과 다른 사람을 판단하고 이를 맹신한다는 것입니다. 여러분은 MBTI를 신뢰하시나요?

MBTI는 인간의 성격을 외향(E)–내향(I), 감각(S)–직관(N), 사고(T)–감정(F), 판단(J)–인식(P)의 8가지 지표로 나누어 각 대극에 놓인 두 성격 유형 중 더 가까운 쪽에 해당하는 알파벳 4개의 조합으로 결과를 보여주는 검사입니다. MBTI 검사에는 검사를 통해 개인이 자기 자신에게 관심을 가지고 스스로 생각해 보게 한다는 순기능도 분명히 있습니다. 그러나 자기 이해나 타인과의 소통이라는 목적을 넘어선 지나친 의존과 맹신은 경계해야 합니다.

MBTI의 16개 유형 중 하나로 사람의 성격을 규정할 수는 없습니다. 분석 심리학자 융은 인간의 성격을 씨앗으로 보고 성격은 생애 발달 주기, 환경 등과 상호 작용하며 변화해 가는 과정이지 처음부터 완전체가 아니라고 하였습니다. 인간의 성격 유형은 인간의 수만큼 다양하며 변화의 과정에 있음에도 불구하고 이분법적으로 단정 지은 검사 결과만으로 사람을 판단하는 것은 잘못입니다.

또한 MBTI는 검사의 방법에도 약점이 있습니다. 사람들이 많이 접하는 10분 내외의 인터넷 간이 검사는 정식 검사 문항과는 크게 달라 타당도가 낮습니다. 또 자신의 성향을 직접 평가하는 자기 보고식 검사로 피검사자의 솔직함에 기대어 검사가 진행될 수밖에 없어 신뢰하기 어렵습니다. 따라서 MBTI 검사 결과를 중요한 진단이나 결정을 내릴 때 활용하는 것은 바람직하지 않습니다.

MBTI를 자신을 이해하고 타인을 탐색하는 데에 활용하는 정도는 나쁘다고 말할 수 없지만 MBTI에 대한 지나친 의존과 맹신은 금물입니다. MBTI가 당신의 명함이 될 수 없다는 것을 명심하고 스스로 자신을 탐색하고 성장시켜 나가야 합니다.

01 〈보기〉는 제시문을 작성하기 전에 수립한 글쓰기 계획의 일부이다. 〈보기〉의 ①, ②가 반영된 문장을 제시문에서 찾아 각각의 첫 어절과 마지막 어절을 순서대로 쓰시오.

〈보기〉

① MBTI 검사가 활용되는 구체적인 사례들을 제시하며 청중의 관심을 유도한다.

② MBTI 검사 항목만으로 사람의 성격을 규정하기 어려움을 강조하기 위해 관련 분야 권위자의 견해를 인용한다.

① 첫 어절: ______________________, 마지막 어절: ______________________

② 첫 어절: ______________________, 마지막 어절: ______________________

[02~03] 다음 글을 읽고 물음에 답하시오.

현대 사회에서는 위험 상황과 관련한 정보가 주로 미디어를 중심으로 개인과 집단, 사회와 같은 다양한 위험 정보 수용 주체들에게 전달된다. 위험 정보를 수용하는 주체들은 위험 상황에 대한 정보에 반응하는 정보 처리 시스템 역할을 하는데, 이를 통해 위험 상황에 대한 정보가 사회적으로 확산된다. 위험 상황에 대한 정보가 사회적으로 퍼져나가는 '위험 정보 확산 과정'은 크게 '위험 상황에 대한 정보의 전달 단계'와 '전달된 정보에 대한 해석 및 반응 단계'로 구분할 수 있다.

위험 상황에 대한 정보의 전달 단계에서 전달되는 정보에는 미디어가 직접 생산해 전달하는 정보와 이를 사람들이 2차적으로 전달하는 정보가 있다. 전달되는 정보의 특성은 위험 상황에 대한 인식을 증폭할 수 있다. 이러한 정보의 특성에는 정보량, 논쟁의 정도, 선정적 표현의 정도 등이 포함된다. 즉 특정 위험에 대한 정보가 반복적이고 집중적으로 전달될수록, 지속적으로 전달될수록, 위험 상황에 대한 정보와 관련된 논쟁이 많을수록, 위험 상황에 대한 정보가 선정적으로 표현될수록 정보 수용 주체들의 위험 상황에 대한 인식은 커지게 된다.

한편 전달된 정보에 대한 해석 및 반응 단계에서는 위험 상황에 대한 정보를 수용하는 다양한 주체들이 위험 상황에 대한 정보를 수집하고 재가공하여 전달하게 된다. 위험 상황에 대한 정보를 수용하는 개인이나 집단의 구성원들은 자신이 속한 조직의 가치 및 사회 문화적 맥락 등의 영향을 받으면서 위험 상황에 대한 정보를 해석하고 재구성하게 된다. 이때 위험 상황과 관련된 정보에 대한 대중의 반응은 위험 상황에 대한 정보의 확산에 중요한 영향을 미치게 된다. 그런데 대중은 특정 정보를 특정한 방향으로 단순화해 인식함으로써 편향이나 왜곡된 반응을 보이는 특성이 있다. 사람들은 불확실한 정보에 직면했을 때, 이를 합리적으로 처리하기보다는 어림짐작에 의해 직관적으로 처리하는 경향이 있기 때문이다. 이 과정에서 정보의 해석적 오류나 편견이 발생한다. 즉 사람들은 이해하기 힘들거나 익숙하지 않거나, 불확실한 정보에 대해서는 즉흥적으로 받아들이거나 선입견을 갖고 잘못된 해석을 하는 등의 반응을 보인다. 결국 위험 상황에 대한 정보의 특성이 불확실할 때 대중이 체계적인 정보 처리 단계에 이르지 못함으로써 위험 상황에 대한 인식이 증폭되어 사회적으로 확산하게 된다.

미디어는 대중이 위기에 적절한 대응을 할 수 있도록 돕는 긍정적 역할을 한다. 가령 전염병이 전국적으로 유행하는 질병 재난이 발생한 상황에서 감염의 위험성을 경고하면서 감염 예방 수칙을 전달해 위험 상황을 극복하게 만드는 데 기여한다. 하지만 문제는 미디어가 이러한 사회적 기능을 수행하는 과정에서 사람들의 심리에 부정적 영향을 미치기도 한다는 점이다. 미디어는 사회적으로 위험하고 중요한 사안일수록 관련 정보를 과잉 생산하고 유포하는 속성이 있다. 위험에 대한 사람들의 태도나 행동은 일차적으로 위험 상황에 대한 인식과 관계가 있지만, 이 위험 상황에 대한 인식은 정보를 제공하는 미디어의 속성에 지대한 영향을 받는다. 따라서 위험 상황과 관련된 정보에 대한 미디어의 정보 구성과 표현 양상을 체계적으로 살펴보는 것은 위험 상황에 대한 정확한 인식과 대응을 가능하게 한다는 점에서 중요하다.

02 **〈보기2〉는 제시문을 바탕으로 〈보기1〉의 사례를 이해한 것이다. 〈보기2〉의 ①~③에 들어갈 적절한 말을 제시문에서 찾아 쓰시오.**

〈보기 1〉

20△△년 ○월 주택가 도로의 아스팔트에서 기준치 이상의 방사선이 검출되었다는 사실이 뉴스를 통해 보도되었다. 이틀 뒤 한국 원자력 안전 위원회는 주택가 도로의 방사선량을 다시 측정하였고, 최초 사건의 보도 5일 후에 정부는 조사 결과를 바탕으로 주택가 도로의 방사선 검출량은 주민 안전에 이상이 없는 수준이라고 발표했다. ㉠하지만 이후 주택가 지역 주민들과 환경 운동 단체, 방사선 전문가 집단은 정부의 평가 결과에 이의를 제기하였고, 이를 둘러싼 논쟁이 지속적으로 전개되었다.

㉡사건이 최초 보도된 이후 사흘 동안 4,000여 건에 해당하는 보도가 집중되었으며, 안전에 이상이 없다는 정부의 발표 이후 이를 둘러싼 논쟁에 대해 5,000여 건의 추가 보도가 지속되었다. ㉢사건 및 정부 평가 결과에 대한 보도 내용에는 암이나 백혈병과 같은 중대 질병과 연관된 표현이 매우 많았다. 그리고 이러한 보도 내용은 사람들이 인터넷이나 소셜 미디어를 통해 다시 전달함으로써 더욱 확산되었다.

〈보기 2〉

〈보기1〉의 사례는 위험 상황과 관련된 정보의 전달 과정을 보여준다. 제시문에 의하면 위험 상황에 대해 전달되는 정보의 특성에 따라 사람들의 위험 상황에 대한 인식이 증폭될 수 있다. 이를 〈보기1〉의 사례에 적용하면 전달되는 정보의 특성 중, ㉠은 (①)에 해당하고, ㉡은 (②)에 해당하고, ㉢은 (③)에 해당하므로 ㉠~㉢의 보도를 통해 위험 상황에 대한 사람들의 인식이 증폭될 수 있을 것이다.

① ______________________

② ______________________

③ ______________________

03 **〈보기〉는 제시문을 읽고 내용을 정리한 것이다. 〈보기〉의 ①, ②에 들어갈 적절한 말을 제시문에서 찾아 쓰시오.**

〈보기〉

위험 상황과 관련한 정보가 확산되는 과정에서 개인, 집단, 사회와 같은 주체는 일차적으로 주로 미디어가 직접 생산한 정보를 받아들이는 '정보 (①) 주체'로서의 역할을 하고, 이차적으로 정보를 전달하는 '정보 전달 주체'로서의 역할을 하기도 한다. 개인, 집단, 사회와 같은 주체가 '정보 (①) 주체'로부터 '정보 전달 주체'가 되는 과정에는 위험 정보 확산 과정의 두 단계 중, (②) 단계가 개재(介在)한다. 이 단계에서 정보 주체는 정보를 수집하고 재가공하는데, 그때 해석적 오류나 편견이 발생할 수도 있다. 이는 대중은 이해하기 힘든 불확실한 정보에 대해서 합리적으로 처리하기보다는 단순화하여 직관적으로 처리하는 경향이 있기 때문이다.

① ________________________________

② ________________________________

※ 다음 글을 읽고 물음에 답하시오.

원자력 발전은 핵분열 연쇄 반응을 유도하여 에너지를 얻는다. 원자력 발전의 연료로는 주로 우라늄이 사용되는데 천연 우라늄을 구성하는 물질의 99% 이상은 핵분열이 일어나지 않는 우라늄-238이고 핵분열이 가능한 우라늄-235는 천연 우라늄 속에 0.7% 정도만 포함되어 있다. 이 상태로는 우라늄-235의 비율이 낮아 핵분열을 유도할 수 없기 때문에 우라늄-235의 비율을 3% 이상으로 높여야 하고, 이 과정을 우라늄 농축이라고 한다. 우라늄-235의 비율을 3~5%로 높여 원기둥 모양의 연료봉으로 만든 후 이를 다발로 묶어서 핵연료를 만든다. 이렇게 만들어진 핵연료를 원자로에 넣고 중성자를 충돌시켜 핵분열을 유도하는 것이다. 원자로에 넣은 핵연료의 우라늄-235의 비율이 낮아져서 반응력이 떨어지면 원자로에서 꺼내는데, 이를 사용 후 핵연료라고 한다. 사용 후 핵연료에는 핵분열이 일어나지 않은 우라늄-235가 남아 있고, 우라늄-238, 우라늄-238이 중성자와 반응하여 만들어진 물질인 플루토늄-239, 그리고 이 외에도 핵분열 과정에서 생성된 핵물질들이 포함되어 있다. 이 중 우라늄-235와 플루토늄-239는 핵분열을 일으킬 수 있는 물질이므로 사용 후 핵연료에서 추출한 후 원자력 발전의 연료로 재사용할 수 있는데, 이 분리 공정을 핵 재처리라고 한다.

현재 사용하고 있는 대표적인 핵 재처리 방식으로 사용 후 핵연료를 액체 상태로 만든 뒤에 우라늄-235와 플루토늄-239를 추출하는 ㉠퓨렉스 공법이 있다. 퓨렉스 공법은 먼저 사용 후 핵연료를 해체한 후 연료봉을 작게 절단한다. 다음으로는 절단한 연료봉을 90℃ 정도의 질산 용액에 담가 녹인다. 이후 질산에 녹인 핵연료를 유기 용매인 TBP 용액과 접촉시키면 우라늄-235와 플루토늄-239는 TBP 용액에 달라 붙고 나머지 핵물질들은 질산 용액에 남는다. 이후 산화 및 환원 반응을 통해 우라늄-235와 플루토늄-239를 상호 분리하게 된다. 퓨렉스 공법은 공정을 반복할 때마다 더 많은 양과 높은 순도의 우라늄-235와 플루토늄-239를 얻을 수 있다. 우라늄-235는 기존의 원자로에 넣어서 원자력 발전이 가능하지만 플루토늄-239는 고속 증식로*에서만 사용이 가능한데, 고속 증식로는 안정성이 부족하여 폭발의 위험성이 크기 때문에 아직 실용화되지 못하고 있다. 그리고 플루토늄-239는 핵무기의 원료로 사용되기 때문에 국제적으로도 민감한 문제가 될 수 있다.

이러한 문제를 해결하기 위해 개발 중인 핵 재처리 방식으로 ㉡파이로프로세싱이 있다. 파이로프로세싱은 핵분열 물질을 추출하기 위해 용액이 아닌 전기를 활용한다. 먼저 사용 후 핵연료를 해체하고 연료봉을 절단한 후, 절단한 연료봉을 600℃ 이상의 고온에서 산화 우라늄 형태의 분말로 만든다. 이를 전기 분해하여 산소를 없애면 금속 물질로 변환되는데, 여기에는 우라늄-235와 플루토늄-239, 기타 다양한 핵물질이 포함되어 있다. 이 금속 물질을 용융염에 넣고 온도를 500℃까지 올려 용해시킨다. 여기에 전극을 연결하고 일정 전압 이하의 전기를 흘려 주는데, 우라늄-235는 다른 물질에 비해 낮은 전압에서도 쉽게 음극으로 움직이므로 음극에는 우라늄-235만 달라붙는다. 여기에서 우라늄-235를 일부 회수할 수 있다. 이후 전압을 올리면 남아 있는 우라늄-235와 플루토늄-239, 다른 핵물질이 음극으로 와서 달라붙게 된다. 파이로프로세싱은 플루토늄-239가 다른 핵물질들과 섞인 채로 추출되기 때문에 퓨렉스 공법에서 발생할 수 있는 문제를 해결할 수 있다.

*고속 증식로: 고속 중성자에 의한 핵분열의 연쇄 반응을 이용하여, 소비한 연료 이상의 핵분열 물질과 에너지를 만드는 원자로.

04 〈보기〉는 제시문을 바탕으로 ㉠과 ㉡을 이해한 내용이다. 〈보기〉의 ①, ②에 들어갈 적절한 말을 제시문에서 찾아 쓰시오.

〈보기〉

㉠과 ㉡은 둘 다 사용 후 핵연료에서 우라늄-235와 플루토늄-239를 추출해 내는 (①) 공정이라는 점에서 공통적이지만 추출의 방식에서 차이를 보인다. ㉠은 추출 과정에서 용액을 활용하는 방식을 사용하고, ㉡은 전기를 활용하는 방식을 사용한다. 이러한 추출 방식의 차이로 인해 ㉠에서 추출된 플루토늄-239와 ㉡에서 추출된 플루토늄-239의 (②)이/가 달라진다. 특히 ㉡의 경우, 추출된 플루토늄-239의 (②)이/가 낮기 때문에 ㉠이 갖는 문제점을 해결할 수 있다.

①: ______________________

②: ______________________

※ 다음 글을 읽고 물음에 답하시오.

(가)

옛날 신라 시대 때, 세달사(世達寺)의 장원이 명주 날리군에 있었다. 본사(本寺)에서는 승려 조신(調信)을 보내 장원을 맡아 관리하게 했다.

조신은 장원에 이르러 태수 김흔(金昕)의 딸을 깊이 연모하게 되었다. 여러 번 낙산사의 관음보살 앞에 나아가 남몰래 인연을 맺게 해 달라고 빌었으나 몇 년 뒤 그 여자에게 배필이 생겼다. 조신은 다시 관음 앞에 나아가 관음보살이 자기의 뜻을 이루어 주지 않았다고 원망하며 날이 저물도록 슬피 울었다. 그렇게 그리워하다 지쳐 얼마 뒤 선잠이 들었다. 꿈에 갑자기 김 씨의 딸이 기쁜 모습으로 문으로 들어오더니, 활짝 웃으면서 말했다.

"저는 일찍이 스님의 얼굴을 본 뒤로 사모하게 되어 한순간도 잊은 적이 없었습니다. 부모의 명을 어기지 못해 억지로 다른 사람의 아내가 되었지만, 이제 같은 무덤에 묻힐 벗이 되고 싶어서 왔습니다."

조신은 기뻐서 어쩔 줄을 모르며 함께 고향으로 돌아가 사십여 년을 살면서 자식 다섯을 두었다. 그러나 집이라곤 네 벽뿐이요, 콩잎이나 명아줏국 같은 변변한 끼니도 댈 수 없어 마침내 실의에 찬 나머지 가족들을 이끌고 사방으로 다니면서 입에 풀칠을 하게 되었다. 이렇게 10년 동안 초야를 떠돌아다니다 보니 옷은 메추라기가 매달린 것처럼 너덜너덜해지고 백 번이나 기워 입어 몸도 가리지 못할 정도였다. 강릉 해현령(蟹縣嶺)을 지날 때 열다섯 살 된 큰아들이 굶주려 그만 죽고 말았다. 조신은 통곡하며 길가에다 묻고, 남은 네 자식을 데리고 우곡현(羽曲縣)—지금의 우현(羽縣)—에 도착하여 길가에 띠풀로 엮은 집을 짓고 살았다. 부부가 늙고 병들고 굶주려 일어날 수 없게 되자, 열 살 난 딸아이가 돌아다니며 구걸을 했다.

(중략)

"당신이나 나나 어째서 이 지경이 되었는지요. 여러 마리의 새가 함께 굶주리는 것 보다는 짝 잃은 난새가 거울을 보면서 짝을 그리워하는 것이 낫지 않겠습니까? 힘들면 버리고 편안하면 친해지는 것은 인정상 차마 할 수 없는 일입니다만 가고 멈추는 것 역시 사람의 마음대로 되는 것이 아니고, 헤어지고 만나는 데도 운명이 있는 것입니다. 이

말에 따라 이만 헤어지기로 합시다."

조신이 이 말을 듣고 기뻐하여 각기 아이를 둘씩 나누어 데리고 떠나려는데 아내가 말했다.

"저는 고향으로 향할 것이니 당신은 남쪽으로 가십시오."

그리하여 조신은 이별을 하고 길을 가다가 꿈에서 깨어났는데 희미한 등불이 어른거리고 밤이 깊어만 가고 있었다.

아침이 되자 수염과 머리카락이 모두 하얗게 세어 있었다. 조신은 망연자실하여 세상일에 전혀 뜻이 없어졌다. 고달프게 사는 것도 이미 싫어졌고 마치 백 년 동안의 괴로움을 맛본 것 같아 세속을 탐하는 마음도 얼음 녹듯 사라졌다. 그는 부끄러운 마음으로 부처님의 얼굴을 바라보며 깊이 참회하는 마음이 끝이 없었다. 돌아오는 길에 해현으로 가서 아이를 묻었던 곳을 파 보았더니 돌미륵이 나왔다. 물로 깨끗이 씻어서 가까운 절에 모시고 서울로 돌아와 장원을 관리하는 직책을 사임하고 개인 재산을 털어 정토사(淨土寺)를 짓고서 수행했다. 그 후에 아무도 조신의 종적을 알지 못했다.

– 작자 미상, 「조신의 꿈」

(나)

산비탈엔 들국화가 환—하고 누이동생의 무덤 옆엔 밤나무 하나가 오뚝 서서 바람이 올 때마다 아득—한 공중을 향하야 여윈 가지를 내어저었다. 갈길을 못 찾는 영혼 같애 절로 눈이 감긴다. 무덤 옆엔 작은 시내가 은실을 긋고 등 뒤에 서걱이는 떡갈나무 수풀 잎에 차단—한 비석이 하나 노을에 젖어 있었다. 흰나비처럼 여윈 모습 아울러 어느 무형(無形)한 공중에 그 체온이 꺼져 버린 후 밤낮으로 찾아 주는 건 비인 묘지의 물소리와 바람 소리뿐. 동생의 가슴 우엔 비가 내리고 눈이 쌓이고 적막한 황혼이면 별들은 이마 우에서 무엇을 속삭였는지. 한줌 흙을 헤치고 나즉—이 부르면 함박꽃처럼 눈 뜰 것만 같아 서러운 생각이 옷소매에 스몄다.

– 김광균, 「수철리(水鐵里)」

05 〈보기〉는 (가)와 (나)에 대한 설명의 일부이다. 〈보기〉의 ①, ②에 들어갈 적절한 말을 제시문에서 찾아 쓰시오.

〈보기〉

문학 작품에서 사용되는 시간 또는 공간과 관련된 소재는 작품의 주제를 형상화하는 데 중요한 역할을 하는 구성 요소이다. (가)에서 '해현'은 주인공이 인생무상이라는 깨달음을 얻게 되는 공간이다. (가)에서 주인공은 '해현'에서 발견된 '(①)'을/를 통해 꿈과 현실이 연결되어 있음을 확인하고, 비현실적 공간에서의 경험을 현실적 공간으로 확장하게 된다. (나)에는 죽은 '누이동생'에 대한 그리움과 슬픔이 다양한 소재를 통해 형상화되고 있다. 이러한 소재에는 시간 및 공간과 관련된 것도 있는데, '묘지', '무덤' 등은 화자가 누이에 대한 그리움을 심화시키는 공간적 배경으로 기능한다. 뿐만 아니라 (나)에는 시간을 나타내는 시어도 등장하는데, 그중에서도 화자의 감정이 투영된 수식어와 결합한 시어 '(②)'은/는 화자의 그리움과 슬픔을 효과적으로 전달하는 기능을 한다.

①: ______________________

②: ______________________

※ 다음 글을 읽고 물음에 답하시오.

여승(女僧)은 합장(合掌)하고 절을 했다
가지취*의 내음새가 났다
쓸쓸한 낯이 옛날같이 늙었다
나는 불경(佛經)처럼 서러워졌다‘

평안도의 어느 산 깊은 금점판*
나는 파리한 여인에게서 옥수수를 샀다
여인은 나어린 딸아이를 때리며 가을밤같이 차게 울었다

섶벌*같이 나아간 지아비 기다려 십 년이 갔다
지아비는 돌아오지 않고
어린 딸은 도라지꽃이 좋아 돌무덤으로 갔다

산(山)꿩도 섧게 울은 슬픈 날이 있었다
산(山)절의 마당귀에 여인의 머리오리*가 눈물방울과 같이 떨어진 날이 있었다

– 백석, 「여승」

*가지취: 산지의 밝은 숲속에서 자라는 참취나물.
*금점(金店)판: 예전에, 주로 수공업적 방식으로 작업하던 금광의 일터.
*섶벌: 나무 섶에 집을 틀고 항상 나가서 다니는 벌.
*머리오리: 낱낱의 머리털.

06 〈보기〉는 제시문에 대한 설명의 일부이다. 〈보기〉의 ㉠, ㉡에 들어갈 적절한 시행을 제시문에서 찾아 각각의 첫 어절과 마지막 어절을 순서대로 쓰시오.

〈보기〉

백석 시 「여승」의 시행 ‘(㉠)’은/는 청각적 이미지를 촉각적 이미지로 전이한 표현을 통해 ‘여인’의 마음 속에 가득했을 서러움을 감각적으로 드러내고 있다. 그리고 시행 ‘(㉡)’은/는 출가(出家)의 과정에서 ‘여인’이 느꼈을 심리적 고통을 다른 대상에 이입하여 드러내고 있다. 이처럼 시적 대상의 다양한 형상화 방법을 이해하는 것은 시적 화자의 정서와 언어적 표현과의 관계를 파악하는 데 중요하다.

① ㉠에 들어갈 시행:

첫 어절: __________, 마지막 어절: __________

② ㉡에 들어갈 시행:

첫 어절: __________, 마지막 어절: __________

수학[자연C]

▶ 해답 p.411

07 $\sin\theta+\cos\theta=\frac{1}{2}$일 때, $|\sin\theta-\cos\theta|$의 값을 구하는 과정을 서술하시오.

08 함수 $f(x)$가 실수 전체의 집합에서 연속이고 모든 실수 x에 대하여 $(x-2)(x+1)f(x)=(x-2)(x^3+ax+b)$를 만족시킨다. $f(2)=1$일 때, $f(-1)$의 값을 구하는 다음의 풀이 과정을 완성하시오. (단, a, b는 상수이다.)

> $x\neq1$, $x\neq2$일 때, $f(x)=\frac{x^3+ax+b}{x+1}$이고 $f(x)$는 $x=2$에서 연속이므로 $\lim_{x\to2}f(x)=f(2)$이다. 즉, $\lim_{x\to2}\frac{x^3+ax+b}{x-1}=1$이므로 [①]$=0$. 또한, 함수 $f(x)$는 $x=-1$에서도 연속이므로 $\lim_{x\to-1}f(x)=f(-1)$이다. 따라서 [②]$=0$. a와 b를 구하면 (a, b) $=$[③]이므로 $f(-1)=$[④].

09 다항함수 $f(x)$에 대하여 $2(x+1)f(x)$의 한 부정적분을 $G(x)$라 할 때, 함수 $G(x)$는 모든 실수 x에 대하여 $G(x)=(x+1)^2f(x)-x^4-4x^3-6x^2-4x$를 만족시킨다. $G(0)=-2$일 때, $f(1)$의 값을 구하는 과정을 서술하시오.

10 양수 k와 사차함수

$f(x)=x^4+\frac{8}{3}kx^3-6k^2x^2+3$에 대하여

다음 조건을 만족시키는 실수 a의 범위와 실수 b의 값을 구하는 과정을 서술하시오.

> (가) 곡선 $y=f(x)$와 직선 $y=a$는 서로 다른 두 점에서 만난다.
> (나) 곡선 $y=f(x)$와 직선 $y=b$는 서로 다른 세 점에서 만난다.

11 실수 전체의 집합에서 연속인 함수

$$f(x)=\begin{cases} ax^3+8 & (-2\le x<0) \\ -4x+b & (0\le x<1) \\ \dfrac{b}{8}x^2-6x+9a & (1\le x<3) \end{cases}$$

이 모든 실수 x에 대하여

$f\left(x-\frac{5}{2}\right)=f\left(x+\frac{5}{2}\right)$를 만족시킨다.

$\int_{-2}^{5} f(x)dx$의 값을 구하는 다음의 풀이 과정을 완성하시오. (단, a, b는 상수이다.)

> 함수 $f(x)$가 실수 전체의 집합에서 연속이므로 a의 값은 [①]이고, b의 값은 [②]이다. 또한 $\int_{-2}^{3} f(x)dx$의 값이 [③]이고, 함수 $f(x)$가 $f\left(x-\frac{5}{2}\right)=f\left(x+\frac{5}{2}\right)$를 만족하므로 $\int_{-2}^{5} f(x)dx$의 값은 [④]이다.

12 $x\ge 0$에서 정의된 함수

$f(x)=|p\sin x-q|$ $(p>0)$에 대하여

$f(0)>f\left(\frac{3\pi}{2}\right)$이다. 직선 $y=t$가

곡선 $y=f(x)$와 만나는 모든 점의 x좌표를 작은 수부터 크기순으로 나열한 수열이 등차수열이 되도록 하는 t의 값은 α, $\beta(\alpha<\beta)$ 뿐이다. $t=\alpha$, $t=\beta$일 때의 이 등차수열을 각각 $\{a_n\}$, $\{b_n\}$이라 하자. $\alpha+\beta=12$이고 $\frac{f(b_3)}{a_4}=\frac{3}{\pi}$일 때, $2p-q$의 값을 구하는 과정을 서술하시오.

13 양의 실수 전체의 집합에서 정의된 함수 $f(x)$가 모든 양의 실수 x에 대하여

$\frac{9}{2x}-\frac{2}{x^2}\leq f(x)\leq\left(3-\frac{2}{x}\right)^2$을 만족시킨다. $\lim_{x\to a}x^2f(x)=4$를 만족시키는 양수 a에 대해 $\lim_{x\to\infty}\frac{ax-f(x)}{2f(x)+3x}$의 값을 구하는 과정을 서술하시오.

14 두 실수 x, y에 대하여 $\frac{1}{9x}+\frac{1}{2y}=\frac{1}{2}$이고 $512^x=144^y$일 때, $x=p\log_2 24$, $y=q\log_{12}24$이다. p, q 그리고 $9x\log_{24}2+y\log_{24}12$의 값을 각각 구하는 과정을 서술하시오. (단, p, q는 유리수이다.)

15 좌표평면에 점 $\mathrm{A}(2, 0)$과 원 $x^2+y^2=4$ 위의 점 P가 있다. 동경 OP가 나타내는 각의 크기를 θ라 할 때, 점 P와 θ가 다음 조건을 만족시킨다.

> (가) 선분 AP를 포함하는 부채꼴 AOP의 넓이는 $\frac{3}{2}\pi$이다.
>
> (나) $\frac{\cos\theta}{\tan\theta}<0$

$\sin 2\theta$와 $\tan 3\theta$의 값을 각각 구하는 과정을 서술하시오. (단, O는 원점이다.)

국어[자연D]

▶ 해답 p.414

※ 다음은 학생들의 대화이다. 물음에 답하시오.

유준: 국어 수업 조별 과제 '정보를 전달하는 글쓰기'를 위해 지난번에는 전통 음식 문화를 소재로 정했었는데, 오늘은 글의 주제를 정했으면 해.
현우: 반 친구들이 예상 독자이니 친구들의 선호도를 고려했으면 좋겠어. 친구들이 호기심을 가질 만한 특이한 음식들을 소개해 보자.
지민: 특이한 음식은 친구들의 호기심을 끌 수 있는 좋은 소재라고 생각하지만 호기심을 느끼는 구체적인 대상은 개인마다 달라서 음식을 선정하기가 어려울 것 같아. 대신 현재 즐겨 먹는 음식과 전통 음식의 관계를 주제로 정하면 어떨까?
유준: 현재 즐겨 먹는 음식과 전통 음식의 관계가 어떤 내용을 말하는 건지 조금 더 설명해 줄 수 있니?
지민: 현재에도 즐겨 먹는 전통 음식들의 기원과 발전 과정을 다뤄 보면 흥미로울 것 같아.
현우: 음식의 기원과 발전 과정을 알아보는 것은 찾아야 할 자료가 많아서 우리가 하기 어려울 것 같은데, 최근에는 K-푸드가 각광받고 있으니 그 내용은 어떠니?
유준: 외국인들에게 인기가 많은 음식은 이전에도 많이 다뤄진 거 아냐?
지민: 차라리 친구들이 잘못 알고 있을 법한 전통 음식 문화를 다뤄 보는 것도 좋을 것 같은데. 그런 내용은 우리가 찾아서 글로 쓰기도 편할 것 같아.
현우: 전통 음식에 대한 잘못된 통념은 많지만 그런 음식들은 친구들에게 친숙하지 않거나 관심을 가지기 어려운 음식일 수도 있어서 좋지 않다고 생각해.
유준: 만약 친숙한 음식인데 그 음식에 대한 잘못된 인식이 존재하는 거라면 어때?
현우: 좋은 생각이네. 혹시 생각해 본 주제가 있니?
지민: 예전에 읽은 책에서 우리가 아는 것과는 달리 조선 사람들은 신분을 막론하고 소고기를 많이 먹었다고 하던데.
유준: 그래. 소고기는 친구들도 잘 아는 음식이니까 좋을 것 같아.

01 〈보기〉는 제시문에 나타난 말하기 방식에 대한 설명의 일부이다. 〈보기〉의 ①, ②에 해당하는 학생의 발언을 제시문에서 찾아 첫 어절과 마지막 어절을 쓰시오.

〈보기〉

① 대화 참여자의 앞선 발언 중 추가 설명이 필요하다고 생각한 부분을 언급하고, 그 의미가 무엇인지 질문하고 있다.
② 대화 참여자 사이의 의견 차이가 있는 부분에 대해 둘의 의견을 모두 수렴한 새로운 대안을 제안하고 있다.

① 첫 어절: ______________________, 마지막 어절: ______________________

② 첫 어절: ______________________, 마지막 어절: ______________________

[02～03] 다음 글을 읽고 물음에 답하시오.

명목 화폐란 화폐의 겉면인 액면에 표시되어 있는 가격 단위로 거래되는 화폐를 말하며, 표시되어 있는 가격을 명목 가치라 한다. 조선은 명목 화폐를 발행했는데, 화폐의 액면 가격에 제조 비용을 뺀 만큼의 이익인 주조 차익을 남기면 재정 수입의 증가를 꾀할 수 있었기 때문이다.

세종 당시 민간에는 미포(米布), 즉 쌀과 베라는 물품 화폐가 두루 쓰이고 있었다. 세종은 주화* 제도가 안정적으로 정착된 중국을 보고 구리로 만든 주화를 도입했다. 주화는 위조가 어렵고 구리의 양에 따른 실질 가치도 있기 때문이었다. 사섬서의 관장 아래 1425년에 조선통보를 발행하면서 주화 1문*의 명목 가치는 쌀 1되* 또는 저화 1/2장으로 정했다. 그런데 화폐 정책의 잦은 변경으로 백성들은 주화를 신뢰하지 않았고 물품 화폐를 더 선호했다. 그 결과 주화의 실질 가치가 명목 가치보다 낮아져 주화로 표시한 물건 가격은 계속 상승했다. 발행 다섯 달 후 시장에서는 주화 3문이 쌀 1되로 거래되고 주화로 표시한 포 가격 역시 상승했다. 또한 주화가 제작되면서 구리의 수요가 늘어 구리의 가격도 상승했기 때문에 주화의 명목 가치와 재료의 실질 가치의 차이를 이용해 주화를 녹여 구리 상태로 팔아 차익을 얻으려는 이들도 있었다. 주화로 표시한 물건 가격을 낮추기 위해서는 주화의 실질 가치를 높여야 했으므로, 세종은 관청이 가지고 있는 쌀인 국고미를 시장에 팔아 주화를 환수했다. 하지만 물품 화폐가 더 선호되는 상황에서는 주화를 환수해도 실질 가치는 높아지지 않았다. 그리고 시중에 쌀이 늘어난 만큼 주화로 표시한 쌀 가격만 하락하고 포나 구리의 가격은 하락하지 않았다. 그 결과 쌀 대신 포를 화폐로 삼는 백성들만 늘었고 결국 주화를 정착시키는 데는 실패하였다.

17세기부터는 상업의 확대로 인해 백성들은 고액 거래나 가치의 저장이 쉬운 화폐가 필요했다. 또한 당시 조선은 재정의 어려움도 해결해야 했으므로 숙종은 1678년부터 ㉠상평통보를 발행했다. 이때의 상평통보를 '초주단자전'이라 하고 명목 가치는 은 1냥*당 주화 400문으로 정했다. 그리고 상평통보에 대한 신뢰를 높이기 위해 명목 가치에 따라 언제든지 관청에서 주화와 은을 교환할 수 있도록 하였다. 한편 구리는 국내 생산 및 일본으로부터 수입을 통해 공급받고 있었으나 늘어나는 주화의 수요에 비해 공급량은 부족했다. 그래서 초주단자전 발행 이듬해에 '대형전'을 발행했는데, 이는 초주단자전보다 구리의 양은 두 배 늘리고 은 1냥을 주화 100문과 교환할 수 있도록 정했다.

일부 부유한 상인들은 자산 축적의 목적으로 주화를 집 안에 쌓아 두기 시작했다. 하지만 구리의 공급량은 여전히 부족했기 때문에 화폐의 수요에 비하여 공급은 부족한 현상인 전황(錢荒)이 발생하여 주화의 실질 가치가 높아지게 되었다.

그래서 화폐량을 늘리기 위해 1752년 영조 때 초주단자전에 비해 구리의 양을 줄인 '중형전'이 발행됐다. 발행 당시 은 1냥당 주화 100문으로 정했으므로 중형전의 발행은 국가 재정에도 도움이 되었다. 이후 100년 넘게 더 이어진 상평통보의 사용으로 거래의 수단으로는 물품이 아닌 돈이 자리 잡게 되었다.

*주화: 쇠붙이를 녹여 화폐를 만듦, 또는 그 화폐.

*문: 조선 시대에 화폐를 세던 단위.
*되: 곡식의 부피를 재는 단위로, 한 되는 한 말의 1/10임.
*냥: 귀금속의 무게를 잴 때 쓰는 무게의 단위.

02 〈보기〉는 제시문을 읽고 제시문의 ㉠을 이해한 내용이다. 〈보기〉의 ①, ②에 들어갈 적절한 말을 제시문에서 찾아 쓰시오.

〈보기〉

- 1679년에 발행된 상평통보는 1678년에 발행된 상평통보에 비해 (①) 가치가 상승했다.
- 발행 당시 명목 가치는 중형전과 대형전이 다르지 않았지만 주화를 만드는 데 필요한 구리의 양은 중형전과 대형전 중 (②)이/가 더 많았다.

① ______________________

② ______________________

03 〈보기〉는 제시문을 바탕으로 '세종' 때 주화 정착이 실패한 현상을 구체적 상황을 가정하여 단계별로 설명한 것이다. 〈보기〉의 ①, ②에 들어갈 적절한 말을 쓰시오.

〈보기〉

미포와 주화가 화폐로 사용되며 주화 1문에 구리 1g이 들어 있다고 하자.

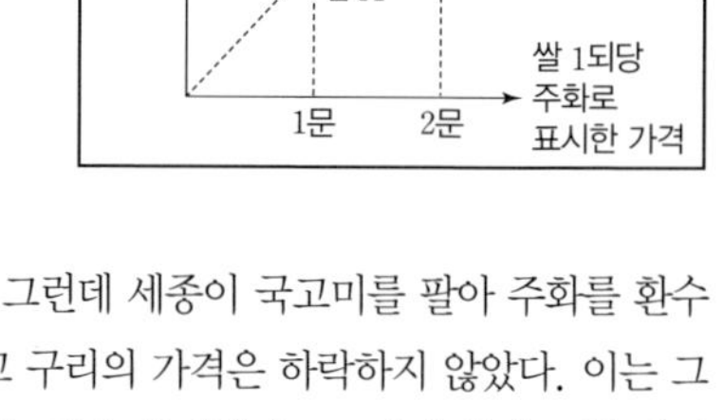

1. 점 A 상황에서 구리 1g 또는 쌀 1되는 주화 1문의 가격을 갖는다.
2. 이후 점 B 상황에서 주화 2문을 주어야 구리 1g 또는 쌀 1되를 살 수 있게 되었다. 이때 주화의 명목 가치는 주화에 들어 있는 구리의 실질 가치보다 작기 때문에 주화를 구리로 녹여서 팔려는 자들도 생겨났다.
3. 이를 막기 위해 세종은 국고미를 팔아 주화를 환수해 주화의 실질 가치를 높이고자 했다. 이는 그래프의 점 B 상황을 (가)~(다) 방향 중 (①) 방향으로 이동시키고자 한 것이라 할 수 있다. 그런데 세종이 국고미를 팔아 주화를 환수했지만, 물품 화폐가 더 선호되는 상황에서 쌀의 가격만 하락하고 구리의 가격은 하락하지 않았다. 이는 그래프에서 점 B 상황이 (가)~(다) 중 (②) 방향으로 이동했다는 것을 의미한다. 그 결과 화폐로 쌀 대신 포를 사용하려는 사람들만 늘어나게 되었다.
4. 결국 세종이 의도한 주화의 정착은 실패하고 말았다.

① ______________________________

② ______________________________

※ 다음 글을 읽고 물음에 답하시오.

공공재란 공원이나 경찰 등과 같이 공동으로 이용할 수 있는 재화나 서비스를 의미한다. 공공재는 주로 국가에서 공급하는데, 해당 국가의 국민이 아니거나 국민의 의무를 다하지 않는 사람들도 혜택을 누릴 수 있는 문제점이 있다.

경제학적으로 공공재의 특성에 대해 잘 이해하려면 배제성과 경합성의 의미를 알아야 한다. 배제성이란 재화와 서비스의 이용 대가를 공급자에게 지불하지 않은 사람이 해당 재화나 서비스를 소비하지 못하도록 배제할 수 있는 성질을 의미한다. 일반적으로 우리가 사용하는 재화와 서비스는 대부분 대가를 지불하지 않고서는 이용할 수 없지만, 국가가 제공하는 치안 서비스 같은 경우는 대가를 지불하지 않은 사람도 이용할 수 있다. 한편 경합성이란 어떤 사람이 재화나 서비스를 이용하거나 소비할 때 다른 사람이 그 재화나 서비스를 소비할 수 있는 기회가 감소하는 성질을 의미한다. 예를 들어 빵을 사고 싶은 사람은 두 명인데 빵이 한 개라면 한 사람은 빵을 구매할 수 없으므로 빵은 경합성이 있는 재화이며, 공중파 방송은 누군가 시청하고 있어도 다른 사람이 시청할 수 있으므로 경합성이 없는 서비스이다.

재화나 서비스는 배제성과 경합성을 기준으로 사적 재화, 클럽재, 공유 자원, 공공재로 구분할 수 있다. 첫째로 사적 재화는 배제성과 경합성을 모두 가지고 있는 것으로 음식, 자동차 등 생활에 필요한 대부분의 재화나 서비스가 여기에 포함된다. 둘째로 클럽재는 배제성은 있으나 경합성이 없는 것으로 상수도 서비스가 예가 될 수 있다. 셋째로 공유 자원은 경합성은 있으나 배제성이 없는 것으로서 강에 사는 물고기와 같은 자연 자원이 예가 될 수 있다. 마지막으로 공공재는 배제성과 경합성이 모두 없는 것을 의미한다. 즉 대가를 지불하지 않은 사람도 이용할 수 있으며, 다른 사람과 동시에 이용할 수 있다.

동일한 재화나 서비스가 상황에 따라 배제성과 경합성의 존재 여부가 달라지는 경우가 있는데, 고속 도로와 일반 도로가 바로 그 예가 될 수 있다. 고속 도로는 통행 요금을 받지만 길이 막히지 않기 때문에 목적지까지 빠르게 갈 수 있는 수단이다. 그런데 가끔 특정한 이유로 고속 도로가 꽉 막히는 경우가 있는데, 그때는 어떤 사람의 고속 도로 이용에 의해 다른 사람이 제대로 고속 도로를 사용할 수 없게 되는 것이다. 그리고 일반 도로는 사용료를 내지 않아도 되지만 길이 좁고 출퇴근 시간에는 사용하는 사람이 많아 도로를 원활하게 이용하기가 어렵다. 그러나 심야에는 일반 도로도 이용자가 극히 적기 때문에 여러 사람이 도로를 함께 사용하는 데 아무런 지장이 없다. 이때 '한산한 고속도로'는 [㉠]의 성격을 가지는 것으로 볼 수 있고, '꽉 막힌 고속도로'는 [㉡]의 성격을 가지는 것으로 볼 수 있다. 그리고 '출퇴근 시간의 일반 도로'는 [㉢]의 성격을 가지는 것으로 볼 수 있고, '심야의 일반 도로'는 [㉣]의 성격을 가지는 것으로 볼 수 있다.

공공재가 배제성과 경합성이 없다고 해서 공공재 생산에 비용이 발생하지 않는 것은 아니다. 누군가는 경제적인 이득이 없어도 비용을 들여 사회에 필요한 공공재를 생산해야 하는데, 그렇게 생산된 공공재는 대가를 지불하지 않아도 이용이 가능하다. 배제성이 없는 재화나 서비스에 대가를 지불하지 않고 이용하려는 현상을 무임승차 문제라고 한다. 공공재의 생산을 시장에 자율적으로 맡겨 놓을 경우, 무임승차 문제 때문에 사회가 필요로 하는 양만큼 공공재가 생산되지 않고 적게 생산될 가능성이 높다. 다시 말해 사회적으로 꼭 필요한 곳에 자원이 효율적으로 배분되고 있지 않는 것이며, 이런 의미에서 시장 실패가 나타난다고 할 수 있다. 이런 이유로 인해 공공재는 대부분 국가에서 생산 및 공급하게 된다.

04 문맥상 제시문의 ㉠~㉣에 들어갈 적절한 말을 〈보기〉에서 찾아 쓰시오.

〈보기〉

사적 재화, 클럽재, 공유 자원, 공공재

㉠ ______________________

㉡ ______________________

㉢ ______________________

㉣ ______________________

※ 다음 글을 읽고 물음에 답하시오.

[앞부분 줄거리] 갱구가 무너진 현장에서 광부 김창호가 국민들과 언론의 뜨거운 관심을 받으며 16일 만에 구출된다. 유명 인사가 된 김창호는 각종 방송 프로그램에 출연하면서 많은 돈을 벌게 된다. 이후 김창호는 가족을 등진 채 유흥에 빠져 지내다 돈을 모두 탕진하게 된다.

김창호: 동진 광업소 동 5 갱에 묻혀 있던 광부 김창호.
홍 기자: 아? 김창호 씨?
김창호: (반갑다) 역시 절 알아보시는군요. 그럴 줄 알았습니다. 모두 참 고마웠지요. 전 정말 잊지 않고 있습니다.
홍 기자: 그런데 뭐 볼일 있수? 나 지금 바쁜데…….
김창호: 절 좀 도와주십시오. 가족을 잃었습니다. 차비도 떨어지고…….
홍 기자: (돌아서서 5천 원짜리 주며) 이거 가지구 가시우, 그리고 아래층 광고부에 가면 거기서 사람 찾는 광고 취급합니다. 나 바빠서……. (김창호를 무시하고 다시 논문을 본다.)
김창호: 여보시오, 아무리 그래도 날 이렇게 대할 수 있소? 내가 한때는 그래도 영부인한테 초청을 받은 사람이오, 서울시장도 나한테…….

(김창호 멍하니 말을 잃는다. 홍 기자가 논문의 마지막 부분을 읽는 동안 천천히 퇴장한다.)

홍 기자: 결론, 따라서 매스컴이 없으면 하루도 살 수 없는 것이 현대인이다. 매스컴은 20세기적인 종교가 되었고 종래의 어떤 종교나 예술보다 긴요한 현실적 가치로 받아들여지고 있다. 그러나 우리는 그 무한한 기능으로 인해 인간 부재의 매스컴에 이르지 않는가를 부단히 경계하고 자각해야 할 것이다. 매스 커뮤니케이션! 매스컴! 이 얼마나 위대한 단어냐?

(중략)

(카메라가 가운데 설치되고 있다. 구경꾼들 호기심에 카메라 앞에 몰려 있고 경찰은 정리에 바쁘고, 홍 기자 마이크 잡고 방송 준비. 카메라에 라이트 비친다.)

홍 기자: 여기는 강원도 정선군 동민 광업소 사고 현장입니다. 메탄가스 폭발로 인한 사고로 채탄 작업 중이던 광부 34명이 매장됐습니다. 그러나 전원 사망한 것으로 추정된 광부 중 폭발한 갱구 아래 쪽 대피소에 있던 배관공 22세 이호준 씨가 아직 살아 있음이 지상과 연결된 배기 파이프를 통해 확인됐습니다. 지금 보시는 부분이 사고 난 갱구 입구입니다.

(이때 이불 보따리를 멘 김창호 일가 등장한다. 홍 기자, 김창호를 발견한다. 홍 기자 달려온다.)

홍 기자: 김창호 씨, 잠깐만!

(이불 보따리를 벗겨 카메라 앞에 세운다.)

홍 기자: 시청자 여러분! 여러분 기억에도 새로운 매몰 광부 김창호 씨가 이 자리에 나오셨습니다. 지난해 10월 갱구 매몰로 16일간 굴속에 갇혀 있다 무쇠 같은 의지와 강인한 육체로 살아남은 김창호 씨!

(구경꾼들 일제히 김창호 씨에게 시선 주며 박수친다. 김창호 처음에는 머뭇거린다. 웃으며 손을 들어 답례한다.)

홍 기자: 김창호 씨, 어떻게 생각하십니까? 지금 지하 1천 2백 미터 갱내 대피소에 인부들이 갇혀 있습니다. 그 사람이 구출될 때까지 갱내에서 주의할 점은 무엇입니까?

김창호: 예, 먼저 체온을 유지해야 합니다. (신이 났다.) 제 경험으로 봐서 배고픈 건 움직이지 않음 참을 수 있는데 추운 건 견디기 힘듭니다. 전구라도 있으면 안고 있어야 합니다. 배기펌프로 공기도 계속 넣어 줘야 되구요.

(그사이 기자 한 사람 뛰어나와서 홍 기자에게 귀엣말한다. 홍 기자 마이크 뺏어 자기 말을 한다.)

홍 기자: 방금 인부들이 구출되었다고 합니다. 포클레인으로 무너진 흙더미의 한 부분을 들어내어 매몰된 인부들이 모두 그 틈으로 기어 나왔다고 합니다. 이상 지금까지 사고 현장에서 홍성기 기자가 말씀드렸습니다. 참! 싱겁게 끝나는군. 이런 걸 특종이라구 취재하다니, 자, 갑시다.

– 윤대성, 「출세기」

05 〈보기〉는 제시문에 대한 설명의 일부이다. 〈보기〉의 ①에 들어갈 적절한 말, 그리고 ②에 들어갈 적절한 문장의 첫 어절과 마지막 어절을 제시문에서 찾아 쓰시오.

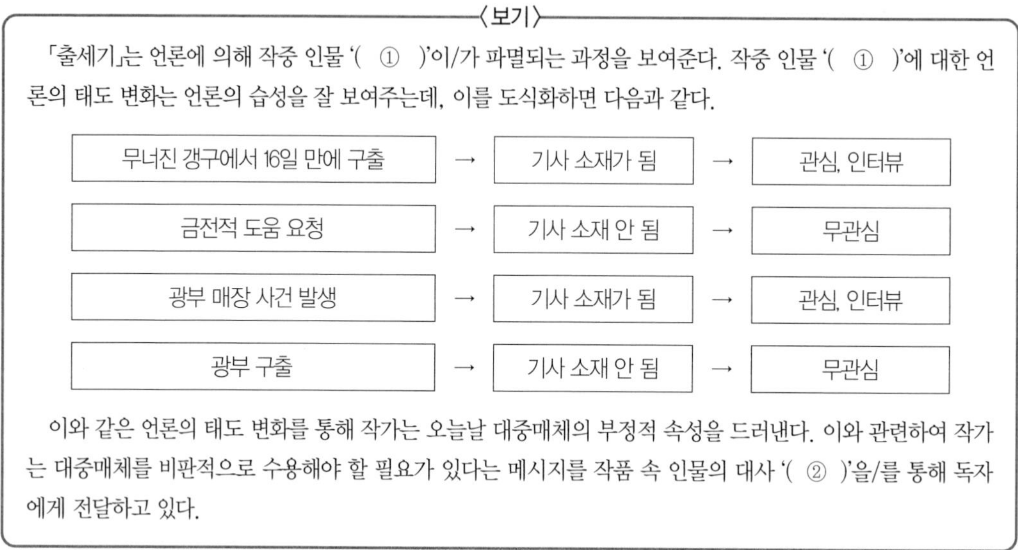

〈보기〉

「출세기」는 언론에 의해 작중 인물 '(①)'이/가 파멸되는 과정을 보여준다. 작중 인물 '(①)'에 대한 언론의 태도 변화는 언론의 습성을 잘 보여주는데, 이를 도식화하면 다음과 같다.

무너진 갱구에서 16일 만에 구출	→	기사 소재가 됨	→	관심, 인터뷰
금전적 도움 요청	→	기사 소재 안 됨	→	무관심
광부 매장 사건 발생	→	기사 소재가 됨	→	관심, 인터뷰
광부 구출	→	기사 소재 안 됨	→	무관심

이와 같은 언론의 태도 변화를 통해 작가는 오늘날 대중매체의 부정적 속성을 드러낸다. 이와 관련하여 작가는 대중매체를 비판적으로 수용해야 할 필요가 있다는 메시지를 작품 속 인물의 대사 '(②)'을/를 통해 독자에게 전달하고 있다.

※ 다음 글을 읽고 물음에 답하시오.

파란 녹이 낀 구리 거울 속에
내 얼굴이 남아 있는 것은
어느 왕조의 유물이기에
이다지도 욕될까.

나는 나의 참회의 글을 한 줄에 줄이자.
—만 이십사 년 일 개월을
무슨 기쁨을 바라 살아왔던가.

내일이나 모레나 그 어느 즐거운 날에
나는 또 한 줄의 참회록을 써야 한다.
—그때 그 젊은 나이에
왜 그런 부끄런 고백을 했던가.

밤이면 밤마다 나의 거울을

손바닥으로 발바닥으로 닦아 보자.

그러면 어느 운석(隕石) 밑으로 홀로 걸어가는
슬픈 사람의 뒷모양이
거울 속에 나타나 온다.

– 윤동주, 「참회록」

06 **〈보기2〉는 〈보기1〉의 자료를 바탕으로 제시문을 이해한 것이다. 제시문에서 〈보기2〉의 ㉠, ㉡이 나타나는 연을 찾아 각 연의 첫 어절과 마지막 어절을 쓰시오.**

〈보기 1〉

성찰이란 타자화된 시선, 즉 타인이 자신을 바라보듯 스스로의 내면을 바라보는 것이다. 자기 내부로 침잠하여 현실적인 자아와 이상적인 자아를 교차시키면서 부끄러운 순간들을 마주하게 된다. 이러한 자기 대면을 통해 자기 변화를 도모하거나 부정적이고 부조리한 현실에 대응할 수 있는 의지를 마련할 수 있게 된다. 이러한 성찰들은 문학 작품을 통해 공동체 사회에 전달됨으로써 우리가 이어 가야 할 가치를 전승한다는 점에서 의의를 지닌다.

〈보기 2〉

이 시의 화자는 거울 속에 비친 자기의 모습을 들여다보는 행위를 통해 자기 성찰의 순간을, 거울을 닦는 행위를 통해 성찰의 의지를 다지는 모습을 보여준다. 화자의 성찰은 이중적인 양상으로 제시되는데, 자아가 놓인 치욕스러운 현실과 과거에 대한 성찰이 하나라면 ㉠현재의 부끄러운 고백을 다시 부끄럽게 떠올릴 미래에 대한 성찰이 또 다른 하나이다. 이 두 성찰을 제시한 후 화자는 끊임없이 거울을 닦으며 성찰에의 의지를 다진다. 하지만 화자에게 현실은 여전히 극복하기 어려운 냉혹하고 고통스러운 것이다. 그럼에도 불구하고 ㉡화자는 고통스러운 현실을 회피하지 않고 담담하게 고독과 비애를 끌어 안고 걸어나가겠다는 삶의 태도를 드러낸다.

① ㉠이 나타난 연:

첫 어절: ____________________, 마지막 어절: ____________________

② ㉡이 나타난 연:

첫 어절: ____________________, 마지막 어절: ____________________

수학[자연D]

▶ 해답 p.415

07 $\pi<\theta<\frac{3}{2}\pi$인 θ에 대하여

$\tan\theta-\frac{\sqrt{3}}{\tan\theta}=\sqrt{3}-1$일 때,

$2\cos\theta-4\sin\theta$의 값을 구하는 과정을 서술하시오.

08 다항함수 $f(x)$에 대하여 곡선 $y=x^2f(x)-3x$ 위의 점 $(2, 6)$에서의 접선의 기울기가 1일 때, $y=f(x)$ 위의 점 $(2, f(2))$에서의 접선의 y절편을 구하는 과정을 서술하시오.

09 첫재항이 1인 수열 $\{a_n\}$이 모든 자연수 n에 대하여 $a_{n+1}=a_n+n\sin\left(\frac{n\pi}{2}+\pi\right)$를 만족시킬 때, $\sum_{k=1}^{42} a_k$의 값을 구하는 다음의 풀이 과정을 완성하시오.

> 수열 $\{a_n\}$에 대하여 $a_{4k-3}=2k-1$, $a_{4k-2}=a_{4k-1}=$ ① , $a_{4k}=$ ② 이다. 따라서 $a_{4k-3}+a_{4k-2}+a_{4k-1}+a_{4k}=$ ③ 이므로 $\sum_{k=1}^{42} a_k=$ ④ 이다.

10 함수 $f(x)=\frac{ax+2}{x-b}$와 양의 실수 t에 대하여 x에 대한 방정식 $|f(x)|=t$의 서로 다른 실근의 개수를 $g(t)$라 하고, x에 대한 방정식 $|f(x)|=-tx$의 서로 다른 실근의 개수를 $h(t)$라 할 때, 두 함수 $g(t)$, $h(t)$가 다음 조건을 만족시킨다.

> (가) 함수 $g(t)$는 $t=b$에서만 불연속이다.
> (나) 함수 $h(t)$는 양의 실수 전체의 집합에서 연속이다.

$f(3)+h(3)=\frac{2}{3}$일 때, $f(a)$의 값을 구하는 과정을 서술하시오. (단, a, b는 상수이고 $ab+2\neq0$이다.)

11 최고차항의 계수가 -1인 사차함수 $f(x)$가 다음 조건을 만족시킨다.

> (가) 함수 $f(x)$는 $x=4$에서 극솟값 0을 갖는다.
> (나) 방정식 $f(x)=0$의 세 실근을 작은 것부터 차례로 나열하면 등차수열을 이룬다.

함수 $f(x)$의 극댓값이 9일 때, $f(1)$의 값을 구하는 과정을 서술하시오.

12 $a>\frac{3}{2}$일 때, 실수 전체의 집합에서 증가하고 연속인 함수 $f(x)$가 모든 실수 x에 대하여 $f(-x)=-f(x), f(x)=f(x-2)+4a$를 만족시킨다. 곡선 $y=f(x)$와 x축 및 직선 $x=1$로 둘러싸인 부분의 넓이가 3이고 $\int_1^4 f(x)dx=45$일 때, a의 값을 구하는 다음의 풀이 과정을 완성하시오.

> $f(1)$의 값을 a로 표현하면 [①]이다. 곡선 $y=f(x-2)+4a$는 $y=f(x)$를 x축의 방향으로 2만큼, y축의 방향으로 $4a$만큼 평행이동한 곡선과 일치한다. 따라서 $f(4)$의 값을 a로 표현하면 [②]이다. 또한, 곡선 $y=f(x)$와 y축 및 직선 $y=-2a$로 둘러싸인 부분의 넓이를 a로 표현하면 [③]이다. $\int_1^4 f(x)dx=45$이므로 a의 값은 [④]이다.

13 정의역이 $\{x \mid x \geq 0\}$인 함수 $f(x)$가 모든 자연수 n에 대하여 다음을 만족시킨다.

$2n-2 \leq x < 2n$일 때, $f(x)=\cos(n\pi x)$

$0 \leq x < 4$에서 방정식 $2f(x)-1=0$의 서로 다른 실근 중 가장 작은 값과 가장 큰 값을 구하는 과정을 서술하시오.

14 첫째항이 같은 두 수열 $\{a_n\}$, $\{b_n\}$이 모든 자연수 n에 대하여 $a_n+b_n=2$를 만족시키고,

$\sum_{k=1}^{10}\{ka_{k+1}-(k+1)a_k\}=50$,

$\sum_{k=1}^{9}\{(a_{k+1})^2-(b_{k+1})^2\}=20$일 때,

$\sum_{k=1}^{11}a_k$의 값을 구하는 과정을 서술하시오.

15 두 이차함수 $y=f(x)$, $y=g(x)$의 그래프가 그림과 같을 때, 부등식

$\log_3 f\left(\frac{x}{3}\right) \le \log_3 g\left(\frac{x}{3}\right)$를 만족시키는 정수 x의 개수를 구하는 과정을 서술하시오.

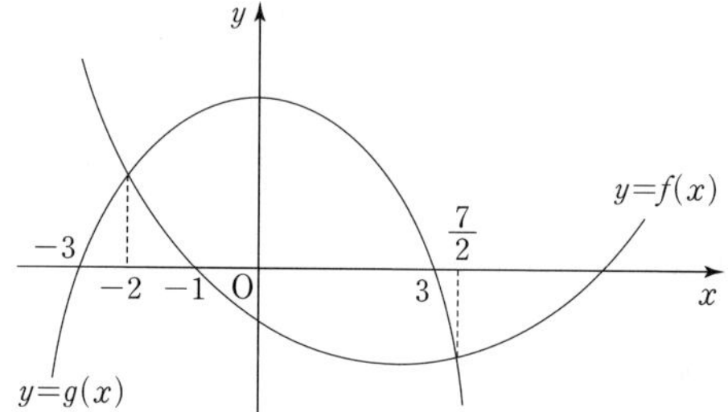

국어[자연E]

▶ 해설 p.418

※ 다음 글을 읽고 물음에 답하시오.

[학생의 작문 계획]

- 글을 쓰게 된 동기: 한국은 혁신 기술 연구 개발에 세계 최고 수준의 투자를 하고 있지만, 정부 출연 기관들의 성과는 기대 이하라는 보도를 접함. 이에 혁신 기술의 실태를 알아보고 관련 문제의 해결 방안에 대해 글을 쓰기로 함.
- 예상 독자: 우리 학교 학생들
- 작문 목적: 혁신 기술과 관련된 정보를 공유하고, 문제 해결 방안을 모색.
- 글의 개요

처음	1. '혁신 기술'이라는 화제 제시 2. 혁신 기술의 개념과 특성
중간	1. 혁신 기술 개발과 관련된 투자 현황 및 실태 (1) 우리나라의 혁신 기술 개발에 대한 투자 현황 (2) 우리나라가 개발한 혁신 기술의 활용 실태 ㉮ 정부 출연 기관이 개발한 특허 기술의 활용률이 저조함. ㉯ 매년 혁신 기술 수출액이 혁신 기술 도입액보다 적음. 2. 혁신 기술의 육성 방안 (1) 정부 출연 기관의 특허 활용과 관련된 장애 해소 (2) 혁신 기술의 무역 수지 개선을 위한 정책 마련
끝	우리나라 혁신 기술의 발전을 위해서는 관련 규제 개혁 및 관련 기업 지원 정책 마련 등 혁신 기술 육성을 위한 노력이 필요함.

01 **〈보기〉의 ㉠~㉢은 제시문의 개요에 따라 글을 쓰기 위해 자료를 수집한 후 작성한 자료 활용 계획의 일부이다. 〈보기〉의 ①, ②에 들어갈 적절한 내용을 ㉠의 밑줄 친 부분과 같은 형식으로 쓰시오.**

〈보기〉

㉠ 최근 정부 출연 기관이 개발한 특허 기술이 활용되는 비율이 이전보다 낮음을 보여주는 자료는 '<u>중간-1-(2)-㉮</u>'에서 정부 출연 기관이 개발한 혁신 기술의 활용도가 낮음을 강조하기 위한 자료로 활용한다.

㉡ 한국의 GDP 대비 혁신 기술 연구 개발 투자 비율이 세계 1, 2위를 다투는 수준임을 보여주는 자료는 '(①)'에서 한국이 혁신 기술 개발을 위해 큰 힘을 쏟고 있음을 강조하기 위한 자료로 활용한다.

㉢ 연도별 한국의 혁신 기술 수입액과 수출액을 보여주는 자료는 '(②)'에서 매년 혁신 기술 수출액이 혁신 기술 도입액보다 적음을 뒷받침하는 자료로 활용한다.

① ______________________________

② ______________________________

[02～03] 다음 글을 읽고 물음에 답하시오.

과학 지식은 다른 문화나 지식과 달리 사회적 맥락에 구속되지 않는 예외적 지식으로 간주되어 왔다. 그러나 모든 지식은 어떤 방식으로든 그것이 생산된 사회적 여건에 영향을 받으며, 따라서 과학 지식도 단순히 자연이라는 실재의 객관적 반영이 아니라 다양한 사회적 요인에 영향을 받는 사람들이 구성하는 유동적 결과물이라는 주장이 최근 힘을 얻고 있다. 라투르가 제시한 행위자 – 연결망 이론은 과학 지식의 형성 과정에 대해 구성주의의 입장을 취하면서도 모든 지식의 가치가 동등하다고 보는 극단적 상대주의에 빠지지 않기 위한 노력의 일환이라 할 수 있다.

행위자 – 연결망 이론에서는 지식이나 조직, 사물이나 현상, 기술 등 우리가 경험하는 모든 대상을, 행위자들 사이에 형성되는 다양하고 복잡한 연합체로서의 연결망이라고 본다. 여기서 행위자란 '어떤 행위를 실행할 수 있는 행위 능력을 지닌 실체'로서, 인간뿐 아니라 물질과 기계, 미생물과 세균, 가설 및 기술과 같은 비인간을 포함한다. 어떤 대상을 행위자들 간의 연결망으로 파악한다는 것은 그 고정된 본질을 상정하고 이를 탐색하는 대신, 이를 둘러싼 연결망이 구성되는 과정에 주목한다는 것을 의미한다. 연결망은 늘 이동하고 움직이며, 생성과 소멸 및 강약의 단계를 오가는 역동적 성격을 지닌다. 연결망을 구성한 행위자의 수가 많고 그 성격이 이질적일수록 그 연결망은 강화된다.

라투르는 이질적인 행위자들을 연결하여 연결망을 구축하는 과정을 번역이라고 칭하여 이를 행위자 – 연결망 이론의 핵심에 두었다. 번역이란 서로 다른 이해관계를 가진 이질적인 행위자들이 서로의 목표를 조율함으로써 공동의 목표를 지닌 하나의 '연결망'으로 포섭되는 과정이다. 번역의 주체가 되는 행위자는 반드시 인간으로만 한정되지 않는다. 그는 번역의 주체와 연결망의 새로운 인식을 통해 주체와 객체, 인간과 사물을 분리하여 각각의 본질을 가정하는 기존의 시각, 입장과는 다른 분명한 차이를 보여주고 있다. 다시 말해 연결망을 통해 '만들어지고 있는 과학'을 추적하는 것이라고도 볼 수 있는 것이다.

이러한 입장에서 본다면 과학 지식은 과학자, 실험 장비, 교과서, 논문과 저서, 기술, 실험실 등과 같은 다양한 행위자로 이루어진 연결망을 기반으로 형성된다. 특정 현상에 대한 과학자 개인의 주장은 그 자체로서는 설득력이 빈약하지만, 이 주장이 하나의 행위자로서 다양한 행위자와 이어져 연결망을 이루면서 견고한 보편적 진리로 인정할 가능성을 시험하게 된다. 라투르는 보편적 진리로 인정될 수 있는 이 과정이 주장 자체의 내재적 장단점이나 한계와는 무관하게 일어난다고 보았다. 그리고 보편적 진리성은 이를 도출해 낸 특정 연결망 속에서 보장되며, 그 연결망의 맥락을 벗어난 진공 속에서도 보편적 진리로 보장되는 것은 아니라고도 하였다.

행위자–연결망 이론에서는 과학 지식의 성격을 규명하기 위해 기성의 과학이 아닌, '만들어지고 있는 과학'을 추적한다. 이 과정에서 과학 지식의 구성에 참여하는 능동적 행위자를 인간으로 한정한 기존의 구성주의적 입장과는 달리, 행위자–연결망 이론은 이들 행위자에 인간 및 비인간 실체를 모두 포함시켰다는 점에서 이질적 구성주의라 불린다. 이러한 행위자–연결망 이론의 입장은 인간 대 비인간, 자연 대 사회의 이분법에 기반한 근대주의에 반대하는 것이자 그 대안으로서 인간과 비인간 모두에 대등한 가치를 부여하는 비근대주의를 표방하는 것이기도 하다.

02 〈보기〉는 제시문을 읽고 실시한 탐구 활동이다. 〈보기〉의 ①~③에 들어갈 적절한 말을 제시문 또는 〈보기〉에서 찾아 쓰시오.

〈보기〉

과학 지식에 대한 구성주의의 입장은 인간 대 비인간이라는 근대주의의 이분법적 사고에 근거한다. 라투르의 관점에서 구성주의는 과학 지식의 형성 과정에 참여하는 번역의 주체를 (①)(으)로 한정한 것이다. 반면 이질적 구성주의는 근대주의를 벗어나 행위자에 인간 및 비인간 실체를 모두 포함시키고 있다. 이런 점에서 라투르의 관점은 이질적 구성주의와 일맥상통하는 바가 있다. 유명한 파스퇴르의 사례를 통해 생각해 보기로 하자. 파스퇴르는 발효를 촉진하는 미생물 발효균을 발견하여 '젖산 발효 효모'라 명명하고 발효의 과정을 과학적으로 규명한 바 있다. 이 과정에서 파스퇴르는 미생물 발효균이 그 기질과 존재를 드러내는 것을 돕고, 발효균은 파스퇴르가 명성을 획득하는 것을 도운 셈으로 볼 수 있다. 따라서 라투르의 관점에서 파스퇴르의 사례를 살펴보면, 이 사례에서 번역의 주체에 해당하는 것은 (②)와/과 (③)이다.

① ______________________

② ______________________

③ ______________________

03 〈보기2〉는 제시문을 바탕으로 〈보기1〉의 사례를 이해한 내용이다. 〈보기2〉의 ①, ②에 들어갈 적절한 말을 제시문에서 찾아 쓰시오.

〈보기 1〉

미국에서는 총기 사고가 날 때마다 총이 원인임을 강조하는 기술 결정론과 총을 든 범인이 사고의 원인이라는 사회 문화 결정론이 대립하여왔다. 전자는 총이 사고의 주범이므로 총기를 규제하여야 한다는 주장으로 연결된다. 그리고 후자는 범인이 주범이므로 범인을 처벌해야지 총기를 규제할 필요는 없다는 주장으로 연결된다.

〈보기 2〉

행위자-연결망 이론에서 〈보기1〉의 '총'과 '범인'은 모두 행위 능력을 지닌 행위자로서 이들은 (①)의 과정을 통해 '총기 사고'라는 하나의 (②)(으)로 포섭된다. (①)의 과정은 행위자가 서로의 목표를 조율함으로써, 즉 상대방에 맞추어 자신을 변화시킴으로써 이루어지는 것이다. '총기 사고'에 대한 기술 결정론의 입장과 사회 문화 결정론의 입장 모두 행위자-연결망 이론의 입장에서는 범인과 총이 서로에게 변화를 일으킨다는 점을 간과하고 있다는 문제가 있다.

① ______________________

② ______________________

※ 다음 글을 읽고 물음에 답하시오.

현행 민사 소송법에는 소송 절차가 공정하며 신속하고 경제적으로 진행되도록 노력하여야 한다고 되어 있다. 이는 민사 소송이 재판 과정에서 공정성과 함께 신속성과 경제성이라는 이상을 추구함을 의미한다. 재판이 공정해야 함은 말할 것도 없지만, 공정함만 추구하다 보면 재판의 진행이 더디게 되어 재판을 통해 이루고자 한 소송의 목적을 충분히 달성할 수 없는 경우가 발생할 수 있다. 그래서 재판이 신속하고 경제적으로 진행되는 것도 중요하다. 소송 당사자 중 한쪽이 출석하지 않았을 때, 신속한 재판 진행을 위해 그 사람이 제출한 소장, 답변서, 준비 서면 등을 진술 내용으로 갈음한다. 소송 당사자가 변론 기일에 출석하지 않고 진술을 대체할 서류도 제출하지 않은 경우에는 변론할 의사가 없는 것으로 간주하고 재판을 진행한다. 그리고 시효라는 제도를 두어서 소송 사건에 대해 소를 제기할 수 있는 제소 기간을 정해 두고 있다. 시효는 일정한 사실 상태가 오래 계속된 경우에 그 상태가 진실한 권리관계*와 합치하느냐 여부를 묻지 않고 사실 상태를 그대로 존중하여 그 권리관계로 인정하는 제도이다. 사건 발생 이후 해당 제소 기간이 지나면 옳고 그름을 불문하고 누구도 해당 사건에 대해 더 이상 소를 제기할 수 없도록 한 것이다. 이는 분쟁이 발생한 이후 소송을 제기할 수 있는 기간에 제한을 두지 않을 경우 소송 진행의 효율성이 떨어지고 소송 당사자들의 권리관계가 장기간 불안정해지는 문제가 있기 때문이다.

조선 시대에도 ㉠<u>취송 기한</u>, ㉡<u>정소 기한</u>이라는 제도가 있었다. '취송 기한(就訟期限)'은 소를 제기한 후 소송의 당사자가 불출석한 경우, 일정 기간 동안 출석하지 않는 당사자는 패소시키고 성실히 출석해 대기한 당사자에게 사리의 옳고 그름을 더 이상 따지지 않고 승소하게 해 주는 제도이다. 취송 기한은 '친착 결절법(親着決折法)'이라고도 불렀다. 이는 소송 진행 과정에서 의도적으로 소송을 지연시키는 폐단을 방지하기 위하여 마련된 장치로, 조선의 건국 초기에는 송정*으로부터 소송 당사자의 거주지까지 거리에 따라 취송 기한을 정했고 이후 소송 당사자가 송정에 출석해 서명하는 것까지 규정하게 되었다. 소송의 양 당사자 중 누구라도 출석하였을 때는 자기 성명을 직접 쓰도록 했는데 이를 '친착'이라고 불렀고, 판결하는 것을 '결절'이라고 했다. 친착 결절법은 여러 차례의 변화를 거쳐 1746년에 편찬된 『속대전(續大典)』「형전(刑典)」 청리조(聽理條)에 따르면, 소송이 개시되어 50일이 되도록 이유 없이 만 30일이 넘게 불출석하면 송정에 나와 서명한 자에게 승소 판결을 내리도록 했다. 이 50일의 기간은 관청이 개정한 날만 헤아렸다. 이때 계속 출석한 자의 출석일수는 고려하지 않는다.

'정소 기한(呈訴期限)'은 사적인 권리를 침해당하였을 때 소장(訴狀)을 제출할 수 있는 법정 기한을 말한다. 『경국대전(經國大典)』「호전(戶典)」 전택조(田宅條)에 따르면, 소송 대상 중 가장 분쟁이 빈번했던 재산인 토지, 주택, 노비 등에 관한 소송은 분쟁 발생 시기부터 5년 내에 소를 제기해야만 하며 5년을 넘길 시에는 재판의 기초가 되는 사실관계 등을 심사하는 사건 심리는 물론 소장 접수조차 불가능했다.

*권리관계: 권리와 의무 사이의 법률관계.

*송정: 예전에, 송사(訟事)를 처리하던 곳.

04 〈보기〉는 제시문을 읽고 ㉠, ㉡에 대한 탐구 활동을 실시한 것이다. 〈보기〉의 ①~③에 들어갈 적절한 말을 제시문에서 찾아 쓰시오.

〈보기〉

㉠과 ㉡은 과거 조선 시대에도 현행 민사 소송이 추구하는 이상 중 (①)와/과 (②)을/를 실현하고자 했음을 보여 준다. 그리고 ㉡은 오늘날의 민사 소송법 중 (③) 제도와 유사한 성격을 가지는 것으로 볼 수 있다.

① ______________________

② ______________________

③ ______________________

※ 다음 글을 읽고 물음에 답하시오.

[앞부분 줄거리] 성균관 진사이자 풍류랑인 김생은 어느 날 왕자 화산군의 궁녀인 영영을 목격한 뒤 그녀를 깊이 연모하게 된다. 하인 막동의 도움을 받아 영영이 종종 출입하는 이모네 집에서 만나 연정을 고백한 뒤 후일 화산군 댁에서 다시 만나 깊은 인연을 맺는다. 하지만 사랑이 금지된 궁녀의 신분으로서 출입이 자유롭지 못해 김생과 영영은 헤어지게 된다. 이후 김생은 몇 년간 공부를 하여 마침내 과거에 장원으로 급제한다.

3일 동안의 유가(遊街)에서 김생은 머리에 계수나무꽃을 꽂고 손에는 상아로 된 홀을 잡았다. 앞에서는 두 개의 일산(日傘)이 인도하고 뒤에서는 동자들이 옹위하였으며, 좌우에서는 비단옷을 입은 광대들이 재주를 부리고 악공들은 온갖 소리를 함께 연주하니, 길거리를 가득 메운 구경꾼들이 김생을 마치 천상의 신선인 양 바라보았다.

김생은 얼큰하게 취한지라 의기가 호탕해져 채찍을 잡고 말 위에 걸터앉아 수많은 집들을 한번 둘러보았다. 갑자기 길가의 한 집이 눈에 띄었는데 높고 긴 담장이 백 걸음 정도 빙빙 둘러 있었으며, 푸른 기와와 붉은 난간이 사면에서 빛났다. 섬돌과 뜰은 온갖 꽃과 초목들로 향기로운 숲을 이루고 나비는 희롱하듯 벌들은 미친 듯 그 사이를 어지러이 날아다녔다. 김생이 누구의 집이냐고 물으니, 곧 화산군 댁이라고 하였다. 김생은 문득 옛날 일이 생각나 마음속으로 은근히 기뻐하며 짐짓 취한 듯 말에서 떨어져 땅에 눕고는 일어나지 않았다. 궁인들이 무슨 일인가 하고 몰려나오자 구경꾼들이 저자처럼 모여들었다.

이때 화산군은 죽은 지 이미 3년이나 되었으며, 궁인들은 이제 막 상복을 벗은 상태였다. 그동안 부인은 마음 붙일 곳 없이 홀로 적적하게 살아온 터라 광대들의 재주가 보고 싶었다. 그래서 시녀들에게 명하여 김생을 부축해서 서쪽 가옥으로 모시고, 비단으로 짠 자리에 죽부인을 베개로 삼아 누이게 하였다. 김생은 여전히 눈이 어질어질하여 깨어나지 못한 듯이 누워 있었다.

이윽고 광대와 악공들이 뜰 가운데 나열하여 일제히 풍악을 울리며 온갖 놀이를 다 펼쳐 보였다. 궁녀들은 고운 얼굴에 분을 바르고 푸른 귀밑털에 구름 같은 머리채를 한 채 주렴을 걷고 지켜보았는데, 가히 수십 명이나 되었다. 그러나 영영이라는 이는 그 가운데 없었다. 김생은 이상하다는 생각이 들었으나 그 생사조차 알 수가 없었다. 그런데 자세히 살펴보니 한 낭자가 나오다가 김생을 보고는 다시 들어가서 눈물을 훔치고 안팎을 들락거리며 어찌할 줄을 모르고 있었다. 이는 바로 영영이 김생을 보고서 흐르는 눈물을 참지 못하고 차마 남이 알아챌까 봐 두려워한 것이었다.

이러한 영영을 바라보고 있는 김생의 마음은 처량하기 그지없었다. 그러나 날은 이미 어두워지려고 하였다. 김생은 이곳에 더 이상 오래 머물러 있을 수 없다는 것을 알고 기지개를 켜면서 일어나 주위를 돌아보고는 놀라는 척 말했다.

"이곳이 어디입니까?" / 궁중의 늙은 노비인 장획이라는 자가 달려와 아뢰었다.

"화산군 댁입니다." / 김생은 더욱 놀라는 척하며 말했다.

"내가 어떻게 해서 이곳에 왔습니까?"

장획이 사실대로 대답하자, 김생은 곧 자리에서 일어나서 나가려고 하였다. 이때 부인이 술로 인한 김생의 갈증을 염려하여 영영에게 차를 가져오라고 명하였다. 이로 인해 두 사람은 서로 가까이하게 되었으나, 말 한마디도 못 하고 단지 눈길만 주고받을 뿐이었다. 영영은 차를 다 올리고 일어나 안으로 들어가면서 품속에서 편지 한 통을 떨어뜨렸다. 이에 김생은 얼른 편지를 주워서 소매 속에 숨기고 나왔다.

– 작자 미상, 「상사동기(相思洞記)」

05 **〈보기〉는 제시문 속 '김생'의 성격에 대한 설명이다. 〈보기〉의 ㉠이 나타나는 문장 한 개와 ㉡이 나타나는 문장 두 개를 제시문에서 찾아 각각의 첫 어절과 마지막 어절을 쓰시오.**

〈보기〉

김생은 자신의 목적인 사랑을 이루기 위해서 상황을 설정하고 상황에 맞추어 연기를 하듯이 말과 행동을 하는 인물이다. 예를 들어 ㉠김생은 옛 연인이 있을 것으로 추측되는 집으로 들어가기 위해 의도적으로 꾸며낸 행동을 하여 상황을 조성하기도 하고, ㉡계획된 상황 속에서 일부러 시치미를 떼고 질문을 하기도 한다. 이러한 장면을 통해 김생은 주도면밀한 성격의 인물로 묘사된다. 이처럼 소설에서 인물의 말과 행동에는 그 인물이 가진 인간관이나 처세관 등이 담겨 있으며 그러한 인물의 성격 제시를 통해서 소설의 주제는 더욱 날카롭게 부각된다. 이 소설은 조선 후기의 애정 소설로서 당시의 시대 상황으로서는 이루어지기 힘든 신분의 차이를 극복한 남녀 간의 사랑을 보여주는데, 그 과정에 김생의 이와 같은 성격화가 중요한 역할을 한다.

① ㉠에 나타난 문장:

첫 어절: ____________________, 마지막 어절: ____________________

② ㉡에 나타난 문장:

첫 어절: ____________________, 마지막 어절: ____________________

③ ㉡에 나타난 문장:

첫 어절: ____________________, 마지막 어절: ____________________

※ 다음 글을 읽고 물음에 답하시오.

인쇄한 박수근 화백 그림을 하나 사다가 걸어놓고는 물끄러미 그걸 치어다보면서 나는 그 그림의 제목을 여러 가지로 바꾸어보곤 하는데 원래 제목인 '강변'도 좋지마는 '할머니'라든가 '손주'라는 제목을 붙여보아도 가슴이 알알한 것이 여간 좋은 게 아닙니다. 그러다가는 나도 모르게 한 가지 장면이 떠오릅니다. 그가 술을 드시러 저녁 무렵 외출할 때에는 마당에 널린 빨래를 걷어다 개어놓곤 했다는 것입니다. 그 빨래를 개는 손이 참 커다랬다는 이야기는 참으로 장엄하기까지 한 것이어서 성자의 그것처럼 느껴지기도 합니다. 그는 멋쟁이이긴 멋쟁이였던 모양입니다.

그러나 또한 참으로 궁금한 것은 그 커다란 손등 위에서 같이 꼼지락거렸을 햇빛 들이며는 그가 죽은 후에 그를 좇아갔는가 아니면 이승에 아직 남아서 어느 그러한, 장엄한 손길 위에 다시 떠 있는가 하는 것입니다. 그가 마른 빨래를 개며 들었을지 모르는 뻐꾹새 소리 같은 것들은 다 어떻게 되었을까. 내가 궁금한 일들은 그러한 궁금한 일들입니다. 그가 가지고 갔을 가난이며 그리움 같은 것은 다 무엇이 되어 오는지…… 저녁이 되어 오는지…… 가을이 되어 오는지…… 궁금한 일들은 다 슬픈 일들입니다.

– 장석남, 「궁금한 일–박수근의 그림에서」

06 〈보기〉는 제시문에 대한 해설의 일부이다. 〈보기〉의 ①, ②에 들어갈 적절한 말을 제시문에서 찾아 쓰시오.

〈보기〉

이 작품은 박수근 화백의 그림을 감상하다가 떠오르는 상념들을 차분하게 들려주는 형식의 시이다. 시의 전반부에서는 화가 박수근의 작품과 함께 그의 삶의 에피소드를 환기하면서 소박하면서도 진실한 그의 삶과 예술 세계를 예찬하고, 후반부에서는 삶과 예술에 대해 화자가 가지는 근원적인 애상감을 질문의 형식으로 풀어나간다. 외출하기 전에 빨래를 개어놓고 나갔다는 에피소드를 통해 화가로서 박수근의 삶은 생활인의 모습과 겹쳐지는데, 이를 (①)(이)라는 신체 이미지를 나타내는 시어로 압축한다. 화자는 가난한 삶을 살면서도 꿋꿋이 예술 활동을 이어나간 화백을 '성자', '멋쟁이' 등의 말로 예찬하기도 한다. 두 번째 행부터는 시상이 전환되는데, 화자는 박수근의 작품과 삶의 에피소드로부터 한발 물러나서 화가의 죽음과 함께 사라진 것들을 헤아려 본다. 화가가 그림의 주제로 삼았던 '그리움'이나 '가난'과 함께 그의 삶 속에 존재했을 '햇빛'이나 '뻐꾹새 소리' 등이 다 어떻게 되었고 무엇이 되어 오는지 궁금해한다. 그런데 이러한 질문들은 화자에게 화가의 죽음과 사라짐을 떠올리게 하여 애상감을 갖게 한다. 죽음과 관련한 존재의 유한성은 비단 박수근만의 것은 아니기에 화자는 인간과 예술에 대한 근원적인 문제들을 질문의 형식으로 풀어나간다. 그리고 이 과정에서 느낀 존재의 유한성에 대한 애상감을 (②)(이)라는 시어를 통해 드러내고 있다.

① ______________________

② ______________________

수학[자연E]

▶ 해답 p.420

07 부등식 $\log_2\frac{x}{8}\times\log_2\frac{x}{64}<40$을 만족시키는 자연수 x의 최댓값을 구하는 과정을 서술하시오.

08 모든 항이 실수인 등비수열 $\{a_n\}$에 대하여 $a_2a_3=\frac{3}{2}$, $a_7a_8=54$일 때, a_5^2의 값을 구하는 다음의 풀이 과정을 완성하시오.

> 등비수열 $\{a_n\}$에 대하여 세 수 a_2, [①], a_8이 이 순서대로 등비수열을 이루고, 또한 세 수 a_3, [②], a_7이 이 순서대로 등비수열을 이루므로 $a_5^4=$ [③]이다. 따라서 a_5^2의 값은 [④]이다.

09 $\pi \le x < 2\pi$에서 x에 대한 방정식 $|6\sin x+1|=k$가 서로 다른 세 실근 $\alpha, \beta, \gamma (\alpha<\beta<\gamma)$를 가질 때, $k\left(\frac{\beta+\gamma}{\alpha}\right)$의 값을 구하는 과정을 서술하시오. (단, k는 상수이다.)

10 곡선 $C: y=x^4-5x^3-9x^2+2x-3$ 위의 x좌표가 양수인 점에서 접하는 직선 중 기울기가 최소인 접선의 방정식을 구하는 다음의 풀이 과정을 완성하시오.

> 곡선 C에 접하는 접선의 접점의 x좌표를 t, 접선의 기울기를 $f(t)$라 하면,
> $t=$ [①] 일 때 $f(t)$는 최솟값 [②] 을 갖는다. 즉, 기울기가 최소인 접선의 접점은 점 ([③])이고 접선의 방정식은 $y=$ [④] 이다.

11 두 집합

$$A=\left\{x \,\middle|\, \left(\frac{1}{4}\right)^{-x^2+5x+3}<4^{x-6},\ x\text{는 정수}\right\},$$

$$B=\left\{x \,\middle|\, x=3^{-a^2}\times\left(\frac{1}{3}\right)^{-2a-k},\ a\in A\right\}$$

에 대하여 집합 B의 모든 원소의 곱이 1일 때, 상수 k의 값을 구하는 과정을 서술하시오.

12 다음 조건을 만족시키는 최고차항의 계수가 1인 모든 사차함수 $f(x)$에 대하여 $f(2)$의 최댓값과 최솟값을 구하는 과정을 서술하시오.

(가) $\lim_{x\to1}\frac{f(x)}{x-1}=4$

(나) 모든 실수 x에 대하여 $|f(x)|\le|xg(x)|$, $g(0)=-4$인 연속함수 $g(x)$가 존재한다.

13 최고차항의 계수가 1이고 모든 항의 계수가 정수인 삼차함수 $f(x)$에 대하여 함수 $g(x)$를 $g(x)=f(x)+2f'(x)$라 하자.
$f(0)=g(0)=0$이고, $x \geq k$인 모든 실수 x에 대하여 $g(x) \geq 0$을 만족시키는 실수 k의 최솟값이 0일 때, $f(2)$의 최솟값을 구하는 과정을 서술하시오.

14 최고차항의 계수가 1인 이차함수 $f(x)$에 대하여 함수 $g(x)$를

$$g(x)=\int_0^x f'(t)dt+(x^2+x+1)f(x)+1$$

이라 할 때, 함수 $g(x)$가 $x=0$에서 극소값 -1을 갖는다. $g(1)$의 값을 구하는 과정을 서술하시오.

15 다음 조건을 만족시키는 두 실수 a, b의 순서쌍 (a, b)를 모두 구하는 과정을 서술하시오.

(가) $f(x)$는 모든 실수 x에 대하여 $f(-x)=f(x)$를 만족시키는 다항함수이다.

(나) $\lim_{x\to\infty}\frac{f(x)-x^2}{x-a}=b$

(다) $\lim_{x\to a}\left|\frac{f(x)}{(x-a)^k}\right|=1$인 자연수 k가 존재한다.

국어[자연F]

▶ 해설 p.423

※ 다음은 장애인 고용 의무 제도에 대한 글이다. 물음에 답하시오.

장애인 고용 의무 제도는, 직업 생활을 통한 생존권 보장이라는 헌법의 기본 이념을 구현하기 위해 장애인에게 다른 사회 구성원과 동등한 노동권을 부여하기 위한 제도이다. 1991년에 처음 시행되었으며 현재는 국가 · 지방 자치 단체 및 50명 이상 공공 기관과 민간 기업을 대상으로, 근로자 총수의 5/100 범위 안에서 대통령령으로 정하는 비율 이상의 장애인 근로자를 의무적으로 고용할 것을 규정하고 있다. 그리고 장애인 채용을 장려하기 위해서 의무 고용률 이상 고용한 사업주에 대해서는 규모와 상관없이 초과 인원에 대해 장려금을 지급하고 있다. 이는 장애인으로 하여금 주체적인 삶을 살아가게 하기 위한 경제적 자립의 기반을 마련해 주기 위한 것이다.

하지만 한국 장애인 고용 공단의 조사 결과를 보면, 2022년 국가 및 지방 자치 단체, 공공 기관의 장애인 고용률은 3.6%, 민간 기업의 장애인 고용률은 3.1% 수준인 것으로 나타났는데, 이는 법에서 정한 장애인 의무 고용률을 겨우 충족한 수준이다. 이처럼 장애인 고용 의무 제도의 대상이 되는 기관들이 장애인 채용에 적극적으로 나서지 않는 것은 문제가 아닐 수 없다.

기업은 장애인의 고용에 소극적인 태도를 가져서는 안 될 것이다. 그리고 장애인이 일하기 불편하지 않은 직무 환경을 조성하고 장애가 걸림돌이 되지 않는 직무를 개발하여 장애인이 자신의 능력을 발휘할 수 있도록 해야 한다. 또한 정부는 기업들이 장애인 고용에 소극적인 이유를 찾아 그것을 보완할 수 있는 정책을 제시하고, 현행 장애인 고용 의무 제도의 문제를 개선해야 한다. 아울러 고용주를 비롯한 비장애인들이 장애인에 대해 갖고 있는 부정적인 인식을 개선하도록 노력해야 하며, 장애인 직업 교육을 확대하여 장애인의 직무능력을 높이도록 해야 할 것이다.

01 **〈보기〉는 제시문을 작성하기 전에 수립한 글쓰기 계획의 일부이다. 〈보기〉의 ①, ②가 반영된 문장을 제시문에서 찾아 각각의 첫 어절과 마지막 어절을 순서대로 쓰시오.**

〈보기〉

① 장애인 고용 의무 제도의 도입 시기와 장애인 의무 고용의 내용을 제시하여 제도에 대한 독자의 이해를 돕는다.
② 현재의 장애인 고용 현황을 구체적인 수치로 제시하여 독자가 현재의 장애인 고용에 대한 문제의식을 가질 수 있도록 유도한다.

① 첫 어절: ______________________, 마지막 어절: ______________________

② 첫 어절: ______________________, 마지막 어절: ______________________

[02～03] 다음 글을 읽고 물음에 답하시오.

사용자가 컴퓨터로 음악을 듣는 프로그램의 실행 버튼을 누른다고 해서 그 프로그램이 곧바로 실행되는 것은 아니다. 운영 체제는 대기 목록인 '대기열'에 실행된 순서대로 프로그램을 등록했다가, 이 중 하나를 골라 중앙 처리 장치인 CPU를 할당하고 동시에 대기열에서는 삭제한다. 즉 프로그램이 실행 중이라는 것은 프로그램에 CPU를 할당한 상태를 의미한다. 만약 10초 길이의 음악이 재생 후 종료되었다면 음악 재생 프로그램에 CPU를 할당한 10초를 음악 재생 프로그램의 '실행 시간'이라 한다. 한 개의 CPU에는 한 번에 한 개의 프로그램만 할당할 수 있어서 대기열에 등록된 것 중 어느 것을 할당할지는 운영 체제의 일부인 CPU 스케줄링이 결정한다.

스케줄링의 성능은 '시스템 입장'과 '사용자 입장'으로 구분하여 평가한다. 시스템 입장에서는 CPU가 쉬지 않고 최대한 많이 일을 할수록 고성능으로 본다. 그래서 단위 시간당 CPU가 일을 한 시간의 비율인 CPU 이용률이 높거나, 단위 시간당 프로그램을 처리한 개수인 작업 처리량이 많을수록 고성능이다. 사용자 입장에서는 사용자가 실행한 프로그램이 가급적 빨리 CPU를 할당받아야 고성능으로 본다. 그래서 같은 개수의 프로그램을 처리할 때, 프로그램 각각의 대기 시간의 합인 '총 대기 시간'이 적을수록 고성능이다. 대기열에 등록된 프로그램 P1, P2, P3를 순서대로 처리하는 스케줄링의 경우 각각의 대기 시간을 구하는 방식은, P1은 즉시 실행되므로 대기 시간은 0이 되며, P2의 대기 시간은 P1의 실행 시간과 같으며, P3의 대기 시간은 P1과 P2의 실행 시간의 합과 같다.

2000년대 이전의 대다수의 개인용 컴퓨터는 CPU가 한 개뿐이었다. 이 컴퓨터에 실행 시간이 서로 다른 다수의 프로그램들이 대기열에 등록되어 있다고 하자. 우리는 이들을 하나씩 처리해 나가거나, 조금씩 번갈아 가며 처리하는 것을 생각해 볼 수 있으므로 다음과 같은 스케줄링이 고안되었다.

FCFS(First-Come First-Served) 방식은 대기열에 등록된 프로그램 순서대로 CPU를 할당하며, 할당된 프로그램이 작업을 완료하면 다음 프로그램에 CPU를 할당한다. 한편 ㉠<u>RR(Round-Robin) 방식</u>은 등록된 순서대로 CPU를 할당하지만 프로그램마다 균일하게 '최대 할당 시간'을 부여한다. 그래서 실행 중인 프로그램에 최대 할당 시간만큼만 CPU를 할당하고 시간 내에 작업을 완료하면 프로그램은 종료된다. 반면에 그 시간 내에 작업을 완료하지 못하면 해당 프로그램은 종료되지 않은 상태로 대기열의 마지막 순서에 재등록되며, 동시에 대기열의 다음 순서인 프로그램에 CPU를 할당한다. 또한 SJF(Shortest Job First) 방식이 있는데, 이는 대기열에 있는 프로그램 각각의 실행 시간을 계산해 이 값이 가장 짧은 프로그램에 CPU를 우선 할당한다. 그리고 할당된 프로그램이 작업을 완료해야 다음 프로그램이 실행된다.

2000년대 이후에는 두 개 이상의 CPU를 사용한 개인용 컴퓨터가 대중화되었다. 이때부터는 일부 CPU만 일하고 다른 CPU는 쉬는 상태를 방지하는 기술인 '이주'가 스케줄링에 추가되었다. 가령 두 개의 CPU(CPU1과 CPU2)가 가진 각각의 대기열에 프로그램이 두 개씩 등록되었다고 가정하자. 얼마 후 CPU1 측에는 모든 프로그램이 종료되었고 CPU2 측에는 종료된 것이 없다면, 운영 체제는 CPU2의 대기열에 있는 프로그램을 CPU1의 대기열로 옮겨 주는데 이를 이주라고 한다.

02 〈보기1〉은 제시문을 읽고 조사한 자료이고, 〈보기2〉는 제시문과 〈보기1〉을 바탕으로 제시문의 ㉠에 대한 탐구 활동을 실시한 것이다. 〈보기2〉의 ①～③에 들어갈 적절한 말을 쓰시오.

〈보기 1〉

스케줄링은 선점 방식과 비선점 방식으로 나누어진다. 현재 CPU에 할당된 프로그램을 잠시 멈추고 다른 프로그램으로 바꿀 수 있다면 선점 방식이라고 하고, 그렇지 않다면 비선점 방식으로 분류된다.

– 컴퓨터 개론, OO출판사

〈보기 2〉

㉠은 선점 방식과 비선점 방식 중, (①) 방식의 스케줄링에 해당한다. 최대 할당 시간이 5초이며 ㉠의 스케줄링 방식을 사용하는 CPU가 한 개뿐인 컴퓨터가 있고, 이 컴퓨터의 대기열에는 실행 시간이 각각 10초, 5초, 8초인 프로그램 X, Y, Z가 순서대로 등록되어 있다고 가정해 보자. 이 컴퓨터에서 처음 X가 실행된 후 CPU의 작동 시간에 따른 CPU의 작업 내용은 아래와 같이 정리할 수 있다.

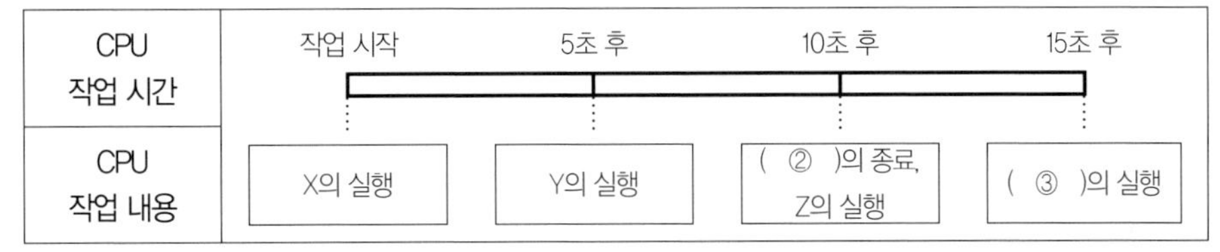

① ______________________

② ______________________

③ ______________________

03 **〈보기2〉는 제시문을 바탕으로 〈보기1〉의 상황에 대한 탐구 활동을 실시한 것이다. 〈보기2〉의 ①~③에 들어갈 적절한 숫자를 쓰시오.**

〈보기 1〉

프로그램 A, B, C, D의 실행 시간은 각각 10초, 15초, 30초, 40초이다.

[상황1]: CPU가 한 개뿐인 컴퓨터의 대기열에 D, C, B, A의 순서로 프로그램이 등록되어 있다.

[상황2]: 이주 기술이 사용되는 운영 체제에서 두 개의 CPU(CPU1과 CPU2)를 사용하는 컴퓨터가 있는데, 두 개의 CPU는 각각의 대기열을 가진다. CPU1에는 A, B의 순서로, CPU2에는 C, D의 순서로 프로그램이 등록되어 있다.

〈보기 2〉

- [상황1]에서 FCFS 방식을 이용할 경우 B의 대기 시간은 (①)초가 되고, SJF 방식을 이용할 경우 B의 대기 시간은 (②)초가 된다.
- [상황2]에서 CPU1과 CPU2에 모두 SJF 방식을 이용할 경우, 프로그램 실행 시작 (③)초 후에 CPU2의 대기열에 있던 D가 CPU1의 대기열로 옮겨지는 이주가 일어난다.

① ______________________________

② ______________________________

③ ______________________________

※ 다음 글을 읽고 물음에 답하시오.

지금껏 알려져 있는 지식과 관념에 의해서는 설명되지 않는 특이한 현상이 관찰되면, 사람들은 납득할 만한 원인을 제시할 수 있는 타당한 설명을 모색하게 된다. 가추법(假推法)은 관찰된 사실이 왜 일어나는가를 설명하기 위해 현재 상황과는 다른 상황에서 이미 통용되는 전제를 출발점으로 하여 그 전제 속에는 포함되어 있지 않은 결론을 도출하는 개연적 추론이다. 가추법을 정립한 철학자 퍼스는 다음의 논증을 사례로 들어 가추법의 원리를 설명하였다. 책상 위에 한 움큼의 하얀 콩이 놓여있다고 가정해 보자. 이를 특이하다고 생각하여 그 이유를 찾고자 하는 사람이 그 콩 옆에 놓인 자루를 보고 '이 콩들은 이 자루에서 나왔다.'라는 결론을 도출하는 과정은 다음과 같다.

(결과)	이 콩들은 하얗다.
(규칙)	이 자루에 들어 있는 콩은 모두 하얗다.
(사례)	이 콩들은 이 자루에서 나왔다.

위 추론의 출발점인 '결과'는 관찰된 사실로서, 일반적 규칙에 해당하는 가설이 제시되고 이것이 참임이 전제될 때 수긍할 수 있는 사실이다. 관찰된 사실은 참임이 전제된 규칙과 결합됨으로써 규칙의 한 사례로 귀결된다. 책상 위에 놓인 콩을 보고 이상하게 여긴 사람이 그 이유를 찾는 과정에서 콩 옆의 자루를 보고 자루 안의 콩이 모두 하얀 것이라는 가설을 세우게 되며, 이것이 참임이 전제될 때 책상 위의 하얀 콩은 이 자루에 든 콩의 일부임을 알게 된다는 것이다.

퍼스는 연역법 및 귀납법과의 비교를 통해 가추법의 특징을 구체화했다. 연역법은 규칙을 특정한 사례에 적용하여 결과를 도출하는 분석 추리이자 추론의 결과가 규칙의 해설이 되는 해설적 추론으로, 이는 새로운 지식의 형성으로 이어지지는 않는다. 귀납법은 특정한 사례와 결과로부터 규칙을 도출하는 종합 추리이자 부분에서 전체, 특수 사례에서 일반으로 향하는 확장적 추론으로, 연역법과 달리 결과의 오류 가능성을 포함한다. 퍼스에 의하면 가추법은 한 유형의 사실들로부터 도약하여 전혀 새로운 유형의 사실들을 도출하는 추론 방식이라는 점에서 귀납법과 마찬가지로 확장적 추론에 해당하지만, 귀납법은 주어진 사실들의 집합으로부터 유사한 사실들의 집합을 추론해 낼 뿐임에 반해 가추법이야말로 오류 가능성에도 불구하고 지식의 진정한 확장에 기여하는 추론이라고 하였다.

가추법에서 가설의 형태로 제시되는 규칙은 추론의 과정에서 설정되는 것으로, 보편적이고 일반적 진리로서 주어지는 연역법의 규칙과는 성격을 달리한다. 퍼스는 '자연법칙', '일반적인 진리'와 함께 '경험' 등을 규칙의 자리에 둘 수 있다고 하여 가추법의 '규칙' 범주에는 경험적 근거, 직관, 특수한 상황에서만 인정될 수 있는 진리 등이 포함될 수 있음을 시사하였다. 그는 또한 관찰된 사실과 설정된 가설의 결합은 이 둘에서 다루는 대상들의 동일성이나 유사성에 기인하며 이는 논증이 다루는 대상들이 또 다른 측면에서도 강도 높은 유사성을 가지고 있을 것이라 추리하게 하는 근거가 된다고 하였다. 이로 인해 연역법이나 귀납법과 달리 가추법은 전제로부터 필연적으로 귀결되는 결과 이상의 것을 제안할 수 있으며, '실제로 그러함을 기술할 수 있는지'가 아니라 '어째서 그러한지를 설명할 수 있는지'에 의해 추론의 목적 달성 여부가 판단된다는 것이다.

이상의 비교를 바탕으로 퍼스는 탐구를 '의심의 자극에 의해 야기된 것이자 믿음의 상태를 획득하려는 투쟁 과정'으로 규정하고 가추법은 이 과정을 관통하는 논리라고 하였다. 가추법은 위대한 과학적 발견으로부터 탐정의 추리에까지 널리 활용되는 추론 방식으로, 이는 그간 직관이나 심리적 판단에 의존하는 것으로 간주되어 왔던 추측의 과정에 논리성을 부여하였다는 평가를 받는다.

04 **〈보기1〉은 제시문에 언급된 추론 방식들을 도식화한 것이고, 〈보기2〉는 제시문을 바탕으로 〈보기1〉을 설명한 것이다. 〈보기2〉의 ①~③에 들어갈 적절한 알파벳 기호를 쓰시오.**

〈보기 1〉

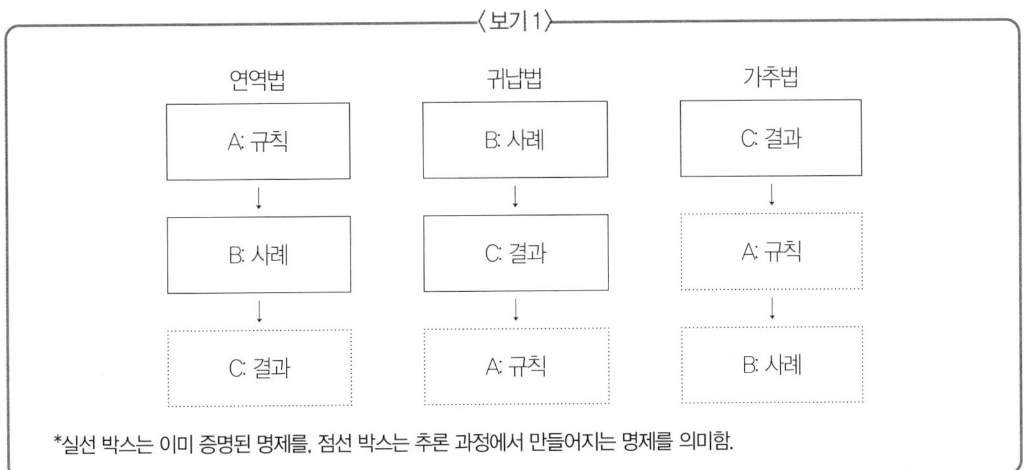

*실선 박스는 이미 증명된 명제를, 점선 박스는 추론 과정에서 만들어지는 명제를 의미함.

〈보기 2〉

연역법의 C는 A에서 추론되지만 C는 이미 A 안에 포함되어 있다는 점에서 연역법은 지식을 확장하지 못하는 추론의 방식이다. 연역법과는 달리, 가추법에서 도출되는 (①)은/는 C 안에 포함되지 않은 새로운 사실들이라는 점에서 가추법은 지식을 확장하는 추론 방식이다. 귀납법도 확장적인 추론 방식이긴 하지만 귀납법의 A는 B, C와 유사한 사실들의 집합일 뿐이라는 점에서 진정한 의미의 지식의 확장은 아니다. 반면에 가추법의 (②)은/는 가설로 설정된 (③)을/를 매개로 추론된 것이기 때문에 가추법에서는 지식의 진정한 확장이 일어난다.

① ______________________

② ______________________

③ ______________________

※ 다음 글을 읽고 물음에 답하시오.

(가)

어느 집에나 문이 있다
우리 집의 문 또한 그렇지만
어느 집의 문이나
문이 크다고 해서 반드시
잘 열리고 닫힌다는 보장이 없듯

문은 열려 있다고 해서
언제나 열려 있지 않고
닫혀 있다고 해서
언제나 닫혀 있지 않다

어느 집에나 문이 있다
어느 집의 문이나 그러나
문이라고 해서 모두 닫히고 열리리라는
확증이 없듯
문이라고 해서 반드시
열리기도 하고 또 닫히기도 하지 않고
또 두드린다고 해서 열리지 않는다

어느 집에나 문이 있다
어느 집이나 문은
담이나 벽을 뚫고 들어가
담이나 벽과는 다른 모양으로
자리 잡는다

담이나 벽을 뚫고 들어가
담이나 벽과 다른 모양으로
자리 잡기는 잡았지만
담이나 벽이 되지 말라는 법이나
담이나 벽보다 더 든든한
문이 되지 말라는 법은 없다

– 오규원, 「문」

(나)

시에 담긴 의미를 이해하기 위해서는 표현 기법의 특징을 이해하는 것이 중요하다. 시에서 사용되는 다양한 표현 기법 중 아이러니는 알레고리와 함께 입체적인 의미를 담아내는 기법으로 주로 사용된다. 아이러니는 시인이 표현하고자 하는 현실을 이해하는 준거의 틀로 작동한다. 흔히 아이러니를 말하는 내용과 반대되는 의미를 전달하고자 할 때 사용하는 표현 정도로 이해하고 있는 경우가 많다. 하지만 아이러니는 문학 작품의 내적 또는 외적 요소에서 드러나는 대립과 긴장을 통해 상투적인 세계에 대한 작가의 새로운 인식을 담아내는 방법으로 사용된다. 아이러니는 대립과 긴장이 발생하는 지점에 따라 '상황 기반 아이러니'와 '모순 형용 아이러니'로 나누어 생각해 볼 수 있다. 상황 기반 아이러니는 작품에 나타난 진술이 그 진술의 배경이 되는 상황과의 관계에서 대립과 긴장이 발생하는 것을 말한다. 그리고 '모순 형용 아이러니'는 작품에 나타나는 진술 자체에서 대립과 긴장이 발생하는 것을 말한다. 가령 삶과 죽음처럼 서로 대조되는 속성을 가진 두 항목이 작품에서 의미적으로 결합하는 과정을 통해 두 항목 간의 의미적 모순성이 드러나게 되는 것을 말한다. 작가는 현실 세계에 존재하는 대립과 긴장, 즉 현실 세계의 모순을 아이러니를 통해 통합시킴으로써 현실에 대한 새로운 시각을 보여 주는 것이다.

05 **〈보기〉는 (나)를 바탕으로 (가)를 이해한 내용이다. 〈보기〉의 ①, ②에 들어갈 적절한 말을 (나)에서 찾아 쓰시오.**

〈보기〉

(가)는 일상에서 수없이 접하는 '문'에 대한 인식을 새로운 시각으로 제시하고 있다. (가)에서는 '문'에 대한 새로운 인식을 전하는 표현 기법으로 (나)에서 설명하고 있는 두 종류의 아이러니가 활용됨을 확인할 수 있다. 먼저 (가)의 4연과 5연에서 '문'과 '담, 벽'이 의미적으로 연결될 때, 열림과 닫힘 또는 연결과 단절이라는 이항 대립에 의해 발생하는 (①) 아이러니를 확인할 수 있다. 그리고 2연에서는 '문'이 '열려 있다고 해서 / 언제나 열려 있지 않'에서는 '문'이 지닌 일반적인 속성과 어긋나는 상황을 제시한 것에서 (②) 아이러니가 나타나는 것으로 볼 수 있다. (가)에서는 이와 같은 두 종류의 아이러니를 통해 '문'에 대한 새로운 시각을 보여 준다.

① ______________________

② ______________________

※ 다음 글을 읽고 물음에 답하시오.

[앞부분 줄거리] '나'는 창신동의 빈민가에 살다가 양옥집으로 하숙집을 옮긴다. 집주인 할아버지는 규칙을 강조하고 양옥집의 일상을 통제한다.

가풍. 내게는 낯설기 짝이 없는 단어였지만 며칠 동안에 나는 그 말의 개념이 아니라 바로 그의 실체를 온몸에 느끼게 되었다. '규칙적인 생활 제일주의'가 맨 먼저 나를 휘감은 이 집의 가풍이었다.

아침 여섯시에 기상. (그러나 나의 경우는 자발적인 기상이 아니라 할아버지가 차를 끓여 가지고 손수 들고 와서 나를 깨우고 그 차를 마시게 하고 내가 무안함에 가슴을 두근거리며 황급히 옷을 주워 입으면 아침 산보를 시키는 것이었다. 그래서 나는 수면 부족으로 좀 자유로운 낮에 늘 낮잠이었다. 그러나 그 집 식구들은 심지어 세 살 난 어린애마저도 그 규칙을 지키고 있는 모양이었다.) 아침 식사. 출근 혹은 등교. 할아버지도 어느 회사에 중역으로 나가고 있었으므로 집에 남는 건 할머니와 며느리, 어린애와 식모, 그리고 노곤한 몸을 주체하지 못하는 나뿐이었다. 그 동안 나는 오전 열시경에 며느리와 할머니가 놀리는 미싱 소리를 쭉 듣게 되고, 열두 시경에 라디오에서 나오는 음악을 듣고, 오후 네 시엔 「엘리제를 위하여」를 듣게 된다. 오후 여섯 시 반까지는 모든 식구가 집에 와 있어야 하고 저녁 식사. 식사가 끝나면 십여 분 동안 잡담. 그게 끝나면 모두 자기 방으로 가서 공부 그리고 식모가 보리차가 든 주전자와 컵을 준비해서 대청마루 가운데 있는 탁자 위에 놓는 달그락 소리가 나면 그때 시간은 열 시 오륙 분 전. 그 소리가 그치면 여러 방의 문이 열리고 식구들이 모두 나와서 물 한 컵씩을 마시고 '안녕히 주무십시오.'를 한 차례 돌리고 잠자리로 들어간다. 세상에 이런 생활도 있었나 하고 나는 놀라지 않을 수 없었다. 식구 중 누구 한 사람 얼굴에 그늘이 있는 사람은 없었다. 나로서는 상상도 하지 못하던 세계에 온 것이었다. 동대문이 가까운 창신동 그 빈민가의 내가 들어 있었던 집의 식구들을 생각하지 않을 수 없는 이 정식(正式)의 생활.

(중략)

이윽고 서 씨의 몸은 성벽의 저 너머로 사라져 버렸다. 그리고 잠시 후에 나는 더욱 놀라운 광경을 보게 되었다. 서 씨가 성벽 위에 몸을 나타내고 그리고 성벽을 이루고 있는 커다란 금고만 한 돌덩이를 그의 한 손에 하나씩 집어서 번쩍 자기의 머리 위로 치켜올린 것이었다. 지렛대나 도르래를 사용하지 않고서는 혹은 여러 사람이 달라붙지 않고서는 들어 올릴 수 없는 무게를 가진 돌을 그는 맨손으로 들어 올린 것이었다. 그는 나에게 보라는 듯이 자기가 들고 서 있는 돌을 여러 차례 흔들어 보이고 나서 방금 그 돌들이 있던 자리를 서로 바꾸어서 그 돌들을 곱게 내려놓았다.

나는 꿈속에 있는 기분이었다. 고담(古談) 같은 데서 등장하는 역사(力士)만은 나도 인정하고 있는 셈이지만 이 한밤중에 바로 내 앞에서 푸르게 빛나는 조명을 온몸에 받으며 성벽을 디디고 우뚝 솟아 있는 저 사내를 나는 무엇이라고 이름 붙여야 할지 몰랐다.

역사, 서 씨는 역사다, 하고 내가 별수 없이 인정하며 감탄이라기보다는 차라리 그 귀기(鬼氣)에 찬 광경을 본 무서움에 떨고 있는 동안에 그는 어느새 돌아왔는지 유령처럼 내 앞에서 자랑스러운 웃음을 소리 없이 웃고 있었다.

서 씨는 역사였다. 그날 밤 나는 집으로 돌아와서 이제까지 아무에게도 들려주지 않았다는 서 씨의 얘기를 들었다.

그는 중국인의 남자와 한국인의 여자 사이에서 난 혼혈아였다. 그의 선조들은 대대로 중국에서 이름있는 역사들이었다. 족보를 보면 헤아릴 수 없이 많은 장수(將帥)가 있다고 했다. 그네들이 가졌던 힘, 그것이 그들의 존재 이유였고 유일한 유물이었던 모양이었다. 그 무형의 재산은 가보(家寶)로서 후손에게 전해졌다. 그것으로써 그들은 세상을 평안하게 할 수 있었고 자신들의 영광도 차지할 수 있었다. 그러나 이 서 씨에 와서도 그 힘이 재산이 될 수는 없었다. 이제 와서 그 힘은 서 씨로 하여금 공사장에서 남보다 약간 더 많은 보수를 받게 하는 기능밖에 가질 수가 없게 된 것이다. 결국 서 씨는 그 약간 더 많은 보수를 거절하기로 했다. 남만큼만 벽돌을 날랐고 남만큼만 땅을 팠다. 선조의 영광은 그렇게 하여 보존될 수밖에 없었다. 그리고 서 씨는 아무도 나다니지 않는 한밤중을 택하고 동대문의 성벽에서 그 힘이 유지되고 있음을 명부(冥府)의 선조들에게 알리고 있다는 것이었다.

– 김승옥, 「역사」

06 **〈보기〉는 제시문에 대한 해설의 일부이다. 제시문에서 〈보기〉의 ㉠과 ㉡이 나타나는 문단을 찾아 각각의 첫 어절과 마지막 어절을 순서대로 쓰시오.**

〈보기〉

「역사」에는 '서 씨'와 '주인 할아버지' 두 인물을 중심으로 현실을 살아가는 다른 삶의 방식이 나타난다. 먼저 '주인 할아버지'는 자신이 정한 규칙으로 타인의 자유를 억압한다. ㉠'나'는 자유를 박탈 당한 식구들의 모습을 바라보며 '주인 할아버지' 가족들의 생활에 대한 비판적인 시각을 드러낸다. 그리고 '서 씨'에게 과거는 복원되어야 할 가치를 지닌 시간으로 인식되는데, '서 씨'는 현대적 삶에 맞서 쇠락해 가는 가치를 자기 나름의 방식으로 보존하며 살아간다. ㉡'서 씨'는 '서 씨'의 행동에 전율을 느끼는 '나' 앞에서 자기 삶의 방식에 대한 자긍심을 드러낸다.

① ㉠이 나타난 문단:

첫 어절: ______________________, 마지막 어절: ______________________

② ㉡이 나타난 문단:

첫 어절: ______________________, 마지막 어절: ______________________

수학[자연F]

▶ 해설 p.424

07 다음 로그함수 $y=\log a(x-1)$ $(a>0,\ a\neq1)$의 성질에 관한 내용을 완성하시오.

1) $a>1$일 때, x의 값이 증가하면 y의 값은 증가한다.
   $0<a<1$일 때, x의 값이 증가하면 y의 값은 [①]한다.
2) a의 값에 관계없이 그래프는 점([②])을 지난다.
3) 함수 $y=\log_a(x-1)$의 그래프와 함수 $y=$[③]의 그래프는 x축에 대하여 대칭이다.
4) 함수 $y=$[④]의 그래프는 함수 $y=\log_a(x-1)$의 그래프를 x축의 방향으로 3만큼, y축의 방향으로 2만큼 평행이동한 것이다.

08 다항함수 $f(x)$가 다음 조건을 만족시킨다.

(가) $\lim_{x\to\infty}\left(\frac{1}{x}\right)=-3$

(나) 모든 실수 x에 대하여 $f(x)=3x^2-4x+2x\int_0^2 f(t)dt+a$

$f'(a)$의 값을 구하는 과정을 서술하시오. (단, a는 상수이다.)

09 다항함수 $f(x)$가 모든 실수 x에 대하여 $\int_a^x f(t)dt = x^3 - x^2 - 6x$를 만족시킬 때, $f(a)$의 값을 구하는 과정을 서술하시오. (단, a는 양수이다.)

10 $x > 0$에서 정의된 함수 $f(x) = \dfrac{x^{\frac{1}{2}}}{\sqrt[7]{x^2}}$에 대하여 $\{f(f(n))\}^{49}$의 값이 1000보다 큰 자연수가 되도록 하는 자연수 n의 최솟값을 구하는 과정을 서술하시오.

11 첫째항이 a_1이고 제 n항까지의 합이 $S_n=\frac{3}{2}a_1n^2-\frac{1}{2}a_1n$인 등차수열 $\{a_n\}$에 대하여 $\sum_{k=1}^{4}\frac{7}{a_{2k}a_{2k+2}}=1$일 때, a_5의 값을 구하는 과정을 서술하시오. (단, $a_1>0$)

12 양의 실수 전체의 집합에서 정의된 함수 $f(x)$가 다음 조건을 만족시킨다.

> (가) $f(x)=\begin{cases} 2x^2-8x & (0<x<4) \\ 2x^2-20x+48 & (4\leq x\leq 6) \end{cases}$
>
> (나) 모든 양의 실수 x에 대하여 $f(x+6)=f(x)$이다.

양의 실수 m에 대하여 함수 $g(x)=f(x)-mx$라 할 때, 함수 $g(x)$가 $x=\alpha$에서 극대 또는 극소인 모든 실수 α를 작은 수부터 차례대로 나열한 것을 $\alpha_1, \alpha_2, \alpha_3, \cdots, \alpha_n, \cdots$이라 하자.
$\alpha_4<10\leq\alpha_5$이고 $\alpha_1+\alpha_2+\alpha_3+\alpha_4=23$일 때, m의 값을 구하는 과정을 서술하시오.

13 다음 조건을 만족시키는 모든 일차 이상의 다항함수 $f(x)$에 대하여 $\int_0^6 f(x)dx$의 최솟값을 구하는 다음의 풀이 과정을 완성하시오.

> (가) 모든 실수 x에 대하여
> $\int_{-\frac{3}{2}}^{x} tf'(t)dt=\left(\frac{2}{3}x+1\right)\{f(x)+k\}$이다. (단, k는 실수이다.)
> (나) x에 대한 방정식 $f(x)=m$이 실근을 갖도록 하는 실수 m의 최솟값은 -9이다.
> (다) $f(0)\geq 0$

> 다항함수 $f(x)$의 최고차항을 ax^n(n은 자연수, a는 0이 아닌 상수)이라 하자. 조건 (가)에서 $\int_{-\frac{3}{2}}^{x} tf'(t)dt=\left(\frac{2}{3}x+1\right)\{f(x)+k\}$의 양변을 x에 대해 미분하고 최고차항을 비교하면 n의 값은 [①]이다. 한편, 조건 (나)로부터 k의 값은 [②]이다. 조건 (다)에서 $f(0)\geq 0$이므로 $\int_0^6 f(x)dx$의 값은 a의 값이 [③]일 때 최소이다. 따라서 $\int_0^6 f(x)dx$의 최솟값은 [④]이다.

14 원점 O에서 점 A$(0, 13)$을 지나고 기울기가 음인 직선 l에 내린 수선의 발을 H라 할 때, $\overline{\mathrm{OH}}=5$이다. 직선 l이 x축의 양의 방향과 이루는 각의 크기를 θ라 할 때, $2\sin\theta-3\cos\theta$의 값을 구하는 과정을 서술하시오. $\left(\text{단, } \frac{\pi}{2}<\theta<\pi\right)$

15 실수 전체의 집합에서 연속인 함수 $f(x)$가 모든 실수 x에 대하여

$$\{f(x)\}^4-4x^2\{f(x)\}^2-4\{f(x)\}^2+16x^2=0$$

을 만족시킨다.

함수 $f(x)$의 최댓값이 0이고 최솟값이 -2일 때, 함수 $g(x)=\dfrac{f(x)}{x}$의 $x=0$에서의 좌극한과 우극한을 구하는 과정을 서술하시오.

국어[자연G]

▶ 해설 p.427

※ 다음은 수업 시간에 이루어진 토론의 일부이다. 물음에 답하시오.

사회자: 이번 시간에는 '국가는 공소 시효가 적용되지 않는 범위를 현재보다 확대해야 한다.'라는 논제로 토론을 진행하겠습니다. 찬성 측이 먼저 입론해 주십시오.

찬 성: 저희는 공소 시효가 적용되지 않는 범위를 현재보다 확대해야 한다고 주장합니다. 우리나라는 살인죄, 중대한 성폭력 범죄, 헌정 질서 파괴 범죄 등 일부 범죄를 제외한 대다수의 범죄에 대해서는 공소 시효를 두고 있습니다. 이로 인해 중대한 범죄를 저지른 범죄자가 공소 시효가 지났다는 이유만으로 법적 처벌을 받지 않게 될 수 있습니다. 이는 범죄 피해자의 고통을 가중하는 처사이고, 국민 대다수의 의식에도 위배되는 일입니다. 더욱이 공소 시효만 지나면 처벌을 피할 수 있다는 점을 악용한 자들의 범죄를 양산할 수 있습니다.

사회자: 이번에는 반대 측에서 입론해 주십시오.

반 대: 저희는 국가가 공소 시효가 적용되지 않는 범위를 현재보다 확대할 필요가 없다고 주장합니다. 공소 시효가 적용되지 않는다고 하더라도 증거가 끝내 발견되지 않을 경우에는 범죄자가 처벌을 피할 수 있다는 문제가 여전히 있습니다. 더욱이 공소 시효가 적용되지 않아 계속 수사를 해야 하는 사건이 늘어나면 새로운 사건에 투입될 인력이 줄어드는 만큼 사회적 비용이 증대되는 부작용이 더 클 것입니다.

찬 성: 물론 공소 시효가 적용되지 않는 범위를 확대하면 사회적 이득보다 부작용이 더 클 수 있습니다. 그러나 범죄의 공소 시효가 없어질 경우 해당 범죄의 발생을 억제할 수 있다는 사회적 이득의 크기는 충분히 고려하신 건가요?

반 대: 저희는 공소 시효를 적용하지 않는 것이 해당 범죄의 발생을 억제할 수 있다는 주장을 뒷받침하는 과학적 근거가 있는지를 찾아보았으나 끝내 관련 자료를 확인하지 못했습니다. 따라서 그러한 주장은 자의적 판단에 의해 이루어진 것이라고 생각합니다.

01 〈보기〉는 제시문의 '반대' 측 주장의 내용을 정리한 것의 일부이다. 〈보기〉의 ①, ②에 해당하는 문장을 제시문에서 찾아 각각의 첫 어절과 마지막 어절을 쓰시오.

〈보기〉

① 찬성 측이 제시한 해결 방안을 채택해도 문제를 해결할 수 없는 경우가 있다.
② 찬성 측이 제시한 질문에 내포된 전제가 객관적 근거에 의해 뒷받침되지 않으므로 타당하지 않다.

① 첫 어절: ______________________, 마지막 어절: ______________________

② 첫 어절: ______________________, 마지막 어절: ______________________

※ 다음 글을 읽고 물음에 답하시오.

같은 원소로 이루어져 있지만 물리 및 화학적 성질이 다른 물질을 동소체라고 한다. 물질을 구성하는 원자의 종류는 같지만 동소체의 특성이 각각 다른 이유는 원자의 결합 방식이나 배열된 형태가 다르기 때문이다. 원자의 결합 방식 중 두 개 이상의 원자가 서로 전자를 공유하여 전자쌍으로 형성되는 화학 결합을 공유 결합이라고 한다. 공유 결합은 공유하는 전자쌍의 수에 따라 단일 결합, 이중 결합, 삼중 결합 등으로 분류할 수 있다.

단일 결합은 한 쌍의 전자를 공유하는 형식의 결합이다. 전자의 정확한 위치를 측정할 수 없고, 원자핵 주위에서 전자가 발견될 확률을 나타내는 공간 영역, 즉 전자가 어떤 공간을 차지하고 있는지를 나타내는 확률 궤도 함수인 오비탈로 규정되는 영역 내에 존재한다. 단일 결합은 일반적으로 시그마 결합이며, 이는 결합에 참여하는 두 원자의 오비탈 영역의 일부분이 두 원자를 연결하는 일직선 축에서 서로 겹쳐지며 형성된 결합으로 가장 단단한 결합이다. 단일 결합에 참여한 전자들은 결합 궤도의 영역에 존재하게 되며 두 원자는 그 전자들을 공유한다.

이중 결합은 두 개의 원자가 두 쌍의 전자, 즉 전자 4개를 공유하여 형성된 결합이다. 이중 결합은 시그마 결합과 파이 결합, 두 가지 종류의 결합으로 이루어진다. 파이 결합은 시그마 결합과 달리 두 원자의 오비탈 영역이 90도 각도로 측면으로 겹치며 전자를 공유하는 형식의 결합이기에 결합력이 약하다. 또한 파이 결합에 참여하는 전자는 자유 전자처럼 이동이 가능하므로 여러 개의 파이 결합을 가진 분자는 전기 전도성을 갖게 된다. 이중 결합에 참여한 전자쌍도 단일 결합과 마찬가지로 결합 궤도 함수로 표시되는 영역 내에 존재하며, 이때 결합 궤도 함수의 종류는 2개가 된다. 이렇게 동일한 원자라도 결합 형식의 종류가 다를 수 있고, 그것에 따라 형성된 분자 혹은 물질의 성질이 다르게 나타난다.

가장 흔하게 볼 수 있는 동소체로는 탄소(C) 동소체가 있다. 탄소 동소체인 ㉠다이아몬드와 ㉡흑연은 결합 방식의 차이로 특징이 달라진다. 다이아몬드는 하나의 탄소 원자에 있는 4개 전자가 이웃에 위치한 탄소 원자 4개의 전자를 공유하여 결합을 형성하고 있어서 그 모양은 마치 정사면체와 같다. 이때 형성된 4개의 공유 결합은 모두 단일 결합이며, 모든 탄소 원자들이 시그마 결합으로 결합되어 있기 때문에 다이아몬드는 강도가 높다. 이와 달리 흑연에서 각 탄소들은 이웃에 위치한 탄소 3개와 시그마 결합으로 연결되어 있고, 그중 한 개의 결합은 파이 결합을 동시에 포함한다. 시그마 결합과 파이 결합이 교대로 이어져 있는 흑연은 그런 이유로 전기 전도성을 갖는다. 결국 흑연과 다이아몬드의 특성 차이는 결합 형식에서 비롯된다.

흑연은 탄소 원자들이 6각형의 모양을 이루고 있는데 이것이 연속되어 있으므로 마치 벌집의 형태와 유사하다. 흑연은 벌집 모양의 평면이 여러 겹으로 쌓여 수많은 층을 이루고 있는 형태이다. 하나의 층에서 탄소 원자들은 공유 결합을 하고 있어서 결합력이 매우 강하다. 그러나 층과 층 사이는 공유 결합이 아닌 분자 간의 인력이기 때문에 그것의 결합력은 매우 약하다. 따라서 다이아몬드와 달리 각 층이 분리되는 것이 어렵지 않다. 이때 한 개로 분리된 층은 층이 여러 개 쌓여 있을 때와는 다른 특성을 가진다. 흑연에서 분리된 한 층을 그래핀이라고 하며, 그래핀이 원통 형태로 둥글게 말려 있는 모양의 물질을 탄소 나노 튜브라고 한다. 그래핀과 탄소 나노 튜브는 흑연처럼 전기 전도성을 가지면서도 높은 열전도율이나 강한 강도를 가지는 등 흑연과는 다른 특성을 보이며 신소재로 각광받고 있다.

02 〈보기〉는 제시문을 읽고 ㉠과 ㉡을 이해한 것이다. 〈보기〉의 ①, ②에 들어갈 적절한 말을 제시문에서 찾아 쓰시오.

〈보기〉

㉠과 ㉡은 모두 탄소 원자 간의 공유 결합에 의해 형성된다는 점에서 공통적이다. 하지만 ㉡은 ㉠에 비해 강도가 낮은데, 그 이유 중 하나는 ㉠과 ㉡이 가지고 있는 공유 결합 방식이 다르기 때문이다. ㉠은 공유하는 전자쌍의 수에 따른 공유 결합의 종류 중, (①) 결합만으로 이루어져 있는 것에 반해, ㉡은 (①) 결합뿐만 아니라 (②) 결합도 포함하고 있기 때문이다.

① ______________________

② ______________________

※ 다음 글을 읽고 물음에 답하시오.

공간은 사물이 존재하는 장소라는 의미만 있는 것으로, 그 자체로는 무력하고 텅 빈 곳으로 인식되었다. 그러나 회화와 조각, 소설과 연극, 철학과 심리학 이론들이 공간이 지닌 구성적인 기능에 주목하면서 지금까지는 무의미하게 여겨졌던 공간이 충만하고 능동적이며 창조성을 지닌 유의미한 공간으로 재인식되었다. 기존 견해를 따르는 미술 비평가들은 공간과 관련하여 회화의 제재를 긍정적 공간, 배경을 부정적 공간이라 불렀다. 그런데 재인식된 공간은 배경 그 자체가 다른 요소들과 마찬가지의 중요성을 지닌 것으로 긍정적이고 적극적인 기능이 있음을 의미한다는 점에서 '긍정적 부정 공간'이라고 부를 수 있다.

회화에서 공간은 입체파에 이르러 하나의 구성적 요소로서 완전히 자리 잡았다. ㉠브라크는 공간에 대상과 동일한 색, 질감, 실질성을 부여하고, 공간과 대상을 거의 구별할 수 없게 뒤섞어 버렸다. 브라크는 입체파의 매력에 대해 자신이 감각한 새로운 공간을 구현하는 것이라고 언급하였다. 자연 안에서 '감촉할 수 있는 공간'을 발견한 그는 대상 주변에서 느껴지는 움직임, 지형에 대한 느낌, 사물들 사이의 거리를 표현하고자 했다.

회화에서 대상과 공간의 관계는 음악에서 소리와 침묵의 관계로 치환해 볼 수 있다. 음악에서 침묵은 소리와 리듬을 인식하기 위한 요소이다. 음악사 전반에 걸쳐서 침묵이 중요한 의미를 지녀 온 것은 사실이지만, 기존의 음악에서 침묵은 일반적으로 악장의 끝부분에 놓여 다만 악장과 악장을 구별 지었을 뿐이다. 그런데 침묵의 기능을 강조한 새로운 음악에서는 악절 중간에 갑자기 휴지가 등장함으로써 침묵이 음악 구성에서 더욱 강력한 역할을 수행하게 만들었다.

현대 음악의 작곡가들은 사상 유례가 없을 정도로 의식적으로, 그리고 두드러지게 침묵을 사용하기 시작했다. 로저 셰턱은 스트라빈스키의 1910년 작품 〈불새〉의 피날레에는 음악 작품에서 찾아보기 힘든 몇 번의 침묵이 들어 있다고 지적했다. 침묵은 긍정적인 부정적 시간이다. 안톤 폰 베베른은 이러한 침묵의 창조성을 적극적으로 활용한 음악가이다. 그의 작품들은 매우 간결해서 어느 악장도 1분을 넘지 않았다. 그토록 간결한 악장의 연주들이 침묵의 시간과 서로 어울리면서 침묵들로 자주, 그리고 아름답게 장식된다. 어떤 음악 평론가는 베베른의 음악에서 휴지는 정지가 아니라, 리듬을 구성하는 중요한 요소임을 언급하기도 했다.

공간과 시간에 대한 이러한 재평가는 공간 · 시간 경험을 주요한 것과 부차적인 것으로 양분하는 뚜렷한 구분 선을 지웠다. 이는 물리학 분야에서는 충만한 물체와 텅 빈 공간 사이에, 회화에서는 제재와 배경 사이에, 음악에서는 소리와 침묵 사이에, 지각에서는 형상과 배경 사이에 그어졌던 절대적 구분 선의 붕괴로 간주될 수 있다. 이처럼 텅 빈 것으로 간주되어 온 것들이 구성 요소의 하나로 기능한다는 인식에는 19세기 후반부터 20세기 초 서구에서 이루어진 정치적 민주주의의 진전, 귀족적 특권의 붕괴, 생활의 세속화 등과 '위계의 평준화'라는 점에서 공통되는 특징이 있었다.

03 〈보기〉는 제시문을 읽고 탐구 활동으로 제시문의 ㉠의 작품을 찾아 감상한 것이다. 〈보기〉의 ①, ②에 들어갈 적절한 말을 제시문에서 찾아 쓰시오.

〈보기〉

이 그림은 ㉠의 〈바이올린과 물병이 있는 정물〉이다. 이 그림의 주요 제재는 바이올린이고 석고, 유리, 나무, 종이, 공간 등은 바이올린의 주변을 둘러 싼 배경을 이루고 있다. 그런데 이 그림에서 특징적인 것은 바이올린의 목 부분은 나름대로 윤곽이 남아 있지만 몸통은 여러 부분들로 조각나 대상만큼이나 강조되고 있는 공간과 섞여 있다는 점이다. 이 그림에서 석고, 유리, 나무 종이, 공간은 모두 유사한 형태의 흐름 속에 표현되어 있기 때문에 대상인 바이올린과 공간을 확실히 구별하기가 어렵다. 브라크는 "파편화시킴으로써 저는 공간과 공간 안의 움직임을 확실히 표현할 수 있었으며 공간을 창조해 내고서야 비로소 대상들도 화폭 안으로 끌어들여 표현해 낼 수 있었습니다."라고 이야기했는데, 브라크는 바이올린의 일부, 석고, 유리, 나무 등을 파편화시킴으로써 새로운 공간을 창조해 낸 것이라 할 수 있다. 음악에 대한 전통적 관점에서 이 그림의 바이올린은 음악의 (　①　)(으)로, 석고, 유리, 나무, 종이, 공간 등은 음악의 (　②　)(으)로 치환되어 이해될 수 있다. ㉠이 이 그림에서 새로운 공간을 창조해 낸 것처럼, 현대 음악에서는 안톤 폰 베베른의 사례에서 볼 수 있는 것과 같이 (　②　)을/를 창조적으로 사용하여 새로운 아름다움을 표현해 내기도 한다.

① ______________________

② ______________________

※ 다음 글을 읽고 물음에 답하시오.

조세 제도를 활용하여 소득 격차를 줄이는 다른 방법으로 ㉠부(負)의 소득세 제도가 있다. 부의 소득세 제도는 소득이 일정 수준 이하인 경우 정부가 세금을 거두는 것이 아니라 오히려 보조금을 지급하는 제도로, 누진세 제도의 논리적 연장이라고 볼 수 있다. 누진세는 소득이 높아질수록 세율이 더 높아지는데, 이를 반대로 생각해 보면 소득이 낮아질 때는 세율도 함께 낮아지므로 나중에는 음(−)의 값을 가질 수도 있다는 말이 된다. 이는 정부가 소득이 낮은 사람들에게 세금을 걷는 것이 아니라 오히려 돈을 건네주어야 한다는 것을 뜻한다. 예를 들어 정부가 가난한 사람에게 보장하는 최소한의 한 달 소득이 30만 원이면 한 달 소득이 0원인 사람에게는 한 달에 30만원의 보조금이 지급된다. 그리고 소득이 늘어 갈수록 보조금은 일정한 비율로 줄어든다. 소득이 1만 원 증가할 때마다 보조금을 5천 원씩 줄여 간다고 하면 소득이 10만 원인 사람은 정부로부터 25만 원의 보조금을 받게 되는 것이다. 따라서 이 사람이 소비할 수 있는 총금액인 처분 가능 소득은 한 달에 35만 원이 된다. 이런 추세가 계속 이어져서 이 사람의 한 달 소득이 60만 원에 이르면 정부는 더 이상 보조금을 지급하지 않는다. 즉 스스로 번 소득이 한 달에 60만 원 이하인 경우에만 정부의 보조금을 받을 수 있는 것이다. 부의 소득세 제도는 정부의 보조금을 받는 사람이 떳떳하게 이를 받을 수 있다는 장점이 있다. 누진세 제도에서 소득이 높을수록 더 많은 세금을 내는 것처럼, 부의 소득세 제도에서는 소득이 낮을수록 더 많은 보조금을 받을 권리가 생긴다고 말할 수 있기 때문이다. 하지만 부의 소득세 제도를 시행하기 위해서는 높은 사회적 비용이 들고, 빈곤의 원인을 근본적으로 치유하는 것이 아니라 단지 빈곤의 증상을 완화해 주는 데 그친다는 한계도 있다.

04 〈보기1〉은 제시문의 ㉠의 한 사례를 그래프로 나타낸 것이고, 〈보기2〉는 제시문을 바탕으로 〈보기1〉에 대한 탐구 활동을 실시한 것이다. 〈보기2〉의 ①~③에 들어갈 적절한 숫자를 쓰시오.

〈보기1〉

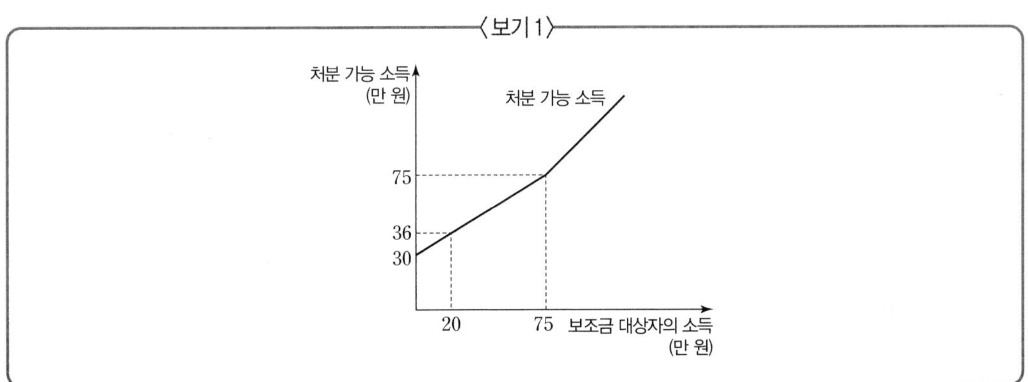

〈보기2〉

〈보기1〉 상황에서 소득이 0원인 보조금 대상자 A의 처분 가능 소득은 (①)만 원이다. 만약 A의 소득이 20만 원이 되면 처분 가능 소득은 36만 원이 되므로, 이때 A가 받는 보조금은 (②)만 원임을 알 수 있다. A의 소득이 0원에서 20만 원으로 올라갈 때, A가 지급 받는 보조금은 (③)만 원이 줄어들게 된다.

① ________________

② ________________

② ________________

※ 다음 글을 읽고 물음에 답하시오.

세월은 또 한 고비 넘고
잠이 오지 않는다
꿈결에도 식은땀이 등을 적신다
몸부림치다 와 닿는
둘째 놈 애린 손끝이 천 근으로 아프다
세상 그만 내리고만 싶은 나를 애비라 믿어
이렇게 잠이 평화로운가
바로 뉘고 이불을 다독여 준다
이 나이토록 배운 것이라곤 원고지 메꿔 밥 비는 재주
쫓기듯 붙잡는 원고지 칸이
마침내 못 건널 운명의 강처럼 넓기만 한데
달아오른 불덩어리
초라한 몸 가릴 방 한 칸이
망망천지에 없단 말이냐
웅크리고 잠든 아내의 등에 얼굴을 대본다
밖에는 바람 소리 사정없고
며칠 후면 남이 누울 방바닥
잠이 오지 않는다

– 김사인, 「지상의 방 한 칸–박영한 님의 제(題)를 빌려」

05 〈보기〉는 제시문에 대한 해설의 일부이다. 〈보기〉의 ㉠이 시적 화자의 구체적인 행동으로 나타난 시행 두 개를 제시문에서 찾아 각각의 첫 어절과 마지막 어절을 쓰시오.

〈보기〉

이 시는 글 쓰는 일만으로 가족의 생계를 부담해야 하는 가난한 가장인 화자의 비애감을 읊은 작품이다. 화자는 며칠 후면 비워 줘야 하는 방에서 깊은 시름으로 잠을 이루지 못한다. 화자의 이러한 비애감은 비유와 설의적 표현 등을 통해 드러나고 있다. 이 시에는 화자가 느끼는 비애감뿐만 아니라, ㉠잠든 가족을 바라보며 화자가 느끼는 가족에 대한 연민과 애정도 표현되어 있다. 이러한 가족에 대한 연민과 애정의 감정은 '가난으로 인한 고통으로 잠 못 드는 가장의 비애'라는 이 시의 주제를 더욱 부각시키는 효과를 가져온다.

① 첫 어절: ______________________, 마지막 어절: ______________________

② 첫 어절: ______________________, 마지막 어절: ______________________

※ 다음 글을 읽고 물음에 답하시오.

[앞부분 줄거리] 유백로는 소상 죽림에서 조은하를 만나 인연을 맺는다. 유백로가 장성하자 병부 상서가 유백로를 사위로 맞으려 하지만 거절당하고, 최국양도 조은하를 며느리로 삼으려 하지만 거절당한다. 조은하를 찾는 데 실패한 유백로는 병이 들어 벼슬에서 물러났다가, 오랑캐 가달이 쳐들어오자 원수가 되어 출전한다. 전장에 나간 유백로는 최국양의 모함으로 가달에게 붙잡히는데, 이때 조은하가 가달을 물리치고 유백로를 구출하기 위해 대원수로 출전한다.

대원수가 말에서 내려 하늘에 절하고 주문을 외워 백학선을 사면으로 부치니 천지 아득하고 뇌성벽력이 진동하며, 무수한 신장(神將)이 내려와 돕는지라. 저 가달이 아무리 용맹한들 어찌 당하리오? 두려워하여 일시에 말에서 내려 항복하니 대원수가 가달과 마대영을 당하(堂下)에 꿇리고 크게 꾸짖어,

"네가 유 원수를 지금 모셔 와야 목숨을 용서하려니와, 그렇지 않은즉 군법을 시행하리라."

하니, 가달이 급히 마대영에게 명하여 유 원수를 모셔 오라 하거늘 마대영이 급히 달려 유 원수의 곳에 나아가 고하기를,

"원수는 소장(小將)이 구함이 아니런들 벌써 위태하셨을 터이오니, 소장의 공을 어찌 모르소서."

하고 수레에 싣고 몰아가거늘, 유 원수가 아무것도 모르고 당하에 다다르니, 일위 소년 대장이 맞아 이르기를,

"장군이 대대 명가 자손으로 이렇듯 곤함이 모두 운명이라, 안심하여 개의치 마소서."

하거늘 유 원수가 눈을 들어 본즉 이는 평생에 전혀 알지 못하는 사람이라. 손을 들어 칭찬하며 이르기를,

"뉘신지는 모르거니와 뜻밖에 죽어 가는 사람을 살려, 본국의 귀신이 되게 하시니 백골난망(白骨難忘)이오나, 이제 전쟁에서 패배한 장수가 되어 군부(軍府)를 욕되게 하오니, 무슨 면목으로 군부를 뵈오리오. 차라리 이곳에서 죽어 죄를 갚을까 하나이다."

대원수가 재삼 위로하기를,

"장수 되어 일승일패(一勝一敗)는 병가상사(兵家常事)이오니, 과히 번뇌치 마소서."

유 원수가 예를 갖추어 인사하더라.

가달과 마대영을 수레에 싣고 회군(回軍)할새, 먼저 승전한 첩서(捷書)를 올리고 승전고(勝戰鼓)를 울리며 행할새, 유 원수가 부끄러워하는 기색이 가득한 것을 보고 대원수가 묻기를

"장군이 이제 사지(死地)를 벗어나 고국으로 돌아오시니, 만행(萬幸)이거늘 어찌 이렇듯 수척하시뇨?"

유 원수가 차탄(嗟歎)하여 이르기를,

"소장이 불충불효한 죄를 짓고 돌아오니 무엇이 즐거우리이까? 원수가 이렇듯 유념하시니 황공(惶恐) 불안하여이다."

대원수가 짐짓 묻기를,

"듣자온즉 원수가 일개 여자를 위하여 자원 출전하셨다 하오니, 이 말이 옳으니잇가?"

유 원수가 부끄러워하며 대답이 없거늘, 대원수가 또 가로되,

"장군이 이미 노중에서 일개 여자를 만나, 백학선에 글을 써 주었던 그 여자가 장성하매 백년을 기약하나, 임자를 만나지 못하매, 사면으로 찾아 서주에 이르러 장군의 비문을 보고 기절하여 죽었다 하니, 어찌 애석하지 않으리오?"

유 원수가 듣고 비참하여 탄식하기를,

"소장이 군부에게 욕을 끼치고, 또 여자에게 원한을 쌓게 하였으니, 차라리 죽어 모르고자 하나이다."

대원수가 미소하고 백학선을 내어 부치거늘, 유 원수가 이윽히 보다가 묻기를,

"원수가 그 부채를 어디서 얻었나이까?"

대원수가 가로되

"소장의 조부께서 상강 현령으로 계실 때에 용왕을 현몽(現夢)하고 얻으신 것이니이다."

유 원수가 다시 묻지 아니하고 내심 헤아리기를 '세상에 같은 부채도 있도다.'하고 재삼 보거늘 대원수가 이를 보고 참지 못하여,

"장군이 정신이 가물거려 친히 쓴 글씨를 몰라보시는도다."

– 작자 미상, 「백학선전」

06 **〈보기〉는 제시문에 대한 해설의 일부이다. 제시문에서 〈보기〉의 ㉠에 해당하는 적절한 단어를 찾아 쓰고, ㉡에 해당하는 적절한 문장을 찾아 첫 어절과 마지막 어절을 쓰시오.**

〈보기〉

고전 소설에서는 남녀 간의 결연의 증거로 ㉠'징표(徵標)'를 주고받는 경우가 많다. 징표는 다양한 서사적 기능을 하는데, 하늘의 권위나 사대부 가문의 위상을 상징함으로써 징표를 주고받는 사람들이 그것을 소중하게 간직하도록 하는 경우가 많다. 이러한 징표는 인물들의 만남이 일회성에 그치지 않고 지속적인 인연이 되는 것을 매개하는 경우가 있는데, 서로가 떨어져 있는 상황에서도 절개를 지키며 서로 간의 약속을 잊지 않게 하거나 서로의 정체를 확인하게 하는 기능을 한다. 한편 ㉡징표가 신이한 능력을 지니고 있어 관련 인물이 위기에 처했을 때 시련을 극복할 수 있게 도움을 주는 경우도 있다.

① ㉠에 해당하는 단어: ______________________

② ㉡에 해당하는 문장:

첫 어절: ______________________, 마지막 어절: ______________________

수학[자연G]

▶ 해답 p.428

07 $\log_{(-x)}(-2x^2-7x+15)$가 정의되기 위한 모든 정수 x의 값의 합을 구하는 과정을 서술하시오

08 함수 $f(x)=2\sin\left(\frac{3\pi}{2}+x\right)\cos(x+\pi)+\sin(\pi-x)+1$의 최댓값을 M, 최소값을 m이라 할 때, $M+m$의 값을 구하는 과정을 서술하시오.

09 모든 항이 자연수이고 첫째항이 4인 수열 $\{a_n\}$이 모든 자연수 n에 대하여

$$a_{n+2}=\begin{cases} a_{n+1}+a_n & (a_{n+1}\text{이 3의 배수가 아닌 경우}) \\ \dfrac{a_{n+1}}{3} & (a_{n+1}\text{이 3의 배수인 경우}) \end{cases}$$

를 만족시킨다. $a_6=9$, $a_5=5$일 때, $a_k>a_2$를 만족시키는 30 이하의 자연수 k의 개수를 구하는 다음의 풀이 과정을 완성하시오.

> 수열 $\{a_n\}$의 $a_7=$ ① 이다. a_4, a_3, a_2는 각각 ② 이고,
> $a_n=a_{n+5}(n\geq 2)$이다. a_3, a_4, a_5, a_6, a_7의 값 중에서 a_2보다 큰 값은 ③ 이므로,
> 30 이하의 자연수 k의 개수는 ④ 이다.

10 다항함수 $f(x)=x^3-2ax^2+x+3$이 일대일 함수일 때, 실수 a의 최댓값을 구하는 과정을 서술하시오.

11 자연수 n에 대하여 $6\log_8\left(\frac{7}{3n+17}\right)$의 값이 정수가 되도록 하는 100 이하의 모든 n의 값을 구하는 다음의 풀이 과정을 완성하시오.

> $6\log_8\left(\frac{7}{3n+17}\right)$이 정수가 되려면
>
> $\left(\frac{7}{3n+17}\right)^2=2^m$($m$은 정수) ……㉠이어야 한다. 이때 $3n+17$은 7의 배수가 되어야 하므로 $n=7k-1$ (k는 $1\le k\le$ ① 인 자연수)이어야 한다. $n=7k-1$을 ㉠에 대입하면 $\left(\frac{1}{3k+2}\right)^2=2^m$이며, 이 식을 성립시키기 위해서는 $3k+2$는 2의 거듭제곱이어야 한다.
>
> 위의 조건을 만족시키는 자연수 k의 값을 구하면 $k=$ ② 또는 $k=$ ③ 이다.
>
> 따라서 모든 n의 값의 합은 ④ 이다.

12 곡선 $y=ax^3-2x(a>0)$과 원 $x^2+y^2=\frac{1}{18}$의 서로 다른 교점의 개수가 4가 되도록 하는 모든 a의 값을 구하는 과정을 서술하시오.

13 수직선 위를 움직이는 점 P의 시각 $t(t\geq 0)$에서의 속도 $v(t)$가 $v(t)=3t^2-18t+k$이다. 시각 $t=0$에서의 점 P의 위치는 1이고 시각 $t=1$에서의 점 P의 위치는 17이다. 점 P가 시각 $t=0$에서 $t=3$까지 움직인 거리를 구하는 과정을 서술하시오. (단, k는 상수이다.)

14 첫째항이 정수이고 모든 항이 서로 다른 등비수열 $\{a_n\}$에 대하여 두 집합 A, B는 다음과 같다.

> (가) $A=\{a_k^2 \mid a_k$는 수열 $\{a_n\}$의 항, k는 $1\leq k\leq 10$인 자연수$\}$
> (나) $B=\{(-1)^{k+1}a_k \mid a_k$는 수열 $\{a_n\}$의 항, k는 $1\leq k\leq 10$인 자연수$\}$

집합 A의 원소를 큰 수부터 차례로 $\alpha_1, \alpha_2, \alpha_3, \cdots, \alpha_{10}$이라 하고, 집합 B의 원소를 큰 수부터 차례로 $\beta_1, \beta_2, \beta_3, \cdots, \beta_{10}$이라 하자. $\dfrac{\alpha_1}{\alpha_2}=\left(\dfrac{\beta_1}{\beta_2}\right)^2$, $\beta_2=2$, $\dfrac{\alpha_1-\alpha_2}{\beta_1-\beta_2}=5$일 때, $\alpha_2\times\beta_3$의 값을 구하는 과정을 서술하시오.

15 양의 실수 t에 대하여 직선 $y=-t$가 두 함수 $y=\frac{5}{x-3}$, $y=-\frac{2}{x-3}$의 그래프와 만나는 점을 각각 A, B라 하고, 직선 $y=t$가 두 함수 $y=\frac{1}{x}-2$, $y=-\frac{3}{x}-2$의 그래프와 만나는 점을 각각 C, D라 하자. 사각형 ABCD의 넓이를 $f(t)$라 할 때, $\lim_{t\to\infty}f(t)$의 값을 구하는 과정을 서술하시오.

Nothing great in the world has been
accomplished without passion.

이 세상에 열정없이 이루어진 위대한 것은 없다.

– Georg Wilhelm 게오르크 빌헬름 –

PART 3

해답

1. 국어
2. 수학
3. 기출

1 국어

Ⅰ. 문학

[01~02]

갈래	자유시, 서정시	특징	• 과거와 현재, 시골과 도시가 대비되는 구조 • 시각적 이미지를 통해서 색채의 대조 • 인간의 보편적 사랑을 그리고 있다는 점에서 휴머니즘을 보여줌
성격	회상적, 감각적, 상징적, 문명비판적		
제재	내재율		
주제	아버지의 사랑과 혈육의 정에 대한 그리움		

01 [모범답안]
그때의, 먹었다

[바른해설]
'그때의 아버지만큼 나이를 먹었다.'에는 자신을 위해 눈을 헤치고 산수유 열매를 따 왔던 그때의 아버지만큼 나이를 먹게 되면서 아버지의 사랑을 더욱 이해하게 된 화자의 모습이 드러나 있다.

02 [모범답안]
① 붉은 알알이
② 내 혈액

[바른해설]
'붉은 알알이'와 '내 혈액'은 시각 이미지를 활용한 표현으로, 원관념인 '산수유'의 붉은 색채와 연관된 이미지를 통해 아버지가 가져온 산수유에 대한 주관적 인식과 그 사랑이 화자에게 이어진다는 정서적 반응을 드러내고 있다.

[03~04]

갈래	자유시, 서정시	특징	금붕어를 통해 꿈을 잃고 현실에 순응하며 살아가는 현대인을 묘사함
성격	상징적, 산문적, 우의적		
제재	금붕어		
주제	이상 세계에 대한 동경과 좌절		

03 [모범답안]
① 저항 / ② 순응

[바른해설]
이 작품은 어항 속에 갇힌 금붕어라는 특정 대상을 소재로 하여 고향을 잃고 좁은 공간에 갇혀 길들여지고 있는 존재를 형상화하고 있다. ㉠의 '지느러미는 칼날의 흉내를 내서도 항아리를 끊는 일이 없다.'는 것은 금붕어가 자신이 처한 현실에 '저항'하지 않고 '순응'하는 태도를 드러낸 것으로, 현실에 순응하며 살아가는 현대인의 모습을 묘사한 것이다.

04 [모범답안]
거리 두기

[바른해설]
〈보기〉에서 모더니즘 시의 '거리 두기'와 같은 형상화 방법은 인간이 아닌 특정 대상을 활용하여 현실을 우회적으로 표현한다고 하였다. 즉, 이 작품은 인간이 아닌 '금붕어'가 특정 대상으로 등장하여 현실에 순응하며 살아가는 현대인이 처한 현실을 우회적으로 표현하고 있다.

[05~06]

<table>
<tr><td>갈래</td><td>고려 속요</td><td rowspan="4">특징</td><td rowspan="4">• 불가능한 상황을 전제하는 역설적 표현으로 임과의 영원한 사랑을 다짐하는 시적 화자의 정서를 효과적으로 표현하고 있다.
• 비슷한 구조의 문장과 시어를 반복적으로 구사하여 리듬감을 살리면서 시적 상황과 화자의 정서를 강조하고 있다.</td></tr>
<tr><td>성격</td><td>서정적, 민요적</td></tr>
<tr><td>제재</td><td>임에 대한 사랑</td></tr>
<tr><td>주제</td><td>태평성대의 기원, 임에 대한 영원한 사랑의 다짐</td></tr>
</table>

05 [모범답안]
① 구은 밤 / ② 련(蓮)ㅅ고즐 / ③ 텰릭 / ④ 한쇼

[바른해설]
이 작품은 ① 구은 밤(구운 밤), ② 련(蓮)ㅅ고즐(연꽃), ③ 텰릭(철 갑옷), ④ 한쇼(큰 소) 등의 소재를 사용하여 불가능한 상황을 표현하고 있고, 그러한 불가능한 상황이 현실화된다면 비로소 임과 헤어지겠다는 반어적 표현으로 임에 대한 끊임없는 사랑과 믿음을 부각하고 있다.

06 [모범답안]
딩아, 노니ᄋᆞ와지이다

[바른해설]
1연은 임과의 사랑을 갈망하는 다른 연들과 달리 태평성대를 기원하는 의식요의 기능을 하고 있다. 이는 고려 속요들이 구전되어 오다가 조선 건국 후 '남녀상열지사(男女相悅之詞)'라 하여 일부는 없어지고 일부는 궁중음악으로 수용되면서 재편된 것으로 추정된다. 1연의 첫 어절은 '딩아'이고 마지막 어절은 '노니ᄋᆞ와지이다'이다.

[07~08]

<table>
<tr><td>갈래</td><td>단편소설, 심리소설</td><td rowspan="6">해제</td><td rowspan="6">문이 고장 나 자신의 작업 공간에서 갇힌 채 밖으로 나가지 못하고 괴로워하며 점점 미쳐가는 화가의 모습을 통해 외적 요소에 의해 개인의 자유가 억압당하는 절망적 현실을 비유적으로 그려 내고 있다. 한편, 화가가 폐쇄된 공간에서 밖으로 나오기 위해 절규하는 모습을 진심으로 이해하지 못하는 인물들의 모습을 통해 진정한 소통이 이루어지지 않는 현실을 폭로하고 있다.</td></tr>
<tr><td>성격</td><td>심리주의</td></tr>
<tr><td>배경</td><td>시간 - 현대 / 공간 - 서울 근교</td></tr>
<tr><td>제재</td><td>화가의 질식사</td></tr>
<tr><td>시점</td><td>작가 관찰자 시점</td></tr>
<tr><td>주제</td><td>개인의 자유를 억압하는 사회와 진정한 소통이 이루어지지 않는 부조리한 현실에 대한 비판</td></tr>
</table>

07 [모범답안]
소통

[바른해설]
㉠을 통해 선생님은 현재의 상황과 형편에 대한 정보를 '나'와 주고받고 있다. 따라서 ㉠은 내부와 외부의 통로로 '소통'의 기능을 담당하고 있다.

08 [모범답안]
진정한 소통이 이루어지지 않는 부조리한 현실

[바른해설]
이 작품의 화가는 문제를 인식하지 못해 해결을 위한 소통에 적극적으로 참여하지 않는 주변 인물들로 인해 결국 죽음을 맞이하게 된다. '문이 열리지 않는다고 발광이야 그래!'라고 답하는 목수 아내의 말에서도 선생님이 처한 상황을 이해하지 못함으로써 '진정한 소통이 이루어지지 않는 부조리한 현실'을 인식하지 못하는 당대 소시민의 모습을 나타내고 있다.

[09~10]

갈래	단편 소설, 액자 소설	특징	• 외부 이야기와 내부 이야기의 서술 시점이 다름 • 외부 이야기와 내부 이야기를 넘나드는 인물을 통해 과거와 현재를 교차시켜 주제를 확장함
성격	비판적, 실존적		
배경	한국 전쟁 당시부터 그 이후, 북으로 이송되어 가는 길		
시점	• 외부이야기: 1인칭 관찰자 시점 • 내부 이야기: 전지적 작가 시점		
주제	근원적인 인간성의 소중함과 극한 상황 속에서 모색하는 올바른 삶의 자세		

09 [모범답안]
① 1인칭 관찰자 시점
② 전지적 작가 시점

[바른해설]
이 작품은 액자 소설로 외부 이야기와 내부 이야기의 서술 시점이 다른 특징을 갖고 있다. 외부 이야기는 '나'가 '철'에게서 어느 형제에 관한 이야기를 듣는 것을 1인칭 관찰자 시점에서 서술하고 있고, 내부 이야기는 한국 전쟁 당시 북한군의 포로가 된 형제의 사연을 전지적 작가 시점에서 서술하고 있다.

TIP
- **1인칭 관찰자 시점**: 서술자가 작품에 등장하나 자신이 주인공은 아니며, 주인공을 관찰하여 서술
- **전지적 작가 시점**: 작품 밖의 서술자이지만 전지전능한 신처럼 인물들의 심리, 내면, 감정까지 모두 알고 서술

10 [모범답안]
형

[바른해설]
이 작품에서 "형은 둔감했고 ~ 모자란 사람이었다."라는 진술, 상황을 고려하지 않고 말과 행동을 하는 모습, 포로로 잡혀가다 동생을 만났을 때 대뜸 울음보를 터뜨리는 모습 등을 통해 '나상(裸像)'이 아이와 같이 천진난만한 '형의' 모습을 나타낸 것으로 이해할 수 있다.

[11~12]

갈래	한문 소설, 단편 소설	특징	• 호랑이를 의인화하여 양반들의 위선과 비도덕성을 비판한다. • 북곽 선생과 동리자의 언행을 희화화하여 풍자의 효과를 높이고 있다.
성격	우의적, 풍자적, 비판적		
제재	호랑이의 꾸짖음		
주제	양반들의 위선과 비도덕성에 대한 비판		

11 [모범답안]
뒤로[뒤에서] 호박씨 깐다

[바른해설]
북곽 선생과 동리자는 겉으로 보이는 모습과 다르게 밤에 서로 몰래 만나는 관계이므로, '겉으로는 점잖고 의젓하나 남이 보지 않는 곳에서는 엉뚱한 짓을 하는 경우를 비유적으로 이르는 말'인 '뒤로[뒤에서] 호박씨 깐다'는 속담이 어울린다.

12 [모범답안]
그의 아들 다섯은 모두 성(姓)이 달랐다.

[바른해설]
동리자는 천자로부터 '동리과부지려(東里寡婦之閭)'라는 이름을 부여받을 정도로 절개를 지킨 열녀로 칭송받았으나, '그의 아들 다섯은 모두 성(姓)이 달랐다.'라는 내용을 통해 세간의 평과 다르게 겉과 속이 다른 부도덕한 인물임을 알 수 있다.

[13~14]

갈래	자유시, 서정시	특징	• 시적 화자의 소망을 '고양이'의 모습을 통해 간접적으로 드러냄 • 특정한 어미('-리라', '-겠지' 등)를 반복적으로 사용하여 운율을 형성함 • 의성어와 의태어를 활용하여 고양이의 모습이나 행동을 생동감 있게 묘사함
성격	낭만적, 의지적, 감각적		
제재	고양이		
주제	편안하고 안락한 삶을 거부하고 자유로운 야생의 삶을 소망함		

13 [모범답안]
① 툇마루 / ② 벌판

[바른해설]
'툇마루'는 인간의 보살핌을 대표하는 공간이고, '벌판'은 야생적이고 자유로운 고양이의 삶을 대표하는 공간이다. 화자는 '툇마루에서 졸지 않으리라.'라는 다짐을 하며 '너른 벌판으로 나아가리라'라는 의지를 표현하고 있다.

14 [모범답안]
시련에 굴하지 않으려는 의지

[바른해설]
'거센 바람, 찬비'는 고양이에게 닥칠 시련을 의미하며, '털끝 하나 적시지 않을걸.'이라는 시구는 그와 같은 시련에 굴하지 않을 것이라는 의지를 드러낸다.

[15~16]

갈래	장편 소설, 인터넷 연재소설	특징	• 작가의 체험을 바탕으로 한 자전적 성격을 띠고 있음 • 작품을 읽기 위해 블로그를 방문한 독자와 작가 간의 대화가 제시되어 쌍방향 소통의 과정을 보여 줌
성격	사실적, 체험적		
배경	1950~1960년대 서울		
시점	1인칭 시점		
주제	젊은이들의 방황과 성숙		

15 [모범답안]

붉은색이, 보였다

[바른해설]

해당 작품에서 "붉은색이 ~ 지나갔다."는 문장과 바로 다음의 "물감이 ~ 보였다."는 문장은 무의 그림을 묘사한 부분으로, 무가 그린 그림이 추상화임을 알 수 있는 대목이다. 그러므로 첫 문장의 첫 어절은 '붉은색이'이고, 마지막 문장의 마지막 어절은 '보였다'이다.

16 [모범답안]

인터넷 연재소설은 작가와 독자가 쌍방향 소통[상호 작용]을 하는 것이 특징이다.

[바른해설]

인쇄 매체를 통해 문학 작품을 향유할 때 작가는 일반적으로 독자와 일방향 소통을 하는 반면에 인터넷을 통해 문학 작품을 향유할 때 작가는 독자와 쌍방향 소통, 즉 상호 작용을 하는 것이 특징이다.

[17~18]

갈래	단편 소설, 액자 소설	특징	• 이야기 속에 이야기가 있는 액자식 구성을 취함 • 추리 소설적 서사 구조로 내용이 전개됨 • 고도의 상징성을 띰
성격	심리적, 추리적		
시점	• 내부: 1인칭 주인공 시점 • 외부: 1인칭 주인공 시점과 관찰자 시점의 혼용		
배경	• 내부: 6 · 25 전쟁 중, 강계의 어느 시골 • 외부: 1960년대 어느 도시		
주제	삶의 방식이 다른 형제의 아픔과 극복 의지		

17 [모범답안]

(그러나) 그 눈에는 아무 것도 찾아볼 수가 없다.

[바른해설]

관모가 김 일병을 앞세우고 산을 내려갈 때, 김 일병은 관모를 침착하게 따라가면서 '(나)'를 돌아보지만 '그 눈에는 아무것도 찾아볼 수가 없다'고 서술되어 있다. 이는 어떠한 기대나 갈망이 없다는 의미로, 김 일병의 체념적 심정을 엿 볼 수 있는 대목이다.

18 [모범답안]

핏자국

[바른해설]

어린 시절의 노루 사냥 기억은 관모로부터 김 일병을 지켜 주지 못한 것에 대한 형의 죄책감을 불러일으키고 있으며, 형은 노루 사냥의 기억을 떠올린 후 과거의 경험과 현재 사건의 매개체 역할을 하는 '핏자국'을 따라 관모와 김 일병을 찾아 나선다.

[19~20]

갈래	현대 소설, 단편 소설	특징	• 과장적으로 상황을 설정하여 주제를 효과적으로 드러냄 • 등장인물을 '대리', '과장', '부장' 등 회사의 직급으로 제시하여, 서열 중심의 경쟁 사회를 살아가는 현대인의 모습을 나타냄 • 여운을 남기는 방식으로 작품의 결말을 제시하여 비판적 인식을 극대화함
성격	현실 비판적		
제재	• 시간: 현대 • 공간: 대도시의 아파트와 거리		
주제	인간성을 상실한 현대인의 기계적인 노동과 경쟁 사회에 대한 비판		

19 [모범답안]

인간성을 상실한 채 노동을 강요하는 현대 사회의 부정적 모습

[바른해설]

'디스토피아(dystopia)'는 현대 사회의 부정적 단면을 나타내는 '역(逆)유토피아'를 의미하는데, 이 작품은 '스노우맨'을 통해 인간성을 상실한 채 노동을 강요하는 현대 사회의 부정적 모습을 그려내고 있다.

20 [모범답안]

(남자와 유 대리의) 상사

[바른해설]

ⓐ 앞의 '이봐'와 '일어나'는 눈 속에 파묻혀 있는 유 대리의 생사를 확인하기 위한 남자의 목소리이지만, ⓐ의 "이봐!"는 큰따옴표로 묶여 있고 남자가 유 대리의 전화를 귀에 대고 있는 것으로 보아 (남자와 유 대리의) 상사임을 추론할 수 있다.

[21~22]

갈래	설(說)	특징	• 중국 고사를 활용하여 주제를 강조함 • 다양한 예를 제시하여 주장을 뒷받침함 • 자연물로부터 발견한 이치를 형상화함 • 예상되는 반대 의견을 반박함으로써 주장을 강화함
성격	사색적, 논리적		
제재	이름 없는 꽃		
주제	중요한 것은 사물의 이름이 아니라 실질임		

21 [모범답안]

사물의 실질

[바른해설]

제시문에서 사람이 사물을 대할 때 이름만을 좋아하는 것이 아니라 좋아하는 것은 '이름 너머'에 있다고 하였고, 그 뒤에 든 예시에서 사람이 음식을 좋아하지만 음식의 이름 때문에 좋아하는 것은 아니라고 하였다. 주어진 〈보기〉는 제시문이 이름보다는 실질에 주목한 실학적 사고를 잘 담아낸 글이라고 평가하고 있으므로, '사물의 실질'이 바로 '이름 너머'라고 볼 수 있다.

22 [모범답안]

'이름'과 '존재의 본질'을 무관한 것으로 본다.

[바른해설]

〈보기〉의 시가 '이름'을 통해 '존재의 본질'에 의미를 부여할 수 있다는 관점을 보여주는 반면, 윗글의 [A]는 '초나라 어부와 굴원의 이야기'를 통해 '이름'이 있고 없고에 관계 없이 '존재의 본질'은 달라지지 않는다는 관점을 보여주고 있다. 즉, 〈보기〉의 시는 '이름'을 '존재의 본질'에 의미를 부여한 것으로 보지만, [A]는 '이름'과 '존재의 본질'을 무관한 것으로 본다.

[23~25]

갈래	현대 수필, 경수필	특징	• 명태에 관한 글쓴이의 경험과 추억을 통해 명태가 가진 속성을 예찬함 • 명태를 의인화하여 대상에 관한 화자의 인식을 드러냄 • 다른 생선과의 비교를 통해 명태의 특성과 명태가 가진 개성을 강조함
성격	논리적, 설득적, 경험적, 비유적		
제재	명태		
주제	명태의 담백한 맛과 개성		

23 [모범답안]

명태는 맛에 대한 자기주장을 관철하려 들지 않는다.

[바른해설]

'명태는 맛에 대한 자기주장을 관철하려 들지 않는다.'는 명태가 담백한 맛을 지닌 생선임을 표현한 것이다. 즉, 대상의 속성을 긍정적으로 표현하고 있다.

24 [모범답안]

준치

[바른해설]

'준치'는 중심 소재인 명태와 비교하기 위해 제시된 대상이다. 겨울철에 잡혀서 좀처럼 썩지 않는 명태와 달리, 준치는 여름철에 잡혀서 쉽게 부패하는 특성을 보인다. 따라서 준치는 명태와의 비교를 통해 명태가 지닌 가치를 돋보이게 하기 위한 소재라고 할 수 있다.

25 [모범답안]

명태를, 떠오른다

[바른해설]

7문단의 '명태를 생각하면 언뜻 늦가을 텃밭의 황토 흙에 하반신을 묻고 상반신을 햇살에 파랗게 드러낸 채 서 있던 청정한 조선무가 떠오른다.'에서 연상을 통해 명태와 어울리는 조선무를 소개하고 있다.

[26~27]

갈래	희곡, 시나리오	특징	• 판문점 공동 경비 구역을 배경으로 하여 남북한 병사들 사이에서 벌어지는 다양한 에피소드와 인간적 유대 관계를 형상화함 • 남북 대립이라는 비극적 상황을 휴머니즘으로 접근함
성격	휴머니즘		
제재	판문점의 공동 경비 구역(JSA)		
주제	남북 분단의 현실과 이념을 뛰어넘은 남북한 병사들의 우정		

26 [모범답안]

(가) ① 수혁, ② 성식
(나) ① 우진, ② 경필
(다) ① 경필, ② 수혁

[바른해설]

(가) "얘들 지금 월북하겠다구 상의하러 온 거예요. 제가 다 알아서 처리하겠습니다."에서 볼 수 있듯이, 경필이 최 상위에게 ①수혁과 ②성식이 월북을 상의하러 왔다고 이야기한 것은 갑작스러운 위기 상황을 벗어나기 위해서이다.

(나) "내가 책임진다……. 하지 마."에서 볼 수 있듯이, ②경필은 수혁과 성식을 체포하라는 최 상위의 지시에 따르지 말라고 ①우진을 만류하고 있다. 그럼에도 불구하고 우진은 엉거주춤한 자세로 수혁을 향해 총을 겨누고 있다.

(다) "형두 그랬잖아. 공 세울려구 혈안이 된 놈이라구."에서 알 수 있듯이, ①경필은 최 상위가 공을 세우는 데만 혈안이 되어 있다는 이야기

를 ②수혁에게 한 적이 있다. 그리고 이러한 이야기는 최 상위에 대한 부정적인 반응에 해당한다고 볼 수 있다.

27 [모범답안]
ⓐ 해설 / ⓑ 대사 / ⓒ 지문

[바른해설]
ⓐ 해설: 막이 오르기 전이나 후의 무대장치, 등장인물, 시 · 공간적 배경 등에 대한 설명이 명시되어 있는 부분
ⓑ 대사: 무대 위에서 등장인물들이 주고받는 대화, 독백, 방백
ⓒ 지문: 등장인물의 행동이나 말투, 표정 등을 알려주는 글

Ⅱ. 독서

[01~02]

주제	문해력 개념의 확장과 성인에게 필요한 직업 문해력	해제	이 글은 문해력의 개념이 변화한 과정을 살펴보고 성인에게 필요한 능력인 '직업 문해력'에 대해 설명하고 있다. 전통적인 문해력은 텍스트를 그대로 해독하기와 문자로 표현하기를 중시했지만, 읽기를 텍스트와의 상호 작용으로 보는 관점이 등장하면서 '기능적 문해력'이라는 개념이 대두되었다. 기능적 문해력은 사회적 맥락 속에서 생각하고 공동체의 발전을 고려할 수 있어야 하기 때문에 문해력의 확장을 보여 주는 것이다. 확장된 의미의 문해력은 성인이 직업 생활을 하는 데에 반드시 필요한 능력이 되기 때문에 '직업 문해력'이라고도 한다.
구성	• 1문단: 문해력의 어원과 기초적 문해력 • 2문단: 문해력 개념의 확장과 기능적 문해력 • 3문단: 성인에게 필요한 직업 문해력		

01 [모범답안]
ⓐ 기초 문해력 / ⓑ 기능적 문해력 / ⓒ 직업 문해력

[바른해설]
ⓐ: 첫 번째 문단의 "문자의 사용 능력은 지적 생활을 영위하는 데 기본이 되는 능력이기 때문에 '기초적 문해력'이라고 한다."에서 ⓐ는 '기초 문해력'임을 알 수 있다.
ⓑ: 두 번째 문단의 "기능적 문해력은 이전 문해력의 개념에 정보의 비판적 해석과 재구성 능력이 더해진 것이다."에서 ⓑ는 '기능적 문해력'임을 알 수 있다.
ⓒ: 세 번째 문단의 "특히 성인들의 직무 수행에 필요한 능력을 '직업 문해력'이라고 한다"에서 ⓒ는 '직업 문해력'임을 알 수 있다.

02 [모범답안]
㉠ 성찰 / ㉡ 행동

[바른해설]
확장된 문해력의 개념인 기능적 문해력은 사회적 맥락 속에서 생각하고 공동체의 발전을 고려할 수 있는 능력이 있어야 한다. 디지털 매체 문해력의 능력 중 ㉠ '성찰'과 ㉡ '행동'은 사회적 책임과 윤리, 공동체의 문제 해결을 통해 공동체의 발전을 추구한다는 점에서 확장된 문해력 개념의 특징을 보여준다.

[03~04]

주제	지식의 종류와 바른 지식을 얻기 위한 독서 방법	해제	이 글은 여러 종류의 지식 중 바른 지식을 얻기 위해서는 어떠한 독서가 필요한지 설명하고 있다. 사람은 무지의 상태에서 사고와 탐구를 통해 지식을 쌓게 되는데, 지식 가운데는 부분 지식, 오류 지식, 비판 지식, 바른 지식 등이 있다. 바른 지식으로 가기 위해서는 독서가 필요하다. 바른 지식을 향해 가기 위해서는 다양한 분야의 책을 읽고, 한 분야의 책을 깊이 읽고, 비판서들을 읽는 것이 필요하다.
구성	• 1문단: 지식의 종류 • 2문단: 바른 지식을 얻는 과정과 독서 • 3문단: 바른 지식을 얻기 위한 독서 방법		

03 [모범답안]

ⓐ 바른 / ⓑ 부분 / ⓒ 오류 / ⓓ 비판

[바른해설]

ⓐ 인간이 수천 년 동안 부분 지식을 쌓아 올려 행성의 운동을 설명할 수 있었던 것은 '비판 지식'을 통해 오류들을 제거해 나가면서 '바른 지식'을 얻는 과정을 보여 준다.

ⓑ 인간은 무지에서 시작하여 사고와 탐구를 통해 '바른 지식'을 얻기 위해 끊임없이 '부분 지식'을 쌓는다.

ⓒ 지식을 쌓는 과정에 논리적 결함이 있거나 '부분 지식'을 전체로 단정할 때 잘못된 '오류 지식'에 빠질 수도 있다.

ⓓ 자신의 지식이 불완전하다는 것을 인정하고 '비판 지식'을 통해 오류들을 제거해 나가면 '바른 지식'을 향해 나갈 수 있다.

04 [모범답안]

① 부분 / ② 오류

[바른해설]

① 앞을 보지 못하는 사람들이 코끼리를 만진 후 제각기 한 말이 틀린 것은 아니지만, 그들이 한 말이 일치하지 않는 이유는 코끼리를 만져서 알게 된 지식이 '부분 지식'이기 때문이라고 할 수 있다.

② 앞을 보지 못하는 사람들이 코끼리를 만져서 얻은 지식은 '부분 지식'이지만, 그들은 그것을 전체로 단정했기 때문에 '오류 지식'에 빠졌다고 할 수 있다.

[05~06]

갈래	논설문	특징	• 여러 철학자들의 사상을 예로 들어 자신의 주장을 뒷받침함 • 둘 이상의 개념을 비교함으로써 글의 주제를 선명하게 드러냄 • 질문을 던지며 글을 끝맺음으로써 글의 주제를 독자에게 스스로 대입해 볼 수 있게 함
성격	교훈적, 철학적, 예시적		
제재	'나'를 찾는 방법		
주제	'너'와의 관계 속에서 확인할 수 있는 '나'의 존재		

05 [모범답안]

'나'는 잡히지 않는 대상이다.

[바른해설]

'나'를 알고 탐구하기가 어려운 이유는 '나'의 개별성과 추상성 때문이다. 〈보기〉는 그중에서 구체적인 실체가 없는 대상인 '나'의 추상성에 대해 설명하고 있다. 제시문의 [A]에서는 "'나'를 잡히지 않는 대상"이라고 표현하며 '나'의 추상성을 명시하고 있다.

06 [모범답안]

ⓐ 의식의 옹달샘 속

ⓑ 본질로서의 '나'

[바른해설]
제시문의 ㉠은 내성(內省)의 한계를 '달리는 기차'에 빗대어 비유적으로 설명한 것으로, '달리는 기차의 마룻바닥'을 내려다보는 것은 마음의 눈으로 자신을 들여다보는 내성의 방법을 의미한다. 또한 '달리는 기차 안'은 사르트르가 이야기한 '의식의 옹담샘 속'을 의미하고, '기차가 달리는지 정지해 있는지'를 안다는 것은 흄이 이야기한 '내가 경험한 것들'이 아니라 '본질로서의 '나''를 찾는 것을 의미한다.

[07~09]

주제	IMF의 운영 방식과 융자금의 구성 및 신용 공여 조건	해제	이 글은 국제 통화 및 금융 제도의 안정을 도모하기 위한 국제 금융 기구인 국제 통화 기금(IMF)의 운영에 대해 설명하고 있다. IMF는 가입을 원하는 국가가 신청을 할 경우 이사회의 승인과 총회의 투표로 가입을 승인한다. 회원국은 경제 규모에 따라 정해진 쿼터 납입금을 납부하고, 쿼터 지분만큼의 의결권을 가진다. 쿼터 납입금은 IMF 금융 지원의 주요 재원이지만 신용도가 떨어지는 회원국들의 통화는 사용하기가 어려웠고, 달러화를 지속적으로 공급하는 것이 달러화의 신용도를 떨어뜨리는 문제가 있었다. 이러한 문제를 해결하기 위해 나온 것이 특별 인출권(SDR)이다. SDR은 신용도가 높은 통화와 교환할 수 있는 대체 통화로, 통화 바스켓 방식을 적용하고 있다. IMF로부터 융자를 받은 회원국은 수수료와 함께 신용 공여 조건을 이행해야 한다. 신용 공여 조건은 융자금이 제대로 쓰이며, 정책 프로그램이 효과적으로 작동하는지 모니터링을 하기 위한 것인데, 2008년 글로벌 금융 위기 이후에는 경제 기초 여건을 고려하는 사전적 신용 공여 조건이 도입되었다.
구성	• 1문단: IMF의 설립 목적과 운영 방식 • 2문단: 쿼터 납입금의 구성과 문제점 • 3문단: 특별 인출권과 통화 바스켓 • 4문단: IMF의 신용 공여 조건		

07 [모범답안]
안정적으로 SDR의 가치를 유지할 수 있기 때문이다.

[바른해설]
통화 바스켓 방식의 도입은 통화 바스켓 통화 중 어느 한 통화의 상대적 가치가 저하되어도 다른 통화의 상대적 가치가 상승하면 영향이 상쇄되기 때문에 안정적으로 SDR 가치를 유지할 수 있다는 장점이 있다.

08 [모범답안]
신용 공여 조건

[바른해설]
〈보기〉에서 ⓐ의 '구조 조정과 공기업의 민영화, 자본 시장의 추가 개방 등의 IMF가 내건 조건'은 IMF로부터 융자를 받은 회원국이 이행하기로 약속한 IMF의 정책 프로그램인 '신용 공여 조건'이다.

09 [모범답안]
편입되다

[바른해설]
㉡ '들어오면서'의 기본형 '들어오다'는 '일정한 범위나 기준 안에 소속되거나 포함되다.'의 의미이며, 여기서 '편입되다'로 바꾸어 쓸 수 있다. '편입되다'는 '이미 짜인 한 동아리나 대열 따위에 끼어 들어가게 되다.'의 뜻이다.

TIP

〈들어오다〉의 사전적 의미

I. 「…에, …으로」

1. 일정한 지역이나 공간의 범위와 관련하여 그 밖에서 안으로 이동하다.
   예 배에 물이 들어오다.
2. 수입 따위가 생기다.
   예 들어오는 돈과 나가는 돈.
3. 전기나 수도 따위의 시설이 설치되다.
   예 우리 마을에 수도가 들어왔다.

II. 「…에」

1. 어떤 단체의 구성원이 되다.
   예 극단에 새로 들어온 사람.
2. 일정한 범위나 기준 안에 소속되거나 포함되다.
   예 21세기에 들어오다.
3. 말이나 글의 내용이 이해되어 기억에 남다.
   예 걱정이 되어 책을 읽어도 머리에 들어오지 않는다.

[10~11]

갈래	설명문	특징	• 커피의 가공 과정을 과정, 분류 등 다양한 방식을 활용하여 설명함 • 커피에 대한 정보를 사실적으로 서술함
성격	사실적, 객관적, 체계적		
제재	커피		
주제	커피 열매의 가공법		

10 [모범답안]

① 수확 / ② 선별 / ③ 건조 / ④ 분리

[바른해설]

① 제시문에서 '건식법의 첫 단계는 빨갛게 익은 커피 열매, 즉 체리를 수확하는 것이다.'라고 하였으므로, ①에 들어갈 말은 '수확'이다.

② 제시문에서 '수확한 체리는 세척 과정을 거쳐 키질을 통해 잘 익은 것과 덜 익은 것, 손상된 것으로 선별한다.'고 했으므로, ②에 들어갈 말은 '선별'이다.

③ 제시문에서 '이렇게 선별한 체리는 커다란 콘크리트 블록, 벽돌 파티오 또는 돗자리를 펼쳐 놓고 햇볕을 받도록 한다.'고 했고, '건조를 커피의 품질을 결정하는 가장 중요한 단계'라고 하였으므로, ③에 들어갈 말은 '건조'이다.

④ 제시문에서 '공장에서는 기계를 사용하여 생두를 체리에서 분리해 낸 후에 이를 선별하고 등급을 매겨 포대에 담는다.'라고 했으므로, ④에 들어갈 말은 '분리'이다.

11 [모범답안]

① 커피 본래의 맛과 향을 더 훌륭하게 보존할 수 있다.

② 훼손이 적다.

[바른해설]

제시문의 마지막 단락에서 습식법은 특별히 고안된 기계와 많은 양의 물을 사용하기 때문에 상대적으로 비용이 많이 들지만, 건식법보다 커피 본래의 맛과 향을 더 훌륭하게 보존할 수 있을 뿐만 아니라 훼손도 적기 때문에 주로 고급 아라비카 커피 원두를 가공하는 데 이용된다고 서술하고 있다.

[12~13]

주제	풍력 발전기의 구조와 작동 원리	해제	이 글은 풍력 발전기의 구조와 작동 원리에 대해 설명하고 있다. 풍력 발전기는 바람 에너지를 날개의 회전 운동으로 변환한 후 이를 전기 에너지로 변환하는 장치이다. 풍력 발전기는 날개의 회전축이 불어오는 바람의 방향과 평행한 것은 수평축형, 수직은 것은 수직축형으로 구분한다. 바람이 날개에 부딪히면 양력이 발생하여 그 힘으로 날개가 회전하는데, 바람의 방향이나 풍속은 실제로 시시각각 변하므로 제어기의 요잉 장치로 회전축의 방향을, 피치 장치로 회전 속력을 적절히 제어하여 전기를 출력한다. 베츠의 연구에 의하면 바람으로 얻을 수 있는 최대 발전 효율은 59.4%이다. 수직축형은 수평축형보다 최대 발전 효율은 낮지만 제어기의 구조가 간단하다.
구성	• 1문단: 풍력 발전기의 종류와 구성 장치 • 2문단: 풍력 발전기의 날개가 회전하는 원리 • 3문단: 증속기와 제너레이터의 작동 과정 • 4문단: 제어기를 구성하는 장치와 작동 과정 • 5문단: 풍력 발전기의 발전 효율		

12 [모범답안]

㉠ 날개의 회전축 / ㉡ [나]

[바른해설]

㉠ : 1문단에서 풍력 발전기는 날개의 회전축이 불어오는 바람의 방향과 평행한 것은 수평축형, 수직인 것은 수직축형으로 구분한다고 하였다. 즉, [가]와 [나]의 구분은 불어오는 바람의 방향과 '날개의 회전축'이 이루는 각을 기준으로 삼은 것이다. 따라서 ㉠에는 '날개의 회전축'이 들어갈 말로 적절하다.

㉡ : 5문단에서 수직축형은 한쪽 날개에 바람이 닿는 동안 반대쪽 날개에는 바람이 닿지 않기 때문에 수평축형의 발전 효율이 수직축형보다 더 높다고 하였다. 그러므로 전기의 출력량은 [가]와 [나]중 [나]가 더 많다.

13 [모범답안]

ⓐ T2 / ⓑ T4 / ⓒ T5

[바른해설]

ⓐ : 2문단에서 날개를 회전시킬 수 있는 최소의 풍속은 3m/s라고 하였으므로, 날개가 회전하여 발전기에서 전기가 처음 출력되기 시작하는 시간대는 풍속이 4m/s에서 7m/s로 점차 증가하기 시작하는 T2이다.

ⓑ : 3문단에서 정격 출력을 얻기 위해서는 풍속이 15m/s에 도달해야 한다고 했으므로, 풍속의 증가로 날개의 회전수가 점차 증가하여 정격 출력을 내기 시작하는 시간대는 풍속이 16m/s에서 23m/s로 점차 증가하는 T4이다.

ⓒ : 4문단에서 풍속이 25m/s를 초과하면 부품들을 보호하기 위해 받음각을 0도로 만들고 추가적으로 브레이크 장치가 작동되어 날개 회전을 중단한다고 하였으므로, 브레이크가 작동되어 날개의 회전이 중단되는 시간대는 풍속이 28m/s에서 26m/s로 점차 감소하는 T5이다.

[14~15]

갈래	논설문	해제	이 글은 패놉티콘에서 전자 패놉티콘까지 감시의 역사를 살펴보고 있다. 현대 사회는 정보 기술의 발달을 통해 다양한 유형의 감시 장치가 등장한 전자 패놉티콘 사회로, 시민 운동이 국민의 역감시를 보장하는 기능을 하고 있다. 이러한 전자 패놉티콘 시대에는 결국 정보가 중요하며 이를 어떻게 관리하고 보호할 것인가에 대한 관심과 고민이 필요하다.
제재	패놉티콘, 전자 패놉티콘		
주제	현대 사회의 전자 패놉티콘은 다양한 유형으로 대중을 감시하지만 역감시가 가능하게 하기도 함		

14 [모범답안]

역감시

[바른해설]
역감시의 기능은 권력자 혹은 권력 단체에 대해 공유할 수 있는 정보를 투명하게 공개하여 시민이 권력자를 감시할 수 있도록 하는 것이다. 그러므로 〈보기〉의 사례와 같이 기관이나 업체 등 권력 단체의 개인 정보 침해에 대해 국민들이 알도록 마크를 부여하는 것은 '역감시'의 기능에 해당한다고 볼 수 있다.

15 [모범답안]
① 시선 / ② 정보

[바른해설]
제시문에 따르면 '패놉티콘'에서는 시선이 규율과 통제의 기제라면, '전자 패놉티콘'에서는 정보가 규율과 통제의 기제로 작동한다고 설명하고 있다. 그러므로 규율과 통제의 기제로 작동하는 '패놉티콘'과 '전자 패놉티콘'의 두드러진 차이점을 대표하는 단어는 각각 '시선'과 '정보'이다.

[16~17]

갈래	설명문	특징	• 미세 먼지의 발생 과정을 인과 관계를 중심으로 분석함 • 그래프, 연구 결과 등을 제시하여 내용의 이해를 돕고 글의 신뢰성을 높임 • 다른 나라의 사례를 들어 독자의 이해를 도움
성격	객관적, 분석적, 사실적, 예시적		
제재	미세 먼지		
주제	미세 먼지에 관한 다양한 정보		

16 [모범답안]
ⓐ 황사, 해염 입자, 꽃가루
ⓑ 검댕

[바른해설]
PM-10에 해당하는 미세 먼지에는 봄철 중국에서 우리나라로 오는 황사, 바다에서 파도가 칠 때 조그만 알갱이로 남는 해염 입자 그리고 꽃가루가 있다. PM-2.5에 해당하는 초미세 먼지에는 버스나 트럭의 배기가스에서 나오는 검댕이 대표적이다.

17 [모범답안]
ⓐ 질산염
ⓑ 암모늄
ⓒ 황산 또는 황산염
ⓓ 유기 탄소

[바른해설]
ⓐ 자동차에서 배출되는 질소 화합물은 '질산염'이라는 초미세 먼지를 만든다.
ⓑ 소나 돼지, 인간에게서 배출되는 암모니아는 '암모늄'이라는 초미세 먼지를 만든다.
ⓒ 이산화 황은 화력 발전소에서 전기를 만들 때 발생하며, '황산'이나 '황산염'이라는 초미세 먼지가 생긴다.
ⓓ 화학적 용매를 쓸 때나 나무에서 자연적으로 발생하는 유기 기체는 유기 탄소'라는 초미세 먼지를 만든다.

[18~19]

갈래	논설문	특징	• 과학적 근거를 뒷받침 자료로 제시하여 글의 신뢰성을 높임 • 흥미로운 일화를 제시하며 글을 시작하여 독자의 관심과 흥미를 이끌어 냄 • 인과와 문제 해결 구조를 사용하여 글을 전개함
성격	설득적, 설명적		
제재	북태평양 환류대에 형성된 쓰레기 섬		
주제	해양 오염의 심각성과 오염 방지 노력의 필요성		

18 [모범답안]

A: 음식물 자원화 시설

B: 바다 쓰레기장

[바른해설]

제시문에 따르면 우리가 남은 음식물을 음식물 쓰레기통에 버리면, 지방 자치 단체의 수거 차량이 '음식물 자원화 시설'로 가져가 가축의 사료나 농경지의 퇴비로 만들고 거기서 자원화되지 않고 남는 것들은 폐기물 운반선을 타고 바다(바다의 쓰레기장)로 가서 버려진다고 서술되어 있다. 그러므로 A에는 '음식물 자원화 시설', B에는 '바다의 쓰레기장'이 들어갈 말로 적절하다.

19 [모범답안]

㉠ 서해 병 구역

㉡ 동해 병 구역

㉢ 동해 정 구역

[바른해설]

㉠ 제시문에 따르면 서해 병 구역은 군산 서쪽 200킬로미터 지점에 있고, 동해 병 구역은 포항 동쪽 125킬로미터 지역에 있으며, 동해 정 구역은 울산 남동쪽 63킬로미터 지점에 있다고 하였다. 그러므로 바다 쓰레기장 중 육지에서 가장 멀리 떨어진 구역은 '서해 병 구역'이다.

㉡ 제시문에 따르면 서해 병 구역의 수심은 80미터이고, 동해 병 구역의 수심은 200~2,000미터이며, 동해 정 구역의 수심은 150미터라고 하였다. 그러므로 바다 쓰레기장 중 수심이 가장 깊은 구역은 '동해 병 구역'이다.

㉢ 제시문에 따르면 동해 병 구역은 전체 폐기물의 60퍼센트 가량을 담당하는 우리나라 최대의 바다 쓰레기장이고, 서해 병 구역과 동해 정 구역은 각각 전체 폐기물의 27퍼센트와 1.3퍼센트를 담당한다고 하였다. 그러므로 바다 쓰레기장 중 폐기물을 가장 적게 처리하는 구역은 1.3퍼센트의 폐기물을 담당하는 '동해 정 구역'이다.

[20~21]

갈래	설명문	특징	• 구체적인 작품을 들어 세잔의 예술에 대한 관점을 설명함 • 세잔의 영향을 받은 입체파의 예술에 대한 관점과 작품 경향을 설명함 • 세잔과 입체파와 같이 새로운 관점에서 예술을 감상하는 것의 효과를 강조함
제재	세잔과 입체파의 예술에 대한 관점		
주제	세잔과 입체파의 예술에 대한 관점과 작품 경향 및 의의		

20 [모범답안]

ⓐ 색채의 효과

ⓑ 지적 원리

[바른해설]

인상주의자들은 윤곽선이나 형태 및 입체감보다는 '색채의 효과'를 중시했으며, 외부에서 관찰한 자연의 순간순간의 모습과 그것에 대한 시각적 인상을 현장에서 화폭에 담아냈다. 세잔은 대상 표면의 색이 변한다 하더라도 입체적인 구조는 변하지 않는다는 생각에서 감각적 경험과 '지적 원리'가 결합된 미술을 만들어 냄으로써 견고하고 영구적인 모습으로 물체들을 나타내고자 하였다.

21 [모범답안]

종전의 원근법적 그림들이 지켜 온 규칙으로부터 벗어났기 때문이다.

[바른해설]

ⓐ의 다음 문장들에서 '이상하게 왜곡된 표현들'의 구체적 사례들을 열거하여 묘사하고 있고, 이러한 이상한 점들은 모두 '종전의 원근법적 그림들이 지켜 온 규칙으로부터 벗어났기 때문'이라고 그 이유를 설명하고 있다.

[22~23]

갈래	설명문	특징	• 정치 논리와 경제 논리의 이해를 돕기 위해 정치인과 경제인의 속성을 분석함 • 정치인과 경제인, 정치 논리와 경제 논리를 대조하여 설명함
제재	정치 논리와 경제 논리		
주제	정치 논리와 경제 논리의 차이점 및 적절한 활용의 필요성		

22 [모범답안]

① 정치인 / ② 경제인 / ③ 경제인

[바른해설]

제시문에 따르면 정치인은 정책을 투입의 관점에서 보는 반면, 경제인은 효과의 측면에서 본다고 하였다.

① 〈방법 1〉에서 '투입 대상'은 정치인이 정책을 결정할 때 고려하는 측면이므로, ①에는 '정치인'이 들어가야 한다.

② 〈방법 2〉에서 '정책의 효과'는 경제인이 추구하는 정책 방향이므로, ②에는 '경제인'이 들어가야 한다.

③ 〈방법 3〉에서 '방역에 성공하는 가구 수'는 도표에서 '정책의 효과'에 해당하므로, ③에는 '경제인'이 들어가야 한다.

23 [모범답안]

ⓐ 공평성 / ⓑ 효율성

[바른해설]

'정치 논리'는 '누구에게 얼마를'이라는 식의 자원 배분의 논리로서 주로 분배 측면을 중시한다고 하였으므로, ⓐ에는 '어느 쪽으로도 치우치지 않는 고른 성향'을 의미하는 '공평성'이 들어가야 한다. 반면에 '경제 논리'는 효율성 혹은 '최소의 비용으로 최대의 효과'를 얻고자 하는 경제 원칙에 입각한 자원 배분의 논리라고 하였으므로, ⓑ에는 '들인 노력과 얻은 결과의 비율이 높은 성향'을 의미하는 '효율성'이 들어가야 한다.

[24~25]

갈래	강연문	특징	• 실생활과 연관된 다양한 질문을 통해 청중의 흥미와 관심을 유발함 • 스스로 묻고 답하는 방식으로 내용을 전개함 • 적정 기술의 개념이 발전해 온 과정을 시간 순서대로 설명하고, 적정 기술의 구체적 사례를 제시함
성격	설명적, 해설적		
제재	적정 기술		
주제	더불어 사는 삶을 실천하는 과학 기술 개발의 필요성		

24 [모범답안]

ⓐ 지역을 중심으로 하는 작은 기술

ⓑ 중간 기술

ⓒ 적정 기술

[바른해설]

ⓐ 제시문에 적정 기술 운동은 마하트마 간디가 맨 처음 시작했으며, '지역을 중심으로 하는 작은 기술'을 개발하려고 노력했다고 서술되어 있다. 그러므로 ⓐ에 들어갈 말은 '지역을 중심으로 하는 작은 기술'이다.

ⓑ 제시문에 간디의 영향을 받은 경제학자 에른스트 슈마허는 《작은 것이 아름답다》라는 책에서 '중간 기술'을 강조했다고 서술되어 있다. 그러므로 ⓑ에 들어갈 말은 '중간 기술'이다.

ⓒ 제시문에 따르면 현재는 '중간 기술'이라는 이름이 열등한 기술인 것처럼 오해받을 수 있어서 대안으로 '적정 기술'이란 단어를 사용한다고 서술되어 있다. 그러므로 ⓒ에 들어갈 말은 '적정 기술'이다.

25 [모범답안]

① 가능하면 현지에서 나는 재료를 사용한다.

② 적은 비용으로 활용한다.

③ 사람들의 협업을 끌어내 지역 사회 발전에 공헌해야 한다.

[바른해설]

① 〈보기〉의 사례에서 '지세이버' 모델이 몽골에서 쉽게 구할 수 있는 돌인 맥반석을 활용하였다는 점에서, 적정 기술이 되기 위한 [A]의 조건 중 2의 '가능하면 현지에서 나는 재료를 사용한다.'는 조건을 만족한다.

② 〈보기〉의 사례에서 '지세이버' 모델을 사용하면 연료 사용량이 감소하여 난방비 절감 효과가 있다고 하였으므로, 적정 기술이 되기 위한 [A]의 조건 중 1의 '적은 비용으로 활용한다.'는 조건을 만족한다.

③ 〈보기〉의 사례에서 연료비로 절약된 비용이 아이들의 교육에 재투자되고 있다고 하였으므로, 적정 기술이 되기 위한 [A]의 조건 중 7의 '사람들의 협업을 끌어내 지역 사회 발전에 공헌해야 한다.'는 조건을 만족한다.

[26~27]

<table>
<tr><td>주제</td><td>제2차 세계 대전과 자본주의 황금시대의 원인이 된 포드주의</td><td rowspan="2">특징</td><td rowspan="2">이 글은 제2차 세계 대전 이후 자본주의 황금시대를 가능케 한 원동력으로서 포드주의적 생산 방식에 대해 설명하고 있다. 과학적 관리법인 테일러주의의 완성으로서 포드주의는 노동을 구상과 실행으로 구분했을 뿐 아니라 노동의 전 과정을 기계 시스템에 통합하여 일관 생산 체제를 구성했다. 이는 엄청난 생산성의 향상을 불러왔으나, 공급과 수요 사이의 간극을 넓혀 세계 대공황 및 제2차 세계 대전이라는 파국을 일으키는 원인으로 작용했다. 종전 이후 선진 자본주의 국가들은 계급 타협을 통해 노동권의 보호와 수요의 상승을 도모했고, 결과적으로 포드주의가 자본주의 황금시대의 원동력이 될 수 있었다.</td></tr>
<tr><td>구성</td><td>• 1문단: 포드주의적 생산 방식의 특징
• 2문단: 포드주의적 생산 방식의 부작용
• 3문단: 자본주의 황금시대의 원동력이 된 포드주의와 냉전 체제
• 4문단: 복지 국가 모델의 도입을 통한 자본주의의 번영</td></tr>
</table>

26 [모범답안]

ⓐ 테일러주의

ⓑ 자동 기계 시스템

[바른해설]

제시문에 따르면 포드주의는 기술자와 단순 기능공을 '자동 기계 시스템'에 통합시킨 일관 생산 체제를 구성함으로써 '테일러주의'를 완성했다고 설명하고 있다. 즉, 포드주의는 '테일러주의'의 과학적 노동 관리 방식에 '자동 기계 시스템'이 결합되어 완성된 생산 방식이다. 그러므로 ⓐ에는 '테일러주의', ⓑ에는 '자동 기계 시스템'이 들어갈 말로 적절하다.

27 [모범답안]

① 노동자의 작업에 대한 통제권이 상실되었다.

② 과잉 생산의 문제를 낳았다.

[바른해설]

① 제시문에서 포드주의적 생산 방식은 기계 시스템의 획일적 작동이 전체 집단의 작업 리듬을 결정하기 때문에 노동자의 작업에 대한 통제권이 상실되었고, 이로 인해 노동자의 직무 자율성을 박탈하여 개별적 태업을 불가능하게 하였다고 그 문제점을 지적하고 있다.

② 제시문에서 포드주의적 생산 방식의 또 다른 문제는 생산 방식의 변화가 가져온 엄청난 생산성의 상승이 공급을 지속적으로 팽창시킨 반면 수요를 상대적으로 정체시켰기 때문에, 노동자의 실질 임금이 정체된 상황에서 생산성의 상승은 과잉 생산의 문제를 낳았다고 그 문제점을 지적하고 있다.

Ⅲ. 화법과 작문

01 [모범답안]
진학

[바른해설]
교육 실습생(교생)과 학생들의 대화에서 학생 2가 '저희는 교육 동아리 학생들인데 선생님께서는 고등학교 때 대학 진학을 어떻게 준비하셨는지 궁금해요.'라고 물으며 진학 상담을 요청하고 있다. 그러므로 제시문에서 이루어지는 상담의 핵심 주제어는 '진학'임을 알 수 있다.

02 [모범답안]
ⓐ 찬동의 격률
ⓑ 겸양의 격률
ⓒ 요령의 격률
ⓓ 관용의 격률

[바른해설]
ⓐ: '정말 배운 것이 많은 수업'이라는 표현은 상대를 칭찬하는 말로 볼 수 있으며, 이는 '찬동의 격률'에 따른 표현에 해당한다.
ⓑ: '부족한 게 많은 수업'이라는 표현은 자신을 낮추는 말로 볼 수 있으며, 이는 '겸양의 격률'에 따른 표현에 해당한다.
ⓒ: '아주 잠깐'이면 된다는 표현은 상대의 부담을 최소화하는 말로 볼 수 있으며, 이는 '요령의 격률'에 따른 표현에 해당한다.
ⓓ: '당연히 시간을 내야'한다는 표현은 자신에게 부담이 되는 말로 볼 수 있으며, 이는 '관용의 격률'에 따른 표현에 해당한다.

03 [모범답안]
ⓐ 국어 교사와 한국어 교사가 같은 직업이라고 잘못 알고 있는 것
ⓑ 두 직업의 차이

[바른해설]
학생이 '국어 교사와 한국어 교사가 결국 같은 직업이라고 잘못 알고 있는 경우도 있는데요'라고 말한 부분이 면담의 화제와 관련된 오해가 있다는 점을 언급하는 부분이며, '두 직업의 차이를 설명해 주시겠어요?'라고 말한 부분이 오해를 해소하기 위한 정보를 요구하는 부분이다.

04 [모범답안]
한국어 교원 자격증 취득

[바른해설]
'한국어 교사가 되려면 어떻게 해야 하나요?'라는 학생의 질문에 교사는 국가에서 관리하는 한국어 교원 자격증 소지자를 교사로 임용하며, 학위를 통해 자격증을 취득하는 방법과 일정 시간 이상의 수업을 받은 후 시험 합격을 통해 자격증을 취득하는 두 가지 방법에 대해 소개하고 있다. 그러므로 한국어 교사가 되기 위한 필수 요건은 '한국어 교원 자격증 취득'이다.

05 [모범답안]
(가) 부탁 / (나) 사과 / (다) 감사

[바른해설]
(가)의 강연두는 동아리 부원들에게 대회에 함께 나갈 것을 '부탁'하고 있고, (나)의 권수아는 자신을 이해해 준 친구들에게 과거의 잘못을 '사과'하고 있으며, (다)의 강연두는 자신을 돕겠다는 권수아에게 '감사'의 마음을 전하고 있다.

06 [모범답안]
각자의 선택을 존중하여 자발적 참여를 유도하고 있다.

[바른해설]
(가)의 ⓐ는 상대방에게 자기의 생각을 일방적으로 강요하면 상대방이 심리적 부담을 느낄 수 있으므로, 상대방에게 선택권을 주는 표현을 사용하여 전달하는 말하기 전략을 사용하고 있다. 주어진 〈조건〉에 따라 첫 번째로 글 (가)의 마지막 문장인 '각자의 선택을 존중해 주자고.'를 활용한다. 두 번째로 '남이 시키거나 요청하지 않아도 자기 스스로 행한다.'는 의미의 형용사, '자율적'을 활용한다. 세 번째로 띄어쓰기를 제외한 25자 내외의 한 문장으로 글을 쓴다.

07 [모범답안]
담화 표지

[바른해설]
주로 구어에서 문장의 내용에 직접적인 영향을 미치지는 않지만 전체적인 분위기나 대화의 최종적인 목적을 달성하고자 문장 간의 응집성을 높이기 위하여 사용하는 것은 담화 표지로, 화자의 상태나 의도 및 감정을 나타내기도 한다. 제시문에서 ㉠과 ㉡에서 강연자는 강연의 흐름을 파악할 수 있도록 담화 표지를 사용하며 강연을 이어 가고 있다.

08 [모범답안]
ⓐ 달이 타원 궤도로 공전하기 때문에 발생한다.
ⓑ 지구의 자전으로 내부의 액체로 이루어진 코어가 회전하면서 생겨난다.

[바른해설]
ⓐ: 글 (나)의 두 번째 문단에서 슈퍼 문은 '달이 타원궤도로 공전하기 때문에 발생하는 현상'으로 보름달이 지구와 가장 근접한 근지점에 있을 때 나타난다고 서술하고 있다.
ⓑ: 글 (나)의 네 번째 문단에서 지구 자기장은 '지구의 자전으로 내부의 액체로 이루어진 코어가 회전하면서 생겨난다'는 가설이 유력하다고 서술하고 있다.

09 [모범답안]
ⓐ 타당성 / ⓑ 신뢰성

[바른해설]
토론의 반대 신문에서는 상대측의 주장을 한쪽에 치우치지 않았는지(공정성), 근거는 믿을 만한지(신뢰성), 이치에 맞는지(타당성)의 측면에서 검증할 수 있다. ⓐ는 로봇의 도입이 노동자의 대량 실직을 유발할 수 있다는 상대측 주장에 대해 의문을 제기하면서 '타당성'을 검증하고 있다. ⓑ는 미국의 전체 일자리 수가 과거에 비해 증가했다는 상대측의 주장에 대해 의문을 제기하면서 '신뢰성'을 검증하고 있다.

10 [모범답안]
(가) 로봇 도입은 다양한 일자리를 창출할 수 있다.
(나) 로봇에 부과한 세금을 실직자의 직업 재교육에 사용할 수 있다.

[바른해설]
(가) 로봇의 도입이 노동자의 대량 실직을 유발할 수 있기 때문에 로봇에 세금을 부과해야 한다는 찬성 측의 입론에, 반대 측은 자동차 보급으로 주유소, 카센터, 레저 산업 등의 일자리가 생겼듯 로봇 도입은 다양한 일자리를 창출할 수 있다고 반론을 제기하고 있다.
(나) 로봇에 부과한 세금을 실직자의 직업 재교육에 사용할 수 있기 때문에 로봇에 세금을 부과해야 한다는 찬성 측의 입론에, 반대 측은 재교육이 필요한 까닭이 로봇 도입 때문만은 아니기에 다양한 재원 마련책이 강구되어야 한다고 반론을 제기하고 있다.

11 [모범답안]
인성적 설득 전략

[바른해설]
[A]에서 연설자는 자신이 좋아하는 일을 열심히 하여 성공을 거두었음을 나타내고 있는데, 이를 통해 자신이 화제와 관련하여 믿을 만한 사람임을 드러내고 있다. 이는 화자의 공신력 중 전문성을 높여 연설의 설득력을 높이는 '인성적 설득 전략'에 해당한다.

전문성	화자가 화제에 대한 지식이나 경험을 충분히 갖추고 있는지의 여부
신뢰성	화자의 성품이 믿음직한지, 주변의 평판은 어떠한지에 대한 것
침착성	화자가 위기나 돌발 상황에서 당황하지 않고 침착하게 대처하는 태도
외향성	화자가 역동적인 어조, 몸짓으로 신념과 열정 등을 표현하는 정도에 대한 것
사회성	화자가 친근감을 주는 정도

12 [모범답안]

자신이 세운 회사에서 해고당한 것

[바른해설]

위의 연설에서 연설자는 '감성적 설득 전략'을 사용하여 자신이 세운 회사에서 해고당한 경험담을 이야기함으로써 청자의 안타까움을 유도하고 있다. 이를 통해 청자가 화자의 심정에 공감함으로써 화자의 주장을 보다 쉽게 받아들이도록 하였다.

13 [모범답안]

압박 면접

[바른해설]

면접 대상자에게 연속된 질문이나 의도된 스트레스 등을 가하여 극한 상황에서 임기응변과 자제력, 순발력, 상황대처능력, 문제해결능력 등을 테스트하는 면접 방식은 압박 면접이다. 면접자는 〈질문 1〉에서 압박 질문을 통해 면접 대상자의 문제해결능력을 확인하려고 하였다.

14 [모범답안]

① 다양한 호기심
② 세심한 관찰력
③ 세상을 향한 애정
④ 균형감 있고 비판적인 안목

[바른해설]

〈질문 3〉에서 좋은 신문 기자가 되기 위해서 어떤 능력이 필요하냐는 질문에 '다양한 호기심', '세심한 관찰력', '세상을 향한 애정'이 필요하다고 답변하였고, 〈질문 4〉에서 그 외에 추가적으로 '균형감 있고 비판적인 안목'이 필요하다고 답변하였다.

15 [모범답안]

ⓐ 이중 부정
ⓑ (지금까지 경험하지 못한) 새로운 분야에 남보다 먼저 도전하라.

[바른해설]

제시문에서 ㉠의 '지금까지 경험하지 못한 새로운 분야에 남보다 먼저 뛰어들지 않으면 안 된다.'라는 문장은 한 번 부정한 것을 다시 한번 부정하여 단순한 긍정보다 완곡하거나 강조된 의미를 나타내는 '이중 부정'의 표현 전략을 사용하였다. 그 결과 '(지금까지 경험하지 못한) 새로운 분야에 남보다 먼저 도전하라'는 강조된 의미를 반영한다.

16 [모범답안]

실패는 성공의 어머니

[바른해설]

제시문에서 ㉡의 '실패의 쓴맛은 성공의 확률을 그만큼 더 높여 주는 법이다.'는 실패를 두려워하지 말고 다양한 도전을 해야 성공을 거둘 수 있다는 의미로, '실패는 성공의 어머니'라는 격언을 통해 '실패를 허(許)하는 문화를 조성하자'는 제시문의 주제를 함축적으로 표현할 수 있다.

17 [모범답안]
적, 녹, 청

[바른해설]
[A]에서 '청색' 원추 세포 이상으로 청색과 황색을 구분하지 못하는 청황 색맹도 있고, '적색'과 '녹색' 원추 세포에 이상이 생겨 청색약(보라색약)이 나타나는 때도 드물게 있다고 하였으므로, 빈칸에 들어갈 색상은 순서에 관계 없이 '적', '녹', '청'이다.

18 [모범답안]
ⓐ 원추 세포 / ⓑ 녹색맹 / ⓒ 적색맹 / ⓓ 전 색각 이상

[바른해설]
ⓐ 색각 이상은 '원추 세포'에 이상이 나타나는 상태에 따라 색약, 색맹 등으로 구분된다.
ⓑ '녹색맹'은 신호등에서 빨간불과 노란불을 거의 비슷하게 인식하고 녹색불은 흰색으로 인식한다.
ⓒ '적색맹'은 빨간불의 붉은색은 인식하지 못하지만 빨간불과 노란불, 초록불의 색이 다르다는 점은 인식한다.
ⓓ '전 색각 이상'은 원추 세포 세 종류에 모두 문제가 발생해 색 자체를 인식하지 못하지만 흑색, 백색, 회색은 볼 수 있다.

19 [모범답안]
인기가 많은 몇 개 벽화의 위치를 옮기는 것

[바른해설]
벽화 찬성 주민 대표의 입장에서 볼 때 벽화를 지우는 것이나 옮기는 것은 이익이 아니라 손해에 해당하므로, '인기가 많은 몇 개 벽화의 위치를 옮기는 것'은 찬성 측의 입장에서 보면 '양보한 것'이고 반대 측의 입장에서 보면 '얻은 것'에 해당된다.

20 [모범답안]
상대방의 표준을 파악하여 마음을 움직일 수 있게 표현하기

[바른해설]
[A]에서 벽화 반대 주민 대표는 공동체의 가치를 내세우면서 공동체의 이익을 함께 나누자고 말하고 있는데, 벽화 찬성 주민 대표도 이 가치에 동의하며 제안을 수용하고 있다. 그러므로 벽화 반대 주민 대표는 상대방이 중요하게 여기는 가치, 즉 표준을 파악하여 상대방의 마음을 움직이고 자신들의 요구를 관철시킨 것이라 할 수 있다.

21 [모범답안]
유희적 기능

[바른해설]
심신의 안정과 추억, 즐거움 등의 유희적 기능을 충족시키기 위해 동물원을 유지하려면 '동물 쇼'와 같은 상업화로 인해 동물 학대와 비윤리적 착취의 문제가 발생한다. 그러므로 '동물원을 폐지해야 한다.'는 비판을 받는 가장 큰 부작용을 낳은 동물원의 기능은 '유희적 기능'이다.

22 [모범답안]
주장의 공정성

[바른해설]
제시문의 필자는 동물원을 폐지하자는 주장을 드러내고 있으면서도 동물원의 유지를 주장하는 논거인 현대 동물원의 긍정적 기능들을 언급하고 있다. 이와 같이 자신의 관점과 상반되는 논거들을 제시하고 이에 대해 검토하는 내용을 포함하면, 비평하는 글의 평가 항목 중 '주장의 공정성'을 확보할 수 있다.

23 [모범답안]
방제용 드론

[바른해설]
초고의 2문단에서 스마트 노지 작물 농가는 스마트 팜 시스템을 통해 물 공급과 병해충 예방 관리를 이행한다고 하였고, 스마트 축사 농가는 가축에게 제공하는 물과 사료를 원격 또는 자동으로 조절한다고 하면서 방제용 드론이 꼭 필요하다고 언급하지 않았다. 따라서 방제용 드론은 여러 형태의 스마트 팜에 필수적인 장비라고 볼 수 없다.

- **다양한 센서들**: 1문단에서 스마트 팜에서는 다양한 센서를 이용한다고 설명하고 있으므로, 〈보기〉의 스마트 팜 개요도에서 강우 센서, 풍향/풍속 센서, 일사 센서, 환경 센서 장비, 외부 온습도 센서, 토양 수분 센서 등의 여러 센서를 이 설명의 구체적인 예로 사용할 수 있다.
- **영상 장비**: 1문단에서 영상 장비를 통해 농장의 상태를 확인한다고 설명하고 있으므로, 〈보기〉의 스마트 팜 개요도에서 웹 카메라와 CCTV를 이 설명의 구체적인 예로 사용할 수 있다.

24 [모범답안]
(가) 스마트 팜 설치 비용 부담 – ⓐ 축산
(나) 스마트 팜 기술 및 장비에 대한 낮은 이해도 – ⓑ 노지 과수

[바른해설]
(가) 4문단에서 스마트 팜을 운영하는 많은 농민들은 스마트 팜 설치 비용이 부담된다고 하고 있는데, 〈보기〉의 축산 운영 농가의 경우 '스마트 팜 설치 비용 부담'을 이야기한 비율이 65.6%로 가장 높게 나타났다.
(나) 4문단에서 스마트 팜을 확대 적용하기 위해서 장비 운용에 대한 이해도를 높이는 일이 시급하다고 하고 있는데, 〈보기〉의 노지 과수 운영 농가의 경우 '스마트 팜 기술 및 장비에 대한 낮은 이해도'를 이야기한 비율이 45.7%로 가장 높게 나타났다.

25 [모범답안]
미래의 화폐가 어떻게 변화할 것인지에 대한 전망을 글의 마지막에 언급해야겠어.

[바른해설]
마지막 문단에서 '화폐의 미래가 어떻게 될지 쉽게 점칠 수는 없지만'이라고 제시되어 있지만, 이는 화폐의 미래를 쉽게 예측할 수 없음을 말하는 것으로 미래의 화폐가 어떻게 변화할 것인지에 대한 전망이 제시된 것은 아니다. 또한 '미래의 화폐는 과연 어떤 모습일까?'라고 의문을 남겨 놓음으로써 미래의 화폐가 어떻게 변화할 것인지에 대한 전망을 독자의 상상에 맡겨두고 있다.

26 [모범답안]
ⓐ 상품 화폐 / ⓑ 금속 화폐 / ⓒ 종이 화폐 / ⓓ 신용 화폐

[바른해설]
역사적으로 볼 때 화폐는 소금과 같이 물건을 화폐로 사용하는 '상품 화폐', 동전과 같이 금속으로 만든 '금속 화폐', 인쇄술의 발달로 생겨난 지폐와 같이 종이로 만든 '종이 화폐' 그리고 수표나 어음 등과 같은 '신용 화폐'로 나눌 수 있다.

Ⅳ. 문법

01 [모범답안]
(A) 잡일, 축하, 겉늙은
(B) 학대, 많지만

[바른해설]
(A) 음절 구조 유형이 바뀐 음절이 있는 말
- '잡일'의 발음은 [잠닐]이다. 둘째 음절에 'ㄴ'이 첨가되어 둘째 음절의 음절 구조 유형이 바뀌었다. 곧 'ᄃ + ᄃ'의 음절 구조 유형에서 'ᄃ + ᄃ'의 음절 구조 유형으로 바뀌었다.

• '축하'의 발음은 [추카]이다. 첫째 음절의 종성 'ㄱ'과 둘째 음절의 초성 'ㅎ'이 축약되어 둘째 음절의 초성 'ㅋ'으로 발음되므로, 첫째 음절의 음절 구조 유형이 바뀌었다. 곧 'd + b'의 음절 구조 유형에서 'b + b'의 음절 구조 유형으로 바뀌었다.
• '겉늙은'의 발음은 [건늘근]이다. '늙은'의 'ㄱ'이 뒤 음절로 연음됨으로써 셋째 음절의 음절 구조 유형이 바뀌었다. 곧 'd + d + c'의 음절 구조 유형에서 'd + d + d'의 음절 구조 유형으로 바뀌었다.

(B) 음절 구조 유형이 바뀐 음절이 없는 말
• '학대'의 발음은 [학때]이다. 음절 구조 유형이 바뀐 음절이 없다.
• '많지만'의 발음은 [만:치만]이다. 첫째 음절의 종성 'ㅎ'과 둘째 음절의 초성 'ㅈ'이 축약되어 둘째 음절의 초성 'ㅊ'으로 발음되었으나, 첫째 음절의 종성인 'ㄴ'은 그대로 있으므로 음절 구조 유형은 바뀐 것이 없다.

02 [모범답안]
ⓑ 굴[굴] – 꿀[꿀]
ⓓ 연(鳶)[연] – 원(圓)[원]
ⓔ 사과[사과] – 사과(謝過)[사:과]

[바른해설]
ⓑ '굴'과 '꿀'은 'ㄱ'과 'ㄲ'만 다르므로 최소 대립쌍에 해당한다.
ⓓ '연'과 '원'은 반모음 'j'와 반모음 'w'만 다르므로 최소 대립쌍에 해당한다.
ⓔ '사과'와 '사과(謝過)'는 음의 길이만 다르므로 최소 대립쌍에 해당한다.

03 [모범답안]
ⓐ ㅜ / ⓑ ㅚ / ⓒ ㅐ

[바른해설]
ⓐ는 고모음으로, 후설 모음 중 원순 모음에 해당하는 모음이므로 'ㅜ'이다.
ⓑ는 중모음으로, 전설 모음 중 원순 모음에 해당하는 모음이므로 'ㅚ'이다.
ⓒ는 저모음으로, 전설 모음 중 평순 모음에 해당하는 모음이므로 'ㅐ'이다.

혀의 앞뒤 위치 / 입술 모양 / 혀의 높이	전설 모음		후설 모음	
	평순	원순	평순	원순
고모음	ㅣ	ㅟ	ㅡ	ㅜ
중모음	ㅔ	ㅚ	ㅓ	ㅗ
저모음	ㅐ		ㅏ	

04 [모범답안]
• 짧게 발음해야 하는 것: ⓐ, ⓑ, ⓒ, ⓓ
• 길게 발음해야 하는 것: ⓔ

[바른해설]
하늘에서 내리는 '눈[눈:]'은 길게 발음해야 되고, 신체 부위의 '눈[눈]'은 짧게 발음해야 한다. 그러나 길게 발음되는 음운이라도 둘째 음절 이하에 오면 짧게 발음해야 하므로 '함박눈'의 '눈[눈]'은 짧게 발음해야 한다.

05 [모범답안]
어떤 대상의 수나 양을 나타내는 말이 있을 때 그 말이 어떤 범위에 걸쳐 있는지에 따라 중의성이 생길 수 있다.

[바른해설]
주어진 예문은 '학생들 모두'가 전시 작품을 감상했다는 뜻도 될 수 있고(전시 작품은 일부만 감상했을 수 있음.), 학생들이 '전시 작품 모두'를

감상했다는 뜻도 될 수 있다(학생들 중 일부만이 감상했을 수 있음.). 즉, 해당 예문에서 '모두'는 전부를 나타내는 말이고 그 말이 어떤 범위에 걸쳐 있는지에 따라 의미가 달라지므로, 해당 예문은 제시문에서 중의성이 생기는 대표적인 세 가지 원인 중 세 번째 사유인 '어떤 대상의 수나 양을 나타내는 말이 있을 때 그 말이 어떤 범위에 걸쳐 있는지에 따라 중의성이 생길 수 있다.'에 해당한다.

06 [모범답안]

ⓐ 두 명의 포수가 각각 참새 네 마리를 잡았다.

ⓑ 철수가 대학에 합격한 영수와 함께 찾아왔다.

[바른해설]

ⓐ: '두 명의 포수가'가 각각 '참새 네 마리'를 잡아 총 여덟 마리의 참새를 잡은 해석과 '두 명의 포수'가 합쳐서 총 네 마리의 참새를 잡은 해석 둘 다 가능하므로, '두 명의 포수가' 뒤에 '각각'을 넣어 주면 두 명의 포수가 총 여덟 마리의 참새를 잡은 전자의 해석으로 한정된다.

ⓑ: 대학에 합격한 사람이 '영수'인 해석과 '영수와 철수'인 해석 두 가지 모두 가능하므로, '철수가'를 문장 맨 앞으로 옮기면 대학에 합격한 사람이 '영수'인 해석으로 한정된다.

07 [모범답안]

① 의존 명사 / ② 보조사

[바른해설]

ⓐ의 '뿐'은 의존 명사로서 '(어미 '-을' 뒤에서) 다만 어떠하거나 어찌할 따름'의 뜻을 가지고 있고, 〈예시〉 문장의 '뿐'은 보조사로서 '그것만이고 더는 없음'의 뜻을 가지고 있다. ⓐ의 '뿐'은 의존 명사이므로 띄어 써야 옳고, 〈예시〉 문장의 '뿐'은 보조사이므로 붙여 써야 옳다.

08 [모범답안]

목적어

[바른해설]

목적어 자리에 목적격 조사 대신 보조사가 와도 의미상 '을/를'로 바꿀 수 있으면 목적어이다. 또한 목적어는 문장에서 서술어의 동작 대상이 되는 말로, 서술어가 '바꾸었고'로 무엇을 바꾸었는지를 확인해야 한다. 이러한 이유로 문장의 해당 부분은 목적어가 된다.

09 [모범답안]

닭과, 넓고, 굵게, 넓다, 굵나

[바른해설]

- **닭과**: '닭과 → (닭꽈) → [닥꽈]'에서 된소리되기와 자음군 단순화가 적용되었으므로 ㉠에 해당한다.
- **넓고**: '넓고 → (넓꼬) → [널꼬]'에서는 된소리되기와 자음군 단순화가 적용되었으므로 ㉠에 해당한다.
- **읊지**: '읊지 → (읇지) → (읇찌) → [읍찌]'에는 음절의 끝소리 규칙, 된소리되기, 자음군 단순화가 적용되었으므로 ㉠에 해당하지 않는다.
- **굵게**: '굵게 → (굵께) → [굴께]'에서는 된소리되기(경음화)와 자음군 단순화가 적용되었으므로 ㉠에 해당한다.
- **읊다**: '읊지 → (읇지) → (읇찌) → [읍찌]'에서는 음절의 끝소리 규칙, 된소리되기, 자음군 단순화가 적용되었으므로 ㉠에 해당하지 않는다.
- **넓다**: '넓다 → (넓따) → [널따]'에서는 된소리되기, 자음군 단순화가 적용되었으므로 ㉠에 해당한다.
- **굵나**: '굵나 → (극나) → [긍나]'에서는 자음군 단순화, 비음화가 적용되었으므로 ㉠에 해당한다.

10 [모범답안]

ⓐ 어간과 어미가 모두 바뀌는 것

ⓑ 어미가 바뀌는 것

ⓒ 어간이 바뀌는 것

[바른해설]

ⓐ의 '노래'는 어간과 어미가 모두 바뀌는 경우로, '노랗+아'가 '노래'로 바뀌었다. 이것은 'ㅎ'으로 끝나는 어간에 '-아/-어'가 오면 어간의 일부인 'ㅎ'이 없어지고 어미도 변하는 'ㅎ' 불규칙이 일어난 것이다.

ⓑ의 '푸르러'는 어미가 바뀌는 경우로, '푸르+어'가 '푸르러'로 바뀌었다. 이것은 어간이 '르'로 끝나는 일부 용언에서, 어미 '-어'가 '러'로 변하는 '러' 불규칙이 일어난 것이다.

ⓒ의 '지어'는 어간이 바뀌는 경우로, '짓+어'가 '지어'로 바뀌는데, 이것은 'ㅅ' 모음 어미 앞에서 탈락하는 'ㅅ' 불규칙이 일어난 것이다.

11 [모범답안]

① 과거 시제

② 관형사형 어미

③ 현재 시제

④ 선어말 어미

[바른해설]

ⓐ의 '굴렀지'는 선어말 어미 '-었-'을 통해 과거 시제를 표현하고 있다.

ⓑ의 '날아가던'은 동사의 어간에 관형사형 어미 '-던'을 결합하여 과거 시제를 표현하고 있다.

ⓒ의 '있는'은 동사의 어간에 관형사형 어미 '-는'을 결합하여 현재 시제를 표현하고 있다.

ⓓ의 '이르리라는' 선어말 어미 '-(으)리-'를 통해 미래 시제를 표현하고 있다.

12 [모범답안]

덮밥, 접칼

[바른해설]

- **척척박사**: '부사 + 명사'의 구성을 보이는 비통사적 합성어이다.
- **덮밥**: '용언의 어간 + 명사'의 구성을 보이는 비통사적 합성어이다.
- **접칼**: '용언의 어간 + 명사'의 구성을 보이는 비통사적 합성어이다.
- **검붉다**: '용언의 어간 + 용언'의 구성을 보이는 비통사적 합성어이다.
- **스며들다**: '용언의 연결형 + 용언'의 구성을 보이는 통사적 합성어이다.

13 [모범답안]

ⓐ 나, 죽고 싶다고

ⓑ 많은 이들의 격려를 받아

ⓒ 아흔여덟에도

ⓓ 구름도 타보고 싶은걸

[바른해설]

ⓐ '-고 싶다'의 구성으로 쓰이는 보조 용언 '싶다'는 본용언에 붙여 쓰는 것이 허용되는 보조 용언이 아니므로, 보조 용언의 띄어쓰기 원칙에 따라 '죽고 싶다'라고 띄어 적는 것이 올바르다.

ⓑ '많은이'의 '이'는 '사람'의 뜻을 나타내는 의존 명사로, 앞말과 띄어 적어야 하므로 '많은 이'로 고쳐 써야 한다.

ⓒ '아흔 여덟'은 숫자이므로 만 단위로 띄어 적어야 한다. 따라서 '아흔여덟'로 고쳐 써야 한다.

ⓓ '타 보고 싶은 걸'의 '걸'은 가벼운 반박이나 감탄, 어떤 일에 대한 아쉬움을 나타내는 종결 어미로, 항상 앞말과 붙여 적어야 하므로 '타 보고 싶은걸'로 고쳐 써야 한다.

14 [모범답안]

㉠ 읽습니다 / ㉡ 읽으세 / ㉢ 읽는구나

[바른해설]

㉠: 하십시오체의 평서형 어미는 '-습니다', '-ㅂ니다'이다. 그러므로 ㉠에 들어갈 '읽다'의 활용형은 '읽습니다'이다.

㉡: 하게체의 청유형 어미는 '-(으)세'이다. 그러므로 ㉡에 들어갈 '읽다'의 활용형은 '읽으세'이다.

㉢: 해라체의 감탄형 어미는 '-구나'이다. 그러므로 ㉢에 들어갈 '읽다'의 활용형은 '읽는구나'이다.

15 [모범답안]

ⓐ 실질형태소 / ⓑ 실질형태소 / ⓒ 형식형태소 / ⓓ 형식형태소 / ⓔ 형식형태소

[바른해설]

ⓐ '먹었다'의 '먹-'은 구체적인 동작을 나타내는 용언의 어간이므로 '실질형태소'이다.
ⓑ '하늘이냐'의 '하늘'은 구체적인 대상을 나타내는 명사이므로 '실질형태소'이다.
ⓒ '끝났겠군'의 '-겠-'은 추측의 의미를 나타내는 선어말 어미이므로 '형식형태소'이다.
ⓓ '보면서'의 '-면서'는 진행상을 나타내는 연결 어미이므로 '형식형태소'이다.
ⓔ '고우시다'의 '-시-'는 높임을 나타내는 선어말 어미이므로 '형식형태소'이다.

16 [모범답안]

ⓐ 지다 / ⓑ 내리다 / ⓒ 가라앉다

[바른해설]

ⓐ '뜨다'가 '해나 달이 동쪽에서 떠오르다'의 의미를 지닌 경우 '해나 달이 서쪽으로 넘어가다'의 이미를 지닌 '지다'가 반의어에 해당된다.
ⓑ '뜨다'가 '비행기 따위가 공중에 떠 있는 상태'를 의미하는 경우 '비행기 따위가 지상에 도달하여 멈추다.'라는 의미를 지닌 '내리다'가 반의어에 해당된다.
ⓒ '뜨다'가 '물속이나 지면 따위에서 가라앉거나 내려앉지 않고 물 위나 공중에 있거나 위쪽으로 솟아오르다.'의 의미를 지닌 경우 '가라앉다'가 반의어에 해당된다.

17 [모범답안]

날이 흐려서 더 울다가 다시 누웠다.

[바른해설]

'날이 흐려서 더 울다가 다시 누웠다.'는 '날이 흐리다', '(풀이) 더 울다', '(풀이) 다시 누웠다.'의 세 개의 문장이 이어진 '이어진문장'이다. 또한 '흐려서'에서 종속적 연결 어미 '-어서'에 의해 원인의 의미 관계에 있는 '종속적으로 연결된 이어진문장'이다.

18 [모범답안]

ⓐ 나는 친구<u>에게</u> 선물을 주었다.
ⓑ 우리 반에서 너<u>까지</u> 백점이다.
ⓒ 나는 사과<u>와</u> 배를 먹는다.

[바른해설]

ⓐ '나는 친구<u>에게</u> 선물을 주었다.'에서 '에게'는 격 조사 중 어떤 행동이 미치는 대상을 나타내는 '부사격 조사'이다.
ⓑ '우리 반에서 너<u>까지</u> 백점이다.'에서 '까지'는 앞말에 특별한 뜻을 더해 주는 '보조사'이다.
ⓒ '나는 사과<u>와</u> 배를 먹는다.'에서 '와'는 두 단어나 구를 같은 자격으로 이어 주는 '접속 조사'이다.

19 [모범답안]

ⓐ 이다
ⓑ 간직하고, 있는

[바른해설]

어미 활용을 하는 품사는 동사, 형용사, 서술격 조사로 '경주는 옛 모습을 간직하고 있는 도시이다.'에서 '간직하고, 있는, 이다'만이 이에 해당한다. 그리고 이 중에서 다른 말과의 문법적 관계를 표시하는 것은 서술격 조사 '이다'뿐이다. 그러므로 ⓐ에는 '이다', ⓑ에는 '간직하고, 있는'이 들어갈 단어로 적절하다.

20 [모범답안]

① 모든

② 미루다

[바른해설]
ⓐ의 '다섯'은 관형사로 뒤에 오는 의존 명사 '번'을 꾸며 주고 있다. 마찬가지로 '모든 일의 시작이 중요하다.'라는 문장에서 '모든'은 뒤에 오는 명사 '일'을 꾸며 주는 관형사이다.
ⓑ의 '좋았다'는 상태 또는 성질을 나타내는 형용사이고, '미루다'는 동작이나 움직임을 나타내는 동사이다.

21 [모범답안]
모음 조화

[바른해설]
반모음 'w'가 양성 계열 'ㅏ, ㅐ'와 결합될 때는 양성 계열인 'ㅗ'로 표기하고, 음성 계열 'ㅓ, ㅔ'에 대해서는 음성 계열 'ㅜ'로 표기한 것은 모음 조화 현상 때문이다. 즉, 모음 조화는 양성 모음은 양성 모음끼리만 이어지고, 음성 모음은 음성 모음끼리만 이어지는 현상이다.

22 [모범답안]
㉠ j / ㉡ 뒤

[바른해설]
제시문에 따르면 반모음 'j'가 단모음 뒤에 오면 'ㅣ'로 표시하므로 단모음 'ㅡ' 뒤에 반모음 'j'가 오면 'ㅢ'가 된다. 따라서 'ㅢ'는 반모음 'j'가 단모음 뒤에 오는 이중모음이었다고 이해할 수 있으므로 ㉠에는 'j'가, ㉡에는 '뒤'가 들어갈 말로 적절하다.

23 [모범답안]
① 탈락 / ② 교체 / ③ 축약 / ④ 첨가

[바른해설]
① '좋은[조은]'은 'ㅎ'탈락 현상이 일어나는 사례로, 음운 변동 유형 중 탈락에 해당한다.
② '권력[궐력]'은 유음화 현상이 일어나는 사례로, 음운 변동 유형 중 '교체'에 해당한다.
③ '많다[만타]'는 'ㅎ'과 'ㄷ'이 만나 'ㅌ'으로 축약되는 사례로, 음운 변동 유형 중 '축약'에 해당한다.
④ '맨입[맨닙]'은 'ㄴ'첨가 현상이 일어나는 사례로, 음운 변동 유형 중 '첨가'에 해당한다.

24 [모범답안]
ⓐ [받꼬]
ⓑ [출똥]
ⓒ [모태]
ⓓ [열려섣]

[바른해설]
ⓐ '받고[받꼬]'는 된소리되기 현상(교체)이 일어난다.
ⓑ '출동[출똥]'은 된소리되기 현상(교체)이 일어난다.
ⓒ '못해[모태]'는 [몯해]에서 [모태]로 음절의 끝소리 규칙(교체)과 거센소리되기 (축약)가 일어난다.
ⓓ '열여섯[열려섣]'은 [열녀섣]에서 [열려섣]으로 음절의 끝소리 규칙(교체)과 'ㄴ' 첨가(첨가), 유음화(교체)가 일어난다.

25 [모범답안]
ⓐ 상대 관계
ⓑ 모순 관계
ⓒ 반대 관계

[바른해설]

ⓐ '형 : 아우'는 두 단어 사이에 상대적 관계가 성립하므로, 반의 관계 중 '상대 관계'에 해당된다.
ⓑ '기혼 : 미혼'은 두 단어 사이에 중간 개념이 존재하지 않으므로, 반의 관계 중 '모순 관계'에 해당된다.
ⓒ '뜨겁다 : 차갑다'는 두 단어 사이에 중간 개념이 존재하므로, 반의 관계 중 '반대 관계'에 해당된다.

26 [모범답안]
상황 맥락

[바른해설]
이 과장은 15%의 할인 혜택을 요구하고 있으나, 매장 주인은 할인 행사를 하지 않는다고 하면서 ⓐ와 같은 발화로 응대하였다. 이는 '상황 맥락'을 고려해 볼 때, 매장 주인이 이 과장의 요구 사항을 수용할 수 없음을 나타내는 발화라고 할 수 있다.

〈담화와 맥락의 유형〉

언어적 맥락	앞뒤 발화에 나타난 언어적 표현이나 내용의 흐름 등으로 파악할 수 있는 맥락
비언어적 맥락	• 상황 맥락: 의사소통의 시간적 · 공간적 배경, 화자(글쓴이), 청자(독자), 주제, 목적 등 담화를 생산하고 수용하는 활동에 직접 영향을 끼치는 맥락 • 사회 · 문화적 맥락: 역사적 · 사회적 상황, 공동체의 이념이나 가치 등 담화를 생산하고 수용하는 활동에 간접적인 영향을 끼치는 맥락

27 [모범답안]
ⓐ 주문하신 음식 나왔습니다.
ⓑ 그분은 세 살 된 딸이 있으시다.
ⓒ 경희야, 선생님께서 지금 너 오라고 하셔.
ⓓ 이 문제는 할아버지께 여쭤서 해결하자.
ⓔ 할머니께서는 당신이 직접 농사를 지으세요.

[바른해설]
ⓐ 주어는 '음식'인데 이것은 간접 높임을 할 수 있는 대상이 아니다. 따라서 '나오셨습니다'를 '나왔습니다'로 수정해야 한다.
ⓑ 어린 '딸'은 직접 높일 필요가 없으나 높임의 대상인 '그분'의 친족 관계에 있으므로 간접 높임의 대상은 될 수 있다. '있다'의 간접 높임에서는 특수 어휘인 '계시다'를 사용하는 것이 아니라 선어말 어미 '–으시–'를 넣어 사용하는 것이 적절하므로 '있으시다'로 말해야 한다.
ⓒ '오래'는 '오라고 해'의 준말이다. '오는' 행동을 하는 사람이 청자이고 그 행동을 지시한 사람이 선생님이므로 '–시–'는 '오–'에 붙는 것이 아니라 '하–'에 붙어야 한다. 그러므로 '오라고 하셔'나 그것의 준말인 '오라셔'로 수정해야 한다. 주체 높임을 위한 조사 '께서'의 사용은 적절하다.
ⓓ 이 문장의 객체인 '할아버지'를 높이기 위해 '묻다' 대신 '여쭈다'를 사용해야 한다. 객체 높임을 위한 조사 '께'의 사용은 적절하다.
ⓔ '할머니'는 아주 높여야 할 대상인데, 이 문장에서 '할머니'를 가리키는 재귀 대명사 '자기'는 높이지 않는 대상에 쓰는 말이다. 이때에는 '당신'을 사용해야 한다. 주체 높임을 위한 조사 '께서'의 사용은 적절하다.

수학

[수학 I]

I. 지수함수와 로그함수

01 [모범답안]

진수는 양수이므로

$a>0$ ...... ①

주어진 부등식이 모든 실수 x에 대하여 성립하려면 이차방정식 $x^2+2x\log_2 a+3\log_2 a-2=0$의 판별식 D가 $D<0$인 조건을 만족시켜야 한다.

$\frac{D}{4}=(\log_2 a)^2-(3\log_2 a-2)<0$ ...... ②

$(\log_2 a)^2-3\log_2 a+2<0$

$\log_2 a=A$라 하면

$(\log_2 a)^2-3\log_2 a+2=A^2-3A+2$이므로

$A^2-3A+2<0$

$(A-1)(A-2)<0$

$1<A<2$

$1<\log_2 a<2$

이때 밑이 1보다 크므로

$2<a<4$

따라서 a의 범위는 $a>0$과 $2<a<4$의 조건을 모두 만족시킨다.

$\therefore 2<a<4$ ...... ③

TIP 판별식

$D>0$: 서로 다른 두 실근

$D=0$: 중근

$D<0$: 서로 다른 두 허근

02 [모범답안]

[모범답안]

$\sqrt[2n+1]{a^2+3}+\sqrt[2n+1]{7(1-a)}=0$에서

$\sqrt[2n+1]{a^2+3}=-\sqrt[2n+1]{7(1-a)}$ ...... ㉠

이때 $2n+1$이 홀수이므로

$-\sqrt[2n+1]{7(1-a)}=\sqrt[2n+1]{-7(1-a)}=\sqrt[2n+1]{7(a-1)}$

㉠에서 $\sqrt[2n+1]{a^2+3}=\sqrt[2n+1]{7(a-1)}$

그러므로 $a^2+3=7(a-1)$,

$a^2-7a+10=0$, $(a-2)(a-5)=0$

$a=2$ 또는 $a=5$

따라서 모든 실수 a의 값의 곱은 $2\times5=10$

03 [모범답안]

진수는 양수이므로

$x+3k>0$, $4x-8>0$

따라서

$x>-3k$, $x>2$

이때 k는 자연수 이므로

$x>2$

또한 밑이 1보다 크므로

$x+3k>4x-8$

$3x<8+3k$

$x<\frac{8}{3}+k$

따라서 x값의 범위는

$2<x<\frac{8}{3}+k$

이때 위의 부등식을 만족시키는 정수 x의 개수가 3개이므로

$5<\frac{8}{3}+k\le6$

$\frac{7}{3}<k\le\frac{10}{3}$

$\therefore k=3$

04 [모범답안]

주어진 함수 $y=4\log_a x+b$와 그 역함수의 교점은 함수 $y=4\log_a x+b$와 직선 $y=x$의 교점과 같다. 따라서

$x=4\log_a x+b$의 두 근이 1, 5이므로

$1=4\log_a 1+b$

$\therefore b=1$

또한

$5=4\log_a 5+1$

$\log_a 5=1$

이때 $a>1$

$\therefore a=5$

따라서 $a+b=6$

05 [모범답안]

$\log_2 a+\log_2 b=n$에서 $\log_2 ab=n$, $ab=2^n$

a, b가 자연수이므로

$a+b\geq 2\sqrt{ab}=2\sqrt{2^n}$ (단, 등호는 $a=b$일 때 성립)

(i) n이 홀수일 때

$a=b$, $ab=2^n$인 두 자연수 a, b가 존재하지 않으므로 집합 A_n의 모든 원소 (a, b)에 대하여 $a+b>2\sqrt{2^n}$ 이 성립한다.

(ii) n이 짝수일 때

$a=b$, $ab=2^n$

즉, $a+b=2\sqrt{2^n}$ 인 두 자연수 a, b가 존재하므로 집합 A_n의 어떤 원소 (a, b)에 대하여 $a+b>2\sqrt{2^n}$ 이 성립하지 않는다.

(i), (ii)에서 n은 홀수이어야 하므로 주어진 조건을 만족시키는 10 이하의 모든 자연수 n은 1, 3, 5, 7, 9이고,

그 합은 $1+3+5+7+9=25$이다.

06 [모범답안]

함수 $y=2^{x+1}+1$이 y축과 만나는 점은 x의 좌표가 0이므로, A의 좌표는 $(0, 3)$이다.

함수 $y=\log_3(x+k)-1$의 그래프가 x축과 만나는 점은 y 좌표가 0이므로, B의 좌표는 $(3-k, 0)$이다.

선분 AB의 길이가 5이므로

$\overline{AB}=\sqrt{(3-k)^2+3^2}=\sqrt{k^2-6k+18}=5$

$k^2-6k+18=25$, $k^2-6k-7=0$

근과 계수의 관계에 의해 두 근의 곱은 -7

07 [모범답안]

a는 양수이므로

$\log_2 a(x+5)=\log_2 a+\log_2(x+5)$

따라서 $y=\log_2 a(x+5)$의 그래프는 $y=\log_2 x$의 그래프를 x축의 방향으로 -5만큼, y축의 방향으로 $\log_2 a$만큼 평행이동한 것과 같다.

이때 함수 $y=\log_2 a(x+5)$의 그래프가 제2사분면을 지나지 않으려면 y축과 만나는 점의 y좌표가 0보다 작거나 같아야 하므로, $\log_2 5a\leq 0$의 조건을 만족시켜야 한다.

$\log_2 5a\leq 0$

$5a\leq 1$

$\therefore 0<a\leq\frac{1}{5}$

따라서 a의 최댓값은 $\frac{1}{5}$

08 [모범답안]

$\log_2 a-\log_2 b+\log_2 c-\log_2 d$

$=(\log_2 a-\log_2 b)+(\log_2 c-\log_2 d)$

$=\log_2\frac{a}{b}+\log_2\frac{c}{d}=\log_2\frac{ac}{bd}$이므로

$\log_2 a-\log_2 b+\log_2 c-\log_2 d=m$에서

$\log_2\frac{ac}{bd}=m$

$2^m=\frac{ac}{bd}$ …… ㉠

$5\in\{a, b, c, d\}$ 또는 $7\in\{a, b, c, d\}$이면 ㉠을 만족시키지 않는다.

또한 ㉠을 만족시키기 위해서는

$\{3, 6\}\cap\{a, b, c, d\}=\{3, 6\}$

또는 $\{3, 6\}\cap\{a, b, c, d\}=\varnothing$이고

집합 $\{a, b, c, d\}$의 원소의 개수가 4이므로

$\{3, 6\}\cap\{a, b, c, d\}=\{3, 6\}$이다.

(i) $3\in\{a, c\}$, $6\in\{b, d\}$일 때

$a=3$, $b=6$이라 하면

$c=8$, $d=2$일 때 2^m의 값은

$2^m=\frac{3\times 8}{6\times 2}=2$로 최대이고,

$c=2$, $d=8$일 때 2^m의 값은

$2^m=\frac{3\times 2}{6\times 8}=\frac{1}{8}$로 최소이다.

(ii) $6\in\{a, c\}$, $3\in\{b, d\}$일 때

$a=6$, $b=3$이라 하면

$c=8$, $d=2$일 때 2^m의 값은

$2^m=\frac{6\times 8}{3\times 2}=8$로 최대이고,

$c=2$, $d=8$일 때 2^m의 값은

$2^m=\frac{6\times 2}{3\times 8}=\frac{1}{2}$로 최소이다.

(i), (ii)에서 2^m의 최댓값은 8, 최솟값은 $\frac{1}{8}$이므로

$k=8+\frac{1}{8}=\frac{65}{8}$

따라서 $\frac{8}{5}k=\frac{8}{5}\times\frac{65}{8}=13$

09 [모범답안]

주어진 부등식을 $\frac{x}{2}>1$인 경우, $0<\frac{x}{2}<1$인 경우로 나누어 생각한다.

(i) $\frac{x}{2}>1$인 경우

$\frac{x}{2}>1$, 즉 $x>2$이므로

$x^2+2x+1<8x-7$

$x^2-6x+8<0$

$(x-4)(x-2)<0$

따라서 x값의 범위는 $2<x<4$

(ii) $0<\frac{x}{2}<1$인 경우

$0<\frac{x}{2}<1$, 즉 $0<x<2$이므로

$x^2+2x+1>8x-7$

$x^2-6x+8>0$

$(x-4)(x-2)>0$

따라서 $x<2$ 또는 $x>4$이며, $0<x<2$이므로

x값의 범위는 $0<x<2$

(i), (ii)에서 부등식을 만족시키는 x값의 범위는 $2<x<4$ 또는 $0<x<2$이므로 자연수 x는 1, 3

10 [모범답안]

함수 $y=3^x$의 그래프와 직선 AB가 만나는 점은 $A(a, 3^a)$와 $B(b, 3^b)$이므로

$\frac{3^b-3^a}{b-a}=4$, $3^b-3^a=4(b-a)$

이때 두 점 A, B 사이의 거리는 $\overline{AB}=\sqrt{17}$이므로

$\overline{AB}=\sqrt{(b-a)^2+(3^b-3^a)^2}$

$=\sqrt{(b-a)^2+16(b-a)^2}=\sqrt{17}(b-a)$

$\sqrt{17}(b-a)=\sqrt{17}$이므로 $b-a=1$

$b=1+a$이므로

$3^b-3^a=4$, $3^{1+a}-3^a=4$, $3\times3^a-3^a=4$, $2\times3^a=4$

$\therefore 3^a=2$

$3^b=3^{a+1}=3\times3^a$

$\therefore 3^b=6$

따라서 $3^a+3^b=8$

11 [모범답안]

등식 $\frac{\log a+\log b}{2}=\log\frac{a+b}{p}$에서

$\log a+\log b=2\log\frac{a+b}{p}$

$\log ab=2\log\frac{a+b}{p}$

$\log ab=\log\left(\frac{a+b}{p}\right)^2$

$ab=\left(\frac{a+b}{p}\right)^2=\frac{a^2+b^2+2ab}{p^2}=\frac{12ab}{p^2}$

$\therefore p^2=\frac{12ab}{ab}=12$

12 [모범답안]

점 P의 x좌표를 $t(t>1)$이라 하면 $P(t, \log_4 t)$이다.

$A(1, 0)$, $B(-1, 0)$이므로

$m_1=\frac{\log_4 t-0}{t-1}=\frac{\log_4 t}{t-1}$, $m_2=\frac{\log_4 t-0}{t-(-1)}=\frac{\log_4 t}{t+1}$

$\frac{m_2}{m_1}=\frac{3}{5}$에서 $3m_1=5m_2$, $3\times\frac{\log_4 t}{t-1}=5\times\frac{\log_4 t}{t+1}$

$t>1$에서 $\log_4 t>0$이므로 $\frac{3}{t-1}=\frac{5}{t+1}$

$5t-5=3t+3$, $t=4$

$P(4, 1)$이므로 직선 AP의 방정식은

$y=\frac{1}{3}x-\frac{1}{3}$

점 $Q(a, b)$는 직선 AP 위의 점이므로

$b=\frac{1}{3}a-\frac{1}{3}$ …… ㉠

점 $Q(a, b)$는 곡선 $y=g(x)$ 위의 점이므로

$b=\log_k(-a)$, $k^b=-a$

$k^b=-\frac{9}{7}b$이므로 $-a=-\frac{9}{7}b$

$b=\frac{7}{9}a$ …… ㉡

㉠, ㉡에서 $\frac{7}{9}a=\frac{1}{3}a-\frac{1}{3}$, $\frac{4}{9}a=-\frac{1}{3}$

따라서 $a=-\frac{3}{4}$

㉡에서 $b=\frac{7}{9}a$이므로 $b=\frac{7}{9}\times\left(-\frac{3}{4}\right)=-\frac{7}{12}$

$\therefore ab=\left(-\frac{3}{4}\right)\left(-\frac{7}{12}\right)=\frac{7}{16}$

13 [모범답안]

부등식 $2(5^{2x+1}-26\times5^x)+10\leq0$에서 $5^x=t(t>0)$로 치환하면

$2(5t^2-26t)+10\leq0$

$10t^2-52t+10\leq0$

$5t^2-26t+5\leq0$

$(5t-1)(t-5)\leq0$

$\therefore \frac{1}{5}\leq t\leq5$

따라서 $5^{-1}\leq5^x\leq5^1$이므로 $-1\leq x\leq1$

정수 x가 될 수 있는 값은 -1, 0, 1이므로 3개

14 [모범답안]

$\log_a b=\log_b a$에서 $\frac{\log b}{\log a}=\frac{\log a}{\log b}$

$(\log b)^2=(\log a)^2$, $\log b=\pm\log a$

이때 a, b는 서로 다른 양수 이므로 $\log b=-\log a$

$\therefore b=\frac{1}{a}$

산술 · 기하 평균을 이용하여 $(a+5)(b+4)$의 최솟값을 구하면

$(a+5)(b+4)=(a+5)\left(\frac{1}{a}+4\right)$

$=21+\frac{5}{a}+4a\geq21+2\sqrt{\frac{5}{a}\times4a}$

$\therefore (a+5)(b+4)\geq21+2\sqrt{20}=21+4\sqrt{5}$

$\left(단, \frac{5}{a}>0, 4a>0이고 등호는 \frac{5}{a}=4a일 때 성립\right)$

PART1 국어

PART 2 수학

PART 3 해답

따라서 구하는 최솟값은 $21+4\sqrt{5}$

15 [모범답안]

(i) $A(17, 2)$에서

$2=\log_n 17$ …… ①

이므로 $n^2=17$

$\therefore n=\sqrt{17}$

(ii) $B(25, 1)$

$1=\log_n 25$ …… ②

이므로 $n^1=25$

$\therefore n=25$

(i), (ii)에서 선분 AB와 함수 $y=\log_n x$의 그래프가 만나도록 하는 n의 값의 범위는

$\sqrt{17}\le n\le 25$ …… ③

이므로 자연수 n의 최댓값과 최솟값은 각각 5, 25이다.

$\therefore 25-5=20$

16 [모범답안]

$f(t)=4$에서 $n^t-n^{-t}=4$이므로

$(n^t+n^{-t})^2=n^{2t}+n^{-2t}+2$

$=(n^t-n^{-t})^2+4=20$

이때 $n^t+n^{-t}>0$이므로 $n^t+n^{-t}=2\sqrt{5}$

또한 $n^{2t}+n^{-2t}+2=20$이므로 $n^{2t}+n^{-2t}=18$

$f(4t)$의 값은

$f(4t)=n^{4t}-n^{-4t}=(n^t-n^{-t})(n^t+n^{-t})(n^{2t}+n^{-2t})$이므로

$4\times 2\sqrt{5}\times 18=144\sqrt{5}$

$\therefore 144\sqrt{5}$

17 [모범답안]

$2^a=5^b=50$의 조건에서

$a=\log_2 50=1+2\log_2 5$

$b=\log_5 50=2+\log_5 2$

따라서

$(a-1)(b-2)=(1+2\log_2 5-1)(2+\log_5 2-2)$

$=(2\log_2 5)(\log_5 2)=2$

18 [모범답안]

$3^{2x+2}-3^{x+1}+2=0$에서 $3^x=k$라 하면

$9k^2-3k+2=0$

위 이차방정식의 두 근은 3^α, 3^β이므로, 근과 계수의 관계에 의하여

$3^\alpha+3^\beta=\frac{1}{3}$, $3^\alpha 3^\beta=\frac{2}{9}$

따라서

$$\frac{9^\alpha+9^\beta}{3^\alpha+3^\beta}=\frac{(3^\alpha+3^\beta)^2-2\times 3^\alpha 3^\beta}{3^\alpha+3^\beta}$$

$$=\frac{\left(\frac{1}{3}\right)^2-2\times\frac{2}{9}}{\frac{1}{3}}=\frac{\frac{1}{9}-\frac{4}{9}}{\frac{1}{3}}=-1$$

$\therefore \frac{9^\alpha+9^\beta}{3^\alpha+3^\beta}=-1$

19 [모범답안]

$3^{a+b}=8$, $a+b=\log_3 8=3\log_3 2$

$2^{a-b}=9$, $a-b=\log_2 9=2\log_2 3$

이므로,

구하고자 하는 식에서 근호 안의 지수에서

$a^2-b^2=(a+b)(a-b)=3\log_3 2\times 2\log_2 3=6$

$\therefore \sqrt[3]{3^6}=3^2=9$

20 [모범답안]

함수 $y=\left(\frac{2}{5}\right)^{2x-2}+t$에서 $x=0$에서의 y값은 $\frac{25}{4}+t$이다.

주어진 함수가 제3사분면을 지나지 않기 위해서는

$\frac{25}{4}+t\ge 0$의 조건을 만족시켜야 한다.

$\therefore t\ge -\frac{25}{4}$

따라서 상수 t의 최솟값은 $-\frac{25}{4}$이다.

21 [모범답안]

a가 자연수이므로

$\frac{a}{10}+\frac{3}{20}>0$, $\frac{a}{10}+\frac{3}{20}\ne 1$, $\frac{2a+4}{9}>0$, $\frac{2a+4}{9}\ne 1$

즉, 두 함수 $f(x)$, $g(x)$는 모두 지수함수이다.

함수 $f(x)$의 최솟값이 $f(3)$이므로 $0<\frac{a}{10}+\frac{3}{20}<1$

$-\frac{3}{2}<a<\frac{17}{2}$ …… ㉠

함수 $g(x)$의 최솟값이 $g(1)$이므로 $\frac{2a+4}{9}>1$

$a>\frac{5}{2}$ …… ㉡

㉠, ㉡에서 $\frac{5}{2}<a<\frac{17}{2}$

따라서 자연수 a는 3, 4, 5, 6, 7, 8이고 그 합은 33이다.

22 [모범답안]

$3^x+2=9^{x-1}+\frac{38}{9}$에서 $3^x=t$라 하면

$t+2=\frac{1}{9}t^2+\frac{38}{9}$, $9t+18=t^2+38$, $t^2-9t+20=0$,

$(t-4)(t-5)=0$

따라서 $3^x=4$, $3^x=5$이다.

$\therefore x=\log_3 4$ 또는 $x=\log_3 5$

따라서 두 점 A, B의 x좌표의 합은

$\log_3 4+\log_3 5=\log_3 20$

$\therefore \log_3 20$

23 [모범답안]

$y=4^x+4$에서 $8=4^x+4$, $4=4^x$,

따라서 $x=1$이므로 $A(1, 8)$

$y=2^{x-1}-8$에서 $8=2^{x-1}-8$, $16\times2=2^x$,

따라서 $x=5$이므로 $B(5, 8)$

따라서 구하고자 하는 넓이는

$\Delta OAB=\frac{1}{2}\times8\times(5-1)=16$

$\therefore 16$

24 [모범답안]

주어진 이차방정식

$(-\log k+2)x^2-2(\log k-2)x+1=0$이 허근을 갖기 위해선 판별식 D가 0보다 작아야 한다. $(D<0)$

$\frac{D}{4}=(\log k-2)^2-(-\log k+2)<0$

$\log k=t$라고 하면

$(t-2)^2-(-t+2)=t^2-3t+2=(t-2)(t-1)<0$,

$1<t<2$

즉, $1<\log k<2$

$\therefore 10<k<100$

또한

$(-\log k+2)x^2-2(\log k-2)x+1=0$이 x에 대한 이차방정식이므로 $-\log k+2\neq0$

$\therefore k\neq100$

한편, 진수 조건에 의해 $k>0$

따라서 실수 k값의 범위는

$10<k<100$

25 [모범답안]

주어진 식 $n=3200+600\log 3k(k\geq1)$에서 진수 조건에 의해 $3k>0$, $k>0$

한편,

상품을 5000개 이상 생산하려면 $n\geq5000$이므로

$3200+600\log 3k\geq5000$

$600\log 3k\geq1800$, $\log 3k\geq3$

$\log 3k\geq\log 10^3$

$3k\geq1000$

따라서 이 상품을 5000개 이상 생산하려면 재료는 최소 334개가 필요하다.

Ⅱ. 삼각함수

01 [모범답안]

(ⅰ) $0\leq x<\pi$일 때, $|\sin x|=\sin x$ ……①

이므로 $|\sin x|+\sin x=2\sin x=2$

$\therefore \sin x=1$

따라서 $x=\frac{\pi}{2}$

(ⅱ) $\pi\leq x<2\pi$일 때, $|\sin x|=-\sin x$ ……②

이므로 $|\sin x|+\sin x=2$의 해는 없다.

(ⅰ), (ⅱ)에 의해 주어진 방정식의 해는

$x=\frac{\pi}{2}$ ……③

02 [모범답안]

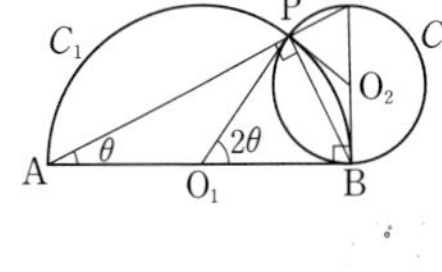

직선 AP가 원 C_2와 만나는 점 중 P가 아닌 점을 C라 하자. $\angle APB=\frac{\pi}{2}$이므로 점 B에서 직선 AC에 내린 수선의 발이 P이다.

$\angle PAB=\theta\left(0<\theta<\frac{\pi}{2}\right)$로 놓으면 부채꼴 O_1BP의 중심각의 크기가 2θ이므로 부채꼴 O_1BP의 호의 길이 l_1은

$l_1=1\times2\theta=2\theta$ …… ㉠

$\angle ABC=\frac{\pi}{2}$에서 선분 BC는 원 C_2의 지름이고 $\angle PCB=\frac{\pi}{2}-\theta$이므로 중심각의 크기가 π보다 작은 부채꼴 O_2BP의 중심각의 크기는

$2\times\left(\frac{\pi}{2}-\theta\right)=\pi-2\theta$

따라서 부채꼴 O_2BP의 호의 길이 l_2는

$l_2=\frac{1}{2}\times(\pi-2\theta)=\frac{\pi}{2}-\theta$ …… ㉡

㉠, ㉡에서 $2l_1+4l_2=2(2\theta)+4\left(\frac{\pi}{2}-\theta\right)$

$=4\theta+2\pi-4\theta=2\pi$

03 [모범답안]

주어진 식에서 $a\cos\left(\frac{1}{3}\pi-ax\right)$ 부분을 변형하면

$a\cos\left(\frac{1}{3}\pi-ax\right)=a\cos\left(\frac{6}{12}\pi-\frac{2}{12}\pi-ax\right)$

$=a\sin\left(ax+\frac{1}{6}\pi\right)$이므로

$f(x)=a\sin\left(ax+\frac{1}{6}\pi\right)+a\cos\left(\frac{1}{3}\pi-ax\right)+b$

$=a\sin\left(ax+\frac{1}{6}\pi\right)+a\sin\left(ax+\frac{1}{6}\pi\right)+b$

$=2a\sin\left(ax+\frac{1}{6}\pi\right)+b$

이때 함수 $f(x)$의 주기가 2π이므로

$\therefore \frac{2\pi}{a}=2\pi,\ a=1$

또한, 함수 $f(x)$의 최솟값이 2이므로

$\therefore -2a+b\le f(x)\le 2a+b,\ -2+b=2,\ b=4$

따라서 $f(x)=2\sin\left(x+\frac{1}{6}\pi\right)+4$이므로

$\therefore f\left(\frac{5}{6}\pi\right)=2\sin\left(\frac{5}{6}\pi+\frac{1}{6}\pi\right)+4=4$

04 [모범답안]

θ값의 범위가 $0<\theta<\frac{\pi}{2}$이므로 $\sin\theta>0,\ \cos\theta>0$

$|3\cos\theta|+\sin\theta+\sqrt{(3\cos\theta-\sin\theta)^2}$

$=3\cos\theta+\sin\theta+3\cos\theta-\sin\theta$

$=6\cos\theta$

이때 $3\sin\theta-\sqrt{3}\cos\theta=0$이므로

$\frac{\sin\theta}{\cos\theta}=\frac{\sqrt{3}}{3},\ \tan\theta=\frac{\sqrt{3}}{3}$

따라서 동경 $\theta=\frac{\pi}{6}$

$\therefore 6\cos\theta=6\times\frac{\sqrt{3}}{2}=3\sqrt{3}$

05 [모범답안]

이차방정식 $x^2-4x+2=0$의 두 근이 $\alpha,\ \beta(\alpha>\beta)$이므로

근과 계수의 관계에 의하여 $\alpha+\beta=4,\ \alpha\beta=2$

$(\alpha-\beta)^2=(\alpha+\beta)^2-4\alpha\beta=4^2-(4\times2)=8$

$\alpha>\beta$이므로 $\alpha-\beta=2\sqrt{2}$

$\sin\theta-\cos\theta=\frac{\alpha-\beta}{\alpha+\beta}=\frac{2\sqrt{2}}{4}=\frac{\sqrt{2}}{2}$

$(\sin\theta-\cos\theta)^2=1-2\sin\theta\cos\theta$이므로

$\sin\theta\cos\theta=\frac{1-(\sin\theta-\cos\theta)^2}{2}=\frac{1-\left(\frac{\sqrt{2}}{2}\right)^2}{2}$

$=\frac{1-\frac{2}{4}}{2}=\frac{1}{4}$

06 [모범답안]

x에 관한 이차방정식 $x^2-3ax+2a^2=0$에서 근과 계수의 관계에 의해 $\sin\theta+\cos\theta=3a,\ \sin\theta\cos\theta=2a^2$

이때

$\sin\theta+\cos\theta=3a$의 양변을 제곱하면

$\sin^2\theta+\cos^2\theta+2\sin\theta\cos\theta=9a^2$

$1+4a^2=9a^2$

$a^2=\frac{1}{5}$(a는 양수)

따라서 $a=\frac{\sqrt{5}}{5}$

07 [모범답안]

$(a-b)^2=c^2+(\sqrt{3}-2)ab$에서

$a^2-2ab+b^2=c^2+(\sqrt{3}-2)ab,$

$a^2+b^2-c^2=\sqrt{3}\,ab$

이때 코사인 법칙을 이용하면

$\cos C=\frac{a^2+b^2-c^2}{2ab}=\frac{\sqrt{3}\,ab}{2ab}=\frac{\sqrt{3}}{2}$

따라서 $C=\frac{\pi}{6}$이므로

$\tan C=\tan\frac{\pi}{6}=\frac{\sqrt{3}}{3}$

08 [모범답안]

함수 $y=\cos\frac{\pi}{2}x$의 그래프에서 최댓값은1, 최솟값은 -1이며 주기는 $\frac{2\pi}{\frac{\pi}{2}}=4$이다.

따라서 $y=\cos\frac{\pi}{2}x$의 그래프와 직선 $y=\frac{1}{5}x$의 그래프는 다음과 같다.

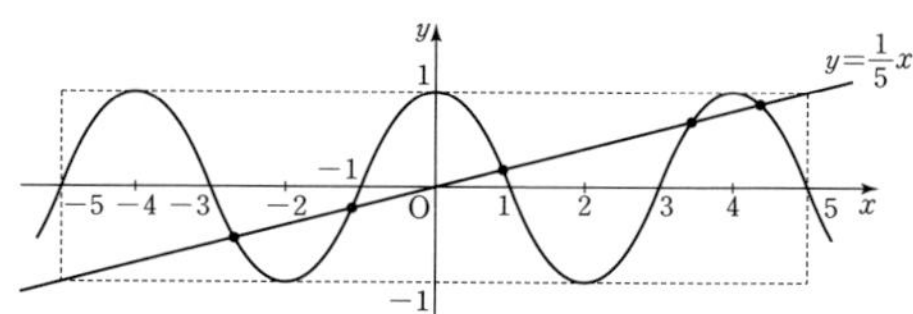

따라서 구하려는 교점의 개수는 5개이다.

09 [모범답안]

함수 $y=\sin x$의 그래프와 직선 $y=\frac{2}{3}$의 그래프가 만나는 두 점 $\left(\alpha,\ \frac{2}{3}\right),\ \left(\beta,\ \frac{2}{3}\right)$은 $x=\frac{\pi}{2}$에 대해 대칭이다.

따라서

$\frac{\alpha+\beta}{2}=\frac{\pi}{2},\ \alpha+\beta=\pi$이다.

$\therefore \sin(\alpha+\beta+\pi)=\sin2\pi=0$

10 [모범답안]

ΔABC의 세 각의 크기의 합은 180°이므로

$A+B+C=180^\circ,\ A+C=180^\circ-B$

$2\sin(A+C)\times\sin B=1,\ 2\sin B\times\sin B=1,$

$\sin^2B=\frac{1}{2}$

이때 $0^\circ<B<105^\circ$이므로 $\sin B>0$이다.

$\therefore \sin B=\frac{1}{\sqrt{2}}$ 따라서 $B=45^\circ$

$B=45^\circ$, $C=75^\circ$이므로

$A+45^\circ+75^\circ=180^\circ$

$\therefore A=60^\circ$

ΔABC은 반지름이 4인 원에 내접하므로 사인법칙에 의하면

$\frac{a}{\sin 60^\circ}=2\times 4$

$\therefore a=8\times\frac{\sqrt{3}}{2}=4\sqrt{3}$

11 [모범답안]

$|a|+c=2\sqrt{2}$, $-|a|+c=0$에서

$|a|=\sqrt{2}$, $c=\sqrt{2}$

$f\left(\frac{5}{12}\pi\right)=f\left(\frac{17}{12}\pi\right)=0$에서

함수 $f(x)$의 주기는 $\frac{17}{12}\pi-\frac{5}{12}\pi=\pi$이므로

$\frac{2\pi}{|b|}=\pi$, $|b|=2$

따라서 $a^2-b^2+c^2=(\sqrt{2})^2-2^2+(\sqrt{2})^2=0$

12 [모범답안]

함수 $y=a\sin\left(2x+\frac{\pi}{6}\right)+b$의 최댓값과 최솟값의 범위는

$-a+b\le f(x)\le a+b$이다.

이때 최댓값은 2이므로

$\therefore a+b=2$ ……①

$f\left(\frac{\pi}{24}\right)=a\sin\left(\frac{\pi}{12}+\frac{\pi}{6}\right)+b=a\sin\left(\frac{3\pi}{12}\right)+b$

$=\frac{\sqrt{2}}{2}a+b$

$\therefore \frac{\sqrt{2}}{2}a+b=\sqrt{2}$ ……②

①과 ②를 연립하면 $a=2$, $b=0$이다.

따라서 $f(x)$의 최솟값은 -2

13 [모범답안]

ΔABC의 외접원의 반지름의 길이를 R이라 하면

$\sin A=\frac{a}{2R}$, $\sin B=\frac{b}{2R}$, $\sin C=\frac{c}{2R}$이고

$\sin A:\sin B:\sin C=3:4:5$이므로

$a:b:c=3:4:5$이다.

이때 $a=3k$, $b=4k$, $c=5k$ $(k>0)$라 하면

$\therefore \cos A=\frac{b^2+c^2-a^2}{2bc}=\frac{(4k)^2+(5k)^2-(3k)^2}{2\times 4k\times 5k}=\frac{4}{5}$

14 [모범답안]

$\sin^2\theta+\cos^2\theta=1$, $\cos^2\theta=1-\sin^2\theta$이므로

부등식 $\cos^2\theta+2\sin\theta\le 3(a+1)$에서

$(1-\sin^2\theta)+2\sin\theta\le 3(a+1)$ ……①

따라서 $\sin^2\theta-2\sin\theta+3a+2\ge 0$

이때 $\sin\theta=t$라고 하면 t값의 범위는 $-1\le t\le 1$

$t^2-2t+3a+2\ge 0$

이를 완전제곱식으로 변형하면

$(t-1)^2+3a+1\ge 0$ ……②

함수 $y=t^2-2t+3a+2$는 $t=1$ ……③

에서 최솟값을 갖는다.

따라서 a값의 범위는

$(1-1)^2+3a+1\ge 0$

$\therefore a\ge -\frac{1}{3}$ ……④

15 [모범답안]

$\sin^2x=1-\cos^2x$이므로 $y=\sin^2x-\cos x+1$에서

$y=(1-\cos^2x)-\cos x+1$

$y=-\cos^2x-\cos x+2$

이때 $\cos x=t$라고 하면 $(-1\le t\le 1)$

$y=-t^2-t+2$

$=-\left(t+\frac{1}{2}\right)^2+\frac{9}{4}$

따라서 위의 함수는 $t=-\frac{1}{2}$일 때 최댓값 $\frac{9}{4}$, $t=1$일 때 최솟값 0을 갖는다.

$\therefore M+N=\frac{9}{4}+0=\frac{9}{4}$

16 [모범답안]

(i) $0<t\le\frac{\pi}{2}$일 때

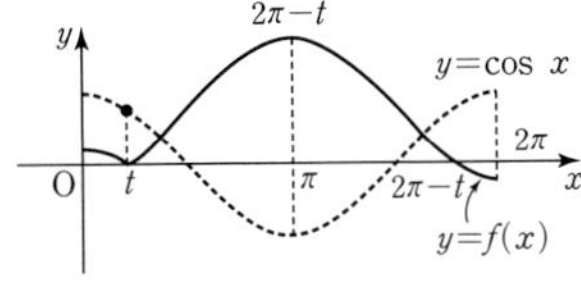

$M(t)=f(\pi)=\cos t-\cos\pi=\cos t+1$,

$m(t)=f(2\pi)=\cos t-\cos 2\pi=\cos t-1$

그러므로 $M(t)+m(t)=2\cos t$

(ii) $\frac{\pi}{2}<t<\frac{3}{2}\pi$일 때

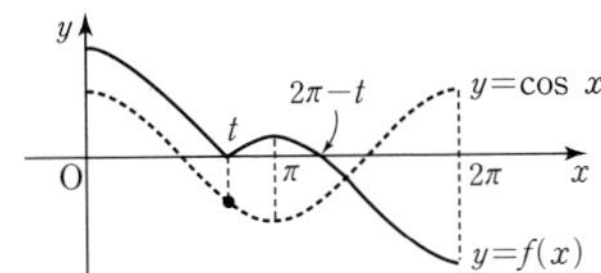

$M(t)=f(0)=\cos 0-\cos t=1-\cos t$,
$m(t)=f(2\pi)=\cos t-\cos 2\pi=\cos t-1$
그러므로 $M(t)+m(t)=0$

(iii) $\frac{3}{2}\pi \le t < 2\pi$일 때

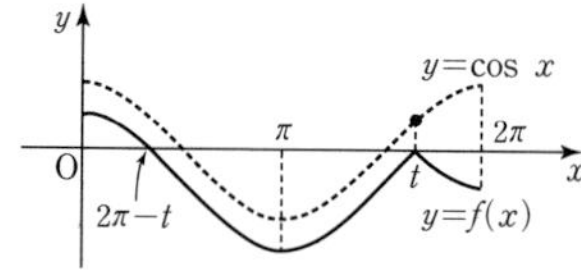

$M(t)=f(0)=\cos 0-\cos t=1-\cos t$,
$m(t)=f(\pi)=\cos\pi-\cos t=-1-\cos t$
그러므로 $M(t)+m(t)=-2\cos t$

(i), (ii), (iii)에서 $\frac{\pi}{2}\le t\le\frac{3}{2}\pi$일 때,
$M(t)+m(t)=0$
따라서 $M(t)+m(t)=0$을 만족시키는 실수 t의 최솟값은 $\frac{\pi}{2}$이고, 최댓값은 $\frac{3}{2}\pi$이므로 그 합은
$\frac{\pi}{2}+\frac{3}{2}\pi=2\pi$이다.

17 [모범답안]
코사인 법칙을 이용하면
$b^2=3^2+5^2-2\times3\times5\times\cos 120°=49$
따라서 $b=7$ $(b>0)$
ΔABC의 외접원의 반지름의 길이를 r이라 할 때
사인 법칙을 이용하면
$\frac{7}{\sin 120°}=2r$
따라서 $r=\frac{7\sqrt{3}}{3}$

18 [모범답안]
$\tan\theta=\frac{\sin\theta}{\cos\theta}=-\frac{3}{7}$ 이므로 $7\sin\theta=-3\cos\theta$,
$\sin\theta=-\frac{3}{7}\cos\theta$
$\sin^2\theta+\cos^2\theta=1$이므로 $\left(-\frac{3}{7}\cos\theta\right)^2+\cos^2\theta=1$,
$\cos^2\theta=\frac{49}{58}$
이때 θ가 제2사분면의 각이므로 $\cos\theta=-\frac{7}{\sqrt{58}}$
따라서
$\sin\theta=-\frac{3}{7}\cos\theta=-\frac{3}{7}\times\left(-\frac{7}{\sqrt{58}}\right)=\frac{3}{\sqrt{58}}$
$\therefore \sin\theta+\cos\theta=\frac{3}{\sqrt{58}}+\left(-\frac{7}{\sqrt{58}}\right)=-\frac{4}{\sqrt{58}}$

19 [모범답안]
부등식 $x^2-2x\cos\theta+\sin^2\theta>-\sin\theta$에서
$x^2-2x\cos\theta+\sin^2\theta+\sin\theta>0$
$x^2-2x\cos\theta+\sin^2\theta+\sin\theta>0$이 모든 실수 x에 대해 성립하기 위해서는 x에 관한 이차방정식
$x^2-2x\cos\theta+\sin^2\theta+\sin\theta=0$의
판별식 $D<0$이 성립해야 한다.
따라서
$\frac{D}{4}=\cos^2\theta-(\sin^2\theta+\sin\theta)<0$
이때 $\cos^2\theta=1-\sin^2\theta$이므로
$1-\sin^2\theta-(\sin^2\theta+\sin\theta)<0$
$-2\sin^2\theta-\sin\theta+1<0$
$2\sin^2\theta+\sin\theta-1>0$
$(2\sin\theta-1)(\sin\theta+1)>0$
$\therefore \sin\theta<-1$ 또는 $\sin\theta>\frac{1}{2}$
따라서 θ의 값의 범위는
$\frac{\pi}{6}<\theta<\frac{5}{6}\pi$

20 [모범답안]
사인 법칙을 이용하면
$\sin A=\frac{a}{2R}=\frac{a}{10}$, $\sin B=\frac{b}{2R}=\frac{b}{10}$,
$\sin C=\frac{c}{2R}=\frac{c}{10}$
따라서
$\sin A+\sin B+\sin C=\frac{a+b+c}{10}=\frac{24}{10}$
$\therefore \frac{12}{5}$

21 [모범답안]
$\sin^2x+\cos^2x=1$을 이용하면
$\cos^2x+6\sin x+k=(1-\sin^2x)+6\sin x+k<0$,
$\sin^2x-6\sin x-k-1>0$
이때 $\sin x=t$라고 하면 t값의 범위는 $-1\le t\le 1$
$t^2-6t-k-1=t^2-6t+9-9-k-1$
$=(t-3)^2-k-10>0$
$\therefore (t-3)^2-k-10>0$
위의 부등식이 모든 x에 대해 성립하기 위해서는 $-1\le t\le 1$의 범위에서 $(t-3)^2-k-10>0$를 만족시켜야 한다.
따라서
$t=1$일 때 $(t-3)^2-k-10>0$가 최솟값을 가지므로

$(1-3)^2-k-10=-k-6>0$

$\therefore -6>k$

22 [모범답안]

선분 CE는 두 원 O_2, O_3의 공통인 현이므로 두 직선 PB, CE는 서로 수직이다.

삼각형 PAC는 한 변의 길이가 2인 정삼각형이므로 삼각형 PAB에서 코사인법칙에 의하여

$\overline{PB}^2=\overline{PA}^2+\overline{AB}^2-2\times\overline{PA}\times\overline{AB}\times\cos(\angle PAB)$

$=2^2+3^2-2\times2\times3\times\frac{1}{2}=7$

$\overline{PB}>0$이므로 $\overline{PB}=\sqrt{7}$

점 P에서 선분 AB에 내린 수선의 길이가 $\sqrt{3}$이므로 삼각형 PCB의 넓이는

$\frac{1}{2}\times1\times\sqrt{3}=\frac{\sqrt{3}}{2}$

이때 두 선분 PB, CE의 교점을 H라 하면

$\frac{1}{2}\times\overline{CH}\times\overline{PB}=\frac{\sqrt{3}}{2}$, $\overline{CH}=\frac{\sqrt{3}}{\sqrt{7}}=\frac{\sqrt{21}}{\sqrt{7}}$

$\overline{CE}=2\times\overline{CH}=\frac{2\sqrt{21}}{\sqrt{7}}$

삼각형 EDC의 외접원 O_3의 반지름의 길이가 2이므로 사인법칙에 의하여 $\frac{\overline{CE}}{\sin(\angle EDC)}=2\times2$

따라서 $\sin(\angle EDC)=\frac{\overline{CE}}{4}=\frac{\sqrt{21}}{14}$

23 [모범답안]

코사인법칙에 의해

$\cos A=\frac{4^2+5^2-3^2}{2\times4\times5}=\frac{4}{5}$

또한 $\sin^2A+\cos^2A=1$이므로 $\sin A=\sqrt{1-\cos^2A}$

따라서

$\sin A=\sqrt{1-\left(\frac{4}{5}\right)^2}=\frac{3}{5}$

그러므로 ΔABC의 넓이는

$\frac{1}{2}\times b\times c\times\sin A=\frac{1}{2}\times4\times5\times\frac{3}{5}=6$

24 [모범답안]

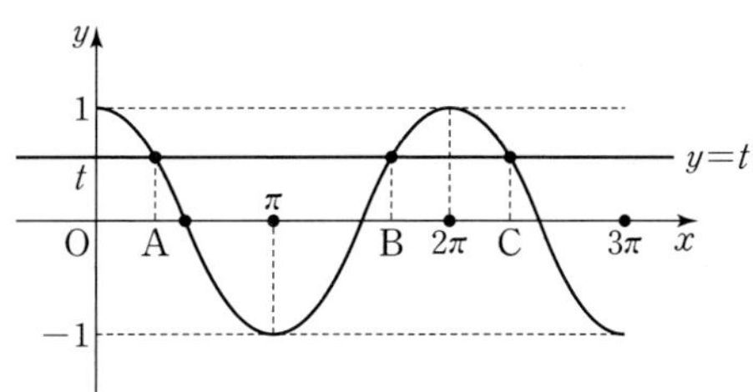

위의 그래프에서 A, B, C와 $y=\cos x$의 관계에 따라

$\pi=\frac{A+B}{2}$, $2\pi=\frac{B+C}{2}$이다.

이때 $A=\frac{1}{3}\pi$이므로

$2\pi=\frac{1}{3}\pi+B$, $B=\frac{5}{3}\pi$

$4\pi=\frac{5}{3}\pi+C$, $C=\frac{7}{3}\pi$

따라서 $C-B=\frac{7}{3}\pi-\frac{5}{3}\pi=\frac{2}{3}\pi$

25 [모범답안]

$2\sin x-1\geq0$에서 $\sin x\geq\frac{1}{2}$이므로 x값의 범위

$0\leq x<2\pi$에서 부등식 $\sin x\geq\frac{1}{2}$을 만족시키는 x의 범위는

$\frac{\pi}{6}\leq x\leq\frac{5}{6}\pi$

따라서 $\alpha=\frac{\pi}{6}$, $\beta=\frac{5}{6}\pi$

$\therefore \tan\left(\alpha+\beta-\frac{2}{3}\pi\right)=\tan\left(\frac{\pi}{6}+\frac{5}{6}\pi-\frac{2}{3}\pi\right)$

$=\tan\frac{\pi}{3}=\sqrt{3}$

Ⅲ. 수열

01 [모범답안]

주어진 다항식 $3x^2+(4-2n)x-3n$을 $x-n$으로 나누었을 때의 나머지가 a_n임을 이용하여

$3x^2+(4-2n)x-3n=(x-n)Q(x)+a_n$

의 식으로 표현할 수 있다.

따라서 위 식에 $x=n$을 대입하여 a_n을 구하면,

$a_n=3n^2+(4-2n)n-3n$ ……①

$a_n=n^2+n$

$\therefore \sum_{k=1}^{17}\frac{1}{a_k}=\sum_{k=1}^{17}\frac{1}{k^2+k}$

$=\sum_{k=1}^{17}\frac{1}{k(k+1)}=\sum_{k=1}^{17}\left(\frac{1}{k}-\frac{1}{k+1}\right)$ ……②

이므로 식을 전개하면

$\left(\frac{1}{1}-\frac{1}{2}\right)+\left(\frac{1}{2}-\frac{1}{3}\right)+\left(\frac{1}{3}-\frac{1}{4}\right)+\cdots+\left(\frac{1}{16}-\frac{1}{17}\right)+\left(\frac{1}{17}-\frac{1}{18}\right)$

$=1-\frac{1}{18}=\frac{17}{18}$ ……③

02 [모범답안]

등차수열 $\{a_n\}$의 공차를 $d(d\neq0)$이라 하면

모든 자연수 n에 대하여 $a_{n+1}-a_n=d$이므로

$b_4=a_1-a_2+a_3-a_4=-2d$

$b_4=4$에서 $d=-2$

$b_{2n}=(a_1-a_2)+(a_3-a_4)+(a_5-a_6)+\cdots+(a_{2n-1}-a_{2n})$

$=2+2+2+\cdots+2=2_n$이므로

수열 $\{b_{2n}\}$은 첫째항이 2이고 공차가 2인 등차수열이다.

따라서 수열 $\{b_{2n}\}$의 첫째항부터 제11항까지의 합은

$\frac{11(2\times2+10\times2)}{2}=132$

03 [모범답안]

$\sum_{n=1}^{m}\left\{\sum_{i=1}^{n}(2i+1)\right\}=\sum_{n=1}^{m}\left(2\times\frac{n(n+1)}{2}+n\right)$

$=\sum_{n=1}^{m}(n^2+2n)$

$=\frac{m(m+1)(2m+1)}{6}+2\times\frac{m(m+1)}{2}$

$=m(m+1)\left(\frac{2}{6}m+\frac{1}{6}+1\right)$

$=\frac{1}{6}m(m+1)(2m+7)=26$

이므로 $m(m+1)(2m+7)=156$

$\therefore 156=3\times4\times13$

따라서 $m=3$

04 [모범답안]

(ⅰ) 등차수열 $\{a_n\}$의 공차를 d라고 하면 $a_n\neq0$이므로

$a_n=-6+(n-1)d\neq0$

$\therefore (n-1)d\neq6$

따라서 공차 d는 6의 약수가 될 수 없다.

(ⅱ) 2 이상의 자연수 k에 대해서 $S_k=0$이므로

$S_k=\frac{k\{2\times(-6)+(k-1)d\}}{2}=0$

$\therefore (k-1)d=12$

따라서 공차 d는 12의 약수이다.

(ⅰ), (ⅱ)의 조건을 모두 만족시키는 d는 4, 12 이다.

(가) $d=4$, $k=4$일 때

$S_{3k}=S_{12}=\frac{12\{2\times(-6)+(12-1)\times4\}}{2}$

$=\frac{12\times32}{2}=192$

(나) $d=12$, $k=2$일 때

$S_{3k}=S_6=\frac{6\{2\times(-6)+(6-1)\times12\}}{2}$

$=\frac{6\times48}{2}=144$

$\therefore S_{3k}$의 최솟값은 144

05 [모범답안]

이차방정식 $x^2-4kx+7k=0$에서 근과 계수의 관계에 의해

$\alpha_k+\beta_k=4k$, $\alpha_k\beta_k=7k$

$(\alpha_k-\beta_k)^2=(a_k+b_k)^2-4\alpha_k\beta_k$

$=(4k)^2-4\times(7k)$

$=16k^2-28k$

따라서 $\sum_{k=1}^{5}(\alpha_k-\beta_k)^2$의 값은

$\sum_{k=1}^{5}(16k^2-28k)=16\times\frac{5\times6\times11}{6}-28\times\frac{5\times6}{2}=460$

06 [모범답안]

$a_n=a_1r^{n-1}$이므로

$a_8-a_6=a_1r^7-a_1r^5=a_1r^5(r^2-1)$

$S_8-S_6=a_7+a_8=a_1r^6+a_1r^7=a_1r^6(r+1)$

$\frac{a_8-a_6}{S_8-S_6}=3$에서

$\frac{a_1r^5(r^2-1)}{a_1r^6(r+1)}=3$, $\frac{r-1}{r}=3$, $r-1=3r$

따라서 $r=-\frac{1}{2}$

07 [모범답안]

$a_8=S_8-S_7$, $(64k-16)-(49k-14)=15k-2$

$a_7=S_7-S_6$, $(49k-14)-(36k-12)=13k-2$

이때 공차가 4이므로

$a_8-a_7=2k=4$

$\therefore k=2$

따라서 $a_8=15\times2-2=28$

08 [모범답안]

주어진 식 $\sum_{k=1}^{n}a_k=3^n-1$에서 $\sum_{k=1}^{n}a_k=S_n$이므로

(i) $n=1$일 때 $S_1=a_1=2$,

(ii) $n\geq2$일 때

$a_n=S_n-S_{n-1}=(3^n-1)-(3^{n-1}-1)=2\times3^{n-1}$

(ii)의 식에 $n=1$을 대입한 값이 (i)과 같으므로

$a_n=2\times3^{n-1}$ 즉, $\{a_n\}$은 첫째항이 2이고 공비가 3인 등비수열이다.

따라서

$$\frac{1}{9^9-1}\sum_{k=1}^{9}a_{2k}=\frac{2}{9^9-1}\sum_{k=1}^{9}(3^{2k-1})$$

$$=\frac{2}{9^9-1}\times\frac{3(9^9-1)}{9-1}=\frac{3}{4}$$

09 [모범답안]

등차수열 $\{a_n\}$의 첫째항을 a, 공차를 d라 하면

$a_n=a+(n-1)d$

$a_2=a+d=-10$, $a_5=a+4d=14$

두 식을 연립하면 $a=-18$, $d=8$

$a=-18+(n-1)\times8=8n-26$

등차수열 $\{a_n\}$은 -18, -10, -2, 6, 14, $\cdots$, 54으로 제3항까지 음수이고 나머지는 양수이다.

따라서

$|a_1|+|a_2|+|a_3|+\cdots+|a_{10}|$

$=-(a_1+a_2+a_3)+(a_4+\cdots+a_{10})$

$=-(-18-10-2)+\frac{7(6+54)}{2}$

$=30+210=240$

10 [모범답안]

주어진 식에서 $\sum_{k=1}^{20}ka_k-\sum_{k=2}^{21}(k-1)(a_k)$을 계산하면

$\sum_{k=1}^{20}ka_k-\sum_{k=2}^{21}(k-1)(a_k)$

$=(1a_1+2a_2+3a_3+4a_4+\cdots+20a_{20})$

$\quad-(1a_2+2a_3+3a_4+4a_5+\cdots+19a_{20}+20a_{21})$

$=a_1+a_2+a_3+a_4+\cdots+a_{20}-20a_{21}$

$=\sum_{k=1}^{20}a_k-20a_{21}=50$

$a_{21}=\frac{1}{2}$이므로

$\therefore \sum_{k=1}^{20}a_k=50+20a_{21}=50+10=60$

11 [모범답안]

주어진 등차수열 $\{a_n\}$의 공차를 d라고 할 때, 제5항과 제9항의 절댓값이 같고 부호가 반대이므로 $a_5+a_9=0$이 성립한다.

$a_1=12$이므로

$a_5+a_9=(12+4d)+(12+8d)=24+12d=0$

$\therefore d=-2$

따라서 $a_{12}=12+(12-1)\times(-2)=-10$

12 [모범답안]

$a_{n+4}=a_n$에서

$a_5=a_1$, $a_6=a_2$, $a_7=a_3$, $a_8=a_4$이므로

$\sum_{n=1}^{8}a_n=(a_1+a_2+a_3+a_4)+(a_5+a_6+a_7+a_8)$

$=(a_1+a_2+a_3+a_4)+(a_1+a_2+a_3+a_4)$

$=2(a_1+a_2+a_3+a_4)=2\sum_{n=1}^{4}a_n=2\times\frac{7}{2}=7$

$b_{n+2}=b_n$에서

$b_7=b_5=b_3=b_1$, $b_8=b_6=b_4=b_2$이므로

$\sum_{n=1}^{8}b_n=(b_1+b_2)+(b_3+b_4)+(b_5+b_6)+(b_7+b_8)$

$=(b_1+b_2)+(b_1+b_2)+(b_1+b_2)+(b_1+b_2)$

$=4(b_1+b_2)=4\sum_{n=1}^{2}b_n=4\times\frac{3}{4}=3$

따라서

$\sum_{n=1}^{8}(a_n-b_n)=\sum_{n=1}^{8}a_n-\sum_{n=1}^{8}b_n=7-3=4$

13 [모범답안]

이차방정식 $x^2-33x+n(n+1)=0$의 두 근이 α_n, β_n이므로 근과 계수의 관계를 이용하면

$\alpha_n+\beta_n=33$, $\alpha_n\beta_n=n(n+1)$

따라서

$$\frac{1}{\alpha_n}+\frac{1}{\beta_n}=\frac{\alpha_n+\beta_n}{\alpha_n\beta_n}=\frac{33}{n(n+1)}=33\left(\frac{1}{n}-\frac{1}{n+1}\right)$$

이므로

$$\sum_{n=1}^{10}\left(\frac{1}{\alpha_n}+\frac{1}{\beta_n}\right)=\sum_{n=1}^{10}33\left(\frac{1}{n}-\frac{1}{n+1}\right)$$

$$=33\left\{\left(1-\frac{1}{2}\right)+\left(\frac{1}{2}-\frac{1}{3}\right)+\cdots+\left(\frac{1}{10}-\frac{1}{11}\right)\right\}$$

$$=33\left(1-\frac{1}{11}\right)=30$$

14 [모범답안]

주어진 함수 $y=\frac{x+5}{2x^2+3}$가 $y=1$과 만남으로

$\frac{x+5}{2x^2+3}=1$, $x+5=2x^2+3$, $2x^2-x-2=0$

이때 교점의 x좌표 a, b는 $2x^2-x-2=0$의 두 근이므로

$2(x-a)(x-b)=2x^2-x-2$ ……①

의 식으로 표현할 수 있다.

따라서

$$2\sum_{k=1}^{5}(k-a)(k-b)=\sum_{k=1}^{5}(2k^2-k-2)$$

$$=2\sum_{k=1}^{5}k^2-\sum_{k=1}^{5}k-\sum_{k=1}^{5}2 \quad \cdots\cdots②$$

$$=2\times\frac{5\times6\times11}{6}-\frac{5\times6}{2}-10$$

$$=110-15-10=85 \quad \cdots\cdots③$$

15 [모범답안]

$\{a_n\}$은 첫째항이 1이고 공차가 2인 등차수열이므로

$a_n=1+(n-1)\times2=2n-1$

또한 주어진 식의 분모를 바꾼 후 유리화하면

$$\frac{1}{\sqrt{a_1}+\sqrt{a_2}}+\frac{1}{\sqrt{a_2}+\sqrt{a_3}}+\frac{1}{\sqrt{a_3}+\sqrt{a_4}}+\cdots+\frac{1}{\sqrt{a_9}+\sqrt{a_{10}}}$$

$$=\frac{1}{\sqrt{a_2}+\sqrt{a_1}}+\frac{1}{\sqrt{a_3}+\sqrt{a_2}}+\frac{1}{\sqrt{a_4}+\sqrt{a_3}}+\cdots+\frac{1}{\sqrt{a_{10}}+\sqrt{a_9}}$$

$$=\frac{\sqrt{a_2}-\sqrt{a_1}}{a_2-a_1}+\frac{\sqrt{a_3}-\sqrt{a_2}}{a_3-a_2}+\frac{\sqrt{a_4}-\sqrt{a_3}}{a_4-a_3}+\cdots+\frac{\sqrt{a_2}-\sqrt{a_1}}{a_{10}-a_9}$$

이때 $\{a_n\}$은 공차가 2인 등차수열이므로 각 항의 차는 2이다.

따라서

$=a_2-a_1=a_3-a_2=a_4-a_3=\cdots=a_{10}-a_9=2$

이므로

$$=\frac{\sqrt{a_2}-\sqrt{a_1}}{2}+\frac{\sqrt{a_3}-\sqrt{a_2}}{2}+\frac{\sqrt{a_4}-\sqrt{a_3}}{2}+\cdots+\frac{\sqrt{a_{10}}-\sqrt{a_9}}{2}$$

$$=\left(\frac{\sqrt{a_2}}{2}-\frac{\sqrt{a_1}}{2}\right)+\left(\frac{\sqrt{a_3}}{2}-\frac{\sqrt{a_2}}{2}\right)+\left(\frac{\sqrt{a_4}}{2}-\frac{\sqrt{a_3}}{2}\right)+\cdots+\left(\frac{\sqrt{a_{10}}}{2}-\frac{\sqrt{a_9}}{2}\right)$$

$$=\frac{\sqrt{a_{10}}}{2}-\frac{\sqrt{a_1}}{2}$$

이때 $a_1=1$, $a_{10}=19$이므로

$$\frac{\sqrt{a_{10}}}{2}-\frac{\sqrt{a_1}}{2}=\frac{\sqrt{19}}{2}-\frac{\sqrt{1}}{2}=\frac{\sqrt{19}-1}{2}$$

$\therefore \frac{\sqrt{19}-1}{2}$

16 [모범답안]

등차수열 $\{a_n\}$이 첫째항이 a, 공차가 d라고 하면

a_3과 a_9의 등차중항이 a_k이고 공차 $d=4$이므로

$$a_k=a+(k-1)\times4=\frac{1}{2}(a_3+a_9)$$

$$=\frac{1}{2}(a+2d+a+8d)=a+5d=a+20$$

$\therefore k=6$, $a_k=a_6$

따라서

a_1과 a_6의 등비중항이 a_4이므로

$(a_4)^2=a_1\times a_6$

$(a+12)^2=a(a+20)$

$a^2+24a+144=a^2+20a$

$4a=-144$

$a=-36$

$\therefore a_6=-36+(6-1)\times4=-16$

17 [모범답안]

$$\sum_{n=1}^{12}\frac{d}{\sqrt{a_n}+\sqrt{a_{n+1}}}=\sum_{n=1}^{12}\frac{d\times(\sqrt{a_n}-\sqrt{a_{n+1}})}{a_n-a_{n+1}}$$

$$=\sum_{n=1}^{12}\frac{d\times(\sqrt{a_n}-\sqrt{a_{n+1}})}{-d}=-\sum_{n=1}^{12}(\sqrt{a_n}-\sqrt{a_{n+1}})$$

$$=-\{(\sqrt{a_1}-\sqrt{a_2})+(\sqrt{a_2}-\sqrt{a_3})+(\sqrt{a_3}-\sqrt{a_4})+\cdots+(\sqrt{a_{11}}-\sqrt{a_{12}})+(\sqrt{a_{12}}-\sqrt{a_{13}})\}$$

$$=-\sqrt{a_1}+\sqrt{a_{13}}=-1+\sqrt{a_{13}}$$

이므로 10 이하의 자연수 m에 대하여

$-1+\sqrt{a_{13}}=m$, $\sqrt{a_{13}}=m+1$

$a_{13}=(m+1)^2=m^2+2m+1$

$a_{13}=a_1+12d=1+12d$이므로

$1+12d=m^2+2m+1$

$12d=m(m+2)$ …… ㉠

$m=1$일 때, $m(m+2)=1\times3=3$이므로 ㉠을 만족시키는 자연수 d는 존재하지 않는다.

$m=2$일 때, $m(m+2)=2\times4=8$이므로 ㉠을 만족시키는 자연수 d는 존재하지 않는다.

$m=3$일 때, $m(m+2)=3\times5=15$이므로 ㉠을 만족시키는 자연수 d는 존재하지 않는다.

$m=4$일 때, $m(m+2)=4\times6=24$이므로 ㉠에서 $d=2$

$m=5$일 때, $m(m+2)=5\times7=35$이므로 ㉠을 만족시키는 자연수 d는 존재하지 않는다.

$m=6$일 때, $m(m+2)=6\times8=48$이므로 ㉠에서 $d=4$

$m=7$일 때, $m(m+2)=7\times9=63$이므로 ㉠을 만족시키는 자연수 d는 존재하지 않는다.

$m=8$일 때, $m(m+2)=8\times10=80$이므로 ㉠을 만족시키는 자연수 d는 존재하지 않는다.

$m=9$일 때, $m(m+2)=9\times11=99$이므로 ㉠을 만족시키

는 자연수 d는 존재하지 않는다.
$m=10$일 때, $m(m+2)=10\times12=120$이므로 ㉠에서 $d=10$
따라서 모든 자연수 d의 개수는 2, 4, 10으로 3개이다.

18 [모범답안]
등차수열 $\{a_n\}$에서 정수인 공차를 d라 하면,
$d\le0$인 경우, 이 등차수열은 모든 항이 음수가 되므로 $a_{k+1}a_{k+3}<0$의 조건을 만족시킬 수 없다. 따라서 $d>0$이다.
$d>0$일 때 모든 자연수 k에 대하여 $a_k<a_{k+1}$이고, $a_{k+1}a_{k+3}<0$을 만족시키는 자연수 k의 최솟값이 13이므로 $a_{13+1}<0$, $a_{13+3}>0$이 되어야 한다.
$a_{14}=-28+13d<0$에서 $d<\frac{28}{13}=2.15\cdots$
$a_{16}=-28+15d>0$에서 $d>\frac{28}{15}=1.86\cdots$
따라서 d는 $1.86\cdots<d<2.15\cdots$사이에 있는 정수이므로 2이다.
$\therefore a_4=(-28)+(4-1)\times2=-28+6=-22$

19 [모범답안]
$n=1$일 때, $S_1=1$
$n\ge2$일 때,

$$\begin{aligned}a_n&=S_n-S_{n-1}\\&=(2n^2-n)-\{2(n-1)^2-(n-1)\}\\&=4n-3\end{aligned}$$

$\therefore a_1=S_1=1$이므로, 수열 $\{a_n\}$의 일반항은 $a_n=4n-3$
따라서

$$\begin{aligned}\sum_{k=1}^{11}\frac{1}{a_ka_{k+1}}&=\sum_{k=1}^{11}\frac{1}{(4n-3)(4n+1)}\\&=\frac{1}{4}\sum_{k=1}^{11}\left(\frac{1}{4n-3}-\frac{1}{4n+1}\right)\\&=\frac{1}{4}\left\{\left(\frac{1}{1}-\frac{1}{5}\right)+\left(\frac{1}{5}-\frac{1}{9}\right)+\cdots+\left(\frac{1}{41}-\frac{1}{45}\right)\right\}\\&=\frac{1}{4}\left(\frac{1}{1}-\frac{1}{45}\right)=\frac{11}{45}\end{aligned}$$

20 [모범답안]
등차수열 $\{a_n\}$에서 $a_1=32$이고, $d=-5$이므로 일반항은
$a_n=32+(n-1)\times-5=-5n+37$
$a_n=-5n+37<0$을 만족시키는 n은 8이므로 a_n은 제1항부터 제7항까지 양수이고 제8항부터는 음수이다.
따라서 S_n의 최댓값은 S_7
$\therefore S_7=\frac{7\{2\times32+6\times-5\}}{2}=119$

21 [모범답안]
등차수열의 공차를 d라 하면 $a_{2n}=a_{2n-1}+d$
$\sum_{n=1}^{2019}a_{2n}=\sum_{n=1}^{2019}(a_{2n-1}+d)=\sum_{n=1}^{2019}a_{2n-1}+2019d$이므로
$2019d=4038$, $d=2$, $a_n=2n-1$

$$\begin{aligned}\therefore \sum_{n=1}^{2019}=a_n&=\sum_{n=1}^{2019}(2n-1)=2\times\frac{2019\times2020}{2}-2019\\&=2019^2\end{aligned}$$

따라서 k의 값은 2이다.

22 [모범답안]
$k=1$일 때, $a_1=2$이므로
$\{a_n\}$: 2, 2, 6, 10, 14, …이고 $a_1=a_2=2$
$k=2$일 때, $a_1=6$이므로
$\{a_n\}$: 6, 2, 2, 6, 10, …이고 $a_1=a_4=6$
$k=3$일 때, $a_1=10$이므로
$\{a_n\}$: 10, 6, 2, 2, 6, 10, 14, …이고
$a_1=a_6=10$
$k=4$일 때, $a_1=14$이므로
$\{a_n\}$: 14, 10, 6, 2, 2, 6, 10, 14, …이고
$a_1=a_8=14$
이와 같은 과정을 반복하면
$a_1=4k-2$일 때 $a_1=a_{2k}$
$a_1=a_{12}$에서 $2k=12$
따라서 $k=6$

23 [모범답안]
수열 $\{a_n\}$의 일반항을 구하면
$a_n=\sum_{k=1}^{n}a_k-\sum_{k=1}^{n-1}a_k$이므로
$a_n=n^2+n-\{(n-1)^2+(n-1)\}=2n$ (단 $n\ge2$)
$a_1=S_1=2$이므로 a_n은 $n=1$부터 성립한다.
따라서
$a_{3n+2}=2(3n+2)=6n+4$

$$\begin{aligned}\sum_{k=1}^{12}a_{3k+2}&=\sum_{k=1}^{12}(6n+4)\\&=6\times\frac{12\times13}{2}+48\\&=516\end{aligned}$$

24 [모범답안]
첫째항이 3이고 끝항이 24, 모든 항의 개수가 $m+2$인 등차수열의 합이 243이므로
$\frac{(m+2)(3+24)}{2}=243$
$\therefore m=16$
따라서 등차수열의 첫째항은 3, 제18항의 값은 24이므로

$24=3+17d$

$\therefore d=\frac{21}{17}$

25 [모범답안]

주어진 등비수열의 첫째항을 a, 공차를 r이라 하면

(가)에서 $ar^2\times ar^3=4ar^5$

$\therefore a=4$

(나)에서 $\frac{ar^4+ar^6}{ar+ar^3}=\frac{ar^4(1+r^2)}{ar(1+r^2)}=r^3=27$

$\therefore r=3$

따라서 a_3의 값은 $4\times3^2=36$

[수학 II]

IV. 함수의 극한과 연속

01 [모범답안]

$\lim_{x\to\infty}\frac{f(x)}{4x^3+1}=\frac{1}{4}$에서 $f(x)$는 최고차항의 계수가 1인 삼차 함수이다.

$\lim_{x\to4}\frac{(x+4)f(x)}{(x-4)^2}=16$에서 $x\to4$일 때 (분모) $\to0$이고 극한값이 존재한다.

그러므로 (분자) $\to0$이어야 한다.

즉, $\lim_{x\to4}(x+4)f(x)=8f(4)=0$ ……①

삼차함수 $f(x)$는 $x-4$를 인수로 가지므로

$f(x)=(x-4)g(x)$ ($g(x)$는 이차함수)라고 하자.

$\lim_{x\to4}\frac{(x+4)f(x)}{(x-4)^2}=\lim_{x\to4}\frac{(x+4)(x-4)g(x)}{(x-4)^2}$

$=\lim_{x\to4}\frac{(x+4)g(x)}{(x-4)}=16$에서

$x\to4$일 때 (분모) $\to0$이고 극한값이 존재한다.

그러므로 (분자) $\to0$이어야 한다.

즉, $\lim_{x\to4}(x+4)g(x)=8g(4)=0$에서 $g(4)=0$ ……②

이차함수 $g(x)$는 $x-4$를 인수로 가지고 이차항의 계수는 1이므로 $g(x)=(x-4)(x+k)$ (k는 상수)라 하면

$f(x)=(x-4)^2(x+k)$

이때

$\lim_{x\to4}\frac{(x+4)f(x)}{(x-4)^2}=\lim_{x\to4}\frac{(x+4)(x-4)^2(x+k)}{(x-4)^2}$

$\lim_{x\to4}(x+4)(x+k)=8(4+k)=16$에서

$k=-2$ ……③

그러므로, $f(x)=(x-4)^2(x-2)$ ……④

$f(5)=1\times3=3$ ……⑤

02 [모범답안]

함수 $y=f(x-1)$의 그래프는 함수 $y=f(x)$의 그래프를 x축의 방향으로 1만큼 평행이동한 것과 같으므로,

$\lim_{x\to1-}f(x-1)=\lim_{x\to0-}f(x)=2$

함수 $y=f(x+1)$의 그래프는 함수 $y=f(x)$의 그래프를 x축의 방향으로 -1만큼 평행이동한 것과 같으므로,

$\lim_{x\to1+}f(x+1)=\lim_{x\to2+}f(x)=-1$

$\lim_{x\to1-}f(x-1)=\lim_{x\to1+}f(x+1)=2+(-1)=1$이고, 그림에서 $\lim_{x\to1+}f(x)=1$이다.

따라서 $\lim_{x\to k+}f(x)=1$을 만족시키는 정수 k의 값은 1이다.

03 [모범답안]

함수 $f(x)$가 $x=3$에서 연속이므로 $\lim_{x\to3}f(x)=f(3)$

$x\neq3$일 때, $\lim_{x\to3}f(x)=\lim_{x\to3}\frac{\sqrt{2x^2+k}-1}{(x^2+7)(x-3)}$

$x\to3$일 때 (분모) $\to0$이고 극한값이 존재하므로 (분자) $\to0$

따라서 $\lim_{x\to3}\sqrt{2x^2+k}-1=\sqrt{18+k}-1=0$

$\therefore k=-17$

$\lim_{x\to3}f(x)$

$=\lim_{x\to3}\frac{\sqrt{2x^2-17}-1}{(x^2+7)(x-3)}$

$=\lim_{x\to3}\frac{(\sqrt{2x^2-17}-1)(\sqrt{2x^2-17}+1)}{(x^2+7)(x-3)(\sqrt{2x^2-17}+1)}$

$=\lim_{x\to3}\frac{2x^2-18}{(x^2+7)(x-3)(\sqrt{2x^2-17}+1)}$

$=\lim_{x\to3}\frac{2(x+3)}{(x^2+7)(\sqrt{2x^2-17}+1)}$

$=\frac{3}{8}=f(3)$

$k\times f(3)=-\frac{51}{8}$

04 [모범답안]

함수 $f(x)$가 실수 전체의 집합에서 연속이므로 $x=2$에서도 연속이다.

따라서 $f(2)=\lim_{x\to2-}f(x)=\lim_{x\to2+}f(x)$가 성립한다.

$\lim_{x\to2-}m(x-2)^3+n=3$, $n=3$

한편, $f(x)=f(x+4)$에 $x=0$을 대입하면

$f(0)=f(4)$이므로

$m(0-2)^3+3=4+1=5$

$-8m+3=5$

$m=-\frac{1}{4}$

따라서 $f(x)\begin{cases}-\frac{1}{4}(x-2)^3+3 & (0\leq x\leq2)\\ x+1 & (2<x\leq4)\end{cases}$이고,

$f(x)=f(x+4)$이므로

$f(41)=f(37)=f(33)=\cdots=f(1)$

$=-\frac{1}{4}(-1)^3+3=\frac{13}{4}$

05 [모범답안]

함수 $\frac{f(x)}{g(x)}$는 유리함수이다. 유리함수가 모든 실수에서 연속이 되려면 (분모)$\neq0$임을 나타내어야 한다. (분모)$=g(x)$이며 이차함수이다. 이차함수가 0이 되는 지점이 없게 하려면 $g(x)=0$이 실근을 갖지 않아야 한다.

이차방정식 $2x^2+kx+3$의 판별식을 D라고 하면,

$D=k^2-24<0$

$\therefore k^2<24$

$-4\leq k\leq4$

$k=-4, -3, -2, -1, 0, 1, 2, 3, 4$

$\therefore$ 9개

06 [모범답안]

$\lim_{x\to\infty}\{\sqrt{x^2+ax+b}-(ax+b)\}$

$=\lim_{x\to\infty}\frac{\{\sqrt{x^2+ax+b}-(ax+b)\}\{\sqrt{x^2+ax+b}+(ax+b)\}}{\sqrt{x^2+ax+b}+(ax+b)}$

$=\lim_{x\to\infty}\frac{(x^2+ax+b)-(ax+b)^2}{\sqrt{x^2+ax+b}+(ax+b)}$

$=\lim_{x\to\infty}\frac{(1-a^2)x^2+a(1-2b)x+(b-b^2)}{\sqrt{x^2+ax+b}+(ax+b)}$

$=\lim_{x\to\infty}\frac{(1-a^2)x+a(1-2b)+\frac{b-b^2}{x}}{\sqrt{1+\frac{a}{x}+\frac{b}{x^2}}+\left(a+\frac{b}{x}\right)}$ …… ㉠

㉠의 값이 존재하므로 $1-a^2=0$이고,

$a>0$이므로 $a=1$

㉠에서

$=\lim_{x\to\infty}\frac{(1-2b)+\frac{b-b^2}{x}}{\sqrt{1+\frac{1}{x}+\frac{b}{x^2}}+\left(1+\frac{b}{x}\right)}=\frac{1-2b}{2}$이므로

$\frac{1-2b}{2}=-2$에서 $1-2b=-4$, $b=\frac{5}{2}$

따라서 $3a-b=3-\frac{5}{2}=\frac{1}{2}$

07 [모범답안]

$1-x=t$로 놓으면 $x\to1$일 때 $t\to0$이므로

$\lim_{x\to1}\frac{f(1-x)}{2-2x}=\lim_{t\to0}\frac{f(t)}{2t}=3$

$\lim_{t\to0}\frac{f(t)}{t}=6$이므로 $\lim_{x\to0}\frac{f(x)}{x}=6$

$\lim_{x\to0}\frac{x^2+8f(x)}{2x+f(x)}=\lim_{x\to0}\frac{x^2+8\frac{f(x)}{x}}{2+\frac{f(x)}{x}}=6$

08 [모범답안]

$|f(x)-3x|<4$에서 $-4<f(x)-3x<4$이므로

$-4+3x<f(x)<4+3x$

$-4+3x>0$, 즉 $x>\frac{4}{3}$일 때 위의 식

$(-4+3x)<f(x)<(4+3x)$의 각 변을 제곱하면

$9x^2-24x+16<\{f(x)^2\}<9x^2+24x+16$

모든 실수 x에 대하여 $x^2-8x+24>0$이므로 위의 식의 각 변을 $x^2-8x+24$로 나누면

$$\frac{9x^2-24x+16}{x^2-8x+24}<\frac{\{f(x)\}^2}{x^2-8x+24}<\frac{9x^2+24x+16}{x^2-8x+24}$$

이때, $\lim_{x\to\infty}\frac{9x^2-24x+16}{x^2-8x+24}=9$, $\lim_{x\to\infty}\frac{9x^2+24x+16}{x^2-8x+24}=9$

이므로

$$\lim_{x\to\infty}\frac{\{f(x)\}^2}{x^2-8x+24}=9$$

09 [모범답안]

$f(x)$가 모든 실수 x에서 연속이므로 $x=\pm2$에서 연속이다.

즉 $\lim_{x\to2}f(x)=f(2)$, $\lim_{x\to-2}f(x)=f(-2)$가 성립한다.

$x\neq\pm2$일 때

$$f(x)=\frac{x^3+3x^2-4x-12}{x^2-4}$$
$$=\frac{(x-2)(x+2)(x+3)}{(x-2)(x+2)}$$
$$=x+3$$

$f(-2)=\lim_{x\to-2}f(x)=\lim_{x\to-2}(x+3)=1$

$f(2)=\lim_{x\to2}f(x)=\lim_{x\to2}(x+3)=5$

그러므로 $f(-2)f(2)=1\times5=5$

10 [모범답안]

함수 $f(x)=x^4-4x^3+5$에서

$f'(x)=4x^3-12x^2=4x^2(x-3)$

함수 $f(x)$의 역함수가 존재하고 최고차항의 계수가 양수이므로 함수 $f(x)$가 구간 $[a, \infty)$에서 증가한다.

즉 $x\geq a$일 때, $f'(x)\geq0$이다.

$f'(x)=4x^2(x-3)\geq0$ $\therefore x\geq3$

따라서 a의 최솟값은 3이다.

11 [모범답안]

$\lim_{x\to\infty}f(x)=\infty$이므로 $\lim_{x\to\infty}\frac{1}{f(x)}=0$ 성립한다.

따라서

$$\lim_{x\to\infty}\frac{1}{f(x)}\{f(x)+g(x)\}=\lim_{x\to\infty}\left\{1+\frac{g(x)}{f(x)}\right\}=0\times4=0$$

$$\therefore \lim_{x\to\infty}\frac{g(x)}{f(x)}=-1$$

$$\lim_{x\to\infty}\frac{3f(x)+7g(x)}{(-f(x))+g(x)}=\lim_{x\to\infty}\frac{3+7\frac{g(x)}{f(x)}}{(-1)+\frac{g(x)}{f(x)}}$$
$$=\frac{3+7\times(-1)}{(-1)+(-1)}$$
$$=2$$

12 [모범답안]

선분 OP의 기울기는 $\frac{\sqrt{t}}{t}$이므로 직선 l의 기울기는

$-\frac{t}{\sqrt{t}}=-\sqrt{t}$이고, 점 P를 지나므로

$y-\sqrt{t}=-\sqrt{t}(x-t)$, $y=-\sqrt{t}x+(t+1)\sqrt{t}$

이때, $f(t)=t+1$, $g(t)=(t+1)\sqrt{t}$

따라서

$$\lim_{t\to\infty}\frac{2g(t)+f(t)}{g(t)-2f(t)}=\lim_{t\to\infty}\frac{2(t+1)\sqrt{t}+(t+1)}{(t+1)\sqrt{t}-2(t+1)}$$
$$=\lim_{t\to\infty}\frac{2\sqrt{t}+1}{\sqrt{t}-2}=2$$

13 [모범답안]

$\lim_{x\to\infty}\frac{f(x)-2x^2}{x}=3$이므로

$f(x)-2x^2=3x+a$(a는 상수) ······①

따라서 $f(x)=2x^2+3x+a$ ······②

$f\left(\frac{1}{x}\right)=\frac{2}{x^2}+\frac{3}{x}+a$이므로 ······③

$x^2f\left(\frac{1}{x}\right)=2+3x+ax^2$ ······④

따라서, $\lim_{x\to0+}x^2f\left(\frac{1}{x}\right)=\lim_{x\to0+}(2+3x+ax^2)=2$ ······⑤

14 [모범답안]

$\lim_{x\to1}\frac{f(x)g(x)}{x-1}=0$에서 $x\to1$일 때 (분모) → 0이고 극한값이 존재하므로 (분자) → 0이어야 한다.

즉, $\lim_{x\to1}f(x)g(x)=f(1)g(1)=0$ ······ ㉠

$\lim_{x\to1}\frac{f(x)-g(x)}{x-1}=5$에서 $x\to1$일 때 (분모) → 0이고 극한값이 존재하므로 (분자) → 0이어야 한다.

즉, $\lim_{x\to1}\{f(x)-g(x)\}=f(1)-g(1)=0$ ······ ㉡

㉠, ㉡을 연립하여 풀면 $f(1)=g(1)=0$이므로 두 상수 a, b에 대하여 $f(x)=(x-1)(x+a)$, $g(x)=(x-1)(x+b)$라 하자.

$$\lim_{x\to1}\frac{f(x)-g(x)}{x-1}=\lim_{x\to1}\frac{(x-1)(x+a)-(x-1)(x+b)}{x-1}$$
$$=\lim_{x\to1}\{(x+a)-(x+b)\}$$
$$=(1+a)-(1+b)=a-b=5 \text{ ······ ㉢}$$

$f(2)=2+a$, $g(3)=2(3+b)$이므로 $f(2)=g(3)$에서

$2+a=6+2b$, $a-2b=4$ ······ ㉣

㉢, ㉣을 연립하여 풀면 $a=6$, $b=1$

따라서 $f(x)=(x-1)(x+6)$, $g(x)=(x-1)(x+1)$이므로

$f(4)+g(4)=30+15=45$

15 [모범답안]

$\lim_{x\to0}\frac{f(x)}{x}=8$, $\lim_{x\to4}\frac{f(x)}{(x-4)}=6$에서

(분모) → 0이므로 (분자) → 0이다.

즉, $f(0)=f(4)=0$을 만족한다.

따라서 $f(x)=x(x-4)Q(x)$로 만들 수 있다.

$\lim_{x\to0}\frac{f(x)}{x}=\lim_{x\to0}\frac{x(x-4)Q(x)}{x}=-4Q(0)=8$,

$Q(0)=-2$

$\lim_{x\to4}\frac{f(x)}{x-4}=\lim_{x\to4}\frac{x(x-4)Q(x)}{(x-4)}=4Q(4)=6$,

$Q(4)=\frac{3}{2}$

한편 $f(x)=x(x-4)Q(x)$이므로

$$f(f(x))=f(x)\{f(x)-4\}Q(f(x))$$
$$=x(x-4)Q(x)\{f(x)-4\}Q(f(x))$$

를 만족한다.

$$\lim_{x\to4+}\frac{f(f(x))}{(x+1)(x-4)}$$
$$=\lim_{x\to4+}\frac{x(x-4)Q(x)\{f(x)-4\}Q(f(x))}{(x+1)(x-4)}$$
$$=\lim_{x\to4+}\frac{xQ(x)\{f(x)-4\}Q(f(x))}{(x+1)}$$
$$=\frac{4Q(4)\{f(4)-4\}Q(f(4))}{5}$$
$$=\frac{\left(4\times\frac{3}{2}\right)\times(-4)\times Q(0)}{5}$$
$$=\frac{\left(4\times\frac{3}{2}\right)\times(-4)\times(-2)}{5}$$
$$=\frac{48}{5}$$

따라서 $n=48$, $m=5$이므로

$nm=240$

16 [모범답안]

$\lim_{x\to n}\frac{2[x]}{[x]^2+x}$의 극한값이 존재하므로 좌극한값과 우극한값이 동일하다.

$$\lim_{x\to n+}\frac{2[x]}{[x]^2+x}=\frac{2n}{n^2+n}=\frac{2}{n+1}$$

$$\lim_{x\to n-}\frac{2[x]}{[x]^2+x}=\frac{2(n-1)}{(n-1)^2+n}=\frac{2n-2}{n^2-n+1}$$

$$\frac{2}{n+1}=\frac{2n-2}{n^2-n+1}$$

$n^2-n+1=n^2-1$

$n=2$

따라서, $\lim_{x\to2}\frac{2[x]}{[x]^2+x}=\frac{2\times2}{2^2+2}=\frac{2}{3}=m$이 성립한다.

$\therefore \frac{n}{m}=3$

17 [모범답안]

함수 $f(x)$가 $x=3$에서 연속이 되려면

$x=3$에서 극한값과 함숫값이 일치하여야 한다.

$\lim_{x\to3}f(x)=f(3)$을 만족한다.

$$\lim_{x\to3}f(x)=\lim_{x\to3}\frac{x^2-9}{(x-3)}=\lim_{x\to3}\frac{(x-3)(x+3)}{(x-3)}$$
$$=\lim_{x\to3}(x+3)$$

$\lim_{x\to3}(x+3)=f(3)=6$

18 [모범답안]

$\overline{PQ}=3t-(\sqrt{t^2+3t+4}-2)$

$=3t+2-\sqrt{t^2+3t+4}$이므로

삼각형 OPQ의 넓이 $S(t)$는

$S(t)=\frac{1}{2}\times t\times\overline{PQ}$

$=\frac{1}{2}\times t\times(3t+2-\sqrt{t^2+3t+4})$

따라서

$$\lim_{t\to0+}\frac{S(t)}{t^2}=\lim_{t\to0+}\frac{\frac{1}{2}t(3t+2-\sqrt{t^2+3t+4})}{t^2}$$
$$=\lim_{t\to0+}\frac{3t+2-\sqrt{t^2+3t+4}}{2t}$$
$$=\lim_{t\to0+}\frac{(3t+2-\sqrt{t^2+3t+4})(3t+2+\sqrt{t^2+3t+4})}{2t(3t+2+\sqrt{t^2+3t+4})}$$
$$=\lim_{t\to0+}\frac{(9t^2+12t+4)-(t^2+3t+4)}{2t(3t+2+\sqrt{t^2+3t+4})}$$
$$=\lim_{t\to0+}\frac{8t^2+9t}{2t(3t+2+\sqrt{t^2+3t+4})}$$
$$=\lim_{t\to0+}\frac{8t+9}{2(3t+2+\sqrt{t^2+3t+4})}=\frac{9}{8}$$

19 [모범답안]

원 $x^2+y^2=1$의 중심 $(0, 0)$과 직선 $y=x+t$ 사이의 거리를 구하면

$y-x-t=0$이므로, 원의 중심과 직선사이의 거리

$d=\frac{|0-0-t|}{\sqrt{(1)^2+(-1)^2}}=\frac{|t|}{\sqrt{2}}$이다.

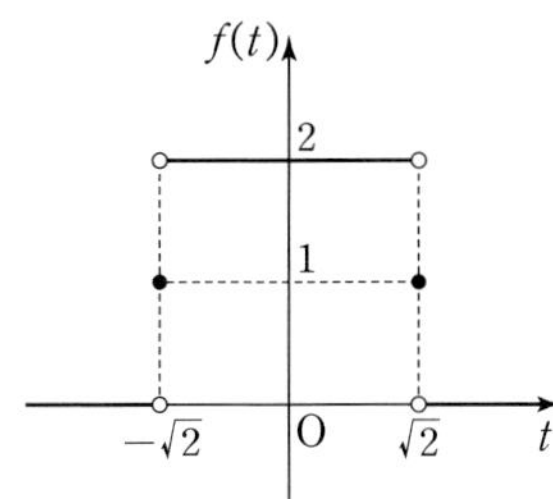

$\frac{|t|}{\sqrt{2}}<1\ (-\sqrt{2}<t<\sqrt{2})$ → 원과 직선은 서로 다른 두 점에서 만난다.

$\frac{|t|}{\sqrt{2}}=1\ (t=\pm\sqrt{2})$ → 원과 직선은 한 점에서 만난다.

$\frac{|t|}{\sqrt{2}}>1\ (t>\sqrt{2}, t<-\sqrt{2})$ → 원과 직선은 만나지 않는다.

$f(t)=\begin{cases}2\ (-\sqrt{2}<t<\sqrt{2})\\1\ (t=\pm\sqrt{2})\\0\ (t>\sqrt{2}, t<-\sqrt{2})\end{cases}$ 이므로

함수 $f(t)$는 $t=\pm\sqrt{2}$에서 불연속

따라서 $k=\pm\sqrt{2}$이다.

20 [모범답안]

$h(x)=\frac{1}{f(x)}-3x$라고 하면 함수 $h(x)$는 닫힌구간 $[0, 4]$에서 연속이다.

그리고 $h(0)=(1-k)-0=1-k=-(k-1)$

$h(4)=(3-k)-12=-(k+9)$

이때 $h(x)=0$의 실근이 $(0, 4)$에서 적어도 하나 존재하므로, $h(0)h(4)<0$을 만족하여야 한다.

$h(0)h(4)=(k-1)(k+9)<0$

$\therefore\ -9<k<1$

따라서 정수 k는 $-8, -7, -6, -5, -4, -3, -2, -1, 0$이므로 개수는 9개이다.

21 [모범답안]

$h(x)=f(x)-(2x^2+3)$이라고 하면

함수 $h(x)$는 모든 실수 x에 대하여 연속이다.

$h(-1)=k^2-2k-3-(2+3)$

$=k^2-2k-8=(k-4)(k+2)$

$h(1)=0-(2+3)=-5<0$

$h(3)=22-(18+3)=1>0$

$h(x)=0$이 열린구간 $(-1, 1)$과 열린구간 $(1, 3)$에서 각각 적어도 하나의 실근을 갖기 위해서는 $h(-1)h(1)<0$, $h(1)h(3)<0$을 만족하여야 한다.

$h(1)h(3)=-5\times1=-5<0$이므로 만족한다.

$h(-1)h(1)<0$이 만족하기 위해서는

$h(-1)h(1)=(k-4)(k+2)(-5)<0$

$(k-4)(k+2)>0$

따라서 k값의 범위는 $k>4$ 또는 $k<-2$

22 [모범답안]

함수 $f(x)g(x)$가 실수 전체의 집합에서 연속이려면 함수 $f(x)g(x)$가 $x=a$에서 연속이어야 한다.

즉, $\lim_{x\to a-}f(x)g(x)=\lim_{x\to a+}f(x)g(x)=f(a)g(a)$이어야 한다.

이때

$\lim_{x\to a-}f(x)g(x)=\lim_{x\to a-}(x+3)(x^2+ax+a-1)$

$=(a+3)(2a^2+a-1)$

$\lim_{x\to a+}f(x)g(x)=\lim_{x\to a+}(3x-4)(x^2+ax+a-1)$

$=(3a-4)(2a^2+a-1)$

$f(a)g(a)=(3a-4)(2a^2+a-1)$이므로

$(a+3)(2a^2+a-1)=(3a-4)(2a^2+a-1)$에서

$\{(3a-4)-(a+3)\}(2a^2+a-1)=0$

$(2a-7)(2a-1)(a+1)=0$에서

$a=\frac{7}{2}$ 또는 $a=\frac{1}{2}$ 또는 $a=-1$

따라서 모든 실수 a의 값의 곱은

$\frac{7}{2}\times\frac{1}{2}\times(-1)=-\frac{7}{4}$

23 [모범답안]

주어진 함수 $f(x)$의 그래프를 그리면

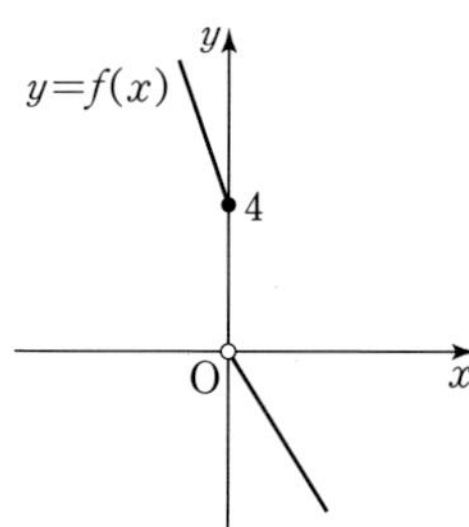

$h(x)=f(f(x))$이므로, $\lim_{x\to0+}h(x)=\lim_{x\to0+}f(f(x))$

한편, $\lim_{x\to0+}f(x)=0-$이므로

$\lim_{x\to0+}f(f(x))=\lim_{x\to0-}f(x)=4$

24 [모범답안]

$\frac{1}{x}=t$로 치환하여 주어진 식을 t에 대한 식으로 변형하면

$x\to0+$일 때 $t\to\infty$이다.

따라서 $\lim_{x\to0+}\frac{2xf\left(\frac{1}{x}\right)-3}{3-x}=\lim_{t\to\infty}\frac{2\frac{f(t)}{t}-3}{3-\frac{1}{t}}$가 성립한다.

이때 $\lim_{t\to\infty}\frac{1}{t}=0$이므로

$\lim_{t\to\infty}\frac{2\frac{f(t)}{t}-3}{3-\frac{1}{t}}=\frac{\left\{2\lim_{t\to\infty}\frac{f(t)}{t}\right\}-3}{3-0}=7$

$2\lim_{t\to\infty}\frac{f(t)}{t}=21+3=24$

$$\lim_{t\to\infty}\frac{f(t)}{t}=\lim_{x\to\infty}\frac{f(x)}{x}=12$$

25 [모범답안]

$\lim_{x\to\infty}\frac{f(x)}{x^2+x+1}=1$이므로

$f(x)$는 이차항의 계수가 1인 이차함수이다.

또한, $\lim_{x\to 3}\frac{f(x)}{x-3}=5$이므로

$f(x)=(x-a)(x-3)$이라고 하면 (단, a는 상수)

$\lim_{x\to 3}\frac{f(x)}{x-3}=\lim_{x\to 3}\frac{(x-a)(x-3)}{(x-3)}$

$(x-3)$을 약분하면

$\lim_{x\to 3}(x-a)=3-a=5,\ a=-2$

$f(x)=x^2-x-6$

$\therefore f(1)=1-1-6=-6$

V. 다항함수의 미분법

01 [모범답안]

$\lim_{x\to 3}\frac{x^2f(3)-9f(x)}{x-3}$

$=\lim_{x\to 3}\frac{x^2f(3)-9f(3)+9f(3)-9f(x)}{x-3}$ ……①

$=\lim_{x\to 3}\frac{\{x^2f(3)-9f(3)\}-\{9f(x)-9f(3)\}}{x-3}$

$=\lim_{x\to 3}\frac{(x^2-9)f(3)}{x-3}-9\lim_{x\to 3}\frac{f(x)-f(3)}{x-3}$

$=f(3)\lim_{x\to 3}(x+3)-9\lim_{x\to 3}\frac{f(x)-f(3)}{x-3}$ ……②

$=6f(3)-9f'(3)$ ……③

02 [모범답안]

이차함수 $y=f(x)$의 그래프가 y축에 대하여 대칭이므로 $f(-1)=f(1),\ f(-2)=f(2)$이고 $f(1)\neq f(2)$이다.

이때 $\lim_{x\to 2}\frac{f(x)+af(-2)}{x-2}=\lim_{x\to 2}\frac{f(x)+af(2)}{x-2}$에서

$x\to 2$일 때 (분모) → 0이고 극한값이 존재하므로 (분자) → 0이어야 한다.

즉, $\lim_{x\to 2}\{f(x)+af(2)\}=f(2)+af(2)$

$=(a+1)f(2)=0$

$f(2)\neq 0$이므로 $a=-1$

함수 $f(x)$에서 x의 값이 -2에서 -1까지 변할 때의 평균변화율 p는

$p=\frac{f(-1)-f(-2)}{-1-(-2)}=f(-1)-f(-2)=f(1)-f(2)$

함수 $f(x)$에서 x의 값이 -1에서 2까지 변할 때의 평균변화율 q는

$q=\frac{f(2)-f(-1)}{2-(-1)}=\frac{f(2)-f(-1)}{3}=\frac{f(2)-f(1)}{3}$

$=-\frac{f(1)-f(2)}{3}=-\frac{p}{3}$

따라서 $\frac{p}{q}=-3$

03 [모범답안]

다항식 $x^{15}-x^7+5x^2+1$을 이차식인 $(x-1)^2$으로 나누었을 때의 나머지는 일차식인 $mx+n$이다.

따라서

$x^{15}-x^7+5x^2+1=Q(x)(x-1)^2+(mx+n)$

주어진 식에, $x=1$을 대입하면

$1-1+5+1=m+n=6$

$\therefore m+n=6$

PART1 국어

PART 2 수학

PART 3 해답

한편 주어진 식을 x에 대하여 미분하면

$$15x^{14}-7x^6+10x=Q'(x)(x-1)^2+2Q(x)(x-1)+m$$

위 식에, $x=1$을 대입하면

$15-7+10=18=m$

$\therefore m=18,\ n=-12$

따라서 나머지는 $18x-12$

04 [모범답안]

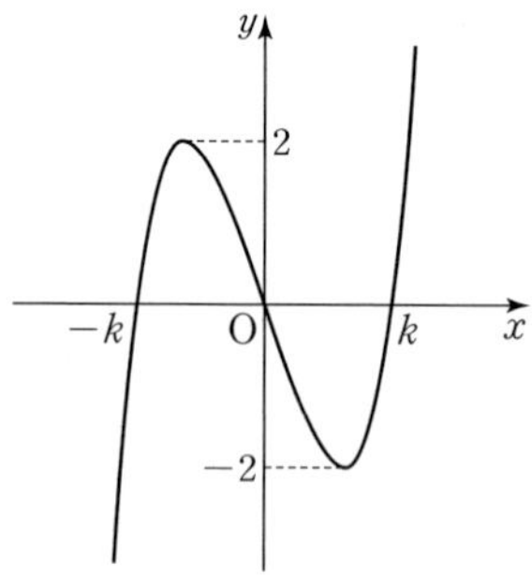

삼차함수 $f(x)$는 $f(x)+f(-x)=0$을 만족시키므로 원점에 대하여 대칭인 함수이다.

방정식 $|f(x)|=2$은 서로 다른 네 개의 실근을 가지므로, 위의 그래프에서 $f(x)$가 극대값 2와 극솟값 -2를 가져야만 서로 다른 네 개의 실근을 갖는다.

따라서

$f(x)=x(x-k)(x+k)$이므로

$f(x)=x^3-k^2x(k>0)$

$f'(x)=3x^2-k^2=0$

$x=\pm\dfrac{k}{\sqrt{3}}$

$f(x)$는 $x=\dfrac{k}{\sqrt{3}}$에서 극솟값 -2를 갖고 $x=-\dfrac{k}{\sqrt{3}}$에서 극댓값 $+2$를 갖는다.

따라서

$f\left(\dfrac{k}{\sqrt{3}}\right)=\dfrac{k^3}{3\sqrt{3}}-\dfrac{k^3}{\sqrt{3}}=-\dfrac{2k^3}{3\sqrt{3}}=-2$

$k^3=3\sqrt{3}$

$\therefore k=\sqrt{3}$

따라서 $f(x)=x(x-\sqrt{3})(x+\sqrt{3})=x^3-3x$

05 [모범답안]

$f(x+y)=f(x)+f(y)+4xy$에서

$x=0,\ y=0$을 대입하면

$f(0+0)=f(0)+f(0)+0,\ f(0)=0$

또한 $f'(0)=\lim_{x\to0}\dfrac{f(x)-f(0)}{x-0}=\lim_{x\to0}\dfrac{f(x)}{x}$을 만족하므로

$f'(3)=\lim_{h\to0}\dfrac{f(3+h)-f(3)}{h}$에서,

$f(x+y)=f(x)+f(y)+4xy$식을 이용하여

$f(3+h)-f(3)=f(h)+12h\ (x=3,\ y=h)$를 구할 수 있다.

$\therefore f'(3)=\lim_{h\to0}\dfrac{f(3+h)-f(3)}{h}=\lim_{h\to0}\dfrac{f(h)+12h}{h}$

$=\lim_{h\to0}\dfrac{f(h)}{h}+12$

$=f'(0)+12=5+12=17$

06 [모범답안]

$\lim_{x\to3}\dfrac{f(x)-1}{x-3}=2$에서 $f(3)=1,\ f'(3)=2$를 만족한다.

$\lim_{x\to3}\dfrac{g(x)-4}{x-3}=5$에서 $g(3)=4,\ g'(3)=5$를 만족한다.

$h(x)=f(x)g(x)$이므로

$h'(x)=f'(x)g(x)+f(x)g'(x)$

따라서

$h'(3)=f'(3)g(3)+f(3)g'(3)$

$(2\times4)+(1\times5)=8+5=13$

07 [모범답안]

최고차항의 계수가 1인 이차함수 $f(x)$를

$f(x)=x^2+ax+b$ ($a,\ b$는 상수)라 하자.

함수 $y=f(x)$의 그래프와 직선 $y=f(2)$가 만나는 서로 다른 두 점 A, B의 x좌표는 이차방정식 $f(x)=f(2)$의 서로 다른 두 실근이다.

$f(x)=f(2)$에서 $x^2+ax+b=4+2a+b$

$x^2+ax-2a-4=0$ …… ㉠

이때 주 점 A, B의 x좌표의 합이 3이므로 이차방정식 ㉠의 두 실근의 합도 3이다.

이차방정식의 근과 계수의 관계에 의하여 $-a=3$, 즉 $a=-3$이므로

$f(x)=x^2-3x+b$

따라서 $f'(x)=2x-3$이므로

$\sum_{n=1}^{10}f'(n)=\sum_{n=1}^{10}(2n-3)=2\sum_{n=1}^{10}n-\sum_{n=1}^{10}3$

$=2\times\dfrac{10\times11}{2}-3\times10=80$

08 [모범답안]

함수 $f(x)=-x^4+3x^2-36$에서 $f'(x)=-4x^3+6x$

접점의 좌표를 $(t,\ -t^4+3t^2-36)$이라고 하면

접선의 방정식은

$y=(6t-4t^3)(x-t)+(-t^4+3t^2-36)$이다.

이 접선은 원점을 지나므로 이 접선의 방정식에 $x=0,\ y=0$을 대입하면

$0=4t^4-6t^2-t^4+3t^2-36=3t^4-3t^2-36$

$=3(t^2+3)(t^2-4)$

이때 t는 실수이므로 $t=\pm\sqrt{4}=\pm2$

따라서 접점의 좌표는 $(2,\ -40)$, $(-2,\ -40)$이므로

삼각형 OPQ의 넓이는 $\frac{1}{2}\times4\times40=80$이다.

09 [모범답안]

$\overline{RP}^2=x^2$

$\overline{RQ}^2=(x-4)^2+4^2=x^2-8x+32$

이때 $\overline{RP}^2\le\overline{RQ}^2$라고 하면

$x^2\le x^2-8x+32$, $8x\le32$, $x\le4$이므로

$x\le4$일 때 함수 $f(x)=\overline{RP}^2$,

$x>4$일 때 함수 $f(x)=\overline{RQ}^2$

즉 $f(x)=\begin{cases}\overline{RQ}^2=x^2-8x+32 & (x>4)\\ \overline{RP}^2=x^2 & (x\le4)\end{cases}$

$$\lim_{x\to4-}\frac{f(x)-f(4)}{x-4}=\lim_{x\to4-}\frac{x^2-16}{x-4}=\lim_{x\to4-}\frac{(x-4)(x+4)}{x-4}=\lim_{x\to4-}(x+4)=8$$

$$\lim_{x\to4+}\frac{f(x)-f(4)}{x-4}=\lim_{x\to4+}\frac{x^2-8x+16}{x-4}=\lim_{x\to4+}\frac{(x-4)^2}{x-4}=\lim_{x\to4+}(x-4)=0$$

이므로 $f'(4)$는 존재하지 않는다.

따라서 $f(4)$는 $x=4$에서 미분가능하지 않다.

$\therefore k=4$

10 [모범답안]

움직이는 두 점 P, Q의 위치는

$P(t)=(t-1)^2(t-7)^2$, $Q(t)=k$이다.

이때 두 점 P, Q의 속도는

$P'(t)=2(t-1)^2(t-7)+2(t-1)(t-7)^2$

$=4(t-1)(t-4)(t-7)$

두 점 P, Q의 위치가 같은 순간이 3번 있으므로 $P(t)=Q(t)$의 방정식이 서로 다른 세 실근을 가져야 한다. $P(t)$는 $t=1$, $t=7$에서 극솟값, $t=4$일 때 극댓값을 가지므로 $P(t)$의 그래프를 그리면

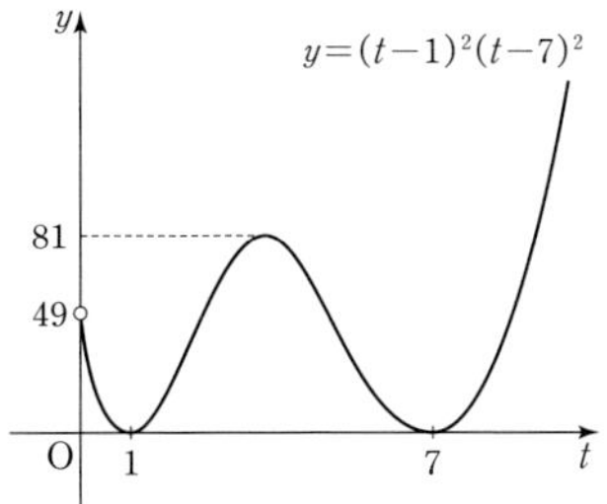

$P(4)=81$의 극댓값을 갖고,

$P(0)=49$이므로 $y=k$와 교점 3개를 가지려면

k값의 범위는 $49\le k<81$

11 [모범답안]

함수 $f(x)$가 열린구간 $(-\infty,\ \infty)$에서 감소하려면 모든 실수 x에 대하여 $f'(x)\le0$을 만족하여야 한다.

$f(x)=-4x^3+2kx^2-kx+1$이므로

$f'(x)=-12x^2+4kx-k$

이때 $f'(x)\le0$이 성립해야 하므로

$f(x)=-12x^2+4kx-k\le0$

이차방정식 $f'(x)=0$의 판별식을 D라고 하면

$\frac{D}{4}=(2k)^2-12k=4k^2-12k=4k(k-3)\le0$

$\therefore 0\le k\le3$

따라서 $M=3$, $m=0$이므로 $M-m=3$이다.

12 [모범답안]

$f(x)=\frac{1}{a}(x^3-2bx^2+b^2x+1)$에서

$f'(x)=\frac{1}{a}(3x^2-4bx+b^2)$

$f'(x)=0$에서 $\frac{1}{a}(3x^2-4bx+b^2)=0$

$\frac{1}{a}(3x-b)(x-b)=0$

$x=\frac{b}{3}$ 또는 $x=b$

자연수 b에 대하여 $\frac{b}{3}<b$이므로 함수 $f(x)$의 증가와 감소를 표로 나타내면 다음과 같다.

x	$\cdots$	$\frac{b}{3}$	$\cdots$	b	$\cdots$
$f'(x)$	$+$	0	$-$	0	$+$
$f(x)$	↗	극대	↘	극소	↗

함수 $f(x)$는 $x=\frac{b}{3}$에서 극댓값 $f\left(\frac{b}{3}\right)$를 갖고, $x=b$에서 극솟값 $f(b)$를 갖는다.

$f\left(\frac{b}{3}\right)=\frac{1}{a}\left(\frac{b^3}{27}-\frac{2b^3}{3}+\frac{b^3}{3}+1\right)=\frac{4b^3}{27a}+\frac{1}{a}$

$f(b)=\frac{1}{a}(b^3-2b^3+b^3+1)=\frac{1}{a}$

이때 극댓값과 극솟값의 차가 4이므로

$f\left(\frac{b}{3}\right)-f(b)=\left(\frac{4b^3}{27a}+\frac{1}{a}\right)-\frac{1}{a}=\frac{4b^3}{27a}=4$

$b^3=27a=3^3\times a$ ⋯⋯ ㉠

a, b가 모두 100보다 작은 자연수이므로 ㉠이 성립하려면 a의 값은 어떤 자연수의 세제곱이어야 한다.

$a=1^3=1$일 때 $b^3=3^3\times1^3=(3\times1)^3=3^3$이므로 $b=3$

$a=2^3=8$일 때 $b^3=3^3\times2^3=(3\times2)^3=6^3$이므로 $b=6$

$a=3^3=27$일 때 $b^3=3^3\times3^3=(3\times3)^3=9^3$이므로 $b=9$

$a=4^3=64$일 때 $b^3=3^3\times4^3=(3\times4)^3=12^3$이므로 $b=12$

$a\ge5^3=125$이면 a가 100보다 큰 자연수가 되어 조건을 만족시키지 않는다.

따라서 $a+b$의 값은 $1+3=4$ 또는 $8+6=14$ 또는 $27+9=36$ 또는 $64+12=76$이므로 $a+b$의 최댓값과 최솟값은 각각 $M=76$, $m=4$이다.

$\therefore M-2m=76-2\times4=68$

13 [모범답안]

접점의 좌표를 $(t,\ -t^3+6t^2-7t)$라고 하면 접점에서의 기울기는 $-3t^2+12t-7$

접선의 기울기가 2이므로

$-3t^2+12t-7=2$

$3t^2-12t+9=3(t-3)(t-1)=0$

$t=1$, $t=3$

(i) $t=1$일 때, 접점의 좌표는 $(1,\ -2)$, 이때 접선의 방정식은 $y=2(x-1)-2=2x-4$

(ii) $t=3$일 때, 접점의 좌표는 $(3,\ 6)$, 이때 접선의 방정식은 $y=2(x-3)+6=2x$

두 직선 사이의 거리는 직선 $y=2x$와 점 $(1,\ -2)$ 사이의 거리와 같다.

이때 $y=2x$는 $y-2x=0$이므로 점 $(1,\ -2)$과 직선 사이의 거리는 $\frac{|-2-2|}{\sqrt{(1)^2+(-2)^2}}=\frac{4}{\sqrt5}=\frac{4\sqrt5}{5}$

14 [모범답안]

역함수가 존재하도록 하기 위해서는 $f(x)$는 일대일대응이어야 하므로

$f'(x)\ge0$ 또는 $f'(x)\le0$

$f'(x)=-6x^2+6kx^2+k$ ⋯⋯①

$f'(x)$의 최고차항이 음수이므로 $f'(x)\le0$

이차방정식 $f'(x)=0$의 판별식을 D라고 하자.

$f'(x)$가 서로 다른 두 실근을 갖지 않으려면 $D\le0$

$\frac{D}{4}=(3k)^2-(-6k)=9k^2+6k=3k(3k+2)\le0$ ⋯⋯②

따라서 k값의 범위는 $-\frac{2}{3}\le k\le0$ ⋯⋯③

15 [모범답안]

원기둥의 밑면의 반지름을 r cm라 하면, 반지름과 높이의 합이 90 cm이므로 높이는 $90-r$ cm이다.

또한, 원기둥의 부피를 $V(r)\text{cm}^3$라고 하면

$V(r)=\pi r^2\times(90-r)=-\pi r^3+90\pi r^2\ (0<r<90)$

$V'(r)=-3\pi r^2+180\pi r=-3\pi r(r-60)$

$0<r<90$이므로 $V'(r)=0$을 만족하는 $r=60$이다.

이때 증가와 감소를 따져보면 $r=60$에서 극댓값을 갖는다.

그러므로 $r=60$에서 $V(r)\text{cm}^3$이 최댓값을 갖는다.

따라서, 원기둥의 겉넓이를 구하면,

$(2\times\pi\times60^2)+(2\times\pi\times60\times30)=10800\pi$

16 [모범답안]

두 함수 $f(x)$, $g(x)$는 $x=3$에서 연속이고 미분가능하므로

$$\lim_{x\to3}\frac{f(x)-f(3)}{x-3}=\lim_{x\to3+}\frac{f(x)-f(3)}{x-3}=\lim_{x\to3-}\frac{f(x)-f(3)}{x-3}=f'(3)$$

$$\lim_{x\to3}\frac{g(x)-g(3)}{x-3}=\lim_{x\to3+}\frac{g(x)-g(3)}{x-3}=\lim_{x\to3-}\frac{g(x)-g(3)}{x-3}=g'(3)$$

$h(x)$는 $x=3$에서 연속이므로

$\lim_{x\to3+}h(x)=f(3)=\lim_{x\to3-}h(x)=g(3)=h(3)$

$\therefore f(3)=g(3)=h(3)$

또한, $h(x)$는 $x=3$에서 미분가능하므로,

따라서 $x=3$에서 좌미분계수와 우미분계수가 같아야 한다.

$$\lim_{x\to3+}\frac{h(x)-h(3)}{x-3}=\lim_{x\to3+}\frac{f(x)-f(3)}{x-3}=f'(3)=h'(3)$$

$$\lim_{x\to3-}\frac{h(x)-h(3)}{x-3}=\lim_{x\to3-}\frac{g(x)-g(3)}{x-3}=g'(3)=h'(3)$$

$\therefore f'(3)=g'(3)=h'(3)$

$$\frac{1}{h'(3)}\times\lim_{x\to3}\frac{2f(x)+3g(x)-5g(3)}{x-3}$$

$$=\frac{1}{h'(3)}\times\lim_{x\to3}\frac{2f(x)+3g(x)-2f(3)-3g(3)}{x-3}$$

$$=\frac{1}{h'(3)}\times\lim_{x\to3}\frac{2\{f(x)-f(3)\}+3\{g(x)-g(3)\}}{x-3}$$

$$=\frac{1}{h'(3)}\times\{2f'(3)+3g'(3)\}$$

$$=\frac{1}{h'(3)}\times5h'(3)$$

$=5$

17 [모범답안]

함수 $f(x)$가 최고차항의 계수가 1인 삼차함수이므로 방정식

$f(x)+kx=0$은 삼차방정식이고, 이 방정식은 적어도 하나의 실근을 갖는다.

조건 (가)에서 함수 $|f(x)+kx|$가 실수 전체의 집합에서 미분가능하므로 실수 α에 대하여 방정식 $f(x)+kx=0$은 오직 하나의 근 $x=\alpha$를 가져야 하고, $f'(\alpha)+k=0$이어야 한다.

그러므로 $f(x)+kx=(x-\alpha)^3$

즉, $f(x)=(x-\alpha)^3-kx$로 놓을 수 있다.

조건 (나)에서 $\lim_{x\to1}\frac{f(x)-kx}{x-1}=\lim_{x\to1}\frac{(x-\alpha)^3}{x-1}$의 값이 존재하고

$x\to1$일 때 (분모) → 0이므로 (분자) → 0이어야 한다.

즉, $\lim_{x\to1}(x-\alpha)^3=(1-\alpha)^3=0$에서 $\alpha=1$이므로

$f(x)=(x-1)^3-kx=x^3-3x^2+(3-k)x-1$

$f'(x)=3x^2-6x+(3-k)$

따라서 $f(2)=1-2k$,

$f'(2)=12-12+(3-k)=3-k$이므로

$f(2)+f'(2)=0$에서

$(1-2k)+(3-k)=4-3k=0$

즉, $k=\frac{4}{3}$

$\therefore 3k=3\times\frac{4}{3}=4$

18 [모범답안]

$f(x)=x^3-3x^2+kx$의 양변을 x에 대해 미분하면,

$f'(x)=3x^2-6x+k=0$인 이차방정식에서 서로 다른 두 근의 곱은 -3이다.

따라서 $\frac{k}{3}=-3$, $k=-9$

$f(x)=x^3-3x^2-9x$

$f'(x)=3x^2-6x-9=3(x-3)(x+1)$

그러므로 $f(x)$의 증감을 따져보면 $x=3$에서 극솟값, $x=-1$에서 극댓값을 갖는다.

$f(3)=-27$, $f(-1)=5$

이때 $f(x)=t$가 서로 다른 세 실근을 갖도록 하는 t의 범위는

($f(x)$의 극솟값) $<t<$ ($f(x)$의 극댓값)

$\therefore -27<t<5$

19 [모범답안]

$f(x)-g(x)=h(x)$라 하면

$h(x)=\{3x^3+5x^2-2x\}-\{2x^3+5x^2+x+k\}$

$\quad\quad=x^3-3x-k$

$h'(x)=3x^2-3$이고 $h'(x)=0$을 만족하는 $x=\pm1$이다.

이때 $h(x)$의 증감을 따져보면

$x=1$에서 극솟값 $h(1)=-2-k$를,

$x=-1$에서 극댓값 $h(-1)=+2-k$를 갖는다.

한편, $h(0)=-k$이며 $h(x)=-k$를 만족하는 $x=\pm\sqrt{3}$, $x=0$이다.

$h(x)=0$인 방정식에서 서로 다른 두 개의 양의 실근과 한 개의 음의 실근을 갖도록 하기 위해서는 $h(0)=-k$이고 $h(1)=-2-k$를 참고하면 직선 $y=0$이 $h(0)$과 $h(1)$ 사이에 존재해야 하므로,

$h(1)=-2-k<0<h(0)=-k$이어야 한다.

$\therefore -2<k<0$

20 [모범답안]

$y'=4x+4$이고 점 $(-2, -3)$에서의 접선이므로

접선의 기울기는 -4

이때의 접선의 방정식은 $y=-4(x+2)-3$

$\therefore y=-4x-11$

따라서 a와 b의 값은

$a=-4$, $b=-11$이다.

$\therefore a+b=-15$

21 [모범답안]

방정식 $\{f(x)^2\}+2f(x)=8$을 정리하면,

$\{f(x)+4\}\{f(x)-2\}=0$이므로

$f(x)=-4$, $f(x)=2$

이때 $f(\alpha)=3$, $f(\beta)=-2$를 만족하는 함수 $f(x)$의 그래프는

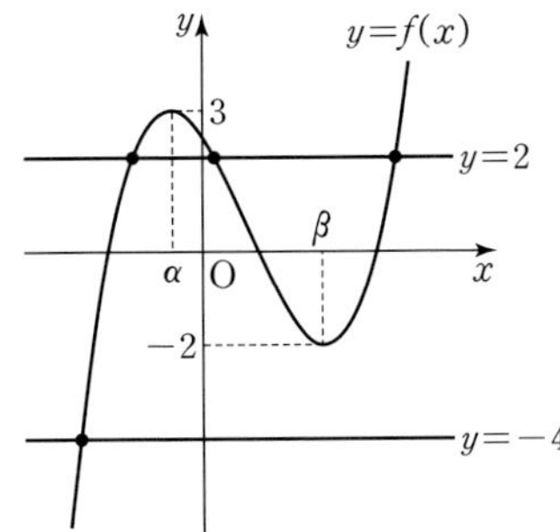

$f(x)=-4$에서 실근 1개, $f(x)=2$에서 실근 3개이므로 구하는 서로 다른 실근의 개수는 모두 4이다.

22 [모범답안]

주어진 식에 $x=0$, $y=0$을 대입하면

$f(0)=3f(0)\times f(0)$

$f(0)>0$이므로 $f(0)=\frac{1}{3}$

$f'(2018)$

$=\lim_{h\to0}\frac{f(2018+h)-f(2018)}{h}$

$=\lim_{h\to0}\frac{3f(2018)f(h)-f(2018)}{h}$

PART1 국어
PART 2 수학
PART 3 해답

$=\lim_{h\to0}\frac{3f(2018)\left\{f(h)-\frac{1}{3}\right\}}{h}$

$=3f(2018)\lim_{h\to0}\frac{f(h)-f(0)}{h}$

$=3f(2018)f'(0)$

$\therefore \frac{f'(2018)}{f(2018)}=3f'(0)=9$

23 [모범답안]

$f(x)=\frac{1}{3}x^3+\frac{1}{4}x^2-3x+a$라 하면

$f'(x)=x^2+\frac{1}{2}x-3=\frac{1}{2}(x+2)(2x-3)$이므로

$f'(x)=0$에서 $x=-2$ 또는 $x=\frac{3}{2}$

함수 $f(x)$의 증가와 감소를 표로 나타내면 다음과 같다.

x	$\cdots$	-2	$\cdots$	$\frac{3}{2}$	$\cdots$
$f'(x)$	$+$	0	$-$	0	$+$
$f(x)$	↗	극대	↘	극소	↗

$x>0$에서 함수 $f(x)$는 $x=\frac{3}{2}$일 때 최솟값을 갖고, $x\geq2$인 모든 자연수 x에 대하여 $f(x)\geq f(2)$이다.

따라서 모든 자연수 x에 대하여 부등식 $f(x)\geq0$이 성립하려면

$f(1)\geq0$, $f(2)\geq0$이어야 한다.

$f(1)=\frac{1}{3}+\frac{1}{4}-3+a=a-\frac{29}{12}$,

$f(2)=\frac{8}{3}+1-6+a=a-\frac{7}{3}$이므로

$f(1)\geq0$에서 $a\geq\frac{29}{12}$

$f(2)\geq0$에서 $a\geq\frac{7}{3}$

이때 $\frac{7}{3}<\frac{29}{12}$이므로 $a\geq\frac{29}{12}$

즉, 실수 a의 최솟값은 $\frac{29}{12}$이다.

따라서 $p=12$, $q=29$이므로 $q-p=17$이다.

24 [모범답안]

$f(x)=ax^2+bx+c$(a, b, c는 정수, $a\neq0$)으로 놓으면

$f'(x)=2ax+b$

$f'(x)\{f'(x)+2\}=8f(x)+12x^2+11$에서

$(2ax+b)(2ax+b+2)=8(ax^2+bx+c)+12x^2+11$

정리하면

$4a^2x^2+4(ab+a)x+b^2+2b$

$=4(2a+3)x^2+8bx+8c+11$

$4a^2=4(2a+3)$에서 $a^2-2a-3=0$

$a=-1$ 또는 $a=3$

(i) $a=-1$

$4(ab+a)=8b$에서 $b=-\frac{1}{3}$이므로 b가 정수라는 조건에 모순이다.

(ii) $a=3$

$4(ab+a)=8b$에서 $b=-3$

$b^2+2b=8c+11$에서 $c=-1$

$\therefore f(x)=3x^2-3x-1$

25 [모범답안]

$f(x)=\frac{1}{2}x^2$으로 놓으면 $f'(x)=x$

접점의 좌표를 $\left(t, \frac{1}{2}t^2\right)$이라고 하면 이 점에서의 접선의 기울기는 $f'(t)=t$이므로 접선의 방정식은

$y-\frac{1}{2}t^2=t(x-t)$, $y=tx-\frac{1}{2}t^2$

이 접선이 점 $\mathrm{P}(a, 2a-3)$을 지나므로

$2a-3=at-\frac{1}{2}t^2$, $t^2-2at+2(2a-3)=0$ ……㉠

t에 관한 이차방정식 ㉠의 두 근을 α, β라고 하면 α, β는 접점의 x좌표이므로 접선의 기울기는 각각 $f'(\alpha)f'(\beta)$

이때 두 접선의 이루는 각이 직각이므로 $\alpha\beta=-1$

㉠에서 $\alpha\beta=2(2a-3)=-1$이므로 $a=\frac{5}{4}$

Ⅵ. 다항함수의 적분법

01 [모범답안]

$f(x)$가 $x=-1$에서 극값을 가지므로 $f'(-1)=0$

$f(x)=\int(2x^2+kx-3)dx$에서 양변을 미분하면

$f'(x)=2x^2+kx-3$ ……①

$f'(-1)=0$이므로 $f'(-1)=2-k-3=0$, $k=-1$

즉, $f'(x)=2x^2-x-3=(2x-3)(x+1)$ ……②

$f'(x)=0$일 때 $x=-1$ 또는 $x=\frac{3}{2}$

x	…	-1	…	$\frac{3}{2}$	…
$f'(x)$	$+$	0	$-$	0	$+$
$f(x)$	↗	극대	↘	극소	↗

따라서 $f(x)$는 $x=-1$에서 극댓값을 가지며, $x=\frac{3}{2}$에서 극솟값을 가진다.

$f(x)=\int(2x^2-x-3)dx=\frac{2}{3}x^3-\frac{1}{2}x^2-3x+C$

$f(0)=0$이므로 $C=0$

즉, $f(x)=\frac{2}{3}x^3-\frac{1}{2}x^2-3x$ ……③

$f\left(\frac{3}{2}\right)=-\frac{27}{8}$ ……④

02 [모범답안]

$f'(x)=4x^3-8x+7$에서

$f'(1)=4-8+7=3$

$f(x)=\int f'(x)dx=\int(4x^3-8x+7)dx$

$=x^4-4x^2+7x+C$ (단, C는 적분상수)이므로

$f(1)=1-4+7+C=C+4$

곡선 $y=f(x)$ 위의 점 $(1, f(1))$에서의 접선의 방정식은

$y-f(1)=f'(1)(x-1)$

$y-(C+4)=3(x-1)$, $y=3x+C+1$

이 접선의 y절편이 3이므로 $C+1=3$, $C=2$

따라서 $f(x)=x^4-4x^2+7x+2$이므로

$f(3)=81-36+21+2=68$

03 [모범답안]

$f(x)=4x^3-3x^2+\int_{-1}^{1}f(t)dt$에서 $\int_{-1}^{1}f(t)dt=k$라 하면

$f(x)=4x^3-3x^2+k$

$k=\int_{-1}^{1}(4x^3-3x^2+k)dx$

$=\left[x^4-x^3+kx\right]_{-1}^{1}=-2+2k$

$\therefore k=2$, $f(x)=4x^3-3x^2+2$

곡선 $y=4x^3-3x^2+2$와 곡선 $y=2$의 교점의 좌표를 구하면 $4x^3-3x^2+2=2$

따라서

$4x^3-3x^2=0$, $x^2(4x-3)=0$에서 $x=0$, $x=\frac{3}{4}$

구하고자 하는 넓이는 구간 $\left[0, \frac{3}{4}\right]$에서 $3x^2-4x^3\geq 0$

$\int_0^{\frac{3}{4}}|4x^3-3x^2|dx$

$=\int_0^{\frac{3}{4}}(3x^2-4x^3)dx$

$=\left[x^3-x^4\right]_0^{\frac{3}{4}}=\frac{27}{256}=\frac{p}{q}$

$p=27$, $q=256$

$\therefore p+q=283$

04 [모범답안]

함수 $f(x)$가 $f(x+3)=f(x)+2$를 만족하므로

$\int_1^4 f(x)dx=\int_{-2}^{1}f(x+3)dx=\int_{-2}^{1}(f(x)+2)dx$

$=k+\int_{-2}^{1}2dx=k+6$

따라서 $\int_4^7 f(x)dx=\int_1^4 f(x+3)dx=\int_1^4(f(x)+2)dx$

$=(k+6)+6=k+12$

$\int_{-2}^{7}f(x)dx=\int_{-2}^{1}f(x)dx+\int_1^4 f(x)dx+\int_4^7 f(x)dx$

$k+(k+6)+(k+12)=3k+18$

$\therefore \int_{-2}^{7}f(x)dx=3k+18$

05 [모범답안]

$\frac{d}{dx}\{f(x)-g(x)\}=2x-2$에서

$f(x)-g(x)=x^2-2x+C_1$, $f(0)-g(0)=-2$이므로

$f(0)-g(0)=C_1=-2$

$f(x)-g(x)=x^2-2x+C_1=x^2-2x-2$

$\frac{d}{dx}\{f(x)g(x)\}=3x^2+4x-2$에서

$f(x)g(x)=x^3+2x^2-2x+C_2$, $f(0)g(0)=3$이므로

$C_2=3$

따라서 $f(x)g(x)=x^3+2x^2-2x+3$

$=(x+3)(x^2-x+1)$

$\begin{cases} f(x)=x+3 \\ g(x)=x^2-x+1 \end{cases}$ 또는 $\begin{cases} f(x)=x^2-x+1 \\ g(x)=x+3 \end{cases}$

$f(0)=1$, $g(0)=3$이므로

$f(x)=x^2-x+1$, $g(x)=x+3$

06 [모범답안]

$\int_0^x (x-t)f(t)dt=x^4+3x^2+k$

주어진 식에 $x=0$을 대입하면 $k=0$

$\int_0^x (x-t)f(t)dt=x\int_0^x f(t)dt-\int_0^x tf(t)dt$

$=x^4+3x^2$

양변을 x에 대하여 미분하면

$\int_0^x f(t)dt+xf(x)-xf(x)=\int_0^x f(t)dt=4x^3+6x$

다시 양변을 x에 대하여 미분하면

$f(x)=12x^2+6$

$\therefore f(1)=12+6=18$

07 [모범답안]

$\int_{-1}^{0} f(x)dx=\int_{-1}^{0} f(x)dx$에서

$\int_{-1}^{a} f(x)dx-\int_{-1}^{0} f(x)dx=0$

$\int_{-1}^{a} f(x)dx+\int_{0}^{-1} f(x)dx=0$,

$\int_0^a f(x)dx=0$

$\int_0^a f(x)dx=\int_0^a (6x^2-6x-5)dx$

$=[2x^3-3x^2-5x]_0^a=2a^3-3a^2-5a$이므로

$2a^3-3a^2-5a=0$

$a(a+1)(2a-5)=0$에서

$a=-1$ 또는 $a=0$ 또는 $a=\frac{5}{2}$

$\therefore$ a의 모든 합은 $(-1)+0+\frac{5}{2}=\frac{3}{2}$

08 [모범답안]

$f(x)=x^2+2x+5$라고 하고, $f(x)$의 한 부정적분을 $F(x)$라고 하면

$\lim_{h\to 0+}\frac{S(h)}{h}$

$=\lim_{h\to 0+}\frac{\int_{3-2h}^{3+2h} f(x)}{h}$

$=\lim_{h\to 0+}\frac{F(3+2h)-F(3-2h)}{h}$

$=\lim_{h\to 0+}\frac{F(3+2h)-F(3)+F(3)-F(3-2h)}{h}$

$=\lim_{h\to 0+}\frac{\{F(3+2h)-F(3)\}-\{F(3-2h)-F(3)\}}{h}$

$=2\lim_{h\to 0+}\frac{\{F(3+2h)-F(3)\}}{2h}+2\lim_{h\to 0+}\frac{\{F(3-2h)-F(3)\}}{(-2h)}$

$=2F'(3)+2F'(3)=4F'(3)=4f(3)=4\times 20=80$

09 [모범답안]

$f(x+y)=f(x)+f(y)-xy$에서 $x=0$, $y=0$을 대입하면

$f(0)=f(0)+f(0)-0$, $f(0)=0$

$f'(1)=2$이므로

$f(x+y)=f(x)+f(y)-xy$에서 $x=1$, $y=h$를 대입하면

$f(1+h)=f(1)+f(h)-h$

$f'(1)=\lim_{h\to 0}\frac{f(1+h)-f(1)}{h}=\lim_{h\to 0}\frac{f(h)-h}{h}$

$=\lim_{h\to 0}\left\{\frac{f(h)}{h}-1\right\}=f'(0)-1$

$f'(1)=2$이므로 $f'(0)=3$이 성립한다.

한편, $f(x)$를 구하기 위해서는 $f'(x)$를 구하여야 한다.

$f(x+y)=f(x)+f(y)-xy$에서 $x=x$, $y=h$를 대입하면,

$f(x+h)=f(x)+f(h)-xh$

$f'(x)=\lim_{h\to 0}\frac{f(x+h)-f(x)}{h}=\lim_{h\to 0}\frac{f(h)-xh}{h}$

$=\left\{\lim_{h\to 0}\frac{f(h)}{h}\right\}-x=f'(0)-x=3-x$

$f(x)=\int f'(x)dx=\int(3-x)dx=-\frac{1}{2}x^2+3x+C$

이때 $f(0)=0=C$이다.

그러므로 $f(x)=-\frac{1}{2}x^2+3x$이다.

10 [모범답안]

$\int_{-5}^{5}(x^3+4)f(x)dx=\int_{-5}^{5}\{x^3f(x)+4f(x)\}dx$이다.

$x^3f(x)=g(x)$라 하면,

모든 실수 x에 대하여 $f(x)$는 y축에 대하여 대칭이므로 $f(x)=f(-x)$가 성립한다.

따라서

$g(-x)=(-x)^3f(-x)=-x^3f(x)=-g(x)$이므로

$g(x)$는 원점에 대하여 대칭이다.

즉, $\int_{-5}^{5}x^3f(x)dx=\int_{-5}^{5}g(x)dx=0$이 성립한다.

$\int_{-5}^{5}(x^3+4)f(x)dx=\int_{-5}^{5}x^3f(x)dx+4\int_{-5}^{5}f(x)dx$

$=0+4\int_{-5}^{5}f(x)dx$

$4\int_{-5}^{5}f(x)dx=8\int_0^5 f(x)dx=8\times 3=24$

11 [모범답안]

$y=-x^2+4$에서 $y'=-2x$이다.

곡선 위의 임의의 점 $(k,\ -k^2+4)$에서 접선의 기울기는 $-2k$

이때 접선의 방정식은 $y=-2k(x-k)+(-k^2+4)$이다.
즉, $y=-2kx+k^2+4$이다.
곡선 $y=-x^2+4$와 접선 및 두 직선 $x=0$, $x=2$로 둘러싸인 도형의 넓이 $S(a)$는

$\int_0^2\{(-2kx+k^2+4)-(-x^2+4)\}dx$

$=\int_0^2(x^2-2kx+k^2)dx$

$=\left[\frac{1}{3}x^3-kx^2+k^2x\right]_0^2$

$=2k^2-4k+\frac{8}{3}=2(k-1)^2+\frac{2}{3}$

$S(k)=2(k-1)^2+\frac{2}{3}$, $k=1$일 때 최솟값 $\frac{2}{3}$

12 [모범답안]

조건 (가)에서 $\int_0^2 f(t)dt=a$(a는 상수)라 하면

$f(x)=x^3+4ax-a^2$

$\int_0^2(x^3+4ax-a^2)dx=\left[\frac{1}{4}x^4+2ax^2-a^2x\right]_0^2$

$=4+8a-2a^2=a$에서

$2a^2-7a-4=0$, $(a-4)(2a+1)=0$

$a=-\frac{1}{2}$ 또는 $a=4$

함수 $f(x)$가 조건 (나)를 만족시키려면 실수 전체의 집합에서 증가해야 하므로 모든 실수 x에 대하여 $f'(x)\geq 0$이어야 한다.

$a=-\frac{1}{2}$인 경우 $f(x)=x^3-2x-\frac{1}{4}$이고

$f'(x)=3x^2-2$

이때 $f'(x)<0$인 실수 x가 존재하므로 조건 (나)를 만족시키지 않는다.

$a=4$인 경우 $f(x)=x^3+16x-16$이고

$f'(x)=3x^2+16$

이때 모든 실수 x에 대하여 $f'(x)>0$이므로 조건 (나)를 만족시킨다.

따라서 $f(1)=1+16-16=1$

13 [모범답안]

함수 $f(x)=x^2(x+2)(x+k)$의 그래프는 다음과 같다.

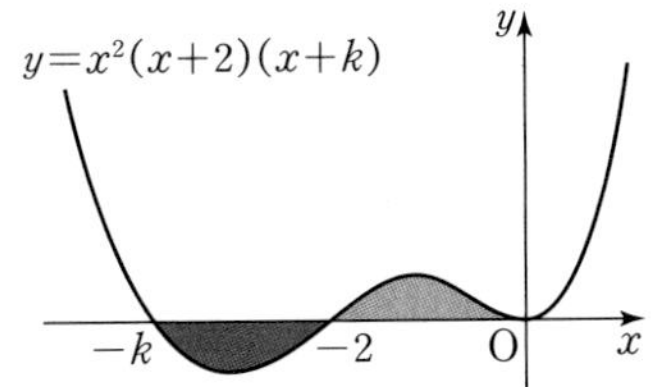

닫힌구간 $[-k, -2]$에서는 $f(x)\leq 0$이고,

$\int_{-k}^{-2}f(x)dx=A$이며 둘러싸인 넓이는 $-A$이다.

닫힌구간 $[-2, 0]$에서는 $f(x)\geq 0$이고,

$\int_{-2}^{0}f(x)dx=B$이며 둘러싸인 넓이는 B이다.

이때 x축으로 둘러싸인 넓이가 같으므로 $-A=B$, $A+B=0$이다.

그러므로 $\int_{-k}^{0}f(x)dx=0$을 만족한다.

$\int_{-k}^{0}x^2(x+2)(x+k)dx$

$=\int_{-k}^{0}x^4+(k+2)x^3+2kx^2dx$

$=\left[\frac{1}{5}x^5+\frac{(k+2)}{4}x^4+\frac{2k}{3}x^3\right]_{-k}^{0}$

$=\frac{k^5}{5}-\frac{k^5+2k^4}{4}+\frac{2k^4}{3}$

$=0$

$\therefore k=\frac{10}{3}$

14 [모범답안]

두 곡선 $y=2x^2-3$과 $y=x^2+\frac{1}{n}$의 교점의 x좌표를 구하면

$2x^2-3=x^2+\frac{1}{n}$에서 $x^2=3+\frac{1}{n}$

$\therefore x=\pm\sqrt{3+\frac{1}{n}}$ ……①

도형의 넓이 S_n은

$S_n=\int_{-\sqrt{3+\frac{1}{n}}}^{\sqrt{3+\frac{1}{n}}}\left|(2x^2-3)-\left(x^2+\frac{1}{n}\right)\right|dx$

$=\int_{-\sqrt{3+\frac{1}{n}}}^{\sqrt{3+\frac{1}{n}}}\left|x^2-3-\frac{1}{n}\right|dx$

$=\left[-\frac{1}{3}x^3+\left(3+\frac{1}{n}\right)x\right]_{-\sqrt{3+\frac{1}{n}}}^{\sqrt{3+\frac{1}{n}}}$

$=\left(2-\frac{2}{3}\right)\left(3+\frac{1}{n}\right)\sqrt{3+\frac{1}{n}}$ ……②

이때 $\lim_{x\to\infty}S_n=\lim_{n\to\infty}\left(2-\frac{2}{3}\right)\left(3+\frac{1}{n}\right)\sqrt{3+\frac{1}{n}}$

$=\left(2-\frac{2}{3}\right)(3)\sqrt{3}=4\sqrt{3}$ ……③

15 [모범답안]

시각 t에서의 두 점 P, Q의 위치를 각각 $x_P(t)$, $x_Q(t)$라고 하면

$x_P(t)=\int(3t^2+4t-5)dt=t^3+2t^2-5t+C_1$

P는 원점에서 출발하였으므로, $x_P(0)=0$, $C_1=0$

따라서 $x_P(t)=t^3+2t^2-5t$

$x_Q(t)=\int(4t+11)dt=2t^2+11t+C_2$

Q는 원점에서 출발하였으므로, $x_Q(0)=0$, $C_2=0$

따라서 $x_Q(t)=2t^2+11t$

움직이는 두 점 P, Q가 다시 만나기 위해서는 $x_p(t)=x_q(t)$를 만족해야 하므로

$x_p(t)-x_q(t)=(t^3+2t^2-5t)-(2t^2+11t)$
$=t^3-16t=t(t^2-16)=0$

이때 $t\geq0$이므로 $t=0$, $t=4$이다.

따라서 $t=4$일 때 두 점 P, Q는 다시 만나게 된다.

16 [모범답안]

$f(x)$를 n차 다항식이라고 하면

(나)조건에서 (좌변)$=n^2$차, (우변)$=n+2$차이다.

(좌변)=(우변)이므로 $n^2=n+2$이며, n은 자연수이므로 $n=2$이다.

이때, $n=2$이므로 $f(x)$는 이차식이다.

$f(x)=ax^2+bx+c$라고 하면

이때 (가)조건에 의하여 $f(x)=ax^2+c$

$f(x)=ax^2+c$를 (나)조건인

$f(f(x))=(4x^2-5)f(x)+5\int_0^x f'(t)dt$에 대입하면

$a(ax^2+c)^2+c=(4x^2-5)(ax^2+c)+5\{f(x)-f(0)\}$,

$a(a^2x^4+2acx^2+c^2)+c$

$=4ax^4+(4c-5a)x^2-5c+5(ax^2+c)-5c$,

$a^3x^4+2a^2cx^2+ac^2+c=4ax^4+4cx^2-5c$

이때, $a^3=4a$, $a^2=4$이고 $a>0$이므로 $a=2$

$8x^4+8cx^2+2c^2+c=8x^4+4cx^2-5c$

$8c=4c$

$2c^2+c=-5c$

따라서 $c=0$이다.

$\therefore f(x)=2x^2$

17 [모범답안]

$f(t)=3t^2-10t$이라 하고

$f(t)$의 부정적분을 $F(t)$라고 하면

$\lim_{x\to k}\frac{1}{x-k}\int_k^x(3t^2-10t)dt$

$=\lim_{x\to k}\frac{1}{x-k}\int_k^x f(t)dt$

$=\lim_{x\to k}\frac{F(x)-F(k)}{x-k}$

$=F'(k)$

$=f(k)$

$f(k)=-3$

$3k^2-10k=-3$

$3k^2-10k+3=(3k-1)(k-3)=0$

$\therefore k=\frac{1}{3}$, $k=3$

따라서 모든 실수 k 값의 곱은 1이다.

18 [모범답안]

함수 $g(x)$가 $g(x)=\begin{cases}2f(x) & (f(x)\geq0)\\ 0 & (f(x)<0)\end{cases}$이므로

두 함수 $y=f(x)$, $y=g(x)$의 그래프는 그림과 같다.

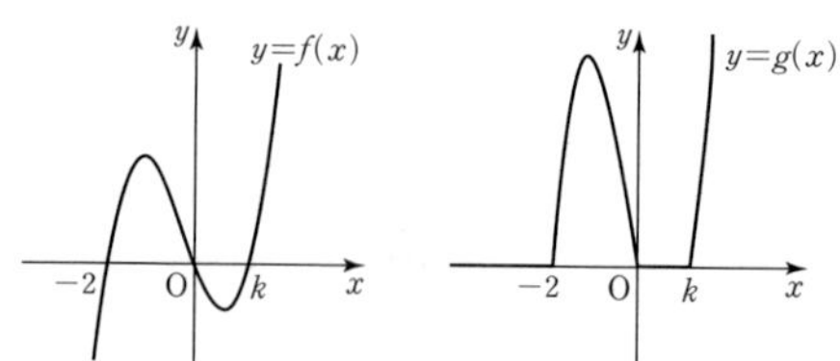

그러므로 함수 $y=g(x)$의 그래프와 x축으로 둘러싸인 부분의 넓이는

$\int_{-2}^0 2f(x)dx=\int_{-2}^0\{x^3+(2-k)x^2-2kx\}dx$

$=2\left[\frac{1}{4}x^4+\frac{2-k}{3}x^3-kx^2\right]_{-2}^0$

$=2\left\{0-\left(4+\frac{8k-16}{3}-4k\right)\right\}=\frac{8}{3}k+\frac{8}{3}$

$\frac{8}{3}k+\frac{8}{3}=8$이므로 $\frac{8}{3}k=\frac{16}{3}$

따라서 $k=2$

19 [모범답안]

$f'(k)=3k^2-3=0$을 만족하는 $k=\pm1$이다. 이때 $k>0$이므로 $k=1$이다.

$f(1)=-2$이므로 $g(1)=-2$이다. 또한 $g'(1)=0$이므로

$g(x)=(x-1)^2-2=x^2-2x-1$이다.

두 곡선 $y=f(x)$와 $y=g(x)$로 둘러싸인 부분의 넓이를 구하기 위해서는 $f(x)-g(x)$를 구해야 하므로

$f(x)-g(x)=(x^3-3x)-(x^2-2x-1)$
$=x^3-x^2-x+1=(x-1)^2(x+1)$

따라서 둘러싸인 부분의 넓이는

$\int_{-1}^1|(x-1)^2(x+1)|dx=\frac{4}{3}$이다.

20 [모범답안]

주어진 그림에서 $A=\int_1^3 f(x)dx$

$\lim_{n\to\infty}\sum_{k=1}^n f\left(1+\frac{2k}{n}\right)\frac{4}{n}=2\lim_{n\to\infty}\sum_{k=1}^n f\left(1+\frac{2k}{n}\right)\frac{2}{n}$이고,

$\lim_{n\to\infty}\sum_{k=1}^n f\left(1+\frac{2k}{n}\right)\frac{2}{n}=\int_1^3 f(x)dx$이므로

$\lim_{n\to\infty} f\left(1+\frac{2k}{n}\right)\frac{4}{n}=2\lim_{n\to\infty}\sum_{k=1}^n f\left(1+\frac{2k}{n}\right)\frac{2}{n}$

$=2\int_1^3 f(x)dx=2A$

21 [모범답안]

주어진 관계식의 양변을 x에 대해 미분하면

$f(x)=f(x)+xf'(x)-6x^2+4x$

$xf'(x)=6x^2-4x, f'(x)=6x-4$

양변을 x에 대해 적분하면

$\int f'(x)dx=\int(6x-4)dx, f(x)=3x^2-4x+C$

(단, C는 적분상수)

$f(1)=2$이므로

$f(1)=3-4+C=2, C=3$

따라서 $f(x)=3x^2-4x+3$

$\therefore f(2)=7$

22 [모범답안]

$f(x)=\frac{1}{3}x^3-\frac{3}{2}x^2+2x+C$ (단, C는 적분상수)

$f'(x)=x^2-3x+2=(x-1)(x-2)$

이때 $f'(x)=0$를 만족하는 x값은 $x=1, x=2$이므로

이를 이용하여 함수 $f(x)$의 극댓값, 극솟값을 구하면 함수 $f(x)$는 극댓값 $f(1)$, 극솟값 $f(2)$를 갖는다.

x	…	1	…	2	…
$f'(x)$	+	0	−	0	+
$f(x)$	↗	극대	↘	극소	↗

$f(1)=\frac{4}{3}$이므로

$f(1)=\frac{1}{3}-\frac{3}{2}+2+C=\frac{4}{3}, C=\frac{1}{2}$

따라서 $f(x)=\frac{1}{3}x^3-\frac{3}{2}x^2+2x+\frac{1}{2}$이므로

$\therefore$ 극솟값 $f(2)=\frac{8}{3}-6+4+\frac{1}{2}=\frac{7}{6}$

23 [모범답안]

점 P가 움직이는 방향이 바뀌는 순간 $v(t)=0$이므로

$t^2-5t+4=0$에서 $(t-1)(t-4)=0$

$t=1$ 또는 $t=4$에서 점 P가 움직이는 방향이 바뀌므로

$t_1=1, t_2=4$

시각 $t=1$에서의 점 P의 위치가 7이므로

시각 $t=4$에서 점 P의 위치는 $7+\int_1^4 v(t)$이고

$\int_1^4 v(t)dt=\int_1^4(t^2-5t+4)dt$

$=\left[\frac{1}{3}t^3-\frac{5}{2}t^2+4t\right]_1^4$

$=\left(\frac{64}{3}-40+16\right)-\left(\frac{1}{3}-\frac{5}{2}+4\right)=-\frac{9}{2}$

따라서 시각 $t=4$에서의 점 P의 위치는

$7+\left(-\frac{9}{2}\right)=\frac{5}{2}$

24 [모범답안]

$1+\frac{2k}{n}=x_k$라고 하면 $\Delta x=\frac{2}{n}$이므로

이를 주어진 값에 대입하면

$\lim_{n\to\infty}\frac{1}{n}\sum_{k=1}^{n}f\left(1+\frac{2k}{n}\right)$

$=\lim_{n\to\infty}\sum_{k=1}^{n}f\left(1+\frac{2k}{n}\right)\frac{2}{n}\times\frac{1}{2}$

$=\frac{1}{2}\int_1^3 f(x)dx$

$=\frac{1}{2}\int_1^3(x^3+x)dx$

$=\frac{1}{2}\left[\frac{1}{4}x^4+\frac{1}{2}x^2\right]_1^3$

$=12$

25 [모범답안]

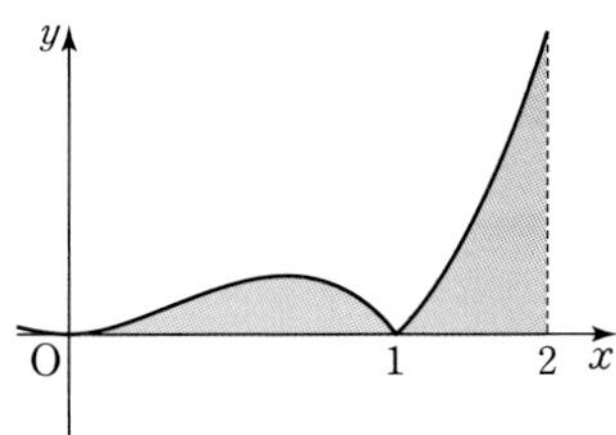

$\int_0^2|x^2(x-1)|dx$

$=-\int_0^1 x^2(x-1)dx+\int_1^2 x^2(x-1)dx$

$=\left[-\frac{1}{4}x^4+\frac{1}{3}x^3\right]_0^1+\left[\frac{1}{4}x^4-\frac{1}{3}x^3\right]_1^2$

$=\frac{3}{2}$

PART1 국어

PART 2 수학

PART 3 해답

기출(2024학년도)

국어[인문A]

01 [모범답안]

답안	배점	예상 소요 시간
① 개선, 있었다	5점	3분 / 전체 80분
② 각종, 있다	5점	

[바른해설]

① 둘째 문단의 문장 '개선 방안이나 계획은 없는지 시청에 문의해 보니, 문화 · 체육 담당 부서에서는 ㅇㅇ동에 새로운 공공 체육 시설이 필요하다는 것을 수년 전부터 인지하고 있었다는 답변을 들을 수 있었다.'에서 시청의 관련 부서에서도 생활 체육 시설의 필요성을 인지하고 있다는 사실을 확인할 수 있으며, 이는 서명 운동의 생활 체육관 건립의 가능성을 강조하는 내용으로 쓰일 수 있다.

② 다섯째 문단의 문장 '각종 스포츠 활동의 장을 제공함으로써 주민들은 사회적 교류를 할 수 있고, 실내 놀이터를 설치함으로써 아동과 양육자는 외부 환경의 제약 없이 체육 활동을 할 수 있다.'에서 생활 체육관이 지역 사회에 주는 효용을 구체적으로 언급하고 있음을 확인할 수 있으며, 이는 생활 체육관 건립의 필요성을 강조하는 내용으로 쓰일 수 있다.

[채점기준]

①, ② 각각 첫 어절과 마지막 어절을 순서대로 정확하게 쓴 경우만 정답으로 인정함.

02 [모범답안]

답안	배점	예상 소요 시간
①: 거울	5점	4분 / 전체 80분
②: 상징계	5점	

[바른해설]

상상계의 아이는 거울 이미지를 통해 자아를 형성하며, 인간이 언어를 통해 욕망하고 언어에 종속되는 것은 상징계에서다.

[채점기준]

①, ②를 정확하게 쓴 경우만 정답으로 인정함.

03 [모범답안]

답안	배점	예상 소요 시간
①: 주이상스	5점	4분 / 전체 80분
②: 생톰	5점	

[바른해설]

제시문의 하단에 라캉의 이론을 예술가의 예술 작업에 적용하는 원리가 있다. 이에 따른다면 제임스 조이스의 예술 작업은 주이상스의 추구로, 그의 애매폭력적 언어는 생톰으로 해석될 수 있다.

[채점기준]

①, ②를 정확하게 쓴 경우만 정답으로 인정함.

04 [모범답안]

답안	배점	예상 소요 시간
① 공모 발행	4점	4분 / 전체 80분
② 총액 인수 (방식)	4점	
③ (중개) 수수료	2점	

[바른해설]

① 제시문의 둘째 문단에 의하면, 매수인의 특성 및 자금의 규모에 따른 채권 발행 시장의 거래 방식은 사모 발행과 공모 발행으로 나뉜다. 공모 발행은 불특정 다수의 투자자를 대상으로 거액의 자금을 조달하기 위해 채권을 발행하는 것으로, 발행자가 당초 의도한 발행 규모에 비해 시장에서 소화되어 매출되는 규모가 적어 자금 조달이 원활히 이루어지지 않을 위험이 존재한다.

② 제시문의 셋째 문단에 의하면, 간접 발행은 중개 회사가 발행 위험을 부담하는 정도에 따라 총액 인수와 잔액 인수 방식으로 구분된다. 이중 총액 인수의 경우, 중개회사는 채권 발행 전액을 자기 명의로 구입해야 하므로 많은 자금이 필요할 뿐만 아니라 투자자들에게 판매하기까지 채권을 보유하여야 하므로, 총액 인수 방식이 잔액 인수 방식보다 더 높은 시장 위험을 부담한다.

③ ②에서 확인한 바와 같이 총액 인수 방식에서 중개 회사는 더 높은 시장 위험을 부담하므로 중개 회사는 총액 인수 방식으로 채권을 인수할 때, 더 높은 수수료를 받는다.

[채점기준]
①~③을 정확하게 쓴 경우만 정답으로 인정함.

05 [모범답안]

답안	배점	예상 소요 시간
ⓐ 된소리되기	3점	2분 / 전체 80분
ⓑ 비음화	3점	
ⓒ 거센소리되기	4점	

[바른해설]
ⓐ '특정'은 [특쩡]으로 발음되는데, 이때 'ㅈ'이 선행 음절의 말음 'ㄱ' 뒤에서 'ㅉ'으로 바뀌는 된소리되기가 일어난다.
ⓑ '받는다'는 [반는다]로 발음되는데, 이때 'ㄷ'이 'ㄴ' 앞에서 'ㄴ'으로 바뀌는 비음화가 일어난다.
ⓒ '지급하더라도'는 [지그파더라도]로 발음되는데, 이때 'ㅂ'과 'ㅎ'이 만나 'ㅍ'으로 바뀌는 거센소리되기가 일어난다.

[채점기준]
ⓐ~ⓒ를 정확하게 쓴 경우에만 정답으로 인정함.

06 [모범답안]

답안	배점	예상 소요 시간
① 경마식 보도	3점	5분 / 전체 80분
② 개인화 보도	4점	
③ 부정식 보도	3점	

[바른해설]
① **경마식 보도**: 후보들의 지지율 양상, 선거 토론회 방송에서 표출된 후보자 간의 갈등 등과 같이 흥미적인 요소를 집중적으로 보도하는데 초점을 둔다.
② **개인화 보도**: 정치인의 공적 영역뿐 아니라 사적 영역에 대해서도 보도하는 것을 말하는데, 이 보도에서는 정치인 개인에 대한 것은 강조하는 반면에 정당, 조직, 제도에 대한 초점은 감소한다. 개인화 보도에서는 지도적인 위치에 있는 정치인이나 정당 지도자들에 대해 초점을 둔다.
③ **부정식 보도**: 특정 후보의 비리에 대한 경쟁 후보자 또는 상대측 정당의 입장을 보도하면서 비리 내용을 분석하는 내용을 추가하여 보도한다.

[채점기준]
①~③을 정확하게 쓴 경우만 정답으로 인정함.

07 [모범답안]

답안	배점	예상 소요 시간
① 역설	4점	4분 / 전체 80분
② 상호배타적 (관계)	6점	

[바른해설]
①: '희망'은 어떤 일을 이루거나 하기를 바라는 상태이므로 '절망이 없'고 희망만 있는 상태는 있을 수 있다. 하지만 '희망이 없는' 상태와 '희망'을 가진 상태는 동시에 성립할 수 없다는 점에서 '희망이 없는 희망'은 역설에 해당하며, 이를 통해 '절망'과 연계되어 생겨난 '희망'이 진정한 희망이 될 수 있다는 깨달음을 전달하고 있다.
②: "'하다'를 선택하는 것"과 "'그만두다'를 선택하는 것"은 동시에 일어날 수 없기 때문에 상호배타적인 관계이다.

[채점기준]
①, ②를 정확하게 쓴 경우에만 정답으로 인정함.

08 [모범답안]

답안	배점	예상 소요 시간
① 관직에, 훔치겠는가	4점	4분 / 전체 80분
② 초천에, 보인다	6점	

[바른해설]
①: '관직에 있으면서 공금을 농간하여 그 남은 것을 훔치겠는가.'에서 글쓴이는 관직자로서 공금을 농간하면 안 된다는 관직자가 마땅히 가져야 할 삶의 자세를 의문형 문장으로 전달하고 있다.
②: '초천(苕川)에 돌아와서야 문미(門楣)*에 써서 붙이고, 아울러 이름 붙인 까닭을 적어서 어린아이들에게 보인다.'에는 초천에 돌아와 살게 된 정약용이 자신의 깨달음을 전하기 위해 집의 이름을 짓고 글을 썼음이 분명히 드러난다.

[채점기준]
①, ② 각각 첫 어절과 마지막 어절을 순서대로 정확하게 쓴 경우만 정답으로 인정함.
② ('초천(苕川)에'도 정답으로 인정함)
'한글(한자)'의 형식으로 답안을 작성했을 때, 한글은 맞고 한자 표기가 틀린 경우 정답으로 인정함. 단, '한자'만으로 답안을 작성했을 때, 한자가 틀렸을 경우 오답으로 처리함.

09 [모범답안]

답안	배점	예상 소요 시간
① 눈	4점	5분 / 전체 80분
② 개나리	6점	

[바른해설]
(가)와 (나)는 공통적으로 6 · 25 전쟁을 배경으로 한 문학 작품이다. (가)와 (나)에는 전쟁이라는 극한 상황에 대한 서로 다른 인식이 작품의 주요 소재를 통해 드러난다. 가령 작품 안에서 '눈'은 시각적 이미지나 촉각적 이미지를 나타내는 표현과 결합하여 겨울이라는 계절적 배경을 나타낼 뿐만 아니라, 비극

적이고 냉혹한 전쟁의 속성을 강조하는 데에 사용된다. 한편 (나)에서는 '개나리' 폐허가 된 삶의 터전과 대비를 이루면서 전쟁으로 인한 부정적 상황에서 화자의 의식이 긍정적인 방향으로 전환되게 하는 소재로서 기능을 하고 있다.

[채점기준]

①, ②를 정확하게 쓴 경우만 정답으로 인정함.

수학[인문A]

10 [모범답안]

답안	배점	예상 소요 시간
$\left(x-\frac{2}{3}\right)\left(x-\log_3 n\right)<0$ (또는 $x=1$)	5점	3분 / 전체 80분
$n=4, 5, 6, 7, 8, 9$ (또는 $3<n\leq 9$)	4점	
6개	1점	

[바른해설]

$x^2-x\log_3(\sqrt[3]{9}n)+\log_3\sqrt[3]{n^2}<0$

$x^2-x\left(\frac{2}{3}+\log_3 n\right)+\frac{2}{3}\log_3 n<0$

$\left(x-\frac{2}{3}\right)\left(x-\log_3 n\right)<0$

$i)$ $\frac{2}{3}<x<\log_3 n$인 경우 x가 1개이려면, $x=1$이므로 $n=4, 5, 6, 7, 8, 9$

$ii)$ $\log_3 n<x<\frac{2}{3}$인 경우 정수 x가 존재하지 않음

따라서, 이를 만족시키는 $n=4, 5, 6, 7, 8, 9$이므로 6개

11 [모범답안]

답안	배점	예상 소요 시간
$a_1=7$ (또는 $a_3=1$)	4점	3분 / 전체 80분
$d=-3$	4점	
$a_7=-11$	2점	

[바른해설]

첫째항이 a_1이고 공차가 d라고 할 때,

$a_2+a_4=2a_1+4d=2$, $a_1+2d=1$이다.

$|a_4+5|=|-5-a_6|$에서 부호가 같으면 $a_1+4d=-5$이다. 하지만 부호가 다르면 $a_4=a_6$이므로 공차 $d=0$되어야 한다.

상기 두 식을 연립하면 $d=-3$이고 $a_1=7$이다. 따라서 $a_7=7-6\times3=-11$

12 [모범답안]

답안	배점	예상 소요 시간
$f(x)=2x^3+ax^2+bx$ (계수 a, b는 다른 문자 가능)	2점	3분 / 전체 80분
(계수 a, b에 대해) $3a=2b+1$ (또는 $2b=3a-1$) $\left(\text{또는 } a=f\left(\frac{1}{2}\right)\right)$	3점	
$a^2-9a+3\leq 0$	3점	
최댓값 8	2점	

[바른해설]

다항함수는 연속이므로 $\lim_{x\to\frac{1}{2}} f(x)=f\left(\frac{1}{2}\right)$

이때 $f\left(\frac{1}{2}\right)=a$라 하면, (가)와 (나)로부터

$f(x)=2x^3+ax^2+bx$ (단, a, b는 상수)

$a=f\left(\frac{1}{2}\right)=\frac{1}{4}+\frac{a}{4}+\frac{b}{2}$이므로 $3a=2b+1$

(다)로부터 $f'(x)=6x^2+2ax+b\geq 0$이므로 판별식을 구하면 $D/4=a^2-6b=a^2-9a+3\leq 0$

따라서 $9-\sqrt{69}\leq 2a\leq 9+\sqrt{69}$이고 a는 x^2항의 계수이므로 정수이다.

따라서 $0\leq a\leq 8$이므로 $a=f\left(\frac{1}{2}\right)$의 최댓값은 8이다.

13 [모범답안]

답안	배점	예상 소요 시간
① $x=2$	2점	4분 / 전체 80분
② 4	2점	
③ -1	3점	
④ $\frac{1}{\sqrt{3}}$ 또는 $\frac{\sqrt{3}}{3}$	3점	

[바른해설]

직선 $x=2$가 f의 점근선이므로 $\left(\frac{2n-1}{2}\right)a=2$

$a=\frac{4}{2n-1}$가 자연수가 되는 경우는 $n=1$일 때인 $a=4$이다.

또한, $f\left(\frac{17}{8}\right)=\frac{1}{3}\log_2\left(\frac{17}{8}-2\right)=-1$,

$f(6)=\frac{1}{3}\log_2(6-2)=\frac{2}{3}$

$(g\circ f)(x)$가 증가함수이므로 최솟값 m과 최댓값 M은 각각

$m=(g\circ f)\left(\frac{17}{8}\right)=g(-1)=\tan\left(-\frac{\pi}{4}\right)=-1$

$M=(g\circ f)(6)=g\left(\frac{2}{3}\right)=\tan\left(\frac{\pi}{6}\right)=\frac{1}{\sqrt{3}}=\frac{\sqrt{3}}{3}$

14 [모범답안]

답안	배점	예상 소요 시간
$f(x)=(x-a)(x+1)(x-1)$ (또는 $f(x)=(x+a)(x+1)(x-1)$)	2점	3분 / 전체 80분
$-1\le\frac{2}{3}a-\frac{1}{4}\le1$ 또는 $-\frac{9}{8}\le a\le\frac{15}{8}$ (또는 $-\frac{15}{8}\le a\le\frac{9}{8}$)	3점	
$\int_{-1}^{3}f(x)dx=16-\frac{16}{3}a$ (또는 $\int_{-1}^{3}f(x)dx=16+\frac{16}{3}a$)	3점	
28	2점	

[바른해설]

최고차항의 계수가 1인 모든 삼차함수 $f(x)$가 (가) $|f(1)|+|f(-1)|=0$를 만족하므로,

$f(x)=(x-a)(x+1)(x-1)$라 할 수 있다.

따라서 $-1\le\int_0^1 f(x)dx\le1$를 만족하려면,

$\int_0^1(x-a)(x+1)(x-1)dx=\frac{2}{3}a-\frac{1}{4}$이므로,

$-1\le\frac{2}{3}a-\frac{1}{4}\le1 \quad \therefore -\frac{9}{8}\le a\le\frac{15}{8}$

$\int_{-1}^{3}f(x)dx=16-\frac{16}{3}a$

$-\frac{9}{8}\le a\le\frac{15}{8}$이기 때문에, $6\le16-\frac{16}{3}a\le22$이다.

최댓값과 최솟값의 합은 28

15 [모범답안]

답안	배점	예상 소요 시간
$y-(t^3-3t^2-9t+2)$ $=(3t^2-6t-9)(x-t)$	3점	4분 / 전체 80분
$2t^3+3t^2-12t-20+a=0$	2점	
$0<a<27$	4점	
a의 개수는 26	1점	

[바른해설]

$y=x^3-3x^2-9x+2$에서 $y'=3x^2-6x-9$

곡선 위의 점 $(t,\ t^3-3t^2-9t+2)$에서의 접선의 방정식은

$y-(t^3-3t^2-9t+2)=(3t^2-6t-9)(x-t)$

이 직선이 점 $(-2, a)$를 지나므로

$a-(t^3-3t^2-9t+2)=(3t^2-6t-9)(-2-t)$

$2t^3+3t^2-12t-20+a=0$이 서로 다른 세 실근을 가지면 그을 수 있는 접선의 개수가 3이 된다.

$f(t)=2t^3+3t^2-12t-20+a$라 하면

$f'(t)=6t^2+6t-12=6(t-1)(t+2)$

$f'(t)=0$에서 $t=-2$ 또는 $t=1$

서로 다른 세 실근을 가지려면

$f(-2)=-16+12+24-20+a>0$,

$f(1)=2+3-12-20+a<0$,

즉 $0<a<27$

접선의 개수가 3이 되도록 하는 정수 a의 개수는 26

PART1 국어

PART 2 수학

PART 3 해답

국어[인문B]

01 [모범답안]

답안	배점	예상 소요 시간
① 수요, 제도입니다.	5점	3분 / 전체 80분
② 더구나, 있습니다.	5점	

[바른해설]

① 첫째 문단의 문장 '수요 응답형 대중교통은 대중교통의 노선을 미리 정하지 않고 승객의 요청에 따라 운행 구간을 설정하고, 승객은 자신이 지정한 정류장에서 선택한 시간에 대중 교통을 이용하는 제도입니다.'에서 정의의 방법을 사용하여, 제안하는 교통 체제가 어떤 체제인지 명확히 설명하고 있음을 확인할 수 있다.

② 둘째 문단의 문장 '더구나 출퇴근 시간이 아니면 버스 이용 고객이 많지 않아 운임료만으로는 버스 운행 비용을 충당하기 어려워 버스 회사에 ○○시가 매년 상당한 지원금을 제공하고 있습니다.'에서 현재 제도의 문제점으로 ○○시가 현재의 교통 체제를 유지하는 데 드는 경제적 부담을 제시하고 있음을 확인할 수 있다.

[채점기준]

①, ② 각각 첫 어절과 마지막 어절을 순서대로 정확하게 쓴 경우만 정답으로 인정함.

02 [모범답안]

답안	배점	예상 소요 시간
① 운영 체제(Operating System)	5점	4분 / 전체 80분
② 하이퍼바이저(Hypervisor)	5점	

[바른해설]

①: 각각의 가상 머신은 자체 운영 체제를 실행하며 독립적인 컴퓨터인 것처럼 작동한다고 하였다.

②: 하이퍼바이저는 물리적 하드웨어의 일부를 활용함에도 불구하고 독립적인 컴퓨터인 것처럼 가상 머신을 작동하여 컴퓨터 시스템의 물리적 자원인 하드웨어의 효율적인 활용을 가능하게 한다고 하였다.

[채점기준]

①, ②를 정확하게 쓴 경우만 정답으로 인정함.

① 운영 체제
('운영 체제(Operating System)'도 정답으로 인정함)
'한글(영문)'의 형식으로 답안을 작성했을 때, 한글은 맞고 영문 표기가 틀린 경우 정답으로 인정함. 단, '영문'만으로 답안을 작성했을 때, 영문이 틀렸을 경우 오답으로 처리함.

② 하이퍼바이저
('하이퍼바이저(Hypervisor)'도 정답으로 인정함)
'한글(영문)'의 형식으로 답안을 작성했을 때, 한글은 맞고 영문 표기가 틀린 경우 정답으로 인정함. 단, '영문'만으로 답안을 작성했을 때, 영문이 틀렸을 경우 오답으로 처리함.

03 [모범답안]

답안	배점	예상 소요 시간
① IaaS (모델)	4점	4분 / 전체 80분
② SaaS (모델)	3점	
③ PaaS (모델)	3점	

[바른해설]

①: 제시문에 따르면 IaaS (모델)은 사용자가 소프트웨어 개발을 위해 컴퓨터 시스템 자원을 직접 구성하고 관리해야 하는 번거로움은 있지만 사용자에 따라 다른 방법과 목적으로 컴퓨터 시스템 자원을 활용할 수 있다고 하였다.

②: 제시문에 따르면 SaaS (모델)은 클로우드 서비스 사업자가 네트워크를 통해 별도의 설치 없이 곧바로 소프트웨어를 제공해 주거나, 사용자가 원격으로 소프트웨어를 활용할 수 있는 모델로 사용자가 자신이 필요한 소프트웨어를 별도의 설치 없이 바로 사용할 수 있다고 하였다.

③: 제시문에 따르면 PaaS (모델)은 사용자가 소프트웨어를 개발하는 데 기반이 되는 컴퓨터 시스템의 물리적 자원을 제공해준다고 하였다.

[채점기준]

①~③을 정확하게 쓴 경우만 정답으로 인정함.

04 [모범답안]

답안	배점	예상 소요 시간
①:자기 지시성	3점	4분 / 전체 80분
②: 대상언어	3점	
③: 배중률	4점	

[바른해설]

㉠의 문장이 역설로 나타나는 이유는 자기 지시성 때문이며, 메타언어는 대상 언어를 언급하는 언어이며, 크립키는 참도 거짓도 아닌 진리치를 갖는 문장을 허용함으로써 배중률을 포기한 것과 같다.

[채점기준]

①~③을 정확하게 쓴 경우만 정답으로 인정함.
(참고: '배중율'은 오답으로 처리)

05 [모범답안]

답안	배점	예상 소요 시간
① 15 (kg)	4점	4분 / 전체 80분
② 13 (cm)	6점	

[바른해설]

① 제시문에서 '물체의 무게'×'받침점과 물체 사이의 거리' = '추의 무게'×'받침점과 추 사이의 거리'라고 했다. 〈보기1〉의 첫 번째 실험결과에서 왼쪽으로 30cm 떨어진 위치에 10kg의 추를 걸어 두고, 받침점에서 오른쪽으로 20cm 떨어진 위치에 물체 ㉮를 걸었을 때, 대저울의 지렛대가 평형을 이루었다고 했다. 제시문에서 '물체의 무게'×'받침점과 물체 사이의 거리' = '추의 무게'×'받침점과 추 사이의 거리'라고 했으므로, 물체 ㉮의 무게는 15kg이 된다.

② 제시문에 의하면 전자저울의 금속탄성체에는 가해지는 압력, 즉 무게에 비례하여 인장 변형이 일어난다. 〈보기2〉의 두 번째 실험 결과에서 아무런 물체도 올려놓지 않은 전자저울 A의 금속 탄성체의 길이는 10cm이고, 전자저울 A에 10kg의 상자를 올렸을 때, 금속 탄성체의 길이는 2cm가 늘어났다고 했으므로, 전자저울 A의 금속탄성체는 5kg의 무게가 가해질 때마다 1cm씩 길이가 늘어남을 알 수 있다. 따라서 무게가 15kg인 물체 ㉮를 전자저울 A 위에 올려 놓으면 전자저울 A의 금속탄성체의 길이는 3cm가 늘어날 것이다. 아무것도 올려놓지 않은 금속탄성체의 길이가 10cm이므로, 전자저울 A에 물체 ㉮를 올려 놓았을 때, 전자저울 A의 금속탄성체의 전체 길이는 13cm가 된다.

[채점기준]

①, ②를 정확하게 쓴 경우만 정답으로 인정함.

06 [모범답안]

답안	배점	예상 소요 시간
① 칼날	3점	2분 / 전체 80분
② 국물	3점	
③ 닫히다	4점	

[바른해설]

① '칼날'은 [칼랄]로 발음되는데, 이때 'ㄴ'이 선행 음절의 말음 'ㄹ' 뒤에서 'ㄹ'로 바뀌는 유음화가 일어난다.

② '국물'은 [궁물]로 발음되는데, 이때 'ㄱ'이 'ㅁ' 앞에서 'ㅇ'으로 바뀌는 비음화가 일어난다.

③ '닫히다'는 [다치다]로 발음되는데, 이때에는 먼저 'ㄷ'과 'ㅎ'이 만나 'ㅌ'으로 바뀌는 거센소리되기가 일어난 후, 'ㅌ'이 'ㅣ' 앞에서 'ㅊ'으로 바뀌는 구개음화가 일어난다.

[채점기준]

①~③를 정확하게 쓴 경우에만 정답으로 인정함.

07 [모범답안]

답안	배점	예상 소요 시간
① 고기	5점	5분 / 전체 80분
② 새하얀 새(여)	5점	

[바른해설]

시적 대상이란 시인이 주제를 형상화하기 위해 제시하는 모든 소재를 지칭한다. 이러한 시적 대상에는 특정한 인물이나 자연물, 사물과 같이 구체적 형태를 지닌 것도 있지만, 특정한 관념이나 상황, 정서와 같은 무형의 것도 있다.

(가)에서 대상을 의인화한 시어는 '고기'다. '고기'는 자연을 즐기는 시적 화자의 감정이 이입된 시적 대상이다. 그리고 (나)에서 색채 이미지가 활용된 시어 '새하얀 새'는 캄캄한 어둠과 대비되어 새로운 세상이 열리기를 바라는 시적 화자의 소망을 형상화한 시적 대상이다.

[채점기준]

①, ②를 정확하게 쓴 경우에만 정답으로 인정함.

08 [모범답안]

답안	배점	예상 소요 시간
① (제)6(수)	5점	5분 / 전체 80분
② 저 남산 꽃산에	5점	

[바른해설]

(가)에는 학문을 깨우치는 즐거움과 자연을 즐기는 자세가 형상화되어 있는데, (가)의 '제6수'에서는 세상 사람들에게 강학을 하고자 하는 태도 외에도 자연에서 유유자적하고자 하는 삶의 태도가 나타나고 있다. (나)에는 암울한 시대적 상황에도 불구하고 부정적인 현실을 극복하고자 하는 의지가 형상화되어 있다. (나)의 초반부에는 부정적인 현실이 묘사되고 있으나, 시행 '저 남산 꽃산에'서부터 동경하는 세계를 형상화하는 비유적인 시어가 처음으로 등장한다. 이 부분부터 부정적인 현실을 개선하고자 하는 화자의 바람이 나타나기 시작한다.

[채점기준]

①, ②를 정확하게 쓴 경우에만 정답으로 인정함.

('저 남산 꽃산에' 대신에 '9행'으로 쓴 답안도 정답으로 인정)

09 [모범답안]

답안	배점	예상 소요 시간
①: 왜송	5점	4분 / 전체 80분
②: 송백	5점	

[바른해설]

제시문에서 이식은 왜송을 교언영색하고 곡학아세하는 사람으로, 송죽은 호연지기를 지닌 군자의 모습으로 비유하고 있다.

[채점기준]

①, ②를 정확하게 쓴 경우만 정답으로 인정함.

① 왜송

('왜송(矮松)'도 정답으로 인정함)

'한글(한자)'의 형식으로 답안을 작성했을 때, 한글은 맞고 한자 표기가 틀린 경우 정답으로 인정함. 단, '한자'만으로 답안을 작성했을 때, 한자가 틀렸을 경우 오답으로 처리함.

② 송백

('송백(松柏)'도 정답으로 인정함)

'한글(한자)'의 형식으로 답안을 작성했을 때, 한글은 맞고 한자 표기가 틀린 경우 정답으로 인정함. 단, '한자'만으로 답안을 작성했을 때, 한자가 틀렸을 경우 오답으로 처리함.

수학[인문B]

07 [모범답안]

답안	배점	예상 소요 시간
$\log_b c=\frac{6}{7}$	2점	2분 / 전체 80분
$64^{\log_c b}=128$	4점	
$c^{\log_b 128}=64$	4점	

[바른해설]

$\frac{\log_a c}{\log_a b}=\frac{6}{7}$이므로 $\frac{\log_a b}{\log_a c}=\log_c b=\frac{7}{6}$이다.

따라서 $\log_b c=\frac{6}{7}$ 또한, $64^{\log_c b}=128$

$c^{\log_b 128}=k$라고 하면

$\log_c c^{\log 128}=\log_b 128=\frac{\log_c 2^7}{\log_c b}=\log_c k$이다.

$\log_c b=\frac{7}{6}$이므로 이를 대입하여 식을 정리하면

$\log_c 2^7=\frac{7}{6}\log_c k$

$\log_c k=6\log_c 2=\log_c 2^6=\log_c 64$

따라서 $c^{\log_b 128}=k=64$

11 [모범답안]

답안	배점	예상 소요 시간
$\cos\left(\frac{\pi}{2}+\theta\right)-\sin(\pi-\theta)$ $=-\sin\theta-\sin\theta=-2\sin\theta$	3점	2분 / 전체 80분
$\sin\theta=-\frac{2}{5}$	3점	
$-\frac{5}{2}$	4점	

[바른해설]

$\cos\left(\frac{\pi}{2}+\theta\right)-\sin(\pi-\theta)=-\sin\theta-\sin\theta=-2\sin\theta$

이므로 $-2\sin\theta=\frac{4}{5}$에서 $\sin\theta=-\frac{2}{5}$

따라서 $\frac{\cos(-\theta)}{\sin\theta}-\frac{\sin(-\theta)}{1+\cos\theta}=\frac{\cos\theta}{\sin\theta}+\frac{\sin\theta}{1+\cos\theta}$

$=\frac{\cos(1+\cos\theta)+\sin^2\theta}{\sin\theta(1+\cos\theta)}=\frac{\cos\theta+\cos^2\theta+\sin^2\theta}{\sin\theta(1+\cos\theta)}$

$=\frac{1+\cos\theta}{\sin\theta(1+\cos\theta)}=\frac{1}{\sin\theta}=-\frac{5}{2}$

12 [모범답안]

답안	배점	예상 소요 시간
$a_1=0$	2점	5분 / 전체 80분
$a_2=2$	2점	
$a_3=6$	2점	
$x=\frac{\pi}{3}$ 또는 $x=\frac{5\pi}{3}$	4점	

[바른해설]

$$g(t)=\begin{cases} 0 & (t<0) \\ 2 & (t=0) \\ 4 & (0<t<2) \\ 3 & (t=2) \\ 2 & (2<t<6) \\ 1 & (t=6) \\ 0 & (t>6) \end{cases}$$

함수 $g(t)$는 0, 2, 6에서 불연속이므로 $a_1=0$, $a_2=2$, $a_3=6$이다.

따라서 $f(x)=|4\cos x-2|=0$인 x는

$x=\frac{\pi}{3}$ 또는 $x=\frac{5\pi}{3}$

13 [모범답안]

답안	배점	예상 소요 시간
$r_4=3$	3점	3분 / 전체 80분
$(S_3-S_2)^2=a_3^2=(a_1r^2)^2=a_1^2r^4$	3점	
225	4점	

[바른해설]

$$\frac{S_{10}-S_8}{S_6-S_4}=\frac{a_1(r^{10}-1)/(r-1)-a_1(r^8-1)/(r-1)}{a_1(r^6-1)/(r-1)-a_1(r^4-1)/(r-1)}$$

$$=\frac{r^{10}-r^8}{r^6-r^4}=r^4=3$$

$(S_3-S_2)^2=a_3^2=(a_1r^2)^2=a_1^2r^4=75$,

따라서 $a_1^2=25$, $a_1=5$이다.

$a_2\times a_8=a_1r\times a_1r^7=a_1^2r^8=5^23^2=225$이다.

14 [모범답안]

답안	배점	예상 소요 시간
① $6t^4-20t^3+12t^2+(6-m)$	2점	2분 / 전체 80분
② 12	2점	
③ 2	2점	
④ $-10<m\le6$ (또는 $(-10, 6]$)	4점	

[바른해설]

점 P의 시각 $t(t>0)$에서의 속도를 $v(t)$라 하면 $v(t)=6t^4-20t^3+12t^2+(6-m)$이다. 점 P가 출발한 후 운동 방향이 두 번 바뀌려면 $t>0$에서 $v(t)=0$이 중근이 아닌 서로 다른 두 실근을 가져야 한다.

$v'(t)=24t^3-60t^2+24t=12t(t-2)(2t-1)=0$에서

$t=0$ 또는 $t=\frac{1}{2}$ 또는 $t=2$

$v(0)=6-m$, $v\left(\frac{1}{2}\right)=\frac{55}{8}-m$, $v(2)=-10-m$

$v(0)>v(2)$이므로 $v(t)$는 $t=\frac{1}{2}$에서 극댓값을 가지고 $t=2$에서 최솟값을 가진다.

$v(t)=0$이 $t>0$에서 중근이 아닌 서로 다른 두 실근을 가지려면 $v(0)=6-m\ge0$이고

$v(2)=-10-m<0$이어야 한다.

그러므로 $-10<m\le6$, 즉 $(-10, 6]$

15 [모범답안]

답안	배점	예상 소요 시간
$\frac{14}{3}a+\frac{3}{2}b=-\frac{45}{4}$	3점	3분 / 전체 80분
$4a+b=-2$	3점	
$a=\frac{99}{16}$, $b=-\frac{107}{4}$	2점	
56	2점	

[바른해설]

$$G(t)=\int tf'(t)dt=t(3t^2+2at+b)dt$$

$$=\frac{3}{4}t^4+\frac{2}{3}at^3+\frac{b}{2}t^2+C \text{ (단, } C\text{는 적분 상수)}$$

$$\lim_{x\to2}=\frac{1}{x-2}\int_1^x tf'(t)dt=\lim_{x\to2}\frac{G(x)-G(1)}{x-2}=20$$

$G(x)$는 다항함수이므로, $\lim_{x\to2}G(x)=G(2)=G(1)$

따라서, $G(2)=\frac{3}{4}16+\frac{2}{3}a8+\frac{b}{2}4+C$

$=G(1)=\frac{3}{4}+\frac{2}{3}a+\frac{b}{2}+C$, $\frac{14}{3}a+\frac{3}{2}b=-\frac{45}{4}$

$$\lim_{x\to2}\frac{G(x)-G(1)}{x-2}=\lim_{x\to2}\frac{G(x)-G(2)}{x-2}=G'(2)$$

$=2(12+4a+b)=20$, $4a+b=-2$

$\frac{14}{3}a+\frac{3}{2}b=-\frac{45}{4}$과 $4a+b=-2$에서

$a=\frac{99}{16}$, $b=-\frac{107}{4}$

따라서 $f(4)=64+\frac{99}{16}16-\frac{107}{4}4=56$

국어[자연C]

01 [모범답안]

답안	배점	예상 소요 시간
① 최근, 있습니다	5점	3분 / 전체 80분
② 분석, 하였습니다	5점	

[바른해설]

① MBTI 검사가 활용되는 구체적인 사례들은 제시문-연설문 초안의 첫문단에 있다. 최근의 MBTI가 활용되는 열풍을 소개하면서 청중의 관심을 유도하고자 한다.

② 사람의 성격을 규정하기 어려움을 강조하기 위해 인용된 관련 분야 권위자의 견해는 두 번째 문단의 두 번째 문장에 있다. 칼 구스타프 융의 성격론이 소개되었다.(분석 심리학자 융은 인간의 성격을 씨앗으로 보고 성격은 생애 발달 주기, 환경 등과 상호 작용하며 변화해 가는 과정이지 처음부터 완전체가 아니라고 하였습니다.)

[채점기준]

①, ② 각각 첫 어절과 마지막 어절을 순서대로 정확하게 쓴 경우만 정답으로 인정함.

02 [모범답안]

답안	배점	예상 소요 시간
① ㉠ 논쟁의 정도	4점	4분 / 전체 80분
② ㉡ 정보량	3점	
③ ㉢ 선정적 표현의 정도	3점	

[바른해설]

〈보기1〉에 나타난 사례에서 제시문에서 언급된 '미디어'에 의한 1차 전달과정에서 위험 정보의 확산이 높아지는 원인 세 가지 중에서 적용되는 사례를 연결할 수 있으면 된다. 제시문에서는 논쟁의 정도나 정보량, 선정적 표현의 정도가 미디어에 의한 위험정보의 전달과정에서 위험 상황에 대한 인식을 키우게 된다고 말하고 있다.

㉠: 지역주민들과 전문가 집단의 지속적인 이의제기는 정부의 발표에 대해 논쟁에 불을 붙여서 위험성을 증폭시켰다.

㉡: 사건의 최초보도부터 추가 보도에 이르기까지 집중된 보도는 각각 4천건과 5천 여건으로 압도적으로 많은 정복의 량이 위험성에 대한 인식을 고조시켰다.

㉢: 미디어에 의한 전달과정에서 주택가의 방사선 보도는 그 방사선량이 인체에 백혈병이나 암과 같은 중대질병을 유발할 수 있다는 공포감을 심어주어 위험상황을 고조시켰다.

[채점기준]

①~③을 정확하게 쓴 경우만 정답으로 인정함.

03 [모범답안]

답안	배점	예상 소요 시간
① 수용	4점	4분 / 전체 80분
② (전달된 정보에 대한) 해석 및 반응 (단계)	6점	

[바른해설]

제시문은 미디어에 의한 위험 상황 관련 정보의 전달이 2단계에 걸쳐서 진행된다고 말하고 전달 단계에서 어떻게 위험 상황에 대한 인식이 고조되며, 다음 단계인 해석과 반응 단계에서 어떻게 정보에 대한 왜곡이 나타나는지를 분석하였다.

첫 번째 문항은 미디어에 의해서 이루어지는 정보 전달에 대해서 '정보 전달 시스템'의 역할을 떠맡게 되는 대중들이 정보를 전달받는다는 것이 우선은 정보 수용의 주체가 된다는 사실을 이해하는지 물었다.

두 번째 단계에서는 수용자들에 의해 정보에 대한 왜곡과 편견이 이루어지게 되는데, 그 과정에 개입하는 '단순화' '비합리적이고 비체계적인'수용과정이 나타나는 것을 설명하고 있다. 이러한 과정은 정보 전달의 두 번째 단계인 해석과 반응의 단계에서 일어난다.

[채점기준]

①, ②를 정확하게 쓴 경우만 정답으로 인정함.

04 [모범답안]

답안	배점	예상 소요 시간
①: 핵 재처리 공정	4점	3분 / 전체 80분
②: 순도	6점	

[바른해설]

두 공법 모두 핵 재처리 공정이지만, 퓨렉스 공법은 플루토늄-239이 다른 핵물질과 분리되어 추출되는 반면, 파이로프로세싱에서는 다른 핵물질과 섞어 추출되기 때문이 두 공정에서 추출되는 플류토늄-239의 순도가 다르다고 할 수 있다. 또한 이러한 이유로 플루토늄-239가 순도가 높게 추출되는 퓨렉스 공법에서 생기는 문제, 즉 플류토늄-239가 핵무기로 사용될 수 있다는 문제를 방지할 수 있다.

[채점기준]

①, ②를 정확하게 쓴 경우만 정답으로 인정함.

05 [모범답안]

답안	배점	예상 소요 시간
① 돌미륵	4점	5분 / 전체 80분
② 적막한 황혼	6점	

[바른해설]

문학 작품에서 사용되는 시간 또는 공간과 관련된 소재는 작품의 주제를 형상화하는 데 중요한 역할을 하는 구성 요소이다. (가)에서 '해현'은 주인공이 인생무상이라는 깨달음을 얻게 되는 공간이다. (가)에서 주인공은 '해현'에서 발견된 돌미륵을 통해 꿈과 현실이 연결되어 있음을 확인하고, 비현실적 공간에서의 경험을 현실적 공간으로 확장하게 된다. (나)에는 죽은 '누이동생'에 대한 그리움과 슬픔이 다양한 소재를 통해 형상화되고 있다. 이러한 소재에는 시간 및 공간과 관련된 것도 있는데, '묘지', '무덤' 등은 화자가 누이에 대한 그리움을 심화시키는 공간적 배경으로 기능한다. 뿐만 아니라 (나)에는 시간을 나타내는 시어도 등장하는데, 그중에서도 화자의 감정이 투영된 수식어와 결합한 시어 '적막한 황혼'은 화자의 그리움과 슬픔을 효과적으로 전달하는 기능을 한다.

[채점기준]

①, ②를 정확하게 쓴 경우만 정답으로 인정함.

06 [모범답안]

답안	배점	예상 소요 시간
① 여인은, 울었다	5점	4분 / 전체 80분
② 산꿩도, 있었다	5점	

[바른해설]

① '여인은 나어린 딸아이를 때리며 가을밤같이 차게 울었다'에서 '울었다'라는 청각적 이미지를 '차게'라는 촉각적 이미지를 통해 표현한 감각의 전이를 통해 '여인'의 마음속에 가득했을 서러움을 인상적으로 드러내고 있다.

② '산(山)꿩도 섧게 울은 슬픈 날이 있었다'는 여인이 출가하면서 느꼈을 고통을 '산꿩'에 이입하여 드러내고 있다.

[채점기준]

①, ② 각각 첫 어절과 마지막 어절을 순서대로 정확하게 쓴 경우만 정답으로 인정함.

② '산(山)꿩도'도 정답으로 인정

수학[자연C]

07 [모범답안]

답안	배점	예상 소요 시간
$2\sin\theta\cos\theta=-\frac{3}{4}$ $\left(\text{또는 } \sin\theta=\frac{1}{4}\mp\frac{\sqrt{7}}{4}\right)$	4점	2분 / 전체 80분
$\lvert\sin\theta-\cos\theta\rvert^2=\frac{7}{4}$ $\left(\text{또는 } \cos\theta=\frac{1}{4}\pm\frac{\sqrt{7}}{4}\right)$	4점	
$\lvert\sin\theta-\cos\theta\rvert=\frac{\sqrt{7}}{2}$	2점	

[바른해설]

$\sin\theta+\cos\theta=\frac{1}{2}$의 양변을 제곱하면

$\sin^2\theta+2\sin\theta\cos\theta+\cos^2\theta=\frac{1}{4}$, $1+2\sin\theta\cos\theta=\frac{1}{4}$이므로 $2\sin\theta\cos\theta=-\frac{3}{4}$

$\lvert\sin\theta-\cos\theta\rvert^2=(\sin\theta-\cos\theta)^2=1-2\sin\theta\cos\theta$

$=1+\frac{3}{4}=\frac{7}{4}$

따라서 $\lvert\sin\theta-\cos\theta\rvert=\frac{\sqrt{7}}{2}$

08 [모범답안]

답안	배점	예상 소요 시간
① $2a+b+5$	3점	3분 / 전체 80분
② $a-b+1$	3점	
③ $(-2, -1)$ (또는 $a=-2$, $b=-1$)	1점	
④ 1	3점	

[바른해설]

$x\neq-1$, $x\neq2$일 때, $f(x)=\frac{x^3+ax+b}{x+1}$이다.

함수 $f(x)$는 $x=2$에서 연속이므로 $\lim_{x\to2}f(x)=f(2)$이다.

즉, $\lim_{x\to2}\frac{x^3+ax+b}{x+1}=1$이므로 $2a+b=-5$

또한, 함수 $f(x)$는 $x=-1$에서도 연속이므로

$\lim_{x\to-1}f(x)=f(-1)$이다.

$\lim_{x\to-1}\frac{x^3+ax+b}{x+1}=f(-1)$이고 극한값이 존재하므로 $-1-a+b=0$, 즉 $a-b=-1$이다. 이를 $2a+b=-5$과 연립해서 풀면 $a=-2$, $b=-1$

따라서 $f(-1)=\lim_{x\to-1}\frac{x^3-2x-1}{x+1}$

$=\lim_{x\to-1}\frac{(x+1)(x^2-x-1)}{x+1}=\lim_{x\to-1}(x^2-x-1)=1$

09 [모범답안]

답안	배점	예상 소요 시간
$G'(x)=2(x+1)f(x)$	3점	3분 / 전체 80분
$f'(x)=4(x+1)$	4점	
$f(x)=2x^2+4x-2$	2점	
$f(1)=4$	1점	

[바른해설]

$2(x+1)f(x)$의 한 부정적분이 $G(x)$이므로,

$G'(x)=2(x+1)f(x)$

$G(x)=(x+1)^2f(x)-x^4-4x^3-6x^2-4x$의 양변을 x에 대하여 미분하면

$G'(x)=2(x+1)f(x)+(x+1)^2f'(x)-4x^3-12x^2-12x-4$

따라서, $(x+1)^2f'(x)=4x^3+12x^2+12x+4$
$=4(x+1)^3$

$f(x)$는 다항함수이므로, $f'(x)=4(x+1)$이고,

$f(x)=2x^2+4x+C$

$G(0)=f(0)=-2$이므로 $f(x)=2x^2+4x-2$,

$f(1)=4$이다.

[참고]

$G(x)=x^4+4x^3+2x^2-4x-2$

10 [모범답안]

답안	배점	예상 소요 시간
$f'(x)=4x^3+8kx^2-12k^2x$ $=4x(x+3k)(x-k)$	2점	4분 / 전체 80분
$x=-3k$와 $x=k$에서 극소이고 $x=0$에서 극대	2점	
(a 조건) $a>3$ 또는 $-45k^4+3<a<-\frac{7}{3}k^4+3$	3점	
(b 조건) $b=3$ 또는 $b=-\frac{7}{3}k^4+3$	3점	

[바른해설]

$f(x)=x^4+\frac{8}{3}kx^3-6k^2x^2+3$에서

$f'(x)=4x^3+8kx^2-12k^2x=4x(x+3k)(x-k)$

$f'(x)=0$에서 $x=-3k$ 또는 $x=0$ 또는 $x=k$

함수 $f(x)$는 $x=-3k$와 $x=k$에서 극소이고 $x=0$에서 극대이다.

$f(-3k)=81k^4-72k^4-54k^4+3=-45k^4+3$

$f(k)=k^4+\frac{8}{3}k^4-6k^4+3=-\frac{7}{3}k^4+3$으로

$f(-3k)<f(k)$이므로 곡선 $y=f(x)$와 서로 다른 두 점에서 만나기 위해서는 $a>f(0)=3$ 또는

$f(-3k)<a<f(k)$ 즉, $-45k^4+3<a<-\frac{7}{3}k^4+3$

곡선 $y=f(x)$와 서로 다른 세 점에서 만나기 위해서는 $b=3$ 또는 $b=-\frac{7}{3}k^4+3$을 만족해야 한다.

11 [모범답안]

답안	배점	예상 소요 시간
① 1	2점	5분 / 전체 80분
② 8	2점	
③ $\frac{62}{3}$	3점	
④ $\frac{98}{3}$	3점	

[바른해설]

함수 $f(x)$가 실수 전체의 집합에서 연속이므로 $x=0$, $x=1$에서 연속이다.

$\lim_{x\to0-}f(x)=\lim_{x\to0+}f(x)=f(0)$,

즉 $\lim_{x\to0-}(ax^3+8)=\lim_{x\to0+}(-4x+b)=b$이고 $\therefore b=8$

$\lim_{x\to1-}f(x)=\lim_{x\to1+}f(x)=f(1)$,

즉 $\lim_{x\to1-}(-4x+8)=\lim_{x\to1+}(x^2-6x+9a)=-5+9a$이고 $4=-5+9a$ $\therefore a=1$ 따라서

$$f(x)=\begin{cases}x^3+8 & (-2\le x<0)\\ -4x+8 & (0\le x<1)\\ x^2-6x+9 & (1\le x<3)\end{cases}$$ 이다.

$f\left(x-\frac{5}{2}\right)=f\left(x+\frac{5}{2}\right)$는

$\int_{-2}^{3}f(x)dx=\int_{-2}^{0}f(x)dx+\int_{0}^{1}f(x)dx+\int_{1}^{3}f(x)dx$

$=12+6+\frac{8}{3}=\frac{62}{3}$

$\int_{-2}^{5}f(x)dx=\int_{-2}^{3}f(x)dx+\int_{3}^{5}f(x)dx$

$f(x)=f(x+5)$이므로 $f(x)$는 주기가 5인 주기함수이다.

$\int_{3}^{5}f(x)dx=\int_{-2}^{0}f(x)dx=12$

$\therefore \int_{-2}^{5}f(x)dx=\int_{-2}^{3}f(x)dx+\int_{3}^{5}f(x)dx=\frac{98}{3}$

12 [모범답안]

답안	배점	예상 소요 시간
$q<0$	2점	6분 / 전체 80분
$-p-q<0$	3점	
$p=6$ (또는 $q=-3$)	4점	
15	1점	

[바른해설]

$f(0)>f\left(\frac{3\pi}{2}\right)$은 $|-q|>|-p-q|$이고 $p>0$이므로 $q<0$이다. $g(x)=p\sin x-q$라 할 때, $g(x)$의 최솟값은 $-p-q$이다. 만약 $-p-q\geq0$이면 3개의 등차수열이 존재하므로, $-p-q<0$이어야 한다.

이때, $\{a_n\}$는 첫째항이 0이고 공차가 π인 등차수열이고, $\{b_n\}$는 첫째항이 $\frac{\pi}{2}$이고 공차가 2π인 등차수열이다.

$\frac{f(b_3)}{a_4}=\frac{\pi}{3}$에서 $f(b_3)=\beta=\frac{3}{\pi}a_4=\frac{3}{\pi}\times3\pi=9$이다.

그리고 $\alpha+\beta=12$에서 $\alpha=|p\sin0-q|=|-q|$이므로 $|-q|+9=12$이다. $q=-3(q<0)$,

$f(b_3)=|p-q|=|p+3|=9$에서 $p=6(p>0)$

$\therefore 2p-q=15$

13 [모범답안]

답안	배점	예상 소요 시간
$\lim_{x\to\frac{4}{3}}\frac{9x}{2}-2$ $=\lim_{x\to\frac{4}{3}}(3x-2)^2=4$	2점	2분 / 전체 80분
$a=\frac{4}{3}$	3점	
$\lim_{x\to\infty}=\frac{f(x)}{x}=0$	2점	
$\lim_{x\to\infty}=\frac{ax-f(x)}{2f(x)+3x}=\frac{4}{9}$	3점	

[바른해설]

$\frac{9}{2x}-\frac{2}{x^2}\leq f(x)\leq\left(3-\frac{2}{x}\right)^2$으로부터

$\frac{9x}{2}-2\leq x^2f(x)\leq(3x-2)^2$

따라서 $\lim_{x\to\frac{4}{3}}\frac{9x}{2}-2=\lim_{x\to\frac{4}{3}}(3x-2)^2=4$이므로

$\lim_{x\to\frac{4}{3}}x^2f(x)=4$ 따라서 $a=\frac{4}{3}$

또한, $\frac{\frac{9x}{2}-2}{x^3}\leq\frac{f(x)}{x}\leq\frac{(3x-2)^2}{x^3}$이고

$\lim_{x\to\infty}\frac{\frac{9x}{2}-2}{x^3}=0=\lim_{x\to\infty}\frac{(3x-2)^2}{x^3}$이므로 $\lim_{x\to\infty}\frac{f(x)}{x}=0$

따라서

$$\lim_{x\to\infty}\frac{ax-f(x)}{2f(x)+3x}=\lim_{x\to\infty}\frac{a-\frac{f(x)}{x}}{2\frac{f(x)}{x}+3}=\frac{4}{9}$$

14 [모범답안]

답안	배점	예상 소요 시간
$p=\frac{2}{9}$	4점	3분 / 전체 80분
$q=1$	4점	
$9x\log_{24}2+y\log_{24}12=3$	2점	

[바른해설]

$512^x=144^y=k(k>0)$이라 하자. $512^x=k$에서 $2^{9x}=k$, $2=k^{\frac{1}{9x}}$, $144^y=k$에서 $12^{2y}=k$, $12=k^{\frac{1}{2y}}$

$\frac{1}{9x}+\frac{1}{2y}=\frac{1}{2}$이고 $k^{\frac{1}{9x}+\frac{1}{2y}}=k^{\frac{1}{9x}}\times k^{\frac{1}{2y}}=2\times12=24$,

$k^{\frac{1}{2}}=24$이므로 $k=24^2=576$, $512^x=576$에서

$x=\log_{512}576=\frac{2}{9}\frac{\log24}{\log2}=\frac{2}{9}\log_2 24\quad\therefore p=\frac{2}{9}$

$144^y=576$에서 $y=\log_{144}576=\frac{2}{2}\frac{\log24}{\log12}$

$=\frac{\log24}{\log12}=\log_{12}24$, $\therefore q=1$

$9x\log_{24}2+y\log_{24}12=9\times\frac{2}{9}\frac{\log24}{\log2}\times\frac{\log2}{\log24}$

$+\frac{\log24}{\log12}\times\frac{\log12}{\log24}=2+1=3$

15 [모범답안]

답안	배점	예상 소요 시간
$\theta=\frac{5}{4}\pi$	5점	3분 / 전체 80분
$\sin2\theta=1$	2점	
$\tan3\theta=-1$	3점	

[바른해설]

선분 AP를 포함하는 부채꼴 AOP에서 $\angle\mathrm{AOP}=\alpha$라 하자. 조건 (가)에서 부채꼴 AOP의 넓이가 $\frac{3}{2}\pi$이므로,

$\frac{1}{2}4\alpha=\frac{3}{2}\pi$, $\alpha=\frac{3}{4}\pi$

이때, $\theta=\frac{3}{4}\pi$ 또는 $\theta=\frac{5}{4}\pi$이다.

$\theta=\frac{3}{4}\pi$이라면, $\cos\theta<0$, $\tan\theta<0$이므로 조건 (나)를 만족시키지 않는다.

$\theta=\frac{5}{4}\pi$이라면, $\cos\theta<0$, $\tan\theta>0$이므로 조건 (나)를 만족시킨다.

따라서, $\theta=\frac{5}{4}\pi$이다.

그러므로 $\sin2\theta=\sin\frac{5}{2}\pi=\sin\frac{\pi}{2}=1$이고

$\tan3\theta=\tan\frac{15}{4}\pi=\tan\left(3\pi+\frac{3}{4}\pi\right)=\tan\frac{3}{4}\pi$

$=-1$이다.

국어[자연D]

01 [모범답안]

답안	배점	예상 소요 시간
① 현재, 있니(?)	5점	3분 / 전체 80분
② 만약, 어때(?)	5점	

[바른해설]

추가 설명이 필요하다고 생각한 부분을 언급하고, 그 의미가 무엇인지 질문하는 부분은 '유준'의 두 번째 대화이고, 대화 참여자 사이의 의견 차이가 있는 부분에 대해 둘의 의견을 모두 수렴한 새로운 대안을 제안하고 있는 부분은 '유준'의 네 번째 대화이다.

[채점기준]

①, ② 각각 첫 어절과 마지막 어절을 순서대로 정확하게 쓴 경우만 정답으로 인정함.

02 [모범답안]

답안	배점	예상 소요 시간
① '명목 (가치)' 또는 '액면 (가치)'	5점	4분 / 전체 80분
② 대형전	5점	

[바른해설]

상평통보 가운데 초주단자전과 대형전의 발행 당시의 명목 가치를 비교하면 대형전이 더 크기 때문에 상승했다고 할 수 있다. 중형전과 대형전의 발행 당시 필요한 구리의 양은 대형전이 더 많았다고 할 수 있다.

[채점기준]

①, ②를 정확하게 쓴 경우만 정답으로 인정함.

03 [모범답안]

답안	배점	예상 소요 시간
①: (나)	5점	4분 / 전체 80분
②: (가)	5점	

[바른해설]

그래프상 주화의 실질 가치를 높이면 구리와 쌀의 가격이 낮아지므로 (나)로 옮겨간다. 하지만 세종의 정책은 쌀의 가격만 낮추는 결과를 낳았기 때문에 실제로는 (가)로 옮겨가게 된다.

[채점기준]

①, ②를 정확하게 쓴 경우만 정답으로 인정함.

① '(나)'에서 '()' 표시 하지 않아도 정답으로 인정.

② '(가)'에서 '()' 표시 하지 않아도 정답으로 인정.

04 [모범답안]

답안	배점	예상 소요 시간
㉠: 클럽재	2점	4분 / 전체 80분
㉡: 사적 재화	3점	
㉢: 공유 자원	2점	
㉣: 공공재	3점	

[바른해설]

㉠ '한산한 고속도로'는 이용을 하기 위해 비용을 지불해야 하지만 개인의 고속도로 이용이 다른 사람의 고속도로 이용의 기회를 감소시키지는 않는다. 따라서 '한산한 고속도로'는 배제성은 있으나 경합성은 없는 클럽재의 성격을 가진다.

㉡ '꽉 막힌 고속도로'는 이용을 하기 위해 비용을 지불해야 하고, 개인의 고속도로 이용이 다른 사람의 고속도로 이용의 기회를 감소시킨다. 따라서 '한산한 고속도로'는 배제성도 있고 경합성도 있는 사적재화의 성격을 가진다.

㉢ '출퇴근 시간의 일반도로'는 이용을 하기 위해 비용을 지불하지는 않지만, 개인의 일반도로 이용이 다른 사람의 일반도로 이용의 기회를 감소시킨다. 따라서 '출퇴근 시간의 일반도로'는 배제성은 없지만 경합성은 있는 공유자원의 성격을 가진다.

㉣ '심야의 일반도로'는 이용을 하기 위해 비용을 지불하지 않고, 개인의 일반도로 이용이 다른 사람의 일반도로 이용의 기회를 감소시키지도 않는다. 따라서 '심야의 일반도로'는 배제성도 없고 경합성도 없는 공공재의 성격을 가진다.

[채점기준]

㉠~㉣을 정확하게 쓴 경우만 정답으로 인정함.

05 [모범답안]

답안	배점	예상 소요 시간
① 김창호	4점	4분 / 전체 80분
② 그러나, 것이다	6점	

[바른해설]

①: 도식화된 표는 홍 기자가 기사의 소재가 될 때만 김창호에게 관심을 갖고 인터뷰를 하며, 기사의 소재가 되지 않을 때는 관심을 갖지 않음을 정리한 것이다.

②: '그러나 우리는 그 무한한 기능으로 인해 인간 부재의 매스컴에 이르지 않는가를 부단히 경계하고 자각해야 할 것이다.'에는 대중매체를 비판적으로 수용해야할 필요가 있다는 작품의 메시지가 드러나 있다.

[채점기준]

①을 정확하게 쓴 경우만 정답으로 인정함.

②는 첫 어절과 마지막 어절을 순서대로 정확하게 쓴 경우만 정답으로 인정함.

06 [모범답안]

답안	배점	예상 소요 시간
① 내일이나, 했던가	5점	4분 / 전체 80분
② 그러면, 온다	5점	

[바른해설]

윤동주의 「참회록」은 처음부터 끝까지 부끄러움이라는 감정을 중심으로 자기성찰을 밀고나간 작품이다. 이 작품의 특이점은 그 성찰이 시의 화자에 의해서 통시간적으로 이루어짐으로써 생애 전체에 대한 자기 이해를 이루고, 이로써 암울하고 부정적인 현실을 견디고자하는 자기 각성에 이른다는 점이다.

〈보기2〉의 ㉠현재의 부끄러운 고백을 다시 부끄럽게 떠올릴 미래에 대한 성찰은 작품의 3연에, ㉡화자는 고통스러운 현실을 회피하지 않고 담담하게 고독과 비애를 끌어안고 걸어 나가겠다는 삶의 태도는 이 작품의 5연에 잘 나타나고 있다.

[채점기준]

①, ② 각각 첫 어절과 마지막 어절을 순서대로 정확하게 쓴 경우만 정답으로 인정함.

수학[자연D]

07 [모범답안]

답안	배점	예상 소요 시간
$\tan^2\theta-(\sqrt{3}-1)\tan\theta$ $-\sqrt{3}=0$	2점	3분 / 전체 80분
$\tan\theta=\sqrt{3}$	2점	
$\theta=\frac{4}{3}\pi$	2점	
$2\cos\theta-4\sin\theta=2\sqrt{3}-1$	4점	

[바른해설]

$\tan\theta-\frac{\sqrt{3}}{\tan\theta}=\sqrt{3}-1$을 정리하면

$\tan^2\theta-(\sqrt{3}-1)\tan\theta-\sqrt{3}=0$

따라서 $\tan\theta=-1$ 또는 $\tan\theta=\sqrt{3}$인데,

$\pi<\theta<\frac{3}{2}\pi$이므로 $\tan\theta=\sqrt{3}$이다.

따라서 $\theta=\frac{4}{3}\pi$이고, $2\cos\theta-4\sin\theta=2\sqrt{3}-1$

PART1 국어

PART2 수학

PART3 해답

08 [모범답안]

답안	배점	예상 소요 시간
$f(2)=3$	3점	3분 / 전체 80분
$f'(2)=-2$	3점	
$y=-2x+7$	2점	
7	2점	

[바른해설]

$y=x^2f(x)-3x$에서 $y'=2xf(x)+x^2f'(x)-3$이고 점 $(2, 6)$이 곡선 $y=x^2f(x)-3x$ 위의 점이므로 $f(2)=3$

곡선 $y=x^2f(x)-3x$ 위의 점 $(2, 6)$에서의 접선의 기울기가 1이므로

$2\times2\times f(2)+2^2\times f'(2)-3=9+4f'(2)=1$

즉, $f'(2)=-2$

따라서 곡선 $y=f(x)$ 위의 점 $(2, f(2))$에서의 접선의 방정식은

$y-f(2)=f'(2)\times(x-2)$, $y-3=-2(x-2)$

즉, $y=-2x+7$

따라서 구하는 y절편은 7이다.

09 [모범답안]

답안	배점	예상 소요 시간
① $-2k+2$	3점	4분 / 전체 80분
② $2k+1$	3점	
③ 4	2점	
④ 41	2점	

[바른해설]

$a_1=1$이고 $a_2=a_1+1\times-\sin\left(\frac{\pi}{2}\times1\right)=1+(-1)=0$,

$a_3=a_2+2\times-\sin\left(\frac{\pi}{2}\times2\right)=0+(0)=0$

$a_4=a_3+3\times-\sin\left(\frac{\pi}{2}\times3\right)=0+3=3$,

$a_5=a_4+4\times-\sin\left(\frac{\pi}{2}\times4\right)=3+0=3$이다.

$a_6=-2$, $a_7=-2$, $a_8=5$이고 $a_9=5$, $a_{10}=-4$, $a_{11}=-4$, $a_{12}=7$이 된다.

위와 같이 $-\sin\left(\frac{\pi}{2}\times n\right)$는 -1, 0, 1, 0이 반복되므로

$a_{4k-3}=2k-1$, $a_{4k-2}=a_{4k-1}=-2k+2$, $a_{4k}=2k+1$이 된다.

따라서 $a_k+a_{k+1}+a_{k+2}+a_{k+3}=4$이 반복되므로

$\sum_{k=1}^{40}a_k+a_{41}+a_{42}=4\times10+(2\times11-1)+(-2\times11+2)=41$이다.

10 [모범답안]

답안	배점	예상 소요 시간
$a<0$, $b>0$일 때 모든 조건을 만족한다.	3점	5분 / 전체 80분
$b=-a$	2점	
$a=-\frac{9}{10}$	2점	
$f(a)=-\frac{281}{180}$	3점	

[바른해설]

$f(x)=\frac{ax+2}{x-b}=a+\frac{ax+2}{x-b}$이고, $a=0$이면, (가)를 만족하지 않는다. 또한 (가)에 의해 $b>0$이어야 한다.

(1) $a>0$, $b>0$인 경우 조건 (나)를 만족하지 않는다.

(2) $a<0$, $b>0$인 경우 조건 (나)를 만족한다.

조건 (가)로부터 $b=-a$이다.

$f(3)+h(3)=\frac{2}{3}$이고 $h(3)=1$이므로

$f(3)=\frac{3a+2}{3+a}=-\frac{1}{3}$ 즉, $a=-\frac{9}{10}$

따라서 $f(x)=\dfrac{-\frac{9}{10}x+2}{x-\frac{9}{10}}$이므로

$$f(a)=f\left(-\frac{9}{10}\right)=\frac{\left(-\frac{9}{10}\right)^2+2}{-\frac{9}{10}-\frac{9}{10}}=-\frac{281}{180}$$

11 [모범답안]

답안	배점	예상 소요 시간
$f(x)=-(x-4)^2(x-4-a)(x-4+a)$ (또는 $x-4=t$로 치환하면, $f(x)=f(t+4)=-t^2(t^2-a^2)$)	3점	5분 / 전체 80분
$x=4\pm\frac{a}{\sqrt{2}}$	3점	
$a^2=6$	2점	
-27	2점	

[바른해설]

조건 (가), (나)에 의하여 방정식 $f(x)=0$의 한 실근을 $4+a$라 하면 다른 한 실근은 $4-a$이므로

$f(x)=-(x-4)^2(x-4-a)(x-4+a)$

(단, a는 양의 상수)

$f'(x)=-2(x-4)(x-4-a)(x-4+a)$
$-(x-4)^2(x-4-a)-(x-4)^2(x-4+a)$

$=-(x-4)\{2(x-4)^2-2a^2+2(x-4)^2\}$
$=-2(x-4)\{2(x-4)^2-a^2\}$

$f'(x)=0$에서 $x=4$ 또는 $x=4\pm\frac{a}{\sqrt{2}}$이므로

함수 $f(x)$는 $x=4\pm\frac{a}{\sqrt{2}}$에서 극댓값을 갖는다.

이때 함수 $f(x)$의 극댓값이 9이므로

$f\left(4+\frac{a}{\sqrt{2}}\right)=-\frac{a^2}{2}\left(\frac{a}{\sqrt{2}}-a\right)\left(\frac{a}{\sqrt{2}}+a\right)$

$=-\frac{a^2}{2}\left(\frac{a^2}{2}-a^2\right)=\frac{a^4}{4}=9$ 즉, $a^2=6$이므로

$f(1)=-(1-4)^2(1-4-a)(1-4+a)$
$=-9\times(9-a^2)=-27$

12 [모범답안]

답안	배점	예상 소요 시간
$2a$	2점	5분 / 전체 80분
$8a$	2점	
$2a-3$	3점	
3	3점	

[바른해설]

$f(-x)=-f(x)$이므로 원점 대칭이다. 즉, $f(0)=0$, $f(-x)=-f(x)$와 $f(x)=f(x-2)+4a$에 $x=1$을 대입하면 $f(1)=2a$이다. 곡선 $y=f(x-2)+4a$는 곡선 $y=f(x)$를 x축의 방향으로 2만큼, y축의 방향으로 $4a$만큼 평행이동한 곡선과 일치한다.

따라서 $f(2)=f(0)+4a=4a$, $f(3)=f(1)+4a=6a$, $f(4)=f(2)+4a=8a$

곡선 $y=f(x)$와 x축 및 직선 $x=1$로 둘러싸인 부분의 넓이가 3이고 원점 대칭 ($f(-1)=-2a$)과 증가함수인 성질을 이용하면 또한 곡선 $y=f(x)$와 y축 및 직선 $y=-2a$로 둘러싸인 부분의 넓이는 $2a-3$이다.

$\int_1^4 f(x)dx=\int_1^2 f(x)dx+\int_2^3 f(x)dx+\int_3^4 f(x)dx$

이고

$\int_1^2 f(x)dx+\int_2^3 f(x)dx+\int_3^4 f(x)dx$
$=(2a+2a-3)+(4a+3)+(6a+2a-3)$이므로
$(2a+2a-3)+(4a+3)+(6a+2a-3)$
$=16a-3=45$

따라서 a의 값은 3

13 [모범답안]

답안	배점	예상 소요 시간
$0\le x<2$(또는 $n=1$), $f(x)=\cos(\pi x)$	2점	5분 / 전체 80분
$x=\frac{1}{3}$	3점	
$2\le x<4$(또는 $n=2$), $f(x)=\cos(2\pi x)$	2점	
$x=\frac{23}{6}$	3점	

[바른해설]

$0\le x<2$, 즉 $n=1$일 때, $f(x)=\cos(\pi x)$이다.

$2f(x)-1=0$에서 $\cos(\pi x)=\frac{1}{2}$, 이 구간에서 가장 작은 실근이 존재하고 그 값은 $x=\frac{1}{3}$이다.

$2\le x<4$, 즉 $n=2$일 때, $f(x)=\cos(2\pi x)$이다.

$2f(x)-1=0$에서 $\cos(2\pi x)=\frac{1}{2}$,

이 구간에서 가장 큰 실근이 존재하고 그 값은 $x=\frac{23}{6}$이다.

14 [모범답안]

답안	배점	예상 소요 시간
$\sum_{k=1}^{10}a_k=15$	4점	4분 / 전체 80분
$a_{11}=8$	4점	
23	2점	

[바른해설]

$a_n+b_n=2$에서 $\sum_{k=1}^{10}(a_k+b_k)=20$ …… ㉠이고,

$\sum_{k=1}^{9}\{(a_{k+1})^2-(b_{k+1})^2\}=\sum_{k=1}^{10}\{(a_k)^2-(b_k)^2\}$
$-(a_1^2-b_1^2)=20$이다. 이때 두 수열의 첫째항이 같으므로
$\sum_{k=1}^{10}\{(a_k-b_k)(a_k+b_k)\}$
$=\sum_{k=1}^{10}\{2(a_k-b_k)\}=20$ …… ㉡이다.

위의 ㉠, ㉡을 연립하여 풀면 $\sum_{k=1}^{10}a_k=15$이고, $\sum_{k=1}^{10}b_k=5$이다.

$\sum_{k=1}^{10}\{ka_{k+1}-(k+1)a_k\}=50$을 전개하면
$(a_2-2a_1)+(2a_3-3a_2)+(3a_4-4a_3)+$
$\cdots+(10a_{11}-11a_{10})=50$이고,
$-2(a_1+a_2+a_3+\cdots+a_{10})+10a_{11}=50$,
$-2\sum_{k=1}^{10}a_k+10a_{11}=50$이다.

따라서 $10a_{11}=80$, $a_{11}=8$이고

$\sum_{k=1}^{11} a_k=15+8=23$이다.

15 [모범답안]

답안	배점	예상 소요 시간
$-9<x<-3$ (또는 $\frac{x}{3}=t$로 놓으면 $-3<t<-1$)	3점	3분 / 전체 80분
$-6\le x\le 10.5$ (또는 $\frac{x}{3}=t$로 놓으면 $-2\le t\le 3.5$)	3점	
$-6\le x<-3$ (또는 x는 -4, -5, -6)	3점	
3개	1점	

[바른해설]

부등식 $\log_3 f\left(\frac{x}{3}\right)\le \log_3 g\left(\frac{x}{3}\right)$에서 $\frac{x}{3}=t$로 놓으면

$\log 3f(t)\le \log 3g(t)$

로그의 진수 조건에서 의하여 $f(t)>0$, $g(t)>0$이므로 $-3<t<-1$

부등식 $\log_3 f(t)\le \log_3 g(t)$에서 밑 3이 1보다 크므로 $f(t)\le g(t)$에서 $-2\le t\le 3.5$

따라서 $-2\le t<-1$, 즉 $-2\le \frac{x}{3}<-1$

$-6\le x<-3$ 따라서 x는 -4, -5, -6이고 그 개수는 3이다.

국어[자연E]

01 [모범답안]

답안	배점	예상 소요 시간
① 중간-1-(1)	5점	4분 / 전체 80분
② 중간-1-(2)-㉮	5점	

[바른해설]

① 한국의 GDP 대비 혁신 기술 연구 개발 투자 비율이 세계 1, 2위를 다투는 수준임을 보여주는 자료는 우리 나라가 다른 나라에 비해 혁신 기술의 개발을 위해 높은 비율의 국가 예산을 투자하고 있음을 강조하기에 적절한 자료이다.

② 연도별 한국의 혁신 기술 수입액과 수출액을 보여주는 자료는 매년 혁신 기술 수출액이 혁신 기술 도입액보다 적음을 뒷받침하기에 적절한 자료이다.

[채점기준]

①, ②를 정확하게 쓴 경우만 정답으로 인정함.

'1, (1), (2), ㉮' 등과 같은 기호를 완전히 정확하게 쓰지 않으면 오답으로 처리함.

02 [모범답안]

답안	배점	예상 소요 시간
① '인간' 또는 '사람'	2점	5분 / 전체 80분
② 파스퇴르	4점	
③ '(미생물) 발효균' 또는 '젖산 발효 효모' 또는 '미생물'	4점	

[바른해설]

과학 지식에 대한 구성주의의 입장은 인간 대 비인간이라는 근대주의의 이분법적 사고에 근거한다. 라투르의 관점에서 구성주의는 과학 지식의 형성 과정에 참여하는 번역의 주체를 '인간' 또는 '사람'으로 한정한 것이다. 반면 이질적 구성주의는 근대주의를 벗어나 행위자에 인간 및 비인간 실체를 모두 포함시키고 있다. 이런 점에서 라투르의 관점은 이질적 구성주의와 일맥상통하는 바가 있다. 유명한 파스퇴르의 사례를 통해 생각해 보기로 하자. 파스퇴르는 발효를 촉진하는 미생물 발효균을 발견하여 '젖산 발효 효모'라 명명하고 발효의 과정을 과학적으로 규명한 바 있다. 이 과정에서 파스퇴르는 미생물 발효균이 그 기질과 존재를 드러내는 것을 돕고, 발효균은 파스퇴르가 명성을 획득하는 것을 도운 셈으로 볼 수 있다. 따라서 라투르의 관점에서 파스퇴르의 사례를 살펴보면, 이 사례에서 번역의 주체에 해당하는 것은 '파스퇴르'와 '(미생물) 발효균' 또는 '젖산 발효 효모' 또는 '미생물'이라고 할 수 있다.

[채점기준]

①~③을 정확하게 쓴 경우만 정답으로 인정함.

②와 ③의 제시 순서는 바뀌어 제시되어도 상관 없음.

03 [모범답안]

답안	배점	예상 소요 시간
① 번역	4점	5분 / 전체 80분
② 연결망	6점	

[바른해설]

행위자-연결망 이론에서 〈보기1〉의 '총'과 '범인'은 모두 행위 능력을 지닌 행위자로서 이들은 '번역'의 과정을 통해 '총기 사고'라는 하나의 '연결망'으로 포섭된다. '번역'의 과정은 행위자가 서로의 목표를 조율함으로써, 즉 상대방에 맞추어 자신을 변화시킴으로써 이루어지는 것이다. '총기 사고'에 대한 기술 결정론의 입장과 사회 문화 결정론의 입장 모두 행위자-연결망 이론의 입장에서는 범인과 총이 서로에게 변화를 일으킨다는 점을 간과하고 있다는 문제가 있다.

[채점기준]

①, ②를 정확하게 쓴 경우만 정답으로 인정함.

04 [모범답안]

답안	배점	예상 소요 시간
① 신속성	3점	3분 / 전체 80분
② 경제성	3점	
③ 시효 (제도)	4점	

[바른해설]

①, ② 조선 시대의 '취송 기한'과 '정소 기한'은 모두 재판이 신속하고 효율적으로 진행될 수 있도록 하기 위한 제도라 할 수 있다. 현대의 민사 소송 재판이 실현하고자 하는 이상 중, 이와 관련이 있는 것은 '신속성'과 '경제성'이라 할 수 있다.

③ 조선 시대의 '정소 기한'은 사적인 권리를 침해당하였을 때 소장(訴狀)을 제출할 수 있는 법정 기한을 제한해 두는 제도이다. 현대의 민사 소송법 중, 정소 기한과 유사한 성격을 가지는 것은 시효는 일정한 사실 상태가 오래 계속된 경우에 그 상태가 진실한 권리관계와 합치하느냐 여부를 묻지 않고 사실 상태를 그대로 존중하여 그 권리관계로 인정하는 제도인 '시효 제도'이다.

[채점기준]

①~③을 정확하게 쓴 경우만 정답으로 인정함.

①과 ②의 제시 순서는 바뀌어 제시되어도 상관 없음.

05 [모범답안]

답안	배점	예상 소요 시간
① 김생은, 않았다	6점	4분 / 전체 80분
② 이곳이, 어디입니까(?)	2점	
③ 내가, 왔습니까(?)	2점	

[바른해설]

제시문 「상사동기」에 나타난 인물 김생의 성격화의 근거를 찾아 제시하면 된다.

㉠: '김생은 옛 연인이 있을 것으로 추측되는 집으로 들어가기 위해 의도적으로 꾸며낸 행동을 하여 상황을 조성하는 장면은 김생이 유가행차 중 취기가 오른 장면, 제시문의 두 번째 문단에 나온다. "김생은 문득 옛날 일이 생각나 마음 속으로 은근히 기뻐하며 짐짓 취한 듯 말에서 떨어져 땅에 눕고는 일어나지 않았다."는 장면은 김생이 술에 취해 말에서 떨어진 것처럼 연기하는 장면이다.

㉡: 다섯 번째 문단에서는 김생이 이미 깨어 있었으면서도 시치미를 떼고 주변 사람들에게 여기가 어디이고, 어떻게 여기에 오게 되었느냐고 묻는 장면이 나온다. 김생의 말은 "이곳이 어디입니까?", "내가 어떻게 해서 이곳에 왔습니까?" 이 두 대화이며, 이 대화의 첫 어절과 마지막 어절을 각각 쓰면 된다. 순서는 상관 없다.

[채점기준]

①~③ 각각 첫 어절과 마지막 어절을 순서대로 정확하게 쓴 경우만 정답으로 인정함.

②와 ③의 제시 순서는 바뀌어도 상관 없음.

06 [모범답안]

답안	배점	예상 소요 시간
① '손(등)' 또는 '손길'	5점	4분 / 전체 80분
② (다) 슬픈 일(들)	5점	

[바른해설]

① 이 작품은 기본적으로 화가 박수근의 작품과 인간 됨됨이를 보여주는 에피소드를 통해 작품의 주제화를 시도하고 있다. 작품의 전체에서 화가 박수근의 면모를 가장 압축적으로 보여주는 이미지는 손이다. 손은 화가에게 그림을 그리는 중요한 신체 부분이면서, 작중에는 외출하기 전에 빨래를 개우는 소탈하고 다정한 모습을 비출 때에도 부각되는 이미지이다. 시의 화자는 이런 손의 이미지를 강조하기 위해서 장엄함, 멋쟁이 등의 형용사 사용하고 있다.

② 작품 전체의 주도적이고 핵심적인 대상-이미지로 '손'을 들 수 있으며, 그러한 대상에 대한 화자의 감정은 '애상감'으로 그 애상감을 가장 압축적으로 보여주는 시어는 "슬픈 일들"이다.

PART1 국어

PART 2 수학

PART 3 해답

[채점기준]

①, ②를 정확하게 쓴 경우만 정답으로 인정함.

수학[자연E]

07 [모범답안]

답안	배점	예상 소요 시간
$(\log_2 x-3)(\log_2 x-6)$ <40	2점	3분 / 전체 80분
$(\log_2 x+2)(\log_2 x-11)$ <0	3점	
$-2<\log_2 x<11$ (또는 $2^{-2}<x<2^{11}$)	3점	
2047	2점	

[바른해설]

$\log_2\frac{x}{8}\times\log_2\frac{x}{64}=(\log_2 x-3)(\log_2 x-6)$

$(\log_2 x-3)(\log_2 x-6)<40$

$(\log_2 x+2)(\log_2 x-11)<0$이므로

즉, $-2<\log_2 x<11$, $2^{-2}<x<2^{11}$

$2^{-2}<x<2048$

따라서 부등식을 만족시키는 자연수 x의 최댓값은 2047이다.

08 [모범답안]

답안	배점	예상 소요 시간
① a_5	2점	2분 / 전체 80분
② a_5	2점	
③ 81 (또는 $a_2a_8\times a_3a_7$)	3점	
④ 9	3점	

[바른해설]

등비수열 $\{a_n\}$에 대하여 세 수 a_2, [① a_5], a_8이 순서대로 등비수열을 이루고, 또한 세 수 a_3, [② a_5], a_7이 순서대로 등비수열을 이루므로 $a_5^4=$ [③ 81]이다. 따라서 a_5^2의 값은 [④ 9]이다.

09 [모범답안]

답안	배점	예상 소요 시간
$k=1$	3점	5분 / 전체 80분
$\alpha=\pi$	3점	
$\beta+\gamma=3\pi$	3점	
3	1점	

[바른해설]

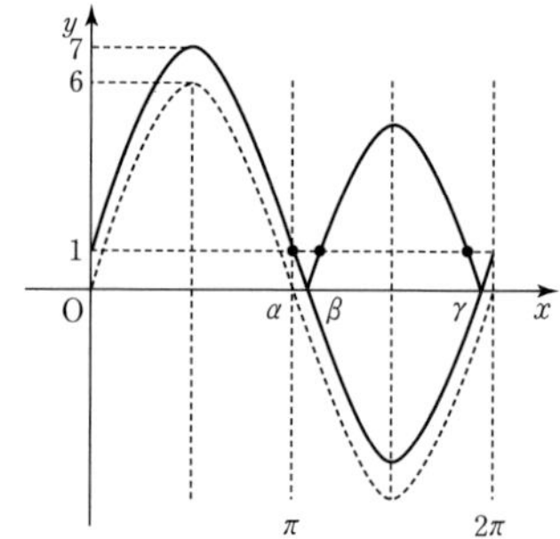

$f(x)=|6\sin x+1|=k$라 하면 $\pi\le x<2\pi$에서 함수 $y=f(x)$의 그래프는 그림의 실선과 같다. 방정식 $|6\sin x+1|=k$가 서로 다른 세 실근을 가지므로 함수 $y=f(x)$의 그래프와 직선 $y=k$가 서로 다른 세 점에서 만나야 한다. 즉, $k=1$

$\alpha=\pi$, $\beta+\gamma=3\pi$이므로 $k\left(\frac{\beta+\gamma}{\alpha}\right)=1\times\frac{3\pi}{\pi}=3$

10 [모범답안]

답안	배점	예상 소요 시간
① 3	3점	4분 / 전체 80분
② -79	2점	
③ 3, -132	2점	
④ $-79x+105$	3점	

[바른해설]

곡선 C에 접하는 접선의 접점의 x좌표를 t, 접선의 기울기를 $f(t)$라 하면 $f(t)=4t^3-15t^2-18t+2$

이때 $f'(t)=12t^2-30t-18=0$에서 $t=3$일 때, $f(t)$는 최솟값 -79를 갖는다.

즉, 기울기가 최소인 접선의 접점은 점 $(3, -132)$이고 기울기는 -79이므로 접선의 방정식은 $y+132=-79(x-3)$

그러므로 $y=-79x+105$이다.

11 [모범답안]

답안	배점	예상 소요 시간
$x^2-6x+3<0$	2점	4분 / 전체 80분
정수 x의 값은 1, 2, 3, 4, 5 (또는 $A=\{1, 2, 3, 4, 5\}$)	3점	
$3^{5k-25}=3^0$ (또는 $5k-25=0$)	4점	
$k=5$	1점	

[바른해설]

부등식 $\left(\frac{1}{4}\right)^{-x^2+5x+3}<4^{x-6}$에서 $4^{x^2-5x-3}<4^{x-6}$,

$x^2-5x-3<x-6$, $x^2-6x+3<0$,

$3-\sqrt{6}<x<3+\sqrt{6}$

따라서 부등식을 만족시키는 정수 x의 값은

1, 2, 3, 4, 5이므로 $A=\{1, 2, 3, 4, 5\}$

$a\in A$에 대하여, $x=3^{-a^2}\times\left(\frac{1}{3}\right)^{-2a-k}=3^{-a^2+2a+k}$이므로,

$a=1$일 때, 3^{1+k}

$a=2$일 때, 3^k

$a=3$일 때, 3^{-3+k}

$a=4$일 때, 3^{-8+k}

$a=5$일 때, 3^{-15+k}

집합 $B=\{3^{1+k}, 3^k, 3^{-3+k}, 3^{-8+k}, 3^{-15+k}\}$이므로 집합 B의 모든 원소의 곱은

$3^{1+k}\times3^k\times3^{-3+k}\times3^{-8+k}\times3^{-15+k}=3^{5k-25}=3^0$

따라서 $k=5$

12 [모범답안]

답안	배점	예상 소요 시간
($f(x)=x(x-1)(x^2+ax+b)$로 놓았을 때) $a+b=3$	2점	5분 / 전체 80분
$f'(0)=-b$ (또는 $-4\le f'(0)\le4$)	4점	
$f(2)$의 최솟값은 12	2점	
$f(2)$의 최댓값은 28	2점	

[바른해설]

조건 (가)로부터 $f(1)=0$

조건 (나)에서 $0\le|f(0)|\le|0g(0)|=0$이므로 $f(0)=0$

따라서 $f(x)=x(x-1)(x^2+ax+b)$로 놓을 수 있다.

(가)에서 $4=\lim_{x\to1}\frac{f(x)}{x-1}=\lim_{x\to1}x(x^2+ax+b)=1+a+b$

이므로

$a+b=3$, $x\ne0$일 때 $\left|\frac{f(x)}{x}\right|\le|g(x)|$으로부터

$-|g(0)|\le\lim_{x\to0}\frac{f(x)-f(0)}{x}\le|g(0)|$

즉, $-4\le f'(0)\le4$이다.

$f(x)=(x^2-x)(x^2+ax+b)$를 미분하면

$f'(x)=(2x-1)(x^2+ax+b)+(x^2-x)(2x+a)$이므로

$f'(0)=-b$, $-4\le-b\le4$

즉, $-4\le a-3\le4$이므로 $-1\le a\le7$

따라서 $f(2)=2a+14$이므로,

$f(2)$의 최솟값은 $a=-1$일 때인 12이다.

또한, $f(2)$의 최댓값은 $a=7$일 때인 28이다.

13 [모범답안]

답안	배점	예상 소요 시간
$f(x)=x^3+ax^2$(a는 상수)	3점	4분 / 전체 80분
$g(x)=x^3+ax^2+6x^2+4ax$ $=x(x^2+(a+6)x+4a)$	1점	
$a\ge1$	4점	
최솟값은 12	2점	

[바른해설]

$g(x)=f(x)+2f'(x)$에서 $f(0)=g(0)=0$이므로

$f'(0)=0$이다.

그러므로 $f(x)=x^3+ax^2$(a는 상수)로 놓을 수 있다.

이때 $g(x)=x^3+ax^2+6x^2+4ax$

$=x(x^2+(a+6)x+4a)$

이차방정식 $x^2+(a+6)x+4a=0$의 판별식

$D=(a+6)^2-16a=(a-2)^2+32>0$이므로

서로 다른 두 실근을 갖는다. $x\ge k$인 모든 실수 x에 대하여 $g(x)\ge0$을 만족시키는 실수 k의 최솟값이 0인 조건을 만족시키려면 이차방정식의 두 실근을 α, β라 할 때 $\alpha+\beta<0$, $\alpha\beta>0$이어야 한다.

즉, $a+6>0$, $4a>0$이어야 하므로 $a>0$이다.

모든 항의 계수가 정수이므로 $a\ge1$이어야 한다.

따라서 $f(2)=8+4a\ge12$이므로 최솟값은 12이다.

14 [모범답안]

답안	배점	예상 소요 시간
$f(0)=-2$ (또는 $f(x)=x^2+ax-2$, 또는 $f(x)=x^2+ax+b$의 상수항 $b=-2$)	3점	3분 / 전체 80분
$f'(0)=1$ (또는 $f(x)=x^2+x-2$, 또는 $a=1$)	4점	
$g(1)3$	3점	

[바른해설]

최고차항의 계수가 1인 이차함수 $f(x)=x^2+ax+b$라 하자.

$g(0)=f(0)+1=-1$

따라서 $f(x)=x^2+ax-2$

$g(x)=\int_0^x f'(t)dt+(x^2+x+1)f(x)+1$의 양변을 x에 대해 미분하면

$g'(x)=f'(x)+(2x+1)f(x)+(x^2+x+1)f'(x)$

$g'(0)=0$이므로 $f'(0)=1$

따라서 $f(x)=x^2+x-2$

$g(1)=\int_0^1 f'(t)dt+(x^2+x+1)f(x)+1$이고,

$\int_0^1 f'(t)dt=f(1)-f(0)=2$

$g(1)=\int_0^1 f'(t)dt+(x^2+x+1)f(x)+1$

$=2+3f(1)+1=3$

15 [모범답안]

답안	배점	예상 소요 시간
$f(x)=x^2+c$(c는 상수)	3점	5분 / 전체 80분
$(0, 0)$	3점	
$\left(\frac{1}{2}, 0\right)$	2점	
$\left(-\frac{1}{2}, 0\right)$	2점	

[바른해설]

(나)로부터 $f(x)=x^2+bx+c$로 놓을 수 있고,

(가)로부터 $b=0$

따라서 $f(x)=x^2+c$

(1) $a=0$이면, (다)로부터 $\lim_{x\to 0}\left|\frac{x^2+c}{x^k}\right|=1$인데 $k=1$이면 어떤 상수 c에 대해서 (다)를 만족시키지 못한다. $k=2$일 때 (다)가 성립하려면 $c=0$이어야 하고, $k>2$이면 (다)가 성립하지 않는다. 따라서 $(0, 0)$은 구하는 순서쌍이다.

(2) $a\neq 0$일 때 극한 $\lim_{x\to a}\left|\frac{f(x)}{(x-a)^k}\right|=1$이 존재하려면 $f(a)=a^2+c=0$이므로 $f(x)=x^2-a^2$

$k=1$이면 $\lim_{x\to a}\left|\frac{(x-a)(x+a)}{(x-a)}\right|=|2a|=1$

$a=\pm\frac{1}{2}$이므로 $\left(\frac{1}{2}, 0\right)$와 $\left(-\frac{1}{2}, 0\right)$는 구하는 순서쌍이다.

$k\geq 2$이면 극한 $\lim_{x\to a}\left|\frac{x^2-a^2}{(x-a)^k}\right|=\lim_{x\to a}\left|\frac{x+a}{(x-a)^{k-1}}\right|$가 존재하지 않는다. 따라서 구하는 순서쌍은 $(0, 0)$, $\left(\frac{1}{2}, 0\right)$, $\left(-\frac{1}{2}, 0\right)$뿐이다.

국어[자연F]

01 [모범답안]

답안	배점	예상 소요 시간
① 1991년에, 있다	5점	4분 / 전체 80분
② 하지만, 수준이다	5점	

[바른해설]

제시문을 읽고 제시문에서 글쓴이의 글쓰기 전략이 드러난 부분을 찾는 문제이다. 보기에는 ① 장애인 고용 의무 제도의 도입 시기와 장애인 의무 고용의 내용이 첫 문단에 나타나 있다. 첫 문단의 두 번째 문장, "1991년에 처음 시행되었으며 현재는 국가 · 지방 자치 단체 및 50명 이상 공공 기관과 민간 기업을 대상으로, 근로자 총수의 5/100 범위 안에서 대통령령으로 정하는 비율 이상의 장애인 근로자를 의무적으로 고용할 것을 규정하고 있다."에 도입시기 1991년과 의무고용의 범위내용이 나타난다.

② 현재의 장애인 고용 현황을 구체적인 수치는 두 번째 문단 시작에 나온다. "하지만 한국 장애인 고용 공단의 조사 결과를 보면, 2022년 국가 및 지방 자치 단체, 공공 기관의 장애인 고용률은 3.6%, 민간 기업의 장애인 고용률은 3.1% 수준인 것으로 나타났는데, 이는 법에서 정한 장애인 의무 고용률을 겨우 충족한 수준이다."에 현재의 장애인 고용률이 나온다.

[채점기준]

①, ② 각각 첫 어절과 마지막 어절을 순서대로 정확하게 쓴 경우만 정답으로 인정함.

02 [모범답안]

답안	배점	예상 소요 시간
① 선점 (방식)	3점	3분 / 전체 80분
② Y	3점	
③ X	4점	

[바른해설]

① RR 방식은 프로그램마다 균일하게 최대 할당 시간을 부여하고, 최대 할당 시간 내에 작업을 완료하지 못하면 해당 프로그램은 종료되지 않은 상태로 대기열의 마지막 순서에 재등록되며, 동시에 대기열의 다음 순서인 프로그램에 CPU를 할당한다. 따라서 RR 방식은 현재 CPU에 할당된 프로그램을 잠시 멈추고 다른 프로그램으로 바꿀 수 있다면 선점 방식에 해당한다.

② 〈보기2〉에서 CPU 작동 5초 후, Y가 실행된다. Y의 실행 시간은 5초이므로 CPU 작동 10초 후에 Y는 종료되고, 대기열에 있던 Z가 실행된다.

③ 〈보기2〉에서 CPU 작동 10초 후 Z가 실행되는데, Z의 실행시간은 8초이다. 이 CPU는 최대 할당 시간이 5초인 RR 방식을 사용하고 있으므로, CPU 작동 15초 후에는 Y가 종료되지 않은 상태로 대기열의 마지막 순서에 재등록 되며, 대기열에 있던 X가 다시 실행된다. 이때 X는 CPU 작동과 함께 실행되었으나, 실행시간이 10초였기 때문에, CPU 작동 5초 후에 종료되지 않은 상태로 대기열에서 Z의 다음에 재등록된 상태였다.

[채점기준]

①~③을 정확하게 쓴 경우만 정답으로 인정함.

03 [모범답안]

답안	배점	예상 소요 시간
① 70 (초)	3점	2분 / 전체 80분
② 10 (초)	3점	
③ 25 (초)	4점	

[바른해설]

〈보기1〉에 의하면 프로그램 A, B, C, D의 실행 시간은 각각 10초, 15초, 30초, 40초이다.

① [상황1]에서 FCFS 방식을 사용하면 프로그램의 실행 순서는 'D, C, B, A'가 된다. 이때 B의 대기시간은 D의 실행시간인 40초와 C의 실행시간인 30초를 합한 70초가 된다.

② [상황1]에서 SJF 방식을 사용하면 프로그램의 실행 순서는 'A, B, C, D'가 된다. 이때 B의 대기시간은 A의 실행시간인 10초가 된다.

③ [상황2]에서 CPU1과 CPU2에 모두 SJF 방식을 이용할 경우, CPU1의 프로그램 실행 순서는 'A, B'가 되고, CPU2의 프로그램 실행순서는 'C, D'가 된다. A의 실행시간은 10초이고, B의 실행시간은 15초이므로, 프로그램 실행 시작 후 25초가 되면 CPU1에서는 모든 작업이 종료된다. 한편 C의 실행시간은 30초 이므로 프로그램 실행 시작 후 25초가 되었을 때, CPU2에서는 C가 실행되고 있는 중이고, D는 대기열에 있는 상태이다. [상황2]의 컴퓨터에는 이주 기술이 적용되고 있으므로, 프로그램 실행 시작 25초 후에 CPU2의 대기열에 있던 D는 CPU1의 대기열로 옮겨지는 이주가 일어난다.

[채점기준]

①~③을 정확하게 쓴 경우만 정답으로 인정함.

04 [모범답안]

답안	배점	예상 소요 시간
① B	3점	4분 / 전체 80분
② B	3점	
③ A	4점	

[바른해설]

가추법의 '사례'는 '결과'에 포함되지 않은 새로운 사실이면서 동시에 가설적인 규칙인 '규칙'을 매개로 추론된다.

[채점기준]

①~③을 정확하게 쓴 경우만 정답으로 인정함.

05 [모범답안]

답안	배점	예상 소요 시간
① 모순 형용 (아이러니)	5점	5분 / 전체 80분
② 상황 기반 (아이러니)	5점	

[바른해설]

(가)는 일상에서 수없이 접하는 '문'에 대한 인식을 새로운 시각으로 제시하고 있다. (가)에서는 '문'에 대한 새로운 인식을 전하는 표현 기법으로 (나)에서 설명하고 있는 두 종류의 아이러니가 활용됨을 확인할 수 있다. 먼저 (가)의 4연과 5연에서 '문'과 '담, 벽'이 의미적으로 연결될 때, 열림과 닫힘 또는 연결과 단절이라는 이항 대립에 의해 발생하는 '모순 형용 아이러니'를 확인할 수 있다. 그리고 2연에서는 '문'이 '열려 있다고 해서 / 언제나 열려 있지 않'에서는 '문'이 지닌 일반적인 속성과 어긋나는 상황을 제시한 것에서 '상황 기반 (아이러니)'가 나타나는 것으로 볼 수 있다. (가)에서는 이와 같은 두 종류의 아이러니를 통해 '문'에 대한 새로운 시각을 보여 준다.

[채점기준]

①, ②를 정확하게 쓴 경우만 정답으로 인정함.

06 [모범답안]

답안	배점	예상 소요 시간
① 아침, 생활	3점	4분 / 전체 80분
② 역사, 있었다	7점	

[바른해설]

① 제시문의 두 번째 단락에는 할아버지의 가족들이 할아버지의 규칙제일주의에 의해 자유를 박탈당해 살아가는 모습이 나타나며, 여기에는 규칙을 강요하는 할아버지와 그 할아버지의 규칙에 순응하며 살아가는 가족들에 대한 비판적 태도가 드러난다.

② '역사, 서 씨는 역사다, 하고 내가 별수 없이 인정하며 감탄이라기보다는 차라리 그 귀기(鬼氣)에 찬 광경을 본 무서움에 떨고 있는 동안에 그는 어느새 돌아왔는지 유령처럼 내 앞에서 자랑스러운 웃음을 소리 없이 웃고 있었다.'에서 '서 씨'는 자신의 행동을 보고 놀라는 '나' 앞에서 자랑스럽게 웃고 있다. 이를 통해 '서 씨'가 자기 삶의 방식에 대한 자긍심을 '나'에게 드러내고 있음을 확인할 수 있다.

[채점기준]

①, ② 각각 첫 어절과 마지막 어절을 순서대로 정확하게 쓴 경우만 정답으로 인정함.

수학[자연F]

07 [모범답안]

답안	배점	예상 소요 시간
① 감소	2점	2분 / 전체 80분
② 2, 0	2점	
③ $\log_{\frac{1}{a}}(x-1)$ 또는 $-\log a(x-1)$	3점	
④ $\log_a(x-4)+2$	3점	

[바른해설]

1) $a>1$일 때, x의 값이 증가하면 y의 값은 증가한다.
$0<a<1$일 때, x의 값이 증가하면 y의 값은 [① 감소] 한다.

2) a의 값에 관계없이 그래프는 점([② 2, 0])을 지난다.

3) 함수 $y=\log_a(x-1)$의 그래프와 함수
$y=$[③ $\log_{\frac{1}{a}}(x-1)$ 또는 $-\log_a(x-1)$]의 그래프는 x축에 대하여 대칭이다.

4) 함수 $y=$[④ $\log_a(x-4)+2$]의 그래프는
함수 $y=\log_a(x-1)$의 그래프를 x축의 방향으로 3만큼, y축의 방향으로 2만큼 평행이동한 것이다.

08 [모범답안]

답안	배점	예상 소요 시간
$a=-3$	3점	3분 / 전체 80분
$f(x)=3x-3$	4점	
-18	3점	

[바른해설]

$\lim_{x\to\infty} f\left(\frac{1}{x}\right)=-3$이므로 $a=-3$, $\int_0^2 f(t)dt=b$라 놓으면

$f(x)=3x^2-4x+2bx-3$이므로

$b=\int_0^2(3t^2-4t+2bt-3)dt$

$=[t^3-2t+bt^2-3t]_0^2=4b-6$

따라서 $b=2$, 그러므로 $f(x)=3x^2-3$

$f'(x)=6x$이므로, $f'(a)=f'(-3)=6\times(-3)=-18$

09 [모범답안]

답안	배점	예상 소요 시간
$a=3$	4점	2분 / 전체 80분
$f(x)=3x^2-2x-6$	3점	
15	3점	

[바른해설]

$\int_a^x f(t)dt=x^3-x^2-6x$ …… ㉠

㉠에 $x=a$를 대입하면,

$0=a^3-a^2-6a=a(a-3)(a+2)$이다.

이때 a가 양수이므로, $a=3$이다.

㉠의 양변을 미분하면,

$f(x)=3x^2-3x-6$이므로, $f(a)=f(3)=15$이다.

10 [모범답안]

답안	배점	예상 소요 시간
$f(x)=x^{\frac{3}{14}}$	2점	4분 / 전체 80분
$\{f(f(n))\}^{49}=n^{\frac{9}{4}}$	4점	
$n=3^4$ 또는 $n=81$	4점	

[바른해설]

$f(x)=\dfrac{x^{\frac{1}{2}}}{\sqrt[7]{x^2}}=x^{\frac{1}{2}-\frac{2}{7}}=x^{\frac{3}{14}}$이므로

$\{f(f(n))\}^{49}=\left\{\left(n^{\frac{3}{14}}\right)^{\frac{3}{14}}\right\}^{49}=\left(n^{\frac{3}{14}\times\frac{3}{14}\times 49}\right)=n^{\frac{9}{4}}$

$n^{\frac{9}{4}}$가 자연수가 되려면 n은 자연수 k에 대하여 $n=k^4$의 꼴이어야 한다. 즉, 자연수 n은 2^4, 3^4, 4^4, …의 자연수가 될 수 있는데 n이 2^4일 경우

$n^{\frac{9}{4}}=2^{4\times\frac{9}{4}}=2^9=512$이므로 1000보다 작다.

따라서 조건을 만족시키는 가장 작은 자연수 n이 $3^4=81$이다.

11 [모범답안]

답안	배점	예상 소요 시간
공차 $d=3a_1$ 또는 $a_n=(3n-2)a_1$	4점	3분 / 전체 80분
$a_1=\frac{1}{2}$	4점	
$\frac{13}{2}$	2점	

[바른해설]

$a_n=S_n-S_{n-1}$이므로

$a_n=\frac{3}{2}a_1n^2-\frac{1}{2}a_1n-\left\{\frac{3}{2}a_1(n-1)^2-\frac{1}{2}a_1(n-1)\right\}$

$=3a_1n-2a_1$이다.

따라서 등차수열 $\{a_n\}$의 공차 $d=3a_1$이다.

$\sum_{k=1}^{4}\frac{7}{a_{2k}a_{2k+2}}=\sum_{k=1}^{4}\frac{7}{a_{2k+2}-a_{2k}}\left(\frac{1}{a_{2k}}-\frac{1}{a_{2k+2}}\right)$

$=\frac{7}{2d}\left(\frac{1}{a_2}-\frac{1}{a_4}+\frac{1}{a_4}-\frac{1}{a_6}+\cdots-\frac{1}{a_{10}}\right)$

$=\frac{7}{2d}\left(\frac{1}{a_2}-\frac{1}{a_{10}}\right)=\frac{7}{2d}\left(\frac{1}{a_1+d}-\frac{1}{a_1+9d}\right)$

공차 $d=3a_1$이므로 $\frac{7}{6a_1}\left(\frac{1}{4a_1}-\frac{1}{a_1+27a_1}\right)$

$=\frac{7}{6a_1}\left(\frac{7}{28a_1}-\frac{1}{28a_1}\right)=\frac{1}{4a_1^2}=1$

그러므로 $a_1=\frac{1}{2}(a_1>0)$

따라서 $a_5=\frac{1}{2}+4\frac{3}{2}=\frac{13}{2}$

12 [모범답안]

답안	배점	예상 소요 시간
$f'(x)=\begin{cases}4x-8 & (0<x<4)\\ 4x-20 & (4<x<6)\end{cases}$	2점	5분 / 전체 80분
$x=4$, $x=6$에서 극값을 갖는다. ($\alpha2=4$, $\alpha3=6$)	2점	
$a_1=\frac{7}{2}$(또는 $a_1=\frac{m}{4}+2$, $a_4=\frac{m}{4}+8$)	4점	
$m=6$	2점	

[바른해설]

$f'(x)=\begin{cases}4x-8 & (0<x<4)\\ 4x-20 & (4<x<6)\end{cases}$이고

조건 (나)에 의하여 함수 $f(x)$의 주기는 6이고 열린구간 $(0, 10)$에서 연속인 함수이다.

그런데 $\lim_{x\to4-}f'(x)>0$, $\lim_{x\to4+}f'(x)<0$

$\lim_{x\to6-}f'(x)>0$, $\lim_{x\to6+}f'(x)<0$이므로

함수 $f(x)$는 $x=4$, $x=6$에서 미분가능하지 않지만 극값을 갖는다.

$g'(x)=f'(x)-m$이므로 함수 $g(x)$는 열린구간 $(0, 10)$에서 연속이고 $x=4$, $x=6$에서 미분가능하지 않지만 극값을 갖는다. 또한 $a_4<10\leq a_5$이므로

$y=f'(x)$의 그래프와 직선 $y=m$이 교점이 2개가 되어야 한다.

즉, a_1, $a_2=4$, $a_3=6$, a_4에서 $a_4=a_1+6$이므로

$a_1+a_2+a_3+a_4=a_1+4+6+(a_1+6)=2a_1+16=23$

$a_1=\frac{7}{2}$

따라서 $m=4\times\frac{7}{2}-8=6$

13 [모범답안]

답안	배점	예상 소요 시간
① 2	2점	5분 / 전체 80분
② 9	2점	
③ 1	3점	
④ -36	3점	

[바른해설]

다항함수 $f(x)$의 최고차항을 ax^n(n은 자연수, a는 0이 아닌 상수)라 하자.

조건 (가) $\int_{-\frac{3}{2}}^{x} tf'(t)dt=\left(\frac{2}{3}x+1\right)\{f(x)+k\}$의 양변을 x에 대해 미분하면

$xf'(x)=\frac{2}{3}\{f(x)+k\}+\left(\frac{2}{3}x+1\right)f'(x)$이고,

$\frac{1}{3}xf'(x)=\frac{2}{3}\{f(x)+k\}+f'(x)$로부터,

좌변의 최고차항은 $\frac{a}{3}nx^n$, 우변의 최고차항은 $\frac{2}{3}ax^n$

따라서 $n=2$

$f(x)=ax+bx+c$를 $\frac{1}{3}xf'(x)=\frac{2}{3}\{f(x)+k\}+f'(x)$

식에 대입하여 정리하면,

$\frac{b}{3}=\frac{2}{3}b+2a$, $\frac{2}{3}(c+k)+b=0$

따라서 $b=-6a$, $k=9a-c$

$f(x)=ax^2+bx+c=a(x-3)^2+c-9a$

$=a(x-3)^2-k$

한편, 조건 (나)로부터 $a>0$, $-k=-9$

즉, k값은 9이다.

따라서 $f(x)=a(x-3)^2-9$이다.

조건 (다)에서 $f(0)\geq 0$이므로 $f(0)=0=f(6)$일 때,

$\int_0^6 f(x)dx$의 값이 최소이다. a의 값은 1이다.

따라서 $\int_0^6 f(x)dx$의 최솟값은 -36이다.

14 [모범답안]

답안	배점	예상 소요 시간
$\sin\theta=\frac{12}{13}$ (또는 $\theta=\pi-\alpha$일 때 $\sin\alpha=\frac{12}{13}$)	4점	3분 / 전체 80분
$\cos\theta=-\frac{5}{13}$ (또는 $\theta=\pi-\alpha$일 때 $\cos\alpha=\frac{5}{13}$)	4점	
3	2점	

[바른해설]

삼각형 OAH는 직각삼각형이므로 $\overline{AH}=\sqrt{13^2-5^2}=12$이다. 이 때, $\angle AOH=\alpha$라고 하면, $\sin\alpha=\frac{12}{13}$, $\cos\alpha=\frac{5}{13}$이다. 직선 l과 만나는 x축의 점을 B라 할 때, 삼각형 OAH와 삼각형 AOB는 닮음이고 $\angle AOH=\angle ABO$이다.

따라서 $\theta=\pi-\alpha$이다.

$2\sin(\pi-\alpha)-3\cos(\pi-\alpha)=2\sin\alpha+3\cos\alpha$이다.

$2\sin\alpha+3\cos\alpha=2\frac{12}{13}+3\frac{5}{13}=\frac{39}{13}=3$

15 [모범답안]

답안	배점	예상 소요 시간
$f(x)$의 값은 2, -2, $2x$ 또는 $-2x$	4점	4분 / 전체 80분
$\lim_{x\to 0-}g(x)=2$ (좌극한)	3점	
$\lim_{x\to 0+}g(x)=-2$ (우극한)	3점	

[바른해설]

$\{f(x)\}^4-4x^2\{f(x)\}^2-4\{f(x)\}^2+16x^2$

$=[\{f(x)\}^2-4][f(x)-2x][f(x)+2x]=0$이므로

모든 실수 x에 대하여 $f(x)$의 값은 2, -2, $2x$ 또는 $-2x$이다. 이 때 실수 전체의 집합에서 연속이면서 $f(x)$의 최댓값이 0, 최솟값이 -2인 함수는

$f(x)=\begin{cases}-2|x| & (|x|\leq 1)\\ -2 & (|x|>1)\end{cases}$ 이므로

$\lim_{x\to 0-}g(x)=\lim_{x\to 0-}\frac{f(x)}{x}=\lim_{x\to 0-}\frac{2x}{x}=2$,

$\lim_{x\to 0+}g(x)=\lim_{x\to 0+}\frac{f(x)}{x}=\lim_{x\to 0+}\frac{-2x}{x}=-2$

국어[자연G]

01 [모범답안]

답안	배점	예상 소요 시간
① 공소, 있습니다	5점	5분 / 전체 80분
② 저희는, 못했습니다	5점	

[바른해설]

① 찬성 측이 제시한 '해결 방안을 채택해도 문제를 해결할 수 없는 경우가 있다.'에 해당하는 것은 "공소 시효가 적용되지 않는다고 하더라도 증거가 끝내 발견되지 않을 경우에는 범죄자가 처벌을 피할 수 있다는 문제가 여전히 있습니다."이다.

② 찬성 측이 제시한 질문에 '내포된 전제가 객관적 근거에 의해 뒷받침되지 않으므로 타당하지 않다.'에 해당하는 것은 "저희는 공소 시효를 적용하지 않는 것이 해당 범죄의 발생을 억제할 수 있다는 주장을 뒷받침하는 과학적 근거가 있는지를 찾아보았으나 끝내 관련 자료를 확인하지 못했습니다."에 나타난다.

[채점기준]

①, ② 각각 첫 어절과 마지막 어절을 순서대로 정확하게 쓴 경우만 정답으로 인정함.

02 [모범답안]

답안	배점	예상 소요 시간
① 단일 (결합)	5점	3분 / 전체 80분
② 이중 (결합)	5점	

[바른해설]

다이아몬드는 4개의 공유 결합 모두가 단일 결합인데 반해, 흑연은 하나의 공유 결합이 파이 결합을 포함하고 있다고 했으니, 이중 결합을 포함하고 있다고 볼 수 있다.

[채점기준]

①, ②를 정확하게 쓴 경우만 정답으로 인정함.

03 [모범답안]

답안	배점	예상 소요 시간
① '소리' 또는 '리듬' 또는 '소리와 리듬'	5점	5분 / 전체 80분
② '침묵' 또는 '휴지'	5점	

[바른해설]

문제의 그림은 브라크의 〈바이올린과 물병이 있는 정물〉이다. 이 그림의 주요 제재는 바이올린이고 석고, 유리, 나무, 종이 등은 공간을 이루고 있다. 만약 브라크의 이 그림을 음악으로 치환해 본다면, 이 그림의 바이올린은 음악의 '소리'와 '리듬'에 해당하고, 석고, 유리, 나무, 종이 등은 음악의 '침묵' 또는 '휴지'에 해당하는 것으로 볼 수 있다. 그런데 이 그림에서 특징적인 것은 바이올린의 목 부분은 나름대로 윤곽이 남아 있지만 몸통은 여러 부분들로 조각나 대상만큼이나 강조되고 있는 공간과 섞여 있다는 점이다. 석고, 유리, 나무, 종이, 공간이 유사한 형태의 흐름 속에 표현되어 있기 때문에 바이올린과 확실히 구별하기가 어려운 것이다.

[채점기준]

①, ②를 정확하게 쓴 경우만 정답으로 인정함.

04 [모범답안]

답안	배점	예상 소요 시간
① 30	2점	4분 / 전체 80분
② 16	5점	
③ 14	3점	

[바른해설]

①: 〈보기1〉 상황에서 소득이 0원인 보조금 대상자 A의 처분 가능 소득은 30만 원이다.

②: A의 소득이 20만 원이 되면 처분 가능 소득은 36만 원이 되므로, 이때 A가 받는 보조금은 30에서 26을 뺀 16만 원이다.

③: 따라서 A의 소득이 20만 원일 때 지급받는 보조금은 0원일 때 받는 보조금보다 14만 원이 줄어든 것이다.

[채점기준]

①~③을 정확하게 쓴 경우만 정답으로 인정함.

① '30만 (원)', '300,000 (원)'도 정답으로 처리함. 이외에는 모두 오답으로 처리함.

② '16만 (원)', '160,000 (원)'도 정답으로 처리함. 이외에는 모두 오답으로 처리함.

③ '14만 (원)', '140,000 (원)'도 정답으로 처리함. 이외에는 모두 오답으로 처리함.

05 [모범답안]

답안	배점	예상 소요 시간
① 바로, 준다	5점	4분 / 전체 80분
② 웅크리고, 대본다	5점	

[바른해설]

문제의 〈보기〉에 나오는 ㉠잠든 가족을 바라보며 화자가 느끼는 가족에 대한 연민과 애정의 이미지는 작품의 8행(바로 뒤고 이불을 다독여 준다)과 15행(웅크리고 잠든 아내의 등에 얼굴을 대본다)에 나타난다. 다른 행들에는 가족을 향한 애틋한 시선을 있지만 문제에서 묻고 있는 화자의 행동은 두 행뿐이다.

[채점기준]

①, ② 각각 첫 어절과 마지막 어절을 순서대로 정확하게 쓴 경우만 정답으로 인정함.

①과 ②의 제시 순서는 바뀌어도 상관 없음.

06 [모범답안]

답안	배점	예상 소요 시간
① '백학선' 또는 '부채'	5점	4분 / 전체 80분
② 대원수가, 돕는지라	5점	

[바른해설]

①: 작품에서 징표를 주고받는 사람들의 인연을 매개하고, 서로의 정체를 확인하게 하는 기능을 가진 소재는 백학선(부채)이다.

②: '대원수가 말에서 내려 하늘에 절하고 주문을 외워 백학선을 사면으로 부치니 천지 아득하고 뇌성벽력이 진동하며, 무수한 신장(神將)이 내려와 돕는지라.'에서 인물은 백학선의 신이한 능력으로 위기를 극복할 수 있었다.

[채점기준]

①을 정확하게 쓴 경우에만 정답으로 처리함

②의 첫 어절과 마지막 어절을 순서대로 정확하게 쓴 경우만 정답으로 인정함.

수학[자연G]

07 [모범답안]

답안	배점	예상 소요 시간
$x<0,\ x\neq-1$	4점	2분 / 전체 80분
$(2x-3)(-x-5)>0$ 또는 $(2x-3)(x+5)<0$ 또는 $-5<x<\frac{3}{2}$	2점	
-9	4점	

[바른해설]

$\log_{(-x)}(-2x^2-7x+15)$에서 밑 $-x>0,\ -x\neq1$이므로 $x<0,\ x\neq-1,\ -2x^2-7x+15>0$

$\Rightarrow (2x-3)(-x-5)>0$이므로 $-5<x<\frac{3}{2}$

이 두 가지를 모두 만족시키는 $x=-4,\ -3,\ -2$이므로, 모든 정수 x값의 합은 -9이다.

08 [모범답안]

답안	배점	예상 소요 시간
$f(x)=-2\sin^2x+\sin(x)+3$	4점	3분 / 전체 80분
$f(x)=-2\left(\sin x-\frac{1}{4}\right)^2+\frac{25}{8}$ 또는 $t=\sin x$로 치환하여 풀이 가능	2점	
$m=0$	2점	
$M+m=\frac{25}{8}$	2점	

[바른해설]

$\sin\left(\frac{3\pi}{2}+x\right)=-\cos x$이고, $\cos(x+\pi)=-\cos x$이다.

$\cos^2x=1-\sin^2x$이므로

주어진 식은 $y=-2\sin^2x+\sin(\pi-x)+3$이다.

$\sin(\pi-x)=\sin x$이고 $t=\sin x$라 하면

$f(t)=-2t^2+t+3=-2\left(t-\frac{1}{4}\right)^2+\frac{25}{8}$이다.

정의역은 $[-1,\ 1]$이므로 최댓값은 $M=\frac{25}{8}$이고

최솟값은 $f(-1)=0,\ f(1)=2$이므로 $m=0$이다.

따라서 $M+m=\frac{25}{8}$이다.

09 [모범답안]

답안	배점	예상 소요 시간
① 3	3점	4분 / 전체 80분
② 4, 1, 3	2점	
③ 4, 5, 9	3점	
④ 18	2점	

[바른해설]

수열 $\{a_n\}$는 a_{30} 이하에서 첫째항 이후 3, 1, 4, 5, 9가 5회 반복되며, (3, 1, 4, 5)로 끝난다. 이 때, $a_2=3$보다 큰 수는 4, 5, 9이므로, 총 k의 개수는 첫째항을 포함하여 1(첫째항 $4)+3(4,\ 5,\ 9)\times5+2($마지막 $4,\ 5)=18$이다.

10 [모범답안]

답안	배점	예상 소요 시간
$f'(x)=3x^2-4ax+1\geq0$	3점	3분 / 전체 80분
$1-\frac{4}{3}a^2\geq0$	4점	
$\frac{\sqrt{3}}{2}$	3점	

[바른해설]

<풀이1>

도함수 $f'(x)=3x^2-4ax+1$의 값이 0 이상이 되는 실수 a의 최댓값을 구하면 충분하다. 이 함수는 $f''(x)=6x-4a=0$일 때, 즉 $x=\frac{2}{3}a$일 때 최솟값을 갖는다.

즉, $f'\left(\frac{2}{3}a\right)=-\frac{4}{3}a^2+1$이 최솟값이고, 0 이상이 되기 위해서는 $-\frac{4}{3}a^2+1\geq 0$이 되어야 한다.

$a^2\leq\frac{3}{4}$ 따라서 a의 최댓값은 $\frac{\sqrt{3}}{2}$이다.

<풀이2>

$f'(x)=3x^2-4ax+1=3\left(x-\frac{2}{3}a\right)^2+1-\frac{4}{3}a^2\geq 0$가 모든 x에 대하여 성립할 때, f는 증가함수이고 일대일 함수이다. 따라서 $1-\frac{4}{3}a^2\geq 0$일 때(또는 $f'(x)=0$의 판별식 $16a^2-12\leq 0$), f는 일대일 함수이므로 a의 최댓값은 $\frac{\sqrt{3}}{2}$이다.

11 [모범답안]

답안	배점	예상 소요 시간
① 14	2점	3분 / 전체 80분
② 2 (또는 10)	3점	
③ 10 (또는 2)	3점	
④ 82	2점	

[바른해설]

$6\log_8\left(\frac{7}{3n+17}\right)=\log_2\left(\frac{7}{3n+17}\right)^2$

이 값이 정수가 되려면

$\left(\frac{7}{3n+17}\right)^2=2^m$ (m은 정수) …… ㉠이어야 한다.

이때 $3n+17$은 7의 배수가 되어야 하므로

$n=7k-1$ (k는 $1\leq k\leq 14$인 자연수)이어야 한다.

$n=7k-1$을 ㉠에 대입하면 $\left(\frac{1}{3k+2}\right)^2=2^m$

$(3k+2)^2=2^{-m}$이므로 $3k+2$는 2의 거듭제곱이어야 한다.

$1\leq k\leq 14$일 때, $5\leq 3k+2\leq 44$에서의 2의 거듭제곱은 8, 16, 32이다.

$3k+2=8$, $3k+2=16$, $3k+2=32$에서 $k=2$ 또는 $k=10$

따라서 $n=13$ 또는 $n=69$이므로 모든 n의 값의 합은 82이다.

12 [모범답안]

답안	배점	예상 소요 시간
$x^2+(ax^3-2x)^2=\frac{1}{18}$	1점	3분 / 전체 80분
$x^2=\frac{5}{3a}$ 또는 $x^2=\frac{1}{a}$ (또는 $t=\frac{5}{3a}$ 또는 $t=\frac{1}{a}$, $t=x^2$)	4점	
$a=\frac{100}{3}$	2점	
$a=36$	3점	

[바른해설]

곡선 $y=ax^3-2x\,(a>0)$과 원 $x^2+y^2=\frac{1}{18}$의 서로 다른 교점의 개수가 4가 되기 위해서는 방정식

$x^2+(ax^3-2x)^2=\frac{1}{18}$

즉, $a^2x^6-4ax^4+5x^2-\frac{1}{18}=0$이 서로 다른 4개의 실근을 가져야 한다. 이때 $x^2=t\,(t\geq 0)$이라 하면

$a^2t^3-4at^2+5t-\frac{1}{18}=0$이고 이 방정식이 서로 다른 두 개의 양의 실근을 가져야 한다.

따라서 $f(t)=a^2t^3-4at^2+5t-\frac{1}{18}$이라 하면

$f'(t)=3a^2t^2-8at+5=(3at-5)(at-1)$에서

방정식 $f'(t)=0$의 해는 $t=\frac{5}{3a}$ 또는 $t=\frac{1}{a}$

$f(t)=0$이 두 개의 양의 실근을 가지려면

$f\left(\frac{5}{3a}\right)=\frac{50}{27a}-\frac{1}{18}=0$ 또는 $f\left(\frac{1}{a}\right)=\frac{2}{a}-\frac{1}{18}=0$이어야 하므로 $a=\frac{100}{3}$ 또는 $a=36$

13 [모범답안]

답안	배점	예상 소요 시간
$k=24$	3점	3분 / 전체 80분
$\int_0^3\lvert v(t)\rvert dt$ $=\int_0^2(3t^2-18t+24)dt$ $+\int_2^3(-3t^2+18t-24)dt$	3점	
$\int_0^2(3t^2-18t+24)dt=20$	2점	
$\int_2^3(-3t^2-18t-24)dt=2$	2점	

[바른해설]

시각 $t=0$에서의 점 P의 위치는 1이고, 시각 $t=1$에서의 점 P의 위치는 17이므로

$1+\int_0^1 v(t)dt=1+[t^3-9t^2+kt]_0^1=k-7=17,$

$\therefore k=24$

시각 $t=0$에서 $t=3$까지 점 P가 움직인 거리는

$\int_0^4 |v(t)|dt=\int_0^2 (3t^2-18t+24)dt$

$+\int_2^3 (-3t^2+18t-24)dt=20+2=22$

14 [모범답안]

답안	배점	예상 소요 시간
공비 r은 $-1<r<0$	4점	8분 / 전체 80분
$a_1=3$	2점	
$r=-\frac{2}{3}$	2점	
$\frac{16}{3}$	2점	

[바른해설]

모든 항이 다른 등비 수열에서 공비 r은 0, 1, -1이 되어서는 안 된다.

(가)에서 공비 r의 부호에 관계 없이 $|r|>1$이면 α_1, α_2는 각각 a_{10}^2, a_9^2이고 그렇지 않으면 a_1^2, a_2^2가 된다.

(나)에서는 짝수항에 -1을 곱하는데, 공비 r의 첫째항 부호에 따라 부호가 달라진다.

1) $r>1$와 2) $0<r<1$에 대해서, $\frac{\alpha_2}{\alpha_1}=\left(\frac{\beta_1}{\beta_2}\right)^2$ 조건을 만족하지 않는다.

3) $-1<r<0$의 경우, 첫째항이 음수이면 모든 항이 음수이므로 β_1, β_2는 $-a_{10}$, a_9가 되어 $\frac{a_1^2}{a_2^2}\neq\left(\frac{a_{10}}{-a_9}\right)^2$이고, 첫째항이 양수이면 B집합의 모든 항이 양수가 되어 β_1, β_2는 a_1, $-a_2$가 되어 해당 조건을 만족한다.

4) $r<-1$에 대해서 첫째항이 음수이면 B집합의 모든 항이 음수이고 β_1, β_2는 a_1, $-a_2$로 $\frac{a_{10}^2}{a_9^2}\neq\left(\frac{a_1}{-a_2}\right)^2$, 첫째항이 양수이면 B집합의 모든 항이 양수이고 β_1, β_2는 $-a_{10}$, a_9가 되어 해당 조건을 만족한다.

상기 3)과 4)의 경우에 대해서 $\frac{\alpha_1-\alpha_2}{\beta_1-\beta_2}=5$의 식을 풀이해 보면,

3) $\frac{a_1^2-a_2^2}{a_1+a_2}=a_1-a_2=5$, $\beta_2=-a_2=2$이므로 $a_1=3$

첫째항의 양의 정수 조건을 만족하고,

$r=-\frac{2}{3}(-1<r<0)$이다.

4) $\frac{a_{10}^2-a_9^2}{-a_{10}-a_9}=-a_{10}+a_9=5$이고 $\beta_2=a_9=2$이므로

$\frac{a_{10}}{a_9}=\frac{-3}{2}=r\ (r<-1)$

$a_9=a_1\left(\frac{-3}{2}\right)^8=2$, $a_1=\frac{2^9}{3^8}$ 첫째항의 정수가 아니다.

따라서 3)에서 $\alpha_2\times\beta_3=a_2^2\times a_3=(ar)^2ar^2=a^3r^4$

$=27\times\frac{2^4}{3^4}=\frac{16}{3}$

15 [모범답안]

답안	배점	예상 소요 시간
A의 x좌표는 $x=3-\frac{5}{t}$, B의 x좌표는 $x=3+\frac{2}{t}$ (또는 $\overline{AB}$의 길이$=\frac{7}{t}$)	2점	5분 / 전체 80분
C의 x좌표는 $x=\frac{1}{t+2}$, D의 x좌표는 $x=\frac{-3}{t+2}$ (또는 $\overline{CD}$의 길이$=\frac{4}{t+2}$)	2점	
$f(t)=7+\frac{4t}{t+2}$	4점	
11	2점	

[바른해설]

사각형 ABCD의 넓이는 두 삼각형 ABC와 ACD의 합이다. (또는 사다리꼴 ABCD의 넓이로 구할 수도 있다.)

A의 x좌표는 $x=3-\frac{5}{t}$, B의 x좌표는 $x=3+\frac{2}{t}$

C의 x좌표는 $x=\frac{1}{t+2}$, D의 x좌표는 $x=\frac{-3}{t+2}$

따라서 $f(t)=\frac{1}{2}\times 2t\times\left(3+\frac{2}{t}-3+\frac{5}{t}\right)+\frac{1}{2}\times 2t\times\left(\frac{1}{t+2}-\frac{-3}{t+2}\right)=7+\frac{4t}{t+2}$이므로

$\lim_{t\to\infty}f(t)=\lim_{t\to\infty}\left(7+\frac{4t}{t+2}\right)=11$